福建師範大學文學院百年學術論叢　第二輯

中國語文學史論

潘新和　著

第二輯
總序

　　百年老校福建師範大學之文學院，承傳前輩碩學薪火，發掘中國語言文學菁華，創獲並積澱諸多學術精品，曾於今年初選編「百年學術論叢」第一輯十種，與臺北萬卷樓圖書股份有限公司協作在臺灣刊行。以學會友，以道契心，允屬兩岸學術文化交流之創舉。今再合力推出第二輯十種，嗣續盛事，殊可喜也！

　　本輯所收專書，涵古今語言文學研究各五種。茲分述如次。

　　古代語言文學研究，如陳祥耀先生，早年問學無錫國學專修學校，後執教我校六十餘年，今以九十有四耄耋之齡，手訂《古詩文評述二種》，首「唐宋八大家文說」，次「中國古典詩歌叢話」，兼宏觀微觀視角以探古詩文名家名作之美意雅韻，鉤深致遠，嘉惠後學。陳良運先生由贛入閩，嘔心瀝血，創立志、情、象、境、神五核心範疇，撰為《中國詩學體系論》，可謂匠思獨運，推陳出新。郭丹先生《左傳戰國策研究》，則文史交融，述論結合，於先秦史傳散文研究頗呈創意。林志強先生《古本《尚書》文字研究》，針對經典文本中古文字問題，率多比勘辨析，有釋疑解惑之功。李小榮先生《漢譯佛典文體及其影響研究》，注重考辨體式，探究源流，開拓了佛典文獻與文體學相結合的研究新路。

　　現當代語言文學研究，如莊浩然先生《中國現代話劇史》，既對戲劇思潮、戲劇運動、舞臺藝術與理論批評作出全面梳理，也對諸多名家名著的藝術成就、風格特徵及歷史地位加以重點討論，凸顯話劇史研究的知識框架和跨文化思維視野。潘新和先生《中國語文學史

論》，較全面梳理了先秦至當代的國文教育歷史，努力探尋語文教學中所蘊含的思想文化之源頭活水。辜也平先生《中國現代傳記文學史論》的歷史考察與學理論述，無疑促進了學界對現代傳記文學的研討與反思。席揚先生英年早逝，令人惋歎，遺著《中國當代文學的問題類型與闡釋空間》，集三十年學術研究之精要，探討當代文學思潮和學科史的前沿問題。葛桂录先生《中英文學交流史（十四至二十世紀中葉）》，以跨文化對話的視角，廣泛展示中英文學六百年間互識、互證、互補的歷史圖景，宜為中英文學關係研究領域之厚實力作。

　　上述十種論著在臺北重刊，又一次展現我校文學院學者研精覃思、鎔今鑄古的學術創獲，並深刻驗證兩岸學人對中華學術文化同具誠敬之心和傳承之責。為此，我謹向作者、編輯和萬卷樓圖書公司恭致謝忱！尤盼四方君子對這些學術成果予以客觀檢視和批評指正。《易》曰：「觀乎人文，以化成天下。」我堅信，關乎中華文化的兩岸交流互動方興而未艾，促進中華文化復興繁榮的前景將愈來愈輝煌璨爛！

汪文頂

謹撰於福州倉山

二〇一五年季冬

目次

代序
走進語文學歷史時空

　　我很慶幸，當我還沒有意識到孔夫子「述而不作」的要義之時，就懵懵懂懂地叩動了寫作、語文教育史的大門。

　　事情得從頭說起。一九八二年我大學畢業留校任教，教的是寫作。開頭幾年，適應教學似乎不是什麼大問題，唯有科研成了向專業縱深挺進的攔路虎。而科研，則是在高校立足的基石。我不知道該怎樣開始，也沒人告訴我該怎樣開始。這是一個學術苦悶期、彷徨期。打游擊似地發表了幾篇文章之後，覺得這不是長久之計。我必須找到一個真正屬於我的安身立命之所。

　　我曾經這樣描述當時的二十世紀八〇年代的中國寫作學界：

　　　　這是一個沒有「專家」的時代。科研論壇上是一大批助教和一
　　　　小批講師的口水戰。——大約到了八〇年代末才開始有了一些
　　　　副教授、教授。那時的副教授比今天的教授「牛」多了。一九
　　　　八九年，《寫作學高級教程》出版，這是當時最權威的教材，
　　　　是由十八名副教授和四名教授合作編寫的。這幾乎就是泱泱大
　　　　國寫作學界的全部家底。
　　　　林可夫、孫紹振（兩位先生是我的老師）都是好口才，都屬於
　　　　能把課講得天花亂墜的名嘴。然而，就跟在中學人人都可以教
　　　　語文一樣，在高校，寫作教師也沒地位，沒地位的原因據說是
　　　　沒學問。寫作學界學問不多是事實，「文人相輕」也是事實：

人家只認自己做的才是學問，你有什麼法子。壞事可以變好事，我的許多前輩做學問就是為了爭一口氣。

也許我一開始跟寫作學界多數人一樣，做學問是出於爭氣的緣故。我想寫作學界前輩之所以被別人小瞧，很大一部分原因是因為人們認為這個學科學術資源太少（其實並不少，只不過沒看住，流失到了其他學科），我要將寫作學科的學術底子翻檢出來讓人們瞧瞧。同時，我也真切地感到如果我們自己對本學科的理論積累都不了解的話，就沒法理直氣壯地言說，甚至就不擁有發言權。

在幾千年的語文教育史中，前人留下來的東西，是我們今天研究的背景、說話的「底氣」。今天大量的所謂論文，都是沒有「根」的「學問」。寫出來的文章，大多不是從他人現成話語中東拼西湊，就是根據一己的經驗瞎說一氣，再就是拍腦袋拍出來的，幾乎等於廢話。這樣的「學問」難免被人瞧不起，害己也害人。

於是，我開始走上艱辛的學術尋「根」之途。若干年後我才知道原來學問就是要從「述而不作」做起（孔子說：「述而不作，信而好古，竊比於我老彭。」朱熹注：「『述』，傳舊而已；『作』，則創始也。」老彭——商代的一位賢大夫，「蓋信古而傳述者也」）。著名哲學家馮友蘭先生，根據所做的不同工作將哲學研究者分為兩類，哲學史家與純哲學家。他認為必須先做哲學史家，才能做純哲學家。他們所做的工作可以區分為「照著說」與「接著說」。推廣到所有的專業領域的研究者都是如此，必須先做本學科的歷史家，再做本學科的純學問家。前者作的是「述舊」的功夫，後者作的是「創始」的功夫。我就是這樣不期然而然地開始了寫作、語文學科「歷史家」的工作。

研究中國寫作、語文教育史有兩個方向：一個是一百年左右的現代寫作、語文教育史（含當代），一個是三千多年的古代寫作、語文教育史。我採取雙管齊下的研究方針，兩個方向齊頭並進。幾千年的

寫作、語文教育史料如山，從何下手是個問題。這使我感到茫然。我曾走過一段彎路，我的第一篇「述學」選題是「我國先秦時期的寫作觀」，由於選題太大，資料與思考都不足，無法駕馭，文章寫得太空泛。究其原因還是急於求成，是浮躁心理使然。由此得出教訓，飯要一口一口吃，要細嚼慢嚥，才能消化得好。悟出了學問要從微觀入手，再慢慢地上升為中觀、宏觀。於是，我從代表人物的資料搜集、研究開始進入微觀研究領域。

先說古代的。我的策略是從兩頭研究起。「源頭」和「流尾」，都是較能反映過程的全貌的。我第一個研究的是離我們比較近的清代康熙年間的唐彪，在語文教學方面，他有《父師善誘法》《讀書作文譜》（合稱家塾教學法）兩本書，《父師善誘法》主要談的是啟蒙教育，《讀書作文譜》是專論閱讀和寫作的，我就以後者為研究對象。事實證明我的策略是成功的。這部書好就好在是一本集大成的著作，以述為主，先述後作，對每一個問題的討論都是先介紹前人對這個問題的主要觀點，然後加以「折中」，說出自己的觀點。也就是說他幾乎為我們提供了古代語文教育史研究的路線圖，使我們懂得了古代語文教育思想的概貌，懂得了其中有哪些重要的人物需要給予關注，這樣就心中有數了。他對「人」的關注，將學生的情況分為資質敏鈍、體能強弱、年有長幼、性有勤懶四種區別對待，並關注學習上的「勞逸諧調」，這些都帶有「以人為本」的現代色彩。對唐彪語文教學論的研究，是我在這個領域邁出的第一步。

再深入到了中國語文教育的源頭，第二個研究對象我選擇了孔子，他是語文教育的鼻祖。孔子為他的高材生開設了「言語」、「文學」兩門課程，今天的語文教育所教的內容依然如是。他的一些關於語文教育見解，比如：「有德者必有言，有言者不必有德。」「學而不思則罔，思而不學則殆。」「不學《詩》，無以言。」「辭達而已矣。」「巧言令色鮮矣仁。」「君子欲訥於言而敏於行。」《詩》三百，一

言以蔽之，曰：思無邪。」「言之無文，行而不遠。」「文質彬彬，然後君子。」「修辭立其誠。」「言之有物，言之有序」。這些名言傳之不衰，影響深遠，歷代念念不忘，成為寫作與語文教育理論的主流觀念，成為寫作者和寫作批評者的基本感覺。此外還有啟發式教學、因材施教、舉一反三，等等。了解了這些，就大致明白了中國寫作、語文教育文化一以貫之的精神。

然後順流而下：先秦的荀子、墨家、老莊，兼及孟子、名家、韓非子；漢魏晉南北朝的王充、劉勰、顏之推，兼及揚雄、陸機、曹丕、司馬遷；唐宋的韓愈、朱熹，兼及歐陽修、蘇東坡、謝枋得、陳騤；元明清的章學誠、曾國藩（連同前面說過的唐彪），兼及倪士毅、武之望、吳納、劉師曾、李漁、劉熙載、葉燮、方苞、姚鼐、劉大櫆。這些人的著作都值得一閱，讀過就能基本上理出一個頭緒。同時，對各個時期的語文教育的概況也大致上有了一個了解。

其中韓愈的寫作教育思想是古代流傳得最廣的。他的最著名觀點是：「不平則鳴」說。自古以來，儒家學者尊奉的大都是「言志」說（詩言志），把人的內心的情志作為寫作之源，因而孔夫子的寫作批評論的標準也只是論情志的邪正（思無邪）。還沒有誰能像韓愈那樣慷慨淋漓、入木三分地把寫作的發生歸因於外物的激蕩、內心的不平，「凡出乎口而為聲者，其皆有弗平者乎！」這就在作者與現實的矛盾的普遍性上，肯定了寫作的「應世濟用」的特徵，肯定了「不平」的必然性，在寫作動力學層面闡明了寫作的宣洩、求真功能。——「能者非他，能自樹立，不因循者是也。」「詞必己出」「文從字順」「惟陳言之務去」……這些也都是膾炙人口、耳熟能詳的名言，成為歷代作者的座右銘。

章學誠的語文教育觀也十分精彩。他的語文學習觀是以「學問」為前提的：「夫立言亦以學問為主。」他認為要做學問，一條極為重要的途徑是做劄記（札記，即讀書筆記），做劄記是訓練思想的好方

法。劄記是探索學問的，文章是表達學問的。就是說，做劄記是做文章的準備，文章是劄記的提高。他說：「不論時學古學，有理無理，逐日務要有所筆記。」對於習作者來說，做劄記是學問文章的基礎，是「讀書練識，以自進於道」的必由之途。他提出「學問與文章並進，古文與時文參營」的教學原則。這就達到了語文素養教育的層面。他以「善教學者，必知文之節候，學之性情」作為其「學文法」的根本，可以看做是他的語文教育心理學準則。這些觀點都很精到，體現了學習語文的規律。

在古代寫作、語文教育思想的海洋中巡航遊歷，滿目奇珍異寶、美不勝收。

再說現代的。比較難找的也是比較有價值的是一九四九年前的資料。不少雜誌需要翻閱，如《教育雜誌》、《中華教育界》、《新青年》、《新潮》、《中學生》、《國文月刊》、《國文雜誌》、《小學教師》等。許多文章皆出於大家之手，品質一點不亞於今人，甚至有過之而無不及。翻閱那些發黃的紙頁，就像時光倒流，與一個個大師、名家促膝暢談。

我第一個選擇的研究對象是胡適。在一九八〇年代，胡適還不是作為正面評價的人物。我注意到了他寫的兩篇重要文章：〈中學國文的教授〉和〈再論中學的國文教學〉，以及一些語文教育方面的相關文章，覺得胡適的思想很清新、超前，值得評論，於是便以他作為起點。他的觀點大多是大膽、出格、深刻的，一破陳舊僵化的語文教法。如「用『看書』代替『講讀』」，「沒有逐篇逐句講解的必要，只有質疑問難，大家討論兩件事可做」，「只有討論，不用講解，注入式的教授，自不容於當代的新潮流。」這一反對濫用「講讀法」、提倡學生自學、師生對話的觀點，至今還是很有針對性和挑戰性，多數教師還難以做到。

胡適可謂開「表現本位」、「寫作本位」之先河：「人人能用國語

自由發表思想——作文，演說——都能明白曉暢，沒有文法上的錯誤」列為中學語文教學三條理想標準中的第一條，也是國語教學唯一的一條標準。「用演說，辯論，作國語的實用教授法。國語文既是一種活的文字，就應當用活的語言作活的教授法。」他認為古人所說的讀書三到「眼到、口到、心到」是不夠的，須有「四到」：眼到、口到、心到、手到。「手到才有所得。」「手到是心到的法門。」這是對傳統的「閱讀本位」教學的顛覆。胡適先生半個多世紀前的觀點依然發聵振聾，今天我們的新課程教學實踐還望塵莫及。他的思想對我後來建構「表現與存在」的新語文觀大有裨益。

接著研究的是一批的「第一」：梁啟超，他寫了中國現代第一部《中學以上作文教學法》；陳望道寫了第一部《作文法講義》（「知識性」的）；黎錦熙寫了第一部《新著國語文法》、《新著國語教學法》；夏丏尊、劉薰宇寫了第一部《文章作法》（「實踐性」的）；朱光潛寫了第一部普及性的美學、文學教育專著《談美》《談文學》。還有朱自清、魯迅、阮真、葉聖陶等，都有精闢獨到的見解。

他們之中值得著重提到的是被歷史風塵湮滅的久違的黎錦熙。走近黎錦熙，會令人生出無盡的感慨。他是中國現代語文教育的奠基人之一，他對語文課程基礎性研究的學術成就是無人企及的，他對語文教育的貢獻與葉聖陶難分伯仲，然而，他早已經鮮為人知了。今天的語文教師只聽說「三老」（葉聖陶、呂叔湘、張志公），卻不知道比「葉老」更「老」的黎錦熙，這是一件多麼遺憾的事。

是黎錦熙倡導「言文一致」、「國語統一」，推動了學校國文科改為國語科的轉變，導致了白話文教學取得合法地位。是他寫了第一部白話文語法著作《新著國語文法》和教學法著作《新著國語教學法》，為白話文教學打下良好的基礎。是他在「作文教學改革案」中闡明了改革的「三原則」：一、寫作重於講讀；二、改錯先於求美；三、日札優於作文。給寫作教學奠定了重要地位，吹響了作文教改的

號角。他提倡「設計教學法」，按照一個偶發事件，將各個學科的活動打成一片，讓學生在實際應用中學習語文，掀起了教法改革的新潮。他主張「自動主義」教學，讓學生按照理解（練習、整理），練習（比較、應用），發展（創作、活用）的步驟，積極主動地進行閱讀學習，閱讀最終指向了寫作。最重要的是，他指出了「國語要旨」包括語文與心意兩方面，前者包括理解、發表，目的有三：自動的欣賞與研究；社交上的應用；藝術上的建造。後者包括擴充知識與經驗、啟發想像與思想、涵養感情與德性，目的是：（輔助鍛鍊人格）個性與趣味的養成。這比當今課標中抽象的「工具性與人文性的統一」、「三維目標」等，還要具體、深刻。仍能給予語文教育以強烈的衝擊與正確的導向。我們今天的所謂的新課程、課改，教師們所謂的教法「創新」，在許多方面還難以望其項背。

　　朱光潛先生也是一個不應被忽略的存在。我們一向以為朱光潛先生只是一個美學家、大學教授，卻忽略了他在語文學、文學教育上的理論貢獻。忽略了他寫給青年學生閱讀的一批書所產生的重大影響：《給青年的十二封信》、《談美》、《給青年的第十三封信》、《孟實文鈔》、《詩論》、《我與文學及其他》、《談修養》、《談文學》、《談美書簡》等，大大豐富了學生的語文素養。尤其是在文學教育上，他的貢獻是不可替代的。他的這些書，應該成為今天的語文教師的必讀書。語文教師可以從這些著作中獲得基本的語文教育修養。我們今天提倡文學教育，如果不知道朱光潛，幾乎就沒有資格從教。我曾這樣評價朱光潛：「他是我國現代文學、語文教育的奠基人，是最傑出的語文教育理論家（不是『之一』）」，「我們從他的著作中，學到的美學、文學、寫作、閱讀教育的道理，甚至在應用和操作層面上，比起從同時代所有的語文教育家、語文學者、語文教師著述裡得到的總和還要多。」──不讀朱光潛，就意味著自陷於學識愚昧。

　　朱自清先生的語文教育觀眼界極高，卻又最實在，有很強的應用

性。例如關於「寫話」，他的認識就很深刻。他和葉聖陶先生觀點不同，葉聖陶認為「話怎麼說就怎麼寫」，他則認為「寫的白話不等於說話，寫的白話文更不等於說話。寫和說到底是兩回事。」「說的白話和寫的白話絕不是一致的；它們該各有各的標準。」葉聖陶注意到的是二者的統一性，而他注意到的是二者的特殊性。在語文教育中，顯然最需要把握的是特殊性。

他的一系列觀點都很有針對性，也最易於操作。比如：朱自清還強調要學習報刊文體、他認為報刊文體簡潔扼要，易於掌握，其「寫作價值決不在文藝的寫作之下」。他認為把寫作訓練看作「基本的訓練，是生活技術的訓練──說是做人的訓練也無不可」，但是，像這類「廣泛的目標是不能引起學生的注意的」；一般的課程標準，如「養成用語體文及語言（初中）以及文言文（高中）敘事，說理，表情，達意之技能」，這也還是太寬泛。不如科舉時代作文是為了作官，或一些學生把作文訓練看作為了將來的「創作」這一類的目標來得實在。朱自清提議應以報紙上和一般雜誌上的文字作為切近的目標，特別是報紙上的文字。他認為，寫作教學應主要以假想的讀者為對象──寫作的「讀者意識」問題，仍是我們今天討論的重要問題，而朱自清先生顯然早已給我們提供了很好的意見。

在二十世紀上半葉，為語文教育做出過重要貢獻的還可以開列出一份長長的名單：蔣維喬、來裕恂、吳曾祺、姚永樸、林紓、孟憲承、商衍鎏、劉薰宇、高語罕、張震南、趙欲仁、徐子長、劉半農、王森然、施畸、薛鳳昌、張資平、茅盾、唐弢、魏應麒、裴小楚、蔣祖怡、蔣伯潛、浦江清、劉兆吉、平生、李廣田、張粒民、蔣仲仁⋯⋯他們為後世留下了一筆筆寶貴的精神資產，後人永遠不會忘記他們。我相信在學術領域也可以套用這句名言：忘記過去就意味著背叛。

這些研究，花了我十年左右的時間。在此期間，在寫作教育史方面我發表了二十多篇的論文。在這個基礎上，我先是寫了《中國現代

寫作教育史》（福州市：福建人民出版社，1997年），繼而又出版了
《中國寫作教育思想論綱》（北京市：人民教育出版社，1998年），初
步打通了中國現代與古代寫作教育史，完成了在寫作學領域的原始積
累。這兩部書都有填補空白的意義。迄今沒有同類著作問世。《中國
現代寫作教育史》這部處女作出版時，我已經四十五歲了，這與我的
晚輩出書年齡相比要大很多，算是小器晚成吧。它為我在這個世界上
留下了第一道生命的痕跡。我很高興。在寫作這部書的日子裡，我曾
設想，要是我沒有活到四十五歲多麼可怕，那樣的話，我的生命將是
一片虛無。

　　這兩部書，使我的人生變得踏實。我自以為已經一腳踏入了寫
作、語文學科之內，成為這個領域中的「自己人」。這是一種學科身
分認同。如果你沒有進入到學科歷史，沒有向先賢請益，與他們交流
切磋過，你對學科的了解都只是皮毛，你永遠都是局外人。哪怕你教
了一輩子的寫作、語文，教學經驗再豐富，依然是無家可歸的門外
漢、流浪漢。

　　二十世紀末，由於各種原因的促成，我的研究從以寫作教育為
主，開始向語文教育轉向。由於二者本來就是緊密相連的，寫作教育
史構成了語文教育史的主體，了解了寫作教育史，也就在相當程度上
了解了語文教育史。因此，這個轉向並不太艱難。寫作與閱讀密不可
分，寫作與閱讀是語文教育的基本內容，也是一對基本矛盾。在這些
年寫作教育實踐中，我深感到孤立地學習寫作的侷限，因此對讀寫關
係有了較多的思考。有了這些準備，二十一世紀初，正值語文教育在
千夫所指的困厄中轉軌，危機帶來了機遇與挑戰，我嘗試開始「純語
文學家」的「接著說」的工作。一位學者只「述而不作」是不夠的，
學術生涯是不完整的，只有在「照著說」的基礎上「接著說」，讓自
己的思考融入到學科史中去，成為後人述學、研究的對象，才是完
整、有意義的學術人生。

　　經過四年的努力，主要成果體現為《語文：表現與存在（上、下卷）》（福州市：福建人民出版社，2004年）這部一百二十四萬字的專著。該書試圖為語文學革命性轉型與新一輪課改實踐提供理論支撐，為語文素養教育提供新的認知背景；對百年來以「應付生活」、「應試」為目的、工具主義的、異己化的「外部語文學」，進行全面、徹底、深入的梳理、批判與解構，使語文教育回歸到人，回歸到人的「言語生命」本體需要；以「言語生命」為核心概念，建構「表現與存在」的「言語生命動力學語文教育」──「內部語文學」理論與實踐體系。

　　孫紹振先生評價說：「學術的價值，並不僅僅取決於命題的提出，而且更重要的是取決於論證的嚴密。值得慶幸的是，潘先生不但善於破，而且善於立，不但有批判，而且有創造。在『言語生命動力學』的總體概念之下，他從容地推出了自己原創的範疇系列，衍生出多個系列的亞範疇，力求讓各個亞範疇之間，相互聯繫，相互支持，相互說明，構成相當嚴密的內在的連結，層層深入地展現了一種森嚴的體系。其思考領域之廣，思想密度之高，邏輯覆蓋之大，學術視界之開闊，如果不是絕後的話，至少也可謂空前。」

　　孫先生是我的老師，難免有點對學生下意識的偏愛，書也許未必真有那麼好。儘管如此，每每重新翻閱這部書時，常懷疑究竟是否自己寫的：我果能如此行雲流水地表達，真能寫出這麼一部大書嗎？如果是的話，那一定是鬼使神差。我從來對自己的學養與能力是不自信的。這些年我聽到不少讀者的褒揚，有位中學老師告訴我，她讀這書是逐字逐句朗讀的，生怕漏掉一個字；有讀者說這部厚書居然讀了兩遍、三遍，我很感動。我想假如這書真有可取之處，無疑是得益於二十年來積銖累寸的思考。著名特級教師王崧舟先生一次購買了五百套，送給他的許多朋友，並廣為宣傳。這部售價壹佰壹拾伍元的書出版後已經三度重印，反響如此強烈是我始料未及的，也是我備覺感激

與欣慰的——現該書已售罄，正修訂中，預計年底再版。該書獲教育部全國教育科學優秀成果獎、福建省社科優秀成果獎。

　　我很清楚，在語文教育這個行當我還是個新手，功夫下得還不夠，我把目光聚焦在葉聖陶、黎錦熙、張志公、朱光潛身上。雖然我已經研究過葉聖陶、黎錦熙、朱光潛，可依然覺得有必要再做進一步研究，特別是以往遺漏了張志公先生，應該補上。我寫了《語文：回望與沉思——走近大師》（福州市：福建人民出版社，2008年），對四位重要學者的語文教育思想作深度發掘，指出其得失利弊。寫這部書一方面是對自己學養的一個補充，促進自己對語文教育思考，也為了給語文教師提供一部現代語文教育史普及讀物，使他們能進入到語文學科之內，成為「自己人」。這四位大師級學者的語文教育思想，可以折射出中國現代語文教育的概貌。我對他們作這樣的描述：

　　葉聖陶：一個平民教育家為「為人生」的夢想竭盡全力：「工具論」未成為現實，「立誠論」終歸破滅。語文教育理想終成南柯一夢，這是一個精神苦旅。但歷史會記住這位語文英雄。

　　黎錦熙：一個語文教育史上功成身退的傳奇人物。他的開創性、學理性的貢獻無與倫比。他是一位帥才、「語文先鋒」，集戰略家眼光和實踐家才氣於一身。然而，只因沒有「逞才」的氣候，否則，我國的語文教育也許將是另一番面貌。

　　張志公：他的「入行」和成就，時代成全了他的聲名。他是一個忠厚樸實的學者，他達到了那個時代的高度，然而，作為語文界的統帥，他缺少大氣，繁重的事務消蝕了他的才氣。他獨自支撐著語文教育，勉力承擔一切，終被時勢和自己所累。

　　朱光潛：一個在現代語文教育中超然於語言學者之上的人文學者。他最懂得文學、寫作、閱讀，且深諳教育之道，他的語文學觀堪稱一流。他的語文學理論的非主流和邊緣化，是一個不該發生的歷史誤會。

　　這是對他們全新評價，也是我的個性化評價。書出版後頗受矚目，讀者評論說：「作者對大師的解讀是建立在對學科歷史與現狀的洞悉之上，並且以自己精研寫作教學的專業背景和對語文教育進行的深度理性思考為參照，而非人云亦云、鸚鵡學舌（可悲的是，這類言論在語文研究領域比比皆是）。這就使得本書具備了其他著作所缺失的，以作者獨具的歷史資源、學識資源與理論資源作內在支撐的厚重感和學術高度。」（黃朝猛：〈面對大師：理性對話——評潘新和《語文：回望與沉思——走近大師》〉，載《中學語文教學參考》2008年第12期）該書獲教育部第六屆高等學校科學研究優秀成果獎（成果普及獎），這個獎項是中國社科界的最高獎，讓我頗感意外。

　　語文學科處在新世紀的轉捩點，新課程剛剛推行，新的語文教育思想、理念、價值觀都有待於澄清與確立。語文學科需要前瞻的眼光和視野。因此，我又進一步關注在這些年介入到語文課改中的幾位高校教授：王富仁、錢理群、孫紹振、曹文軒，寫成了《語文：審視與前瞻——走近名家》（福州市：福建人民出版社，2009年）一書。從這幾位人文學者那兒可以看到語文教育的未來。他們的思維都很活躍，觀點很前衛、很超前，與時下語文界認知反差鮮明，因而可以作為語文界傳統思維的參照系。但是，他們的觀點也並非無懈可擊，並非可以無條件地接受，也需要溝通與對話。本書就是以前瞻的視角對其做一番審視，以期對語文教育界有較為深刻的啟示。

　　這四位教授的特點是很不一樣的，在寫作過程中，我一邊了解一邊琢磨，深受教益：

　　王富仁先生讓我感受到了一種深厚與大氣，他有著開宗立派的大氣度。在諸多問題上，他都驅使自己在大前提上動刀子，從而演繹出與眾不同的有針對性的結論。因此，他的觀點對語文界的震懾與衝擊是很強烈的，從中獲得的感受與體驗是清新的：教材是「廣義的書面文學語言」系統，「小語文」的任務是情感素質的培養，反對脫離基

本理解的思想批判和藝術挑剔，主張「好讀書，不求甚解」，批評以「思想健康」評價作文⋯⋯。他不依不傍，從容地暢遊於自我的思想天地。他為我們展示了特立獨行的學者風度。他的標新立異，也容易給讀者留下了檢討的空間。——對他的挑剔，雖然在我是輕而易舉，但我始終缺乏自信，因為我懷疑他是故意留下誘敵深入的八卦陣。不論我怎樣反駁他的觀點，也絲毫不能動搖我對他的理論思維才能的敬佩。

對錢理群先生的欽羨，首先是源於對他的人格的景仰。他是那種到老都能保持著赤子之心、都在做夢的人，他像水晶一樣透明。他從大處、根本上立論，大力呼籲「立言以立人」，他將語文教育的本質問題歸結到為終生學習和為精神打底，尤其看重為精神打底。為了語文課改，他承受了巨大的個人犧牲。憂患、悲觀、苦悶與快意、爽朗、歡暢同在。他是一個理想主義者、魯迅的忠實信徒、孩子心靈的守望者。——我不知道他怎樣保存自己孩提般的純真心性，在深重的憂患中心寬體胖。他沉醉在魯迅的世界中冥想，擔憂著一切可憂與不可憂之事，他一定常常不快樂；他磊落坦蕩，大肚能容天下難容之事，他也一定常常幸福著。

孫紹振是這一場教育革命、語文革命的先驅和核心人物。他的傑出才華，不論是在寫作、閱讀還是口語交際方面，都得到了充分的顯示。尤其在閱讀教學上，他創立的「比較還原法」和「名作細讀」實踐，給師生以深刻的智性啟迪。他主編的北師大版初中語文教材凝聚著他的課改理念和對母語教育之愛。為了孩子，他最擔得起「嘔心瀝血」這四個字。他的樂觀、豪邁、勤謹，與投身語文課改的使命感，給語文教師貫注了強大的精神能量。——他才氣橫溢，文字淋漓、充沛著常人不可企及的靈性與智慧。他半生在文藝理論中馳騁游弋，碩果累累，居然在母語教育改革中找到了自己最後的心靈歸宿，這是難以想像的，又是可以想像得到的。

　　曹文軒先生與中小學生有著天然的親近、親和。他的優勢來源於深諳創作之道，他的語文教育觀是「寫作本位」的。他棲居於文字的叢林中，悟到了寫作的精魂，由內到外地瀟灑、優雅著。他關注孩子的精神奠基，關注民族性格的塑造，人性、詩性、情感、情調的培育。在低齡化寫作、在寫作想像力培養和寫作教學的操作性上，他有著獨特的思考。他為高校教師走出象牙塔、走向民間作出了表率。——在充斥著無休止的評估、考核、申報……的高校，他活得自在、暢適，這是一種大境界。象牙塔關不住他嚮往自由的天性，他是屬於大地、屬於天空的。我羨慕他。

　　這四位高校名家，因為有別於「中學思維」而顯示出了特殊的參考價值。我希望與這四位學者的對話，通過思想碰撞，能給讀者提供一些前所未有的啟示，喚起大家對語文教育進一步的思考。這些圈外人士從各自專業的角度看語文教育，自然不無新鮮認知，不少觀點是圈內人做夢都想不到的，這對處於困境中的語文教育無疑是一劑良藥。

　　《語文：回望與沉思》、《語文：審視與前瞻》是我的深度「述學」。由「寫作教育史」領域深入到「語文教育史」領域，並拓展開來。由回望過去、審視現在，到展望未來。一個研究者就是不斷地「述學」，對歷史資源慎思、明辨，一步步地擴大、延伸，以獲得學術創新的通行證；逐漸登堂入室，成為本學科名正言順的主人。

　　一些高校的語文課程與教學論老師與語文界朋友評價說，我較好地實現了由寫作學者向語文學者的轉型，在高校介入語文教育研究的教師中，我是角色轉換最成功的一位。這自然不無溢美之嫌，但多少表明了他們對我的研究成果的認可。對此，可謂甘苦寸心知。雖然要對語文教育說三道四很容易，隨便哪一個鄙夫俚婦都可以說上幾句，隨便哪一個圈外的學者都可以自以為是地指手畫腳、大發宏論。但要真正成為一個語文學專家並不容易。要佔據語文學科的制高點，要超越圈內的語文學專家更難。沒有經過長期、自覺的身分轉換，沒有對

語文學歷史與現實的深入鑽研，沒有積累深厚的內外學養，沒有打通語文學史，擁有語文學科的宏觀視野，那是癡心妄想。

這些年，隨著《語文：表現與存在》影響的持續發酵，我與讀者有了較為廣泛的聯繫，我幾乎走遍了大半個中國，應邀為大、中、小學師生開講座，講我的「言語生命動力學『表現──存在論』語文學」系列：《語文教育言語生命動力學「寫作本位」轉向》、《語文的詩意》、《我國現代寫作教育三大矛盾及其啟示》、《我國現代語文大師的語文教育觀》、《新課標（修訂版）寫作「總體目標」辨正》、《新課標（修訂版）寫作「小學階段目標」辨正》、《新課標（修訂版）寫作「初中階段目標」辨正》、《語文為什麼教》、《語文教什麼》、《語文怎麼教》、《閱讀漫談──向大師請益，與大師對話》、《「表現──存在論」閱讀視界》、《為什麼寫作──為寫作尋找理由》、《議論文三要素批判》、《議論文三要素重構》、《議論文怎樣立意、說理──超越論證，學會分析》、《與中學生談閱讀──讀什麼，怎麼讀》……這些講座的內容，均得益於我的寫作學史、語文學史研究。我成了許多學校的常客，也結交了許多新朋友。為一線教師的教學實踐寫評論，為他們的成果、著作寫序言竟成了我的日常工作之一，佔用了我許多寶貴的時間。

去年底，我將近年的論文、雜著輯成了幾本書：《語文：人的確證》、《語文：我寫故我在》、《「表現──存在論」語文學視界》、《不寫作，枉為人──潘新和語文教育隨筆》，大約年內能出來。手頭正在寫兩本專著：《論辨寫作學》、《「表現──存在論」閱讀視界》，算是深度「接著說」吧。這些書，都是在《語文：表現與存在》框架下的展開與豐富，是「言語生命動力學『表現──存在論』語文學」研究的深化，是許多讀者所期待的。把這兩本書寫完，我的事情大約就做得差不多了。

不論我在寫作學、語文學之路上走多遠，最不能忘記的是歷代先賢的滋養。語文學史，是我們學問之根基，精神之鄉土。

一

中國語文學史宏觀思考

導言

在中國教育史上，語文教育是最早開創的學科門類之一，迄今已有約三千年的歷史。有史料可考的較為正式的語文教育，肇始於奴隸制社會鼎盛期的西周，在後來的孔子的私學教育結構中成為一門獨立的學科——言語。進入封建社會，隨著察舉制、科舉制的建立和「完善」，語文教育成為封建教育的一門主課，其受重視的程度，遠非其他學科可以相提並論。及至封建社會後期，其繁榮達到了極致，其衰朽也達到了極點。清末禁八股、廢科舉、興新學，民國之後的「五四」新文化運動的衝擊，使語文教育在指導思想上開始從為功名、應試，轉向為文章、實用，出現了革新的氣象。但是，在其後的相當長的時間裡，語文教育在實質上仍繼承著八股的傳統。這種狀況至今未有根本的改觀，「應試」教育仍為語文教育的主流。究其原因，一方面是由於應試教育、八股傳統之根深柢固，另一方面也跟「五四」以來國文界先進未對傳統語文教育作深入、細緻的反思和總結有關。當今的考試制度迫使語文教師不得不圍繞應試殫精竭慮，所謂的語文教改，基本上是在對前人的語文教育實踐及其成敗得失所知甚少的情況下進行的，所作的往往是重複性的低效勞動，甚至重蹈覆轍。——對自身歷史的忽視和無知，已成為語文學科發展的一大障礙。面對二十一世紀資訊社會的挑戰，如何回應未來社會對人才的強勢需求，這又是擺在語文學科面前的一個無法迴避的嚴重問題。語文教育和教改的現實與未來，呼喚著建立語文學科教育史學，期待著在對傳統語文教

育進行批判、揚棄的基礎上的繼承和創新。

有三對矛盾，是貫穿中國語文教育史的基本矛盾所在：在對語文學習目的的認識上，始終存在著「為修己」與「為功名」的矛盾，走過了一條「修己──事功──為廣義的主體發展」的螺旋式上升的道路；在對教學本體的認識上，存在著「讀」與「寫」的矛盾，也同樣走過了一條「重讀（以讀代寫）──重寫（為寫擇讀）──重讀（以讀帶寫）──重寫（立足於寫作本體與主體的建構）」的螺旋式上升的道路；在對言語價值取向的認識上，又存在著「述」與「作」的矛盾，從總體上看，重「述」而不重「作」。

這些矛盾的演變和發展，主要受制於中國社會各個歷史時期的政治、教育、選才制度和言語實踐。由於教育往往成為政治的手段和工具，所以，對諸矛盾影響最為直接、顯著的，當屬與政治密切相關的選拔人才的考試制度。這樣，一方面由於上述各種制約因素的合力作用，使語文教學的諸矛盾在局部上呈現出相互糾葛消長的狀況；另一方面又由於出於政治上的需要所制訂的選拔人才制度的強力作用，使上述矛盾的某些方面，佔據了相對穩定的主導地位。中國長期的封建政治制度及與其相適應的選拔統治人才的科舉制，導致了中國語文教育史上「重功名」、「重寫」、「重述」這幾個方面，處於了事實上的統治地位。

對中國的語文教育研究，在中國文化思想史和教育史上均佔有著特殊的位置。自先秦以來，賢哲們對語文教育的最初的認識，便是與他們對人、對世界的思考聯繫在一起的，他們的言語（包括說和寫）觀和寫作觀，往往也是他們的哲學觀、政治觀、文化觀的一個組成部分。在中國歷史上，幾乎所有有成就的思想家、教育家，都曾經就寫作或語文教育發表過自己的見解。隋唐以降，以文辭取士的制度的形成並逐步「完善」，使語文教育上升為封建教育的主體，更進一步使中國傳統的文化心理、哲學思想、思維方式等，影響、滲透到語文教

育研究的全領域。儒家經典，成了寫作從內容到形式的最高典範，「原道」、「徵聖」、「宗經」、「代聖賢立言」等，成為寫作實踐和語文教育的指導思想和行為準則。語文教育研究體現了重經驗、實用和感性直覺的特徵，既缺乏理性思辨，又帶上「神而明之」的色彩。應政治和科舉之需，與寫作實踐相背離的，內容陳陳相因、形式呆板僵化的特殊的考試文體──八股文、試帖詩等，集封建思想和統治階級的意志於一體，千百年來，鑄造了一代代熱衷於功名利祿之徒的病態的寫作心理、非寫作的「寫作」觀念和不健全的人格。

　　我們不能不看到，「五四」運動以後，語文教育界的先驅者們反八股精神的歷史功績，同時也不能不看到在語文教育領域徹底清除八股精神的艱巨性，傳統語文教育的消極面給人們投下了難以消除的陰影。它使今天的語文教育，在不同程度上仍然在重複著梁啟超、葉聖陶們曾強烈抨擊過的鼓勵模仿、鼓勵因襲、鼓勵作假的那一套，語文教育的現代化、科學化進程仍然受到八股遺風有形的、無形的影響，以致許多教師雖抱殘守闕而不自知。

　　培根說得好，讀史可以使人明智。研究語文教育史的目的，就是為了總結經驗、探索規律，思往以開來。我們對傳統語文教育的反思和批判，在使我們清醒地看到前人的侷限的同時，也使我們更加深刻地認識到前人對語文教育的長期探索所積累起來的豐富的經驗與思想資料的真正價值。從先秦的孔子、老子、莊子、墨子、孟子、荀子、韓非子的言語觀和論說觀，到漢魏晉南北朝的王充、曹丕、陸機、劉勰、顏之推的文章論和寫作論，到唐宋元明清的韓愈、謝枋得、朱熹、真德秀、倪士毅、吳訥、唐彪、章學誠、曾國藩的語文教學觀，再到「五四」以後的陳望道、黎錦熙、梁啟超、魯迅、阮真、夏丏尊、朱自清、胡適、朱光潛、葉聖陶等人的現代語文教育論，對於今天的語文學科建設和教改，無疑是一筆巨大的思想財富。即便是我們否定的東西，也並不意味著不能從中獲得啟示，正如對八股文教學的

衰朽本質的否定並不妨礙我們從這種模式程序教學中汲取營養一樣。

批判的武器不能代替武器的批判。面對傳統語文教育的思想和方法，問題的關鍵不是要不要繼承它，而是怎樣去認識它；從這一點上說，擺在語文教育界面前的首要任務是研究方法和觀念的更新，並建立起合乎現代要求的認知結構，以新的背景、方法、角度和價值觀，觀照傳統語文教育，對其作出科學的評判和揚棄。把其精華部分合理地吸收、融合進現代語文教育理論和實踐中去。任何死守傳統，言必稱韓愈、葉聖陶的觀點，或無視歷史與現實，脫離實際、唯我獨尊的觀點，都是不足取的。

教育思想：從修己到指向自我實現

在中國語文教育史上，人們對語文教育本體的認識有一個逐步深化的過程：從為修己，到為事功（立言），到為功名，到為文章（實用），到為生活（工具──立誠），再到為人生（言語人生、詩意人生）。即為了人的言語潛能與個性的張揚，良好的言語人格意識與言語創新意識的養成，言語素養的全面和諧的發展，以促成人的言語表現、言語創造上的自我完善、自我實現。

早期的語文教育可稱為言語教育（由於中國古代尚無規整的語文教育，孔子設教「言語」科，故筆者借此代稱古代的語文教育），先秦及後代的儒家學者大都不太注重言語技能的訓練，更為注重的是「修己」。

西周官學教育的主導特徵便是以教化、修己為目的的。《禮記》〈大學〉開宗明義地指出：「大學之道，在明明德，在親民，在止於至善。」其具體的教育目標──格物、致知、誠意、正心、修身、齊家、治國、平天下這八條，重心在修己，是通過修己達到治人。「自天子以至於庶人，壹是皆以修身為本」，言語教育自然也概莫能外。

這一思想，實際上也是從孔、孟、荀到程頤、朱熹及後代儒家學者的共同的思想。

　　孔子是十分注重修己的，他把提高個人修養視為一切的根本，當然也是言語活動的根本。他說：「有德者必有言，有言者不必有德。」[1]他認為一個人首要的便是道、德、仁、義、學這些內在修養的培植；在言語表現上，德行高尚的人，自然有美好的言論，能言善辯的人，未必有高尚的德行，重要的不是有沒有「言」，而是有沒有「德」。荀子更把言語分為君子之言、愚者之言或小人之言，「君子必辯。凡人莫不好言其所善，而君子為甚焉。是以小人辯言險，而君子辯言仁也」[2]所謂君子，也就是有德、有道之人。程頤則乾脆認為：「古之學者，修德而已，有德者言可不學而能，此必然之理也。」[3]「學本是修德，有德然後有言。」[4]朱熹說：「大意主乎學問以明理，則自然發為好文章。詩亦然。」[5]——孟子說：「我知言，我善養吾浩然之氣。」[6]他把「養氣」（提高自我內在修養）作為「知言」的充要條件，自此，「氣」的概念成為中國文論的一個重要概念，「文以氣為主」[7]的觀念，更是成為了中國文論的一條主線。從漢魏晉南北朝的王充、曹丕、劉勰、鍾嶸，到唐宋的韓愈、蘇軾、陸游，一直到清代的葉燮、姚鼐、曾國藩，無不對此津津樂道。雖然他們也注重言語的功用，但是他們只是把這看作是修己的必然結果，而無須刻意於言語技能的訓練。

1　《論語》〈憲問〉。
2　《荀子》〈非相〉。
3　《朱子校昌黎先生集傳》，《新書本傳》，《韓昌黎全集》（北京市：中國書店，1991年），頁536。
4　程頤：《二程全書》〈遺書十八〉。
5　《朱子語類》〈論文上〉。
6　《孟子》〈公孫丑上〉。
7　曹丕：《典論》〈論文〉。

　　語文教育的本體論，漢代以後發生了明顯的分化。由於察舉制、科舉制等選才思想與考試規範的誘導，主流的教育思想從為「修己」轉向為「事功」，再到為「功名」。主流教育思想與儒家正統觀念、主流文論分道揚鑣、背道而馳。

　　先秦儒家學者所講求的文辭的功用，主要是從「教化」的角度說的，例如孔子講的「《詩》可以興，可以觀，可以群，可以怨。邇之事父，遠之事君；多識於鳥獸草木之名」。[8]「《詩》三百，一言以蔽之，曰：思無邪」[9]等，注重的就是其教化功能，雖然他也在一定程度上注意到言語的功用性、實用性，但這主要體現的還是人的道德、學問的修養和安邦治國的智慧的外化與應用。這跟漢以後的文人們把「立言」看作是一種外在的社會需求，或看作是踏入仕途的敲門磚，是有很大的不同的。北齊文章家顏之推就已注意到這種根本性的變化，他說：「古之學者為己，以補不足也；今之學者為人，但能說之也。古之學者為人，行道以利世也；今之學者為己，修身以求進也。」[10]

　　漢代的察舉制開文辭取士之先河，這就使語文教育的目的直接與「事功」、「功名」對應上了，會賦詩作文便可叩開官場之大門。這麼一來，文章的地位自然看漲。王充說：「物以文為表，人以文為基」，「鴻文在國，聖世之驗也。」[11]認為「文」之於人於國，都是至關重要的。當然，最典型的表述莫若曹丕所言：「蓋文章，經國之大業，不朽之盛事。年壽有時而盡，榮樂止乎其身，二者必至之常期，未若文章之無窮。是以古之作者，寄身於翰墨，見意於篇籍，不假良史之辭，不托飛馳之勢，而聲名自傳於後。」[12]認為「立言」之功

8　《論語》〈陽貨〉。

9　《論語》〈為政〉。

10　顏之推：《顏氏家訓》〈勉學〉。

11　王充：《論衡》〈書解〉。

12　曹丕：《典論》〈論文〉。

用，僅次於「立德」，而「立言」與「立德」並無必然的關係，二者
成為相互獨立的存在與需求。這種觀念，導致了語文和語文學習動機
的蛻變，文人終於撇開了「吾日三省吾身」的修己之道，逕自修習言
詞，以期通達仕途。程頤對這種「作文害道」的語文教育現象痛心疾
首，他說：「古之學者惟務養情性，其他則不學。今為文者，專務章
句，悅人耳目。既務悅人，非俳優而何？」[13]朱熹也對這種功利性的
語文學習批評道：「聖賢教人為學，非是使人綴緝言語，造作文辭，
但為科名爵祿之計。須是格物、致知、誠意、正心、修身而推之以至
於齊家、治國，可以平治天下，方是正當學問。」[14]儘管這種急功近
利的語文教育思想，受到許多學者的譴責，但由於它是封建察舉制、
科舉制的考試規範的必然要求，功利性的語文教育思想非但未受到遏
止，而且愈演愈烈，氾濫成災。在這一思想脅迫下的語文教育實踐，
長期陷於為「功名」抑或為「文章」兩難選擇的尷尬境地。

　　直至清末禁八股、廢科舉之後，為「事功」、為「功名」的語文
教育思想方才蛻變為為「實用」（實利）。在清末教育法規中，明確標
示了語文教育的目的是「供謀生應世之要需」，「以備應世達意之
用」，「以資官私實用」，語文教育從為功名轉向為實用，語文的應用
性特徵得到了極其質樸淺陋的意義上的確認。從清末到民初的語文教
育實踐，基本上被限制在閱讀、寫作一些論說文字和淺顯的書信、契
約一類的應用文字範圍內。——這對曾經是為「功名」的語文教育思
想來說，自然是一種反撥，但離真正的為「文章」的宗旨，卻仍有相
當的距離。如果只把語文教育的目的定位在能寫出「處世所必需」的
粗淺的應用文字上，這無異於拾了芝麻，丟了西瓜。學會寫最一般的
應用文字，只能說是語文教育的一個最低限的也是最簡單的要求，因

13　《二程語錄》卷11。
14　《晦庵先生朱文公文集》〈玉山講義〉。

為它主要是一種工藝「操作」，而不是一種精神「創造」。在今天看來，操作性言語活動的要求可以委之於電腦去完成，而創造性言語活動才具有智慧和文化積累的價值，這才應當是語文教育的真正目的，或者說是主要的目的。而實際上，這種實用主義的語文教育思想，在某種程度上還只是停留在「法規」的字面上，語文教育實踐並無顯著的改觀，相當數量的教師仍然駕輕就熟，走的是八股、策論教學的老路。

「五四」運動前後的文學革命、白話文運動、國語教育等的興起，給語文教育帶來了「現代」氣息。黎錦熙、梁啟超、陳望道、夏丏尊、葉聖陶等一批國文界的精英，在對八股傳統口誅筆伐的同時，都不約而同地重新把目光投向生活，投向言語主體的塑造。他們把語文教育的目的定位在「為生活」上。從外部看，強調的是工具性；從內部看，注重的是主體性，是運用這一工具的言語主體求真、立誠的人格修養。

以葉聖陶為代表的中國現代語文教育思想的主流，其語文教育本體論的核心及其邏輯起點是「為生活」。葉聖陶的教育觀就是「生活本位」的教育觀，他說：舊教育「不以生活為本位，而以知識為本位是個大毛病。由於不以生活為本位，所以不講當前受用」[15]。他的語文教育觀也同樣是以生活為本位：「舊式教育可以養成記誦很廣博的『活書櫥』，可以養成學舌很巧妙的『人形鸚鵡』，可以養成或大或小的官吏以及靠教讀為生的『儒學生員』；可是不能養成善於運用國文這一種工具來應付生活的普通公民。」[16]「國文，在學校裡是基本科

---

15 轉引自董菊初：《葉聖陶語文教育思想概論》（上海市：開明出版社，1998年），頁128。

16 葉聖陶：《認識國文教學》，劉國正主編：《葉聖陶教育文集》（北京市：人民教育出版社，1994年），第3卷，頁92。

目中的一項，在生活中是必要工具中的一種。」[17]由此可見，葉聖陶的「為生活」的教育觀，實際上就是與為應用、為實用的教育觀一脈相承的，而「工具論」就是「為應用、為實用」的教育觀的具體的、形象的表述。因此，葉聖陶的語文「工具論」，實際上就是他的語文本體論在實踐層面上的定性。葉聖陶「為生活」的語文教育本體論和「工具論」語文功用論，與美國實用主義哲學家、教育家杜威的教育思想有著一定的聯繫。杜威在一九一九至一九二一年間曾來過中國宣傳他的思想，他的主要觀點就認為教育即生活，學校即社會。主張工具主義，把一切科學理論均歸結為經驗，認為它們只是個人應付環境的「工具」或手段。

　　葉聖陶的語文「工具論」，作為他的語文教育思想的一個基本觀念，貫穿在他的整個語文研究生涯。他在一九一九年〈對於小學作文教授之意見〉一文中即有工具論之萌芽，在一九二四年的〈說話訓練〉一文中提出了語言是發表情感的「獨佔重要」的工具的見解。從此一發而不可收，直至晚年仍津津樂道。在一九八○年的中學語文教材編輯座談會上，他仍強調：「語文是人與人交流和交際的必不可少的工具。不善於使用這個工具，就無法工作和生活，甚至可以說就不能做人。」可以看出，在這一漫長的歷程中，他的「工具論」在不斷地豐富和發展：「這個『工具』既是生活的工具，又是『思維和交際』的工具，其他學科的工具（基礎），還是中華民族文化復興的工具（終極目標）。」[18]

　　對於葉聖陶的「工具論」特別值得注意的有兩點：

　　一是「工具」是手段不是目的。葉聖陶在《認真學習語文》中說：「語言是一種工具。工具是用來達到某個目的的。工具不是目

---

17 葉聖陶：〈認識國文教學〉，劉國正主編：《葉聖陶教育文集》（北京市：人民教育出版社，1994年），第3卷，頁91。

18 謝慧英：〈葉聖陶語文「工具論」評析〉，《語文世界》2000年第4期。

的。」[19]如上所述，運用這一工具的目的是應付生活及其相關性需求。如果把手段當目的，那就是捨本逐末。當前的為了應試的閱讀、寫作教學，尤其是語基教學，與應用、與生活的嚴重脫節，學非所用、用非所學，勞而無功、高分低能，不僅是把手段當作了目的，而且，從根本上說，是把葉聖陶的「為生活」的目的論給偷換成了「為應試」。如此，語文教育便淪為應試的「工具」，完全背離了其本旨。

　　二是「工具」的運用靠的是人。與他的「工具論」語文功用論互為表裡的，是他的「立誠論」言語主體論。語文要成為生活中的必要的工具，關鍵在於言語主體的塑造，其核心就是「立誠」。──這似乎是對兩千年前的「修己」觀的回歸，是對孔子、荀子、王充、朱熹們的認同，但其實並非如此。在主體塑造上，他們並不主張作無視言語本體的修養情性、篤學明理，而更為注重從生活這一本原中去汲取營養，去增加閱歷、磨練情感，去培植求真、立誠的根本。他們認為言語活動不但是來源於生活，也是生活的一部分，言語與生活不是兩件事，而是一件事。所謂立誠，不是建立在原道、徵聖、宗經之上，而是建立在充實的生活之上。如葉聖陶所說：「寫作所以同衣食一樣，成為生活上不可缺少的一個項目，原在表白內心，與他人相感通。如果將無作有，強不知以為知，徒然說一番花言巧語，實際上卻沒有表白內心的什麼。寫作到此地步便與生活脫離關係，又何必去學習它？訓練學生寫作，必須注重於傾吐他們的積蓄，無非要他們生活上終身受用的意思。這便是『修辭立誠』的基礎。」[20]「假若有所表白，這當是有關於人間事情的，則必須合於事理的真際，切乎生活的實況；假若有所感興，這當是不傾吐不舒快的，則必須本於內心的鬱

19 葉聖陶：〈認真學習語文〉，劉國正主編：《葉聖陶教育文集》（北京市：人民教育出版社，1994年），第3卷，頁183。

20 葉聖陶：〈論寫作教學〉，中央教育科學研究所編：《葉聖陶語文教育論集》（北京市：教育科學出版社，1980年），頁436。

積，發乎情性的自然。這種要求可以稱為『求誠』。」[21]葉聖陶將言語主體的塑造，置於言語活動本體規律的制約之下；把言語行為，建立在言語客體（生活）、言語主體（內心）及言語受體（他人，即讀者）三者相統一的基礎之上；把語文教育，看作是學生生活的需要，即表白內心、與他人相感通的需要；看作是教師為了養成他們終身受用的一種生活能力，而訓練他們學會真誠地傾吐內心積蓄的事情。這一觀念，便是「五四」以後開創的「現代語文——寫作教育」的「現代性」的基本內涵；也可以看作是「現代語文學」的一個核心理論。而語文應試教育恰恰是只見「工具」不見「人」，閹割了「工具論」的靈魂「立誠論」，無視言語人格的塑造，無視人文教育，無視「立人」，其結果必然導致應試技能「高超」，言語人格低下。

任何教育現象都不是一種偶然的存在，都是相應的教育哲學、教育觀念外化出的現實。那麼，為什麼以「為生活」、「工具論」、「立誠論」為主流教育思想的教育實踐，卻會外化出了與倡導者本意相悖的「應試教育」呢？毋庸諱言，這是由於「工具論」語文功用論中所包含的「應付生活」的「實利主義」、「實用主義」的思想淵源，加上根深柢固的封建科舉應試教育的傳統，與「商品經濟」社會條件下所形成的人的功利心態和浮躁心態，使語文界很容易「忽略」了「工具論」的應有之意——「為生活」與「立誠」的實質，買櫝還珠，衍生出急功近利的應試教育，致使語文教育由「應付生活」的「工具」，「順理成章」地蛻變為「應試」的「工具」，從而走向了反面。這是值得語文界認真反思與總結的。否則，即便是在今天語文課改的大趨勢下，也仍難免打著「語文素養教育」的幌子，行「語文應試教育」之實，難免「八股」教育輕車熟路、變本加厲地回潮。——歷史的經

---

21 葉聖陶：〈作文論〉，劉國正主編：《葉聖陶教育文集》（北京市：人民教育出版社，1994年），第3卷，頁299。

驗告訴我們，教育界不少人推動「應試教育」，從來就是「本色當行」，遠比從事「素養教育」要「專業」得多。

　　處於世紀之交的「知識經濟」時代的語文教育，在對以葉聖陶為代表的語文教育本體論有所繼承的同時，更應當要有所揚棄和發展。語文教育，說到底是對人的言語表現、言語人生、詩意人生的教育。當代語文教育思想，在言語主體建構上，除了繼續給予言語客體——生活——以極大的關注外，注意到了言語主體發展的更多的層面，如生理性態與心理性態、智慧因素與非智慧因素、先天潛質與後天素養、個性特徵與共性特徵等，辯證地揭示了主、客、載、受各體之間的相互關係。而且，重要的是，把言語主體建構的內在因素的核心，定位在言語「人格意識」的培植上。[22]更為重要的是，我們認為，要真正走出應試教育的困境，走上素養教育之途，必須在指導思想上實現語文教育本體論的轉向，把其重心從言語客體「生活」，轉向言語主體「人」；把言語主體的行為特徵與終極目標，定位在指向言語上的「自我實現」，創造「自我實現」的「言語人生」、「詩意人生」（而不是被動地「應付生活」）上。

　　人本主義心理學家馬斯洛把人的需要分為兩種：基本需要與發展需要。基本需要包括生理、安全、歸屬與愛、尊重等需要（因缺乏而產生的需要）；發展需要包括有意義、自我滿足、美、善、真等需要（存在的價值或後需要）。發展需要的最大滿足就是達成人的「自我實現」。[23]可見，人的基本需要主要是生存性需要，發展需要主要是存在性需要。前者主要是一種生活的、物質的需求，後者主要是一種發展的、精神的需求。毫無疑問，後者是人的終極性需求。而現代語文

---

22 參見林可夫主編：《高等師範寫作教程》（福州市：福建教育出版社，1991年），第一章〈成因論〉第一節〈寫作主體〉部分，頁25-38。

23 參見〔美〕弗蘭克・戈布林，呂明、陳紅雯譯：《第三思潮：馬斯洛心理學》（上海市：上海譯文出版社，1987年），頁57。

教育，無疑的不僅要指向人的基本需求，更要指向人的發展需求，即指向言語上的「自我實現」，在最大程度上發揮人的言語潛能、個性與才華，既滿足人的生存性需要，也滿足人的存在性需要。這才是完整的、前瞻的語文教育。

　　言語人生，是人類最具本質特徵的人生。因為，言語活動，是人類這一智慧生命體與其他物種的根本區別。人是符號動物，言語活動是一切思維活動、精神活動賴以產生的基礎。任何一種創造的人生，都可以歸入「言語人生」，因為沒有什麼有價值的創造性的工作，可以離開符號性的思維和符號性的行為，可以既不要深思熟慮，也不要精當的言說和話語。「言語人生」，實即「智慧人生」、「創造人生」。從這個意義上說，言語人生，是人的最具典型特徵的生存形態、生命狀態。自然，由於條件的差異，這不是人人都可能擁有的生存方式，甚至也並非所有能說會道或會舞文弄墨的人的人生即「言語人生」。言語人生，指的是具有較高的符號創生力和精神創造力的人生，指的是在人的一生中，他創造的精神產品（包括其物化形態）在人類的文明史、文化史上留痕的人生。——語文教育，引領學生走上言語人生，說到底是一種人本主義的回歸，使人更像人。

　　在這一終極目標下，言語主體的人格意識在言語實踐的層面上主要表現在兩個方面：一是「求真立誠，把心交給讀者」；二是「修身養氣，超越功利境界」。即在言語活動中應「把誠心、真心交付給讀者，堅執於道德人格的操守和國家民族的責任，而把憂患和苦難、奉獻和犧牲留給自己」。「惟有不懈地求真誠、致良知、養『浩然之氣』，保持淡泊、寧靜的心境，才可望造就高尚純美的言語人格；惟有超越功利境界，擺脫名利的誘惑，才可望寄寓生命於言語創作，創造真正意義上的『自我實現』的人生」。[24]也許有人會認為這些要求對

---

24 參見潘新和主編：《寫作，指向自我實現的人生》（北京市：科學出版社，1999年），頁20。

於作家、學者尚可，對於學生、對於語文教育來說，未免太崇高、太莊嚴、太沉重了，中小學生作文能練個文從字順就行了，談何言語人格意識？——只要看看顧炎武、梁啟超們聲討八股教育予社會、學子之弊害的憤激之言，聽聽葉聖陶、朱光潛們對青年學生在寫作上要以求真立誠為首務，「決不容許口是心非、弄虛作假」的諄諄教誨，再想想當今學生作文中普遍存在的不真不誠的狀況（有人說今天的學生作文是「說真話進來（入學），說假話出去（畢業），這並非危言聳聽），大約就不會懷疑培養正確的言語人格意識的重要。因為寫作不但反映了作者的人格情性，同時也塑造了作者的人格情性。言語行為上的不真不誠，不只是影響到一人一時一文的得失，而是會影響到人生、社會與將來！而培養正確的言語人格意識，恰恰要從言語學習階段抓起，從中小學抓起。誠如朱光潛所言：「許多人在文學上不能有成就，大半就誤在入手就養成說謊的習慣。」[25]

言語人格意識，是言語上的自我實現的靈魂；言語行為，要指向自我實現的人生，須以正確的言語人格意識為前導。要使人生更有意義和價值，要使生活更加絢麗多彩，要創造言語上的自我實現的人生，言語主體可以從以下三個方面加以體認：

首先，言語活動，顯示了人的生命意志與本質需求。「人是符號的動物」，言語活動不僅是個體的人的生命價值的自我實現，言語作品也是全人類的精神家園，是人類本質力量的一種體現，是作為群體的人類存在價值的自我實現。從某種意義上說，言語，是人類文明的載體，言語創造，是基於人類提升自身「物種」品質的一種原生的生命衝動。因而，人類文化的薪火相傳與推陳出新，當是每一位追求言語上自我實現的人的義不容辭的天賦使命。

---

25 朱光潛：〈寫作練習〉，《朱光潛美學文集》（上海市：上海文藝出版社，1981年），第2卷，頁278。

　　其次，言語的表現，既是人的生存性選擇（適應生活的需求），也是人的存在性選擇（人生價值的實現）。從個體的人的言語稟賦與潛能（這是每一位正常的人都擁有的）的充分發揮來看，存在性選擇在「自我實現」上的主體優勢是顯而易見的。這種選擇，意味著不侷限於實利性的、實用性的言語表現，還包括非實用性的、審美性的言語表現。言語作品，是生命的寓所。在諸多職業與事業中，一旦你選擇了與知識、文化、創造結緣，言語活動也便與你的生命一體（文藝家、企業家、科學家、學者、政治家……概莫能外）。選擇了言語創造，便要全身心地付出，不論付出什麼樣的代價，作出什麼樣的犧牲，也無怨無悔。這便是言語上的自我實現的深層內蘊。

　　第三，言語主體須張揚言語良知與社會責任感。言語良知的一個重要表徵是言語作品必須有益於國家、民族、社會與讀者。一個有良知的作者，勢必具有強烈的社會責任感。如果只憑利益驅動，「損一毫利天下不與也」，缺乏正確的人生觀和道德觀，就不配作為一個作者。作者，不是完人，但他必須去完善自我。他必須具有自我反省與探索真理的道德勇氣與人格力量。[26]

　　從這裡不難看出，上述言語人格意識的具體內容，是對以往的語文教育思想，諸如「修己」、「事功」、「實用」、「立誠」等的包容與超越，有更強大的概括力和更深刻的理論內涵，同時也對言語主體建構與語文教育提出了更高的要求。──「以人為本」，「言語活動，指向自我實現的人生」，促成在言語主體良好的言語人格意識統攝下的學識、智慧、情意素養等的全面和諧的發展，這應是當代語文教育的理想目標。

　　面向二十一世紀的語文教育，應該把目光更多的注視在「人」

---

26 參見潘新和主編：《寫作，指向自我實現的人生》，（北京市：科學出版社，1999
　　年），頁17-20。

上。應該把言語學習和表現，既看作是外在的生活的需求，又看作是人本身的內在的、個體的精神需求，是人的言語潛能與個性的張揚，是人的言語上的自我完善、自我實現的需要。對於言語學習和表現的動機來說，後者不僅不應被忽略，而且應當備受關切和尊重。對於人的言語學習和表現的行為來說，外在需求的激勵作用，往往是間接、被動、短暫的，而內在需求的激勵作用，勢必是直接、主動、持久的，因而也是更加強大的。語文素養教育，不是單靠在語文教材上修修補補、教學上減「負」、高考出一、兩道妙題就能奏效的，它應是人的言語綜合素養的教育，說到底是「言語人生」、「詩意人生」的教育。──我們有理由堅信，語文素養教育的真正啟動，期待著語文教育本體論轉向！

讀寫觀念：從以讀代寫到寫作本位

語文教育本體論直接制約著語文教學觀念，一定的語文教學觀念形成了相應的語文教學規範。在語文教學中，讀與寫是一對基本矛盾。在中國語文教育史上，讀寫觀念的嬗變，也經歷了一個逐步完善的過程：從以讀代寫（練）、讀中求悟，到為寫擇讀、讀以致「用」，到以讀帶（促）寫、讀寫結合，再到以寫為本、以表現──存在為本。──「以寫為本，以素養求發展」的「大寫作」觀，「以表現（說、寫）──存在為本位」的「發展創造」型新語文教育觀，可望成為二十一世紀語文教育的主導性觀念。

「以讀代寫（練）、讀中求悟」的觀念，就是用閱讀、涵養來代替辭章的訓練，重視從讀中體悟，排斥單純的文字技術的訓練。認為通過閱讀，明德悟道，修養情性，積學明理，道德學問到了一定的程度，自然會寫出好文章。這是以「為己」、「修己」為目的的語文教育本體論的產物，是先秦時期主導性的言語教學規範，也是後世儒家學

者所宣導的。它是與科舉制語文教育急功近利的「為寫擇讀、讀以致
『用』」規範相對立的一種語文教學規範。

孔子的言語價值觀是「述而不作」。「述」，朱熹注曰：「傳舊而
已。」孔子一生做了大量的整理古籍的工作，即「集群聖之大成而折
衷之」，不主張進行有悖前賢經典的創作。欲「傳舊」，便得熟讀經
典，多加體悟，所以「讀」便成為「寫」的必要條件。孔子說：「不
學《詩》，無以言。」[27]「女為〈周南〉、〈召南〉矣乎？人而不為〈周
南〉、〈召南〉，其猶正牆面而立也與？」[28]可見他對讀的重視。在《論
語》中也有不少孔子與其弟子邊閱讀邊切磋體悟的實例，如子貢從
「如切如磋，如琢如磨」的詩句中，悟到做學問與修養身心是沒有窮
極的道理。子夏讀「巧笑倩兮，美目盼兮，素以為絢兮」的詩句，在
孔子的啟發下，聯想到「禮後乎？」（禮樂產生在仁義之後麼？）在
他們看來，「讀」能修德悟道，而「有德者必有言」，這是順理成章的
事。荀子則把寫作的功用定為「以正道而辨奸」，要「正道」「辨
奸」，也同樣離不開讀儒家經典。他把「不合先王，不順禮義」的言
論，稱為「奸言」，認為這類文章「雖辯，君子不聽」[29]。要合先王、
順禮義，自然也必須讀儒家經典。總之，他們都認為文章是「讀」出
來、「悟」出來的，不是「寫」出來、「練」出來的。他們推崇的是
「讀」出來、「悟」出來的「道之文」，鄙薄「寫」出來、「練」出來
的「詞章之文」

這種「以讀代寫（練）」的言語學習觀，到了程、朱那裡，由於
當時科舉制刮起的「功利」性寫作學習之風盛行，文、道分離，有文
無道、因文害道等現象廣為蔓延，更進一步促成了他們對悟道、體道
的強調，和對專務詞章之文的貶斥。程頤說：「人見六經便以為聖人

27　《論語》〈季氏〉。

28　《論語》〈陽貨〉。

29　《荀子》〈非相〉。

亦作文，不知聖人亦攄發胸中所蘊，自成文耳，所謂『有德者必有言』也。曰：游、夏稱文學（在孔子的四個教學科目德行、言語、政事、文學中，他的弟子子游、子夏屬『文學』方面的高才生；先秦的『文學』，指的是一般性的學問，而非今天意義上的文學——筆者），何也？曰：游、夏亦何嘗秉筆學為詞章也？且如『觀乎天文以察時變，觀乎人文以化成天下』，此豈詞章之文也？」[30]他認為文章是從胸中積蘊中自然抒發出來的，不是靠文字訓練（秉筆學為詞章）而能做到的。朱熹更是將文與道二者劃了個等號，認為文和道不是兩回事，而是一回事：「道者，文之根本；文者，道之枝葉。惟其根本乎道，所以發之於文，皆道也。三代聖賢文章，皆從此心寫出，文便是道。」[31]「文」既然本於「道」，只要多讀聖賢之文，久之自然能寫出好文章，他舉了老蘇（蘇洵，蘇軾的父親）的學文過程為例加以說明：「老蘇自言其初學為文時取《論語》、《孟子》、《韓子》及其他聖賢之文，而兀然端坐，終日以讀之者七、八年。方其始也，入其中而惶然，以博觀於其外而駭然以驚；及其久也，讀之益精，而其胸中豁然以明，若人之言固當然者。然尤未敢自出其言也。歷時既久，胸中之言日益多，不能自製，試出而書之，已而再三讀之，渾渾乎覺其來之易矣。」[32]程、朱從反對科舉以文辭取士、反對寫作教學的急功近利，走向了另一個極端，一方面極力強調「文本於道」，文、道一體，另一方面推崇以讀代寫（練）、讀必能寫的語文學習方法。他們對為寫而寫的語文「應試」教育的批判，無疑是具有積極意義的，他們所主張的從「讀」中悟道，文本於道，如果從言語行為須有正確的指導思想，寫作須抒發作者的內心感悟這一點上說，也不失其合理性。但是，把「道」作為「文」的本原，把讀聖賢之文，作為作者認

---

30 《二程語錄》卷11。

31 《朱子語類》〈論文上〉。

32 《晦庵先生朱文公文集》〈滄州精舍渝學者〉。

識的全部，作為作者寫作素材的全部，將「讀」與必要的文字訓練對立起來，便走上了唯心論、神秘論之途。

　　「以讀代寫（練）、讀中求悟」規範與「為寫擇讀、讀以致『用』」規範，在漢以後及科舉制興起之後的相當長的時期內，不是後者取代前者，而是二者並存。在整個封建時代的書院教育中，較好地保持了語文教育的「正統」性和「純潔」性，「以讀代寫（練）、讀中求悟」規範大致上仍處於主導性地位。而在官學和私塾教育中，「以讀代寫（練）、讀中求悟」規範也不同程度地存在著，只是到了明、清，尤其是清代，「為寫擇讀、讀以致『用』」規範才逐漸佔據了主導性地位。教育完全淪為科舉制的奴僕，教育的中心任務就是為了使學生能寫出幾篇用來應試的八股、策論、試帖詩。為了「寫」，自然也得「讀」，但「讀」不再是為了悟道養性修德，而是為了能立竿見影地寫出合適的應試文，能直接「用」到科舉應試中去。誠如盧湘父所說：「讀『四書』，只為八股之題目，讀『五經』，只為八股之材料。而三代以下之書，皆可以不讀。」[33]即根據學生寫的需要，選擇該讀什麼。所讀的文章，只是作為教學的例文，使學生在內容、形式上有所依仿。由這一目的出發，自然最需要讀的不是「四書」、「五經」，而是時文，即制藝佳作，如同現今的高考優秀作文。為了適應這種需要，坊間刻印的科舉文選多如牛毛，氾濫成災，僅明代的選本、稿本就多達數百種，及至清乾隆時，不得不命方苞編定《欽定四書文》四十一卷作為官書奉行，但私人所選還是不斷。與其形成鮮明對比的，是經典之文與歷代的美文名篇則備受冷落，無人問津。面對這種狀況，顧炎武在《日知錄》中慨歎道：「昔人所須十年而成者，以一年畢之。昔人所須一年而成者，以一月畢之。成於剿襲，得於假借。卒而問其所末讀之經，有茫然不知為何書者。故愚以為八股為

---

33 盧湘父：〈萬木草堂憶舊〉，沈雲龍主編：《近代中國史料叢刊續編》（臺北市：文海出版社有限公司，1983年），第66輯，第651冊。

害，等於焚書……」由此可見，「為寫擇讀、讀以致『用』」規範的「讀」，與「以讀代寫（練）、讀中求悟」規範的「讀」，二者的涵義是大不相同的，從指導思想到教學實踐，均背道而馳。前者是道德學問的涵養，後者是急功近利的套襲。「讀」的不同，是由於對「寫」的認識不同所致。「以讀代寫（練）、讀中求悟」規範下的「寫」，要求的是修己、言志、立誠、正道辨奸、益國補化，是作者思想、情感和人格的外化；「為寫擇讀、讀以致『用』」規範下的「寫」，則是「代聖賢立言」，作為「傳聲筒」，為了功名利祿，作為「敲門磚」，是一種異己性的寫作。「為寫擇讀、讀以致『用』」規範較之於「以讀代寫（練）、讀中求悟」規範，雖然似乎更為關注語文教學的本體，但卻淡化、迷失了學生的言語主體性，其弊不但等於「焚書」，而且更甚於「坑儒」，造成了如梁啟超所說的文人性格上的虛偽、乖張和人格上的扭曲。科舉教育批量生產了成千上萬的范進和孔乙己。

　　清末禁八股、廢科舉，「為寫擇讀、讀以致『用』」規範必然受到重挫，但「為寫擇讀、讀以致『用』」作為一種教學方式還是有其合理性的，撇開其在科舉應試教育制約下對「讀」和「寫」的具體規定和具體內容來看，以「寫」為目的，以「讀」為手段；從「寫」的需要出發，選擇可資借鑒的讀物讓學生通過閱讀來體悟其中的寫作規律，這對寫作學習來說是有必要的。因此，上述對「為寫擇讀、讀以致『用』」規範的否定，只是就其特定的涵義而言，並不否定其作為一種教學手段的應用。實際上，「五四」以後雖然主流「國文」教材基本上是「文選」為主，或採用「以讀帶（促）寫、讀寫結合」的格局，但也有個別的寫作教材也採用了「為寫擇讀、讀以致『用』」的方式，當然，寫的已不是八股、策論，讀的也不是四書文、五經義，而是敘事文、抒情文、議論文和應用文等，同時「寫」的知識方面的內容得到加強，「讀」只是作為寫作教學中的一個環節，其作用已在相當程度上受到削弱，語文教學已開始走出「神而明之」的陰影，語

文學習無須專從「讀」中求悟，有些寫作規律和技巧，可以由教材的編者直接點破。

在「五四」以後，直至今日，佔主導地位的語文教學規範是「以讀帶（促）寫、讀寫結合」。「以讀帶（促）寫、讀寫結合」，就是「以閱讀為本位」，就是把閱讀教學放在語文教學本體的核心的位置，把閱讀作為語文學習的基礎或前提，通過閱讀教學，在提高學生的閱讀能力的同時，兼顧寫作教學，帶動或促進學生寫作能力的相應的提高。二〇年代後的國文教材和一九四九年後的語文教材，佔「壟斷」地位的，均是取以閱讀為本位、以寫作為附庸的格局。形成這一規範的主要原因，是由於受到「五四」以來國文界的一些最具權威的學者，特別是葉聖陶的語文教學觀的影響。葉聖陶一貫強調的是閱讀對寫作的重要性，在四〇年代發表的〈國文教學的兩個基本觀念〉一文中，對讀、寫關係作了較為具體、明確的闡述，認定閱讀是寫作的「根」：「現在一說到學生國文程度，其意等於說學生寫作程度。至於與寫作程度同等重要的閱讀程度往往是忽視了的。……然而閱讀是吸收，寫作是傾吐，傾吐能否合於法度，顯然與吸收有密切的關係。單說寫作程度如何是沒有根的，要有根，就得追問那比較難捉摸的閱讀程度。」「多方面地講求閱讀方法也就是多方面養成寫作習慣。習慣漸漸養成，技術拙劣與思路不清的毛病自然漸漸減少，一直減到沒有。所以說閱讀與寫作是一貫的，閱讀程度提高了，寫作程度沒有不提高的。」到了六〇年代，他又重申了上述看法，進一步闡明了「閱讀是寫作的基礎」這一觀點：「有些人把閱讀和寫作看作不甚相干的兩回事，而且特別著重寫作，總是說學生寫作能力不行，好像語文程度就只看寫作程度似的。……實際上寫作基於閱讀。教師教得好，學生讀得好，才寫得好。」「總而言之，閱讀是寫作的基礎。」[34]這一認

34　葉聖陶：〈閱讀是寫作的基礎〉，《文匯報》，1962年4月10日。

識便為這一時期的語文教學指導思想和教材、教法等確定了基調。由於葉聖陶在中國現、當代語文界和教育界的特殊地位和影響，致使「以讀帶（促）寫、讀寫結合」規範一枝獨秀，長期佔據語文教壇，而其他標新立異的教改嘗試，因難敵統編教材和統考導向的規範，即使得分也不得勢，始終成不了氣候。

　　「以讀帶（促）寫、讀寫結合」規範，在讀寫觀念上就是以讀為本，以讀來統率寫、指導寫。這裡有一個假設性的前提，就是在閱讀與寫作關係中，閱讀重於、優於寫作，閱讀能力決定、並包容了寫作能力，所以必須以閱讀為本位。其實，雖然閱讀對寫作有一定的幫助，閱讀能力對寫作能力的發展有相關性，但二者的目的、規律和智慧上的要求又有著根本的差別，「教師教得好，學生讀得好」，未必就「寫得好」。讀對寫有幫助，寫對讀也同樣有幫助，很難說孰重孰輕。「閱讀程度提高了，寫作程度沒有不提高的」，這一「因果」關係的荒謬性更是毋庸置疑。實際上，「眼高」，「手」未必就「高」，現實中讀得很多，很「好」，很「淵博」，卻不會寫，或寫得很差的人，比比皆是。有人稱之為「眼高手低」，但朱光潛認為並不存在所謂「眼高手低」的情況，因為，「手低」，「眼」也就不可能「高」。只有真正「手高」的人才能「眼高」。也就是說，不是閱讀程度決定寫作程度，恰恰相反，是寫作程度決定閱讀程度。將閱讀程度等同於寫作程度，這實際上不僅是跟先秦時期的「以讀代（替）寫、讀中求悟」觀相似，都是對寫作教學本體的忽視，而且，也是對讀寫關係的錯置。

　　這種忽視與錯置，源於對讀寫規律的誤解。雖然讀寫能力之間存在著正相關，但其差別也是顯而易見的。這可以從以下幾個方面來看：

　　一、閱讀的目的是鑒賞求知，寫作的目的是表情達意。閱讀是「破譯」，主要靠讀解力；寫作是「編碼」，主要靠構思力、創造力和表達力。閱讀的讀解較多地運用再造性想像；寫作的運思較多地運用創造性想像。閱讀吸收的是他人之物，寫作傾吐的是自我之物。

　　二、閱讀始於「言」，寫作始於「物」。閱讀面對的是加工過的精神產品，寫作面對的是雜亂無章的素材和朦朧的思緒。閱讀接受的是準確、鮮明、經讀者刪改定的語言；寫作則要由內部語言轉化為外部語言，由粗糙而趨於暢達。最為重要的是：

　　三、閱讀所「吸收」的是他人的「思維的結果」，並未能顯示對寫作起決定性作用的「思維的過程」。閱讀所能提供的，大大小於寫作所需要的，從閱讀中借鑒，只是寫作學習的一個方面。[35]誠如朱光潛在回答「作詩是否要多讀書」時說的：「讀書只是學的一個節目，一個不可少的而卻也不是最重要的節目。」[36]

　　這些差別，說明了閱讀能力向寫作能力的遷移是很有限的。這還是就智力因素而言，如果把視野推廣到非智力因素領域，那差別就更大了。寫作的源頭——人生閱歷，無論讀多少書都是無法替代的，更何況寫作所需要的人格修養、個性、動機、情感、毅力等，也不是靠閱讀就能獲取的。

　　教育、教學的規範，要服從於教育、教學的內容本體的規律；教學內容的科學的序化組合，應依循其內在的客觀規定。就閱讀行為而言，並不必然地包容寫作行為。固然在閱讀過程中可以作作筆記或寫寫書評，但唯讀不寫也未嘗不可。在一般情況下，單純的閱讀鑒賞活動或消遣活動，就已構成了一個完整的行為過程。寫作行為就不同了，寫作行為過程必然包含著閱讀行為。寫作行為可以分為三個階段：前寫作，寫作，後寫作。「前寫作」，指寫作主體的心智、技能的修養和寫作意念的孕育；「寫作」，指萌生寫作動機與作品的構思、行文、定稿；「後寫作」指讀者的閱讀回饋與作者的反思。這三個階段都包含著閱讀。「前寫作」，主體準備狀態的優劣，相當程度上取決於

---

35 潘新和：《中國現代寫作教育史》（福州市：福建人民出版社，1997年），頁511。
36 朱光潛：〈給一位寫新詩的青年朋友〉，《藝文雜談》（合肥市：安徽人民出版社，1981年），頁68。

學養，學養有賴於閱讀；語感、文體感的形成也有賴於閱讀；不少文章寫作的意念也源於閱讀。「寫作」，即文本的創造行為，在寫的過程中，不但要「自讀」（邊寫邊讀、邊讀邊寫、邊讀邊改），而且還要「他讀」（從讀者的角度來「預讀」、「審讀」作品）。更為重要的是，在「後寫作」階段，作品問世後，必須被閱讀。未經讀者閱讀過的作品還只能算是「半成品」。從某種意義上說，作品是由作者與讀者共同完成的。此外，作為作者，還得「閱讀」讀者的回饋，反思作品的成敗得失，把經驗與教訓融合進自己原有的寫作認知背景。至此，才可以說完成了一次完整的寫作活動。由此可見，寫作的過程中始終伴隨著閱讀，寫作包含著閱讀，寫作對閱讀具有包容性。──這也就是為什麼會閱讀的人未必會寫作、而會寫作的人必然會閱讀的原因所在。閱讀與寫作的這種內在機制上的差異，應是構成讀寫觀念與教學規範的基礎。黎錦熙在他的「教學上的三原則」中，把「寫作重於講讀」[37]作為寫作──語文教改的首要的原則提出，是深得讀寫關係之宏旨的。

　　「五四」以後，學生語文程度低下的狀況始終困擾著語文界，今天語文教學的少、慢、差、費的情況仍十分嚴重，學生語文水準徘徊不前，甚至每況愈下，固然其中原因很多，但毋庸諱言，壟斷語文教壇達大半個世紀的「以讀帶（促）寫、讀寫結合」規範，違背了讀寫活動的內在規律，是主要原因之一。是到了對「以讀帶（促）寫、讀寫結合」規範的科學性與合理性提出質疑的時候了！

　　二十世紀八〇年代以後，少數的中、小學語文教育，和相當部分的高校的語文教育，開始注意到重新認識讀寫關係的必要性。人們開始從語文教學本體出發去深入探索其規律性，考察讀寫活動的行為過

---

37 黎錦熙：〈各級學校作文教學改革案〉，見張鴻苓、李桐華編：《黎錦熙論語文教育》（鄭州市：河南教育出版社，1990年），頁202。

程，及主體相應的素養和能力構成，考察語文教學內在的各種複雜的關係和規律。經過三十多年的探索，逐步認識到寫作與語文教學的本體特徵，認識到寫作是閱讀所「帶」不動的，在語文教學結構中，寫作教學佔有比閱讀教學更為重要的位置；認識到「以讀帶（促）寫、讀寫結合」規範因其未能體現語文教學本體特性及其內在關係，必將被新的教學規範所取代。

從語文教育的培養目標來看，「語文教育的直接的功效，是形成聽、讀、說、寫的能力，以濟人應世與發展之需。在這四種能力中，聽、讀是接受、領悟、鑒賞和陶冶，說、寫是進展、表現、創作和自我實現。從某種意義上說，聽、讀是預備、是手段、是原因，說、寫是進展、是目的、是結果。說、寫最終包含、延續，並完成了聽、讀。因此，在語文素養教育中，說、寫當是矛盾的主要方面。就說、寫來看，在資訊社會中，二者無疑都是十分重要的，但由於『說』是口語的傳達交流，較多地體現了人的自然生理屬性，而『寫』是借助文字符號的表達，其能力的形成，所包含的後天教育的含量更大些，而且，『寫』也可以看作是『說』的深化和提高，更具『行遠』『立言』『事功』之效。所以，寫作教育在語文教育中，勢必佔據了一個較為特殊、顯要的地位。在語文素養教育中，寫作素養教育也勢必成為其核心的、主導性的內容。——如果說，『閱讀本位』代表了二十世紀滯後的『吸收實用』型語文教育觀，那麼，『寫作本位』將代表了二十一世紀先鋒的『創造發展』型語文教育觀。語文教育以寫作為本位，以寫作素養教育為中心和龍頭，必將帶動聽、讀、說能力的和諧發展。」[38]——由此可見，從語文教育的主要培養目標及其實踐功能來看，語文教育實即言語教育。如果對語文教育主要培養目標、即

38　參見潘新和：〈新語文教育規範下的寫作素養教育〉，《福建師範大學學報》1999年第1期。

言語（說、寫）創作方面加以整體的強調，「以寫作為本位」的「創造發展」型語文教育規範，也可以表述為「以表現（說、寫）——存在為本位」的「創造發展」型語文教育規範，這一規範，當是對語文教學特性的正確反映。這不論是對傳統語文教育，還是對當代語文教育來說，都將是一個革命性的超越和重構。

對作為語文教學的「中心和龍頭」的寫作教學可作如是觀：寫作的特性就是作為一種精神產品的功用性、原創性和學識性，及與這「三性」相關的寫作素養教育的五個原則：實現性、模擬性、學養性、主體性和導悟性。寫作教學便是要抓住這些特性和原則，去促成學生的寫作素養和能力的發展，去帶動其他語文素養與能力的同步提高。[39]在語文教育中，須張揚「以寫為本，以素養求發展」的教育理念。這一教育理念的提出，標誌著對寫作——語文教育認識的深化。「以寫為本，以素養求發展」，就是立足於寫作和語文教學的本體特性和規律，從「寫」的總目標出發，圍繞著「寫」的素養的培育，科學地組織、實施寫作與語文科內的各項練習，培養學生良好的言語習慣和意識，促進他們的言語心智和能力的全面提高，最大限度地發展他們的言語個性與言語創新意識。這一教育理念，是和注重培養言語主體良好的人格意識的言語教育觀念相統一的，它的目標不是只放在言語技能的習得上，而是放在言語主體良好的言語生命意識統攝下的、以言語創新思維為核心的寫作——語文基本素養和能力的和諧的開發、提高和發展上。其意義既在於寫作，又在於語文，且又超越了寫作和語文，具有最高層面上的「素養教育」的功能。由於寫作活動是人的多方面的素養和能力的綜合體現，這些素養和能力的提高，實際上也是人的整體素養和綜合文化實力的提高。且由於寫作能力是一

---

39 參見潘新和：〈新語文教育規範下的寫作素養教育〉，《福建師範大學學報》1999年第1期。

切在事業上尋求自我實現的人所必具的能力，是現代人的標誌性的能力之一，不會寫作，將無法在現代資訊社會立足。因此，寫作素養堪稱為人的「元素養」。對於促成人的一般發展來說，沒有哪一個學科的教育，在「素養教育」意義上，其作用能跟語文教育相提並論。人是符號動物，所以，語文教育「以寫為本」，從某種意義上說，也就是「以人為本」，「以人的發展為本」。

考慮到語文教育的「素養」教育功能，在語文教育中確立「以寫為本，以素養求發展」的觀念，建構「以表現（說、寫）為本位」的「創造發展」型語文教育規範，將是合宜的。當然，就目前而言，這還只是一個具有前瞻性的假說，然而，放眼二十一世紀的素養教育，放眼知識經濟時代、資訊時代語文教育的前景，其建設性和挑戰性則是不言而喻的。我們有理由相信，「以寫為本，以素養求發展」的「大寫作」教育觀念，「以人為本」，「言語活動，指向自我實現的人生」的語文教育思想，「以表現（說、寫）為本位」的「創造發展」型新語文教育觀念，必將成為中國語文界的共識！

說寫觀念：從說寫一體到說寫並重

從中國語文教育史看語文課程形態，「寫」和「讀」結下了不解之緣，這是眾所周知的；而「寫」和「說」的關係，雖然不像「寫」和「讀」的關係那麼「親密無間」，卻也合而復分，分而復合，若即若離而又難解難分，其中奧妙，引人沉思。

就「說」、「寫」關係而論，大致存在以下幾種課程形態：說寫一體，重說輕寫，以寫為主，說寫結合，重寫輕說，只寫不說，說寫分立等。──說寫並重，「以表現為本位」，說寫一體，聽、讀、說、寫聯絡共進的課程形態，是二十一世紀資訊社會的必然要求。

從西周的官學教育到春秋、戰國時期的私學教育，語文教育主要

體現在「言語」課程之內。其課程形態大致上是說寫一體，說寫不分，重說輕寫。

西周的官學，繼承了前代以「六藝」（禮、樂、射、御、書、數）為教學科目的制度，其中「樂」教是一門主課，內含樂德、樂語、樂舞三門。「樂語」包括「興、道、諷、誦、言、語」這幾項內容，興、道、諷、誦均為言語技能、技巧，言、語是兩種表現方式。這也便是早期的語文課程雛形，但還不能算是一種嚴整獨立的課程形態。

「言語」教學的獨立設科，是自孔子始。孔子把他的學生分成四科：德行、言語、政事、文學。[40]這四科不是普通教育，而是對優秀學生進行的專業教育，具有提高課的性質。關於「言語」的意思，鄭玄注作「發端」的言辭為言，「答述」的言辭為語。《說文》稱：「直言曰言，論難曰語。」《周禮今注今譯》中認為「言語」是兩種「說」的方式，「言」是「直說己事也」，「語」是「為他人說話也」。[41]而《中國教育通史》一書則認為：「看來言和語是兩類文體，言語之教近乎今天的作文教學。」[42]這究竟是兩種「說」的方式，還是兩類文體，換言之，「言語」究竟是說話課還是作文課，未有定論。據我看來，二說皆通。因為先秦時期對口頭和書面的表述尚無嚴格的分際，言語既可以指說的，也可以指寫的，「言語」就是「言論」或「言說」，「言語」之教係泛指表述的教學。如孔子說的「有德者必有言」，這個「言」字顯然不只限於口頭表述，包括了書面言論的發表。而在先秦，用「文」字來指稱書面表述或文章的情況，還較少見，「文」字更多的是表示人的道德修養形之於外的美好的表現，即

40　《論語》〈先進〉。

41　參見林尹注譯：《周禮今注今譯》（北京市：書目文獻出版社，1985年），頁233。

42　毛禮銳、沈灌群主編：《中國教育通史》（濟南市：山東教育出版社，1985年），第1卷，頁103。

「道之顯者」,「禮樂法度教化之跡」,指的是漂亮、美好的東西,《說文》稱「文」為「錯畫也」,即「會集眾采以成錦繡也」。孔子所說的「文質彬彬,然後君子」、「行有餘力則以學文」、「言之無文,行而不遠」等,其中的「文」字,指的都不是文章。「文章」的意思,大約是從「文」的本義中引申出來的,因為文章也是禮樂法度、道德修養等美好的東西的外顯。

　　「言語」之義固然包括了口頭與書面的表述,但由於先秦的文字交流比語言交流的機會要少得多,所以,言語之教,其側重的方面,可能還是在口頭表達上。春秋戰國時期,士階層為了施展抱負,為了獲得統治者的寵幸,遊說進言之風盛行;同時由於列國紛爭,使節來往頻繁,「公關」及外交方面的口語交流的需求激增。這些也許便是孔子設教「言語」的動因。其「言語」之教,勢必也要向提高口頭表達能力方面傾斜。孔子是很看重「說」的方面學以致用的,他說:「誦《詩》三百,授之以政,不達;使之四方,不能專對;雖多,亦奚以為?」[43] 在《論語》中的許多篇章,孔子都談到了自己對說話的看法,如「剛、毅、木、訥,近仁」[44],「巧言令色鮮矣仁」[45],「君子欲訥於言而敏於行」[46],「君子……敏於事而慎於言」[47],「仁者其言也訒」[48],等等,不一而足,這些都可以明顯地看出他所談論的是「說話」,可見其對於應當如何「說話」的關注。

　　由於說話和作文有很多共通的東西,所以,先秦諸子有關言語方面的言論(實際上也就是他們的「言語」教學活動),往往講的是二者共同的規律,他們還沒有對「說」和「寫」作嚴格的區分。如《荀

43　《論語》〈子路〉。
44　《論語》〈子路〉。
45　《論語》〈學而〉。
46　《論語》〈里仁〉。
47　《論語》〈學而〉。
48　《論語》〈顏淵〉。

子》〈正名〉、《墨子》〈小取〉。前者主要討論的是寫作規律，但「正名」的意義，也適用於說話；後者討論的是言語論辯邏輯，對「說」和「寫」都同等重要。而韓非子名篇〈說難〉，可以說是對先秦言語實踐活動的總結，論述的是遊說進言的禁忌和技巧，既適用於「寫」，又適用於「說」。韓非子本人的長處是在於寫，因他口吃，只能以「上書」向統治者進言。〈說難〉一文的寫作，就是「非見韓之削弱，數以諫韓王，韓王不能用」，感到進言的困難，而萌發研究進言應如何趨利避害的動機的，但〈說難〉所言則不限於「寫」的困難，其中舉的「說」的例子也不少，可以算是一篇「言語」心理學論文。

　　上述說寫一體、說寫不分的情況，是普遍存在的，他們也許不是有意識地這樣做，只是因為對說、寫規律尚缺乏深入的認識所致，但從其客觀效果看也還有值得肯定之處。首先是對「說話」教學的重視，是與當時的社會需求相適應的。其次，說和寫都是人的傳達交流活動，二者的某些基本的要求和規律是相似的，抓住某些基本的東西，可收以簡馭繁之效。再次，說和寫的能力密切相關，在教學中二者兼顧，有助於相互的遷移和促進。——「說」和「寫」在早期課程中的偶然的「聯姻」，也許在冥冥之中暗示了在教育學意義上的必然和深刻。

　　寫作從說寫不分的言語科中剝離出來，成為較為獨立、嚴整的教學形態，大約是在東漢。光和元年（178），靈帝創建了中國也是世界最早的文藝專門學校——鴻都門學（因校址設在洛陽鴻都門而得名）。生員來自各州、郡所薦舉的「能為尺牘、辭賦及工書鳥篆者」，經過考試入學，專攻尺牘、小說、辭賦、字畫等。「尺牘」，包括「章」、「奏」、「表」、「駁」、「書」等實用文體（漢代的尺牘不但有實用性，而且有文學性），而小說、辭賦等則屬於審美文體。可見，當時的寫作課程已經兼顧到實用文體和審美文體的教學。到了南北朝，元嘉十五年（438），宋文帝又在京師開設了單科性的四個學館。玄學館、史

學館、文學館、儒學館。這文學館的「文學」，仍跟孔子所設教的「文學」科相近，並不是今天意義上的文學，而是指廣義的文章。文學館便是專門從事文章研究與教學的。這時的寫作教學已經從先秦言語教育說寫不分的課程課程形態中分離出來了，儼然自成一體。

其實，從西漢開始的察舉制和隋唐開始的科舉制，便決定了對語文教育結構中「說話」教學的排斥。漢代的考試方式有「對策」、「射策」兩種。「對策」是根據皇帝或學官出的有關政治、時事方面的題目作書面答卷，也稱策問或策試；「射策」有如後代的抽籤考試，內容側重對經義中的疑難問題的解釋和闡發。二者基本上考的都是「寫」的能力。隋唐之後的科舉考試，先是仍以策問為主，加試詩、賦各一篇，後來詩、賦逐漸取得與策問同等重要的地位，進士科的考試往往更看重詩、賦。及至宋代熙寧四年（1071），又轉為考「經義」為主。明成化（1465-1487）以後，「經義」得以進一步地規範化，流俗稱為「八股」。八股文作為一種基本的科舉考試文體，一直沿襲至清末。應試注重寫作能力，在課程形態上，自然是「以寫為主」。考什麼，便讀什麼、寫什麼。「科舉考試一度重視書判、策論和詩賦，則學校，也隨之注重習字、習時務策和作詩賦。乃至鄉村學也都普遍學習作詩，學詩成了一種普遍風氣。」[49]明後期至整個清代的教育，基本上是圍繞著八股文寫作這個主軸轉。雖然在教學中也有一些質疑問難和提問作答，但並沒有進行有目的的「說」的教學活動，「說」的教學已被排除在教育目的和課程之外。這一點，也可以從漢以後學者對寫作研究興趣的增長和對口語研究的式微得以證明。

科舉語文教育，削弱了「讀」，排斥了「說」，急功近利地「寫」，似乎並沒有給語文教育帶來與投入相稱的產出，排他性的寫作教學形態恰恰事與願違，培養了大量的文字不通、心態畸形的落魄

---

49 毛禮銳、沈灌群主編：《中國教育通史》（濟南市：山東教育出版社，1985年），第2卷，頁515。

文人。即使是「八股」名家高手，也無非是鸚鵡學舌，玩文字遊戲，堪稱寫作人才的並不多。這實際上表明了真正寫作能力的提高，單靠寫的詞章技能、技巧訓練是無濟於事的。寫作靠的是綜合的學養和全面的素養，即所謂「功夫在詩外」，而且，「詩」外功夫比「詩」內功夫還要重要！

「五四」前後，大約是受了西方教育學的影響，許多學者不約而同地重新對語言（指口語、口述）教學給予極大的關注，將其納入寫作課程之內。較早提出這個意見的是庚冰，他說：「語言為文字之母，文字者不過為語言之符號，語言之與文字具此密切的關係，故教授文字莫不由語言入手。」[50]趙裕仁也認為學校教學注重筆寫的狀況「急需改革過來」，因為口語的發表非常重要，他列舉了四條理由：第一，口語的發表，是人類最自然的發表；第二，我們日常生活裡，用口頭發表意見的機會，要比筆頭發表意見的機會來得多；第三，口語的發表，都有當前的動機在眼前驅迫著，所以毫沒有乾枯無味的毛病發生；第四，善用口語表示情意的，往往善用文字去表示情意，而善用文字表示情意的，往往未必善用口語表示情意。[51]鑒此，他認為「口述的重要，當然不亞於筆寫了」。何仲英還對中學口語教法作了專門的研究並提出具體的構想，他在〈口語作法的訓練〉（何仲英：《中學國文教學論叢》（上海市：上海商務印書館，1927年）中說：「在中學裡舉行口語的訓練，並不是教學生說些簡短、隨便、零瑣的話，我們是教他們說些較多而且很細心預備的種種報告、描寫、記載、說明或是辯論，發表於同學之前。……它與作文需要條理的考慮，清晰的佈置，以及藝術的工作，完全相同。不過一則宣之於口，一則書之於紙而已。」他把口語作法訓練分為指示、表演和批評三個步驟，並作了詳細的說明。這一時期大部分論者都把語言教學視為作

50　庚冰：〈言文教授論〉，《教育雜誌》第4卷第3期（1912年6月），頁3767-3780。
51　趙裕仁：《小學國語科教學法》（上海市：商務印書館，1927年），頁32。

文教學的一部分，提出不同看法的是黎錦熙，他認為：「說作文要以話法所教學的口語為背景，則可，說話法教學便是作文的一部分，則不可。因為心理的作用、學習的過程，彼此並不完全相同……」[52]他既注意到口語和作文的共同點，又認識到二者的差異，這無疑是對說寫並重（或說寫結合）這一課程形態認識上的深化。

此後，葉聖陶、平生、朱自清、朱光潛等人，均對說、寫關係有了進一步的思考，一般也都意識到說、寫規律的共同性和特殊性，只是他們所強調的各有側重：葉聖陶、平生強調的是「同」的方面，朱自清、朱光潛強調的是「異」的方面。

葉聖陶提出了「寫話」的觀點，認為「話怎麼說，文章就怎麼寫」。「用現代活的語言，只要會寫字，能說就能寫，寫出來又最親切。」他承認「話」與「文章」是有距離的，但這種距離是可以消除的。他說：

> 有人說，話是話，文章是文章，難道一點距離也沒有？距離是有的。話不免囉嗦，文章可要乾淨。話說錯了只好重說，文章寫錯了可以修改。說話可以靠身勢跟面部表情的幫助，文章可沒有這種幫助。這些都是話跟文章的距離。假如有一個人，說話一向很精，又乾淨又不說錯，也不用靠身勢跟面部表情的幫助，單憑說話就能夠通情達意，那麼照他的話記下來就是文章，他的話跟文章沒有距離。不如他的人呢？就有距離，寫文章就得努力消除這種距離。可是距離消除之後，並不是寫成另外一套語言，他的文章還是話，不過是比平常說的更精的話。[53]

---

52 黎錦熙：〈國語的「作文」教學法〉，《教育雜誌》第16卷第1期（1924年1月），頁22925-22951。

53 葉聖陶：〈寫話〉，劉國正主編：《葉聖陶教育文集》（北京市：人民教育出版社，1994年），第3卷，頁405。

　　而平生在四〇年代的解放區[*]國文教學中也對「寫話」教學法進行了積極的探索，積累了豐富的經驗和資料，把「寫話」教學作為作文入門階段的教學方式。教學實踐表明這對提高寫作教學效能是行之有效的，其具體內容見平生著《寫話教學法》一書。

　　而朱自清則認為：「寫的白話不等於說話，寫的白話文更不等於說話。寫和說到底是兩回事。」「說的白話和寫的白話絕不是一致的；它們該各有各的標準。」[54]朱自清對說與寫的差異有較為透澈的認識，認為許多青年學生以為白話文是跟說話差不多一致，照著心裡說的話寫下來就是白話文，這是一種誤解。朱自清的意見無疑是值得重視的。他對說與寫的區分，主要有以下幾點：

　　（一）寫作運思時心裡說的話等於獨自言語。這種「獨自言語」跟平常說話不同。不但不出聲音，而且因為沒有聽者，沒有種種自覺的和不自覺的限制，容易跑野馬。在平常談話或演說的時候，還免不了跑野馬；獨自思想時自然更會如此。說話是從思想到語言，寫作是從思想到文字。[55]

　　（二）說的白話有聲調姿勢表情襯托著，字句只佔了一半。寫的白話全靠字句，字句自然也有聲調，可並不和說話的聲調完全一樣，它是專從字句的安排與組織裡生出來的。字句的組織必得在文義之外，傳達出相當說話時的聲調姿勢表情來，才合於寫作的目的。[56]

　　（三）文章有種種書面表達的特殊程序。例如寫信，這最接近於說話的信，也必須將種種不同的口氣標準化，將「面談」時的一些聲調姿勢表情等等標準化。因為「寫信」終究不是「面談」，所以得這

---

*　編按：指抗日戰爭和第二次國共內戰時間，中國共產黨軍隊之統治區域。下文不另附註說明。

54　朱自清：〈論誦讀〉，《朱自清論語文教育》（鄭州市：河南教育出版社，1985年），頁114。

55　朱自清：〈寫作雜談〉，《國文教學》（上海市：開明書店，1947年），頁183。

56　朱自清：〈中學生的國文程度〉，《國文教學》（上海市：開明書店，1947年），頁128。

麼辦：有些程序並不出於「面談」，而是寫信寫出來的。各色各樣的程序，不是要筆頭，不是掉花槍，都是實際需要逼出來的。[57]

（四）說話往往遵從於個別人的言語習慣，寫作則必須用大眾化的語言。過分依照自己的那「分歧的個別的語言」，而不知道顧到「統一的文字」，沒有「統一的文字」的意念，只讓自己的語言支配著，寫出來的文章就可能自己讀自己聽很順，別人讀別人聽就不順了。[58]

朱光潛更是一針見血地指出了「作文如說話」這種見解的「語病」：

> 「以古為則」者看不起白話文，以為它天生是下賤的，和鄉下佬說的話一樣粗俗，他們以為用文言才能「雅」。這種誤解一半起於他們的固執，不肯虛心研究白話文；一半也起於初期提倡白話文者的「作文如說話」這句帶有語病的口號。我們儘管用白話，作文並不完全如說話。說話時信口開河，思想和語文都比較粗疏；寫作時有斟酌的時間，思想和語文都比較縝密。這在兩方面可以見出。頭一點是用字，說話用的字比較有限，作文用的字比較豐富。無論在哪一國，沒有人要翻字典去談話，可是作文和讀文卻有時要翻字典。作文思想謹慎些，所以用字也比較謹慎些。一篇尋常對話，如果照實記錄下來，必定有很多不精確的字。其次是語句組織。通常談話不必句句講文法，句句注意到聲音節奏，反正臨時對方可以勉強懂得就夠了。至於作文，我們對於文法及聲調不能不隨時留意。所以「寫的語文」（written language）和「說的語文」（spoken

---

57　朱自清：〈如面談〉，《語文影及其他》（北京市：中國文聯出版公司，1985年），頁28。

58　朱自清：〈誦讀教學〉，《朱自清論語文教育》（鄭州市：河南教育出版社，1985年），頁105。

language）在各國都不能完全一致。[59]

　　魯迅先生也談道：「語文和口語不能完全相同；講話的時候，可以夾許多『這個這個』『那個那個』之類，其實並無意義，到寫作時，為了時間，紙張的經濟，意思的分明，就要分別刪去的，所以文章一定應該比口語簡潔，然而明瞭，有些不同，並非文章的壞處。」[60]

　　作文教學固然應該注意到說和寫的共同性，但更要著眼二者的差異性，說與寫在表現上是各有其特殊性的。說與寫都是一種言語表現方式，但是說話的表情達意不完全靠語言（音頻訊號），它在相當程度上還借助於說話人所處的特定的環境，與說話人的各種輔助性的表情、姿勢、動作等，聽眾感受到的是一種綜合效應。而作文的表情達意，則純粹依靠作者所提供的文字符號，作者的一切資訊都只有通過文字符號這個唯一的傳媒，輸送給讀者。同時，說與寫二者各有其長期「說」出來的與「寫」出來的約定俗成的表現習慣，因而，在語文教學中是有必要對二者加以區分的。區分的目的是為了能在教學中更好地把握各自的特點，使學生能更好地領悟說與寫的形式規範。

　　然而，強調說和寫的差異性並不意味著否定二者的相關性和相容性。在學生寫作學習的初始階段，由「寫話」導入寫作，可以架起從口頭表達通往書面表達的橋樑，使他們業已形成的「說」的經驗向「寫」遷移，解除他們對寫作的神秘感與畏懼心理。當學生對文字的表現有了一定的認識後，就應該較多的注意二者的差異，如果仍然是按照話怎麼說就怎麼寫，寫出來的東西必然是不成文的，這時，「寫話」可能將成為寫作學習的障礙。但這並不是說可以將「說」的能力

59　朱光潛：〈談文學〉，《朱光潛美學文集》（上海市：上海文藝出版社，1982年），第2卷，頁328-329。

60　魯迅：〈答曹聚仁先生信〉，《魯迅全集》（北京市：人民文學出版社1958年），第6卷，頁60。

訓練排除在語文教育之外，作為言語（說、寫）表現的重要一翼，說的能力與寫的能力是同樣不可或缺的，說和寫應該比翼齊飛。但這也並不意味著「說」和「寫」在教學中必須隔絕開來，只要不是把「說」和「寫」看作是一回事，能根據各自的規律進行學習，在教學中將說、寫二者，以至將聽、讀、說、寫四者有機地聯絡在一起，則是十分必要的。這對於提高教學效率，促成各種能力的相生共長，是極有助益的。

　　在這一時期的語文「課程標準綱要」中也體現了對「說」的重視，如一九二三年頒行的〈新學制課程標準綱要〉中〈小學國語課程綱要〉，從一至六年級，每個學年均有「說」的教學要求：「簡單會話，童話講演」，「童話、史話、小說等的講演」，「加普通的演說」，「加辯論會的設計、練習」，「注重演說的練習」。教學「方法」指明：「語言可獨立教學，或與作文等聯絡教學。」「畢業最低限度的標準」要求：初小「能用國語作簡單的談話」，高小「能用國語講演」。〈初級中學國語課程綱要〉也要求各學年作「定期的演說辯論」，佔三學分。（作文和筆記佔四學分；文法討論佔三學分）三、四○年代的「課程標準」中大致上仍作說、寫並重的課程定位。如一九三二年頒行的〈小學各科課程標準〉的「國語」部分，便有「利用環境隨機設計，使兒童口述或筆述練習敘事、說理、達意」的要求，低年級作的是「故事和日常事項的口述和筆述」，高年級作的是「演說辯論的擬稿」，教學方法上規定：「口述應和筆述常相聯絡，例如同一題材，先演講（口述），繼以記述（筆述），再繼以討論（研究）；或先演講，繼以記述；或先記述，繼以討論。」初中、高中的口述訓練，仍以演說、辯論為主。三、四○年代的「課程標準」中除了包含在「作文」教學中的「口述」內容外，還設有專門的「說話」教學和安排在課外的「口語」練習等。

　　這種「說寫結合」的課程觀念，其科學性是顯而易見的。但具體

操作起來，卻有很多困難，如課時安排和命題指導等，都將使作文教學、語文教學變得更為複雜，使教師要增加更多的工作量和面臨著教學素養方面的挑戰。最重要的是，語文界與教育主管部門實際上還沒有真正意識到「說」在語文教育中的重要意義和地位，也沒有意識到「說」對開發人的言語心智的作用，因此，對「說」的能力的培養未能給予充分的重視，以至對「說」的能力的檢驗從未進入各級的考試範圍。這麼一來，在語文教學實踐中，「說寫結合」的觀念和規定便大打折扣，實際上做的是「重寫輕說」或「只寫不說」。這種狀況，在從一九五〇年代一直到今天的中、小學教學中，未見根本的改觀。在《語文教學大綱》中始終例行公事般地寫著有關於「聽說能力」或「說話能力」方面的要求，但只有一些重點中、小學在課前作一些「口講」練習，大多也只是流於形式，演說和辯論更是罕見。打開一九九〇年六月出版的《全日制中學語文教學大綱》（第2版），在「作文教學」部分便赫然寫著：「口頭表達和書面表達在現代生活中具有同樣重要的意義。指導學生口述見聞、說明事理、發表意見等，不僅可以提高口頭表達能力，對提高書面表達能力也有促進作用。」但不知「大綱」的制訂者們是否意識到，在當今應試教育的規範下，他們認認真真地重複寫下的只能是一段絕對正確而又毫無意義的空話！

　　然而，出人意料的是，被應試教育整得似乎有些「昏頭昏腦」的學生們，對於「說」的重要性卻持有一份難得的清醒。據筆者一九九九年在中國東南地區十所高師、三十所中學一萬〇八百八十名學生中作的調查表明，他們對聽、讀、說、寫四種語文能力的重要性程度的判別，依次是「說」（佔百分之四十九點四）、「寫」（佔百分之二十六點三）、「讀」（佔百分之十二）、「聽」（佔百分之四點八），（棄權的佔百分之七點五）大部分學生認為「說」、「寫」能力最重要，而其中又以認為「說」的能力最重要的同學佔大多數。顯然，這種看法是基於當代社會需求之上的，也是與上述我們提出的「以表現（說、寫）為

本位」的「創造發展」型語文教育觀的認識基礎是相一致的。

　　值得慶幸的是，在當前教育改革的大勢下，在「素養教育」的呼聲中，教育行政領導和語文界也終於「幡然悔悟」，開始真正認識到缺少「說」的語文教育是不完整的語文教育。這主要表現為新的〈九年義務教育全日制初級中學語文教學大綱〉（試驗修訂版）不但有「口語交際」的要求，而且，在「教學評估」中還明確規定對學生語文發展水準的評價要採用「筆試與口試相結合」的方式，中學語文教材（人教版）第一次有了獨立於「閱讀」的「寫作」與「口語交際」說寫合一的訓練系統，儘管這一編程離「以表現（說、寫）為本位」的「創造發展」型語文教育規範還相距甚遠，而且，有了大綱的規定與教材，也並不表明一定就有「口語」教學與水準檢測，但是，能意識到語文教育實踐不能永遠讓「說」缺席，能把「說」的檢測寫進大綱，把「說寫合一」的訓練系統編進教材，也算是一大進步了。

　　「說」的教學也從來沒有進入高校的寫作課程（或者說壓根兒就沒有進入過高校中文專業以至其他專業的課程結構）。其實，即使是「寫」的教學，也只是在三○年代末，由於中學生國文水準低落而在高校普遍增設了「大一國文」課時，方才在大學講壇佔有一席之地。「大一國文」課以提高閱讀能力為主，寫作教學則處於可有可無讓人呼來喚去的小媳婦地位，葉聖陶將其定位為「補課」性質，補的是中學欠下的課，認為一旦中學作文教學程度上去了，寫作教學也就得取消。不料，中學作文教學程度始終上不去，寫作教學也就由「補課」而轉為正課，在高校扎下根。但其所處的小媳婦的地位並沒有改變，一會兒歸入「文選與習作」課內，一會兒又暫靠「現代漢語」，教師高興了便做一兩篇作文，懶得改便不做。這種半死不活、寄人籬下的狀況，至「文化大革命」後期才得以改觀。一九七○年代初高校中文專業開始有了獨立的寫作課程，「寫」的教學終於堂而皇之地在高校教壇上坐正了位置，然而，「說」的教學竟連「補課」的地位也不可

得。曾經有一種論調，認為大學生尤其是重點院校的大學生應當會寫，所以無須開寫作課。以此類推，大學生更應當會說，所以更沒必要開說話課。但卻不知這麼一來，不但高校的寫作課越開越紅火，而且在不少高校竟又紛紛開設了「口才」課、「演講」課、「教師口語」課，一發而不可收。

就為了這個「說」，學者、官員們曾花費了近一個世紀，汗流浹背地埋頭寫下了無數篇文章，制訂了一份又一份的「大綱」，眼睜睜地看著這些寫滿字的紙頁發黃、變脆，鮮有問津者。可是，彷彿一夜之間，人們竟無師自通地醒悟過來，明白了原來會說話並不等於能「說」，學習說話也並不只是為了說話。當然，真要做到「學習說話並不只是為了說話」，還有很長的路要走。但是，「說」的教學在語文教育中佔據一席重要的位置，說寫並重，「以表現（說、寫）為本位」，無疑的是語文素養教育的大勢所趨。

目前各級學校的「說寫分立」的課程形態，說不定有一天歷史會畫一個圈，再回歸到「說寫一體」（聽、讀、說、寫一體）的課程形態上來。辯論，將是聽、說、讀、寫聯絡並行的最佳教學型態。

寂然凝慮，思接千載：當年孔夫子不期然而然地開出的說寫一體的「言語」課，那鏗鏘頓挫的講課聲，穿越漫長的時光隧道，在新世紀的回音壁上，隱約可聞陣陣悠揚深邃的震盪。

教材體例：從文選到指向言語表現

如果要編一部中國教材史的話，毫無疑問，在所有的教材中，語文教材的數量首屈一指。在中國教育史上，語文教育縱然顯赫一時，卻並沒有驕人的成就；可是若論及語文教材的數量和種類，即便是品質，也就沒有任何理由感到悲觀了。且不說汗牛充棟的蒙學教材（「三、百、千」之類），一篇《墨子》〈小取〉、一篇《韓非子》〈說

難〉、一部《昭明文選》、一部《文章軌範》、一部《文則》，或者再加
上一本《文章作法》、一套《國文百八課》、一本《文心》，就足以讓
所有語文教育界同仁揚眉吐氣了！

　　先秦時期的言語教學，在西周時代用何教材已不可考，但在孔子
的私學教育中，所用教材則有史料可證。孔子的教育一般認為除了沿
襲前人所教的「六藝」外，還以自編的「六經」為教材。「六經」是
《詩》、《書》、《禮》、《樂》、《易》、《春秋》，為主的是《詩》、《書》、
《禮》、《樂》四種。從言語之教看，「六經」均有教材的價值：《詩》
教使人態度溫和，性情柔順，為人敦厚樸實，而不至於是非不辨；
《書》教使人知道自古以來歷史，通曉先王施政之理，而不至於亂作
評論；《禮》教使人恭敬嚴肅，知道道德規範，而不至於做事沒有節
制；《樂》教使人心胸寬暢，品性善良，而不至於奢侈無度；《易》教
使人知道人事正邪吉凶，事物之理的精微，而不至於傷人害物；《春
秋》之教使人知道交往用辭得體，褒貶之事有原則，則不至於犯上作
亂。[61] 這些，既是做人的基本修養，也是言語行為的基本素養。在
「六經」中，最為直接、明確的言語教材是《詩》。孔子明白地指示
讀《詩》的作用有兩種：一是能通悉民風世情，處理好政務；二是學
會很好地運用語言，作為使節能勝任外交上的談判應對。他多次強調
讀《詩》對學習言語的重要性，他說「不學《詩》，無以言」，如果不
學《詩》中的〈周南〉〈召南〉，就像面對牆站著，什麼也看不見，什
麼也做不成。他還進一步揭示了讀《詩》的四大用途：「小子何莫學
夫《詩》？《詩》可以興，可以觀，可以群，可以怨……」[62]「可以
興」就是可以學會托物言事，因物寄意，能激發情感，表達志向，培
養想像力和聯想力，〈學記〉中說的「不得博依（廣比喻），不能安
詩」，就是這個意思。「可以觀」就是可以學會觀察社會的風俗民情，

61　參見孫培青主編：《中國教育史》（上海市：華東師範大學出版社，1992年），頁65。
62　《論語》〈陽貨〉。

得知國家盛衰，通過學《詩》提高觀察力。「可以群」就是可以陶冶人的情性，使人溫柔敦厚，具有合群性，有利於切磋學問，砥礪品行。「可以怨」，就是學會以譏刺的方式批評當權者，以述己怨。[63]這裡說的基本上都是言語技能。此外，《書》和《春秋》想必也對言語教育也有重要的作用，「事為《春秋》，言為《尚書》」[64]，從《春秋》中可以學記事，從《尚書》中可以學記言，這是順理成章的事。

　　先秦時期可以稱得上言語教材的還有《荀子》〈正名〉、《墨子》〈小取〉、《韓非子》〈說難〉等。當然嚴格地說，這些教材雖寫於先秦，但真正廣泛傳播有的還是在後世。荀子和墨子均有很多的弟子、傳人，收於《荀子》、《墨子》中的文章大多是荀子、墨子及其後學的教學活動中的言論，因此，像《荀子》〈正名〉、《墨子》〈小取〉等必定是言語教材。而《韓非子》一書在後世也廣為流傳，以致太史公在《史記》中尚對其中著名的篇章津津樂道，將《韓非子》〈說難〉全文錄下，且不勝感慨繫之：「然韓非知說之難，為〈說難〉書甚具，終死於秦，不能自脫。」「申子（申不害）、韓子皆著書，傳於後世，學者多有。余獨悲韓子為〈說難〉而不能自脫耳。」由此可見後代學人對〈說難〉的重視。如果說〈正名〉揭示的是名與實的關係，是論說性言語的構成和思維規律，〈小取〉闡明的是論辯說理的邏輯、方法和技巧，〈說難〉則是言語心理學（或受眾心理學）的專論。〈正名〉和〈小取〉偏重於言語基本理論的探究，而〈說難〉重在對言語實踐的指導：凡說之難，非吾知之有以說之難也；又非吾辯之難……凡說之難，在知所說之心，可以吾說當之。——傳授遊說的經驗和技巧，教導人們在向統治者進言時如何趨利避害以實現言語目的，〈說難〉體現了較強的教學意識。韓非作〈說難〉，迄今二千二百餘年！

---

63 毛禮銳、沈灌群主編：《中國教育通史》（濟南市：山東教育出版社，1985年），第1卷，頁229-230。

64 《漢書》〈藝文志〉。

　　上述所提及的先秦時期的言語教材，用今天的眼光看也許都還只能算是「準教材」。當時言語教育尚屬草創，「六經」及一些零散的篇章，雖具教材性質，但教學的目標、系統、要求等都還談不上，這種狀況一直延續到兩漢及魏，其間雖也不乏具有教材性的著述，但不是失之於簡陋，就是亡佚不傳。晉之後寫作文選類教材大量問世，較著名的有杜預的《善文》，摯虞的《文章流別集》和《文章流別志論》，李充的〈翰林論〉，謝混的《文章流別本》，孔寧的《續文章流別》，劉義慶的《集苑》、《集林》，沈約的《集林鈔》、《集鈔》，丘遲的《集鈔》……排在《昭明文選》之前的，不下十幾部，這些編著現在基本上也看不到了，有的只剩下一些殘篇，如摯虞的〈文章流別論〉和李充的〈翰林論〉等，還可從清朝嚴可均編的《全上古三代秦漢三國六朝文》〈全晉文〉中得窺其略。流傳至今、影響廣泛的寫作文選類教材當推《昭明文選》，它標誌著語文教材的規範化。

　　《昭明文選》又稱《文選》，因由南朝梁昭明太子蕭統所撰而得名。蕭統（501-531）是個短命文學奇才，著述頗豐。他與《文心雕龍》的作者劉勰係同時代的人，劉勰曾擔任昭明太子「辦公室秘書」（東宮通事舍人），深得太子器重。有人推測，劉勰可能是他編《文選》的顧問，或直接參與了編撰工作。《文選》和《文心雕龍》有不少相通之處，可謂珠聯璧合，相映成趣。但二書在語文教育史上的遭際卻大不相同。《文心雕龍》在唐、宋較受冷落，至明、清方始傳播，但也只限於民間，始終未享有《文選》所獲的尊榮和風光，作為中國古代寫作理論之皇皇巨著，竟與教壇無緣。箇中原因當然不難理解，因為它與科舉應試教育的功利性及速成性的要求不相吻合。而《文選》問世後不久就不但成為教材而且更成為一門學問。唐代學者李善便專業傳授《文選》，學生多自遠方而至，傳其業，號「《文選》學」。南宋王應麟在《困學紀聞》中說：「李善精於《文選》，為注解，因以講授，謂之文選學。少陵有詩云『續兒誦《文選》』，又訓其

子『熟精文選理』，蓋選學自成一家。……故曰『《文選》爛，秀才半』。」可見，《文選》在唐代已成為較為熱門的寫作教材。雖然《文選》在宋熙、豐之後也曾受經學的衝擊，被冷落一時，但在總體上看，它在寫作教壇上的地位，絕非《文心雕龍》可望其項背。而《文心雕龍》的理論成就，卻又是《文選》所望塵莫及的。——在這裡，歷史彷彿開了一個玩笑。

如果說《文心雕龍》作為寫作教材也還有「陳義過高，流於玄妙」之嫌，而中國古代最為優秀的、堪稱典範的、最具教育學價值的寫作文選類教材《文章軌範》，雖然在歷代的寫作教學中也較受重視，但其地位和名氣，也遠在《昭明文選》之下。

南宋謝枋得（1232-1289）編的《文章軌範》七卷，選文六十九篇，均為唐宋名家名篇，七卷中分兩大類：放膽文（二卷），小心文（五卷），每卷卷首均有教學目的、要求等的提示，如「放膽文」（卷一）的提示是：

> 凡學文，初要膽大，終要心小，由粗入細，由俗入雅，由繁入簡，由豪蕩入純粹。此集皆粗枝大葉之文，本於禮義，老於世事，合於人情。初學熟之，開廣其胸襟，發舒其志氣，但見文之易，不見文之難，必能放言高論，筆端不窘束矣。

單單「凡學文，初要膽大，終要心小，由粗入細，由俗入雅，由繁入簡，由豪蕩入純粹」這一句話，就足以讓後人歎為觀止，受用無窮！在中國古代語文學論著中，能如此精闢地揭示語文教育規律的，殊為罕見。

作為教材，《文章軌範》甚得寫作教學機理。中國寫作教材的編寫，正是由此開始有了教育學和教學法研究的自覺意識，這標誌著寫作教材和教學的科學化程度的一個質的飛躍。謝枋得功不可沒！在我

國古代語文教育史上，《文章軌範》的價值，當在《文心雕龍》和
《昭明文選》之上。假如今天語文教材的編寫者們，知道七百多年前
有過一部叫作《文章軌範》的寫作教材，中國寫作教壇上因此有了
「放膽文」、「小心文」一說，他們之中的許多人就不至於孜孜不倦地
撰寫毫無新意的寫作教材，無端地耗費自己和他人的生命。

　　同是在南宋，比謝枋得還略早一些的真德秀（1178-1235），也曾
編了一本寫作文選《文章正宗》，對後代也有相當影響，值得一提。
該書正、續集各二十卷，選文比《文章軌範》時間跨度更大，面更
廣，它的最大特點是有了最初的教學文體分類。我們知道，宋以前的
寫作研究已明顯地表現出將文體愈分愈細的趨勢，這是不利於教學
的。真德秀將選文分為辭命、議論、敘事、詩賦四類，儘管這一分類
既取文體名稱又取文章性質，標準不一，不太科學，但是，能化繁為
簡，將《文選》所分為三十八大類的文體，歸為四種進入教學，這無
疑是很有眼光的。這四種文體大約可算是中國最早的寫作教學「基本
型」文體。

　　南宋是一個政治上很衰敗的時代，但在語文教育史上卻是一個很
繁榮的時代。不僅產生了寫作文選類教材的傑作《文章軌範》、《文章
正宗》，而且還產生了以《文則》、《文章精義》為代表的寫作知識類
教材。

　　陳騤（1154-1203）所著《文則》，向被稱為辭章學、修辭學、文
體學或文學理論論著，這只不過是各取一端罷了。實際上，稱它為一
部寫作學論著（教材）可能最為恰當。所謂「文則」，即為文之法
則。作者在《文則》〈序〉中就清楚地談到該書寫作的動機是緣於向
「老於文者」求教為文之道而不得，後「恣閱古書，始知古人之作，
歎曰：文當如是」；寫作該書的目的是「蓋將所以自則也，如示人以
為則，則吾豈敢」，——這自然是故作謙虛，如果用以「自則」，又何
須刊行於世呢？既刊之於世，就是為了教人，也就是為了彌補自己少

年時代求教不得的遺憾。而實際上《文則》在後世是很流行的，宋、元、明、清均有多種版本行世，因為作為寫作知識類教材，它顯然要比《文心雕龍》簡明、實用。該書涉及文章體裁、遣詞造句、行文章法、表現風格等諸多方面，不但示人以法則，而且附有大量的實例，表述也較為清晰平易，習作者較容易接受。該書當可稱為中國最早的提供了較為詳備的寫作知識的教材。

　　而李耆卿的《文章精義》內容原本就是教材，是由弟子于欽將其所授筆錄下來彙集成書的，故用語錄體。此書雖系統性不強，但評說各家文章之優劣，教學子如何為文，卻頗有心得，對後學影響也較大。

　　知識類教材發育較為成熟的當推元朝倪士毅的《作義要訣》。《作義要訣》是專講經義（一種科舉文體）的作法的，該書的編寫意圖很清楚，就是作為教材教學生作經義的，因而有較強的應用性和可教性。該書除了摘引各家有關的寫作知識，論及一些一般的寫作道理外，著重按經義寫作的程序，按部就班地加以講述，先是審題，然後是冒題、原題、講題、結題等，一一指明寫作要旨。這裡暫且不論經義寫作的得失，單就教材的教學意識來看，顯然較《文則》、《文章精義》大大前進了一步。

　　《文章軌範》和《作義要訣》，分別標誌了寫作文選類和知識類教材的成型，並成為一種「範式」，給後代的這兩類教材以普遍的影響。

　　奇怪的是，宋、元以後，在寫作教材的類型的拓展上似乎停滯了，也許是人們的才智都被上述這兩種「範式」給束縛住，明、清兩代所出的寫作教材可謂汗牛充棟，但歸結起來，無非還是兩類——文選類和知識類。第三類寫作教材——訓練類，直到二十世紀二〇年代才姍姍來遲，其代表作是夏丏尊、劉薰宇的《文章作法》。

　　《文章作法》一九二六年八月由開明書店出版，原書稿係夏丏尊從一九一九年至一九二二年所用的講義，後被劉薰宇「從塵埃中拿下

來看了說是很好」，邊教邊修改，「大家認為可作立達學園比較固定的教本，為欲省油印的煩累，及兼備別校採用計，就以兩人合編的名義，歸開明書店出版」。這本在語文教育史上可資一書的訓練類教材的開山之作，就是這樣極為偶然地被劉薰宇從蒙塵的書架上翻揀了出來而傳世的。

《文章作法》是一部傳授作文法的教材，此前已有兩部較重要的作文法教材問世，一部是陳望道的《作文法講義》（上海市：民智書局，1922年3月），另一部是高語罕的《國文作法》（上海市：上海亞東圖書館，1922年8月）。客觀地說二書均頗具水準，對作文法的認識各有千秋。然而，作為寫作教材，和《文章作法》擱在一塊比較，難免相形見絀。其根本的原因就是《作文法講義》和《國文作法》都是關於「知」的作文法，而《文章作法》則側重於「行」。

作文法固然不能無「知」，但其實質則在於「行」，「實踐性」和「可練性」是作文法的要義。若論作文法的知識含量，《文章作法》自是稍遜一籌；而就「實踐性」和「可練性」而言，《文章作法》則切中其要，棋高一著。《文章作法》的生命就在於「行」，或稱「知、行統一」體現了很強的「教練」意識。

然而，令人費解的是，《文章作法》之類不但空前，而且幾近絕後。迄今為止的國文、語文教材，幾乎是「文選」的一統天下。即便附上點寫作知識、列幾道文題，也難覓「教練」的蹤跡。惟有個別民間的語文改革家，「不甘寂寞」，仍在作一些艱難的探索，其代表人物是高原、劉朏朏。他們在二十世紀七〇年代末、一九八〇年代初創立的「觀察──分析──表達」作文三級訓練體系，曾風靡一時，成效卓著，但終因勢單力薄，加之缺乏進一步的理論上的提升，和從語文教育的全域上進行整合，以至難以為繼。

當然，從新語文教育以來，就「文選」類教材來說，也有優劣之分，也有上乘之作。如夏丏尊、葉聖陶、宋雲彬、陳望道合編的《開

明國文講義》（開明函授學校出版，開明書店1934年印行，共三冊），夏丏尊、葉聖陶合編的《國文百八課》（上海市：開明書店，1935年。為初中國文科教學、自修用書），二書均頗具水準，尤以後書更佳。

　　《國文百八課》「編輯大意」說：「本書用分課的混合編制法，共六冊。每冊十八課，供一學期的教學。」全書共一○八課。編書的目的是出於這種想法：「在學校教育上，國文科向和其他學科對列，不被認為一種學科，因此國文科至今還缺乏客觀具體的科學性。本書編輯旨趣最重要的一點就是想給予國文科以科學性，一掃從來玄妙籠統的觀念。」「從來教學國文，往往只把選文講讀，不問每小時每週的教學目標何在。本書每課為一單元，有一定的目標，內含文話、文選、文法或修辭、習問四項，各項打成一片。文話以一般文章理法為題材，按程配置，次選列古今文章兩篇為範例；再次列文法或修辭，就文選中取例，一方面仍求保持其固有的系統；最後附列習問，根據文選，對於本課的文話、文法或修辭取複習考驗的事項。」這套書選文力求各體勻稱，不偏於某一種類，某一作家。內容方面亦務取旨趣純正有益於青年的身心修養的。只是運用上較為注重形式，對於文章體例、文句程序、寫作技術、鑒賞方法等，講究不厭詳細。編者特意不在選文中附注釋，留下餘地給教者學者利用工具書解決問題。由此可見編者對科學化、完美化的追求。綜觀一九四九年後的「文選」（《語文》）類教材，似還未見能出其右者。

　　新語文教育以來，還須書上一筆的是夏丏尊、葉聖陶合著的《文心》（上海市：開明書店，1934年）。該書可以看作是一本特殊的語文教材。作者將語文知識用生動的「故事」形式，深入淺出地寫給中學生看，使他們在讀很切近於他們的生活的故事中，獲得豐富的讀、寫知識。朱自清在該書〈序〉中評價說：「丏尊、聖陶寫下《文心》這本『讀寫的故事』，確是一件功德。書中將讀法與作法打成一片，而又能近取譬，切實易行。不但指點方法，並且著重訓練，徒法不能自

行，沒有訓練，怎麼好的方法也是白說。書中將教學也打成了一片，師生親切的合作才可達到教學的目的。……所以這本書不獨是中學生的書，也是中學教師的書。再則本書是一篇故事，故事的穿插，一些不缺少；自然比那些論文式綱舉目張的著作容易教人記住──換句話說，收效自然大些。至少在這一點上，這是一部空前的書。」──今天看來，恐怕還是一部絕後的書。

　　從劉薰宇為《文章作法》拂去塵埃那時起，半個多世紀的光陰已逝，其間絕大部分的語文教材都已成為歷史，而《文章作法》這薄薄的一本，卻始終沉沉地負荷在現實的肩上，讓幾代的語文教師在捧著統編《語文》課本踏上講臺給學生上課時，總有一種步履蹣跚的感覺。究其原因，就在於語文學科是一個創造性、實踐性、技能性很強的學科，所以，其教材不但要有示例性、知識性，更重要的是要具有可操作性、可教練性，要指向言語表現，將感悟與知識轉化為實踐能力。以「文選」為主的語文教材，由於未能包容言語表現，「先天不足」，所以無論在選文上、編排體例上如何匠心獨運，也無法順理成章地構成一個科學的語文教學體系。劉錫慶先生說過：「教材以選文為主的體系能否培養能力值得懷疑。」[65]（遺憾的是他的這一觀點沒有展開）這懷疑可謂一語中的，切中了語文教材的癥結。語文教材改革只有打破「以選文為主的體系」，打破「以閱讀為本位」的思維定勢，確立「以表現（說、寫）為本位」的指導思想，把目標放在「創造發展」上，注重可操作性、可教練性，才有可能以教材為藍本，實施語文素養教育。

　　這並不是說語文教材不要文選，恰恰相反，閱讀文選還要加強，還要精選、多選。因為，「表現」是由深厚的學養孕育的，而學養又須以大量的閱讀為前提的，靠現行教材的幾百篇選文是遠遠不足以培

65　參見高萬祥：〈中國語文的「財富論壇」〉，《語文沙龍》2000年第2期。

植良好的學養的。要培植良好的學養，「讀」，可謂多多益善。因此，對閱讀教材的理解不能過於偏狹，文、史、哲、政、經……，小說、詩歌、散文、雜文、隨筆……，──只要有趣味、有品位的，都可以作為（或當作）閱讀「教材」。閱讀的觀念更應該改變，無須死讀爛讀、細嚼慢嚥，可以囫圇吞棗、不求甚解，──開卷有益，只要讀了，哪怕似乎忘得一乾二淨，但有些東西還是會留存下來，積澱在你的「感覺」中，滋養著你的情感和思想。

　　由於在語文教學中閱讀能力的培養不是終極性的目的，終極性的目的是言語表現，所以，「文選」不論在教材中佔了多大分量，也不能作為教材的主體和主線。作為教材主體的必須是語文教學中能體現終極性目的的方面，即言語表現方面。理想的中學語文教材可分為三本：

　　一本是自讀教材。是基礎性、輔助性的。它可以獨立成冊，其基本功能是提高學生的文體感、語感、感悟力、想像力、創造力及認知、學識與人文素養，培養學生形成良好的閱讀習慣、趣味、品位、方法，等等。中學生在老師的指導下，一般通過「自讀」是能夠實現這一目標的。如果教材編得好，即使老師不作指導，只要求學生通過查詢工具書和相關性資料，適量地寫些讀書筆記，持之以恆，也能奏效。選文以歷代經典文本為主。

　　一本是供課堂教學用的教材。體現「以表現（說、寫）──存在為本位」的「創造發展」型語文教育理念，具有可操作性、可教練性。內容以說、寫教學為中心，聽、讀、說、寫諸方面相互聯絡、相互遷移，以期相生共長、相得益彰。其功能主要是提高言語表現的「創造發展」素養、特別是寫作方面的「創造發展」素養。由於演說與辯論這兩種體式最具相容性與生長性、創造性與發展性，可聽、可讀、可說、可寫，便於組合成一個有機的教學單元，也易於操作與演練。同時，又因其具有很高的智慧性、展示性與競爭性，能激發學生

的創作動機、興趣、熱情與鬥志，所以，這兩種文體堪稱最佳的「教練」文體，可作為教材的「主打品牌」，以此為基本載體設計、構造教學單元。一本教材（用一個學期）可由三、四個教學單元構成，每一單元聽、讀、說、寫教學兼備，有理有趣、有靜有動、有議有評，知行遞進、周而復始。

一本是任課教師自編的補充教材。內容由三方面構成：一是教師視野所及的好文章（主要是時文），一是學生習作中的優文與問題文，一是教師自己的「下水作文」。這本教材可取「活頁」式，隨有，隨印，隨發。因這一補充教材是由教師親選、新選，所以教師對選文也就必然有較深的感悟，在教學中也就能「得心應口」，語語動人；選文又特別新鮮、切近，更能使學生產生閱讀的興趣並從中獲益。教師如能經常地對上述三方面的文章加以關注，對提高自身的語文教育素養與語文教育效能，也勢必大有幫助。

兩本「通用」教材，學生一方面從美不勝收的閱讀中往還吐納、揣摩涵泳、廣徵博採、修心養氣，得以潛移默化；一方面從豐富多彩的言語「鬥智競技」中經受捶打磨練。另加一本「自編」教材，與學生的言語學習、表現極為切近地相感通。如此三管齊下，相信學生的言語素養可收水漲船高、日新月異之效，從而最終走上追求自我實現的「言語人生」、「詩意人生」之途。

教學方法：從揣摩依仿到多元啟悟

語文該怎麼教？這個問題問諸年輕教師，大多胸有成竹、躊躇滿志，一套一套地說個沒完。然而，也每每聽到教了二、三十年語文的老教師抱怨道：越教越不知道怎麼教。這其中自然有「教然後知困」的道理在，但也表明了「語文該怎麼教」，的確是個問題。

在「以讀代寫（練）、讀中求悟」規範下，本無所謂教法，若勉

強言之，可稱為「插柳」法，即「有意栽花花不發，無心插柳柳成蔭」的意思。這一讀寫觀認為閱讀、寫作的根本不在詞章，而在於悟道、明理，修養到家了，水到渠成，厚積薄發，自然會寫文章；如刻意於詞章，則是捨本逐末，本末倒置，是絕不可能寫好文章的。這種「教法」也不是沒有道理，寫作本是表白內心的，內心沒有積蓄，談何發表呢？朱熹在〈觀書有感〉中說得好：「問渠哪得清如許，為有源頭活水來」，這「源頭活水」便是「讀書」加「妙悟」。當然，細加推敲，不免有「唯心」之嫌，「書」只能算是「流」而不是「源」，真正的「源」是生活，是社會實踐；但是書本知識作為思維的對象、思想的成果，作為第二客體，對於寫作也是至關重要的。一個人不讀書，沒有廣博的知識、豐富的情感、深刻的思想而能寫作，這是不可思議的。從另一方面看，以為「主乎學問以明理」便自然會發為好文章和詩，根本不需要練筆，這也言過了。寫作畢竟還有個掌握和運用文字符號的問題，光有內容，不等於就會寫出好文章，還要懂得如何遣詞造句、表情達意。對程頤、朱熹這些「生而知之」的天才，也許另當別論，而對大多數的「學而知之」的中才以下的人來說，多寫多練卻是一道必須跨越的「鐵門檻」。實際上「生而知之」的天才是沒有的，即便是程、朱，李耆卿在《文章精義》中也批評說朱熹「尋常文字，多不及二程」，「程門文字，到底脫不得訓詁家風」。

「插柳」法是從「讀」入，這讀的內容，到了唐、宋以後便開始走樣。孔、荀、程、朱們讀的是「六藝之文」，而杜甫、王安石所讀的就不限於聖賢之文了，而是雜學旁收，多多益善。杜甫詩云：「讀書破萬卷，下筆如有神。」[66] 這萬卷之書，自然並非確數，而是極言其多。王安石說得更清楚：「讀經而已，則不足以知經。故某自百家諸子之書，至於《難經》《素問》《本草》諸小說，無所不讀；農夫女

---

66 杜甫：〈奉贈韋左丞丈二十三韻〉，《分門集注杜工部詩》。

工，無所不問。然後於經為能知其大體而無疑。」[67]這期間最常用的教材或讀物便是《文選》。因為《文選》選文多，時間跨度上也很長：「蓋《文選》中自三代涉戰國、秦、漢、魏、晉、六朝以來文字皆有，在古則深厚，在近則華麗也。」[68]在讀法上講究的是慢慢地吟詠玩味，體會文章的理趣，古人也稱為「涵泳」法，即「沉浸」其中，虛心靜慮，「破其卷而取其神」。「涵泳」法也同樣不太注重寫的訓練，以為寫作是水到渠成的事，懂得文理自然會寫。這與「插柳」法有所不同，它不太強調從讀中做「修己」的功夫，較注意的是從讀中領會文章中的道理和寫作的規律。

最為急功近利的是寫什麼讀什麼，即清人孫洙在《唐詩三百首》〈序〉中說的「熟讀唐詩三百首，不會吟詩也會吟」，清人薛雪在《一瓢詩話》中提到的「學詩讀詩，學文讀文，此古今一定之法」，這種方法可稱為「依仿」法，即熟能生巧，照葫蘆畫瓢，最典型的莫過於明、清之時的讀《欽定四書文》之類學寫八股文，從內容到形式一概「借鑒」過來，就是葉聖陶說的從「揣摩依仿」到「穿鑿附會」的學習法。這種方法實質上對「讀」對「寫」都不重視，這是「為寫擇讀」規範下的主要的教學方法，這是一種最省事的教學方法，所以深受許多教師的歡迎，至今仍有人樂此不疲。魯迅曾對這種教法作過清楚的說明：「從前教我們作文的先生，並不傳授《馬氏文通》，《文章作法》之流，一天到晚，只是讀，做，讀，做；做得不好，又讀，又做。他決不說壞處在那裡，作文要怎樣。一條暗胡同，一任你自己去摸索，走得通與否，大家聽天由命。」[69]待到先生在篇末批上「有書有筆，不蔓不枝」之類，算是做「通」了文章。這種方法一方面借

---

67 王安石：〈答曾子固書〉，《臨川先生文集》。

68 胡仔：〈楚漢魏六朝下〉，《笤溪漁隱叢話》後集。

69 魯迅：〈做古文和做好人的秘訣〉，《魯迅論創作》（上海市：上海文藝出版社，1983年），頁632。

助對文章的模仿，另一方面是通過不斷地「試誤」來糾正寫作行為。應當承認，這對於一些悟性較高的學生來說是有一定的效果的。這種方法似乎也可稱為「依仿試誤」法。這種方法的主要功效還是落在「做」上，所以有人甚至主張讀十篇不如做一篇。——一旦做太多，恐怕又有累先生閱卷，因此，一般的先生是不太願意叫學生少讀多做的。

　　從讀寫的角度談語文教學方法，須特別引起重視的是古人較為看重的「不動筆墨不看書」之說，這說的就是寫「讀書筆記」。韓愈就是這樣：「口不絕吟於六藝之文，手不停披於百家之編。記事者必提其要，纂言者必鉤其玄。」[70]韓愈的文字之所以比朱熹的規範俊逸，大約便是因為他不只是像朱熹那樣只知道皺著眉頭冥思苦想，而且還不吝筆墨，下一番提要鉤玄的功夫。寫讀書筆記，當是讀、寫結合的一種最佳方式。

　　單從「寫」的訓練角度看，撇開人們已很熟悉的對對子、聯句、寫詩、記事等一些基本的文字練習不論，從經義到八股文寫作教學的「為寫擇讀、讀以致『用』」的程序化訓練方法值得一提。

　　從元代倪士毅的《作義要訣》中便可以看出，其訓練的思路是跟「經義」這種文體的寫作程序相對應的。將一個完整的寫作行為過程分解為若干個步驟，一個步驟一個步驟地完成教學和訓練。例如關於「審題」作這樣的要求：

> ……第一要識得道理透澈；第二要識得經文本旨分曉；第三要識得古今治亂安危之大體，然後一見題目胸中便有稱量。然又須多看他人立意及自知歷練，則胸中自然開廣。又不要雷同，

---

70 韓愈：〈進學解〉，童第德選注：《韓愈文選》（北京市：人民文學出版社，1980年），頁128。

　　須將文公四書仔細玩味，及伊洛議論大概皆要得知。則不但區
　　處性理題目有判斷，凡是題目皆識輕重，皆區處得理到。

此外，還對各類題目的審題思路和方法做了提示，有較強的可操作
性。——解決了審題，再依次解決冒題、原題、講題、結題。由於
「經義」的寫作程序是建立在「經義」這一文體模式之上，所以這種
教學方法似乎可稱之為「模式程序」訓練法。

　　到了明、清的八股文教學，其步驟和階段性更為明晰，一般在蒙
學階段先學習八股的破題和承題，到了中館，再繼續學習起講、入
手、起股、中股、後股、束股等，學生已能作全篇八股文，及至大
館，則專門對八股文的寫作作進一步的提高，以應科舉。這大約是一
個先分後合、由粗到精的訓練程序。應該承認，這種方法對於程序化
的文體，如一些公文和應用文的學習是有效的。

　　由上可知，不論是注重讀還是注重寫，在具體的教學中教師是沒
有多少話好講的，讀便讀，寫便寫，寫得不好再去讀，讀完再寫、再
改，即便有一些知識性成分，也大抵甚為簡陋。教師的信條是「神而
明之」或「仿而得之」，即如歐陽修說的：「無他術，唯勤讀書而多為
之，自工。」[71]這樣，便造成了語文教學理論的貧弱。像《文心雕
龍》、《馬氏文通》之類，一概被拒之門外。知識類教材在文選類教材
面前，始終只是「二等公民」，這種狀況的惡性循環，便造成寫
作——語文教學理論研究的實用化和低層次。

　　「五四」迄今這七十多年，在中、小學的語文教學中，基本上還
是以傳統的「依仿」法為主，只不過是讀的內容從古文、八股換成了
部分的現代文，在規範上從「為寫擇讀、讀以致『用』」變成「以讀
帶（促）寫、讀寫結合」，寫作教學跟著閱讀單元轉。

---

71 參見魏慶之：〈初學路徑〉，〈勤學多為〉，《詩人玉屑》卷五。

　　在「五四」前後，在語文教法改革方面還是做過一些嘗試的。如庾冰在一九一二年所倡導的「言文教授法」就很有意義。他認為「教授小學生，當於語言與文字間施其作用。蓋小學生雖不知文字，未嘗不能語言，就其已能之事導之，以習未能之事，此乃教授法之定例。……吾故謂我國小學校中，藉教授語言為教授文字之導線，可也；或藉教授語言為教授文字之過渡，亦可也。」[72]這一思路在二〇年代得到眾多學者的回應，說寫結合進行寫作教學的呼聲甚高，且在教學中也曾收到較好的效果。及至四〇年代，又發展成具有較強系統性和科學性的「寫話教學法」，在解放區語文教育中發揮了一定的作用，其具體認識與實踐，集中反映在平生的《寫話教學法》一書中。該書一九四七年七月出版，同年十月印行第二版，一九四九年八月由人民出版社重印一版，至一九五一年五月已重印六版，可見這種教法在當時是頗受歡迎的。

　　平生在書中對「寫話」作如是觀：「『寫』是寫字的寫，『話』是說話的話。我們說的話都可以用字寫出來。有什麼話，寫什麼話；話怎樣說，就怎樣寫：這就是『寫話』。」他認為寫話是初學識字和初學作文的好法子。以往用老法子識字效率低，「如果改用『寫話』的法子學字，不但學得快，而且學起來有興趣，學了有用。」「『寫話』到了一定的程度，就是到了要多注意『寫』的技巧的時候，可以把『寫話』改為『寫作』，但是『寫作』仍要貫徹著『寫話』的精神才是。」他把寫話教學法分為三個步驟：第一步是「抄寫」，就是抄寫一句句的話，把「認」同「寫」合一了。抄寫的話，最好是學的人自己說的話。第二步是「聽寫」。即由教的人說一句話，叫學的人寫。這比「抄寫」提高一步。要做到能寫最普通的話，寫出來的不掉字，不掉標點，寫字相當快相當好的地步。這至少要聽寫三、五百句以上

72　庾冰：〈言文教授論〉，《教育雜誌》第4卷第3期（1912年6月），頁3767-3780。

的話。第三步是「邊想邊寫」。就是一邊腦子裡想，一邊寫，這比聽寫更提高了。前兩個階段是把讀、寫結合起來教，到了邊想邊寫的階段，讀和寫應明確地分頭進行。一方面「邊想邊寫」，一方面要加強閱讀。「邊想邊寫」就是要真正做到把差不多的話，毫不費勁地寫得下來。一般寫過千把句之後，就能隨意寫寫了。可見這一教法在理論與實踐上均已較為成熟。但它的侷限也是顯而易見的，這一教法較為適合於北方方言區的語文教學，在其他方言區就難以實行了。可惜的是，一九四九年後全國統一的教學體制，窒息了這一行之有效的教法。其中的合理因素仍值得研究。

這期間尤其值得重視的是胡適的教法改革的構想。其主要觀點是：

（一）以作文、演說為首要。他的語文教學的首要標準是：「人人能用國語自由發表思想——作文，演說——都能明白曉暢，沒有文法上的錯誤。」他把說和寫作為語文教育的最重要的目的，改「以閱讀為本位」為「以表現（說、寫）為本位」。

（二）用「看書」代替「講讀」。他認為在閱讀方面，中學生完全能勝任自學，應讓學生多讀，超量閱讀。在課堂上「沒有逐篇逐句講解的必要，只有質疑問難，大家討論兩件事可做」，「只有討論，不用講解，注入式的教授，自不容於當代的新潮流。」

（三）所讀的要有趣味。他認為閱讀沒成效是跟學生所讀的內容沒有趣味有直接的關係：「……因為沒有趣味，所以沒有成效。」有趣味的閱讀要求所讀必須是美文、好文、全文，要可解、易懂、完整。小說是最有趣味最好讀的讀物，所以他設想的教材中最大量的是小說。

（四）用活的語言作活的教授法。他說：「用演說，辯論，作國語的實用教授法。國語文即是一種活的文字，就應當用活的語言作活的教授法，都能幫助國語教學的。」他主張到了中學第三、四學年，國文課的教學內容就是演說和辯論。因為「凡能演說能辯論的人，沒

有不會做國語文的」。[73]

　　胡適的不拘成見的、較為超前的、理想主義的語文教育觀與教學法構想，曾給安於在傳統軌道上作慣性滑行的、教育素養普遍欠缺的語文教育界以巨大的震撼，引起軒然大波，受到了許多人的非議，因此自然是無法在教育實踐中得以實行。然而，他的語文教育觀與教學法構想的深刻性、科學性則是無可置疑的。在推行素養教育的今天，這些構想的意義與價值必將被人們重新發現。事實上，胡適當年的部分構想也已經變成了現實。

　　胡適的語文教學法改革的見解，有的儘管在今天看來似乎仍屬於「可望而不可及」的理想，但留給我們的啟迪卻是發聵震聾的。胡適並無中學語文教育的經歷，可是他對中學語文教育與語文教法的問題的認識，卻遠比中學語文界的認識要清醒、深刻、到位得多。「圈內」的改革家們的意見也許比較「切合實際」，但也難免「當局者迷」，給成見「圈」住而不自知，這也就是語文教育始終難以突圍的一個重要原因。——語文界是否也要以更加平和、開放的心態，傾聽來自「圈」外的聲音呢？

　　這上面說的，不管是曾經實踐過的，或僅僅還是一種構想的，都還算是「土生土長」的「國粹」。而實際上在這一時期影響較大的教法也許還是引進的「舶來品」。

　　在二〇年代以後的一段時期，具有較為廣泛影響的是綜合教學法。這種教學法是十九世紀末至二十世紀初歐美新教育運動的產物。即照兒童的興趣與碰到的問題，將各種有關的知識綜合起來，組成統一的教學單元，依照一定的程序進行教學。在中國，這種「綜合」往往表現為有關知識的「聯絡」，所以也可以稱之為「聯絡」教學法。言文結合教學也算是一種「聯絡」，但「聯絡」教學法的聯繫的內容

---

[73] 參見潘新和：《中國寫作教育思想論綱》（北京市：人民教育出版社，1998年），頁235-246。

往往要寬泛得多，包括了國語（國文）學科內的話法（語言練習、講演、辯論等）、讀法（表演、故事、事實、問題等）及其他各科所學的內容，將語文教學和訓練與整個課程結構內的相關方面打成一片，這樣，既能充實語文學習的內容，又使教學活動變得豐富多彩、生動活潑。

　　作為綜合教學法之一種的設計教學法在當時的中小學中也十分盛行。「設計」教學法由美國克伯屈等人所創，它廢除班級授課制，打破學科的界限，主張由學生自發地決定學習目的和內容，在學生自己設計、自己負責實行的單元活動中獲得有關的知識和解決實際問題的能力。而教師的任務在於利用環境以引起學生的學習動機，說明學生選擇活動所需要的教材等。這種教法引進中國，在小學甚為流行，但似乎在做法上與克伯屈的本意不盡相同，教師仍處於主導性的地位。黎錦熙在《新著國語教學法》一書中對「設計」教學法的原則作了這樣的說明：「隨時隨地利用兒童生活中的種種事實，連結他們的種種經驗和環境，作一種普遍而流動的教材；按著他們身心發展的過程（大約可比照人類學中初民進化的過程），施以一種輔導自動、共同創作的教學法。不但讀法、話法、寫法、作法要打成一片，就是國語和其他科目也要打成一片。讀本（一部分）乃是教師和兒童們的共同的作品。」他還介紹了這種教法的實例，從一個偶發事件（一個學生捉了一隻麻雀）開始，教師借題發揮，引導學生參與進來，很自然地生發出一系列相關的討論和行動。「這段教材，連續的用了三天，經過十幾個時間，關涉全部的科目。授課和工作聯了一氣；知識和行為打成了一片。他們的『揭示』和『碑文』兩種作品，便可作讀本應用文材料。教師再把這次經過的事實，整理、修飾，簡單地記載出來，便成了讀本中間一兩課真切的記事文章。」[74]這已然是中國式的

---

74 黎錦熙：〈國語教學和教學法的新潮〉，《黎錦熙論語文教育》（鄭州市：河南教育出版社，1990年），頁53。

設計教學法。

　　記得當筆者初次看到黎錦熙在他的書中對上述教學法實況作詳細的報告時，是那樣的驚喜和激動，但隨之襲來的是失落和悵惘。昔日的「新潮」已成黃鶴一去，當年耳熟能詳的聯絡、設計、赫爾巴特、克伯屈……已經銷聲匿跡，這半個多世紀基本上就在「讀讀寫寫」中耗去，除了不時地引進的這法那法（如「紅領巾」教學法，布魯納「發現法」等）盛行一時外，一些游兵散勇在教學法方面的改革，雖然有的也成效卓著，但仍只是「個人行為」，不成氣候，而且大都侷限於閱讀、語基教學方面（如錢夢龍的「三主」、「四式」教學法，魏書生的「語文知識樹」、「課堂教學六步法」等）。語文界在經過二、三〇年代的躁動之後，又駕輕就熟地回到從「揣摩依仿」到「穿鑿附會」的老路上去，這究竟是幸還是不幸呢？

　　在九〇年代中期以後，我們欣喜地看到，語文教法研究上又有了新的進展。

　　上海大學的于成鯤、李白堅等人創造的「題型」教學法，在每一課堂教學的「題型」設計中，都體現了對創造、激情和生動活潑的追求。在他們編的《題型寫作教程》中，找不到關於「題型」教學法的定義，但是從他們對每一次課的奇思妙構中，都能心悅誠服地感覺到「寫作課教學確乎成了一種技術操作的藝術處理；成了課堂環節的實踐，心理體驗的工場，藝術生成的園地。每一次的有序循環，引導，每一次的帶有工序性的、實驗性的嘗試，都將帶領學生步入一種新的前所未有的寫作天地，而每一個境界的達成，也就是從思維到文字的轉化機制的進一步掌握和更新」。[75]他們將情景教學、論辯教學、遊戲教學、模擬教學等熔為一爐，最大限度地調動學生的參與，激發他們的寫作熱情，力求創造一種活躍、和諧、生氣盎然的教學氣氛。在每

75　于成鯤等：《題型寫作教程》（北京市：語文出版社，1994年），頁267。

一次課內，一般都有讀，有寫，有討論，有評議，理趣兼顧，動靜結合。他們將幾乎所有的最新潮的語文教育觀念和寫作教學的實踐經驗，全都裝進「題型」教學法的試管中，作一次世紀性的寫作教學法的實驗。尤其可喜的是，李白堅還將他的教法改革從大學延伸到中小學，親自到中小學給學生上寫作課，獲得了師生們的肯定與好評。他將他的教育思想、教法和教學實踐，著成《快樂作文──教與學》、《走向素質教育》等書，為當代寫作教法改革添上了濃重而又絢麗的一筆。

在閱讀教法上，福建師大的孫紹振首創的「還原法」，把靜態的文章分析，「還原」到動態的寫作思維和藝術形象創造的過程中去，把文章字面上無法直接感知到的寫作的規律和作者的寫作運思活動揭示抖露出來，還文章創造的「廬山」真面目。還原法「不是憑藉現成的資料，而是依靠抽象能力把構成藝術形象的原生要素想像出來，作為分析的起點」，他認為「不還原出藝術家感知世界以外的東西就不可能真正理解藝術家感知世界以內的特點。……藝術家感知世界以外的東西是不會在作品中出現的，但在作品中出現的東西恰恰是感知世界以外的東西的索引」。他把能不能「還原」作為衡量一個語文教師是否真正夠格的準則。他用這種教法在中學開的觀摩課，取得了極佳的教學效果。由於這一教法須具備較高的「智性」與「悟性」，所以在目前情況下「真正夠格」的教師恐怕還不多。

案例教學，也已成為寫作教學的新寵。寫作教學實踐，最不可或缺的是典型案例。案例教學是「導悟」的一種有效方式，它的基本方法也是讀、寫（包括聽、說）結合，最終指向表現。案例就是用來「讀」的，從讀中進行研究、自省，明法、效法、取法、用法，最終落在寫上。所用的案例，經典文章固然需要，但是學生自己寫的尤其不可缺少。因為，經典文章往往「太好」，離同學的寫作實踐比較遠，學生要悟到其中的奧秘難度較高，要效法也不易；而取自學生寫

的文章，就離一般同學比較近，優點容易為大家所接受、借鑒，存在的問題大多是共通的，在討論中自然會聯想到自己寫的，認識到自己類似的問題，避免犯同樣的錯誤。學生的文章，需兼備正、反兩類案例。學生通過正、反案例的比較參照，反覆揣摩、深入討論、舉一反三，較易於獲得自悟。有時候，不一定是正、反兩類，而是兼採各種不同類型的案例，案例愈典型、多樣，愈能給予學生思維的啟動，感受就豐富，所「悟」到的寫作方法和道理也就愈多。

此外，多媒體技術介入語文教學，也將極大地推動教法改革。多媒體教學技術集聲、文、圖、形於一體，使多種資訊有機地連接集成為一個教學系統，具有即時性、立體性與交互性。這些功能，對組織言語訓練、引發學生的學習興趣、啟動學生的創新思維、喚起學生的感受力與想像力等，無疑地有著不容忽視的作用。雖然多媒體技術與其他現代教育技術一樣，只是一種輔助性的教學手段，多媒體課件也有賴於人的研製開發與合理使用；對於教學，它的作用只是補充和豐富，而不能代替一切。但是，我們沒有理由因此對撲面而來的新技術革命與現代教育技術的浪潮視而不見，把自己封閉在耗時低效的傳統教法的壁壘之中。

從某種意義上說，教學法是教師教學個性的體現，教學法應是教師的個人「專利」。雖也有一些可資共同依循的規律，但歸根結柢，課是每一位老師自己上的，適合於別人的教法未必適合於自己。最得心應手的教法，最有成效的教法，勢必都是最有個性特點的教法。這就是之所以錢夢龍不是魏書生，魏書生也不是錢夢龍的原因所在；這也是之所以聽了錢夢龍、魏書生課的廣大語文教師並沒有變成錢夢龍、魏書生的原因所在。因此，在教法上要真正有所提高，教師須極大的提高自身的教育素養，善於在教育實踐中不斷地思考和總結，不斷地從經驗上升到理論，有所繼承，更重要的是要有所創新，努力尋求最適合於自己的、最能體現教學個性的教法。把某一種教法奉若圭

　桌，生搬硬套他人成功的教法，捧著名家教案照本宣科，勢必是東施效顰，吃力不討好。——語文素養教育，既是面向每一個學生的教育，是張揚學生言語潛質與個性的教育，也必將是充分展示每一個教師語文教育、教學個性的教育，是每一個教師盡顯獨特才具與創意的教育。語文教學法的改革，期待著教師綜合教育素養的提升，期待著每一個語文教師都能一展各自的風采與魅力。

　　在新世紀的曙光中，又聞教學法「新潮」的拍岸濤聲！資訊時代，將是一個語文教學「多元啟悟」的時代。是到了與「讀讀寫寫」的「依仿」法訣別的時候了。

二

中國古代語文學綜論

先秦時期語文教育

　　從西周（約西元前十一世紀至西元前771年）到秦這數百年，是語文教育的發端。其思想主導特徵是以教化、修己為基本目的，這可以從兩個方面看。

　　（一）西周的官學教育，其培養人才是傾向於通過提高人的道德品性來達到的。在《禮記》〈大學〉中，對這一點說得很清楚：「大學之道，在明明德，在親（新）民，在止於至善。」其具體的教育目標——格物、致知、誠意、正心、修身、齊家、治國、平天下這八條，重心在於「修己」，是通過「修己」達到「治人」。「自天子以至於庶人，壹是皆以修身為本」，自然，語文教學也概莫能外。

　　（二）從「文」字的語義看，它本身就包含著「文章」跟「教化」的雙重內涵。《說文》稱「文」，「錯畫也」。即「會集眾采以成錦繡也。」所以，「合集眾字以成篇章」為「文」；「道之顯者」，體現了「禮樂法度教化之跡」，也稱為「文」。在實際運用中，「文」字也往往兼有二義。如孔子說「行有餘力，則以學文」[1]，這個「文」字，就既指「詩書六藝」，也指其中所顯示的「禮樂法度教化之跡」。文章關乎教化，也可以從王充在《論衡》〈佚文篇〉中所舉的「五文」得到證明。王充說：「文人宜遵五經六藝為文，諸子傳書為文，造論著說為文，上書奏記為文，文德之操為文。」這裡「文德之操」的

1　《論語》〈學而〉。

「文」就是指禮樂法度、德行教養，不是指一種文體。可見，一直到東漢，文章跟教化還是相提並論、視如一體的。

西周的官學教育，繼承了前代以「六藝」（禮、樂、射、御、書、數）為教學科目的制度，其中的「樂」教是一門主課。「樂」教中的「樂語」教學包括「興、道、諷、誦、言、語」這幾項。「興」，指比喻；「道」，指借古論今的啟示引導。「言」、「語」指的是發表言論與應承答對這兩種文體或語體。可見，這裡的興、道、言、語教學，大約便是最初的語文教學。「樂」教的教化功能是首要的，所以《禮記》〈樂記〉中說：「樂也者，聖人之所樂也，而可以善民心。其感人深，其移風易俗，故先王著其教焉。」

到了春秋戰國時期，官學衰落，孔子開私學之風，他仍然沿襲西周教育的內容，以「文、行、忠、信」四教為教學目的，即對學生進行文學、品行、忠誠和信實的教育。孔子還將他的一些學生分歸德行、言語、政事、文學四科。固然這裡的文、文學、言語等概念與我們今天的涵義不完全相同，但也都涉及有關語文教學的內容。

在這之後，齊國官辦的高等學府稷下學宮，採取各學派自由講學、爭論的方法，吸引了眾多的學者。他們在闡述見解、辯論駁難中，也論及一些語文方面的問題。曾經在那裡講學的孟子、荀子等人都談到了言與人的關係，言與道的關係等。這表明，如何表情達意這一問題已經引起學者們的普遍關注，在教壇上佔有一席之地。

上述的語文教育活動，它的發生與特定的存在形態，主要是由當時的社會條件、語文實踐與對語文的認識水準所決定。

西周是中國奴隸制的全盛期，文化的發展已有一定的基礎，思想情感的傳達交流，政事、歷史的記錄顯得十分必要。書寫用的物質材料不僅有銅器、甲骨，還有竹簡、帛等，為書面語的廣泛運用創造了條件。詩、文的寫作已較為發達。見於《詩經》中的許多詩篇已被創作出來，詩中大量運用賦、比、興等手法，這表明人們在語言表現上

已達到一定的水準。吟誦這些詩歌成為幾乎一切社交活動中不可缺少
的內容。周禮規定鄉間的官吏舉行宴會和其他的祭祀儀式，諸侯宴請
群臣和賓客，習射之前，大學開學典禮等，都要吟唱《詩》〈小雅〉
中的〈鹿鳴〉〈四牡〉〈皇皇者華〉，或〈國風〉中的〈采蘋〉〈采
蘩〉，〈周頌〉中的〈雍〉等詩篇，而《詩》〈大雅〉裡幾乎全是祭祀
時的樂歌。可見當時學詩、懂詩已成為貴族乃至庶人所必需的文化修
養。散文的發展也較為完備。在早期的甲骨文和銅器銘文中，已見散
文之雛形。《尚書》中的一些篇章，在敘事與說理上已比較細緻，初
具記敘體式與論說體式的表現形態。春秋戰國時期史傳散文和諸子散
文的興起，促成文體形式的進一步完善，把記敘和論說這兩大類文體
的寫作推向一個高峰。史傳散文《春秋》、《左傳》、《國語》、《戰國
策》等，堪稱早期記敘類文體的代表，它們在寫人記事上的簡潔、生
動與傳神，都已達到較高的水準；諸子散文《孟子》、《墨子》、《莊
子》、《荀子》、《韓非子》等，堪稱早期論說類文體的代表，它們之中
的許多篇章，其思想的機敏與論說的雄辯，均令人歎為觀止。這種文
化背景必然導致對言語現象的最初的思考。這主要表現在以下幾個
方面：

　　（一）關於寫作的本質。《尚書》〈舜典〉對詩的本質作了最早的
概括：「詩言志」。此後的先秦諸子基本上將此奉為圭臬，表示了類似
的看法。例如孔子說：「《志》有之：『言以足志，文以足言。』不
言，誰知其志？」[2]就「詩言志」的原始內涵而言，當是切中了寫作
的本質的。但由於先秦諸子在哲學觀上存在著分歧，所以，他們對
「志」的內涵的理解也必然是有差異的。言志，未必就是指真實地表
白內心。孔子對《詩》的評價是「思無邪」，這一評價的出發點就不
是指思想情感的真偽，而是從道德倫理的角度，論其邪正是非。因為

2　《左傳》〈襄公二十五年〉。

孔子的哲學觀是道德倫理化的哲學觀。荀子則直截了當地主張文章要「法先王」、「順禮義」[3]、「心合於道，說合於心，辭合於說」。[4]即作者的心志，要秉承先王的法統，要符合「道」的精神，心道一體。荀子雖然也是儒學家者，但它的「道」與孔子的「道」還是有區別的，孔子的「道」即「仁」，荀子的「道」則是指自然法則或自然發展規律，帶有歷史唯物論的色彩。但無論他們對寫作本質的認識存在何種差異，先秦的「詩言志」與「心合於道」的寫作本質觀，畢竟為傳統的寫作理論與寫作教學理論砌下第一塊基石，開「立誠」、「求真」與「文以載道」、「文源於道」等寫作觀之先河。

　　（二）關於文章與言語學習的價值。先秦諸子寫作價值觀的標準，傾向於強調它的功用性。認為：「誦《詩》三百，授之以政，不達；使於四方，不能專對；雖多，亦奚以為？」[5]「夫言行者，以功用為之的彀者也。」[6]對「察而不惠，辯而無用」之言不以為然。他們普遍誇大詩、文的功用，把它提高到幾乎無所不能的地步。例如孔於說的：「小子何莫學夫《詩》？《詩》可以興，可以觀，可以群，可以怨。邇之事父，遠之事君，多識於鳥獸草木之名。」[7]這就遠遠超出審美、認識、教育等功能。以致《詩》被作為儒家經典之首，被視為權威性的論據，十分頻繁而牽強地引進諸子散文中。春秋戰國之際，學習寫作成了文人仕進的一條途徑，這必然也強化了對文章功用性的認識。詩、文的價值，其實便是作者的價值。所以孔子說「有德者必有言」，荀子也說「君子必辯」。既然寫作的作用這麼大，會作詩、文又是有教養、有才能的表現，寫作教學的產生就是很自然的事了。

3　《荀子》〈非相〉。

4　《荀子》〈正名〉。

5　《論語》〈子路〉。

6　《韓非子》〈問辯〉。

7　《論語》〈陽貨〉。

　　（三）關於文章的體式。在早期的銅器銘文中就有訓、誥、策命等文體概念。《尚書》中有典、謨、訓、誥、誓、命等文體。《周禮》中，又有了祠、命、誥、會、禱、誄等的區分。但先秦對文體的研究主要還只是針對「六藝」的：《詩》以道志，《書》以道事，《禮》以道行，《樂》以道和，《易》以道陰陽，《春秋》以道名分。[8]在諸子散文中有不少類似的觀點。「六藝」被視作各類文體的淵源。後來劉勰在《文心雕龍》〈宗經〉中就認為文體皆本於這些經典的規範。有了對「六藝」特徵的認識，這就為進入教學創造了條件。因為，寫作教學必然要涉及到文體特徵。

　　（四）關於文章的文與質。先秦諸子普遍關注文章的文、質關係。他們對這一問題的認識是有分歧的。這首先表現在語言哲學觀上的差異。一些儒家學者認為文與質是不可分的：孔子說「言之無文，行而不遠」[9]，他的弟子子貢說：「文猶質也，質猶文也。」[10]而老子、莊子、墨子等人則認為言與意是可分的：「言者所以在意，得意而忘言。」[11]他們把語言看作一種純粹的媒介物。這種分歧反映在寫作觀上，前者主張要文、質相稱，「質勝文則野，文勝質則史」，以「文質彬彬」為佳，反對「好其實，而不恤其文」。[12]而後者則重質輕文，認為「信言不美，美言不信。善者不辯，辯者不善」。[13]因為「辯說文辭之言」，會使人「懷其文，忘其直，以文害用也」。[14]儘管先秦諸子對文、質關係的認識存在著這樣的分歧，但從其基本傾向上看，都是尚質、尚用的。只不過一些儒家學者對此看法更為全面、辯證

8　《莊子》〈天下〉。

9　《左傳》〈襄公二十五年〉。

10　《論語》〈顏淵〉。

11　《莊子》〈外物〉。

12　《荀子》〈非相〉。

13　《老子》〈八十一章〉。

14　《韓非子》〈外儲說左上〉中引墨子語。

些。此外，在先秦典籍中也已經有了對語言表述方面的較多的探討。如《尚書》〈畢命〉中的「辭尚體要」，《周易》中的「言有物」和「言有序」，《禮記》〈表記〉中的「情欲信，辭欲巧」等，在《墨子》《荀子》和《韓非子》中，對於語言運用問題，甚至已形成較為完整的認識。顯然，文章的文、質關係和表達問題，也是語文教學的一個基本問題。

　　這一時期為主的語文學習觀，是注重加強作者的內在修養，將文與人、文與德直接聯繫起來。例如孟子說：「我知言，我善養吾浩然之氣。」[15]這就是說由於他善於「養氣」，所以「知言」。這「氣」，指的就是人的德行修養。到了荀子那裡，他乾脆把言辭分為「君子之言」與「愚者之言」兩種。[16]君子之言淺顯而精當，低微而妥善，參差而整齊；愚者之言則疏忽而粗糙，艱深而不善，囉嗦而背理。《易》〈繫辭傳下〉中也談到：「將叛者其辭慚，中心疑者其辭枝，吉人之辭寡，躁人之辭多，誣善之人其辭游，失其守者其辭屈。」總之，他們都認為必須是有德之人，才會寫出好文章，「文如其人」說由此可見端倪。這種見解雖然有其合理之處，但問題也是明顯的，因為作文與做人的關係並不是絕對的。提倡「修己」，對寫作產生了積極的影響；但把做人與作文等同起來，又掩蓋了寫作的特性。

　　語文教學方式，主要是注重學問，從讀入手。孔子多次強調學「六藝」，特別是學《詩》的重要性。學「六藝」便是通過「修德」，達到「知言」。讀這些典籍，被看作是一切的前提：「興於《詩》，立於禮，成於樂」[17]，「不學《詩》，無以言」。[18]從另一方面看，孔子是

15　《孟子》〈公孫丑上〉。

16　《荀子》〈正名〉。

17　《論語》〈泰伯〉。

18　《論語》〈季氏〉。

主張「述而不作」[19]的，「述，傳舊而已」。他一生做的一件重要的事情便是整理古籍，「集群聖之大成而折衷之」，不主張自己別出心裁的創作。公孟子也說：「君子不作，述而已。」[20]荀子則把「不合先王，不順禮義」的言論，稱為「奸言」，認為這樣的文章「雖辯，君子不聽」[21]，並認為「言而不稱師，謂之畔（叛離）；教而不稱師，謂之倍（違背）。倍畔之人，明君不內（納）朝；士大夫遇諸塗（途），不與言」。[22]要想「述舊」「法先王」，要想不「畔」不「倍」，就勢必多讀經典。只要多讀經典，便自然能寫、能說，能「述」，由此形成「以讀代寫（練）」的教學規範。

其實，春秋戰國時期士階層的思想是十分活躍的，但是，由於怕被扣上「離經叛道」的帽子，即使實際上是「作」，也大都打著遵從先王法度，秉承聖賢經典的幌子掩人耳目。雖然也有像墨子那樣旗幟鮮明地主張「今之善者則作之」的人，但在當時鮮有回應者。

先秦時期語文教育的內容，從它所涉及的科目看，如前所述，包含在官學「六藝」的「樂」教之中。《周禮》〈春官宗伯〉中有「大師……教六詩：曰風，曰賦，曰比，曰興，曰雅，曰頌」的記載。在孔子私學教育中，包含在「四教」的「文」中，詩、書、禮、樂、易、春秋的六書教學中，及「言語」、「文學」兩科目中。就具體的教學言論看，有蹤跡可尋的只是在春秋戰國時期。從孔、孟來說，基本上還只是停留在零星的感受上。如孔子在分析《周易》的寫作特點時說：「其稱名也小，其取類也大。其旨遠，其辭文，其言曲而中，其事肆而隱。」[23]這涉及到文章的立意和表達。他在《論語》中談到

19　《論語》〈述而〉。

20　《墨子》〈耕柱〉。

21　《荀子》〈非相〉。

22　《荀子》〈大略〉。

23　《周易》〈繫辭傳下〉。

「為命，裨諶草創之，世叔討論之，行人子羽修飾之，東里子產潤色之」。[24]這裡言及「辭命」這一文體的寫作程序和方法。他的「修辭立其誠」，「辭達而已矣」等見解更是為我們所熟知。孟子儘管能寫出極漂亮的論說文，但也只是偶有「君子之言也，不下帶而道存焉」，「我知言，我善養吾浩然之氣」之類的感發。先秦時期，在教學中能較集中、深入地對某些寫作問題發表自己見解的，是曾被稱作「最為老師」的荀子和墨家學派。

荀子長期遊學於齊，三為祭酒（學官）。他較完整地探討了寫作的一些基本問題，有關內容主要見於《荀子》一書的〈非十二子〉、〈正論〉、〈解蔽〉、〈非相〉和〈正名〉等篇。在〈非相〉篇中，他既談到了「文」與「人」的關係這樣一些比較抽象的問題，也談到了表述的態度、方法、技巧和困難等較為具體的問題，說理透澈，甚得為文之精要。在〈正名〉篇中，他不但討論了邏輯概念等問題，而且較為細緻地闡明了表述中諸構成要素的內在關係。通過他對概念、言辭、文章、心、道幾者相互作用的描述，我們可以看出他對寫作問題的探討，已初步形成特定的認識範疇。

墨家學派在寫作認知規律、論辯方法與思維邏輯的研究上，也頗有建樹。對於「感知」與「表達」，墨家強調「心」對「感」與「言」的統攝作用：「聞，耳之聰也。……循所聞而得其意，心之察也。……言，口之利也。……執所言而意得見，心之辯也。」[25]他們把認知途徑分為「聞、說、親」三種，「聞」。是靠傳聞或傳授而得知；「說」，是由已知推論出未知；「親」，指從親身的觀察、實踐過程中得知。這三種途徑對於寫作的認識生活是同樣適用的。墨家在〈小取〉篇中，較為集中地討論了當時的熱門論題——「辯」。該文把「辯」的功能界定為：明是非，審治亂，明同異，察名實，處利害，

---

24 《論語》〈憲問〉。

25 《墨子》〈經上〉。

決嫌疑。指出論辯須「以名舉實，以辭抒意，以說出故」，即要用名稱表現實物，用判斷表達意思，用推論找出原因。「以說出故」的「故」，係「所得而後成也」，就是事物的成因，立論的根據或理由。「故」又分作「小故」和「大故」，前者指部分的原因，後者指總體的原因。根據推論辨析原因，這無疑是抓住了論辯的要害。從而，「故」，作為論辯的一個重要的、也是基本的概念，在長期的議論文寫作實踐中，受到了人們普遍的關注。該文還列舉「或」、「假」、「效」、「辟」、「侔」、「援」、「推」等邏輯方法和論述技法，涉及到歸納、演繹、類比推理等基本的說理方式，對論辯實踐作了多方面的卓有成效的探索。

此外，值得注意的還有惠施、公孫龍、莊周、韓非等有關論辯和論說的見解。他們的認識雖然菁蕪並存、瑕瑜互見，或陷入相對主義的詭辯論，或存在虛無主義的偏頗，或顯出庸俗化的功利主義，但在一定程度上也體現了樸素的辯證觀，對論辯理論和議論體式寫作研究的發展，具有開拓性意義。

縱觀先秦諸子有關的語文教育言論，我們不難發現他們對語文研究興趣的增長，和認識積累水準的提高。文、德一體的語文觀開始受到功利主義語文觀的挑戰，士階層靠向統治者「進言」以爭寵謀利，導致對「論辯」規律的思考；語文教育的純「教化」目的，也因而受到功利企圖的侵染，變得不那麼「高尚超脫」。但如果我們從寫作終究要走上「經世致用」之途這一點上看，這種變化則有其不容置疑的歷史必然性。

兩漢魏晉南北朝時期語文教育

兩漢魏晉南北朝（西元前206年至西元589年）時期是語文教育的創立期。語文的課程、教材、教法等初具形態，教育思想的主導特徵

是由教化、修己向原道、徵聖、宗經——「修身以求進」這一功利性
目的轉型。

　　從漢代以後，雖然在語文教育思想上繼承了先秦儒家的觀點，教
化、修己、明道、立政、據德、重述等觀念餘韻猶存，而且仍被一些
哲人學者不時地加以重申和強調，如揚雄說：「或問：君子言則成
文，動則成德，何以也？曰：以其弸中而彪外也。」[26]王充也說：「德
彌盛者文彌縟，德彌彰者人彌明。大人德擴，其文炳，小人德熾，其
文斑。」[27]還有徐幹、摯虞、顏之推……，從漢代起，歷經唐宋，及
至明清，儒家「正統」學者及教育家們此類的言論始終不絕於耳，他
們對言語主體的德行修養的關注，更甚於對文章本體的關注。及至劉
勰提出的原道、徵聖、宗經，一方面顯然仍執著於儒家的言語觀，遵
循儒家的文源說：「玄聖創典，素王述訓，莫不原道心以敷章，研神
理而設教；……故知道沿聖以垂文，聖因文而明道；旁通而無滯，日
用而不匱。《易》曰：『鼓天下之動者存乎辭。』辭之所以能鼓天下
者，乃道之文也。」[28]「然則志足而言文，情信而辭巧，乃含章之玉
牒，秉文之金科矣。」[29]另一方面也表現出對文章本體的關注，這就
是「宗經」。首先他認為一切文體的寫作規範均源於五經，無論何種
文體都是由五經派生出來的，即所謂「百家騰躍，終入環內者也」。
其次，他又進一步指出寫作向經典學習的六個方面：「故文能宗經，
體有六義：一則情深而不詭，二則風清而不雜，三則事信而不誕，四
則義直而不回，五則體約而不蕪，六則文麗而不淫。」[30]由此可見，
劉勰對寫作技能的學習也相當注重，並不是一味強調悟道、修德。

26　揚雄：《法言》〈君子〉。

27　王充：《論衡》〈書解〉。

28　劉勰：《文心雕龍》〈原道〉。

29　劉勰：《文心雕龍》〈徵聖〉。

30　劉勰：《文心雕龍》〈宗經〉。

　　而在語文教育實踐中，因以文辭取士的選舉制的興起，儒家的講求修己的主體性語文教育觀必然要受到挑戰，言語的功利性一再被強化。先是王充提出的「作有益於化，化有補於正（通「政」）」[31]，認為文章須能有益於國、有補於化，能「載國德於傳書之上，宣昭名於萬世之後」。接著曹丕在《典論》〈論文〉中將這一觀點作了更具體的闡述：「蓋文章，經國之大業，不朽之盛事。年壽有時而盡，榮樂止乎其身，二者必至之常期，未若文章之無窮。是以古之作者，寄身於翰墨，見意於篇籍，不假良史之辭，不托飛馳之勢，而聲名自傳於後。」這些觀點都將寫作不但看作是國事政務所必須，是一椿偉大的事業，而且將其視為人們立身揚名、功垂萬世的一個手段。雖然王充和曹丕所論都還只是針對著書立說，即立言的正面功效，而反對那些無益於國、無補於化的虛妄之言，然而在語文教育和寫作學習的實際中，這種益國補化的功利觀，逐漸被謀求仕進利祿的利己的功名觀所取代，在悟道修德、徵聖宗經的冠冕堂皇的幌子下，語文教育「義無反顧」地蛻變為選拔統治人才的工具，寫作學習也便淪為攀登仕途的階梯。北齊顏之推曾深刻地指出這一教育思想上的質變，他說：「古之學者為己，以補不足也；今之學者為人，但能說之也。古之學者為人，行道以利世也；今之學者為己，修身以求進也。」[32]——「修身以求進」，這可謂切中語文教育思想之要害。

　　這一時期的語文教育已經在官學系統成為獨立的課程。

　　東漢光和元年（178），靈帝創建了中國、也是世界上最早的文藝專門學校——鴻都門學。（因校址設在洛陽鴻都門而得名）生員來自各州、郡所薦舉的「能為尺牘、辭賦及工書鳥篆者」，經過考試入學，專攻尺牘、小說、辭賦、字畫等。「尺牘」，包括「章」、「奏」、「表」、「駁」、「書」等實用文體。漢代的尺牘不但有實用性而且有文

31　王充：《論衡》〈對作〉。

32　顏之推：《顏氏家訓》〈勉學〉。

學性。如司馬遷的「報任安書」，鄒陽的「獄中上樑王書」等，都堪稱美文。當時的「小說」是指神話傳說、街談巷語、志怪志人之作，到了東漢，已有了相當數量的精彩的作品，如《淮南子》中的神話傳說，劉向的《新序》、《說苑》等。漢代辭賦的成就就更不用說了。漢靈帝認為這些文體的寫作能力，也是政治人才所必需的。

到了南北朗，元嘉十五年（438），宋文帝又在京師開設單科性的四個學館：玄學館、史學館、文學館、儒學館。這文學館便是專門從事文章研究與教學的。這是順應魏晉以來的寫作風氣盛行，寫作人才輩出的局面，而採取的開明措施。文學與儒學等並列而論，可見當時對語文教育的重視。

語文教育成為一門獨立的課程，其中很重要的一個原因是這一時期文章寫作理論研究取得突破性進展。從西漢到南北朝這數百年，是中國寫作理論研究的一個大發展的時期。西漢有揚雄，東漢有王充，魏有曹丕，晉有陸機，南北朝有集大成者劉勰。真可謂代有才人，各領風騷。

西漢的揚雄，是哲學家、語言學家，又是辭賦家，在辭賦寫作上與司馬相如並稱為「揚馬」。他早年作〈長楊賦〉、〈甘泉賦〉、〈羽獵賦〉等，名躁一時。在他生活的時代，漢賦已發展到鼎盛期，過分講究文采、韻節等，這使他開始意識到「辭賦非賢人君子詩賦之正」，遂鄙薄辭賦，視之為「童子雕蟲篆刻」，「壯夫不為」，從而轉為研究哲學。他在哲學著作《法言》中，涉及到對賦，對文與人、文與質、作與述等問題的探討。他把賦分為「詩人之賦」與「辭人之賦」兩種。所謂「詩人之賦」，指的是「六藝（詩經中的風、賦、比、興、雅、頌）之一之賦，即詩也」；「辭人之賦」，指的是「後人之為文辭」。認為「詩人之賦麗以則（陳威儀，布法則），辭人之賦麗以淫（奢侈相勝，靡麗相越，不歸於正也）」[33]，對辭賦的工巧綺麗的文風

33　揚雄：《法言》〈吾子〉。

持否定的態度。揚雄的寫作觀，基本上繼承了儒家的觀點，把文與德視為一體，「君子言則成文」，「君子不言，言必有中也」。對於文、質關係，大體上也贊同「文質彬彬」的「相稱」說：「君子事之為尚。事勝辭則伉，辭勝事則賦，事、辭稱則經。足言足容，德之藻也。」[34]但對「述」與「作」的看法卻有其獨到之處，認為「其事則述，其書則作」[35]，即談及古事時可以「述而不作」，如所言非古事，乃自成一家之書，則作之。這就既不違背儒家的寫作原則，又為言論的標新立異網開一面。總的來看，揚雄對寫作的探討並不很充分，但是他的寫作觀，特別是對賦體的認識，對文學寫作還是有一定的參考價值的。

　　為實用寫作研究奠定了基石的，當推東漢傑出的唯物主義思想家王充。王充在其巨著《論衡》一書中，零散但又不失全面地探討了寫作、主要是實用寫作中的諸多問題。王充寫作研究的主要對象是「造論著說之文」，類似於今天的論說性文體。他偶爾也提及「賦、頌」等文體特徵，但一般只作參照比較之用，這表明他已初步意識到實用文體與文學文體二者的差異，以及對二者加以區別的必要。他的實用寫作觀的核心思想是「感偽起妄、源流氣烝」，即作者有感於世事或學說的虛假，便自然而然地將自己的感觸形諸文字，這就像源頭有水必然要外流、熱氣必然要向上蒸發一樣。他認為此類文體寫作的宗旨是「疾虛妄」、「歸實誠」，即求真。其功用是「益國補化」，「為世用者，百篇無害；不為用者，一章無補」。[36]他還將實用文體的表述特點與文學文體作了區分，指出前者須「形露易觀」、「顯文露書」，後者則可以「深覆典雅，指意難睹」。這些，無疑都較為準確地揭示了實用文體寫作的本質。此外，他還相當透澈地討論了寫作個性問題，認為寫作不應該求「似」，而應該「各以所稟，自為佳好」，「美色不同

---

34 揚雄：《法言》〈吾子〉。

35 揚雄：《法言》〈問神〉。

36 王充：《論衡》〈自紀〉。

面，皆佳於目，悲音不共聲，皆快於耳」，因此，只要各人發揮出自己的長處，便都能使人獲益。王充除了未對寫作過程作細緻的描述外，大體上論及了實用寫作的各個方面。

漢代揚雄與王充的寫作研究，起了承先啟後的作用。他們從不同角度吸收先秦諸子的見解，而且，都直接從自己的寫作實踐出發，在實用理性的層次上，思考寫作問題，從而為魏晉南北朝的專門化、系統化的寫作研究作了準備。同時，也勢必給東漢的尺牘、辭賦教學以助力。

曹丕的《典論》〈論文〉、陸機的〈文賦〉，尤其是劉勰的《文心雕龍》，進一步把中國的寫作研究推向一個高峰。他們對寫作教學的貢獻，主要在兩個方面：一是使文體劃分趨於精密，增強了文體意識；二是注意到對寫作行為過程的考察，把寫作思維活動納入寫作研究的視野。

曹丕在《典論》〈論文〉中將文章分為四科八體，並指出它們的特徵：奏議宜雅，書論宜理，銘誄尚實，詩賦欲麗。陸機進一步把文章分為十體，在各體特徵的歸納上也更為細緻：詩緣情而綺靡，賦體物而瀏亮，碑披文以相質，誄纏綿而淒愴，銘博約而溫潤，箴頓挫而清壯，頌優游以彬蔚，論精微而朗暢，奏平徹以閒雅，說煒曄而譎誑。而到了劉勰的《文心雕龍》，作詳細討論的文體就達三十三種之多，其中許多文體下還隸附著若干種亞文體。劉勰分析了各類文體的特徵，文體的流變和代表作的得失等。從他們所論列的文體看，有一個共同的特點，這就是他們研究的重點是實用文體，文學文體只佔其中一小部分。這是符合寫作實踐的實際情況，也是符合社會與語文教育的需要的。

當然，最值得注意的是陸機與劉勰對寫作行為過程的探討。他們都對寫作行為發生、演化過程中的感受、聯想、想像、靈感、創造等心理活動作了較為細緻的描述，這在對人的思維機制所知甚少的情況

下，當屬難能可貴。劉勰幾乎對寫作構思中所有最為困難的、最不易說清的問題，都儘量給予詳盡的回答。這毫無疑問對語文教育有著極大的影響力和推動力。

他們的侷限性主要表現在過分強調「文原於道」，以聖人的經典為楷模，這就從王充的「感偽起妄」、「自為佳好」的立場倒退了一步，給後世的語文教育蒙上了一層陰影。

語文教育成為獨立的課程，也與這一時期選拔人才的制度有極大的關係。從漢武帝開始，逐漸形成比較完備的察舉法規，察舉一般與考試相結合。漢代的考試方式有「對策」、「射策」兩種。「對策」是根據皇帝或學官提出的重大政治問題作答，也稱策問或策試。「射策」就是後代的抽籤考試，內容側重對經義中的疑難問題的解釋、闡發。二者都涉及到了考察寫作能力。東漢順帝時，令郡國舉孝廉，「通章句文史，能箋奏乃得應選」。東漢靈帝培養的寫作人才，實際上又是從政人才。這就從根本上改變了先秦語文教育以教化為目的的狀況，使之成為踏進仕途的「敲門磚」，開文辭取士的先例。

這始於漢代的選士制度，影響了後來一千多年封建社會的語文教育和寫作教學。至唐宋明清，衍化為詩賦、經義、八股取士，把寫作才能等同於治國安邦的才能，終於使選拔人才走向其反面──毀滅人才。

儘管文辭取士有很多弊端，但客觀上它起了促進語文教育的作用。在這種背景下，產生了初具形態的文選與寫作教材。

西晉摯虞的《文章流別集》與《文章流別志論》，大約可算是最早的具有一定的教材價值的著作之一。它一方面分體選文，一方面依體序說，既有知識，又有範文。可惜二書不傳。清代嚴可均編《全上古三代秦漢三國六朝文》中有摯虞著的〈文章流別論〉佚文，主要討論了詩、賦的源流得失，兼及頌、箴、銘、誄、哀辭等文體特點。也許由此可見二書之大略。

　　南梁昭明太子蕭統（501-531）所編的《昭明文選》，實際上也兼具閱讀教材和寫作範文的功能。這是一部完整保存下來的最早的詩、文總集。該書輯錄了從周秦到齊梁的一百多位作家的七百多篇作品，歷代流傳不衰，給寫作學習以極大的影響。後人因此有「《文選》爛，秀才半」之說，對該書的研究甚至還形成一門專門的學問——「選學」。

　　《昭明文選》的選文共分三十八大類，各大類下又分若干小類。如賦類下又分京都、郊祀、耕籍、畋獵、紀行、遊覽、宮殿、江海、物色、鳥獸、志、哀傷、論文、音樂、情等類別，每類中的作品再按年代的先後編排。顯然，就體例看，有點類似於我們今天的《寫作分類詞典》或《寫作大全》。這有便於模仿的一面，但又失之於瑣碎。

　　《昭明文選》選文的標準是「以能文為本」，即重視詩文的辭采。這體現了六朝文人普遍的寫作審美觀。其「能文」的特徵，就是必須能將內容「綜輯辭采，錯比文華」地表達出來。五經典藉、諸子之文因其皆「以立意為宗，不以能文為本」，所以均未入選。可見，該書在文學性這一點上對古代作品作了較嚴格的區分。這固然有過分注重形式之嫌，但在區別文學與非文學這一點上功不可沒。

　　作為教材來看，《昭明文選》除了存在分類過分繁雜的弊病外，還未能對選文作必要的分析評點，這是不利於教學的。也就是由於在這些問題上缺乏教學意識，所以，可稱之為「准教材」。

　　在具體學習方法上，最引入注目的是顏之推提出的「討論法」：「學為文章，先謀親友，得其評裁，知可施行，然後出手；慎勿師心自任，取笑旁人也。」[37]在寫作教學目標的確定上，他的意見也很有價值。他認為自古以來，稱得上「宏麗精華」的文章不過數十篇，所以，能寫得「不失體裁，辭意可觀」就可稱「才士」了。想要「動俗

37　顏之推：《顏氏家訓》〈文章〉。

蓋世」，這是難以企及的。寫作教學的要求不應過高，這是符合寫作
學習的實際情況的。同時，他還認為寫作學習應兼取古今之長處，
「古人之文，宏材逸氣，體度風格，去今實遠；但緝綴疏樸，未為密
緻耳。今世音律諧靡，章句偶對，諱避精詳，賢於往昔多矣。宜以古
之制裁為本，今之辭調為末，並須兩存，不可偏棄也。」[38]這種看法
也不無可取之處。

　　這一時期「讀」的目的，除了跟先秦一樣，為了修身，繼承道
統，也為了直接從範文中進行模仿。摯虞在〈文章流別論〉中說
「詩、頌、箴、銘之篇皆有往古成文可依而作」，這便說明讀「往古
成文」是為了「依而作」。他的《文章流別集》分體選文、依體序說
的目的，也在於便於模仿。這種教學方式，經唐宋，曆明清，實際上
成為寫作教學的一個主要方式。雖然歷代都有人主張讀經典是為了提
高人的德行修養，但那畢竟不如直接模仿奏效。所以「修內」、「為
己」的提法，在寫作教學中逐漸被直接模仿取代是勢所必然。在科舉
時代，讀聖賢之文，後來只不過是為了應試的需要罷了。

　　總之，這一時期以教化、修己為目的的語文教育已開始讓位於求
功名取利祿的語文教育。戰國時期興起的以遊說進言來謀得統治者信
任重用之風，逐步變成一種以詩、文邀寵的普遍的社會風習，變成士
階層的社會思維傾向。從司馬相如以〈子虛賦〉而得漢武帝之寵幸之
後，文人因詩、文得官的比比皆是。不論是鑽研經書而作策論的，還
是醉心於寫詩作賦，其謀取功名利祿的目的都是明確的。這種轉變，
曾令許多儒家正統學者痛心疾首卻又無可奈何。

---

38 顏之推：《顏氏家訓》〈文章〉。

隋唐宋元時期語文教育

　　隋唐宋元（581-1368）時期是語文教育取得較為穩定發展的時期，語文教育結構趨於嚴整，有了較為完備的寫作教材和對教學規律的自覺探索。這一時期語文教育的主導思想是「為功名」。

　　誠如朱熹所言：「今之學者之病，最是先學作文干祿。」[39]「干祿」，就是求取功名利祿。隋唐開科舉制之先河，寫作文章既是科舉考試的基本要求，語文教育自然也就成為封建教育的主要內容，語文教育的主導思想也就不能不定位於「為功名」。學子十載寒窗為的便是金榜題名，而所寫的內容又大致上是源於五經，並不能很好地體現經世致用的才能，導致了寫作主體的異化。這種「功名」性的語文教育自然是不足取的。但是，我們也不能不看到，這種對寫作情有獨鍾的科舉考試制度，勢必也在相當程度上強化人們學習、研究寫作及語文教育的意願，刺激並推動語文教育的發展。

　　漢代以後文辭取士的傾向已見端倪，不過那時還未形成十分嚴格的考試制度，考試也就限於策試。唐沿隋制，開科取士，開始時還是以策問為主，應試者加試詩、賦各一篇。由於策問往往流於形式，應試者通過抄義條、誦舊策應付考試，內容陳陳相因，而詩、賦在當時已成為文人通用的文體，不但能考察考生的思想，而且能體現一個人的文化修養。所以，詩、賦逐漸取得與策問同等重要的地位。進士科的考試往往更著重詩、賦。到了宋代，詩、賦考試又慢慢地暴露出過分崇尚文辭而未能致用的弊病，自宋熙寧四年後，又轉為考「經義」為主，但不論是考詩、賦還是考經義，對考生寫作能力的重視這一點並沒有改變。

---

39 轉引自范壽康：《朱子及其哲學》（北京市：中華書局，1983年），頁150。

　　這種選士制度必然導致語文教育的進一步發展。「科舉考試一度
重視書判、策論和詩賦，則學校，也隨之注重習字、習時務策和作詩
賦。乃至鄉村學也都普遍學習作詩，學詩成了一種普通風氣。」[40]

　　當然，這一時期語文教育的發展也跟文學領域高度繁榮的局面不
無關係。唐以來，隨著社會的安定和經濟的發展，統治者採取一些較
為開明的文化政策，賦詩作文成了從皇帝到平民的時尚。唐詩、宋詞
及散文創作，異彩紛呈，群星迭映。不但擁有眾多的作者，而且出現
李白、杜甫、「唐宋八大家」等一批傑出的詩文作家。從《全唐詩》
中所收的二千二百餘人的四萬八千餘首詩、《全唐文》中所收的三千
餘人的一萬八千餘篇文章中，便可見當時重詩重文的社會風氣之一
斑。這種寫作風氣與科舉制相互影響和促進，形成了一種特殊的文化
氛圍，強化了人們學習寫作的意願，乃至「五尺童子恥不言文墨
焉」。

　　從語文教育發展的內部原因來看，自然是跟漢以後的寫作理論的
長足進展、語文教育成了獨立的課程、有了最初的教材及積累了教學
經驗等分不開的。

　　這一時期的語文教材，已經從教學意識還不很強的寫作知識與文
選中超越出來，有了明確的編寫意圖。「文選」類教材最典型的是宋
代謝枋得編的《文章軌範》。

　　《文章軌範》七卷，共選文六十九篇，均為唐宋名家名篇。七卷
中分兩大類：放膽文（二卷）、小心文（五卷）。每卷卷首均有簡要的
教學目的、要求等的說明，每篇選文中附有詳細而又精要的評點。如
「放膽文」（卷一）前的提示：

---

40 毛禮銳、沈灌群主編：《中國教育通史》（濟南市：山東教育出版社，1985年），第2
　　卷，頁515。

> 凡學文，初要膽大，終要心小，由粗入細，由俗入雅，由繁入
> 簡，由豪蕩入純粹。此集皆粗枝大葉之文，本於禮義，老於世
> 事，合於人情，初學熟之，開廣其胸襟，發舒其志氣，但見文
> 之易，不見文之難，必能放言高論，筆端不窘束矣。

這幾句話明確了該書編寫目的和指導思想，揭示了寫作教學的基本原則，甚得寫作學習的內在機理，對教師與學生均有所啟示。

　　每篇選文的評點，有旁批，有眉批，有篇末總評。有的是針對具體的技法特點，章法、句法特點，也有的是針對作者的，指出他的寫作個性。每篇所評也有所側重，以利於學生有目的地學習模仿。

　　顯然，《文章軌範》開「寫作本位」之先河，這種編寫體例對我們今天的教材建設還是有參考價值的。

　　這一時期「文選」類教材值得一提的還有宋代真德秀編的《文章正宗》。該書的選文比《文章軌範》面更廣，它的特點是有了教學文體分類。將選文分為：辭命、議論、敘事、詩賦四類，進入教學，便利了學生的學習。

　　這一時期除了有較規整的「文選」類教材外，還出現大量的「知識」類教材。如宋代李耆卿的《文章精義》、陳騤的《文則》，元代倪士毅的《作義要訣》、王構的《修辭鑒衡》、陳繹曾的《文說》等。這些「知識」類教材又可分為兩種類型，一種是講一般的寫作知識的，另一種是專門講科舉文體寫作知識的。前者可以陳騤的《文則》為代表，後者可以倪士毅的《作義要訣》為代表。

　　南宋陳騤所著的《文則》，從總體上看，是討論寫作規律的。作者在揭示為文之法則時，附有大量的實例，且對實例作了較為細緻的闡釋。見解新穎深刻，材料翔實具體，表述清晰平易。全書所提供的寫作知識有較大的覆蓋面，習作者讀之，可得為文之大義。因此，該書當可稱為中國最早的、提供了較為詳備的寫作知識的教材。該書最

為著力處，是對於語言表述技巧的探討，特別是在修辭方面，作者較為深入地研究了比喻、對偶、倒語、析字、援引、繼踵、纏糾、重複、避複、答問、反語、排比等修辭手法，其發凡創例之功不可沒。

倪士毅所著的《作義要訣》，則是專門講經義的作法。他在該書〈自序〉中說：

> 按宋初因唐制取士試詩賦，至神宗朝王安石為相，熙寧四年辛亥議更科舉法，罷詩賦，以經義論策試士，各占治詩、書、易、周禮、禮記一經，此經義之始也。……至宋季則其篇甚長，有定格律，首有破題，破題之下有接題，有小講，有繳結，以上謂之冒子，然後入官題，官題之下有原題，有大講，有餘意，有原經，有結尾，篇篇按此次序，其文多拘於捉對，大抵冗長繁複可厭，宜今日之變更之。今之經義不拘格律，然亦當分冒題、原題、講題、結題四段。愚往年見宏齋曹公《宋季書義說》，嘗取其可用於今日者摘錄之，茲又見南窗謝氏、臨川章氏及諸家之說，遂重加編輯，條具於左，以便初學云。

由這〈自序〉可知，該書編寫意圖是給初學經義寫作的學生讀的。這裡談到經義形式演變之大概，關鍵還在於要學生理解這種形式的重要性，以便圍繞著形式要求進行教學。所以，該書除了論及一些一般的寫作知識外，著重按照經義寫作的程序，按部就班地加以描述：先是審題，然後是冒題、原題、講題、結題。作者注重揭示的是寫作行為的基本要領，經義的寫作訓練，就是這樣通過若干分解開來的操作程序，逐步來完成。

顯然，《作義要訣》的編寫體例，已經體現最初的模式程序教學思想，出現按程序寫作的苗頭。這種定格為文的程序化傾向進一步發展到極端，必將寫作教學引向僵化、衰朽。

　　但不管怎麼說，這一時期在語文學科建設方面，是呈上升趨勢。不但形成「文選」與「知識」這兩種教材範式，而且在教學研究方面，也有令人矚目的進展。

　　寫作教學研究的開山之功，應歸之於《文章軌範》的編者謝枋得。

　　謝枋得將文選分為放膽文與小心文兩大部分，其中便包含著他的語文教育思想。他將寫作教學規律概括為：「初要膽大，終要心小，由粗入細，由俗入雅，由繁入簡，由豪蕩入純粹。」這在今天也還是寫作教學的玉尺。

　　「知識」類教材的「模式程序」教學法也有其值得肯定之處，它表明寫作教學也有普遍的規律可循，「模式程序」教學作為一種習作入門的途徑還是可取的。

　　「知識」類教材大多都有作者對寫作教學的一些見解。例如宋代李耆卿的《文章精義》，談到「古人文字規模間架聲音節奏皆可學，惟妙處不可學」，這就抓住寫作教學的要害。寫作教學可教的只有規矩，至於巧，得靠習作者自己去揣摩體悟，「得他好處」，「一莖草化丈六金身」。他將什麼可教，什麼不可教區別開來，這無疑的是有實踐價值的。

　　此外，朱熹對語文教學的思考也是多方面的，涉及到語文教學的指導思想、功用、方法、方式等，其最大特點是從寫作的本質上批判當時語文教育中存在的「非寫作」傾向。他反對語文教育以取科名爵祿為目的，反對「剽竊亂道之文」，主張寫作要「資深廣取」。他認為習作者先要仿效「法度文字」，有法可依才能做出規範的文章，第二步才是效法《史記》、《漢書》等汪洋恣肆、從心所欲之文，這就對初學者與欲作好文者，提出教學上的層次性的要求。他還針對科舉制禁錮學生思想之弊，提出不能做「千人一律文字」，要獨闢蹊徑，做「出眾文字」，對那些苟且之文表現出極端的輕蔑。

　　這一時期語文教學的方法，其指導思想處於「以讀帶寫」與「為寫擇讀」這兩種規範的融會點上。「以讀帶寫」仍是一種基本的教學方法。例如宋代《京兆府小學規》有以下要求：

> 一、教授每日講說經書三兩紙，授諸生所誦經書文句、音義，題所學書字樣，出所課詩賦題目，撰所屬詩句，擇所記故事。
> 二、諸生學課分三等。第一等，再日抽籤問所聽經義三通，念書一二百字，學書十行，吟五七言古律詩一首；三日試賦一首（或四韻），看賦一道，看史傳三五紙（內記故事三條）。第二等，再日念書約一百字，學書十行，吟詩一絕，對屬一聯，念賦二韻，記故事二件。第三等，再日念書五七十字，學書十行，念詩一首。

　　這裡大體上還是以讀為主，隨讀隨寫。從「文選」類教材來看，寫也是從讀入手的。但是，著眼於科舉文體的寫作訓練情況就不同了。如前所述，「經義」的寫作訓練，它固然也不排斥模仿範文，但更多的倒是根據各部分的寫作要求來選擇讀的內容，例如為了審題，「須將文公四書仔細玩味」，為了寫「講題」（告誡之題），須讀「太甲上中下三篇及一德之書」等，「認他先後次序」，這就不是「讀什麼寫什麼」，而是「寫什麼讀什麼」了。這種變化，從寫作教學擺脫作為閱讀教學的附庸這一角度上看，還是體現了認識上的進步。

　　研究這一時期的語文教學，不能不注意到一些儒家學者對科舉以文辭取士制度的反抗。在這一方面的代表人物當推韓愈和朱熹。

　　韓愈是中國唐代以後寫作和語文教學界最有影響的人物之一。韓愈以反對六朝以來的駢偶文風，力主文體革新，「文起八代之衰」，與柳宗元共同宣導「古文運動」而著稱於文學史。他曾任國子博士（專掌儒家經學傳授的學官）和國子祭酒（主管國子學的學官），與當時

的知識界、寫作界有著廣泛的交往，在詩、文方面，求教於他的青年學子甚眾。

　　韓愈的文章和見解，在其身後的二百年間，並不為人們所嘉許，其原因之一大約也在於他的寫作觀與科舉寫作規範格格不入。韓愈對科舉考試是十分反感的。他覺得這種考試是取決於「有司者（考官）好惡」，是「決得失於一夫之目」，只允許迎合時俗，卻不能獨自樹立，「誠使古之豪傑之士若屈原、孟軻、司馬遷、相如、揚雄之徒進於是選，必知其懷慚乃不自進而已耳」。[41]他認為「汲汲於科名，以不得進為恥之羞者，惑也！」所謂的「博學」、「鴻詞」，根本就不能算是真正的博學鴻詞，因而，違心地參加科舉，是一種恥辱和痛苦。韓愈的寫作觀與科舉寫作規範的衝突，主要表現在求「古道」與求「科名」，信乎己與信乎人（相信自己的寫作才能與相信他人對自己的評判），厚於質與厚於文等方面。這些矛盾在科舉制下的語文教育中，自然是難以調和的。所以，「是時天下學者，楊、劉之作號為『時文』，能者取科第，擅名聲，以誇榮當世，未嘗有道韓文者」。[42]這種情況，雖然隨著韓文的價值逐漸被人們所認識，在寫作實踐和理論探討中為人們所推崇，「學者非韓不學」，論者以韓為範，而有所改觀，但是，在寫作教學中，對於韓愈的寫作觀的傳授，也只是停留於泛泛而論文以載道、「惟陳言之務去」、「文從字順」一類，而未能弘揚其本旨。

　　南宋學術界的巨擘朱熹，儘管他所集注的《四書》，被後世當作科舉考試的標準教科書，但是，他生前卻是和韓愈一樣，對科舉考試深惡痛絕，他是極其反對功利性地學語文與教寫作的，因為這違背了儒家正統的學習觀。他認為：「聖賢教人為學，非是使人綴緝言語，造作文辭，但為科名爵祿之計。須是格物致知、誠意正心，修身而推

41　《韓昌黎文集》〈答崔立之書〉。

42　歐陽修：〈記舊本韓文後〉。

之以至於齊家治國可以平治天下，方是正當學問。」[43]所以，他一方面反對學生為應付科舉不讀經典原文，一味讀「那亂道底時文（指考生應試的經義「佳作」），求合那亂道底試官」；一方面反對教師教寫作，因為這是捨本逐末，「文皆是從道中流出」，「大意主乎學問以明理，則自然發為好文章。詩亦然」。[44]朱熹從反對科舉以文辭取士、反對語文教育的急功近利，走向另一個極端，極力強調「文本於道」，文道一體。這比起韓愈的「文以貫道」、蘇軾的「文與道俱」來，對「道」的傾斜更加徹底。

朱熹的看法雖有其侷限，但在寫作變為沽名釣譽的手段，語文教學淪為科舉的附庸的情況下，這種看法還是有其積極的一面的。

綜上所述，這一時期的語文教育，儘管在科舉制的影響下開始步入歧途，但從學科建設的總體上看，還是有較大的發展。這主要表現在語文教育在官學系統中受到全面的重視，出現了一些具有較強的教學意識的語文教材，學者們已經從單純的寫作規律研究，進入到寫作教學論探索的新領域。科舉制一方面給語文教育以消極的引導，另一方面也在一定程度上推動了語文教育的發展進程。

明清時期語文教育

明清時期（1368-1901（清末廢八股）），由科舉制催發的語文教育的繁榮達到極盛期。而在這虛假繁榮的背後，實質上的衰朽，也到了無以復加的地步。這一時期語文教育的主導思想與前一時期沒有本質上的區別，只是在「為功名」這一點上更為急功近利，達到登峰造極的地步。

43　《晦庵先生朱文公文集》〈玉山講義〉。
44　《朱子語類》〈論文上〉。

　　「四書」、「五經」雖然仍被作為必讀書，但讀這些書既不是為了修養性情，也不是為了徵聖宗經，只是為了能作八股文，能獲取功名。能寫出合乎規範的八股文，便是這一時期語文教育的基本目的。從教學到研究的方方面面均以此為標的。

　　發端於宋代的經義之文，到了明清，由於統治者對文人的思想鉗制更嚴，科舉制也更加「完善」，所以，在經義考試的格式與內容上的限制，也變得比以往更為嚴厲。

　　明成化（1465）以後，經義流俗稱八股（亦稱制藝、時文、八比文、四書文等）。「股者對偶之名也」。八股文每篇由破題、承題、起講、入手、起股、中股、後股、束股八部分組成。「破題」即說破題目要義，「承題」是進一步闡明題意，「起講」是議論的開端，「入手」是導入正式議論，下面的從「起股」到「束股」才是議論的正文，以中股為全篇重心。在這四股中，每股都有兩股排比對偶的文字，合為八股。由此可見八股文形式上的僵化板滯。

　　八股文在內容上的要求，簡而言之即「代聖賢立言」。張位在《看書作文法十六則》中說：「作文是替聖賢說話，必知聖賢之心，然後能發聖賢之心，有一毫不與聖賢語意相肖者，非文也。譬之傳神，然眉目鬚髮有一毫不逼真者，非為良工。」[45]郭正域在《論文一章》中說得更為苛刻：「夫為聖人之文，即傳聖人之言也。今之善傳言者，呼吸咳唾，微言冷語，嬉笑怒罵，長短輕重，一如出其人之口，方為善傳言。」[46]由此可見八股文內容上的腐敗虛偽。

　　科舉以八股文試士，寫作教學在教育中自然便受到極端的重視。語文教育從重閱讀轉到重寫作，形成「以寫作訓練為中心」的教學結構。因為這一時期的閱讀教學，「讀『四書』（指《論語》《孟子》《大學》《中庸》），只為八股之題目，讀『五經』（指《詩》《書》《禮》

45　武之望：《舉業卮言》卷3。

46　武之望：《舉業卮言》卷3。

《易》《春秋》），只為八股之材料。而三代以下之書，皆可以不讀」。[47]
這種以寫作訓練為中心的教學，基本情況如下：

> 在蒙學時，除讀書外，或課對偶，由二字而三、四字，五、七
> 字；其學為八股，則先為破題兩句，漸為承題三、四句。課對
> 偶為將來試帖之預備，破題承題則為八股之前奏曲也。年稍
> 長，則入中館，「五經」未畢者，或仍繼續讀經。而對偶詩文
> 則漸進。對偶或為詠物聯，或為撐句，為夾聯。……至其學為
> 八股文，則以蒙學時已能破承題，則連續學去……。中館之學
> 生，大都年在十三四，則為完篇，完篇者，能作全篇八股文也。
> 中館之後有所謂大館者，多設於都市。……大館專教八股，以
> 應科舉。……教師之講四書，不在發明經義，而專為八股。[48]

八股文對教育的破壞；對人才的摧殘自不待言，就其具體的教學方
法、方式來看，也還是要作客觀、全面的分析。從上舉的八股文教學
情況可得出如下看法：

（一）明清八股文教學已經形成一套較為嚴整的教學結構與訓練
程序。就教學結構來看，撇開當時語文教育受科舉考試這一外在影
響，單就「以寫作訓練為中心」組織教學而言，這也不失為一種可供
嘗試的路子。事實證明，「以寫作訓練為中心」，是可以帶動閱讀教學
的。為了應用而讀，其效果勢必要比僅僅為了讀而讀要好得多。從程
序安排來看，當時蒙學、中館、大館的訓練內容，也基本上體現了由
易到難，由簡到繁，循序漸進的教學原則。從對對子的基本訓練開

47 盧湘父：《萬木草堂憶舊》，見沈雲龍主編：《近代中國史料叢刊續編》（臺北市：文
　海出版社，1983年），第66輯，第651冊，頁77。
48 盧湘父：《萬木草堂憶舊》，見沈雲龍主編：《近代中國史料叢刊續編》（臺北市：文
　海出版社，1983年），第66輯，第651冊，頁60-65。

始，再學簡單的破題、承題，然後是學習聯句，進而學習八股的主體部分，最後再結合經書和八股範文進一步提高篇章能力。這也還是注意到了學生的接受能力的發展。

（二）八股文由於有嚴格的程序，所以，明清八股文教學比起前一時期的經義之文的教學，更注意文章的形式規範，是一種典型的模式程序教學。這種教學有利有弊，利在於學生有法可依，便於掌握文體形式特徵，能較快地入格、合格，寫出符合文體規範的文章。這比起單純的試誤（讓學生自己揣摩依仿）教學，對於學生形成文體感要更為便捷。問題在於八股文的模式教學，只要求學生合格，而不允許出格，這就產生了定法為文的程序化弊端，限制了學生思想與表現的自由，扼殺了他們的創造性。顯然，明清時期模式教學的弊病主要是由八股文的板滯的形式所引起的，就模式程序教學本身來說，只要運用得當，它的消極作用是可以避免的。

（三）八股文的模式程序教學，是採用文章分解的訓練方式。即根據八股文的若干構成部分的具體要求，由不同的教學階段分別組織訓練。這種化繁為簡、先分解再綜合的訓練方式，在習作的初始階段，有一定的作用。然而這對學生形成整體文章形式感也不無負面影響。

我們還不能不注意到在明清的語文學科領域出現的理論與教學研究齊頭並進、相互交融的狀況。純粹的寫作理論研究，自魏晉南北朝達到一個高潮之後，雖然鮮有驚世之作，但仍方興未艾、餘波不息，有些論著在不同程度上表現出對教學的興趣；對寫作教學的研究也引起越來越多的人的關注，他們廣泛汲取前人的理論探索成果於教學研究中，使教學研究獲得一定的進展。

寫作理論研究，儘管沒有在總體上超過《文心雕龍》的巨著出現，但還是有諸如李漁的《閒情偶記》、劉熙載的《藝概》、葉燮的《原詩》（內外篇）、劉大櫆的《論文偶記》、章學誠的《文史通義》

等不乏精見之作。

　　這一時期在寫作實踐與教學領域具有較為廣泛而又持久影響的寫作理論，是桐城派的寫作理論。終明之世的寫作界，存在著前、後七子的「文必秦漢、詩必盛唐」的擬古主張，與公安派等的「獨抒性靈、不拘格套」的反擬古主張的論爭。前者從力挽明初「臺閣體」之頹風，到走上泥古不化的路子；後者則從倡言「任性而發」，而歸於狹隘浮淺。在這種情況下，以救古文之衰為己任的桐城派應運而生。

　　桐城派是因其主要代表人物戴名世、方苞、劉大櫆、姚鼐等均為安徽桐城人而得名。桐城派是清代最大的散文流派，雄踞文壇二百餘年，其文運與清王朝的國運相始終，時人有「天下文章其出於桐城乎」之說。桐城派散文以接武唐宋八家文統相標榜，其寫作思想的核心是「義法」說。「義」即「言有物」，主要指程朱理學中可以致用的內容；「法」即「言有序」，主要指行文的方法技巧。概而言之，就是「因文而見道」。

　　桐城派的寫作理論，其發生、發展和衰亡的過程是十分複雜的。它肇始於戴名世，由方苞奠基，經劉大櫆、姚鼐的增益發展，曾國藩、吳汝綸、林紓等的揚棄修正，影響波及全國，擁有數以百計的作家，對其評價是不能以「桐城謬種」一言以蔽之的。

　　方苞的「義法」說，執著於封建綱常之理，且在文章作法上存在著一定的模式化的傾向，這無疑是應該加以否定的。但是，就方苞而言，他也不主張空言義理而提倡「濟於實用」，這還是可取的。到了姚鼐，他就已經意識到「義法」說的片面性，認為「只以義法論文，則得其一端矣」。提出「義理、考證、文章」三者相濟的主張。姚鼐曾執教於江寧、揚州等地書院凡四十年，傳授古文法，培養了一大批的寫作人才，其見解所產生的影響，當在方苞的「義法」說之上。及至桐城派的「中興聖主」曾國藩，他基本上越出「義法」說之樊籬，指出：「古人之不可及，全在行氣，如列子之御風，不在義理字句間

也。」[49]文章「不必盡合於理法，但求氣昌耳。……氣不貫注，雖筆筆有法，不足觀也」[50]。並試圖以「經濟」代換「義理」。就桐城派作家的創作實踐看，也是不能一概而論的，他們之中大部分人的散文是言之有物、清新流暢，且能自成一格的。即使是散文成就一般的姚鼐，也還有〈登泰山記〉、〈遊靈巖記〉等名篇傳世。桐城派的寫作研究成果更是不可否認。劉大櫆的〈論文偶記〉、姚鼐的〈古文辭類纂〉、吳德旋的〈初月樓古文緒論〉、林紓的〈春覺齋論文〉等，都曾風行一時。「他們一致主張文章貴『簡』貴『疏』，反對『繁密』，劉大櫆詳論『去陳言』之法；林紓主張學古人當知古人之病：諸如此類，都有可取之處。」[51]

有鑑於此，我們認為，桐城派的寫作理論對寫作教學的影響，其消極面是與科舉文體規範相吻合的，它們本質上都是宣揚義理，為維護封建道統服務，從這個意義上說，稱之為「桐城謬種」是並不過分。但它又在一定程度上克服了前、後七子後期的一味擬古，與公安派末流因矯枉過正而趨於幽深艱澀的文風，提倡取法唐宋八家文範，作清通質實雅馴之文，這還是產生了一定的積極作用的。實際上，就是從後來的梁啟超、葉聖陶等人的寫作教學觀中，我們都還可以看出他們所受到的桐城文論的影響。

這一時期不少寫作理論專著，或多或少也染上教學色彩，變得不那麼純粹。如明吳納著的《文章辨體》、徐師曾著的《文體明辨》，二者都是文體學專著，但在開論之前，二書分別附上「諸儒總論作文法」與「文章綱領」，其內容均為輯錄歷代名人討論寫作學習的片言隻語。同時，在每一類文體的論述後還附上選文，讓讀者揣摩依仿。這類專著，實際上已經兼具寫作知識與寫作教學文選的功能。這種情

---

49 曾國藩：〈日記二〉，《曾國藩全集》（長沙市：嶽麓書社，1986年），頁950。

50 曾國藩：〈日記二〉，《曾國藩全集》（長沙市：嶽麓書社，1986年），頁1310。

51 舒蕪：〈校點後記〉，《論文偶記等三篇》（北京市：人民文學出版社，1959年）。

形表明寫作理論專著向普及性的寫作教材認同的趨向。

　　而在寫作教學研究方面，固然它本身理論積累的水準較低。且受到科舉文體教學的制約，但不可否認它仍處於不斷發展的趨勢中。這可以從這一時期出現的一批寫作教材和教學法專著得到證明。

　　這一時期的寫作教材很多，教材中又以駢體文、八股文的文選居多，但也有一些知識類的教材，這可以明代武之望的《舉業卮言》為代表。語文教學法研究雖然水平不高、科學性不強，但從語文教育史的角度來看，能意識到這一新的研究領域的重要性，其意義就非同尋常。這類專著可以清代唐彪的《讀書作文譜》為代表。《舉業卮言》和《讀書作文譜》二書，均較為注意從前人的語文教育理論研究中汲取營養，廣徵博採歷代百家之說以成一家之言，所以，讀此二書，當可一窺全豹。

　　二書除了都極詳備地論及八股文作法外，前者還論述了一般的為文之道，如神、情、氣、骨、質、品、識、理、意、詞、格、機、勢、調、趣、致、景、采、造詣、師法、擬古等，同時還引述了歷代論文之精萃。從書名《舉業卮言》看，其主旨就是專門為科舉文體寫作而編的。後者說的是「讀書作文」，實際上側重於研究寫作教學，是為了論寫作而論讀書的。該書在中國語文教育史上應該佔有一席之地。

　　唐彪所著《讀書作文譜》，原與它的姐妹篇《父師善誘法》合稱為《家塾教學法》。《父師善誘法》主要討論語文啟蒙教育法，《讀書作文譜》則承續其後，專論閱讀與寫作教學法。由於清代的語文教育是以寫作教學為中心的，因此，《讀書作文譜》也就只能順應這種教學結構，討論閱讀與寫作的教學法。唐彪認為八股文教學的基本矛盾是「為功名」與「為文章」，對此，他採取折衷之論，在不影響寫好八股文獲取功名的前提下，他竭力主張要「自出機杼」寫好文章。這一思想大致上反映了多數教育界有識之士的看法。此外，他還提出對名人之文應作具體分析，不能盲目崇拜和學習；在「多讀」與「多

寫」二者中，「多寫」勝於「多讀」，「讀十篇不如做一篇」；寫作應注重作延期修改等，這些見解也不無可取之處。

這一時期，章學誠的語文教育觀亦很值得重視。章學誠堪稱科舉制語文教育規範下的最傑出的語文教育家和語文教育理論家。儘管他受到時代的侷限，無法超越「舉業」而論語文教育，但他還是在相當程度上精闢地揭示了語文教育規律。如他仍然十分注重「文德」、「學問」，認為道德、學問是文章的根本，這實際上便是對急功近利的語文教育思想的批判。他力主文章須能經世致用，對宋學家的空談性天和漢學家的繁瑣考據的傾向給予否定。他認為判別文章的優劣，不在於是古文還是時文，「在乎有為而言與無為而言」。他提出的「學問與文章並進，古文與時文參營」的教育原則，不能不說是科舉語文教育規範下的較為理想的選擇。尤其是他所提出的「善教學者，必知文之節候，學之性情」的「學文法」準則及其具體內容，可謂中國古代最具科學性的寫作教學法理論。

此外，論及語文教學法的還有王虛中的《訓蒙法》、王筠的《教童子法》等。

這一時期在語文學科領域出現的重教學研究的風氣，究其原因，自然主要是基於科舉制的需要。歷代能超脫科舉誘惑的文人畢竟只是少數。

有一點需要特別指出的是，不論明清時期在語文教育與理論研究上有多大的進展，也不能否認其實質上的衰朽。因為，以「代聖賢立言」為基本出發點的語文教育，是與寫作是為了發表內心情志這一本質規律背道而馳的。語文教育演變到用一種思想、一個程序把最豐富的人的內心世界強制性地統一起來，這無疑的是走到了末路，它的崩潰也是勢所必然。

三

中國古代語文學專論

孔子：有德有言，述而不作
——修德述舊的「學問」本位語文教育觀

　　孔子（西元前551至西元前479）是中國私學教育的奠基人，也是中國言語教育（語文教育）的開創者。孔子的言語教育，人們至今還注意甚少。孔子言語教育的言論，也許談不上宏富精深、謹嚴縝密，但看似平實無奇卻頗有義理法度。在先秦諸子中，孔子的言語教育思想，對歷代文人有著最為廣泛持久的影響。他所創立的「學問」本位的「德——述」規範，成為中國傳統語文教育的主導規範。可以這樣說，不了解孔子的言語教育的思想和實踐，便無緣得窺中國語文教育之堂奧。

言語教育的指導思想

　　孔子言語教育的指導思想是內「德」外「述」：修德於內，述舊於外。

　　孔子是十分注重修己的。他說：「志於道，據於德，依於仁，游於藝。」[1]「德之不修，學之不講，聞義不能徙，不善不能改，是吾憂也。」[2]提倡仁愛，弘揚周禮，這既是對君子的道德規範，也是對言語主體的基本要求。

1　《論語》〈述而〉。
2　《論語》〈述而〉。

　　他認為有德之人一定有言辭形諸外，但有言辭的人不一定有德：「有德者必有言，有言者不必有德。」[3]也就是說，重要的不在於有沒有言辭，而在於有沒有德行，德行修養才是言辭的根本。德行修養狀況與言語狀況有必然的聯繫，「德」決定「言」：「將叛者其辭慚（閃爍），中心疑者其辭枝（混亂），吉人（厚道的人）之辭寡（謹約），躁人（浮躁的人）之辭多（放肆），誣善（污蔑好人）之人其辭游（游移），失其守者其辭屈（含混）。」[4]中國傳統寫作理論中的「文如其人」說，便是由此發端，開「因人論文」之先河。

　　在《論語》中記錄了一段孔子的學生陳亢和孔子的兒子伯魚的對話，可以看出孔子對人文素養的重視：

> 陳亢問於伯魚曰：「子亦有異聞乎？」
> 對曰：「未也。嘗獨立，鯉趨而過庭。曰：『學《詩》乎？』對曰：『未也。』『不學詩，無以言。』鯉退而學《詩》。他日，又獨立，鯉趨而過庭。曰：『學禮乎？』對曰：『未也。』『不學禮，無以立。』鯉退而學禮。聞斯二者。」
> 陳亢退而喜曰：「問一得三，聞《詩》，聞禮，又聞君子之遠其子也。」[5]

　　孔子把學《詩》作為「言」的前提，因為，在孔子看來，《詩》教是最重要的人性、人格的陶冶。讀《詩》，可以學會興、觀、群、怨，可以懂得如何「事父」、「事君」，還可以了解自然知識。更進一步的是學「禮」，他認為「禮」是人的「立身處世」之本。前者是為「言」之道，後者是為「人」之道，二者都是「修身」範圍內的事。

3　《論語》〈憲問〉。

4　《周易》〈繫辭傳下〉。有人認為周易的繫辭是孔子所作，也有人有異議。

5　《論語》〈季氏〉。

　　詩教還能改變人的性情。孔子曰：「入其國，其教可知也。其為人也：溫柔敦厚，《詩》教也；……其為人也：溫柔敦厚而不愚，則深於《詩》者也……」[6]由此可見詩教作用之大。這大約也是孔子將《詩經》作為六經之首的原因。

　　雖然孔子對「德」、「言」關係的認識過於注重二者的同一性，忽視了二者的矛盾性，將人品等同於文品，在一定程度上掩蓋了「言」的特點。但是，不可否認這一見解有其合理性，「言為心聲」，人品對文品的制約作用是不言而喻的。在言語教育中，有必要強調對言語主體的人格品性、道德情操的培養和塑造，因此，孔子的德言觀在語文教育史上的影響主要是積極的。以致今天的語文界仍把正確處理「做人」與「作文」的關係問題，視為語文教育中的一個基本問題。

　　值得注意的是，孔子講修德，往往是和做學問、明道理聯繫在一起的。不是架空了談修德，認為修德、養性、學問、明理這幾者是立言為文的根本，是一體的。如孔子說「德之不修，學之不講，聞義不能徙，不善不能改，是吾憂也。」[7]就是將「德」與「學」相提並論的。在《論語》中，講求學問的言論非常之多：

　　　子曰：「學而時習之，不亦說（「說」同「悅」）乎？」[8]

　　　子曰：「學而不思則罔，思而不學則殆。」[9]

　　　子曰：「吾嘗終日不食，終夜不寢，以思，無益，不如學也。」[10]

6　《禮記》〈經解〉。
7　《論語》〈述而〉。
8　《論語》〈述而〉。
9　《論語》〈為政〉。
10　《論語》〈衛靈公〉。

子曰：「學如不及，猶恐失也。」[11]

子曰：「由也！女聞六言（六言，即六德）六蔽矣乎？」對曰：「未也。」

「居！吾語女。好仁不好學，其蔽也愚；好知不好學，其蔽也蕩；好信不好學，其蔽也賊；好直不好學，其蔽也絞；好勇不好學，其蔽也亂；好剛不好學，其蔽也狂。」[12]

　　孔子認為一切的德行修養，都和是否「好學」聯繫在一起。有六種品德，就有六種的流弊，這些流弊皆因為不好學所致，不好學，德行就會受到蔽害。可見，學習是和修德一樣重要。

　　孔子「修德」的特定內涵是「博學於文，約之以禮」，是向古人、聖人學習、看齊的，這決定了「有德者」之言是「述」（傳舊），而不是「作」（創新）。他說：「述而不作，信而好古，竊比於我老彭。」[13]「我非生而知之者，好古，敏以求之者也。」[14]「周監於二代，郁郁乎文哉。吾從周。」[15]「述而不作」緣於「好古」，「好古」基於對「周禮」的推崇，所以，言語的目的，勢必是傳先王之道，以古聖賢人之言為法度，注重對古代文化的繼承和闡發。

　　其實，孔子的「述而不作」觀並不是真正地排斥創作，而是強調對古代道德文化思想遺產的繼承和揚棄。他自身的寫作實踐便是對「述而不作，信而好古」這一點的最好注釋：「孔子刪《詩》《書》，定《禮》《樂》，贊《周易》，修《春秋》，皆傳先王之舊，而未嘗有所作也。……夫子蓋集群聖之大成而折衷之，其事雖述，而功則倍於作

11　《論語》〈泰伯〉。

12　《論語》〈陽貨〉。

13　《論語》〈述而〉。

14　《論語》〈述而〉。

15　《論語》〈八佾〉。

矣。」[16]「集群聖之大成而折衷之」，這就表明孔子於述舊中還是有所
創作發明的，是一種創造性的繼承，因此，我們不應只作字面上的簡
單理解，把「述」與「作」截然對立起來。孔子所「不作」的只是那
些超越「仁」「禮」規範的離經叛道的東西，並不是主張只能人云亦
云，不能有個人的見解，否則，也就不會有《論語》。

　　儘管如此，孔子的「述而不作」的言語價值觀在語文教育史上的
影響，也不無消極的成分。它成為封建統治者進行思想奴役的工具，
成為歷代文人以古為尚、皓首窮經、「代聖賢立言」的思想依據，成
為科舉考試的言語準則，極大地限制了寫作上的思想自由，窒息了作
者的言語創造力。

言語教育的課程設置

　　孔子私學教育的課程設置有「四教」、「四科」和「六藝」之說。
　　「四教」，指的是「文、行、忠、信」。[17]「文」，屬文化知識教育
範疇；「行、忠、信」，屬道德教育範疇。「四教」大約是孔子的基本
文化倫理道德修養的教育。「四教」雖然沒有明確的言語教育課程，
但從「修德」這一點上看，卻不能說它與言語教育毫無關係。誠如程
頤所言：「古之學者，修德而已，有德則言可不學而能，此必然之理
也。」[18]「學本是修德，有德然後有言。」[19]因此，「四教」可以看作
是言語教育的基礎或組成部分。

　　再看「四科」：「德行：顏淵、閔子騫、冉伯牛、仲弓；言語：宰

---

16 朱熹：《論語集注》卷四，見「述而不作」注。

17 《論語》〈述而〉。

18 《朱子校昌黎先生集傳》〈新書本傳〉，見《韓昌黎全集》（北京市：中國書店，
　　1991年），頁536。

19 程頤：〈遺書十八〉，見《二程全書》。

我、子貢；政事：冉有、季路；文學：子游、子夏。」[20]如果說「四教」是普通教育的話，那麼，「四科」則是根據優秀學生的特長進行的專門教育。在「四科」中，德行、政事、文學，跟「四教」的文、行、忠、信有一定的承繼關係，當然，直接進行言語教育的是「言語」科。「言語」科的教學內容與西周「樂」教中的「言」、「語」這兩項相似。在西周，「言」、「語」只是「樂」教（包括樂德、樂語、樂舞）中「樂語」教育內六個專案中的兩個項目，而在孔子的教育結構中，不但獨立設科，且作為拔尖人才專修的四個科目之一，可見，言語教育在孔子的教育結構中佔據了前所未有的地位，這是與春秋時期對人才的要求相適應的。

　　孔子的「六藝」教育有兩說，一是指禮、樂、射、御、書、數，一是指「六經」：《詩》、《書》、《禮》、《樂》、《易》、《春秋》。兩說皆有文獻依據。前者顯然是對前代教育內容的繼承，後者則是孔子首創，把古籍精華編成一套教材進行教學。《史記》〈孔子世家〉有「孔子以《詩》《書》《禮》《樂》教，弟子蓋三千焉，身通六藝者七十有二人」的記載，《莊子》〈天運〉中說：「孔子謂老聃曰：丘治《詩》《書》《禮》《樂》《易》《春秋》六經，自以為久矣，孰知其故矣。」孔子以「六經」作為教材，在《論語》中也有蹤跡可尋。「六經」大致上可兼備「四教」、「四科」教學之需，自然也可作為言語教育的教材。孔子說：「小子何莫學乎《詩》？《詩》可以興，可以觀，可以群，可以怨。邇之事父，遠之事君；多識於鳥獸草木之名。」[21]這裡所說的「可以興」「可以怨」，都跟說話和寫作有關。「興」指的是感發和聯想，「怨」指的是「怨而不怒」的諷刺的方法。他還說：「誦《詩》三百，授之以政，不達；使於四方，不能專對；雖多，亦奚以

20　《論語》〈先進〉。

21　《論語》〈陽貨〉。

為？」[22]這便是說，讀《詩》，須以提高口頭表達能力作為教學目的，如果讀了《詩》，仍然不善言辭，讀了再多也無用。可見，以《詩》作為教材，是負有言語教育（包括寫和說）的使命。其他如《書》《易》等，孔子也曾談到它們「言語」方面的特點。

言語教育的審美要求

在「德——述」規範的制導下，孔子言語教育審美觀的首要標準是「思無邪」。他說：「《詩》三百，一言以蔽之，曰：思無邪。」[23]所謂「思無邪」，就是言辭中所表露的思想情感符合「正」道，符合「仁」與「禮」的要求，也包含著中和適度的意思。他說：「〈關雎〉樂而不淫，哀而不傷。」[24]朱熹注曰：「蓋其憂雖深而不失於和，其樂雖盛而不失其正，故夫子稱之如此，欲學者玩其辭審其音，而有識其性情之正也。」他強調的是言語的思想內涵的純正和適度。

從言語主體的人格品位的層面上看，孔子追求的是「立誠」。如果說：「思無邪」主要是求「善」，「立誠」則是求真。孔子說：「修辭立其誠，所以居業也。」（以修飾言辭來建立誠信，這是操持自己事業的立足點）[25]也就是說，人的言語來不得半點虛假，嘴上講的全是心裡有的，心口如一，真誠信實於內，言語表現於外，才能永久地保持道德的操守。雖然孔子的這句話有其特定的指向，他的「立誠」，是建立在他的道德倫理觀之上的，但在語文教育史上，人們從中解讀到的卻是寫作要真實地表現作者的思想情感，立真誠以反對偽妄（如王充便是以「疾虛妄，歸實誠」為寫作準則）。由於這體現了寫作的

---

22 《論語》〈子路〉。

23 《論語》〈為政〉。

24 《論語》〈八佾〉。

25 《周易》〈乾〉〈文言〉。

本質要求，所以，「修辭立其誠」成為古今寫作實踐的本質要求，所以，「修辭立其誠」成為古今語文教育奉行不悖的至理名言。

　　由言語思想、人格二者派生出來的言語態度方面看，孔子主張少言、慎言。他說：「剛、毅、木、訥，近仁。」[26]「辭達而已矣。」[27]「吉人之辭寡。」[28]「仁者，其言也訒。」[29]「訒」，朱熹注曰：「忍也，難也。仁者不存而不放，故其言若有所忍而不易發，蓋其德之一端也。」就是說少言、慎言是有「德」的表現。主張少言、慎言，勢必反對多言、巧言和妄言：「躁人之辭多。」「巧言令色鮮矣仁。」[30]「古者言之不（妄）出，恥躬之不逮也。」[31]不多言、巧言、妄言，才能得其「正」，立其誠。孔子對其弟子的要求是「謹而信」[32]「言必信」[33]，這「信實」，同樣強調的也是真誠，表明了言語須以誠信為旨歸。這一點，也表現在他往往將少言、慎言跟行動聯繫起來。他說：「君子欲訥於言而敏於行。」[34]「君子……敏於事而慎於言。」[35]對於君子來說，重要的不是說了多少，而在於做了多少，最好是做了再說，而不應該說得多做得少：「先行其言，而後從之」[36]，「君子恥其言而過其行」[37]。孔子注重實行，所關注的也還是言語的誠信。

　　從言語本體看，孔子強調的是「言」與「文」的統一，「文」與

26　《論語》〈子路〉。
27　《論語》〈衛靈公〉。
28　《易》〈繫辭下〉。
29　《論語》〈顏淵〉。
30　《論語》〈學而〉。
31　《論語》〈里仁〉。
32　《論語》〈學而〉。
33　《論語》〈子路〉。
34　《論語》〈里仁〉。
35　《論語》〈學而〉。
36　《論語》〈為政〉。
37　《論語》〈憲問〉。

「質」的相稱。《左傳》中引孔子說:「《志》有之:『言以足志,文以足言。』不言,誰知其志?言之無文,行而不遠。晉為伯,鄭入陳,非文辭不為功。慎辭哉!」³⁸就是說「慎辭」包含言辭充分地表現心志,用文采巧妙地修飾言辭這兩層意思,言之有「文」,才能收到良好的表達效果。他又認為文、質不能相勝:「質勝文則野,文勝質則史,文質彬彬,然後君子。」³⁹內容與辭采的配合適當,這是言語形式美的基本要求。

由上可知,孔子的言語審美觀,已涉及到真、善、美三個層面,這些相對完整的認識,在寫作理論史上有著開創性意義,對寫作實踐的影響也是深遠的。

言語教育的基本方法

孔子言語教育的方法,主要是借重「學」——「讀」,通過「讀」來悟道修德,道德修養提高了,「有德然後有言」,有德則言可不學而能。這可以看作是言語素養教育和語文教育人文性認知的源頭。

他特別注重讀《詩》,把讀《詩》視作言語的根本。他說:「不學《詩》,無以言。」⁴⁰「女為〈周南〉〈召南〉矣乎?人而不為〈周南〉〈召南〉,其猶正牆面而立也與?」⁴¹他認為讀《詩》不但可以陶冶性情,還可以悟到學問和道理,提高言語的基本素養。在《論語》中曾談到子貢從「如切如磋,如琢如磨」的詩句中,體悟到做學問與修養身心是沒有窮極的道理。⁴²子夏讀「巧笑倩兮,美目盼兮,素以為絢

38　《左傳》〈襄公二十五年〉。

39　《論語》〈雍也〉。

40　《論語》〈季氏〉。

41　《論語》〈陽貨〉。

42　《論語》〈學而〉。

兮」的詩句，通過孔子的啟發，聯想到「禮後乎？」（禮樂產生在仁義之後嗎？）[43]這些就是「讀」而後有「德」且有「言」的例子。除了讀《詩》，孔子也注重讀《書》，因為讀《書》一方面可以了解治理國家的大道，另一方面可以知道古代聖賢的言行，以作修身的楷模。

對所讀的教材，孔子有時也作一些言語方法或特點上的評述。如「《關雎》樂而不淫，哀而不傷」，《易》，「其稱名也小（稱引的事物是細小的），其取類也大（類比的事物卻是重大的）。其旨遠，其辭文（高雅），其言曲而中（道理委婉而又中肯），其事肆而隱（論斷直率而又深刻）。因貳以濟民行（利用卜筮者的猶疑以此來指導人們的行為），以明失得之報」。[44]或對某些言語現象發表自己零星的感想：「書不盡言，言不盡意。」[45]這說的是書冊和言語的侷限性。「為命，裨諶草創之，世叔討論之，行人子羽修飾之，東里子產潤色之。」[46]這是對鄭國的辭命寫作詳審精密、精益求精極表讚譽。

總的來說，孔子言語教育的方法是以讀為本。由讀，而明道修德，「和順積中，英華發外」，言而成「述」。孔子的言語教育規範，大約可稱之為以「讀」為本位的「德──述」規範。由讀中悟，自然也不失為言語學習的一種方式，但過分誇大「讀」的作用，認為「讀」了就必定會說會寫，就混淆了「讀」和說、寫的規律；用道德教育完全取代言語技能的習得，這不能不說是孔子教育思想的一個誤區。

孔子的這一觀點對後世的影響至為深廣，歷代文人雖提法稍異，如「夫文章者，原出五經」[47]，「讀書破萬卷，下筆如有神」[48]，「作

43　《論語》〈八佾〉。

44　《周易》〈繫辭傳下〉。

45　《周易》〈繫辭傳上〉。

46　《論語》〈憲問〉。

47　顏之推：《顏氏家訓》〈文章篇〉。

48　杜甫：〈奉贈韋左丞丈〉。

文之法，以群經為本根」⁴⁹，「學詩讀詩，學文讀文，此古今一定之法」⁵⁰，但都是把「讀」看作是「寫」的本源，或把「寫」作為讀的附庸。以至當代一些著名的語文教育家仍對此篤信不疑，認為「閱讀是寫作的基礎」，「讀是吸收，寫是傾吐」。

開因材施教之先河

孔子的偉大，不在於後人授於他的一大堆的「○○家」的頭銜，或「大成至聖先師」之類的尊稱，也不是《論語》中宣示的一大堆的道德倫理政治教育理念，而是《論語》中的孔子首先是一個很平常的人，他的教育，充滿著本真的人性、個性和情性，是真正的「人」的教育。《論語》如果只是「孔子語錄」，像「二程語錄」、「朱子語類」一樣，是純粹的教喻，那就魅力盡失。我們所看到的作為私學先生的孔夫子，也就是一個面目蒼白，明知不可為而為之的冥頑不化的書呆子罷了。《論語》之所以使一代又一代人百讀不厭，其重要原因還在於它的師生對話，是栩栩如生的，是從活潑潑的言語生命中流淌出來的，孔夫子真誠地對待他的每一個學生，師生坦然直面人性的優點和缺點。

孔夫子的偉大，是因為他懂得他的每一個學生，在這一點上，他最有理由感到驕傲。不妨再讀一下《論語》中的這些「對話」：

> 閔子侍側，誾誾（誾〔一ㄣˊ，yín〕。恭敬而正直的樣子）如也；子路，行行（剛強而英勇的樣子）如也；冉有、子貢，侃侃（溫和而快樂的樣子）如也。子樂。「若由也，不得其死

49　宋濂：《宋文憲全集》卷16。
50　薛雪：《一瓢詩話》。

然。」（怕不得好死）⁵¹

柴也愚（愚笨），參也魯（遲鈍），師也辟（偏激），由也喭（〔一ㄢ丶，yàn〕，鹵莽）。⁵²

子路、曾皙、冉有、公西華侍坐。

子曰：「以吾一日長乎爾，毋吾以也。居則曰『不吾知也！』如或知爾，則何以哉。」

子路率爾而對曰：「千乘之國，攝乎大國之間，加之以師旅，因之以饑饉；由也為之，比及三年，可使有勇，且知方（大道理）也。」夫子哂之。

「求！爾何如？」對曰：「方六七十，如五六十，求也為之，比及三年，可使足民。如其禮樂，以俟君子。」

「赤！爾何如？」對曰：「非曰能之，願學焉。宗廟之事，如會同（宗廟祭祀或與別國會盟之事），端章甫（端，穿禮服；章甫，戴禮帽），願為小相（司儀）焉。」

「點！爾何如？」鼓瑟希，鏗爾，舍瑟而作，對曰：「異乎三子者之撰。」

子曰：「何傷乎？亦各言其志也。」曰：「莫春者，春服既成，冠者五六人，童子六七人，浴乎沂（水名）。風乎舞雩（雩〔ㄩˊ，yù〕。舞雩，魯國祭天求雨的地方，有祭壇和樹木，涼快宜人），詠而歸。」

夫子喟然歎曰：「吾與點也！」

三子者出，曾皙後。曾皙曰：「夫三子者之言何如？」子曰：「亦各言其志也已矣。」

---

51 《論語》〈先進〉。

52 《論語》〈先進〉。

曰：「夫子何哂由也？」曰：「為國以禮，其言不讓，是故哂也。」

「唯求則非邦也與？」（難道冉求所講的就不是國家嗎？）

（孔子說）「安見方六七十如五六十而非邦也者？」

「唯赤則非邦也與？」

（孔子說）「宗廟會同（有宗廟和同別國的會盟），非諸侯而何？赤也為之小（如果公西赤只能做個司儀那樣的小相），孰能為之大（誰還能做大事）？」[53]

子謂公冶長，「可妻也。雖在縲絏（縲絏〔ㄌㄟˊ ㄒㄧㄝˋ，léixiè〕。捆綁罪犯的繩子，指監獄）之中，非其罪也。」以其子（指女兒）妻之。[54]

顏淵、季路侍。子曰：「盍各言爾志？」

子路曰：「願車、馬、衣、（輕）裘，與朋友共，敝之而無憾。」

顏淵曰：「願無伐善（誇耀自己的好處），無施勞（表白自己的功勞）。」

子路曰：「願聞子之志！」

子曰：「老者安之，朋友信之，少者懷之。」[55]

子貢問曰：「賜也何如？」子曰：「女，器（器皿）也。」

曰：「何器也？」曰：「瑚璉（古代祭祀時盛糧食的器具，裝飾著玉，很尊貴華美）也。」[56]

子曰：「道不行，乘桴（木筏）浮於海。從我者，其由與！」

53 《論語》〈先進〉。
54 《論語》〈公冶長〉。
55 《論語》〈公冶長〉。
56 《論語》〈公冶長〉。

子路聞之喜。子曰：「由也好勇過我，無所取材。」[57]

孟武伯問子路仁乎？子曰：「不知也。」又問。子曰：「由也，千乘之國，可使治其賦也，不知其仁也。」「求也何如？」子曰：「求也，千室之邑，百乘之家，可使為之宰（縣長）也，不知其仁也。」「赤也何如？」子曰：「赤也，束帶立於朝，可使與賓客言也，不知其仁也。」[58]

宰予晝寢。子曰：「朽木不可雕也，糞土之牆不可杇（杇，這裡是塗抹粉刷的意思）也。於予與何誅（誅，責備）？」子曰：「始吾於人也，聽其言而信其行；今吾於人也，聽其言而觀其行。於予與改是。（從宰予這件事後我改變了態度）」[59]

子曰：「吾未見剛（剛強不屈）者。」或對曰：「申棖（彳ㄥˊ，chéng）。」子曰：「棖也欲（欲望過多），焉得剛。」[60]

子貢曰：「我不欲人之加諸於我也（把不好的事加在我身上），我亦欲無加諸人。」子曰：「賜也，非爾所及也。」（這不是你能夠做到的）[61]

子曰：「雍（孔子弟子冉雍）也可使南面（指可以做大官）。」[62]

這裡所舉的還只是《論語》中有關孔子「知人」的點滴事例，但也可

57　《論語》〈公冶長〉。

58　《論語》〈公冶長〉。

59　《論語》〈公冶長〉。

60　《論語》〈公冶長〉。

61　《論語》〈公冶長〉。

62　《論語》〈雍也〉。

見一斑。在今天仍然可以作為師生相處與「對話」的典範。王小波先
生說：「讀完了《論語》閉目細思，覺得孔子經常一本正經地說些大
實話，是個挺可愛的老天真，自己那幾個學生老掛在嘴上，說這個能
幹啥，那個能幹啥，像老太太數落孫子一樣，很親切。……總的來
說，我喜歡他，要是生在春秋，一定上他那裡念書，因為那兒有一種
『匹克威克俱樂部』（見狄更斯小說《匹克威克外傳》——筆者）的
氣氛。至於他的見解，也就一般，沒有什麼特別讓人佩服的地方。至
於他特別強調禮，我以為和『文化革命』裡搞的那些儀式差不多，什
麼早請示晚匯報，我都經歷過，沒什麼大意思。對於幼稚的人也許必
不可少，但對有文化的成年人就是一種負擔。不過，我上孔老夫子的
學，就是奔那種氣氛而去，不想在那裡長什麼學問。」[63]王先生是帶
著調侃語氣說的，我想，孔子的魅力，對於他的學生來說，也許的確
學問倒在其次，當然王先生的評價也忒低了些，在那個時代，孔子再
怎麼著，也該算是一個博學多聞有見識的人。最重要的是他對學生知
之甚深，有教無類，因材施教，使人識其才、人盡其才，這就很了不
起了。在資訊不發達、交通不便之時，居然有三千弟子顛沛流離、忍
饑挨餓地求學於他，這在今天是不可想像的。這就是因為他實行的是
「人的教育」，是人性化、個性化、生命化的教育，而不是「工具」
的「標準化」教育。學生在他的私學裡能感受到溫情和親情，能得到
平等的待遇和起碼的尊重，師生關係融洽和諧。就是這種由人格魅力
釀造的人文氛圍，使孔子的私學有了凝聚力和感召力。儘管孔子也有
不少毛病，比如有時喜歡背後嚼舌根，說點這個學生或那個學生的是
是非非；有時也「犯色」，「犯」也就「犯」了，偏不承認；一說起
「仁」啊「禮」的，一套一套的，叫人膩煩；四體不勤、五穀不分，

---

63 王小波：〈我看國學〉，見《我的精神家園》（北京市：文化藝術出版社，1997年），
　　頁69-70。

還看不起種地的；有時也極威嚴，極死板，有時別人不誇他自誇……，但是，也正因此，學生覺得這個先生「真」得可愛。──不像今天的一些老師，在學生面前就變得人將不人，把自己隱藏起來，擺出一副假模假式的偽善面孔。今天有多少教師，能這麼了解他的學生呢？

　　由於個性的率真，使孔子的學生們在他面前也表現得很真實，能實話實說，不隱瞞什麼。使師生間的言語生命的溝通變得坦誠、自然、隨便、容易，有助於孔子對學生個性的了解。這是他的教育成功的一個重要因素。他經常與學生聊天，有時提一個話題，讓學生一起發表意見，自己也參加進去一起討論，藉此了解學生，交流思想。學生也經常主動請孔子對自己或他人的性格、才能做出評價，師生十分隨意地在一起促膝交談，其樂融融。由上面我們所舉的一些孔子和學生們交談的片段，可以看出孔子對他的學生的個性可謂瞭若指掌。他最得意的學生是顏回，情同父子，每每提起他總是稱道有加，不厭其煩：「有顏回者好學，不遷怒，不貳過。不幸短命死矣，今也則亡，未聞好學者也。」[64]「賢哉，回也！一簞食、一瓢飲，在陋巷，人不堪其憂，回也不改其樂。賢哉，回也！」[65]「顏淵死。子曰：『噫！天喪予！天喪予！』」[66]甚至對其他學生說自己不如顏回。對顏回的早逝，他悲傷至極，甚至超過喪子之痛。受他貶損最多的是宰我、子路。宰我因好睡、不想為父母守喪等，受到孔子的責罵，子路因過分呈示自己的武勇，愛說大話，多次受到了孔子的批評。但是，孔子還是根據他們的長處，把他們培養成「言語」和「政事」方面的高才生：「德行：顏淵，閔子騫，冉伯牛，仲弓。言語：宰我，子貢。政

64　《論語》〈雍也〉。

65　《論語》〈雍也〉。

66　《論語》〈先進〉。

事：冉有，季路。文學：子游，子夏。」⁶⁷這個季路，就是子路。孔子雖然說過不少「若由也，不得其死然」（像子路這樣，恐怕不得好死吧）一類讓子路十分不受用的話，但是，當他說起如果自己的「道」不能實行就漂洋出海歸隱去的時候，陪同他一起去的人，第一個想到的就是子路。

　　孔子對弟子們的觀察是很全面的，不但看到了弟子們個性之所長，也看到了他們之所短，所以才能夠很好地因材施教。《列子》〈仲尼〉中有這樣的記載：「子夏問孔子曰：『顏回之為人奚若？』子曰：『回之仁賢於丘也。』曰：『子貢之為人奚若？』子曰：『賜之辯賢於丘也。』曰：『子路之為人奚若？』子曰：『由之勇賢於丘也。』曰：『子張之為人奚若？』子曰：『師之莊賢於丘也。』子夏避席而問曰：『然則四子者何為事夫子？』曰：『居！吾語汝。夫回能仁而不能反，賜能辯而不能訥，由能勇而不能怯，師能莊而不能同。兼四子之有以易吾，吾弗許也。此其所以事吾而不貳也。』」從某種意義上說，能同時看到學生個性之優長和缺失的教師，才是對學生有吸引力和凝聚力的教師。因為，這能使學生對教師信服和信賴。

　　綜上所述，孔子的言語教育思想開創了中國言語教育重德、重述、重讀、重人的致思傾向，他的教育實踐，對奠定言語教育的地位起了重要作用。由於儒家思想在中國封建社會中長期處於正統地位，且由於孔子的言語教育思想與我國科舉試士的寫作要求在精神實質上的一致性，以致「讀」本位的「德──述」規範為中國語文教育所遵循和沿襲，他的言語教育的基本觀點，成為中國傳統語文教育思想的主流和源頭，後人的語文教育觀往往由此孳乳、衍發。從這個意義上說，孔子的言語教育思想，當是開啟中國語文教育思想史的一把鑰匙。

67　《論語》〈先進〉。

荀子：正名而期，質請而喻
——「以正道而辨奸」的唯物主義語文教育觀

　　荀子（約西元前313至西元前238），名況，字卿，亦稱孫卿或孫卿子，趙人，是戰國後期最傑出的思想家、教育家。他主要從唯物主義方面繼承和發展了儒家思想，對道、墨、名、法各家及在他之前的儒家各主要流派的著作進行深入的批判性的揚棄，因此，他堪稱集先秦文化學術思想之大成的儒學大師。荀子曾長期遊學於齊，在戰國時期百家爭鳴的中心、齊國的稷下學宮講學，享有盛譽，曾「三為祭酒」（學宮的主講），被稱為「最為老師」（「老」，指老資格）。[68]荀子所生活的時代，是七國爭雄、辯家紛起的時代，寫作和寫作教育日益受到人們的重視。當時寫作研究已有一定的基礎，孔子、墨子、老子、莊子、惠施、公孫龍等的言語、寫作實踐和觀點均各有特色。作為一個儒家學者，荀子的寫作觀既不囿於孔子的見解，也不偏執於某家之說，而能擷英摘華，兼容並蓄，獨樹一幟。

修德：以正道而辨奸

　　荀子的寫作思想的核心是「修德」、「以正道而辨奸」。「修德」於內，「以正道而辨奸」於外，「修德」的目的在於「以正道而辨奸」。在這一點上，荀子的見解既有別於注重「修德」的孔子，也有別於注重「明是非」、「明同異」的墨子，更有別於主張「道法自然」、「不言」、「不辯」的老、莊。

　　荀子在重視「修德」這一點上與孔子是相似的。《荀子》一書開

68　《史記》〈孟子荀卿列傳〉。

篇便是〈勸學〉、〈修身〉。在〈勸學〉中，荀子說：「德操（堅定道德操守）然後能定（站穩立場），能定然後能應（適應新的環境），能定能應，夫是之謂成人。」在〈修身〉中，荀子說：「志意修，則驕富貴；道義重，則輕王公。內省（內心修省），而外物輕矣。」這都闡明了「修德」是處世行事的根本。但從言語教育這一角度來看，孔子的修德，既是手段，又是目的。以「德」、以「人」論文，他對「言」的看法，總是和「有德者」、「仁者」、「君子」等這些包含著道德內涵的稱謂聯繫在一起，把德育與言語教育視同一體。而荀子的修德只是手段，目的則在於「以正道而辨奸」；修德是根本，但寫作自有寫作的規律，寫作自有寫作的目的：「正名而期（訂正名稱要和事物相適應），質請而喻（從實際出發了解事物），辨異而不過（辨別異同，要不超過現實），推類而不悖（推廣事類，要不違反現實）。聽則合文（聽從他人的話，要符合文理），辯則盡故（和人爭辯，要窮盡原因），以正道而辨奸，猶引繩以持曲直。是故，邪說不能亂，百家無所竄。」[69]這體現了對寫作本體的關注，對寫作的功用也有了更為明確而又集中的揭示。

「以正道而辨奸」，欲「正道」，首要的問題是對「道」的理解。孔子尊崇的「道」，是「夏道」、「殷道」，尤其是西周之道，即三代的政治制度和道德規範，以「述而不作，信而好古」為信條，具有一定的保守性和封閉性；而荀子的認識觀則是發展的、辯證的，體現了樸素的歷史唯物主義的思想，他不是一成不變地全盤接受傳統，而是加以區別，主張「循其舊法，擇其善者而明用之」。[70]應效法的是傳統文化的靈魂和實質——「舊法」的「善者」——道統。在荀子看來，在社會歷史範疇，「道統」指的是積極的政治措施，它不但體現於先王，而且貫穿於後王，即所謂「道貫」。在這一點上，先王與後王是

69　《荀子》〈正名〉。本節有關譯文均參見楊柳橋著《荀子詁譯》。

70　《荀子》〈王霸〉。

沒有根本上的區別的，因此，「法先王」還不如「法後王」，「舍後王而道上古，譬之是舍己之君，而事人之君也」。[71]他認為人們對「道」的遵從，不是要遵從哪個朝代，而是遵從一切朝代中符合道義的方面，因此，對「百王之法」要作具體分析和因時變異，聖人所以為聖人，便是能「修百王之法，若辨白黑；應當時之變，若數一二」。[72]可見，荀子對「道」的認識，是對孔子遵周好古、述而不作這一基本精神的揚棄和修正。「道」既有恆常不變的一面，又有其應時變易的一面，所以，「正道」，不但須「述」，還得「作」。荀子將孔子的「禮治」的觀點，發展為「禮治」和「法治」二者並重，這裡便包含著「作」的成分。「以正道而辨奸」，實際上是把寫作的目的放在對真理的探求上，即對傳統的批判性的繼承與發展上。

求實：唯其當之為貴

　　由此出發，荀子認為經典的寫作便是這種道義精神的體現：「《詩》言是其志也，《書》言是其事也，《禮》言是其行也，《樂》言是其和也，《春秋》言是其微也。故風之所以為不逐（淫邪）者，取是以節之也；小雅者之所以為小雅者，取是而文之也；大雅之所以為大雅也，取是而光之也；頌之所為至者，取是而通之也。天下之道畢是矣。」[73]他又認為不理解「道」的精神實質。縱然飽讀《詩》《書》，也勞而無功：「不道禮憲（《爾雅》：憲，法也），以《詩》《書》為之，譬之猶以指測河也，以戈舂黍也，以錐飡壺也（用鐵錐向壺裡投擲），不可以得之矣。」[74]「上不能好其人，下不能隆禮；安

71　《荀子》〈非相〉。
72　《荀子》〈儒效〉。
73　《荀子》〈儒效〉。
74　《荀子》〈勸學〉。

特將學雜識，順《詩》《書》而已耳，則末世窮年，不免為陋儒而已。」[75]他既反對崇尚法制而又無所取法的慎到、田駢，也反對不效法先王，不遵從禮義的惠施、鄧析，又反對粗略地效法先王，卻不懂得先王的學統的子思、孟子。他認為人們由於對「道」的偏執，而遭到種種的蒙蔽：墨子被器用所蒙蔽，而不懂得文采；宋子被情欲所蒙蔽，而不懂得德操；慎子被法制所蒙蔽，而不懂得賢良；申子被權勢所蒙蔽，而不懂得才智；惠子被虛詞（概念）所蒙蔽，而不懂得現實；莊子被天運所蒙蔽，而不懂得人事。所以，把器用叫做道，人們就只認識物利了；把情欲叫做道，人們就只認識愉快了；把法制叫做道，人們就只認識術數了；把權勢叫做道，人們就只認識利益了；把虛詞（概念）叫做道；人們就只認識論辯了，把天運叫做道，人們就都只認識因循了。……一知半解的人，看到了道的一偏，是不可能把它認識清楚的。所以，他們就自以為滿足，而把自己的見解加以文飾；在內心擾亂了自己，在外界炫惑了別人；在上的蔽塞了在下的，在下的蔽塞了在上的。這便是受蔽塞的災禍。[76]可見，要真正理解「道」的精神實質，做到對「道」執守不貳，是很不容易的事情，這也就不難理解荀子的文章為什麼具有強烈的批判性的論辯色彩，不難理解荀子為什麼把寫作研究方面的注意力主要放在論辯性寫作上，也不難理解荀子為什麼把論辯性寫作的主旨確定為「以正道而辨奸」。

　　荀子對「道」的理解以及對寫作目的的界定，實際上為寫作立下了「求實」這一價值標準。在〈不苟〉（鄭玄《儀禮》注：「苟，假也。」）篇中，荀子說：「君子行不貴苟難，說不貴苟察，名不貴苟傳，唯其當之為貴。《詩》曰：『物其有矣，唯其時矣』此之謂也。」反對虛假，崇尚真實，這為實用寫作奠定了基石、開漢代王充論文（疾虛妄，歸實誠）之先聲。

---

75 《荀子》〈勸學〉。
76 《荀子》〈解蔽〉。

　　寫作既然是對真理的探求，荀子便不憚多言善辯。荀子心目中的
君子，已迥異於孔子所說的「仁者其言也訒」[77]，對符合道義的言語
和辯論給予充分的肯定。他說：「不好言、不樂言，則必非誠士也。
故君子之於言也，志好之，行安之（內心要喜愛它，行動要信守
它），故：贈人以言，重於金石珠玉；觀人以言；美於黼黻文章；聽
人以言，樂於鐘鼓琴瑟。故君子之於言，無厭。」[78]「多言而類（善
良），聖人也。」[79]把善辯視為君子的品質，加以推崇：「君子必辯。
凡人莫不好言其所善，而君子為甚焉。是以小人辯言險（談論險
惡），而君子辯言仁也。言而非仁之中也，則其言不若其默也，其辯
不若其吶也。言而仁之中也，則好言者上（高尚）矣，不好言者下
（卑下）也。故仁言（談說仁道）大（偉大）矣。」[80]從而把符合道
義精神的多言善辯提升到前所未有的高度加以認識，在表明自己的見
解上，一掃君子昔日的謙卑拘謹之貌，還其積極雄辯的精神。

主體：貴公正而賤鄙爭

　　荀子認為，這種為了「正道」的辨說，寫作主體在寫作品質和修
養上，有聖人和士君子的區別：「有兼聽之明，而無奮矜之容；有兼
覆（庇護雙方）之厚，而無伐德（誇耀）之色。說行（學說得以施
行），則天下正；說不行，則白道而冥窮（倡明大道，深窮事理）。是
聖人之辨說也。」[81]「辭讓之節得矣，長少之理順矣，忌諱不稱（不
稱道別人所忌諱的），襖辭不出，以仁心說，以學心聽，以公心辨；
不動乎眾人之非譽，不治（監督於）觀者之耳目，不賂貴者之權執

77　《論語》〈顏淵〉。

78　《荀子》〈非相〉。

79　《荀子》〈非十二子〉。

80　《荀子》〈非相〉。

81　《荀子》〈正名〉。

（權勢），不利（不喜好）傳辟者之辭；故能處道而不貳，吐而不奪
（不強詞奪理），利而不流，貴公正而賤鄙爭。是士君子之辨說
也。」[82]即聖人的辨說，對他人，要有博大的胸襟和良好的涵養；對
自己，不論學說是否得以施行，都能不懈地追求真理。士君子的辨
說，對他人，行為合乎禮義的規範，仁愛地說，虛心地聽，能公正地
分辨是非；對自己，則能不受外界的影響，能堅持真理而不強詞奪
理。總之，不論是聖人還是士君子，在辨說中都須具備仁義的心態、
專一的意志。

　　作者的寫作品質和修養又具體表現在以下三個方面：

　　（一）要珍視自己的言論。荀子說，談說的方法是：對人要莊
嚴，對事要誠摯，對自己的見解要堅持，要用比喻說明，要做具體分
析，要和顏悅色地引導對方，要珍視自己的談說，要尊貴自己的談
說，要神化自己的談說；做到這樣，那就經常被人所接受；即使不同
人談說，別人也會尊重自己。這就叫做能夠尊重自己所尊重的（談
說）。[83]這裡強調的是作者應持的寫作態度：首先得珍視自己的言論，
嚴肅認真地對待寫作，才能贏得讀者的尊重。而這還只是問題的一個
方面，要真正贏得讀者的尊重尚須寬以待人：君子既賢能又能夠寬容
懦弱的人，既明智而又能寬容淺薄的人，既純粹而又能夠寬容駁雜的
人，這就叫做兼有的道術。[84]這就將對己、對文、對人三方面的要求
統一為寫作主體心理品質的修養。

　　（二）要適應具體的寫作情境。荀子主張要從具體的寫作情境出
發，採用恰當的表達方式，才能獲得良好的效果。他認為一般談說的
困難，是最高深的人遇到最卑賤的人，最平治的國家接觸到最昏亂的
國家，這是不便於直接應付的。舉的例子太遠了，就要陷於謬誤；舉

82　《荀子》〈正名〉。

83　《荀子》〈非相〉。

84　《荀子》〈非相〉。

的例子太近了，就要陷於庸俗。善於談說的人，在這種情形之下，一定要做到舉遠的事例，而不陷於謬誤；舉近的事例而不陷於庸俗；同時代相襯托，同世俗相附合；緩急、屈伸、不即不離的，就如同堤堰、正木器對自己的約束一樣，委曲婉轉地達到自己談說的目的，但並不損傷於人。[85]

（三）言語要平易恰當。荀子說，君子的語言，淺顯而精當，低微而妥善，參差而整齊，他端正所用的名稱，適當所用的言辭，務求表明語言的音響和涵義。所謂名稱和言辭，是意志和涵養的使者，足以互相通表意志；如果語言苟且，那就是奸邪之行了。所以，名稱要足以指示實際，言辭要足以表明本質；如果離開這種原則，就叫做語言遲鈍。……所以，明智的人的語言，思考它，令人感到容易領會；運用它，令人感到容易安守；扶持它，令人感到容易樹立。有所成就，就必然受到人們的喜愛，而不會遇到人們的憎惡。[86]這裡所說的，不僅要求做到名、實相稱，辭、意相符，而且還注意到主體與受體之間的溝通，較好地揭示了語言運用中言與意、傳與受的矛盾。

由此可見，荀子不只是一般的對言語和論辯表示肯定，而是對此有較為深入細緻的思考。其中所言及的應珍視自己的言論且要能寬容他人等見解，顯然跟「修德」有關，連同他的「君子必辯」，把言論區分為「君子之言」、「小人之言」等，表明荀子的寫作教育觀中對寫作本體和寫作主體的思考已置於同等重要的地位，甚至於實際上更多地把注意力放在對寫作規律的探索上。

文章：辨、說，心之象也

在對寫作本體進行深入思考的基礎上，荀子進而對寫作現象作出

85　《荀子》〈非相〉。
86　《荀子》〈正名〉。

了精細的概括：「名聞而實喻，名之用也；累而成文，名之麗也。用、麗俱得，謂之知名。名也者，所以期累實也。辭也者，兼異實之名，以論一意也。辨、說也者，分異實之名，以喻動靜之道也。期、命也者，辨、說之用也。辨、說也者，心之象也。心也者，道之工宰也。道也者，治之經理也。」[87]這就是說，聽到名稱（概念），就曉得實際，這就是名稱（概念）的功用；累積名稱（概念），而成為文章，這便是名稱（概念）的施行；功用和施行都很得當，這就叫做懂得名稱（概念）。名稱（概念），就是所以希求累積實際的。言辭，就是兼併起不同實際的名稱（概念）來說明一種意志的。爭辯和申說，就是分析不同實際的名稱（概念），來說明事物的動靜之理的。體會和命名，就是對爭辯和申說的運用。爭辯和申說，就是內心的表象。內心，就是道的主宰。道，就是政治綱領。在這裡，荀子清晰地揭示了「文章構成系統」和「寫作行為系統」，為揭開寫作之迷作了有益的嘗試。

文章構成系統

名（概念）　　　　　累名（所以期累實也）── 成文
（名聞而實喻）　　　言辭（兼異實之名）── 喻意
　　　　　　　　　　辨、說（分異實之名）── 喻道

這表明文章構成的最基本的單位是單個的概念，概念是用來表達實際的，聯綴概念便能構成文章形態：聯綴不同實際的概念，能夠表達一種意思；區分不同實際的概念，能夠說清一個道理。荀子對不同的概念組織形態和文體形態的關係作了區別；較為科學地闡明了名與實，名與辭，名與辨、說，名與文，辭與意，辨、說與道的內在關

---

87 《荀子》〈正名〉。

係，與墨家對論辯規律的概括：「以名舉實，以辭抒意，以說出故」[88]
（以名稱來代表實物，以辭彙來表達意思，以推斷來找出原因）有異
曲同工之妙。

寫作行為系統

　　道──心──辨、說──期、會（──累名──成文）

　　荀子的寫作行為系統肇始於「道」，他的「道」，既指貫穿於歷代
的優良的政治綱領，又指自然規律，主要是屬於觀念形態，同時也體
現了一定的物質性和客觀性，可理解為寫作的本源、客體。荀子既認
為「心也者，道之工宰也」，又強調「心合於道，說合於心，辭合於
說」[89]，就是說，他既把「心」看作是「道」的主宰，又認為「心」
要符合於「道」，這種對寫作的主體、客體相互關係的看法，體現了
客觀唯心主義的思想方法。「心」、「道」作用，即寫作的感知和思
維，感知和思維的結果，產生了爭辯和申說的意象，它須進一步進行
思考體會並形成概念，從而進入實際動筆階段──累積概念、形成
文章。

　　由上可知，荀子所闡明的「文章構成系統」和「寫作行為系
統」，主要是針對論辨體式而言的，就此來看，荀子已初步建立起研
究寫作的概念系統，對寫作規律的揭示也具有一定的科學性和縝密
性，這在寫作理論發展史上有著重大意義。

　　從總體上看，荀子對寫作的思考，不論是論及寫作主體的修養、
寫作的態度、寫作的目的，還是寫作的本原、具體的寫作目標，都是
圍繞著一個「道」字：「正道」、「喻道」、「心合於道」。作為一個正統

88　《墨子》〈小取〉。

89　《荀子》〈正名〉。

的儒家學者，他以捍衛「道」的純潔性為己任，儘管有的學者認為他
所弘揚的「道」並不如他自己所認為的那麼純正——「荀與揚（揚
雄），大醇而小疵」[90]，但是荀子對「道」的看法，基本上是符合歷史
唯物主義的觀點的，因此，由此建立起來的寫作和言語教育觀具有相
對合理的認識論基礎。雖然荀子還不能完全從孔子的「人、文一體」
的寫作教育觀中擺脫出來，以「人」論「文」的情況仍時有所見；也
還無法做到像墨子那樣較為客觀地探索論辯規律，而帶有一定的倫理
化傾向、政治化傾向，然而荀子在論辯寫作方面的研究成果和他的論
辯寫作實踐，仍然是極其引人注目的，他的研究在寫作學史上具有承
前啟後的重要意義。

老莊：知者不言，善者不辯
——「道法自然」的自然主義語文教育觀

　　老子、莊子是中國先秦時期道家的代表人物，《老子》、《莊子》
二書是道家學派的代表作，集中反映了先秦道家的言語觀和言語教育
思想。

　　老子，一般認為是春秋時代的思想家，據《史記》〈老子韓非列
傳〉載：「老子者，楚苦縣厲鄉曲仁里人也，姓李氏，名耳，字聃，
周守藏室之史也。」但司馬遷又認為老子可能就是春秋末年的老萊子
或戰國中期的周太史儋（ㄉㄢ，dān）。有的史家認為，老子就是楚人
老聃，出生略早於孔子，《老子》成書則是在孔、墨以後，莊子以
前。《老子》並非老子親著，但體現了老子的主要思想。[91]

　　莊子，名周，戰國時期宋國蒙（今河南商丘）人。生卒年不能確
考。馬敘倫的《莊子年表》認為他約生於西元前三六九年，卒於西元

90　韓愈：〈讀荀子〉。

91　參見任繼愈：《老子今譯》（上海市：上海古籍出版社，1956年），附錄一。

前二八六年，近人考證雖有出入，但大體上都認為是戰國中期人，與
孟子同時代或稍後。《莊子》又稱《南華經》，《漢書》〈藝文志〉著錄
《莊子》五十二篇，今存三十三篇。《莊子》一書，一般認為〈內篇〉
（七篇）為莊子自撰，〈外篇〉（十五篇）、〈雜篇〉（十一篇）可能為
莊子的弟子及後學所撰。《莊子》的言語觀，在指導思想上是與《老
子》一脈相承的，都是以道法自然、不言不辯為指導思想。

　　作為儒家言語觀的對立面，《老子》、《莊子》的言語觀也可以說
是在不同層面上的探索和豐富。對其進行探討，對全面了解先秦學者
的言語觀和言語教育觀是很有必要的。

不言、不辨的言語觀

　　《老子》、《莊子》言語觀的基本點是「不言」、「不辯」，認為：
「道」是客觀存在，是不必言說的，也是無須爭辯的。《老子》中
說：「道，可道，非常道；名，可名，非常名。」[92]「道之出口，淡乎
其無味。」[93]「知者不言，言者不知。」[94]「善者不辯，辯者不
善。」[95]這就將言語和論辯作了否定：由於「道」是無可言說的，所
以，言說的人便不懂得「道」，巧辯的人便不是良善的人。

　　《莊子》把上述認識闡發得更為具體：「道惡乎（怎麼）隱而有
真偽？言惡乎隱而有是非？道惡乎往（出現）而不存（存在）？言惡
乎存（存在）而不可（認可）？——道隱於小成（成功），言隱於榮
華（浮華的詞藻）。故有儒、墨之是非，以是其所非（肯定對方所否
定的），而非其所是。欲是其所非，而非其所是，則莫若以明（那麼

92　《老子》〈一章〉。

93　《老子》〈三十五章〉。

94　《老子》〈五十六章〉。

95　《老子》〈八十一章〉。

不如用事物的本然去加以觀察而求得明鑒。」[96]「夫大道不稱（宣揚），大辯不言……。道，昭而不道；言，辯而不及；……孰知不言之辯，不道（稱說）之道？若有能知，此之謂天府（自然生成的府庫）：注焉而不滿，酌（取出）焉而不竭，而不知其所由來──此之謂葆光（潛藏不露的光亮）」。[97]就是說，言語是非都是人們主觀自是的東西，還不如用事物本來的面目來顯示它。大「道」用不著稱揚；大「辯」用不著說話。稱揚了就不是道，言說了反而說不清楚，所以，最高的境界是「不言之辯，不道之道」。《莊子》認為凡言語論辯的人，都是心術不正之徒，對他們貶斥有加。〈駢拇〉篇中說到多言逞辯的人，實際上是廢話連篇，咬文嚼字，在堅白同異之間的論辯上用盡心思，拿無用的言詞去撈取一時的名聲，耗盡了精力，如楊朱、墨翟就是這種人。所以這些都是多餘無用、標新立異的旁門左道，不是天下的至理正道。這種惡劣的風氣還造成很壞的社會影響。巧詐流毒、糾纏堅白、附會同異的言辯太多，世俗的人就會被詭辯迷惑無所適從了。天下常常動亂不安，罪責完全在於喜歡運用智謀的緣故。……自從夏商周三代以後，都是這樣的，脫離了淳樸忠厚的百姓而寵愛狡黠鑽營的佞人，廢棄了恬淡無為而喜愛喋喋多言的教化，喋喋多言的教化已經使天下之人擾攘不安了。[98]

　　《老子》、《莊子》有「不言」、「不辯」的觀點，與孔子的「訥於言」，「慎於言」，「有德者必有言」，與荀子的「多言而類，聖人也」，「君子必辯」等觀點，有顯著的差別。《老子》、《莊子》只強調「道」的實質和存在，而將「道」與「言」「辯」對立起來。而孔、荀則認識到言、辯對於教化、「以正道而辨奸」的作用，講求「言」與「道」的統一。孔子主張少言、慎言，恰恰表明他是極其看重言，

96　《莊子》〈齊物論〉。

97　《莊子》〈齊物論〉。

98　《莊子》〈胠篋〉。

唯恐言多有失，言而不行，言而無信，把「有言」與「有德」相聯繫，把「言」視為「德」的外化。荀子則對言說、論辯取更為積極、肯定的態度，對符合道義的言說、論辯給予充分的襃揚，把能言善辯作為君子的美質加以倡導和推崇，同時，荀子對「言」、「辯」也作了具體分析：「君子必辯。凡人莫不好言其所善，而君子為甚焉。是以小人辯言險（談論險惡），而君子辯言仁。言而非仁之中也，則其言不若其默也，其辯不若其吶也。言而仁之中也，則好言者上（高尚）矣，不好言者下（卑下）也。故仁言大（偉大）矣。」[99]相形之下，似乎《老子》、《莊子》對「言」、「辯」的否定，顯得似乎較為消極和保守，而荀子的認識則更為中肯可取，論斷更為科學。

道法自然的本體觀

　　《老子》、《莊子》言語觀的出發點是要效法、順應自然。《老子》說：「希言自然。」[100]（少說話是合乎自然的）「道常（通常），無為而無不為。」[101]（《老子》的「道」，既指自然物，又指自然規律）「為無為（依照無為的原則辦事），則無不治（太平）。」[102]「聖人處無為之事，行不言之教。」[103]「不言之教，無為之益，天下希及之。」[104]在《莊子》中，將「人事」（言語）與「物理」（天地、四時、萬物的道理）作更為直接的類推：「天地有大美而不言，四時有明法而不議，萬物有成理而不說。聖人者，原天地之美而達萬物之

---

99 《荀子》〈非相〉。
100 《老子》〈二十三章〉。
101 《老子》〈三十七章〉。
102 《老子》〈三章〉。
103 《老子》〈二章〉。
104 《老子》〈四十三章〉。

理。是故聖人無為，大聖不作，觀於天地之謂也。」[105]從人化的自然觀衍生出物化的言語觀，將人事與物理合而為一，以天道論人道，這當然是一種附會，是自然崇拜所致。這一方面固然使他們的思維能以客觀存在為出發點，但由於缺乏對客觀世界科學的認識，缺乏對客體物件的特殊性的把握，因而也導致對言語現象的主觀主義的理解。

　　雖然「不言」、「不辯」的言語觀從總體上說失之於偏頗，但其中還是包含著一定的真理性的。如「大辯若訥」[106]（最好的口才好似不會辯說），「不言之教」[107]，「多言數窮，不如守中」[108]（議論太多注定行不通，還不如保持適中），「夫大道不稱，大辯不言……孰知不言之辯，不道之道」[109]，等等，這對言、辯的功用與侷限的認識不無可取之處，對「言」與「道」二者的矛盾性的揭示也是正確的。

　　縱觀老、莊的言論，在「言」、「辯」問題上的看法實際上也並不是絕對地持否定態度，準確地說，他們只是主張有所不言、有所不辯罷了。例如《老子》說的「多言數窮，不如守中」，否定的只是「多言」，並不否定「守中」的言說。《莊子》中也談到：「六合（天、地和東西南北，即天地宇宙）之外，聖人存而不論，六合之內，聖人論（細加研究）而不議（隨意評說）。春秋經世，先王之志（記載），聖人議而不辯（有所評說卻不爭辯）。故分（分別）也者，有不分（因為存在不能分別）也；辯（爭辯）也者，有不辯（因為存在不能辯駁）也。」[110]其實，就《老子》、《莊子》而言，其本身就是極盡巧言善辯（甚至詭辯）之能事的，作者一面說道是無可言說，無須爭辯的，另一面卻實實在在地在言說、在爭辯，莊子與惠子在濠梁之上關

105　《莊子》〈知北遊〉。
106　《老子》〈四十五章〉。
107　《老子》〈四十三章〉。
108　《老子》〈五章〉。
109　《莊子》〈齊物論〉。
110　《莊子》〈齊物論〉。

於「魚樂」的詭辯，就足見莊子也未必就能「守中」，只不過在他看來，自己的言說和爭辯與世俗的言說和爭辯有所不同，他的言論是和天地並生，萬物為一的，無所謂有言還是無言：「今我則已有謂矣（有言論了），而未知吾所謂之其果有謂乎，其果無謂乎？……天地與我並生，萬物與我為一。既已為一矣，且得有言乎（還能夠有什麼議論和看法）？既已謂之一矣，且得無言乎？」[111]似乎《老子》、《莊子》對言說和論辯的觀點，給人故弄玄虛、撲朔迷離之感：抽象地否定，具體地肯定，否定之中有肯定，肯定之中有否定。儘管如此，細加品悟，還是可以看出其言語觀所執守的是「道法自然」（道以它自己的樣子為法則）這一最高準則：「人法地，地法天，天法道，道法自然。」[112]只要以「自然」為「法」，便是本質上的「不言」、「不辯」。

　　「道法自然」及其所派生出的「絕聖棄智」、「絕仁棄義」[113]、「絕學無憂」[114]等哲學觀，是《老子》、《莊子》言語觀的認識基礎。《老子》認為，所謂仁義、智慧、孝慈等，是病態社會的反常現象，在合理的社會中不會產生這些所謂的道德，所以應加摒棄：「大道廢，有仁義。智慧出，有大偽。」[115]「故失道而後德，失德而後仁，失仁而後義，失義而後禮。夫禮者，忠信之薄而亂之首。」[116]而對這些反常現象加以摒棄的方法是「為無為，則無不治」，「處無為之事，行不言之教」，「希言自然（少說話是合乎自然的）」。可見，《老子》、《莊子》的言語觀，可以認為是孔子修德於內、述舊於外的言語觀的一個反命題。孔子把修德，講求仁、禮看作是言語主體修養的根本，而德、仁、禮等，是一種外在的政治倫理規範，同時，修己，似乎是

111　《莊子》〈齊物論〉。
112　《老子》〈二十五章〉。
113　《老子》〈十九章〉。
114　《老子》〈二十章〉。
115　《老子》〈十八章〉。
116　《老子》〈三十八章〉。

「為己」，是為了自我完善，但實際上是「為人」，是帶有一定的功利性的；修己的目的在於入仕，如後來儒家學者所言，是「齊家治國平天下」，不論修己還是治人，都不是「無為」，而是「有為」，而《老子》、《莊子》的「道」，恰恰是與孔子的德、仁、禮等修己方面的人為的要求相對立的，講的是：順應自然，清靜無為。這樣，他們就不但對言、辯取否定的態度，而且對文化的承傳、對閱讀也取同樣否定的態度，因為大道不稱，大辯不言，大道是一種客觀存在，是不可言傳的，言傳的則非大道。

否定盲從的閱讀觀

在《莊子》〈天道〉中，有一段記述車工輪扁和桓公的對話：

> 桓公讀書於堂上。輪扁斲輪於堂下，釋錐鑿而上，問桓公曰：
> 「敢問公之所讀者何言邪？」
> 公曰：「聖人之言也。」
> 曰：「聖人在乎？」
> 公曰：「已死矣。」
> 曰：「然則君之所讀者，古人之糟魄（粕）已夫！」
> 桓公曰：「寡人讀書，輪人安得議乎？有說則可，無說則死。」
> 輪扁曰：「臣也以臣之事觀之。斲輪，徐則甘而不固，疾則苦
> 而不入。不疾不徐，得之於手而應於心，口不能言，有數（訣
> 竅）存焉於其間。臣不能以喻臣之子，臣之子亦能受之於臣，
> 是以行年七十而老斲輪。古之人與其不可傳也死矣。然則君之
> 所讀者，古人之糟魄已夫！」

這種閱讀觀，實際上也是和儒家學者的閱讀觀相對立的。孔子的修

德、述舊的言語觀是建立在對「聖人之言」的尊崇之上，六經教育，就是通過閱讀經典去深入領悟、陶冶思想、提高道德，通過閱讀經典學習言語規範，弘揚古代文化的精華。《老子》、《莊子》也講「德」，也講「不作」，但是，其內容與孔子所說的大相逕庭。《莊子》中的「德」，即《老子》中的「上德」，指的是得道、體道的人，「上德」的「德」，就是「得道」。「上德不德，是以有德。下德不失德，是以無德」[117]，即「上德」不拘形式上的德所以有德，「下德」死守形式上的德，標榜自己沒有離失德，所以無德，就是說，孔子的「德」便是老子的「下德」所指。《莊子》說：「至人無為，大聖不作。」[118]他雖講大聖不妄自創作，但不是在孔子的「傳舊」的意義上說的，而是在大聖「原天地之美，而達萬物之理」的意義上說的。孔子的言語觀是建立在對以「仁」、「禮」為核心的傳統的政治倫理觀的繼承上，而《老子》、《莊子》的言語觀則是建立在對傳統的政治倫理觀的否定上，所以認為讀「聖人之言」對「道」的領悟並無助益，所讀的只是古人的糟粕。《莊子》的否定閱讀，實際上也就是否定「道」是可以言傳的，因此，其閱讀觀與言語觀二者是相輔相成的。主張「不言」、「不辯」，自然要「非讀」。

　　《老子》、《莊子》的「不言」、「不辯」的言語觀，也和作者對「名」和「言」的認識有關。《老子》在第一章就揭示了名與實的矛盾，「名，可名，非常名」，認為可以叫出的名稱，都不是永恆不變的稱呼，指出了以名舉實的侷限性。《莊子》〈外物〉中表明了對言語的工具性特徵的看法：「筌者所以在魚，得魚而忘筌；蹄者所以在兔，得兔而忘蹄；言者所以在意，得意而忘言。吾安得夫忘言之人而與之言哉！」認為言語的功用在於表意，領會了意思便當忘掉言語。言語並不重要，重要的是意思。既然「名」和「言」都只是「物」和

117　《老子》〈三十八章〉。

118　《莊子》〈知北遊〉。

「意」的媒介，都不是實質性的東西，且與所指有一定的距離，那麼，言、辯也就無關緊要了。

　　雖然《老子》、《莊子》在言語觀上帶著濃厚的自然崇拜色彩，用自然規律來概括人生世事，由齊物我，到清靜無為、絕聖棄智，再到不言、不辯和非讀，在認識上既有蒙昧、玄虛、巧詭的一面，但也包含著一定的機智、雄辯和深刻。作者力求較為全面地、從變化中觀察事物，揭示了事物的相反相成、互相轉化的規律，體現了樸素的唯物論和辯證法，這些對言語實踐和言語學習具有方法論上的啟示性。例如《老子》中說：「有無相生，難易相成，長短相形，高下相傾，音聲相和，前後相隨。」[119]「大音希聲，大象無形。」[120]「大成若缺（最圓滿好似欠缺），其用不弊（敗壞）。大盈若沖（最充滿好似空虛），其用不窮（窮竭）。大直若屈，大巧若拙。大辯若訥。」[121]「無為而無不為。」[122]「禍兮，福之所倚，福兮，禍之所伏。……正復為奇（正常隨時可變為反常），善復為妖（善良隨時可變為妖孽）。」[123]《莊子》中說：「言而足（足：周遍全面），則終日言而盡道；言而不足，則終日言而盡物。」[124]莊子在〈齊物論〉中還直接闡明了辯證的認識方法，認為一切事物都可以從彼此兩方面來說，但彼此兩方面則是相對立而存在，相對立而統一的。不同的事物，從「道」的角度看，都是可以通而為一的，沒有截然的界限。是非之別明顯了，「道」也就因此虧損了。《老子》、《莊子》中對客觀事物的內在關係和規律的理性抽象，尤其是樸素辯證法的靈活運用，這在偏重於作感性描述的先秦諸子散文中並不多見，因而是彌足珍貴的。《老子》、

119　《老子》〈二章〉。
120　《老子》〈四十一章〉。
121　《老子》〈四十五章〉。
122　《老子》〈四十八章〉。
123　《老子》〈五十八章〉。
124　《莊子》〈則陽〉。

《莊子》的哲學思想、認知方法和言辯藝術，對後代的學術思想和言語、寫作實踐有著廣泛而深刻的影響。

綜上所述，《老子》、《莊子》的言語觀是其自然觀的一個有機構成。人既為自然的一部分，自然物「不言」、「不議」、「不說」，人也就「不言」、「不辯」、「非讀」；自然物是一種客觀存在，「道常無為而無不為」，人也就不應主觀自是，「言者不知」，「辯者不善」，「聖人處無為之事，行不言之教」。[125]但從另一方面看，自然物又是以其存在來彰顯自身的，凡是符合自然物本體屬性和規律的「守中」之言又是可取的，不是絕對地否定言、辯，從這個意義上說，《老子》、《莊子》是不僅有言，而且是有辯的，它們否定的只是主觀主義的偏見和無知罷了。遺憾的是，它們在反對主觀主義的同時，卻為自然崇拜所蒙蔽，陷入自然主義的泥沼。

墨家：言務為智，言務為察
——「論求群言之比」的理性主義語文教育觀

墨子（約西元前490至西元前403）是繼孔子之後的一位偉大的哲學家和教育家。墨子所創立的墨家學派，是先秦最有影響的學派之一。韓非曾說：「世之顯學，儒墨也。」[126]可見，直到秦始皇時代之前，墨家仍在諸學派中佔有顯要地位。然而，在漢以後，由於種種原因，墨學急遽衰落以至成為一門絕學，這是中國文化思想史上的一件令人痛惜的事情。這不僅因為墨家的哲學觀、政治觀和道德倫理觀具有一定的進步性，反映了庶民階層的利益和願望，而且還因為墨家在自然科學和寫作學（辯學）研究方面所作出的貢獻，代表了這一時代科學和寫作學的最高成就。作為儒家的對立面，墨家的寫作觀有著較

125　《老子》〈二章〉。

126　《韓非子》〈顯學〉。

強的進取性和理論自覺，其唯物主義的寫作觀和論說論，極大地豐富和改善了人們對寫作和論辯的認識。我們可以這樣認為，中國的寫作研究真正躋身於學術之列，當始於墨家學派對論說寫作理論的探索。《墨辯》堪稱中國系統的寫作理論研究的奠基之作。[127]

　　墨家學派的學術觀點見於《墨子》一書，《墨子》中有的篇章係墨子所著，有的則是墨家後學的著述，《墨子》全書在某些局部內容上雖有不盡統一之處，但從其寫作觀來看，全書是一致的。實際上，要將墨子的著作與後期墨家的著作截然分開也是難以做到的。因此，本文對墨家寫作思想的探討，便以《墨子》全書為資料依據。

寫作價值：唯善是作

　　墨家的寫作觀與儒家的分歧，首先表現在對「述」與「作」的關係的認識上，墨子對儒家學者所尊奉的「述而不作」的寫作規範作了合理的揚棄：「公孟子（即公明儀，曾子的弟子）曰：『君子不作，述而已。』子墨子曰：『不然。人之綦（極）不君子者，古之善者（好的）不述，今之善者不作。其次不君子者，古之善者不述，已有善則作之，欲善之自己出也。今述而不作，是無所異於不好述而作者矣。吾以為古之善者則述之，今之善者則作之，欲善之益多也。』」[128]——不論古今，唯「善」是從，這就打破了只講繼承而排斥創新的儒家學者寫作上的誤區，表現了對現世的熱情與對真理的不帶偏見的信從。「古之善者則述之，今之善者則作之」，看似折衷之論，但在當時卻標誌著寫作價值觀的嬗變，在寫作和寫作教育史上有著不同尋常的意義，深刻地揭示了寫作的繼承與發展的辯證關係，為面向現實的「創

---

127 《墨辯》指《墨子》一書中〈經上〉、〈經下〉、〈經說上〉、〈經說下〉、〈大取〉、〈小取〉等六篇。

128 《墨子》〈耕柱〉。

作」正名，具有思想解放的意味，不僅給先秦百家爭鳴以理論導向，而且影響後世的儒家學者，如荀子的厚今薄古、「法後王」的觀點，揚雄的「其事則述，其書則作」[129]的觀點等。

言有三表：本、原、用

　　與墨子的寫作價值觀緊密聯繫在一起的，是他的寫作源泉觀和功用觀。墨子認為立言有三條準則：「有本（溯源）之者，有原（推究）之者，有用（應用）之者。於何本之？上本之於古者聖王之事。於何原之？下原察百姓耳目之實。於何用之？廢（發）以為刑政，觀其中（符合）國家百姓人民之利。此所謂言有三表（準則）也。」[130]就是說，立言，向上追溯，必須研究歷史，以古代聖王的行事為依據，但不能只從書本上去找，還要向下考察，從百姓目睹的事實中去推究，使之不侷限於一己所見。同時，所言尚須能應用於實際，形成治理刑獄和政務的措施，經受實踐的檢驗，看它是否符合國家百姓的利益。這裡的「本之者」、「原之者」說的是寫作源泉觀，「用之者」說的是寫作功用觀。「本之於古者聖王之事」，「原察百姓耳目之實」，表明的是「寫作源於社會實踐」的源泉觀；「廢以為刑政，觀其中國家百姓人民之利」，表明的是寫作須益國利民的功用觀。墨子的寫作源泉觀雖然有其侷限性，它溯源的是古者聖王之事，但推究的則是百姓耳目之實，因此，對其侷限性是不應苛責的。在中國寫作史上，墨子是最早提出「寫作源於社會實踐」這一唯物主義觀點的哲人，建立起有別於「言志」說和「述舊」說的新的寫作規範。同時，墨子面向「刑政」實用的益國利民的寫作功用觀，體現了對寫作的社會效益的

---

129 揚雄：《法言》〈問神〉。
130 《墨子》〈非命上〉。

關注和以國、民利益為檢驗標準的思想，表明了新興階層的進步的政治理想和功利趨向，具有鮮明的現實性和人民性。

寫作主體：言行統一

對於寫作主體，墨子崇尚的是言與行的統一。這可以說是墨子立言準則的邏輯延展，是寫作實踐性、功利性特徵對寫作主體行為的制約。換言之，言是行的前導，行是言的完成。孔子的言行觀雖然也注重（或者說更注重）行，但他把言與行分開、對立起來：「君子欲訥於言而敏於行。」[131]而墨子把二者看作是一個完整的過程、統一的整體，強調二者的協調一致：「口言之，身必行之。」[132]「務言而緩行（專會說而行動遲緩），雖辯必不聽。」[133]「言足以復行（付諸實行）者，常（尚，推崇）之；不足以舉行（實行）者，勿常。不足以舉行而常之，是蕩口（空言妄語）也。」[134]墨子立言的標準，實際上也是行動的標準：「凡言凡動（一切言論和行動），利於天、鬼、百姓者為之；凡言凡動，害於天、鬼、百姓者舍之。凡言凡動，合於三代聖王堯舜禹湯文武者為之；凡言凡動，合於三代暴王桀紂幽厲者舍之。」[135]這種言行並重、言行一體的見解，不但豐富了對寫作的認識，而且也豐富了對寫作主體的認識。這顯然已經進入到寫作教育學的範疇。

131　《論語》〈里仁〉。
132　《墨子》〈公孟〉。
133　《墨子》〈修身〉。
134　《墨子》〈耕柱〉。
135　《墨子》〈貴義〉。

論辯目的：爭彼也

　　墨家對述、作關係所作的新的價值認定，為面向現實的「立言」爭得一席之地，同時也為真理的是非論爭疏浚了航道。墨家在論辯理論研究方面，顯示出非凡的智慧，改變了在寫作認識上的稚拙面貌，使先秦寫作研究提高到理性思維的謹嚴奧妙的學術境界，建立起堪稱這一時代理論研究最高成就之一的論辯寫作理論體系——辯學。

　　春秋戰國時期，禮崩樂壞，中國奴隸制社會所形成的思想文化規範受到挑戰，封建制社會的思想文化規範正處於創構期，「私學」興起，學派林立，「諸子百家代表不同的階級、階層和集團的利益，從不同的角度攝取當時的文化知識，著書立說，廣收門徒，互相詰辯，形成『百家爭鳴』的繁榮局面」。[136]墨家的辯學研究，便是因論辯實踐之需而發的。《墨子》一書中的〈墨辯〉六篇：〈經上〉、〈經下〉、〈經說上〉、〈經說下〉、〈大取〉、〈小取〉。便是墨家的一部完整的辯學。

　　〈墨辯〉六篇，研究者有的認為是後期墨家所作，但大多數學者則認為〈經上〉、〈經下〉為墨子自著，〈經說上〉、〈經說下〉是墨子後學記錄的墨子對〈經上〉、〈經下〉所作的解說，〈大取〉、〈小取〉為後期墨家的著述。由於《墨辯》涉及到哲學、自然科學和邏輯學等方面的內容，研究者往往對其作分類的梳理和考察，而我們認為〈墨辯〉雖然所涉甚廣，但它基本上可以看作是辯學專著。

　　墨家認為寫作主要是一種心智的辯察：「言無務為多而務為智，無務為文而務為察。」[137]「聞，耳之聰也……循所聞而得其意，心之察也。」「言，口之利也……執所言而意得見，心之辯也。」[138]墨家

---

136 郭沫若主編：《中國史稿》（北京市：人民出版社，1979年），第2冊，頁48。

137 《墨於》〈修身〉。

138 《墨子》〈經上〉。

的辯學，也就是研究寫作思維與論辯規律的學問。〈經上〉中說：
「辯，爭彼（正是非）也。」〈小取〉中說得更加具體：「夫辯者，將
以明是非之分，審治亂之紀，明同異之處，察名實之理，處利害，決
嫌疑。焉（乃）摹略萬物之然，論求群言之比。以名舉實，以辭抒
意，以說出故。」這可以看作是對墨家辯學理論範疇的總的闡釋：辯
學要旨──明是非，審治亂，明同異，察名實，處利害，決嫌疑。論
辯認知論（基礎理論）──「摹略萬物之然」（廣求萬物之成因）；論
辯法（應用理論）──「論求群言之比」（擇取立辯之形式）；論辯術
（應用技術）──「以名舉實，以辭抒意，以說出故」（以名稱來代
表實物，以辭彙來表達意思，以推斷來找出原因）。可見，墨家的辯
學已具備較為嚴密科學的理論框架。

　　墨家的論辯認知論主要討論了認識的來源和認知的方式。墨家認
為人的認知來源有三種：「知：聞、說、親。」[139]「知：傳受之，聞
也。方（方域）不瘴（障），說也。身觀焉，親也。」[140]「聞」，指的
是從書本或他人處接受來的資訊；「說」，指的是不受方域或時間的障
隔，從已知推度出未知；「親」，就是由親身體驗和經歷中獲得資訊。
即認知來源於直接經驗、間接見聞和合理推測。這就打破直接從現實
中感知事物的經驗性侷限，注意到認知的傳授和積澱，並意識到心智
的能動作用，這就置認知於一個多維互補的開放結構中得以互相參
證、比較和衍發，擁有更為廣闊的辨察空間。

　　從認知方式來看，墨子闡明了由感性上升到理性的認知過程。墨
子說：「知，材也。」「知，接也。」[141]這表明人的「知」是感官
（材）和外物相互作用（接）的結果，這裡的「知」，是指人的感官
印象，屬感性認識。這裡更多倚重的是人的本能的感、知覺活動。伴

139　《墨子》〈經上〉。
140　《墨子》〈經說上〉。
141　《墨子》〈經上〉。

隨著思維的介入，認知得以深化：「慮，求也。」「恕，明也。」[142]
「慮」，就是求索和推度，「恕」，就是透澈明瞭，屬理性認識。材、
接、求、明——聞知、說知、親知——「摹略萬物之然」，這就是墨
家的論辯認知論之大略。

　　墨家的論辯法，討論的是論辯的基本規律。所謂論辯，說到底就
是對事物作出是非判斷：「明是非之分。」墨子說：「攸，不、可。兩
不可也。」[143]「辯，爭彼也。辯勝，當也。」[144]就是說，在論辯中雙
方對一事物有「是」與「非」兩種意見，不能雙方都說「是」，都說
「是」就不成辯了。論辯就是要確定是「是」還是「非」，論辯的一
方獲勝，是由於合理，不能雙方俱勝，如果雙方都獲勝，必有一方是
不合理的。

　　要明是非，就要懂得區分事物的「同」和「異」：「明同異之
處。」墨子認為事物的同和異各有四種情況：「同：重、體、合、
類。」[145]一事物有兩個名稱叫「重同」，部分包容在整體之內叫「體
同」，多人同處於一室叫「合同」，有相同因素的事物叫「類同」。
「異：二、不體、不合、不類。」兩種事物名稱不同叫「二」，沒有
類屬關係的事物叫「不體」，彼此分居於不同的處所叫「不合」，沒有
相同因素的事物叫「不類」。這就是明同異有四個標準：從概念
（名）與事物（實）的對應關係上看，從部分與整體關係上看，從空
間關係上看，從相關因素上看。這實際上揭示了事物普遍存在的同一
性和矛盾性，以此作為明是非的基本思路。在論辯中只有掌握和運用
同、異原則，才能作出正確的判斷。

　　由同、異原則進而派生出同一律、矛盾律和排中律，作為立論的

142　《墨子》〈經上〉。

143　《墨子》〈經上〉。

144　《墨子》〈經上〉。

145　《墨子》〈經上〉。

準繩。對此，〈經說下〉作這樣的闡述：「彼此可：彼彼止於彼，此此止於此。」即彼就是彼，限止於彼，此就是此，限止於此，作者所作的判斷始終如一，這是正確的。這說的是同一律。「彼此不可：彼且此也，此亦可彼」。即彼亦此，此亦可為彼，作者所作的判斷時彼時此，自相矛盾，這是不正確的。這說的是矛盾律。「彼此止於彼此，若是而彼此也，則彼彼亦且此此也。」即或彼或此限止於或彼或此非彼即此，二者必居其一。如果是之者不是，則非之者是。這說的是排中律；明是非——明同異——立論三律——「論求群言之比」，這就是墨家論辯之大法。

墨家的論辯術，主要由「名」、「辭」、「說」這三個概念及其演繹系統構成：「以名舉實，以辭抒意，以說出故。」[146]

「名」，即事物的名稱，與「實」對應；「實」即客觀事物。「以名舉實」，「舉」是對事物的模擬，告之以名稱，來揭示事物的實質。對「名」與「實」關係的準確辨析，是論辯的最基本的問題。

墨家認為，「名」一方面作為論辯的媒介，給傳達思想以便利，另一方面由於「名」的多義，也給傳達思想帶來困難，或帶來不必要的論爭。所以，在論辯中，首先要弄清「名」的涵義，否則，就可能造成誤解和混亂。對此，墨子的方法是「通義後對」[147]，就是在論辯時，先要對有關的「名」進行界定溝通，然後再作應對。〈經說下〉中舉例說，如人問你知道「駱」嗎？就要弄清「駱」指什麼。他說是「駱駝」，就知道了何謂「駱」。如不問就答不知道，即是不對的。問要問在應問之時，答要答得深淺適度，使人聽得明白。就是說論辯中須對一些重要的概念作必要的闡釋，以達成共識，才能起到相互溝通的效果。這對論辯是至關重要的。

「辭」，是指若干個連綴在一起足以達意的「名」，「以辭抒意」

146　《墨子》〈經上〉。

147　《墨子》〈經下〉。

就是用若干個「名」來表達一個完整的意思。「以辭抒意」的表達方式由「言」與「謂」兩部分構成。「言」表示命題，「謂」表示判斷。判斷必須名與實相合，名實相合的判斷有三種形式：「合：正、宜、必。」[148]正合，指的是實然判斷，所想的與實際情況相一致，即得其「正」。如說「地球是運動著的」。宜合，指的是應然判斷，亦即規範的判斷；應該如此。如說「人應忠誠老實」。必合，指的是必然判斷，「非彼必不有，必也。」如說「一切物質皆由原子所構成」。（依詹劍峰說）[149]但無論哪一種判斷，都應是客觀的、普遍的、必然的。而不能出於一己的主觀臆斷。不論所是還是所非，均屬必然。必然，也就意味著真實的判斷，具有客觀真理性，否則就是錯誤的。

再看「說」，墨子的說有三種涵義：「方不㢓」，「所以明」，「以說出故」。「方不㢓」，如前所述，即不受方域所圍，由已知推度未知。「所以明」，即說明道理使人明。「以說出故」，即以各種說理方式闡明事物所以如此的原因和立論的理由。「故」，指的是事物的成因和立論的根據，後人所說的「持之有故」的「故」，就是這個意思。「故」又分作「小故」和「大故」，前者指部分的原因；後者指總體的原因。根據推論辨析原因，這無疑抓住了論辯的關鍵。

在〈小取〉中，還詳細地討論了立說的七種方式：或、假、效、辟、侔、援、推。「或」是或然推理，「假」是假言推理，「效」是直言推理，「辟」是比喻說理，「侔」是相同言辭的互證，「援」是引敵論證己論，「推」是同類事物的類推。這七種說理方式是對論辯實踐的較全面的概括，有很強的應用價值。

此外，在〈小取〉中還談到對論點的限制、相同的情況存在不同的原因、論述系統的控制、防止論點的轉移和說理方式的靈活運用等，對「侔」的五種推論形式：前提是肯定的，結論也是肯定的；前

148　《墨子》〈經上〉。

149　詹劍峰：《墨子的哲學與科學》（北京市：人民出版社，1981年），頁97。

提是肯定的，結論卻是否定的；前提是否定的，結論卻是肯定的；一個是周遍的，另一個卻是不周遍的；在一方面是對的，在另一方面卻是錯的；作了詳盡的闡釋。概念認同——判斷準確——推理嚴密——「以名舉實，以辭抒意，以說出故」，這就是墨家的論辯術。

　　綜上所述，我們可以看出，墨家的「辯學」已具較為嚴謹的體系，既有抽象性又有具體性，既有理論性又有實用性，顯示了高度的智慧。儘管後世對其頗有非議，如荀子說：「不知一天下、建國家之權稱（輕重），上（尚）功用，大（注重）儉約，而慢（輕）差等，曾不足以容（表現）辨異、縣（區別）君臣；然而其持之有故，其言之成理，足以欺惑愚眾：是墨翟、宋鈃也。」[150]但這顯然是由於他們之間的政治倫理觀的分歧所致，並不能否定墨子論辯的說服力。墨子「辯學」自有其不可抗拒的魅力：「墨子著書，作辯經以立名本。惠施、公孫龍祖述其學，以正刑名顯於世。孟子非墨子，其辯言正辭，則與墨同。荀卿、莊周等皆非毀名家，而不能易其論也。」[151]

　　尚須注意的是墨子不但有其辯學理論，而且從事相應的教學。《墨子》〈耕柱〉中說：「能談辯者談辯，能說書者說書，能從事者從事。」有的學者認為這是「墨子因材施教，他將自己的學生按其才能和興趣編為三個不同的科系」[152]，「〈經上〉〈經下〉〈經說上〉〈經說下〉〈大取〉〈小取〉篇，可謂墨家談辯者的教材」。[153]由「能談辯者談辯，能說書者說書，能從事者從事」這句話，斷言墨子的教育分為談辯、說書、從事三個科系不無牽強，但從墨家對論辯理論和實踐的重視來看，認為辯學是墨家教育的一個重要組成部分，則是大致可信的。如此看來，在先秦的私學教育中，寫作教育最為可觀、最有實績

150　《荀子》〈非十二子〉。

151　《晉書》〈隱逸傳〉。

152　李紹崑：《墨子：偉大的教育家》（長沙市：湖南教育出版社，1985年），頁97-98。

153　李紹崑：《墨子：偉大的教育家》（長沙市：湖南教育出版社，1985年），頁97-98。

的當推墨家。雖然後來的惠施、公孫龍、荀子等在辯學研究上也頗有建樹，但在理論的嚴密和精深程度上，均略遜一籌。如果〈墨辯〉可以算是墨家「談辯」者的教材，那麼，這無疑就是中國最早的寫作教材了，或者說是最早的論辯寫作知識教材。

王充：感偽起妄，源流氣柔
——疾虛妄、歸實誠、為世用的功用主義語文教育觀

　　王充（約西元27-97年）是中國東漢時期傑出的唯物主義哲學家，他在中國文化思想史上的重要地位早已舉世公認。然而，他在寫作理論上的建樹，卻尚未得到應有的、合乎實際的評價。王充在其巨著《論衡》中的許多篇章裡，對寫作現象、主要是實用文體的寫作作了較為全面、深入的探討，提出自己獨到的見解，而研究者們竟大多把王充的這方面的成就歸入「文學理論」的範疇，從而使他的寫作思想變得十分費解，使他非凡的理性之光變得黯然失色。

　　王充寫作研究的重點是「造論著說之文」，只是偶爾提及「賦、頌」等文體特徵供論述時參照比較之用，這表明他已經意識到實用文體與文學文體[154]存在著某些差異。王充寫作思想中的一些基本觀念，如「疾虛妄」、「歸實誠」、「為世用」等，顯然都不可能是針對文學文體而言的，一些論者由於沒有注意到這一點，所以，他們的研究便不可避免地給讀者留下許多困惑。

　　有鑑於此，我們試圖將王充的寫作思想置於一個新的研究範疇中，即把它放在實用文體寫作理論背景上進行考察，重新認識他的寫作思想的價值。

---

154 文學文體如果要與實用文體嚴格對應的話，應稱為「審美文體」。本文仍沿襲習慣說法，稱之為文學文體。

感偽起妄的源泉論

　　先秦諸子基本上是把寫作主體視為「詩、文」發生的本原的。如「詩言志」[155]，「言以足志，文以足言」[156]，「情動於中，故形於聲，聲成文」[157]，「心合於道，說合於心，辭合於說」[158]，等等。這些認識都帶有一定的片面性與唯心主義色彩，他們忽略了人的「情」、「志」的緣起是客觀世界。這些認識直至王充所處的時代也依然沒有改變。人們認為著述是閒暇之時苦思冥想的產物（著作者思慮間也），只要有時間誰都能寫，王充對此看法持完全否定的態度。

　　王充多次指出：孔子作《春秋》，是因為有感於周道衰微、民風不正；孟子作論辯之文是因為「楊、墨之議大奪儒家之論」；他自己作《論衡》，是因為「虛妄顯於真（虛妄的比真實的更顯眼）、實誠亂於偽（真實誠懇的被虛偽所迷亂），世人不悟，是非不定。紫朱雜廚（混雜），瓦玉集糅（聚集）」。[159]他認為寫作行為的緣起是「感偽起妄，源流氣烝」。[160]即作者有感於世事或學說的虛假，便自然而然地將自己的感觸形諸文字，這就像源頭有水必然要外流、熱氣必然要向上蒸發一樣。王充對寫作源泉論的這一認識，是他的唯物主義哲學觀的具體體現，在他看來，文章不是人的主觀心志的產物，不是能夠靠天才們的先知先覺閉門造車，關鍵在於人們是否有對於周圍現象的獨特的感觸與思考。有的人才智很高，想寫作卻寫不出來，便是由於他缺乏外物的觸發；有的人才智很低，卻寫出了文章；這是由於他能勤

155　《尚書》〈堯典〉。
156　《左傳》〈襄公二十五年〉。
157　《禮記》〈樂記〉。
158　《荀子》〈正名〉。
159　《論衡》〈對作〉。
160　《論衡》〈書解〉。

於向人發問。——從「情、志」說到「感觸」說，這無疑地將先秦諸子的認識大大地向前推進了一步，為實用寫作行為的發生正本清源。

值得稱道的是，王充不但注意到客體對寫作主體的誘發作用，而且同時也注意到寫作主體思維的積極性與能動性，有「物」尚須有「感」，才能發為文章，這種看法是辯證的。

然而，王充的寫作源泉論並不是對所有文體的寫作發生學原理的全面概括，主要是針對實用文體寫作而言的。他在文中所描述的人們面對客體對象所作的主觀反映，基本上是限於理性的分析，而不是內心的情感體驗；是對其作科學性的審視，而不是對其作審美價值判斷。王充對寫作行為發生的認識，主要來自於他的《論衡》一書的寫作實踐中。他對《論衡》一書寫作的緣起及其主旨是這樣表述的：「……《論衡》之造也，起眾書並失實，虛妄之言勝真美也。故虛妄之語不黜，則華文不見息（華麗虛假的文章就不會被制止）；華文放流，則實事不見用（實事求是的文章就不會被採用）。故《論衡》者，所以銓輕重之言（闡明是非之言），立真偽之平（確立真偽的標準），非苟調文飾辭（不是隨意玩弄修飾文字），為奇偉之觀也（故作奇特偉岸的樣子）。」[161]在王充看來，文章最本質的區別便是「真」與「偽」，起於「疾虛妄」（偽），終於「歸實誠」（真），其源泉論與目的論均統一於求「真」。而探求真理，並不是文學文體寫作行為發生的動因，也不可能是它的終極目的。

我認為縱觀王充的有關論述，可以看出王充自己也已經意識到他所立下的求「真」的標準的有限適用性，他並未把它視為所有文體寫作的通則。

王充在〈佚文篇〉中列舉了「五文」（「文」有人解釋為「文化」：五經六藝，諸子傳書，造論著說，上書奏記，文德之操（文飾儀表）。這裡的「文德之操」在今天看來已不算一種「文」，就其他四

---

161 《論衡》〈對作〉。

種文體來看，大概除了「五經六藝」中的《詩》一書屬文學類外，均為實用文體。（其實，《詩》在先秦，被強調的也是其實用性）在這幾種「文」中，他最為重視的是「造論著說」之文。「造論著說」之文之所以受到他的重視，便是因為它最充分地體現了求「真」的寫作觀念。而在「五文」中居然沒有哪一種「文」堪稱純粹的文學文體，這大約不會是王充的一個偶然的疏忽吧！

王充雖然在其他篇章中有時也論及「賦、頌」這兩種文體，但並沒有用求「真」的標準去規範它們，相反，他強調的是它們的審美特徵──「弘麗之文」、「文如錦繡」、「深覆典雅」等。他對最具文學性的，正當其盛的「賦」這一文體，並未作專門探討。可見，王充對自己在寫作領域的探索是有著自覺的限制的。

在「求真」這一標準下，王充自己就是最忠實的實踐者。他反對一切的「虛妄」，不論是孔、孟之說，還是韓、董之言，他大膽地質疑問難，「銓輕重之言，立真偽之平」。正如胡適所說：「據《論衡》現存八十四篇，幾乎沒有一篇不是批判的文章。」他的哲學是「批判的哲學」。[162] 他對前人一切的文化遺產，均用求「真」的尺度加以衡量，「感偽起妄」，發為文章。他對那些只知拾人牙慧、鸚鵡學舌的陳腐之論嗤之以鼻，因為這背離了為文之本。

綜上所述；我們認為王充的求「真」的寫作觀念，不僅具有寫作發生學方面的意義，而且它是王充實用文體寫作理論的奠基石。王充就是在這塊基石上建構起了他的整個寫作思想體系。

益國補化的功用論

王充的寫作功用觀基本上繼承了先秦以來的「為用」的傳統，他

---

162 轉引自蔣祖怡：《王充卷》（鄭州市：中州書畫社，1983年），頁59。

對文章功用的重視，比起前人可謂有過之而無不及。他認為文章能增
善消惡，使民歸實誠，具有「益國補化」的功能。

他說：「聖人作經藝，著傳記，匡濟薄俗（輕薄的風俗），驅民使
之歸實誠（質樸誠實的風俗）也。案《六略》之書萬三千篇，增善消
惡，割截橫拓（阻止橫行放縱），驅役遊慢（驅使遊手好閒的），期便
道善（期望有利於誘導人們趨向善行），歸正道焉。孔子作《春秋》，
周民弊（民風敗壞）也。故採求毫毛之善（表彰很細微的善事），貶
纖介之惡，撥亂世，反諸正，人道浹（為人的倫理道德周全），王道
備……故夫賢聖之興文也，起事不空為（講究事實不憑空編造），因
因不妄作（言必有據不憑空胡亂編寫），作有益於化（教化），化有補
於正（通『政』）。」[163] 他把文章的功用提高到登峰造極的地步，認為
文章能「載國德於傳書之上，宣昭名於萬世之後」[164]，「頌上恢（充
分論述）國，國業傳之千載」，這實際上已經開曹丕的「蓋文章經國
之大業，不朽之盛事」這一見解之先聲。

王充認為在各體文中，最能擔起益國補化之重任的是「造論著
說」之文。他說：「造論著說之文，尤宜勞焉（尤其要受到犒勞）。何
則？發胸中之思，論世俗之事，非徒諷古經、續故文也。論發胸臆，
文成手中，非說經藝之人（解釋經書之人）所能為也。周、秦之際，
諸子並作，皆論他事，不頌主上，無益於國，無補於化。……夫如
是，五文之中，論者之文多矣（著書立說的文章是最好的），則可尊
明矣（值得尊重這是很明白的了）。」[165] 這種看法在當時無疑是極具
挑戰性的。秦漢儒家學者大多滿足於解釋經藝，「好信師而是古（迷
信老師推崇古人），以為賢聖之言皆無非」，「述作者之意、采聖人之
志」才是正經學問。所作的文章，如果更造端緒，與經傳相違，便遭

163　《論衡》〈對作〉。

164　《論衡》〈須頌〉。

165　《論衡》〈佚文〉。

到群起而攻。王充針對這種「使言非五經，雖是不見聽」的狀況，大膽地指出：「夫賢聖下筆造文，用意詳審（構思細密審慎），尚未可謂盡得實，況倉卒吐言，安能皆是？不能皆是，時人不知難（辯駁）；或是（有的雖然對），而意沉難見（意思隱晦難以看出），時人不知問。案（考察）賢聖之言，上下多相違；其文，前後多相伐（抵觸）者。世之學者，不能知也。」[166]王充所提倡的「造論著說」之文其實就是「批判」之文，求「實」之文。王充把其功用觀建立在批判性、創造性上，這便是他「益國補化」功用觀的實質所在，也是他超乎古人之處，可貴之處。

　　王充在求「真」的基石上，建起他的求「實」的功用觀。他對文章功用的評判標準在於它是否具有實用價值，具有現實意義。他認為以「說聖人之經，解賢者之傳」的「世儒」，與「卓絕不循」、「書文奇偉」的「文儒」的區別，就在於前者是「虛說」，後者是「實說」。因為「凡論事者，違實不引效驗，則雖甘義繁說，眾不見信」[167]，「蓋要言無多（內容充實的文章不嫌它多），而華文無寡（華而不實的文章不覺它少）。為世用者，百篇無害；不為用者，一章無補」。[168]可見，王充的「益國補化」的功用觀，也在於為了杜絕那些看來沒錯然而又沒用的空話。

　　在求「實」的標準下，王充一方面批評那些「辯者之言」：「公孫龍著『堅白』之論，析言剖辭，務折曲之言，無道理之較，無益於治。」「案大才之人，率多佻縱，無實是之驗；華虛誇誕，無審察之實。」另一方面對「賦、頌」一類的弘麗之文也不以為然，他認為「文麗而務巨（文章華麗篇幅巨大），言眇而趨深（言辭精微旨意高深），然而不能處定是非，辨然否之實。雖文如錦繡，深如河、漢，

---

166 《論衡》〈問孔〉。

167 《論衡》〈知實〉。

168 《論衡》〈自紀〉。

民不覺知是非之分，無益於彌為（即「止偽」）崇實之化。」[169]其實，在王充口口聲聲「益國補化」的冠冕堂皇之論的背後，隱含著的是他對現實世界的樸實無華的關切。他對文章功用的期冀，也許超過文章所能承擔的負荷量，因為，即便是他最為重視的「造論著說」之文，也未必能收立竿見影之效，更不用指望靠一紙之文能將「國業傳之千載」了。但是，他的功用觀中不信古、不媚俗，講求實效的合理內核，顯然是值得肯定的。

儘管王充十分重視寫作的功用，把它提高到前所未有的高度來認識，但是，他並沒有像先秦諸子那樣，從言論到實踐都極力誇大「詩」這一文學文體的功用，把「詩」說成可以使「神人以和」[170]，認為《詩》「可以興，可以觀，可以群，可以怨。邇之事父，遠之事君；多識鳥獸草木之名」[171]等等。以至在許多論說性著述中，大量引用《詩》中的詩句，把它十分牽強地與日常社會生活聯繫起來，把它當作論證某一觀點的權威性論據。相反，王充對「詩」的功用竟未置一詞，對《詩》也沒有什麼討論的興趣，在「為世用」這一點上，他讚賞的是《春秋》、《孟子》、《韓非子》、《新書》、《新論》這樣一些他認為是直接針對時弊、時事、時政的著述，對這些著述津津樂道。可見，王充的「益國補化」的功用觀也主要是針對實用文體而言的。

形露易觀的表述論

王充對語言形式的追求是「形露易觀」（淺顯便於閱讀）。

這主要是針對當時的復古主義、形式主義的寫作傾向的。王充首先從歷史的角度，對古今文章的語言現象作了具體分析，他的見解是

169　《論衡》〈定賢〉。

170　《尚書》〈堯典〉。

171　《論語》〈陽貨〉。

深刻、科學的。

　　當時世俗之見認為雄辯的人，他的文章一定要很深奧，文思敏捷的人，他的文章一定會很含蓄。古代的經典之文都是「鴻重優雅、難卒曉睹」，賢聖才氣大，所以，他們的言語便與俗人難以溝通。而王充的文章居然「形露其指（旨）」，可見他才疏學淺，無法做到像賢聖之文那麼深沉難測。對此，王充反駁說，古代賢聖之語在今天看來之所以深沉難測，是因為「古今言殊，四方談異也」。古代賢聖當時作文並不是要故弄玄虛，把自己的意旨深藏不露，後人感到費解，是由於古今的語言發生變異，不同地域的語言習慣也存在著差異罷了。這樣的道理也許現在看來已屬常識，但在當時王充能如此客觀地分析語言現象，確實不易。

　　針對復古主義、形式主義傾向，王充進而明確地提出自己的表述觀：「形露易觀」，「顯文露書」。關鍵在於一個「露」字。寫作的表述，不管怎麼說都要讓人讀懂，而不能讀了不懂。王充舉例說，秦始皇讀了韓非的書，感慨說：「獨不得此人同時！」原因是秦始皇讀懂了韓非的文章，所以書中的內容引起他的思考。如果韓文寫得深鴻優雅，須求教於老師才能讀懂，那也許早把它扔了，如何還會感慨繫之呢？[172]因此，文章寧可寫得費力也要力求通俗易懂，而不應該寫起來毫不費力，卻讓人讀了晦澀難懂。

　　由此可見，王充的「形露易觀」說體現了很強的傳達意識。它不只是文章表現形式的審美價值取向，更為重要的是，它體現了求「真」、求「實」精神，文章的表現形式首要目的便是有為、有用，文章如果存在著語言障礙，不能與讀者溝通，語言的「鴻重優雅」又有什麼用呢？

　　由於「形露易觀」說的目的是為了使文章所表現的內容不為言詞

172　《論衡》〈自紀〉。

所遮蔽，不致因詞害意，所以，他在對待「質」與「文」（內容與形式）這一對矛盾上，毫不含糊地表現了對「質」的重視，他說培植果實，就不必著意於培育花朵，為了修養操行，就不必在言辭上下功夫。寫文章是為了公開表明自己的目的、用意，怎麼可能做到使自己的言辭盡善盡美不受人責難呢？[173]王充雖然強調文章的「質」的重要，但他也並沒有像老子那樣，將「文」與「質」二者絕對地對立起來，認為「信言不美，美言不信」，而是注意到這一對矛盾存在的必然性，注意到矛盾的主要方面，王充沒有排斥語言的形式美，只不過他把語言形式看作是人的內在德行的一種外在的自然流露，不必強求，不可強求罷了。

有人問王充：「士之論高，何必以文？」他回答說：「夫人有文質乃成。……德彌盛者文彌縟（多彩），德彌彰者人彌明（明白）。大人德擴（官大位尊的人道德廣播），其文炳（文飾鮮明）。小人德熾（君子的道德高尚），其文斑（文飾斑爛）。官尊而文繁，德高而文積（聚集）。……物以文為表，人以文為基（文采為根基）。」[174]可見，王充反對的只是不求「質」、片面求「文」的形式主義傾向，並不反對「德盛而文縟」，而且，他也認為「文」對於「質」來說，也是必要的。

王充的「形露易觀」，究竟「形露」到什麼程度，如何「形露」，沒有一成不變的標準，而是要根據文章的不同的「質」，不同的表達對象和表達目的，來決定文章「形露」的程度和方式。

王充說如果把聖人深奧的經典給小孩看，用貴族的典雅之言講給村野農夫聽，他們一定不知所云。「故鴻麗深懿之言，關於大而不通於小（適用於大人君子不適用於小人庸夫）。不得已而強聽，入胸者

173　《論衡》〈自紀〉。
174　《論衡》〈書解〉。

少。」[175]而真正能根據不同的對象，恰當得體地、明白易懂地表述的
人是很少的。雄辯的人，必要懂得用淺顯的文字來說出深奧的內容；
睿智的人，必定是能夠用易懂的文字來表現艱難的道理。賢人和聖人
就是因為他們善於衡量讀者才智的高低，所以能寫出深淺不同的文章
來。可見，王充的「形露易觀」的標準，是需要根據寫作傳達對象的
才智來靈活掌握的。

　　王充的表述論，顯然也只是針對實用文體而言的。對於語言形式
上的差異。王充對兩大類文體的區處是準確明白的。他說寫作的語
言，就跟說話一樣，有的要淺顯明瞭，有的迂迴典雅。一般表明見解
的文章（實用文體），不應該把自己的宗旨隱蔽起來，而只有「賦、
頌」（文學文體）的文字才要求「深覆典雅、指（旨）意難睹。」王
充已明確指出「賦、頌」的語言形式不受「形露易觀」這一表述規律
的約束、所以，王充的表述論也同樣沒有理由歸入「文學理論」的
範疇。

自為佳好的個性論

　　王充寫作思想中對寫作個性的認識，是很值得深入探討的。

　　由於王充具有強烈的批判意識，他的著述「違詭於俗」（違反俗
情），特立獨行，卓爾不群，所以受到時人的抨擊。他們認為文章應
該順合大家的心意，不應違背人們的意願，要百人讀了百人滿意，千
人讀了千人樂意，就像《管子》中所說的「言室滿室，言堂滿堂」：
在室內說話，滿室之人都願意聽；在堂屋說話，滿堂屋之人也都願意
接受。而王充的言論卻與眾不同，寫出的文章與世俗之見相左，大家
便感到格格不入。[176]

175　《論衡》〈自紀〉。
176　《論衡》〈自紀〉。

　　對於這種偏見，王充說是由於人們「沉溺俗言之日久，不能自還以從實也（擺脫俗言服從事實）」[177]，以致以是為非，不辨是非。他對人們閱讀心理惰性的分析是有道理的。他認為，實際上是難以做到使傳達對象皆大歡喜的，因為要做到這一點，必須有一個前提，這就是所有的聽講的人都得有「正是之知（正確的理解）」，都要能明察是非；才可能接受「正是之言」，否則，必然是一部分有「正是之知」的人願意聽，一部分無「正是之知」的人不願意聽。

　　王充進而一針見血地指出，往往「與世殊指」，有自己獨特見解的文章，讀者與聽眾可能就特別少。因為「夫歌曲妙者，和者則寡；言得實者，然者則鮮。和歌與聽言，同一實也。曲妙人不能盡知，言是人不能皆信。」[178]儘管這樣，只要自己的見解是正確的，就不必去迎合世俗之見。論說之文的目的就是要分辨是非，哪裡能做到不違背陳見呢？他說由於他人的意見不對，他不願去順從，所以他要除掉、貶斥虛假的東西，保存、肯定真實的東西。如果順從他人的陳見，遵循舊的規範，如何還談得上辨別是非呢？

　　王充高舉求真的旗幟，勇敢地張揚作者的人格個性，稱道「高士不舍、俗夫不好」，「賢者欣頌，愚者逃頓」的「獨是之語」、「感眾之書」。在他看來，許多人看不慣的「獨是之語」，恰恰是彌足珍貴的。

　　他說：「士貴故孤興（人才高貴所以才單獨出現），物貴故獨產（物品高貴所以才單獨產生）。……屈奇（傑出）之士見，倜儻之辭生（卓越文章的產生），度不與俗協（氣度與世俗不協調），庸角不能程（俗人因此不能對它加以衡量）。是故罕發之跡，記於牒籍（史書）；希出之物，勒於鼎銘。五帝不一世面起（不是在一個時代興起的），伊望不同家而出（伊尹、太公望也不是在同一個家庭出生的）。千里殊跡（相隔千里，一生的事蹟各有區別），百載異發（時代相距

177　《論衡》〈定賢〉。

178　《論衡》〈定賢〉。

幾百年，發生的情況也不一樣）。士貴雅材而慎興（士人的可貴之處在於有高尚的才智並謹慎行事），不因高據以顯達（不因出身高貴來取得顯赫的地位）。」[179]王充的這一見解強調的就是一個「異」字，它體現了寫作這一創造性思維活動的本質，同時也是寫作主體特徵的關鍵所在。

王充認為寫作是不應該求「似」的。他說：「飾貌以強類者失形（修飾容貌如果一味強求與別人類似，便失去了自我本來的面目），調詞以務似者失情（措辭想要與別人相似，便失去了所要表達的真情）。百夫之子（眾人的兒子），不同父母（是不同的父母），殊類而生（不同的族類生出來的），不必相似；各以所稟（各自承受了不同的稟賦），自為佳好（形成了各自的長處）。」[180]這種看法是符合客觀實際的。有的人的長處表現為善於驅遣文詞寫出精巧的文章，有的人的長處表現為愛好辨別真偽、論證事情的真相。如果一定要寫作的人大家構思相同，文詞相襲，這就像要「五帝」做同樣的事，「三王」建立同樣的功業一樣，是不可能的。「美色不同面，皆佳於目；悲音不共聲，皆快於耳；酒醴異氣（普通的酒和甜酒氣味有差別），飲之皆醉；百穀殊味，食之皆飽。」[181]王充把寫作個性的優長闡發得相當合理、透澈。好文章雖然它們的特點各不相同，但讀起來都不失為一種美。也可以這樣說，正由於它們的特點各不相同，它們才成其為好文章；而樣樣相似，缺乏個性的文章，就不可能是好文章。

王充之所以對寫作的個性特點有如此深刻的領悟，主要是因為他本身便是一個極具寫作個性的作者。他的文章處處體現出不受陳見羈勒、無所顧忌的獨立的人格力量。他的著述鋒芒畢露，與世俗之見針鋒相對，與賢聖之言一論短長；人說賢聖之言「鴻重優雅，難卒曉

179　《論衡》〈自紀〉。
180　《論衡》〈自紀〉。
181　《論衡》〈自紀〉。

睹」，他卻主張為文要「形露易觀」；人說賢聖「言室滿室，言堂滿堂」，他卻不迎合讀者，提倡「獨是之語」，讓「賢者欣頌，愚者逃頓」；人家說好文章要美好得無可挑剔，他卻說他的著作只能做到內容好，不能做到盡善盡美；人說好文章要力求與賢聖之文相似，他偏說寫作要「各以所稟，自為佳好」；人說文章以言詞簡約為好，他則認為只要能為世所用，文章多多益善，「繁文之人，人之傑也」。[182]王充自身的寫作實踐，就是他的寫作個性論的最好的注腳。

儘管王充主張寫作要發揮每個人的個性特長，但他的求「異」也是建立在求「真」求「實」的基礎上的。他反對故作奇巧，反對「言事增其實」、「辭出溢其真」的譁眾取寵。他的個性論也不失為持平之論，他褒揚的是人的真性情，是人的稟性的自然流露，不是矯揉造作。

寫作的個性化要求，當然不只是特指實用文體的寫作。但由於王充對此的有關論述，基本上是出於對自身寫作經驗的總結，他所論及的具體內容，大體上也是針對「造論著說」之文的，因此，似乎也沒有必要把它硬牽扯進「文學理論」中去。

當我們對王充的寫作思想作了一番膚淺的分析評述之後，我們不禁為王充的博大、深刻與敏銳所折服。他幾乎對寫作的所有的基本問題均發表了自己的見解。他的認識的廣度與深度。可謂前無古人。我們甚至可以說他與在他之後的曹丕、陸機等人相比，也毫不遜色。他對曹丕的《典論》〈論文〉，陸機的《文賦》，乃至劉勰的《文心雕龍》的影響，都是顯而易見的。長期以來，王充的寫作思想未受到應有的重視，原因大約只是因為他未曾寫出一部寫作理論專著或專論，未曾將自己的全部寫作思想作系統的闡述罷了。這確實不能不說是一大遺憾！

王充在實用文體寫作研究上的貢獻主要在於：他將先秦以來實用

182　《論衡》〈超奇〉。

文體寫作實踐活動上升到經驗理性的層次上加以認識，較為準確地把握住實用文體寫作的基本特徵，將它從秦漢學者泛泛而論的「詩、文」寫作中分離了出來，意識到實用文體與文學文體在思維規律與表現特點上存在著的差異，對實用文體寫作中主體與客體、源與流、為用與非用、作與述、文與質等關係，均作了較為全面、精闢的論述。因此，儘管王充並未寫出一本「實用寫作學」之類的專著，但是，實際上，他是當之無愧的中國實用寫作研究的奠基人！

劉勰：道沿聖以垂文，聖因文而明道
——「原道」、「徵聖」、「宗經」的古典主義寫作教育觀

　　劉勰（約466-521，據范文瀾說），字彥和，山東莒縣人。據說是漢高祖之子齊王劉肥的後代，其父劉尚曾任越騎校尉，早亡。二十歲左右其母去世，「家貧不能婚娶」[183]，但他篤志好學，追隨佛教大師僧祐在定林寺度過十多年。在此期間，他不僅精通了佛教經論和儒學經典，而且對歷代的寫作活動作了深入的研究，完成巨著《文心雕龍》。劉勰將書稿呈獻給身居高位的文化界領袖沈約，沈讀罷大為讚賞，「謂為深得文理」，由茲嶄露頭角。在梁武帝蕭衍即位（西元502年）後，可能是得到沈約的推薦，開始踏入仕途。曾擔任臨川王蕭宏和南康王蕭績的記室（王府中「專掌文翰」的要職），車騎倉曹參軍（掌管車騎倉庫），太末縣令和梁武帝的兒子昭明太子蕭統的東宮通事舍人（掌管呈進的文書）等官職。因在文學方面志趣相投，他得到蕭統的器重和喜愛。蕭統死後，他出家為僧，改名慧地，不到一年便去世了。

183　《梁書》〈劉勰傳〉。

　　在西元五〇一年左右，劉勰《文心雕龍》的問世，標誌著中國古代寫作學理論研究水準提升到一個空前的高度。此前的寫作學研究，大多只是一些零散的篇章，一直到西晉才開始有專書，如摯虞的〈文章流別論〉、李充的〈翰林論〉等，但總的來看，都還較為簡陋粗糙：「魏〈典〉密而不周，陳〈書〉（曹植的〈與楊德祖書〉，曹植曾任陳思王）辯而無當，應〈論〉（應瑒的〈文質論〉）華而疏略，陸〈賦〉巧而碎亂，〈流別〉精而少巧，〈翰林〉淺而寡要。」[184]最重要的是「並未能振葉以尋根（撥開了枝葉尋找到根本），觀瀾而索源（看到了波瀾，探索到源頭）；不述先哲之誥（沒有遵守聖賢的遺訓），無益後生之慮（對於後人的學習沒有什麼補益）」。[185]有鑑於此，劉勰既批判地繼承前人研究的精華，又針對現實寫作現象，作歷史和邏輯的分析探討；在研究的目的、範疇和方法上，在材料的搜集和理論、概念系統的建構上，在認識的深度和廣度上，實現寫作學研究的全面超越，為中國古代寫作和寫作研究作了全面的總結，系統地闡明了以原道、徵聖、宗經為核心思想的古典主義寫作教育觀。

　　在龍學論壇，將《文心雕龍》定性為「文學」理論專著由來已久，且在相當程度上已成「共識」。在《辭海》、古典文學教科書，以及絕大部分的龍學專著和論文中，均將該書稱為古代文學理論或文學批評專著，這一認識嚴重制約著龍學研究的視野和思路，成為龍學研究的一大誤區！

　　儘管許多論者業已意識到《文心雕龍》研究對象包括一切的文章形式，並不限於「文學」，然而他們仍從觀念出發，將《文心雕龍》強行納入當今文學理論概念系統進行研究。如張少康先生在《文心雕龍新探》一書中作如是說：「《文心雕龍》所論之『文』，是廣義的文，它幾乎包括了一切用語言文字寫作的文章，而其重點則是論述以

184　劉勰：《文心雕龍》〈序志〉。

185　劉勰：《文心雕龍》〈序志〉。

詩賦為中心的狹義的文學。根據這個特點，參考劉勰本人對體例的說明，從現代科學的文學理論觀點來看，劉勰《文心雕龍》中的文學理論體系，主要有以下十四個問題……」[186]既然劉勰所論之「文」是「文章」，而非「文學」，劉勰的「文學理論體系」究竟從何而來呢？只佔全書所論內容一小部分的「以詩賦為中心的狹義的文學」，何以竟是全書的「重點」，這也同樣令人費解。「劉勰本人對體例的說明」也沒有絲毫跡象表明其重點是放在「狹義的文學」上，或其中有一個「文學理論體系」。造成這種研究目標和思維邏輯偏離實際的原因，一種可能的解釋就是，在論者的認知背景中，「文學」理論的背景太豐厚、太強大了，以致形成思維定勢。像這類過為觀念化，從而漠視「文本」規定的研究，其價值如何是不言而喻的。

　　從「文學」理論概念出發的研究，同樣也表現在《文心雕龍》的譯介性著作中，對讀者所造成的影響更為廣泛。一些譯者往往將劉勰筆下的「文」、「文章」等與「文」相關的詞，翻譯成「文學作品」、「文學創作」、「文學」等，這種情況在多種譯本中均不同程度地存在，尤以趙仲邑的《文心雕龍譯注》最為嚴重，如將「言立而文明」（〈原道〉）譯作「創造了語言，便出現了文學」；將「此政化貴文之徵也」（〈徵聖〉）譯作「這些都是在政治教化方面看重文學的明證」；將「故文能宗經，體有六義」（〈宗經〉）譯作「因此文學創作如果能以經典為學習的榜樣，作品在基本方面便會有以下的六個特點」；將「……性靈熔匠，文章奧府。淵哉，鑠乎！群言之祖」（〈宗經〉）譯作「這些（指五經）都是陶冶性靈的巨匠，是文學創作的寶庫，它們是多麼的博大精深，是多麼的光輝燦爛啊！真是一切文學作品的宗師」。諸如此類的誤譯在該譯本中可謂舉不勝舉。上舉幾例均取之於「文之樞紐」的〈原道〉、〈徵聖〉、〈宗經〉中，這三篇是全書的指導

---

186 張少康：《文心雕龍新探》（濟南市：齊魯書社，1987年），頁21-22。

思想，是針對一切文體寫作的，上述翻譯顯然完全曲解了劉勰的本意。據義大利學者尚德樂統計，在各譯本中，將「文」字譯成「文學」的，「陸（侃如）本八次，郭（晉稀）本二十二次，李（曰剛）本十次，趙（仲邑）本三十三次，向（長清）本八次，周（振甫）本八次」[187]，這還不包括將「文」、「文章」等譯成「文學」、「文學創作」等的。當然，這其中並不排除有少量可譯為「文學」的，但可以肯定在《文心雕龍》中絕大部分的「文」都是不應該譯成「文學」的！

《文心雕龍》當為寫作學論著

從龍學草創（1914）迄今，對《文心雕龍》的目的和性質的認識，始終眾說紛紜、莫衷一是。歸納起來大約有以下幾種：文學理論著作，文學批評專著，綜合論述文學的書，指導文章寫作的書[188]，「它既是一部文學理論著作、文章學著作，又是一部文學史、各類文章的發展史，而且也是一部重要的古典美學著作」。[189]多數學者傾向於認為這是一部「文學理論巨著」，由此導致對劉勰的研究的諸多誤解和不正確的評價。例如有的人一概把《文心雕龍》中所涉及的文體稱為「文學作品」；有的人斷言該書的最大的缺點「就是他把純文學和雜文學的界限完全的打破混淆不分罷了」[190]，「他批評《文賦》『實體未該』，而自己卻走到了網羅無遺的另一個極端上去」[191]；有的人

187　〔義大利〕尚德樂：〈《文心雕龍中》「文」字的解釋和分析〉，見饒凡子主編：《文心雕龍研究薈萃》（上海市：上海書店，1992年），頁333。

188　王運熙：〈《文心雕龍》的宗旨、結構和基本思想〉，載《復旦大學學報》1981年第5期。

189　張少康：〈文心雕龍新探〉（濟南市：齊魯書社，1987年），頁1。

190　楊鴻烈：〈文心雕龍的研究〉，見饒凡子主編：《文心雕龍研究薈萃》（上海市：上海書店，1992年），頁21。

191　陳志明：〈《文心雕龍》理論的構成與篇第間的關係〉，見《文心雕龍學刊》（濟南市：齊魯書社，1986年），第3輯，頁87。

把「寫作論」當作「創作論」，把「鑒賞論」當作「批評論」，等等。
其實，劉勰的目的，根本就不在於區分何謂文學或非文學，無意於對
「文學理論」或「文學批評理論」作純粹理論意義上的探索，他只是
為了揭示寫作的規律，以指導人們正確地從事寫作或學習寫作。如果
一定要作性質上的定位的話，《文心雕龍》當歸屬於「文章寫作學」，
或逕稱「寫作學」。

　　首先，劉勰的研究物件是囊括了一切的寫作形式，是「文章」
（Writings）而不是「文學」（Literature）。

　　在《文心雕龍》中有兩處出現「文學」這個概念：「唯齊楚兩
國，頗有文學」，「自獻帝播遷，文學篷轉」，二例均出自〈時序〉
篇，此時「文學」的內涵也是在廣泛的意義上包容了學術性和文藝性
的文體。而自先秦而言，「文學」的本意則是傾向於學術性而不是文
藝性，如《論語》〈先進〉中的「文學：子游、子夏」，這「文學」指
的便是關於文獻的學問。只是在魏晉之後，「文學」一詞才開始兼有文
藝的性質。就是說，劉勰的「文學」是不同於今天界定為「由語言表
現的藝術作品」或「以想像為中心」的作品的「文學」（Literature）。

　　除了上述二例外，在《文心雕龍》中，正如日本學者興膳宏所指
出的：「多次頻繁出現的倒是『文章』這個詞。『文章』一詞有與『文
學』共同的概念領域，同時又如〈序志篇〉所云『古來文章，以雕縟
成體』，一般地用於概括地總稱由文字來表現的所有形式的作品。第
六章明詩篇到第二十五章書記篇的《文心雕龍》前半的文體論，分為
有韻文和無韻文兩大部分，共論述了三十三種文體。而這全體的總稱
是『文章』」。[192]可見，在劉勰的時代，在劉勰，已開始有了將「文
章」區別於「文學」的自覺，「文章」的範圍，不僅指的是「關於文

---

192 〔日〕興膳宏：〈「文學」和「文章」〉，見饒凡子主編：《文心雕龍研究薈萃》（上
　　海市：上海書店，1992年），頁116。

獻的學問」，也不僅指「學術性和文藝性的文體」，而是包括應用文在內的一切文體。

在劉勰的「文體論」中，從第六篇到第二十五篇共二十篇中，共論了三十三種文體（不包括點到為止的）：詩、樂府、賦、頌、贊、祝、盟、銘、箴、誄、碑、哀、弔、雜文、諧、隱、史傳、諸子、論、說、詔、策、檄、移、封禪、章、表、奏、啟、議、對、書、箋記，其中較為符合今天的「文學」定義的，大致說來只有詩、樂府、賦、頌四種，其他的如贊、祝、盟、銘、箴、碑、哀、弔、雜文、諧、隱等文體，只是在不同程度上帶有文學性，像祝、盟、銘、箴、碑、雜文等文體，顯然其實用性均強於審美性，「史傳」以下各體的實用性或應用性就更是一目了然了。這三十三種文體基本上窮盡了當時所有文字表達形式，不論是用古代還是用今天的「文學」概念，均無法包容。一些論者十分執著地把自己的目的強加於劉勰，指責他「幾乎把當時日常應用的文字記錄都網羅進去了，這就把文學的範圍擴大到所有文字記載，的確是模糊了文學的範圍和界限」。[193]殊不知生在西元五至六世紀的劉勰，根本就沒有去強調所謂的「文學的範圍界限」，其實，在他看來，光把自己研究的範圍限於文學，倒是使自己的概括的廣度和深度受到損害，他的目的就是研究一切文章的普遍的寫作規律。

如果說劉勰有什麼「範圍和界限」的話，那絕不是「文學」與「非文學」的範圍和界限，而是「文」和「筆」的範圍和界限。他在〈序志〉篇中清楚地闡明他的文體歸類的方法：「若乃論文敘筆，則囿別區分。」此處的「文」和「筆」，指的是有韻的文章和無韻的文章，在《文心雕龍》中，「文體論」的二十篇，從〈明詩〉到〈哀

---

193 王運熙：〈劉勰論文學作品的範圍、藝術特徵和藝術標準〉，見《文心雕龍學刊》（濟南市：齊魯書社，1986年），第3輯，頁3。

悼〉這八篇是「文」,〈雜文〉、〈諧隱〉介於「文」、「筆」之間;從
〈史傳〉到〈書記〉這十篇是「筆」,作者先「論文」,而後「敘
筆」,秩序井然。有韻之「文」,文辭較為華麗規整;無韻之「筆」,
文辭則較為樸實自由,二者各有優長,在文體論中並無此重彼輕、厚
此薄彼的意思。劉勰實際上只是採用南朝時期一般人流行的分法罷
了,用一個當時人們較習慣的標準對文體作「甄別區分」,這對於
「原始以表末(追溯它的起源,闡明它的流變),釋名以章義(解釋
它得名的由來),選文以定篇(舉出代表作作為例子),敷理以舉統
(陳述它寫作的法則,提出它基本的特徵)」這個目的也就夠了,絕
非像有些論者所說的「劉勰心目中的文學範圍雖然很寬泛,但他認為
其中的重點則是詩歌、辭賦和富有文采的各體駢散文,特別詩賦尤為
重要」。[194](這一點,將在本文第三部分作具體的辯正)

　　準確地說,劉勰的研究目的不是文學,也不是文章,而是文章的
寫作。《文心雕龍》不是一部「文學創作論」,而是一部「文章寫作
學」。對此,劉勰在〈序志〉篇闡釋何以將該書命名為《文心雕龍》
時已經說得再清楚不過了:「夫『文心』者,言為文之用心也。」「為
文」即「寫作」,「用心」即「如何用心思」,劉勰的目的就是探討寫
作思維規律,揭示寫作行為的奧秘。研究寫作運思是劉勰的文章寫作
學的核心論題。

　　在《文心雕龍》的上篇、下篇(各包含二十五篇),不論是「文
之樞紐」,還是「綱領」或「毛目」,都是圍繞著寫作行為和寫作運思
進行論述的。上篇的〈原道〉、〈徵聖〉、〈宗經〉、〈正緯〉、〈辨騷〉,
劉勰稱之為「文之樞紐」,其首篇〈原道〉可謂「樞紐之樞紐」。劉勰
在〈原道〉中開篇便論及「心」的作用「……惟人參之,性靈所鍾,

---

194 王運熙:〈劉勰論文學作品的範圍、藝術特徵和藝術標準〉,見《文心雕龍學刊》
　　　(濟南市:齊魯書社,1986年),第3輯,頁3。

是謂三才。為五行之秀，實天地之心。心生而言立，言立而文明，自然之道也。……夫以無識之物，郁然有彩，有心之器，其無文歟？」他認為人與天地合稱為「三才」，人是萬物的靈秀，是天地的心靈，有了人類便創立了語言，創立了語言便有了文章的昌明。連無知的物類尚且有豐富的文彩，具有心智的人類，怎能沒有文章呢？「有心之器」的「心」，指的就是人的情感和思維。可見他首先關注並闡明的是「心」與「人」、「天地」的關係，「心」與「言」、「文」的關係，對「心」的重要性加以強調，將人的情感、思維活動置於研究文章寫作的中心地位，置於籠罩全書的地位。作為下篇首篇的〈神思〉，係下篇提綱挈領之作。所謂「神思」，用今天的話說就是「寫作運思」。不少論者把「神思」解釋為「想像」活動，這顯然太偏狹了。這實際上是一篇全方位地討論寫作運思的文章，對寫作運思的描述稱得上博大精深。在〈神思〉中，劉勰開篇即揭示寫作思維的超越時空的特性：「文之思也（寫作構思的時候），其神遠矣（精神可以飛躍遙遠的時空）！故寂然凝慮（靜靜地思索），思接千載；悄焉動容（臉上表情在悄悄變動），視通萬里（視覺可以遙通萬里）；吟詠之間，吐納珠玉之聲（嘴中不覺吞吐著珍珠美玉一般的聲音）；眉睫之前，卷舒風雲之色（想像當中，眼前不覺浮現著風雲變幻一樣的景色）：其思理之致乎（這大概就是思想情感活動時的情態吧）！」這體現的是寫作思維的回憶、聯想和想像活動的情形，進而探尋其內在的奧妙：「故思理為妙（思想感情活動微妙得很），神與物遊（精神和事物相接觸）。神居胸臆（精神居住在胸中，能聚能散），而志氣統其關鍵（關鍵在於意志力量的統轄）；物沿耳目（事物經過人的視聽的接收，反映到寫作中），而辭令管其樞機（樞機在於語言的掌握）。樞機方通，則物無隱貌；關鍵將塞（意志力不集中），則神有遁心（精神便會有逃散的念頭）。」指出寫作思維活動中作者的「志氣」和「辭令」將起決定性的作用，這表明的是寫作思維與情志、語言的關係，而寫作

思維更深層次的制約因素則在於主體的修養：「是以陶鈞文思（所以在進行構思時），貴在虛靜（可貴的是內心的清虛寂靜），疏瀹五藏（疏通五臟），澡雪精神（滌蕩胸懷）。積學以儲寶（積累學識，儲存材料的珍寶），酌理以富才（分析事理，豐富思考的能力），研閱以窮照（研究生活閱歷，洞察事物的本質），馴致以釋辭（掌握事物的情態，培養語言技巧）。然後使玄解之宰（有了這樣的修養，寫作的時候，才好叫做心靈的主宰），尋聲律以定墨（尋找聲音的規律，定其繩墨，從事語言的錘煉）；獨照之匠（眼光獨到的匠心），窺意象而運斤（窺探心中的想像，運用斧斤，從事形象的雕琢）。此蓋馭文之首術，謀篇之大端（先決條件）。」這裡所論及的主體修養是多方面的，從寫作的心態、心理、生理、精神的調理，到學、才、識、言的基本能力的鍛煉和提高，再到進入具體寫作情境的創造性思維。他認為提高修養是寫作運思的首要方法和基本要求。

　　在作了三個層次的總說後，他接著對其中的一些主要問題分別進行討論。涉及到物與我、意與思、言與意的矛盾；寫作的遲與速、思與學、博與一、巧與拙、庸與新的矛盾。〈神思〉中所談到寫作運思的方法、要求和諸多的矛盾，與下篇各篇有密切的關聯，只要熟讀下篇，就不難看出〈神思〉的基本論點編織就的籠罩性的邏輯網路，它上承「文之樞紐」，對心、文關係的論斷，下啟各「毛目」的思路走向，如果說〈原道〉是「文之樞紐」的「樞紐」，〈神思〉當可稱為文之運思的綱領。

　　由此可見，劉勰將《文心雕龍》的「文心」，解釋為「言為文之用心也」，這當成為該書定性的鑰匙。《文心雕龍》研究的是「為文」，即「寫作」，它是一部寫作學論著；該書的核心論題是「用心」，即「寫作運思」，它是一部以研究寫作運思規律為主的體大思精的寫作學論著。

「體大而慮周」的寫作學理論體系

　　清代學者章學誠稱道說「文心體大而慮周」，「文心籠罩群言」。[195]
魯迅在〈題記一篇〉中將《文心雕龍》與《詩學》相提並論：「東則
有劉彥和之《文心》，西則有亞里斯多德之《詩學》，解析神質，包舉
洪纖，開源發流，為世楷式。」這些評價都是恰如其分的，但問題是
《文心雕龍》體大慮周、為世楷式的究竟是什麼樣的理論體系，學者
們則始終聚訟紛紜，是非莫辨。

　　多數人傾向於將全書中〈序志〉除外的四十九篇分為四個部分或
三個部分。分為四個部分的，一般是把上篇分為緒論（或稱總論、總
綱等）和文體論兩個部分，把下篇分為創作論（或稱文律論）和批評
論（或稱附論──文學發展論、鑒賞批評論和作家論）兩個部分。取
三分法的，一般是將下篇的兩個部分合二為一，統稱為創作論。但上
述各家有一個明顯的通病，這就是受當今文學理論框架所囿，把「寫
作學」之「足」，加以砍削包裝，以「適」「文學」之「履」，總給人
一種不倫不類、牽強附會之感。

　　迄今在對《文心雕龍》體系的認識上獨具慧眼的當推王運熙先
生。他在〈《文心雕龍》的宗旨、結構和基本思想〉一文中，認為
《文心雕龍》的宗旨是指導文章寫作的書，第一部分是總論，第二部
分是分體講文章的作法，第三部分是打通各體談文章作法，〈時序〉
以下四篇講作法的不多，故「在全書是附論性質」；他把《文心雕
龍》看作是一部「作文法」著作，這一假說頗具建設性：其一是他看
到《文心雕龍》講的是「文章」而不是「文學」，這是合乎該書實際
情況的。其二是他看到《文心雕龍》體系中的一個至關重要的組成部

195　章學誠：〈詩話〉，見《章學誠遺書》（北京市：文物出版社，1985年），頁43。

分是講「文章作法」，並將第二、第三兩個部分在「講文章作法」這個共同的目的下統一起來，在前的是「分體講」，在後的是「打通各體談」，較之於其他論者孤立地切割為「文體論」和「創作論」，更具整體性和系統性。其三是看到《文心雕龍》宗旨的一個重要方面是「指導文章寫作」，該書的實踐意義，即指導人們學習、從事寫作，這是被許多論者所忽略的。但是，正如王運熙自己所看到的，〈時序〉以下四篇講作法的不多，屬「附論性質」，就是說以「作法」定性，未能包舉《文心雕龍》全體，實際上，把該書看作是指導文章寫作的書，即作文法著作，儘管有一定的合理性，然而卻忽略了該書「體大而慮周」的理論體系的豐富性、全面性和深邃性。如果僅僅是指導文章寫作，不但無須詳論〈時序〉等篇，〈原道〉、〈徵聖〉、〈宗經〉等也有點多餘，在分體講文章的作法時，更沒有必要費心勞神來一番「原始以表末，釋名以章義」。不可否認，《文心雕龍》有其實用價值，但其理論意義要遠勝於此。劉勰論文，意在作「振葉以尋根，觀瀾而索源」，「彌綸群言」，「深極骨髓」的理論探索，他建構的是「學」而不是「法」的體系。

當然，要研究《文心雕龍》的理論體系，既不能從現有的文學理論體系出發作「削足適履」式的、生硬的規範，也不能生搬硬套今天的寫作學理論框架，必須遵循劉勰「位理定名」的本意，著眼於原始資料作實事求是的分析，還其本來的面目。這樣，就不能不以劉勰在〈序志〉中對《文心雕龍》編撰意圖的自述作為首要的考察依據：

　　蓋《文心》之作也，本乎道（原則上從自然之道出發），師乎聖（寫作上以聖人為師），體乎經（體制上以經典為宗），酌乎緯（辭藻上斟酌緯書），變乎《騷》（變化上參考《楚辭》），文之樞紐，亦云極矣（文章的關鍵性問題，算是弄透徹了）。若乃論文敘筆（至如討論有韻的詩文，敘述無韻的篇章），則圍

別區分（就把體裁劃分清楚），原始以表末（追溯起源，闡明
流變），釋名以章義（解釋名稱的來由），選文以定篇（舉出代
表作為例），敷理以舉統（陳述寫作的法則，提出它基本的特
徵）：上篇以上，綱領明矣。至於割情析采（剖析作品的思想
內容和藝術形式），籠圈條貫（歸納出理論的體系），摛神性
（說明精神活動），圖風勢（解釋文章的風力、骨幹和文勢的
形成），苞會通（概述命意謀篇、傳統的繼承和創新），閱聲字
（審核聲律、文字的選擇和運用）；崇替於時序（泛論文章的
興衰和時代發展的關係），褒貶於才略（總評歷代作家才華的
高下），怊悵於知音（慨歎於文章鑒賞的人才的缺乏），耿介於
程器（作者的道德操守和政治修養的重要性也難忘懷），長懷
序志（寫這本書的志向長記在心），以馭群篇（要用它作為各
篇的總結）。下篇以下毛目顯矣（下篇有關寫作的具體問題就
談清楚了）。位理定名（安排內容，確定篇目），彰乎大易之數
（恰好符合了五十之數），其為文用（有關文章本身的討論），
四十九篇而已（只有四十九篇罷了）。

對此段文字加以梳理可得：（剔除非為文用的〈序志〉）

> 樞紐：本乎道，師乎聖，體乎經，酌乎緯，變乎《騷》。
> 綱領：論文敘筆——原始以表末，釋名以章義，選文以定篇，敷
> 　　　理以舉統。

> 毛目：割情析采 $\begin{cases} 摛神性，圖風勢，苞會通，閱聲字。 \\ 崇替於時序，褒貶於才略，怊悵於知音，耿 \\ 介於程器。 \end{cases}$

從這裡可以清楚地看出，全書的理論框架是由樞紐、綱領和毛目
三個由抽象到具體的部分構成的。

「樞紐」，即關鍵，是全書的指導思想。從劉勰的提示可以看出

「樞紐」這五篇文章的重要性程度是按由主到次的順序排列的。〈原道〉是「樞紐」的首要，為文須「本乎道」：「玄聖創典（伏羲畫卦），素王述訓（孔子述義），莫不原道心以敷章（沒有不是根據自然之道的基本精神來寫成文章的），研神理而設教（沒有不是鑽研微妙之理來進行教育的）；取象乎《河》《洛》（從《河圖》、《洛書》中學得法式），問數乎蓍龜（用蓍〔ㄕ，shī〕草和龜甲來占問吉凶）；觀天文以極變（憑觀察天文來窮究萬物的變化），察人文以成化（靠學習前人的著作來完成學習的任務）；然後能經緯區宇（然後才能治理天下），彌綸彝憲（制訂常法），發輝事業（發展各項事業），彪炳辭義（宣揚古書中的文辭和義理）。故知道沿聖以垂文（由此可知，道依靠聖人而留存在文章裡面），聖因文而明道（聖人依靠文章來闡明自然之道）；旁通而無滯（它處處通行無阻），日用而不匱（天天用之不竭）……」在這裡，劉勰把「道」、「聖」、「文」三者的關係闡述得十分清楚，「道」為寫作活動的「本原」，「明道」是寫作活動的目的，「道」借助「聖」之「文」而「明」，而「道」既「明」，「聖」即可「旁通而無滯，日用而不匱」，揭示了「道」、「聖」、「文」三者相互依存的關係，同時也為寫作學理論體系的建立厘定了基本範疇：「道」──寫作的本原、客體，「聖」──寫作主體，「文」──寫作的載體。從某種意義上說，《文心雕龍》的理論體系的建構，便是以這個基本範疇為邏輯起點，以研究這三者矛盾性貫穿全書。「本乎道」、「師乎聖」、「體乎經」，三者是一個整體，要「原道」就得「徵聖」，要「徵聖」就得「宗經」，這三者也是寫作和寫作學習的最基本的原則。而「酌乎緯」、「變乎《騷》」是從「體乎經」中派生出來的，要「宗經」，就得「正緯」和「辨騷」，因緯書是配合經書的，劉勰認為其中「真雖存矣，偽亦憑焉」，所以要加以區別，使人們對其有正確的認識。而《騷》與《詩》有承繼關係，人們對其褒貶不一，所以要「宗經」，也有必要「辨騷」。〈宗經〉、〈正緯〉、〈辨騷〉論述

的都是寫作學習的原則。〈宗經〉從正面立論:「故文能宗經,體有六義(作品在基本方面有六個特點):一則情深而不詭(感情深厚而不詭詐),二則風清而不雜(作用純良而不駁雜),三則事信而不誕(事例真實而不虛妄),四則義直而不回(義理正確而不歪曲),五則體約而不蕪(文風簡練而不拖沓),六則文麗而不淫(辭藻華美而不過分)。」〈正緯〉從反面論證,批評緯書:「虛偽」、「深瑕」(唐寫本作「浮假」)、「僻謬」、「詭誕」,這些都是不符經書寫作要求的,同時也實事求是地指出緯書在形式上不無可取,從學習的角度可「芟(ㄕㄢ,shān)蒹譎(ㄐㄩㄝˊ,juè)詭(剔除其中的欺詐荒誕之說),糅其雕蔚(採用其豐富的文采)」。〈辨騷〉則對楚辭在繼承《詩》並有所創新方面給予基本的肯定,認為其「雖取熔經意,亦自鑄偉辭。……故能氣往轢(〔ㄌㄧˋ,lì〕,車輪碾軋)古(文章的氣勢,跨越了古代),辭來切今(辭采橫絕於後世),驚采絕豔(它的光彩使人目眩神駭,顏色鮮豔獨特),難與並能矣(別人很難比得上)」,指出學習楚辭應「酌奇而不失其真,玩華而不墜其實」,這「真」和「實」,也是呼應宗經「六義」的,「真」即「不詭」,「實」即「不誕」。由此見,〈宗經〉、〈正緯〉、〈辨騷〉三者以〈宗經〉為主,〈正緯〉、〈辨騷〉為輔。

這樣,我們可以窺見劉勰的「樞紐」部分,其意圖是對寫作和寫作學習行為從本質方面加以規範,〈原道〉——寫作的本原、寫作的客體規定;〈徵聖〉——寫作學習的楷模、寫作的主體建構;〈宗經〉〈正緯〉、〈辨騷〉——寫作學習的範式、寫作的載體要求。其中的基本觀點,如〈原道〉的「道沿聖以垂文,聖因文而明道」;〈徵聖〉的「修身貴文(個人修養重視文章)」,「志足而言文,情信而辭巧」;〈宗經〉的「稟經以制式(秉承經典來制定體式),酌雅以富言(酌取古語來豐富語彙)」,「文能宗經,體有六義」,「楚豔漢侈(楚辭豔麗漢賦鋪張),流弊不還(所發生的流弊,積重難返);正末歸本,不

其懿歟（不是很好嗎）？」等，都是貫徹全書的指導思想。因此，「樞紐」可稱為「寫作原理論」。

「綱領」，即原則，指的是對寫作和寫作學習的一些重要問題的認識。這些認識是基於對「文」、「筆」的討論，即對各種寫作體式的「囿別區分」。上篇從〈明詩〉到〈書記〉的二十篇，即按先「論文」後「敘筆」的順序作「囿別區分」的；具體地說是四個問題：原始以表末，釋名以章義，選文以定篇，敷理以舉統，即從四個不同的角度「論文敘筆」。「論文敘筆」是研究的對象，不是「綱領」所在。「文」和「筆」包括了一切的寫作體式，以至一切的寫作現象，劉勰窮盡一切的寫作體式，盡可能做到巨細不遺，目的就在於欲將自己的研究置於一個充分普遍性的前提之下，對寫作現象作全面的考察和分析。而他所謂的「綱領」，是指研究的著眼點，寫作體式的發展演變，名稱的涵義，代表作、作者和寫作要求等，即「原始以表末」等句所明示的。有人說「論文敘筆」實際上是一部「分體文學史」，這有一定的道理，只是應稱為「分體寫作（史）論」可能更為準確。這個「綱領」，其意義主要在方法論上，在寫作研究中開拓了「史」的縱向思路，將歷時性與共時性現象、歷史與邏輯的分析，自覺地統一起來。這是劉勰在總結了前人論文中存在的「未能振葉以尋根，觀瀾而索源」的缺失後，在研究方法上的一個重大革新。

由於對寫作現象作歷史的考察，對寫作規律的認識也就更加全面和深刻，才能真正做到「敷理以舉統」。例如論「詩」，曹丕《典論》〈論文〉中說「詩賦欲麗」，陸機在〈文賦〉中稱「詩緣情而綺靡」，摯虞在《文章流別志論》中認為詩「以情志為本」、「以成聲為節」，認識都較片面簡陋，劉勰則通過對詩作「原始以表末」的分析，認識到詩原初的意義是「言志」、「持人情性」（牽持著人的情性）、「義歸『無邪』」，作用是「順美匡惡」，「酬酢以為賓榮（通過互相的酬答，表示對客人的尊崇），吐納而成身文（通過詩句的吟誦表現自己的辭

采）」；漢初的四言詩，「匡諫之義，繼軌周人」，而後的《古詩十九首》，「直而不野（質樸而不粗野），婉轉附物（婉轉自如地真實地描寫了景物），怊悵切情（纏綿淒惻地深切地傳達了作者的感情）」；建安之初，「慷慨以任氣（慷慨激昂，盡情地表現了他們的氣魄），磊落以使才（光明磊落，充分地施展了他們的才華）」；正始年間，道學盛行，「詩雜仙心」；晉世群才，稍入輕綺，「采縟於正始（辭藻比正始時期豐富），力柔於建安（但是力量比建安時期柔弱）；或柝言以為妙（有的把文字雕琢得精妙），或流靡以自妍（有的詞句俗濫自以為妍麗）」；「江左（晉室南渡以後）篇制，溺於玄風（淹沒在玄學的風氣裡）」；「宋初文詠……儷采百字之偶，爭價一句之奇；情必極貌以寫物，辭必窮力而追新」，最後概括為「若夫四言正體，則雅潤（典雅溫潤）為本；五言流調（流行的格調），則清麗居宗；華實異用，唯才所安（決定於作者的才性）。故平子（張衡）得其雅，叔夜（嵇康）含其潤，茂先（張華）凝其清，景陽（張協）振其麗；兼善則子建（曹植）、仲宣（王粲），偏美則太沖（左思）、公幹（劉楨）。然詩有恆裁，思無定位，隨性適分（按照自己的本性來創作），鮮能通圓。」由此反觀曹丕、陸機給詩所界定的「麗」、「綺靡」，其實只揭示了詩的特徵的一種；摯虞雖略勝一籌，注意到內容和形式兩個方面，但仍抽象，他們都沒能做到像劉勰那樣對寫作現象和文體特點作周至的「敷理」（陳述內在的機理）和嚴謹的「舉統」（概括普遍的規律），可見，在劉勰的「綱領」中，「原始以表末」是最重要的也是最基本的方法，「釋名以章義，選文以定篇，敷理以舉統」，都是依附「原始以表末」這個前提與背景，使認識水準發生了質的飛躍，為第三部分「毛目」的研究打下堅實的基礎。

　　「毛目」，即細則，指的是具體性的問題。劉勰將對寫作具體問題的研究概括地稱為「割情析采」，「情」指的是文章的內容，「采」指的是文章的形式，即剖析文章的內容與形式。這是在「論文敘筆」

的分體研究的基礎上進行的綜合研究，從對各體文寫作的特性的認
識，上升到對寫作行為的普遍性的認識。「毛目」部分的「割情析
采」，劉勰將其分為兩類，第一類是「摛神性，圖風勢，苞會通，閱
聲字」，指的是下篇的從〈神思〉到〈總術〉的十九篇；第二類是
「崇替於時序，褒貶於才略；怊悵於知音，耿介於程器」，指的是
〈時序〉、〈物色〉、〈才略〉、〈知音〉、〈程器〉等五篇。「割情析采」
部分的歸類也曾令論者大傷腦筋，意見不下十來種，多數論者認為
「割情析采」只包括〈神思〉以下的十九篇，稱之為「創作論」，〈時
勢〉以下的五篇內容較雜，屬「附論」性質，這其實也是從文學理論
定勢出發所作的主觀性的臆測，完全背離了劉勰的意圖。劉勰在〈序
志〉中已經明確地將下篇各篇一律統轄於「割情析采」之下，除了
〈序志〉是「以馭群篇」外，沒有理由把〈時勢〉以下五篇劃為「附
論」。所謂「割情析采」，實際上可以總括一切的寫作運思活動和寫作
行為，仔細審視下篇的二十四篇，沒有哪一篇與「割情析采」無關。
劉勰只是用兩種句式表明將二十四篇分為兩類，那麼問題應當是在於
他究竟用什麼標準來進行劃分的，這還是應從原著中去尋找答案，而
不是可以隨便用創作論、作家論、文學發展論、批評論、鑒賞論等去
套的。

　　學者們公認下篇首篇的〈神思〉對以下各篇的內容有統攝性。劉
勰在〈神思〉中談到如何解決寫作運思中的問題時說：「是以意授於
思，言授於意，密則無際，疏則千里。或理在方寸，而求之域表；或
義在咫尺，而思隔山河。是以秉心養術（保持內心的清虛靜穆，掌握
創作方法的要求），無務苦慮（避免苦思不得）；含章司契（才能夠滿
腹珠璣，匠心獨運），不必勞情（而不必徒勞情思）。」我們認為這
「秉心養術」，即為「割情析采」的目的，也是下編的區分標準。「秉
心」，即操持陶冶寫作心智；「養術」，即培養習得寫作技能。整個下
篇，就是著眼於「割情析采」來「秉心養術」，以全面提高主體的寫

作素養。在〈神思〉中，劉勰多次運用「心」、「術」這兩個概念，對二者的作用給予強調：「……此蓋馭文之首術，謀篇之大端」，「若夫駿發之士，心總要術，敏在慮前，應機立斷；……博而能一，亦有助於心力矣」，「神用象通，情變所孕；物以貌求，心以理應」。「心」、「術」，實際上可以視為劉勰的「普通寫作論」的一對基本概念，由此形成兩個研究範疇：秉心、養術。下篇〈神思〉以下的十九篇當屬「養術」論，〈時勢〉以下的五篇可歸「秉心」論。劉勰把修養心、術作為他的寫作論的核心要求，這一點也能從下篇的重要篇章〈情采〉中得到佐證，〈情采〉「贊曰：言以文遠，誠哉斯驗，心術既形，英華乃贍（文采華贍。贍：豐富、充足）。」「心術既形」，就是指具備寫作的心智和技能，他把這視為寫出華采篇章的必要條件。

　　〈神思〉等篇歸入「養術」論，大約不會有太多的爭論，因為十九篇講的都是寫作技法，或與寫作技法相關的內容。如〈指瑕〉講的是寫作中存在的技法上的弊病，〈總術〉，講的是作者應全面掌握寫作技法。而用「秉心」論以概〈時勢〉以下諸篇，也許一些心有成見的論者就不是那麼容易接受了。所謂「秉心」，指的是寫作主體的心智修養和建構，異中求同，〈時勢〉以下五篇均可納入這一目的：〈時勢〉和〈物色〉，講的都是外界對寫作心智的影響，只不過一篇論的是大環境——時代——對寫作心智的制約；一篇談的是小環境——景物——與主體心智的互動。〈才略〉、〈知音〉和〈程器〉講的都是主體應具備的心智素養；〈才略〉指的是寫作主體的特殊才能個性，〈知音〉談的是寫作主體應有解讀他人文章的正確的態度、方法和能力，〈程器〉要求寫作主體應具有良好的政治道德操守。以劉勰之嚴謹，下篇的二十四篇必然是「博而能一」的，這個「一」，就是「割情析采」，對文章情采的剖析，即揭示寫作行為和寫作運思的方法和規律，絕不可能有一個篇目秩序不當的「創作論」，再外加一個雜而不一的「附論」。「養術」論和「秉心」論既符合「割情析采」規定，

〈神思〉、〈情采〉等篇對此也有清晰的闡述，實際上，以「養術」論和「秉心」論來統馭區分下篇，較前此的任何一種區分法更為恰當，更有說服力，而且，與作者的意圖和該書篇章佈局的邏輯性、整體性也更加吻合。

綜上所述，劉勰的寫作學理論體系大致如下：

樞紐──寫作原理論（一至五篇）

綱領（論文敘筆）──分體寫作（史）論（六至二十五篇）

毛目（割情析采）──普通寫作論 ⎰寫作技法論（養術論）（二十六至四十四篇）
　　　　　　　　　　　　　　　　⎱寫作心智論（秉心論）（四十五至四十九篇）

這個寫作學理論體系除了對寫作受體（讀者意識）的研究欠缺外，對寫作主體、客體和載體的研究均已相當完備。三大部分的內容能相互說明，由抽象到具體，由特殊到一般，構成一個嚴密自洽的寫作學說理系統，這在西元五世紀確是難能可貴。

文、筆兼顧的寫作普遍性規律

認為《文心雕龍》是文學理論著作的論者，也許或多或少都受到魯迅的影響。魯迅曾說過「用近代的文學眼光看來，曹丕的一個時代可說是『文學的自覺時代』，如近代所說是為藝術而藝術（Art for Arts Sake）的一派」[196]，且把《文心雕龍》與亞里斯多德的《詩學》相提並論。──既然魏晉時期就已是「文學的自覺時代」，那麼生活在南朝齊梁之時的遠比曹丕、陸機等偉大深厚得多的劉勰，自然要比

---

196 魯迅：〈魏晉風度及文章與藥及酒之關係〉，《而已集》，見《魯迅全集》（北京市：人民文學出版社，1981年），第3卷，頁504。

他們更具「文學的自覺」。帶著這一先入之見，面對劉勰「本乎道，師乎聖，體乎經……」的「文之樞紐」與巨細不遺的「論文敘筆」，有的人便感到失望、困惑，以至不滿，以文學理論為本位去探討劉勰理論體系的侷限性和矛盾性的便大有人在，如有論者這樣評說：「《文心雕龍》的理論體系，歷來獲得了許多人的讚譽。而對於它裡面明顯的矛盾現象，人們也只一味地歸結於劉勰世界觀的複雜性、體系與方法的矛盾。筆者認為，這些是很不夠。實際上，文學觀念的游移與不明確，理論總結對象的過分廣泛以及由之而形成的對象不確定，都是造成《文心雕龍》理論體系的雜糅與矛盾的因素。」[197]不可否認，《文心雕龍》有其內在的不盡完善之處，但上述見解卻不無堂·吉訶德戰風車之嫌。《文心雕龍》的理論目的根本就不是「文學」，就他所論的「寫作學」來說，他的「觀念」無疑是堅定而且明確的；他的「理論總結的對象」也同樣不存在「過分廣泛」和「不確定」的問題，他所要求的恰恰是盡可能的廣泛，而且「不確定」於某一範圍，如文學的範圍。一些論者的誤區就在於完全無視劉勰的理論目的，而將自己的文學研究定勢強加於劉勰。

　　劉勰與蕭統不同，蕭統在《文選》〈序〉中體現的「文學」的傾向性是明顯的，他不選經、子、史（除了一些贊論、序述），認為姬公之籍，孔父之書，不能「重以芟夷，加以剪截」；而老、莊之作，管、孟之流，「蓋以立意為宗，不以能文為本」；至於賢人之美辭，謀夫之話，辯士之端，「概見墳籍，旁出子史」，「雖傳之簡牘，而事異篇章」，因此這些都不選，之所以要選史書中的贊論、序述，是由於這些部分具有較強的審美價值：「贊論之綜輯辭采，序述之錯比文華，事出於沉思，義歸乎翰藻」，可見其選文標準對「文采」的傾斜。劉勰的標準不是對文體進行取捨的標準，不是藉以確定討論的對

---

197 劉紹瑾：〈「依經立論」與「文的自覺」〉，見饒凡子主編：《文心雕龍研究薈萃》（上海市：上海書店，1992年），頁390。

象和範圍，而是對寫作的功用作價值定位，以確立自己的理論目的，他在《文心雕龍》〈序志〉中說：「唯文章之用，實經典枝條（對於經書來說，就像枝條對於根莖）；五禮資之以成（各種禮儀要靠它來完成），六典因之致用（一切政務也要靠它來實施）；君臣所以炳煥（君臣關係靠它表明），軍國所以昭明（國政的界限也靠它劃清）。詳其本原，莫非經典。而去聖久遠，文體解散（文章的風格變得萎靡不振），辭人愛奇，言貴浮詭（浮淺怪異），飾羽尚畫（在用來裝飾的羽毛的自然的色彩上再塗上彩色），文繡鞶（ㄆㄢˊ，pán）帨（ㄕㄨㄟˋ，shuì）（在衣帶和佩巾上再繡上花紋），離本彌甚，將遂訛濫（錯亂浮泛）。蓋《周書》論辭，貴乎體要（貴在表達要義）；尼父陳訓（孔子談到思想），惡乎異端（表示他厭惡那些異端邪說）。辭訓之異（語言和思想都有正道和邪端之分），宜體於要（語言應該是對要義的表達）。」他的理論目的在於闡明文章的功用是從經典生發出來的，經典是文章的之根本，所以應宗經而不能「離本」。這一點，他在〈宗經〉中有更為具體明確的表述：「故論、說、辭、序，則《易》統其首；詔、策、章、奏，則《書》發其源；賦、頌、歌、贊，則《詩》立其本；銘、誄、箴、祝，則《禮》總其端；紀、傳、銘（唐寫本作「盟」）、檄，則《春秋》為其根。並窮高以樹表（這些經典，在寫作上都達到了最高的水準，樹立了光輝的榜樣），極遠以啟疆（發生了極大的影響）；所以百家騰躍，終入環內者也。若稟經以制式（秉承經典制定體式），酌雅以富言（酌取古語來豐富詞彙），是仰山而鑄銅（靠近礦山來煉銅），煮海而為鹽也（煎熬海水來製鹽）。」「宗經」既是劉勰的理論目的，又是他所欲揭示的最基本的普遍性規律。即所謂「百家騰躍，終入環內」。由此可以看出，劉勰與蕭統的寫作價值取向是不一致的，不能混為一談。

　　「宗經」的理論目的，決定他不可能研究的只是「文學」。因為「經典」的特徵便是崇實尚用，即便是《詩》經，在劉勰看來也只是

「義歸『無邪』」，用以「觀志」和「酬酢」的實用目的。從經典的「尚用」性出發，真正可能的也許倒是削弱以至排斥「文學性」，劉勰在〈辨騷〉、〈誇飾〉等中，對某些在今天看來極具文學性的想像和誇張，就是取否定或批評的看法，認為「異乎經典者也」。諸如「劉勰心目中的文學範圍雖然很寬泛，但他認為其中的重點則是詩歌、辭賦和富有文采的各體駢散文，特別詩賦尤為重要」的觀點，只是當今文學理論家的「良好」願望罷了。

從前面引的〈序志〉中的論述可以清楚地看出，劉勰「宗經」的理論目的不是無的放矢，而是針對「文體解散，辭人愛奇，言貴浮詭，飾羽尚畫，文繡鞶帨，離本彌甚，將遂訛濫」的寫作傾向提出的，意欲對「離本」之文作撥亂反正，矛頭所向恰恰就是詩歌、辭賦，是片面追求形式美導致的「繁采寡情」、「文明用寡」的風氣。在《文心雕龍》中劉勰多次反覆地闡明這一見解，如：

> 楚豔漢侈，流弊不還；正末歸本，不其懿歟！（〈宗經〉）
> 晉世群才，稍入輕綺。張、潘、左、陸，比肩詩衢。采縟於正始，力柔於建安；或析文以為妙；或流靡以自妍。此其大略也。（〈明詩〉）
> 宋初文詠，體有因革，莊、老告退，而山水方滋。儷采百字之偶，爭價一句之奇；情必極貌以寫物，辭必窮力而追新。此近世之所競也。（〈明詩〉）
> 然逐末之儔，蔑棄其本（輕視、忽略了賦在思想內容方面的要求），雖讀千賦，愈惑體要（對文體的要求愈加迷惑）。遂使繁華損枝，膏腴害骨；無貴風軌（社會風俗和做人的軌範），莫益勸戒（對於勸善懲惡，也沒有什麼補益）。此揚子所以追悔於「雕蟲」，貽誚於「霧縠」者也（對於做這沒用的像輕紗一樣的作品予以責備的原因）。（〈詮賦〉）

是以模經為式者，必入典雅之懿；效《騷》命篇者，必歸豔逸之華。（〈定勢〉）

而後之作者，采濫忽真，遠棄《風》《雅》，近師辭賦。故體情之制日疏，逐文之篇愈盛。（〈情采〉）

吳錦好渝（太華麗的錦繡容易變色），舜英徒豔（朝開暮落的木槿花，嬌豔也是徒然）。

繁采寡情，味之必厭（細加玩味一定會討厭）。（〈情采〉）

相如好書（好讀書），師範屈、宋，洞入誇豔（走上了誇飾豔麗的道路），致名辭宗（得到辭宗的名聲）。然覆取精意（然而美麗的詞藻掩蓋了精彩的內容），理不勝辭（思想內容跟不上語言形式），故揚子以為「文麗用寡者長卿」，誠哉是言也！（〈才略〉）

　　若要說何謂「重點」，也許詩歌辭賦重文輕質的侈靡文風當是劉勰批評的重點，卻很難稱得上全書研究的重點。劉勰的研究對象包括一切文體，其中非「文學性」的文體遠多於「文學性」文體，這一點上文已有所論及。不論是「文」還是「筆」，對於他的師聖宗經，正末歸本的理論目的來說都是一樣的。在這個理論目的下，他將著眼點放在對寫作的普遍性規律的概括上，做到文、筆兼顧，面面俱到。文、筆兼顧的一個典型例證便是劉勰在一般情況下，對寫作現象、寫作規律的論述，總是將「志」與「情」、「理」，或「情」與「理」並舉，盡量照顧到文、筆這兩大類文體的特性和各種文體的共性，如：

志足而言文，情信而辭巧，乃含章之玉牒，秉文之金科矣（是寫文章的金科玉律）。（〈徵聖〉）

在心為志，發言為詩。……詩者，持也，持人情性。三百之蔽，義歸「無邪」，持之為訓，有符焉爾。（〈明詩〉）

夫以草木之微（微末的食物），依情待實；況乎文章，述志為
本？（〈情采〉）

驚才風逸（驚人的才氣像長風一樣的奔放），壯志煙高（壯志
凌雲）。山川無極（山川悠遠沒有窮盡），情理實勞（思想感情
也同樣的壯闊）。（〈辨「騷」〉）

率志委和（隨意適志，讓心情平靜下來），則理融而情暢（說
理圓通，抒情酣暢）。（〈養氣〉）

情理設位（思想感情安排好了），文采行乎其中（就要在其中
運用辭藻文采）。（〈熔裁〉）

神用象通（精神和客觀事物相接觸才起作用），情變所孕（思
想感情由於客觀條件所孕育才生變化）。物以貌求（從外貌來
寫事物），心以理應（表現內心可以從思想感情的活動進行反
映）。（〈神思〉）

故情者，文之經；辭者，理之緯。經正而後緯成，理定而後辭
暢。此立文之本源也。（〈情采〉）

夫情動而言形，理發而文見……（〈體性〉）

其控引情理（控制思想內容），送迎際會（有呼有應，都要有
所安排）……（〈章句〉）

附理者切類以指事（比附就是按照不同事物間相類似的關係來
突出其中某一特點），起情者依微以擬議（興起就是根據事物
間曲折微妙的關係來寄託所要表達的關係）。

起情故興體以立（要興起其情，所以起興之體得以確立），附
理故比例以生（要比附其性，所以比附之例得以產生）。（〈比
興〉）

時運交移，質文代變（質樸與文采起了相應的變化），古今情
理（這樣的現象和規律），如可言乎（應該可以談談吧）？
（〈時序〉）

　　「述志」是一切文章寫作的共性，「情」偏重於「文」的特性，「理」偏重於「筆」的特性，「率志委和，則理融而情暢」。劉勰用一個「志」（蘊藏於內心的感觸），將「理」（道理）和「情」（情感）包舉並統一起來，抽象出「文」與「筆」，即一切文體的普遍性規律：「述志為本。」我們今天說的文章應「有感而發」，也就是這個意思。

　　「宗經」，是從寫作指導思想、基本觀念的層面上所作的普遍性的概括，道、聖、文（經）三位一體：「道沿聖以垂文，聖因文而明道」，道與聖均體現於文，所以「宗經」在某種意義上也就包含「原道」和「徵聖」，在作為一個普遍性的要求上，對指導寫作有著直接的、感性的規範作用。而「述志」，則是對具體寫作實踐、目的、行為的概括，它既標示著寫作的發生，又制約著寫作行為的趨向和過程；既是對寫作行為的價值認定，又是處理寫作主體、客體、載體關係的前提。可見，文章以「述志為本」，也跟「宗經」一樣，是具有高度概括力的原則性要求。「宗經」自有其歷史侷限性，但「述志」的要求則值得肯定。

　　在《文心雕龍》中，凡是涉及到寫作基本規律的，劉勰大致上都能照顧到「文」和「筆」、「情」和「理」，盡可能全面地對寫作現象作出說明，使理論有更為豐富的內涵和張力。例如劉勰概括的宗經「六義」：一則情深而不詭，二則風清而不雜，三則事信而不誕，四則義直而不回，五則體約而不蕪，六則文麗而不淫。這六條寫作要求，第一、二、三、四條講的是內容，第五、六條講的是形式。第一、二條側重於「文」、「情」提出要求：感情要深厚，教化作用要純良，第三、四條則主要對「筆」、「理」提出要求：敘事要真實，義理要正確。第五條講的是結構要簡潔而不雜亂，第六條講的是文辭要漂亮而不過分，這兩條是對各種文體共同的要求。基本上注意到「文本」的方方面面，這「六義」可以算是「宗經」的具體寫作原則，適用於一切的文體寫作，可謂言簡意賅，的確做到了「貴在體要」。

　　對寫作行為規律的揭示也同樣具有很強的普遍性，如：

運思律：

　　　　故思理為妙（思想感情活動微妙得很），神與物遊（精神和客
　　　　觀事物相接觸）。神居胸臆，而志氣統（統轄）其關鍵；物沿
　　　　耳目，而辭令管其樞機（其樞機在於語言的掌握）。樞機方
　　　　通，則物無隱貌；關鍵將塞，則神有遁心。是以陶鈞（運用）
　　　　文思，貴在虛靜（清虛靜默）。疏淪（疏通）五藏，澡雪精
　　　　神。積學以儲寶，酌理以富才（豐富思考的能力），研閱以窮
　　　　照（研究生活經歷，洞察客觀事物的本質），馴致以懌辭（掌
　　　　握事物的情態，培養語言運用的技巧）。然後使玄解之宰（進
　　　　行創作的時候，才好叫心靈的主宰），尋聲律而定墨（尋求聲
　　　　音的規律，定其繩墨）；獨照之匠（眼光獨到的匠心），窺意象
　　　　而運斤（窺探心中的想像，運用斧斤，從事於形象的雕琢）。
　　　　此蓋馭文之首術（創作的主要方法），謀篇之大端（佈局謀篇
　　　　的先決條件）。（〈神思〉（精神的活動，就是寫作的運思））

構思律：

　　　　凡思緒初發，辭采苦雜，心非權衡（內心不是天平），勢必輕
　　　　重（勢必會造成輕重不均）。是以草創鴻筆，先標三準：履端
　　　　於始，則設情以位體（把思想感情安排好）；舉正於中（把中
　　　　心內容確定），則酌事以取類（其次是考慮採用什麼典故和材
　　　　料）；歸餘於終（到末了），則撮辭以舉要（選擇確切的語
　　　　言）。然後舒華布實（然後才考慮美好的形式和真實的內容相
　　　　配合），獻替（一作「獻質」）節文（表現思想感情本來的面
　　　　貌，節制過分的文采）。（〈熔裁〉（思想的提煉和浮詞的剪裁））

結構律：

　　凡大體文章（長篇文章），類多枝派（大都枝節橫生）。整派者
依源（沿著源頭疏通支流），理枝者循幹（順著主幹整理枝
節）。是以附辭會義（聯綴詞句，組織思想），總務綱領（必須
提綱挈領）。驅萬途於同歸（使千萬條不同的道路通向同一的
目標），貞百慮於一致（使千百種不同的構思服務於同一的主
題）；使眾理雖繁，而無倒置之乖；群言雖多，而無棼（ㄈㄣˊ，
fén）絲之亂（沒有亂絲般的紛繁）；扶陽而出條（像植物沿著
陽光而抽枝），順陰而藏跡（順著陰影而匿跡）；首尾周密，表
裡一體。此附會之術也。（〈附會〉〈命意謀篇〉）

表現律：

　　夫鉛黛所以飾容（脂粉是用來修飾容貌），而盼倩生於淑姿
（少女的巧笑美目來自天生麗質）；文采所以飾言，而辯麗本
於情性（說話的美妙動人由於至情至性）。故情者，文之經；
辭者，理之緯。經正而後緯成，理定而後辭暢。此立文之本源
也。（〈情采〉（形式與內容））

創新律：

　　是以規略文統（學習文章的傳統），宜宏大體（應該從大處落
墨）。先博覽以精閱（廣泛地瀏覽精細地閱讀），總綱紀而攝契
（掌握它的大綱細目，加以吸收）。然後拓衢路（開拓寫作的
道路），置關鍵（設置防弊的關口）；長轡遠馭（控著馬韁繩跑
遠路），從容按節（按著節拍前進）；憑情以會通（憑著充沛的

感情來繼承傳統），負氣以適變（趁著旺盛的氣勢來適應創
新）；采如宛虹之奮鬐（文采像長虹的高拱），光若長離之振翼
（光芒像朱鳥星的奮飛）：乃穎脫之文矣（這才是出色的文
章）。（〈通變〉（繼承與創新））

此類對寫作行為規律的概括還很多，只能舉要列出。宗經「六義」，
是寫作文本規律；以上各條則源歸「述志」，是寫作行為規律。二者
相互照應，儼然一體。如果仔細分析，還可以列出第三乃至第四層次
的規律，如關於文類（「文」與「筆」）的、文體（詩、樂府、賦、
頌、贊等）的，但是，就該書的理論目的而言，最為重要的不在文體
特殊性，而在寫作的普遍性；對寫作基本觀念、寫作行為機制和規律
的認識，是建立在對寫作現象作全面深入思考的基礎上的抽象概括，
較為集中地體現了作者縱橫古今、彌綸群言的大智慧。

　　走出「文學理論」的誤區，一切以《文心雕龍》的「文本」為客
觀依據，作實事求是的分析，《文心雕龍》從撰寫目的、意圖的自
述，到邏輯嚴整的三大部分的理論架構（樞紐、綱領、毛目），再到
多層次寫作規律的揭示，均表明該書「寫作學」理論研究的性質——
「夫『文心』者，言為文之用心也」。劉勰的寫作學理論研究的重
點，顯然是放在寫作運思上，放在對寫作技能和心智的探究上，放在
對普遍性的寫作行為規律的認識上，而不是放在詩賦和富有文采的各
體駢散文上。他的「宗經」的寫作教育思想，秉承儒家思想的傳統，
視五經為「恆久之至道，不刊之鴻教也」，這給後世的寫作和寫作教
育帶來一定的消極作用，但如果注意到劉勰的特定的理論目的，他的
「宗經」觀的提出，是為了矯正漢魏晉以來逐步形成的重文輕質、理
不勝辭的綺靡文風，使其回歸「述志為本」的正途，這無疑有其積極
的意義。當然，劉勰的主要貢獻還在於創構了「體大而慮周」的寫作
學理論體系，在對一切文體和歷代的寫作活動、寫作現象作全面的分

析歸納的基礎上，較為準確、深刻地揭示了寫作的普遍性規律，為寫作學研究提供對象、範疇和方法上的借鑒。給習作者以理論的滋養和浸潤，給寫作和寫作學習以切實有效的指導。在中國古代寫作理論史與寫作教育史上，劉勰的《文心雕龍》矗立起一座令人歎為觀止的難以逾越的高峰。

顏之推：講論文章，修身利行
——體道合德「為己」的語文教育觀

顏之推（約531-590），字介，琅琊臨沂人，東晉後世居建康。他曾任南梁的散騎侍郎，北齊的散騎常侍、中書舍人、黃門侍郎、平原太守等官，齊亡入周，任御使上士。在隋文帝楊堅統一中國之後，他被太子楊勇招為學士，不久便去世了。顏之推是南北朝至隋朝時期頗有名望的學問家、文章家，其主要著作《顏氏家訓》寫於入隋之後，是專論家庭教育的，被稱為家訓之祖（「古今家訓，以此為祖」[198]），在中國教育史上開創了新領域，在長期的封建社會中產生了較為廣泛的影響。該書共二十篇，較為全面地論述了家庭教育的問題，文章讀寫，也被作為家庭教育的一個重要方面進行了專門的探討。從家教的角度思考語文教育問題還是第一次，因此，對其加以研究，有著特殊的意義。

顏之推的語文和語文教育思想主要體現在《顏氏家訓》的〈文章〉篇中，從中可以看出他的認識背景基本上是儒家的，與曹丕、劉勰等人的觀點有相似之處，在一定程度上受到魏晉南北朝主流文論的影響，但是，其中也不乏自己的看法，在寫作功用觀、學習觀和教育觀上，某些言論就超出了《文心雕龍》討論的範圍，體現了較多的

---

198 王三聘：《古今事物考》二。

「教育」內涵，可資參考。他的語文教育思想在〈勉學〉、〈名實〉、〈涉務〉等篇中也略有體現，要想完整地了解其語文教育思想，這些篇章也可一讀。

　　顏之推的語文教育思想主要體現在以下四個方面：

體道合德、修身慎行的學習主體觀

　　顏之推對文人的德行修養十分重視，對歷代文人無德無行的現象深惡痛絕，在〈文章〉篇的開頭便對「自古文人，多陷輕薄」的表現作了嚴厲的批評，對讀寫主體的人格素養問題的檢討，達到了近乎苛刻的地步，較之於曹丕、劉勰的有關論述可謂有過之而無不及，這大約是由於他所說的是針對其子弟的，在家教上應有更為嚴格的要求，尤其是在「修身」這一帶根本性的問題上。

　　曹丕在《典論》〈論文〉中只不過稍稍闡明了「文人相輕，自古而然」的見解，劉勰在《文心雕龍》〈程器〉中就列舉了許多文人的疵病：「略觀文士之疵：相如竊妻而受金，揚雄嗜酒而少算，敬通之不循廉隅，杜篤之請求無厭，班固諂竇以作威，馬融黨梁而黷貨，文舉傲誕以速誅，正平狂憨以致戮，仲宣輕脆以躁競，孔璋偬恫以粗疏，丁儀貪婪以乞貨，路粹餔啜而無恥，潘岳詭禱於愍、懷，陸機傾仄於賈、郭，傅玄剛隘而詈臺，孫楚狠愎而訟府：諸有此類，並文士之瑕累。」而在顏之推的篇幅比《文心雕龍》小得多的《顏氏家訓》〈文章〉中，列出的「輕薄」文人的過錯卻比劉勰所舉的還要多：「屈原露才揚己，顯暴君過；宋玉體貌容冶，見遇俳優；東方曼倩，滑稽不雅；司馬長卿，竊貲無操；王褒過章〈僮約〉；揚雄德敗〈美新〉；李陵降辱夷虜；劉歆反覆莽世；傅毅黨附權門；班固盜竊文史；趙元叔抗竦過度；馮敬通浮華擯壓；馬季長佞媚獲誚；蔡伯喈同惡受誅；吳質詆忤鄉里；曹植悖慢犯法；杜篤乞假無厭，路粹隘狹已

甚；陳琳實號粗疏；繁欽性無檢格；劉楨屈強輸作；王粲率躁見嫌；孔融、彌衡，誕傲致損；楊修、丁廙，扇動取斃；阮籍無禮敗俗；嵇康淩物凶終；傅玄忿鬥免官；孫楚矜誇淩上；陸機犯順履險；潘岳干沒取危；顏延年負氣摧黜；謝靈運空疏亂紀；王元長凶賊自詒；謝玄暉侮慢見及：凡此諸人，皆其翹秀者，不能悉記，大較如此。」

他甚至對有才華的帝王的過失也不放過，指責他們缺乏美德：「至於帝王，亦或未免。自昔天子而有才華者，唯漢武、魏太祖、文帝、明帝、宋孝武帝，皆負世議，非懿德之君也。」他認為享有盛名而能免於過錯禍患的人，雖然也時常聽到，如子游、子夏、荀況、孟軻、枚乘、賈誼、蘇武、張衡、左思等一流人物，但文人中德行缺失腐敗的則佔多數。這一評價也許有失公允，不無危言聳聽之嫌，卻也可見其教子修養情性的殷切之心，警戒子弟在做人上勤謹自重，以免重蹈「輕薄」之覆轍，招致殺身之禍。

在對造成上述現象的原因的分析上，顏之推的見解也表達得較為充分，同樣體現了「家教」的特點。他說：「每嘗思之，原其所積，文章之體，標舉興會，發引性靈，使人矜伐，故忽於持操，果於進取。今世之士，此患彌切，一事愜當，一句清巧，神屬九霄，志淩千載，自吟自賞，不覺更有傍人。加以砂礫所傷，慘於矛戟，諷刺之禍，速乎風塵，深宜防慮，以保元吉。」[199]就是說，由於有文才，能使人滋長驕矜的作風和功利的心理，因此而忽略了道德情性的修養，這便會遭到非議和禍患，須認真思考防範，才能保住吉祥福氣。身處亂世的顏之推，固然一方面期盼子弟在學問文章上有所作為，能出人頭地，另一方面自然更為顧慮如何才能保住家室平安，後代無虞，因而他在教導子弟注意道德情性修養上真可謂是語重心長。

在「修身」上，顏之推設專篇探討了人的名與實的關係，認為人

---

199 顏之推：《顏氏家訓》〈文章〉。以下引文凡不加注者均同出於此。

的名與實應是相稱的，關鍵在於實，有什麼樣的實，也就有什麼樣的名。他說：「名之於實，尤形之於影也。德藝周厚，則名必善焉；容色姝麗，則影必美焉。今不修身而求令名於世者，猶貌甚惡而責妍影於鏡也。」[200]他把人分為上士、中士、下士三種：「上士忘名，中士立名，下士竊名。忘名者，體道合德，享鬼神之福，非所以求名也；立名者，修身慎行，懼榮觀之不顯，非所以讓名也；竊名者，厚貌深奸，於浮華之虛稱，非所以得名也。」[201]他所稱道的是「體道合德」的忘名者和「修身慎行」的立名者，而否定「厚貌深奸」的竊名者。他例舉了一個學問文章很不怎麼樣的世家子弟，靠酒肉朋友的吹噓而名聲遠播，終被人所識破的事實，表明了人必須要有真才實學，弄虛作假必為人鄙視的看法。

　　在「修身」的途徑上，顏之推提倡勤學多讀。在《顏氏家訓》中，〈勉學〉篇是內容最為詳實的一篇。他的「修身」，在某種意義上說就是「修學」。他的修學觀，既與儒家學者的修心養性有相通的一面，但他同時也十分注重修學本身的實用性、應用性的一面，認為「修學」是士人文化修養之需，安身立命之需，沒有學問，勢必不能很好地進行公私應對、人際交往，讓有見識人恥笑；沒有學問，也就不能當老師，不能做文字工作，只配去耕田養馬。弄清《六經》的要旨，博覽百家的著述，即使不能在德行上有所增長，風俗上有所敦礪，總還是一種才藝，得以自資。而作為一種謀生的技藝，容易學習，而且可貴的，沒有比得上讀書了。——在這一點上，歷代儒家學者，似乎沒有誰比他說的更「俗」、更白的了。

　　顏之推的讀寫主體觀，沒有什麼套語虛言，給人坦誠實在的感覺，處處體現了對子弟為人應世的直接的關注，和對他們將來謀生處事的現實的關切，較少板著面孔說教的意味，而更多地體現了長輩對

200　顏之推：《顏氏家訓》〈名實〉。

201　顏之推：《顏氏家訓》〈名實〉。

晚輩的建立在親情上的勸導，和為他們前途的設身處地的掛慮。

施用多途、修身利行的讀寫功用觀

　　顏之推基本上繼承了儒家文章「原出五經」的觀點：「詔命策檄，生於《書》者也；序述論議，生於《易》者也；歌詠賦頌，生於《詩》者也；祭祀哀誄，生於《禮》者也；書奏箴銘，生於《春秋》者也。」這跟荀子、劉勰等人的見解大致相同，都認為各體文均由五經所派生，秉持「宗經」的思想，才是文章寫作之正途。這為正確認識讀寫的功用定下基調。

　　在對讀寫功用的認識上，顏之推的看法既和曹丕的「蓋文章，經國之大業，不朽之盛世」[202]，劉勰的「性靈熔匠，文章奧府」[203]等相通，又進一步闡明了讀寫的功用不僅在於實際的效能和精神上的滋養，而且，其本身就是一件快樂的事情：「朝廷憲章，軍旅誓誥，敷顯仁義，發明功德，牧民建國，施用多途。至於陶冶性靈，從容諷諫，入其滋味，亦樂事也。」揭示出讀寫活動能使人愉悅這一功用，顯然具有教育學意義。由於「入其滋味，亦樂事也」，所以「行有餘力，則可習之」，這一體認，有助於消解子弟讀書作文的畏難心理。

　　在實現讀寫功用的指導思想上，顏之推認為讀寫行為的目的是：「為己」，是「修身利行」，不應是追求巧言詭辯和功名利祿：「古之學者為己，以補不足也；今之學者為己，但能說之也。古之學者為己，行道以立世也；今之學者為己，修身以求進也。夫學者猶種樹也，春玩其華，秋登其實；講論文章，春華也，修身利行，秋實也。」[204]這是針對漢魏晉以至入隋之後，文人對讀寫功用的認識上的

---

202 曹丕：《典論》〈論文〉。

203 劉勰：《文心雕龍》〈宗經〉。

204 顏之推：《顏氏家訓》〈勉學〉。

偏頗而發的。孔子在《論語》〈憲問〉中就有「古之學者為己，今之學者為人」的感慨，及至隋朝，讀寫的功利性的動機已愈加強烈，講論、寫作文章，就是為了謀求仕進，為了救此迷失，顏之推重新闡明了儒家正統的學習目的觀和功用觀是在於「修身利行」，他說：「夫所以讀書學問，本欲開心明目，利於行耳。未知養親者，欲其觀古人之先意承顏，怡聲下氣，不憚劬勞，以至甘腝，惕然慚懼，起而行之也；未知事君者，欲其觀古人之守職無侵，見危授命，不忘誠諫，以利社稷，惻然自念，思欲效之也；……學之所知，施無不達。」[205]他對那些 讀了數十卷書，「便自高大，凌忽長者，輕慢同列」的人極其鄙視，認為人們「疾之如仇敵，惡之如鴟梟，如此以學自損，不如無學也。」[206]——讀寫不論如何「施用多途」，但其最基本的功用就只有一個，即「修身利行」即「修己」。這又回到了對主體建構的關注這一點上來。沒有良好的人格素養，也便不可能有真正的功用。在顏之推看來，施用多途、修身利行，與一味地追求能說會寫、功名利祿，二者是有著本質上的不同的。

　　單從寫作的價值上看，顏之推也同樣以是否有利於德行教化作為唯一的標準，而不以寫的是何種文體來區分優劣。他對有人問揚雄：「吾子少而好賦？」揚雄答說：「然。童子雕蟲篆刻，壯夫不為也」，不以為然，批駁說：「虞舜歌〈南風〉之詩，周公作〈鴟鴞〉之詠，吉甫、史克〈雅〉、〈頌〉之美者，未聞皆在幼年累德也。孔子曰：『不學詩，無以言。』『自衛返魯，樂正，雅、頌各得其所。』大明孝道，引《詩》證之，揚雄安敢忽之也？」他以為揚雄「壯夫」之作未必就比「童子」之作強，他壯年寫的〈太玄〉，「今竟何用乎？不啻覆醬瓿而已」。

　　正由於寫作有其積極的、正面的功用，顏之推認為寫作的才能，

---

205 顏之推：《顏氏家訓》〈勉學〉。
206 顏之推：《顏氏家訓》〈勉學〉。

也應是優秀人才的基本能力上的要求，即便是實踐型的幹才，有了寫作才能，便有如錦上添花。在〈文章〉篇中，他談到了北齊有一個名叫席毗的任「行臺尚書」的官，清明能幹，但卻「嗤鄙文字」，嘲笑當時著名文士劉逖說：「君輩辭藻，譬若榮華，須臾之玩，非宏才也；豈比吾徒千丈松樹，常有風霜，不可凋悴矣！」劉逖回答說：「既有寒木，又發春華，何如也？」席毗笑著說：「可哉！」這種把寫作能力作為從政人才的一種素養的人才觀，實際上已超出了實用性、應用性的範疇。把寫作的功用提升到塑造、豐富人的層面上來認識，集精明幹練的處世行事能力，與典雅優美的言語文辭表達能力於一體，從而提高人才的綜合素質。

顏之推作「家訓」，其功用說到底就是為了教育子弟成才，因此，上述人才觀有不容忽視的重要性。

辭勝而理伏、事繁而才損的文章審美觀

在文章審美觀上，顏之推的見解也與劉勰有著一定程度的相似。劉勰在《文心雕龍》〈附會〉中說：「夫才量學文，宜正體制，必以情志為神明，事義為骨髓，辭采為肌膚，宮商為聲色；然後品藻玄黃，摛振金玉，獻可替否，以裁厥中；斯綴思之恒數也。」顏之推在對文章的內容與形式作用及其關係的認識上，其出發點與劉勰大體一致，都反對本末倒置，反對綺靡浮豔的文風，但有些認識不無新見。他說：「文章當以理致為心腎，氣調為筋骨，事義為皮膚，華麗為冠冕。今世相承，趨末棄本，率多浮豔。辭與理競，辭勝而理伏；事與才爭，事繁而才損。放逸者流宕而忘歸，穿鑿者補綴而不足。時俗如此，安能獨違？但務去泰去甚耳。必有盛才重譽，改革體裁者，實吾所希。」顏之推的見解主要有三點：

（一）更為注重寫作主體修養和文章的主體性。劉勰以「事義為

骨髓」，而顏之推以「氣調為筋骨」。「骨髓」、「筋骨」所指基本上一樣，都是「內質」，或貫注與全體的實質性成分。而「事義」，一般的理解當是運用典故來表達意思，即「用事」；「氣調」，即主體內在精神貫注於文章的「氣韻格調」。以「氣調」比作「筋骨」，似要比以「事義」喻為「骨髓」更加恰當。以「氣調為筋骨」，是對寫作主體性的張揚，體現了對寫作主體素養的關注和倚重。

（二）對形式的要求更得體。關於表現形式，劉勰主張以「辭采為肌膚，宮商為聲色」，而顏之推則主張以「事義為皮膚，華麗為冠冕」。前者的「詞采」、「宮商」，甚至包括在前講到的「事義」，講的都是文字形式美，要求尚較高；後者將「事義」作為「皮膚」，「華麗」則限制在更有限的範圍（冠冕）內，似乎對表現形式的要求更加合理。

（三）對存在問題的揭示較充分，改革的意願也較強烈。顏之推在闡明了文章要素的作用和關係之後，針對時弊，提出了審美批評的見解：「辭與理競，辭勝而理伏；事與才爭，事繁而才損。放逸者流宕而忘歸，穿鑿者補綴而不足。」進而表明了文體改革意願：「……但務去泰去甚耳。必有盛才重譽，改革體裁者，實吾所希。」

在上述審美觀下，他側重對文章表現形式上的一些具體問題發表了自己的看法。從總體上看，他推崇沈約的「三易」說：「沈隱侯曰：『文章當從三易：易見事，一也；易識字，二也；易誦讀，三也。』邢子才常說：『沈侯文章，用事不用人覺，若胸臆語也。』深以此服之。」這「三易」，實際要讓讀者易解好讀，儘量減少閱讀上的障礙。要做到這些，他的具體意見主要有以下幾點：

（一）要遵循文體的規定。他認為寫作要按照文體的要求來寫，不能率意而為。他批評陸機的詩寫得不合體裁：「挽歌辭者，或云古者虞殯之歌，或云出自田橫之客，皆為生者悼往告哀之意。陸平原多為死人自歎之言，詩格既無此例，又乖製作本意。凡詩人之作，制箴

美頌，各有源流，未嘗混雜，善惡同篇也。陸機為〈齊謳篇〉，前敘山川物產風教之盛，後章忽鄙山川之情，殊失厥體。」由於文體的要求也就是一種契約，違反這一約定，勢必會使讀者難以接受，產生解讀的困難。不論顏之推的文體觀是否正確，但他的要讓讀者便於接受的出發點無疑是合理的。

（二）用事不能有差錯。劉勰以「事義為骨髓」，顏之推以「事義為皮膚」，可見當時「用事」之風在寫作上頗為盛行，因而，用事得當與否，也便在相當程度上影響到文章的優劣，影響到閱讀效果。鑒此，顏之推將他所發現的用事上的某些毛病說給子弟聽，希望他們能引以為戒：「自古宏才博學，用事誤者有矣；百家雜說，或有不同，書儻湮滅，後人不見，故未敢輕議之。今指知決紕繆者，略舉一兩端以為誡。」用事差錯，往往使文意不通，使人無法理解或造成誤解，這自然是應當避免的。

（三）用字要簡潔不因襲。他說王籍詩〈入若耶溪〉中「蟬噪林愈靜，鳥鳴山更幽」句，受到人們的稱道：「江南以為文外斷絕，物無異議。簡文吟詠，不能忘之，孝元諷味，以為不可復得……」後來，有人否定說：「此不成語，何事於能？」認為這上下兩句說的是同一個意思，文字不簡潔。顏之推是贊成後說的，同時，他還進而指出此句是從《詩》〈小雅〉〈車攻〉中「蕭蕭馬鳴，悠悠旆旌」中因襲而來的，可以看出，他對文字上的病累和因襲是持批評的意見的。

此外，還有一些對某些作家和詩文的評價，不乏中肯之論，從中可以看出他在詩文寫作鑒賞上頗具眼光、確有心得，所言對指導子弟寫作是有切實的幫助的。

慎勿師心自任、但使不失體裁的寫作學習觀

關於寫作學習，顏之推是較為看重習作者是否具有這方面的素質

和才氣的，他認為學習寫作與讀書做學問的要求還是有所不同的：
「學問有利鈍，文章有巧拙。鈍學累功，不妨精熟；拙文研思，終歸
嗤鄙。但成學士，自足為人；必乏天才，勿強操筆。」就是說，做學
問，比較笨的人，只要肯下功夫，都會把學問做到精熟的地步；而缺
乏才情的人寫文章，不論如何冥思苦想，寫出的東西也還是難免鄙
劣。其實只要有了學問，就足以自立做人；真是缺乏才情，就不要勉
強去學寫文章。這一觀點，似有「天才論」之嫌，但如果說寫作上想
要有大的造就，需要一定的天賦和才氣的話，也未嘗沒有道理。

　　他對寫作學習的要求，主要有以下兩條：

　　　　一曰：學為文章，先謀親友，得其評裁，知可施行，然後出
　　手，慎勿師心自任，取笑旁人也。
　　　　二曰：自古執筆為文者，何可勝言，然至於宏麗精華，不過數
　　十篇耳。但使不失體裁，辭意可觀，便稱才士。要須動俗蓋
　　世，亦俟河之清耳。

　　前者說的是學寫文章要有讀者意識，要多聽別人的意見，「慎勿
師心自任」，這一點當是十分重要。學習寫作一入手便須心存讀者，
懂得寫作文章不能單憑作者的一廂情願，不可主觀自是，應顧及讀者
的需求和接受狀況，並注意聽取他人的意見。後者說的是寫作學習的
評價標準不宜太高，一般人是難以達到「宏麗精華」、「動俗蓋世」的
境界，能做到「不失體裁、辭義可觀」就不錯了，這個標準是較為低
調的，一般人經過努力均不難達到。一個恰當的目標，對於習作者建
立寫作的信心至關重要。以此反觀顏之推上面說的寫作要有「天
才」，這個「天才」大約說的只不過是「中才」罷了。實際上，即使
是「天才」，他也認為在寫作中要有所節制，而不能恣意放縱自己的
文思才氣，即「凡為文章，猶人乘騏驥，雖有逸氣，當以銜勒制之，

勿使流亂軌躅，放意填坑岸也。」——慎勿師心自任，但使不失體裁，習作者果能做到這兩條，寫作教學也算是功德不菲了。

寫作學習，他主張借鑒要兼顧古今之文，兼採二者之長處，既不厚古也不薄今。他說：「古人之文，宏才逸氣，體度風格，去今實遠；但緝綴疏樸，未為密緻耳。今世音律諧靡，章句偶對，諱避精詳，賢於往昔多矣。宜以古之制裁為本，今之辭調為末，並須兩存，不可偏棄也。」他對古今文章長處和缺點的認識也許未必正確，但取法不論古今的精神，是值得肯定的。

此外，他還強調寫作學習的要知、行統一和學必致用，他對時人讀書作文不切實用的弊病甚為不滿且頗多批評。他說：「世人讀書者，但能言之，不能行之，忠孝無聞，仁義不足，……吟嘯談謔，諷詠辭賦，事既優閑，材增迂誕，軍國經綸，略無施用，故為武人俗吏所共嗤詆，良由是乎？」[207]「吾見世中文學之士，品藻古今，若指諸掌，及有試用，多無所堪。」[208]「……空守章句，但誦師言，施之事務，殆無一可。……音辭鄙陋，風操蚩拙，相與專國，無所堪能，問一言輒酬數百，責其指歸，或無要會。鄴下諺云：『博士買驢，書券三紙，未有「驢」字。』……夫聖人之書，所以設教，但明練經文，粗通注義，常使言行有得，亦足為人。何必『仲尼居』即須兩紙疏義，燕寢、講堂亦復何在，以此得勝，寧有益乎？」[209]可見他是相當注重學習的實際效能的，所論及的時弊均很有普遍性。諸如「博士買驢，書券三紙，未有『驢』字」，「『仲尼居』即須兩紙疏義」等事例，歷代相傳，已成為讀寫教育中教師用來說明廢話連篇、言不及義等毛病的「經典」證言。

綜上所述，顏之推的重道德、重實行、重應用，修身應名、實相

207　顏之推：《顏氏家訓》〈勉學〉。
208　顏之推：《顏氏家訓》〈涉務〉。
209　顏之推：《顏氏家訓》〈勉學〉。

稱，修身須修學，學習讀寫是樂事，關注文章的氣調，反對浮豔文風，主張習作應徵求他人意見，習作的標準不宜過高，以及應兼採古今文章之優長等觀點，表明了他對讀寫教育有較為深刻的體認。他所抨擊批評的，與所倡導褒揚的，均能旗幟鮮明，有很強的針對性；在有些問題上發展並深化了當時學界的認識，其觀點基本上是正確的、積極的，對子女的教育有正面的影響。顏之推開創了家庭讀寫教育研究的新領域，其功不可沒。

韓愈：言要其中，文濟於用
——「閎其中而肆其外」的復古主義語文教育觀

唐代著名的文學家韓愈（768-824），曾被譽為「文起八代之衰」，名列唐宋八大家之首，是中國文壇上最有影響的人物之一。在唐以後的寫作界和語文教育界，韓愈名聲日彰，文人幾乎言必稱韓。歐陽修云：「學者非韓不學也，可謂盛矣！」《新唐書》本傳「贊曰」：「自愈沒，其言大行，學者仰之如泰山北斗云」。他與柳宗元共同倡導的古文運動，被宋元明清眾多的文人和文學流派所推崇；他的「惟陳言之務去，詞必己出，文從字順」等主張，至今仍為寫作界所津津樂道。韓愈的寫作思想和實踐之所以能產生如此深遠的影響，主要是它貫穿著「言要其中，文濟於用」[210]的基本精神，和「物不得其平則鳴」的唯物主義的寫作實踐觀，故能歷經千載，流傳不衰。

閎其中而肆其外

韓愈所說的「言要其中」，就是指言語要以六經之旨、中庸之道

---

210 參見韓愈：〈進學解〉，《韓昌黎全集》（北京市：中國書店，1991年）。以下所引韓文，未另注者，均出於該書。

為歸宿。這種見解顯然和他在哲學思想上奉行的儒學復古主義有著密切的聯繫。

　　韓愈認為，自先秦以來，「聖人之道，不傳於世。周之衰，好事者各以其說干時君，紛紛藉藉相亂，六經與百家之說錯雜」[211]，尤其是東漢以降，「群儒區區修補，百孔千瘡，隨亂隨失，其危如一髮引千鈞，綿綿延延，浸以微滅。於是時也，而唱釋老於其間，鼓天下之眾而從之」。[212]這種情況給唐王朝的中央集權統治帶來極大的威脅。為了反對佛道思想對封建秩序的破壞，維護唐王朝的利益，韓愈在哲學上，更主要的是在政治上，採取了尊儒排佛的立場，以復興儒學正統為己任──「使其道由愈而粗傳，雖滅死萬萬無恨！」[213]這種思想在韓愈的許多文章中都有清楚的表白，無庸贅述。了解了韓愈的哲學觀與政治觀，也就不難理解韓愈的寫作觀中「言要其中」、「文書自傳道」、文道合一、以道為主的主張了。

　　如果我們只看到這種表面上的一致性，難免失之於膚淺，因為韓愈的思想遠非「傳道」二字可以概括的。他一方面標榜自己一貫維護道統，拒斥異端：「今有人生二十八年矣，名不著於農商工賈之版。其業則讀書著文，歌頌堯舜之道，雞鳴而起，孜孜焉亦不為利。其所讀皆聖人之書，楊墨釋老之學，無所入於其心；其所著皆約六經之旨而成文，抑邪與正，辨時俗之所惑。」[214]另一方面他又廣徵博取，兼容並蓄：「僕少好學問，自五經之外，百氏之書，未有聞而不求，得而不觀者；然其所志，惟在其意義所歸。至於禮樂之名數，陰陽土地星辰方藥之書，未嘗一得其門戶，雖今之仕進者不要此道，然古之人未有不通此而能為大賢君子者。僕雖庸愚，每讀書，輒用自愧。今幸

211　韓愈：〈讀荀子〉。
212　韓愈：〈與孟尚書書〉。
213　韓愈：〈與孟尚書書〉。
214　韓愈：〈上宰相書〉。

不為時所用，無朝夕役役之勞，將試學焉。」[215]可見，韓愈其實並非「楊墨釋老之學無所入於其心」，他對「百氏之學」還是有較為客觀的評價，有時還給予充分的肯定。例如在〈讀墨子〉中他說：「孔子必用墨子，墨子必用孔子，不相用不足為孔墨。」在〈進士策問〉中，他也竭力推崇管仲、商鞅，表示了對於法家人物，「願與諸生論之，無惑於舊說」的願望。

因此，韓愈不論怎樣以儒家正統自居，也掩蓋不了「心有旁騖」的「雜家」實質。在政治上，他主要是排佛老；在哲學上，他主要是辨儒者之醇疵、正偽，求道之一貫，並不一概抹殺各家的存在價值；在寫作上，則更為超脫、寬容，把各家之言均看作一種寫作現象，各家之人均稱為「善鳴者」，在一定程度上消弭了儒家與百家的對立，並沒有簡單地以「道」劃線，把「文」視作「道」的傳聲筒。從他的古文寫作實踐來看更是如此，他的文章中真正的傳道之作分量甚微，他所謂古文，也並非擬古或復古之文，而是兼採百家，古為今用，自成一體，即所謂「先生之於文，可謂閎其中而肆其外矣」[216]；體現了生氣勃勃的革新精神和巨大的包容性。

大凡廣博敏銳的學者，都不會囿於一隅，畫地為牢，對複雜的寫作現象和社會人生熟視無睹，韓愈也是這樣。他既對百氏之書未有聞而不求得而不觀者，又對社會現象極為關注，對世態人生抑鬱不平，所以，他自然在約六經之旨而成文，抑邪扶正之外，「亦時有感激怨懟奇怪之辭，以求知於天下」。當他對各種「異端邪說」和複雜的寫作現象作了認真的思考，對社會現實、世態人生直抒胸臆之時，「文書自傳道」這種見解，就變成一種抽象化的觀念。他可以在〈送王秀才序〉這類文章中，說一番「學者必慎其所道」，「求觀聖人之道，必

215　朝愈：〈答侯繼書〉。
216　韓愈：〈進學解〉。

自孟子始。……既幾於知道，如又得其船與楫，知沿而不止。嗚呼！
其可量也哉」的大道理，而一旦面對複雜的現實世界，「知道」、「傳
道」的理性抽象，便與實踐的廣闊性和豐富性發生矛盾，不得不遷就
於寫作的客觀性準則。為了更好地概括寫作現象，韓愈終於提出「文
濟於用」的觀點，以救「言要其中」之不足。這看似折衷之論，實際
上在寫作實踐的天平上，卻發生質的傾斜，「言要其中」是虛，「文濟
於用」是實。在這一折衷之論的背後，是韓愈對寫作本質的更為大膽
深刻的揭示——物不得其平則鳴，有不得已者而後言。至此，韓愈在
充滿矛盾的艱難抉擇中，完成對寫作本質由抽象上升到具體的思維歷
程，完成「文書自傳道——言要其中，文濟於用——物不得其平則
鳴，有不得已者而後言」這一梯級建構。

　　由此看來，韓愈政治上、哲學上的衛道、傳道意識，在對寫作的
認識上，已較大程度地被稀釋和淡化，帶上實用理性的色彩。在這
裡，他所傳之「道」，實際上已經不可道了。

物不得其平則鳴

　　韓愈自幼失怙，生活淒苦。及長，操行堅正，剛直不阿，因而仕
途坎坷，不受寵幸。如蘇軾所言：「公之精誠能開衡山之雲，而不能
回憲宗之惑；能馴鱷魚之暴，而不能弭皇甫鏄、李逢吉之謗；能信於
南海之民，廟食百世，而不能使其身一日安於朝廷之上。」[217]因此，
韓愈有較多的機會接觸到下層人民的生活，並認識到封建政治的昏庸
腐敗，從而對寫作的特徵，也有著較其他儒家學者更為透澈的領悟。

　　他說：「大凡物不得其平則鳴：草木之無聲，風撓之鳴；水之無
聲，風蕩之鳴。其躍也，或激之；其趨也，或梗之；其沸也，或炙之。

217 蘇軾：〈潮州韓文公廟碑〉。

金石之無聲，或擊之鳴。人之於言也亦然：有不得已者而後言，其歌也有思，其哭也有懷，凡出乎口而為聲者，其皆有弗平者乎！」[218]自古以來，儒家學者尊奉的大都是「言志」說（詩言志），把人的內心的情志作為寫作之源，因而孔夫子的寫作批評論的標準也只是論情志的邪正（思無邪）。還沒有誰能像韓愈那樣慷慨淋漓、入木三分地把寫作的發生歸因於外物的激蕩、內心的不平，「凡出乎口而為聲者，其皆有弗平者乎！」這就在作者與現實的矛盾的普遍性上，肯定了寫作的「應世濟用」的特徵，肯定了「不平」的必然性，這就顯得有點不那麼中庸平正了。

從這一立場出發，韓愈從容而大膽地把諸子百家的代表人物幾乎統統歸入「善鳴者」之列。他在例舉臧孫辰、孟軻、荀卿這些儒家學者的同時，也對莊周、楊朱、墨翟、管夷吾、晏嬰、老聃、申不害、韓非、昚到、田駢、鄒衍、尸佼、孫武、張儀、蘇秦等百家學者表示認同，只是對他們作了「以道鳴者」與「以術鳴者」的區分，這就在「不平則鳴」這一點上將儒家之言與百家之言統一起來，等於承認了非傳道的百家之言存在的合理性。

為了使這種兼容具有說服力，韓愈把人（善鳴者）平等地置於天的役使之下，是天「尤擇其善鳴者而假之鳴」。鳴與不鳴，如何鳴，皆屬天意，這就使以同一性取代差異性「合法」化了。他在談到孟郊、李翱、張籍時說：「三子者之鳴信善矣，抑不知天將和其聲，而使鳴國家之盛邪？抑將窮餓其身，思愁其心腸，而使自鳴其不幸邪？三子者之命，則懸乎天矣。」[219]對於這種「天命」觀，我們固然可以把它看作韓愈認識論上的侷限，但「不平則鳴」說的關鍵不在於「天命」，而在於「外物」，即時代社會環境；「天命」只是一種抽象的存在，而時代社會環境則是具有客觀性的實體，它直接與人發生關係，

---

218 韓愈：〈送孟東野序〉。

219 韓愈：〈送孟東野序〉。

並決定「鳴」的方式與狀況：「其在唐、虞，咎陶、禹其善鳴者也，而假以鳴。夔弗能以文辭鳴，又自假於〈韶〉以鳴。夏之時，五子以其歌鳴。伊尹鳴殷，周公鳴周。見載於《詩》、《書》六藝，皆鳴之善者也。」這些均為「治世」、「盛世」之鳴，所以其鳴也善。「周之衰，孔子之徒鳴之，其聲大而遠。……其末也，莊周以其荒唐之辭鳴。楚大國也，其亡也以屈原鳴。臧孫辰、孟軻、荀卿以道鳴者也。楊朱、墨翟……之屬，皆以其術鳴。秦之興，李斯鳴之。漢之時，司馬遷、相如、揚雄，最其善鳴者也。其下魏、晉氏，鳴者不及於古，然亦未嘗絕也；就其善者，其聲清以浮，其節數以急，其辭淫以哀，其志弛以肆，其為言也，亂雜而無章」。[220] 這些均是「衰世」、「亂世」之鳴，其鳴有善有不善。可見，韓愈的著眼點不在論「天命」，而在論「時世」，不平之言，實則即是「應時濟用」之言，這跟我們今天所說的文章是社會生活的反映，有共通之處。這一見解，無疑為韓愈的古文運動奠定了認識論基礎。他的古文之所以能區別於三代兩漢的古文、駢文、韻文而獨樹一幟，其原因也就在於能立足於「應時」和「濟用」。

　　韓愈在注意到客觀環境對寫作的制約作用的同時，還看到寫作主體的能動性，因為「不平則鳴」，就包含了主、客體的由對立而統一的相互作用的過程。有外物的「撓之」、「蕩之」，且能「有思」，「有懷」，「郁於中」，才有「不得已者而後言」。「言」的條件，既在於「時世」，又在於能感應「時世」的「善鳴者」，即物、我合一。就主體來看，也還有各自所能鳴的空間：有以歌鳴，有以文辭鳴，有以詩鳴，有以道鳴，有以術鳴。可見，韓愈對物、我關係的描述，大體上還是符合寫作規律的。

　　韓愈表明上述觀點的〈送孟東野序〉一文，作於貞元十八年。這年韓愈三十五歲，當屬思想較為成熟之際。該文與作於貞元十七年的

---

220 韓愈：〈送孟東野序〉。

〈答李翊書〉，都是他論文的力作。〈送孟東野序〉從宏觀的角度揭示寫作的本質，論述物、我關係，概括寫作現象，具有海含地負之胸襟；〈答李翊書〉則描述寫作主體的發展，探討寫作學習規律，闡明提高主體修養的重要性，顯出技進乎道之從容。二文都帶有強烈的革新氣息，都是對古文運動的不同層面上的理性概括，其中的基本觀點，都遠遠超出寫作載體論的範圍。遺憾的是，我們往往把更多的注意力放在韓愈在文體變革的貢獻上，卻把一些具有宣言性質的或有一定理論價值的文章，看作即興之作，一言帶過。

以「自樹立，不因循」為能

與韓愈的「不平則鳴」說密切相關的是他的「自樹立，不因循」的寫作價值觀。

在〈答劉正夫書〉中，韓愈對傳道濟用之文創造性地闡明自己的見解：「夫百物朝夕所見者，人皆不注視也；及睹其異者，則共觀而言之：夫文豈異於是乎？漢朝人莫不能為文，獨司馬相如太史公劉向揚雄為之最。然則用功深者，其收名也遠；若皆與世沈（沉）浮不自樹立，雖不為當時所怪，亦必無後世之傳也。」在這裡，韓愈首先從「傳世」的角度，提出為文的求「異」標準，和評文的價值取向，這也許還包含著對自己所倡導的「古文」不為當世賞識而自鳴不平吧！

對「異」的肯定，必然面臨著「叛道」的危險，為調和彌合「異」與「道」的矛盾，韓愈進而闡釋說：「足下家中百物，皆賴而用也，然其所珍愛者，必非常物。夫君子之於文，豈異於是乎？今後進之為文，能深探而力取之，以古聖賢人為法者，雖未必皆是，要若有司馬相如、太史公、劉向、揚雄之徒出，必自於此，不自於循常之徒也。若聖人之道，不用文則已，用則必尚其能者，能者非他，能自樹立，不因循者是也。有文字來，誰不為文，然其存於今者，必其能

者也。」[221]其中要點有三，一是從「用」出發，來肯定「異」；二是指出「聖人之道」，即以「異」為「能」；三是把「能」界定為「自樹立，不因循」，這未必是「以古聖賢人為法者」皆能做到的。這就賦予「道」以豐富性和活力，賦予「道」以創新的內涵。這實際上也就表明了韓愈對「道」的篤信，恰恰堅執的是包容萬物、吐故納新的發展觀，而不是把它當作僵化的教義。如此，便不難理解他所說的「不違於道」、「學古道」、「師古聖賢人」這些話的實質了，他其實是不違大道，而不拘小道，對古聖賢人也是有所學有所不學，有所違有所不違，這才是真正的韓愈！

　　賦予道以創新發展的內涵，這便為古文運動的「自樹立，不因循」鋪平了道路。在以古聖賢人為法而又不循常法的思想指導下，韓愈以「不平則鳴」說奠基，對以「術」鳴的百家表示認可，提出「孔、墨互用」的觀點，對法家的評價也表示應「無惑於舊說」，公然稱頌管仲、商鞅。在〈師說〉中，他無視傳統的師法或家法授受的陳規，表明了「弟子不必不如師，師不必賢於弟子」的見解，對「言而不稱師，謂之畔」的傳統師道觀給予大膽抨擊。對科舉取士、佛教危害、藩鎮割據等敢於抗顏直言。對官吏的專橫，人民的疾苦也頗有不平之鳴。由此可見，韓愈的「自樹立，不因循」的寫作價值觀，不但是對寫作的規範，而且具有思想解放、文化革新的意義。當然，這種解放與革新是以不觸動儒家道統的根本和封建王朝的利益為前提的。

　　韓愈的寫作價值觀，在文體革新上得到最為充分的體現。他一掃漢、魏、晉以來「飾其辭而遺其意」的駢儷文體的迷霧，在中唐文壇異軍突起。他的以實用為目的的散文化、雜文化的「古文」，集古今文體形式（也包括駢儷文體）之優長，從表情達意的實際需要出發，不拘陳法、自由靈活地鑄詞造文，這使他的「古文」顯得較少程序化

---

221 韓愈：〈答劉正夫書〉，見童第德選注：《韓愈文選》（北京市：人民文學出版社，1980年），頁120-121。

和書卷氣，而有較強的可感性和可讀性，如用與死者交談的形式寫祭
文（〈祭十二郎文〉），以樸素簡潔的語言寫傳奇式的寓言（〈毛穎
傳〉），借荒誕的「窮鬼」形象寫諷刺文（〈送窮文〉），等等，令人耳
目一新，百讀不厭。他的許多文章，因言無常式，語無定法，文隨事
異，因文立言，前人不知如何劃分體式，只好籠統稱之為「雜著」或
「雜文」。在語言運用上，更是隨心所欲：或文或白，或繁或簡，或
難或易，莫衷一是。從用詞上看，他主張「陳言之務去」，「詞必己
出」；從篇章上看，他主張「文從字順」。他說：「惟古於詞必己出，
降而不能乃剽賊。後皆指前公相襲，從漢迄今用一律。寥寥久哉莫覺
屬，神徂聖伏道絕塞。既極乃通發紹述，文從字順各識職。」[222]這也
同樣是從「自樹立，不因循」，從「濟用」目的上評價、要求寫作的
語言的。

　　這一寫作價值觀又是和他對寫作主體發展的認識聯繫在一起的。
韓愈可謂「表現論閱讀」實踐的鼻祖。他曾經在〈答李翊書〉中對自
己的二十多年的學習生涯作這樣的總結：「……將蘄（蘄〔ㄑㄧ/，
qí〕。祈、求）至於古之立言者，則無望其速成，無誘於勢利，養其
根而俟其實，加其膏而希其光，根之茂者其實遂，膏之沃者其光曄，
仁義之人，其言藹如（藹，和。如，然）也。」[223]認為「立言」重在
根本的養護和培育，是不可能速成的。他自己的成長經歷表明，作為
一個「立言」者，自我的修養、閱讀和寫作是同步發展的，他描述了
主體發展的四個階段，這四個階段都是由讀入寫，讀自然而然地提高
了人的修養，並指向了寫：「始者非三代兩漢之書不敢觀，非聖人之
志不敢存，處若忘，行若遺，儼乎其若思，茫乎其若迷。當其取於心

---

222 韓愈：〈南陽樊紹述墓誌銘〉，見童第德選注：《韓愈文選》（北京市：人民文學出
　　版社，1980年），頁211。

223 韓愈：〈答李翊書〉，見童第德選注：《韓愈文選》（北京市：人民文學出版社，
　　1980年），頁27。

而注於手也，惟陳言之務去，戞戞乎其難哉。其觀於人，不知其非笑為非笑也。如是者亦有年，猶不改，然後識古書之正偽，與雖正而不至焉者，昭昭然白黑分矣，而務去之，乃徐有得也。當其取於心而注於手也，汩汩然來矣。其觀於人也，笑之則以為喜，譽之則以為憂，以其猶有人之說者存也。如是者亦有年，然後浩乎其沛然矣。吾又懼其雜也，迎而距（同拒）之，平心而察之，其皆醇也，然後肆焉。」[224] 這裡所描述的四個階段的發展：難、暢、沛、肆，都是以思想修養和獨立思考能力的提高為依據的，先是去陳言，再是識正偽，三是立主見，最後是察醇雜，這樣達到「肆」的極境，勢必便是能隨心所欲而又不違於道。閱讀直接與寫作主體性養成、寫作能力的發展息息相關，這對我們是很有啟示意義的：只有和人的修養與言語表現聯繫在一起的閱讀，才是有效的、高效的閱讀。能從寫作主體性養成的角度，看寫作學習的階段性，其獨到之處亦屬難能可貴。

古文以竢知者知耳

要在文壇革故鼎新，獨樹一幟，其困難之多，阻力之大是可想而知的。據歐陽修說，韓文為世人所賞識大約是在韓愈時代的二百多年後：「是時天下學者，楊、劉之作號為『時文』，能者取科第，擅名聲，以誇榮當世，未嘗有道韓文者。……其後天下學者亦漸趨於古，而韓文遂行於世，至於今蓋三十餘年矣。」[225]韓愈在世時，雖然其古文亦有一些知音和追隨者，但應該說有相當多的人對他的改革不理解，對他的一些文章，有人譏之曰：「此等文章，已失古意，末流效之，乃墮惡趣。」連和他相熟的裴度也說：「昌黎韓愈，恃其捷足，

---

224 韓愈：〈答李翊書〉，見童第德選注：《韓愈文選》（北京市：人民文學出版社，1980年），頁27-28。

225 歐陽修：《朱子校昌黎先生集傳》〈記舊本韓文後〉。

往往奔放，不以文立制，而以文為戲，可以乎？」[226]這種不為人知的情況，韓愈自己也曾談到：「僕為文久，每自測意中以為好，則人必以為惡矣；小稱意人亦小怪之，大稱意即人必大怪之也。時時應事作俗下文字，下筆令人慚；及示人，則人以為好矣；小慚者亦蒙謂之小好，大慚者即必以為大好矣，不知古文直何用於今世也。」[227]韓愈對世人對「古文」的責難和對「俗下文字」的偏愛雖也感到不平，但仍能泰然處之，矢志不移，相信他的寫作思想和實踐終將會被人理解和接受。他說：「然以俟知者知耳……。作者不祈人之知也明矣。直百世以俟聖人而不惑，質諸鬼神而不疑耳。」[228]「俟知者知耳」，得司馬遷「藏之名山、傳之其人」之意，體現了不媚世從俗的決心和對寫作革新的自信。

　　不為人理解的境遇，使韓愈對作者應該執守什麼樣的寫作人格頗多感慨，他的不媚世從俗的寫作人格觀，構成他寫作思想的另一個重要方面。他的寫作人格觀所顯示的特立獨行的品質，也是對他的寫作本體論中的「文以濟用」、「不平則鳴」的觀點進一步的豐富和補充。

　　在韓文中，表現出對科舉制的腐朽和文人學子隨波逐流的不滿，同時也對歷代豪傑之士的寫作人格深表景仰。他對那些「求速化之術」的學子，「所問則名，所慕則科」極為不屑，以為這樣的人向他求教等於「借聽於聾，求道於盲」。他認為科舉考試是對正直才俊之士的莫大羞辱：「夫所謂博學者，豈今之所謂者乎？夫所謂宏辭者，豈今之所謂者乎？誠使古之豪傑之士若屈原、孟軻、司馬遷、相如、揚雄之徒進於是選，必知其懷慚乃不自進而已耳；設使與夫今之善進取者競於蒙昧之中，僕必知其辱焉。然彼五子者，且使生於今之世，其道雖不顯於天下，其自負何如哉！肯與夫鬥筲者決得失於一夫之目

226　裴度：〈寄李翱書〉。

227　韓愈：〈與馮宿論文〉。

228　韓愈：〈與馮宿論文書〉。

而為之憂樂哉！」[229]這種心態，使他顯得與世風格格不入，然而也正是這種耿介自尊，使他的寫作人格煥發出異彩。

韓愈認為，一個真正有操守有成就的人，對事物應有正確的認識，要不為外物所迷惑，要能夠把握住自己，要有執著的追求，即所謂「寓其巧智，使機應於心，不挫於氣，則神完而守固，雖外物至，不膠於心」。[230]就是說要把智慧寄託在某一事物上，洞悉事物的規律，便能隨機應變，應付裕如，遇到任何困難，均能不屈不撓地堅持自己的志向，不為外界的紛擾所動，如能「神完而守固」，便可「變動猶鬼神，不可端倪，以此終其身，而名後世」。

韓愈還明晰描述了在寫作過程中的矛盾與選擇，表現了對剛正執著的寫作人格的張揚：「利害必明，無遺錙銖，情炎於中，利欲鬥進，有得有喪，勃然不釋，然後一決於書。」[231]即作者要細緻地窮究事物的道理，心懷熱烈的情感，面對紛繁的社會現實，有所擇取，始終保持旺盛的心志，毅然決然地加以表現。

當然，我們也不能不看到韓愈寫作人格觀的矛盾的一面。他在求得獨立不羈的寫作人格的同時，也不得不數進科舉之場，與「鬥筲者」決得失於一夫之目；他在作瀟灑任氣濟用之文的同時，也還「時時應事作俗下文字」。這種人格上的分裂和痛苦自是可以理解和應該諒解的，韓愈的寫作人格觀仍然是真實的表白。「機應於心，不挫於氣」所體現的心、物的溝通與和諧，以及著眼於現實世界的客觀、積極的進取精神，是韓愈寫作人格觀的精華所在。唯此，他的「以竢知者知耳」，才不流於孤芳自賞的淺薄，而真正顯出智者的深刻和豁達。

綜上所述，韓愈作為中國寫作史與語文教育史上的最有影響人物之一，他的寫作思想的理論意義還有待於進一步開掘和總結。他的古

---

229 韓愈：〈答崔立之書〉。

230 韓愈：〈送高閑上人序〉。

231 韓愈：〈送高閑上人序〉。

文運動的價值不僅體現在我們一向所注重的文體革新上，而且，更為重要的還在於他對寫作價值判斷上所體現出的歷史感和包容性。從這個意義上說，韓愈的古文運動，堪稱中國寫作史上的一次思想解放運動。

朱熹：文本於道，文便是道
──「理精後文字自典實」的唯理主義語文教育觀

朱熹（1130-1200），字元晦，別號晦庵，中國南宋時期儒學集大成者。朱熹一生熱衷於教育、教學活動，每到一地，均興學講學，最多時弟子達數百人，即便在從政時也力行不輟。朱熹在長期的教育實踐中形成自己的教育思想，在語文教育方面，尤其在閱讀教學上有大量的論述，給後世以巨大的影響，被視為經典。但是，他的語文教育觀卻未得到應有的關注與評價。朱熹的語文教育觀雖有侷限性，但也有許多積極精要之處，值得深入地探討。

寫源於讀、文道合一的本質觀

朱熹在一生中均對科舉以文詞取士深感不滿，他認為科舉乃世俗之學，把學子引入歧途──「今之學者之病，最是先學作文干祿。」[232]他十分反對為了科名爵祿寫作而妨礙做學問、明道理。他說古代的學者學習是為了提高自身的修養，今天的學者卻是為了教導他人。聖賢是教人們做學問，不是要人去編造拼湊一些文章以謀取功名利祿。他說：「聖人教人為學，非是使人綴緝言語，造作文辭，但為科名爵祿之計。須是格物致知，誠意正心，修身而推之以至齊家治國可以平治

---

232 轉引自范壽康：《朱子及其哲學》（北京市：中華書局，1983年），頁150。

天下，方是正當學問」。[233]因此，學習寫作首先就面臨著是真正地做學問，還是為了「釣聲名取利祿」這一矛盾。

面對當時學生為了急於求成，連經典也置之不顧，只是一味地去啃時文的情形，朱熹深惡痛絕。他說：「也不曾見做得好底時文，只是剽竊亂道之文而已。若要真個做時文底，也須深資廣取以自輔益，以之為時文，莫更好。只是讀那亂道底時文，求合那亂道底試官，為苟簡滅裂底功夫。」[234]

朱熹認為不讀聖賢之文、專攻時文的作法是捨本逐末，顛倒了源、流關係，而做學問、明義理才是為文之正道。只要做學問明義理，就自然能寫出好文章，學詩也是這樣。因為，「道」，是詩文的根本，詩文，是「道」的枝葉。「道」了然於心，寫出的詩文就能符合於「道」的精神。古代聖賢的文章都是這樣地寫出來，所以他們的文章，實際上也便等同於道；文本於道，文便是道[235]，這是朱熹論寫作的一個基本思想。

基於這一思想，朱熹的語文教學觀明顯地表現出「重讀輕寫」的傾向。他反對教師教學生作時文，甚至對喜歡作文、作詩的人也不以為然，認為詩、文都是從「道」中流出來的，是不能強求的。所以，當他得知有人教學生作時文，便批評說這是不妥當的，他說自己就不喜歡作文，只有在不得已的情況下才寫作。那些愛好作文的人，如果把這種精力用來探討學問，受益要大得多。他一再強調只要多讀聖賢之文，久之自然而能文，且覺為文之易。他舉例說：「老蘇自言其初學為文時取《論語》《孟子》《韓子》及其他聖賢之文，而兀然端坐，終日以讀之者七八年。方其始也，入其中而惶然，以博觀於其外而駭然以驚；及其久也，讀之益精，而其胸中豁然以明，若人之言固當然

233　《晦庵先生朱文公文集》〈玉山講義〉。

234　《朱子語類》〈訓門人九〉。

235　《朱予語類》〈論文上〉。

者。然尤未敢自出其言也。歷時既久，胸中之言日益多，不能自制，試出而書之，已而再三讀之，渾渾乎覺其來之易矣。」[236]可見，朱熹反對的只是急功近利的作文，並不反對通過讀聖賢之文，格物致知、誠意正心而後自然發之成文。即「不必著意學如此文章，但須明理。理精後，文字自典實。」[237]

朱熹對「文」與「道」的關係的認識是與儒家思想一脈相承的，只是他比前人更專執，連韓愈的「以文貫道」、蘇軾的「文與道俱」都被視為異端，加以排斥，朱熹認為他們仍然還是把「文」與「道」看作是兩樣東西而不是二者一體。這樣，朱熹的「文道合一」觀便帶有較濃厚的唯心主義的色彩，以至以道代文；在一定程度上掩蓋了「文」的本質。

儘管如此，朱熹反對為功名利祿而寫作，強調為文須博學多識的見解，在沽名釣譽之風盛行之世，能卓爾不群，也算是難能可貴的了。他的「文本於道」的思想，客觀上也發揮了抨擊科舉之學的弊病的作用，針對當時學子習作專務時文的抄襲取用，文章陳陳相因、千人一面的狀況，還是能起到一定的正「本」清「源」的作用。否定盲目地作文寫詩，注重學問和明理，注重立本，關注人的學養、修養的提高，這具有素養教育的涵義。

取人規矩、獨闢蹊徑的學習觀

對於習作者，朱熹極強調取人成法規矩，揣摩文章的法度，學文先要有所規範，形成一定的文章形式感。朱熹說：「人有才性者，不可令讀東坡等文。有才性人，便須取人規矩；不然，蕩將去。」[238]

236　《晦庵先生朱文公文集》〈滄州精舍諭學者〉。
237　《朱子語類》〈論文上〉。
238　《朱子語類》〈論文上〉。

「東坡雖是宏闊瀾翻，成大片滾將去，他裡面自有法。今人不見得他裡面藏得法，但只管學他一滾做將去。」[239]學生問他是否可學《史記》，他回答說：「《史記》不可學，學不成，卻顛了，不如且理會法度文字。」[240]又說「後世人資稟與古人不同，令人去學《左傳》《國語》，皆一切踏踏地說去，沒收煞。」[241]學生問他：「李白：『清水出芙蓉，天然去雕飾。』前輩多稱此語，如何？」他回答說：「自然之好，又不如『芙蓉露下落，楊柳月中疏』，則尤佳。」[242]由上可知，朱熹是不贊同習作不拘法度、自由驅馳文字。自然之好，不如規整之好。這種看法，當然主要是對習作者的「入法」來說的，將眾所公認的一些好詩文加以權衡，取其「法度文字」供習作者借鑒，使他們有法可依，這有助於學生認識文章模式。比較而言，朱熹更為讚賞規範的詩文，但這並不表明他對那些從心所欲、汪洋恣肆的詩文的排斥，相反，他認為有些文字雖不宜初學者效法，但對於做好文章卻是非讀不可的。他說：「今日要做好文者，但讀《史》《漢》韓柳而不能，便請斫取老僧頭去！」[243]《史記》對於初學者不宜，對於要做好文者卻是相宜的。這體現了朱子對習作的層次性要求。

　　朱熹重視法度，而獲得法度的辦法首先是模仿，他說：「人做文章，若是仔細看得一般文字熟，少間做出文字，意思語脈自是相似。讀得韓文熟，便做出韓文底文字；讀得蘇文熟，便做出蘇文底文字。若不曾仔細看，少間卻不得用。向來初見擬古詩，將謂只是學古人之詩；元來卻是如古人說『灼灼園中花』，自家也做一句如此；『遲遲澗畔松』，自家也做一句如此；『磊磊澗中石』，自家也做一句如此；『人

239 《朱子語類》〈論文上〉。

240 《朱子語類》〈論文上〉。

241 《朱子語類》〈論文上〉。

242 《朱子語類》〈論文下〉。

243 《朱子語類》〈論文上〉。

生天地間』，自家也做一句如此。意思語脈，皆要似他底，只換卻字。某後來依如此做得二三十首詩，便學得長進。」[244]但模仿的效用也是有限的，大約一般只能做到形似，前人詩文的內在神韻，是難以模仿的，要寫出形神兼備、自成一格的詩文來，還得靠自己。朱熹稱陶淵明的詩，平淡出於自然。後人學他的平淡，但顯然比他差多了。既要有定格，還要依本分做，這可視為朱子寫作學習的一個基本觀點。有定格使行文規範，這須模仿；依本分使不落俗套，文章還須自己做。朱子的循法而不拘於成法的觀點是辯證的。

　　從為文的根本上看，朱熹力主創新，反對因襲。學生告訴他時人作詩多要有出處，他反問道：「『關關雎鳩』，出在何處？」[245]朱熹對委瑣、雷同的時文甚為不滿，他說：「後人專做文字，亦做得衰，不似古人。前輩云：『言眾人之所未嘗，任大臣之所不敢！』多少氣魄！今成什麼文字！」[246]「人人好做甚銘，做甚贊，於己分上其實何益？……則今日所說者是這個話，明日又只是這個話，豈得有新見邪？切宜戒之！」[247]「今人多見出《莊子》題目，便用莊子語，殊不知此正是千人一律文章。若出《莊子》題目，自家卻從別處做將來，方是出眾文字也。」[248]可見，朱熹的「定格」與「本分」二者比較而言，他更加強調本分的重要，寫作要不人云亦云，有自己的見識，努力依本分去做，即發揮主體的能動性、創造性，才能出奇制勝。

　　然而，朱熹又反對寫作為奇而奇，因為為奇而奇可能既違反定格，也喪失真正屬於自己的自然本分。他說古人做文章，只是按照定格按照本分做，所以做得好。後人討厭常格，要變新格做，這本想要

244　《朱子語類》〈論文上〉。

245　《朱子語類》〈論文上〉。

246　《朱子語類》〈論文下〉。

247　《朱於語類》〈訓門人九〉。

248　《晦庵先生朱文公文集》〈答王近思〉。

討好。但是在見好之前就已經發生偏差了。他對當時學子做經義時，專門將別人的話改頭換面，說了又說，看不慣，對那些不顧經義，標新立異，心粗膽大之論，更是嗤之以鼻，感到十分憂慮。可見，朱熹所注重的本分、創新，又是以定格、常格為前提條件的。他認為尋常文字、尋常事也能做得新奇的好文章，離開了定格，片面求新，投機取巧，是不值得稱道的。

朱熹關於定格與本分的論述，也不無定法為文之嫌，過分強調了規矩、法度，對有些「自出規模」的好詩文有所非難，這歸根結柢還是囿於「文本於道」、「文道合一」的思想。但是，我們認為，如果從朱子注重習作者文章的規範化同時又提倡為文要有創意這一方面看，這顯然是符合寫作學習先要入法、有法，然後再進一步求得在此基礎上的破法、變法的規律的。他反對「作詩多要有出處」，「文字好用經語」等，也表明他雖然重法度、重經義，但更看重的還是符合個人本分的有見識、有新意的文字。

推崇平易、反對細巧的審美觀

朱熹寫作美學的核心內容是：平易、自在。他說：「詩須是平易不費力。」[249]「作文何必苦留意？」[250]「歐公文章及三蘇文好，說只是平易說道理，初不曾使差異底字換卻那尋常底字。」[251]朱子十分讚賞平易不費力的詩文，他給陸務觀的詩「春寒催喚客嘗酒，夜靜臥聽兒讀書」下的評語是：「不費力，好！」[252]〈文鑑〉上不收崔德符的〈魚詩〉：「小魚喜親人，可鈎亦可網；大魚自有神，出沒不可量」感

249　《朱子語類》〈論文下〉。
250　《朱子語類》〈論文上〉。
251　《朱子語類》〈論文上〉。
252　《朱子語類》〈論文下〉。

到憤憤不平：「不知如何正道理不取，只要巧！」[253]

　　平易的反面是「巧」。朱熹認為「巧」不足取。「巧」類於做作、雕琢、匠氣，而平易的美在於平淡中見自然，顯露出作者內心的自在、從容與超脫。朱熹十分厭惡那些故弄玄虛、弄巧成拙的詩文，他說：「如今時文，一兩行便做萬千屈曲，若一句題也要立兩腳。三句題便也要立兩腳，這是多少衰氣！」[254]「近來文字，開了又闔，闔了又開，開闔七八番，到結末處又不說，只恁地休了。」[255]他認為這樣的文字，雖然好像表面上做得很熱鬧，無所不有，但就像演戲一樣，一切都是假的。

　　鑒於平易的審美標準，朱熹一方面對韋應物等人的詩推崇備至，另一方面卻對杜甫的詩頗有微詞。他說：「杜子美『暗飛螢自照』，語只是巧。韋蘇州云：『寒雨暗深更，流螢度高閣。』此景色可想，但則是自在說了。……其詩無一字做作，直是自在。其氣象近道，意常愛之。」[256]學生問他韋詩比陶詩如何，他回答說：「陶卻是有力，但語健而意閑。隱者多是帶氣負性之人為之。陶欲有為而不能者也，又好名。韋則自在，其詩直有做不著處便倒塌了底。晉宋間諸多閒談。杜工部等詩常忙了。陶云『身有餘勞，心有常閑』，乃《禮記》『身勞而心閑則為之也』。」[257]「韋蘇州詩高於王維孟浩然諸人，以其無聲色臭味也。」[258]由此可見，朱子所稱道的平易是內心自在形諸外部的表現，而非純語言形式的追求。朱熹能將文章現象與人的寫作心理聯繫起來考察，確是高人一籌。我們認為，這裡所說的「自在」，不是指人的一時一地的心境，而是指作者的一種恆常的寫作心理品質，即

253　《朱子語類》〈論文下〉。

254　《朱子語類》〈論文上〉。

255　《朱子語類》〈論文上〉。

256　《朱子語類》〈論文下〉。

257　《朱子語類》〈論文下〉。

258　《朱子語類》〈論文下〉。

如前所引「身有餘勞，心有常閑」，「身勞而心閑則為之也」。即便在「勞」中，心也還是「閑」的，所以能超然物外，從容為文；在這種良好的心理狀態下，寫出的文字也便平易不費力。與「閑」相反的是「忙」，忙則拘謹不自在，形諸文字便做作、取巧。以「忙」和「閑」論詩說人，另闢蹊徑，別有深蘊。

朱熹的「平易」的審美觀，是基於他對詩文的本原的理解之上的。有人問他：「詩何謂而作也？」他認為「感於物而動」，最終發之為「自然之音響節奏」，這是詩的本原、本色。自然的音響節奏必是平易、平淡而不做作、雕琢，因而也不是人著意為之的，詩文原本就應該是平易、平淡的。他認為古人的詩，原來並無意於平淡，只是對今人裝神弄鬼之作而顯得平，對今人添油加醋之作而顯得淡。從詩歌起源一直到魏晉，凡是寫得好的詩，其平淡都是出於自然。這就從詩文的本質上為平易、自在的審美觀立下注腳。

朱熹的平易、自在的審美觀不是一個抽象的概念，以此燭照其有關論述，我們發現它的內涵是很豐富的。朱熹所說的文章要崇實、簡約、明白等，其實都可以看作是從平易、自在這一審美觀中生發出來的。朱熹說：「作文字須是靠實，說得有條理乃好，不可架空細巧。大率要七分實，只二三分文。如歐公文字好者，只是靠實而有條理。如〈張承業〉及〈宦者〉等傳自然好。東坡如〈靈壁張氏園亭記〉最好，亦是靠實。秦少游〈龍井記〉之類，全是架空說去，殊不起發人意思。」[259]他喜歡簡潔的文字，他說：「凡人做文字，不可太長，照管不到，寧可說不盡。歐蘇文皆說不曾盡。」[260]有人向朱熹請教文字，朱熹告訴他須「就簡約上做功夫」。[261]這是主張文字簡而有致，說的也是平易。此外，朱熹還主張文章要明白。他看陳番叟〈同合錄序〉，

259　《朱子語類》〈論文上〉。
260　《朱子語類》〈論文上〉。
261　《朱子語類》〈訓門人一〉。

文字艱澀，說：「文章須正大，須教天下後世見之，明白無疑。」[262]「明白無疑」，說的還是平易。這些表述使朱子的審美觀有了新的層次與色彩。如果說朱子對平易與自在的表裡關係的論述，是注意到文章與寫作主體的整體聯繫，他在平易之下的關於崇實、簡約、明白等看法，則體現了朱子對寫作的形式美的認識有一定的縱深度。

　　以上，我們從三個方面對朱熹的語文教育觀作了一個梳理。我們認為，作為一個理學大師，朱熹的語文教育觀脫不出他的客觀唯心主義哲學觀的侷限，這主要表現在他對寫作本質的認識上，把「道」與「文」的關係，看作是「根本」與「枝葉」的關係，把二者視為一體；而當他接觸到具體的寫作實踐時，作為一個教育家，作為一個詩、文作家，他的認識，如反對功利主義的寫作觀，對法度與創新、平易與做作等的看法，均不失敏銳與深刻，其中有的實際上與「文便是道」的主張自相牴牾。然而，由於種種原因，在語文教育史上，朱熹的語文教育觀的消極方面，如言「道」言「心」等，反被後人所接受、遵循，有的至今仍被奉為圭臬；而其積極方面，如重學問、明理，注重心理修養——心「閑」等，卻鮮為人道、鮮為人知。因此，客觀地評價朱熹的語文教育觀，無論對全面認識中國教育史上的一個重要人物，還是對我們今天的語文教育理論建設，都是十分有益的。

唐彪：自撰為主，取用為輔
——「為文章」亦「為功名」的折衷主義語文教育觀

　　唐彪，字翼修；浙江瀫水（瀫，gú。蘭溪）人。生於清初順治、康熙年間。具體生卒年不詳。其生平據《蘭溪縣誌》載：「以明經任

---

262 《朱子語類》〈論文上〉。

會稽、長興、仁和訓導。[263]課授生徒皆有條緒可遵。存心平恕，立論和易，嘗問學於黃梨洲（宗羲）、毛西河（奇齡）之門，胸羅萬卷，而源本於道。仇滄柱稱為金華名宿（出名的老前輩）。解職後益力學，所著有〈身易〉二篇，《人生必讀書》《讀書作文譜》《父師善誘法》等書。」[264]《讀書作文譜》、《父師善誘法》二書原名《家塾教學法》，作者矢志於教育研究的初衷由此可見一斑。此二書可視為姐妹篇。《父師善誘法》主要論及語文啟蒙教育，《讀書作文譜》則承繼其後，專論閱讀與寫作教學。二書相得益彰，所論不乏精闢之見。

　　《父師善誘法》與《讀書作文譜》二書就我們的論題而言，《讀書作文譜》顯然更具代表性與研究價值，它對中國傳統的語文教育思想與方法作了一個較為全面的繼承性的整理，並有所開拓與發展，使之趨於系統化、條理化與精密化。

兼容並蓄、自成一家

　　唐彪在《讀書作文譜》〈凡例〉中說：「天下之理有歸一者，亦有兩端者。歸一者易見，兩端者難明。大舜孔子每加意焉。是書於古人之議論有不同者必兩存之，更為之分析其理而斟酌取中，知偏見不可以為法也。」「凡一人立言不無遺漏，惟集眾美，補其欠缺，彙集成編，庶幾詳備，故二書（指《讀書作文譜》《父師善誘法》）不欲盡出於己而多引他人之言也。」由此可見作者在著述之前就意欲摒除個人的門戶之見，輯取百家之長，立中肯完備之說，不排斥異端，不固執偏見，這是作者編著該書所遵循的一條宗旨，這一宗旨為該書成為傳統語文教學集大成之作立下了奠基石。

　　該書所引之文、論列之事均極為廣博，上至孔孟、程朱等先賢大

---

263 訓導，學官名。掌協助同級學官教育所屬生員。
264 見《光緒蘭溪縣誌》卷5。

儒，下至當朝文人學者，其言行無不相容並舉。在廣為引述舉例之後，再析理論說，斟酌取中，以期成一家之言。

例如在該書卷一〈讀書總要〉中論述閱讀的「博」與「約」的關係時，他說：「《孟子》博學詳說，似先博而後約也；《中庸》博學審問是博之事，慎思明辨是約之事；《顏子》博文約禮，皆似同時兼行，不分先後。外更有先約後博者……此三者雖有或先或後或同時之異，然皆可合為一串也。惟科舉之學，則宜分而為二，何也？科舉之學除經書外，以時文為先務，次則古文，竊謂所讀[265]之時文貴於極約，不約，則不能熟，不熟則作文時神氣機調皆不為我用也。閱者必宜博，經史與古文、時文，不多閱，則學識淺狹，胸中不富，作文無所取材，文必不能過人。由此推之，科舉之學，讀者當約，閱者宜博，博約又可分兩件也。」這裡，既理清了前人關於博與約的先後關係，使之歸於一是，又根據科舉之學的特殊性，將約、博和精讀、博覽聯繫起來加以區別，闡明自己的見解。這就便讀者在接觸到前人的不同見解的同時，又受到點化引導，對問題有了較明確的認識。

這種先大量引用各種相同、相似或相異的見解或現象，加以一定的分析評論，然後再結合教學實踐，簡要地闡明自己的觀點的寫作方法，構成該書論述的基本模式。由於它以旁徵博引為先務，便有可能在一定程度上避免先驗的、主觀的立論；由於作者十分重視教學實際問題，這又使作者能充分調動自己的教學經驗對前人的論述進行檢驗與再認識，這也就可能產生較為精闢的見解。

不可否認，唐彪固然極力表明要在學術上取一種客觀超然的態度，但是，從根本上說，他欲超出百家，卻超不出儒家教育思想，超不出宋明理學家對其影響，加之「科舉之學」的制約，這就使他不可避免地在某些論述中沾染上唯心主義的色彩。《讀書作文譜》開篇伊

---

265 讀，指精讀、誦讀，與「閱」對舉，閱指粗讀、瀏覽。

始就在〈學基〉篇中說：「心非靜不能明，性非靜不能養，靜之為功
大矣哉！燈動則不能照物，水動則不能鑒物，靜則萬物必見矣。惟心
亦然，動則萬理皆昏，靜則萬理皆徹。」[266]主張讀書作文須賴靜坐之
功，連篇累牘地引周敦頤、程明道、朱熹等人的論述，極力提倡「程
門立雪」式的靜悟法。閱讀自然須心無旁騖，但認為「萬物皆備於
我」，把內心看作認識的本源，脫離現實生活的實際，在苦思冥想中
做學問，這便本末倒置了。

　　傳統語文教育從來崇奉的就是「明道立政」「代聖賢立言」。儒家
思想雖然總的來說是「入世」、「用世」的，但「入世」、「用世」在教
育中卻只限於闡釋經義，其結果充其量只不過是托古改制，把自己的
觀點注入儒家的舊瓶子裡去。這種狀況在宋明之際達到登峰造極的地
步。宋儒變前人對六經的訓詁為傳注，專主闡發義理，「而孔孟之意
有十不得五者矣」。唐彪曾「問學」的黃梨洲係「浙東史學」的創始
者，他倡導：「學必源本於經術，而後不為蹈虛；必證明於史籍，而
後足以應務。元元本本，可據可依。」[267]當時的「六經皆史」觀點，
也不會不對唐彪產生影響。然而，只要「八股」取士的制度不變，語
文教學仍是「科舉之學」，尊經崇儒的語文教育思想就不能產生根本
的變革。這就使唐彪時時陷於矛盾之中。他既強調「我注六經」式的
靜悟，視「心」與「性」為本源，「蓋文章者，性之華也。性之精
華，取之不窮而用不竭。」[268]又強調多讀多寫多改，強調實踐的重要
性。在論及八股文寫作時，這種矛盾表現得尤為尖銳。他說「人言制
藝宜自經營者十之六，言不妨取用於人者亦十之四，彪細思之，二說
皆宜存而不必偏廢。一為文章起見，一為功名起見也。」[269]「為功

---

266 唐彪：《讀書作文譜》卷1。
267 曹聚仁：《中國學術思想史隨筆》（北京市：生活・讀書・新知三聯書店，1986年），
　　頁251。
268 唐彪：《讀書作文譜》卷6。
269 唐彪：《讀書作文譜》卷6。

名」與「為文章」，這可謂是傳統語文教育的基本矛盾所在。二者實際上是難以調和的。在當時的歷史條件下，大約任何一個「家塾」教師都難以免俗，教育的目的不能不「為功名」；而一個有見地的學者也不會不看到語文教學豈能不「為文章」。因而，唐彪也就別無選擇，唯有取其「折衷之論」了。他說：「文章自出機杼，則文品高而傳後亦久。既作一題，必宜竭力經營，不當先思剿襲，以用（取用於他人文章）為輔，遇可用者，不妨借用。」[270]即「為文章」計，須自出機杼；「為功名」計，須輔之以取用他人。作者的「折衷之論」能在「為文章」與「為功名」二者之間分出主與輔來已屬難能，確實不應苛求。

　　一旦作者擺脫「科舉之學」、「代聖賢立言」、「闡發義理」等的羈勒，接觸到一些一般的教學方式方法，解決一些具體的實際問題時，他就表現出從容與敏銳，發揮出他的學識與經驗的全部優勢。他除了有「折衷之論」外，往往不乏真知灼見，這些真知灼見與其說是源於理性的思考，不如說是主要來自於經驗的直感。在語文教學上，唐彪就其實質看是個經驗主義者，他的許多具體論述常常表現出「崇實」、「尚用」的精神，表現出樸素的唯物觀與辯證法。除了傳統教學論中的循序漸進、教學相長等思想在《讀書作文譜》中得到具體體現外，他還非常注意根據學生的年齡、資質、生理與心理特點因材施教，重視相互切磋辯駁的討論法教學，不但對文章作靜態的分析，而且還對寫作行為作動態分析，說的雖然大多是針對八股文教學，但也有為文之大法在。

　　不論是集取眾說還是抒發己見，唐彪都立意使《讀書作文譜》的論述分類別、成系統。他在「凡例」中說：「古人之言有一篇合發數理者，難以混入一類，愚為之分析隸於各類之中，非敢輕為割裂，蓋

270　唐彪：《讀書作文譜》卷6。

欲分類發明不得不如此也。」「凡書分類成卷，則事理會於一處，可以比擬而識其理之深淺，言之純疵，存精去粗。」單就這種分類整理的功夫就是值得稱道的，更何況唐彪為了使之成系統，顧及讀書與作文二者的相輔相成，對前人的論述作了許多的評點，著眼於問題的內在關係與對立面進行分析闡發，使整個的論述系統與概念範疇趨於嚴整。

　　總之，《讀書作文譜》給我們研究中國傳統的語文教學思想與方法提供了豐富的資料，並使前人的一些零散、片面的論述得到梳理與增益，在博採眾長的基礎上成一家之說。

讀寫兼顧、以寫為綱

　　語文教育主要包括閱讀與寫作教育這兩大部分，在傳統語文教育中，由於「作文是替聖賢說話，必知聖賢之心然後能發聖賢之心，有一毫不與聖賢語意相肖者非文也」。[271]所以，寫必源於讀，不讀就無以取材，無從寫，寫必隸屬於讀。這是語文教學成為科舉之學使然。這就造成兩種情形，一是語文教學與研究偏重於閱讀，對經義的訓詁、注疏、闡釋疊床架屋、不厭其煩；二是寫作教學不注重個人的創造，而靠研讀八股文選本，以模仿抄襲為能事，很少對「寫」的訓練做過細緻周詳的研究。而唐彪的《讀書作文譜》在擺正讀、寫關係上，在對寫作教學的研究上，均有獨到的貢獻。

　　《讀書作文譜》在相當程度上避免了上述的弊病，把閱讀與寫作視為一個相互聯繫的整體，讀中有寫，寫中有讀，讀寫兼顧，立足於寫，這是《讀書作文譜》的一大特點。

　　《讀書作文譜》全書共十二卷，我們可以把它分為三大部分：第

---

271 武之望：《舉業卮言》卷3。

一部分是一到四卷，以講「讀書」為主（第四卷專論書法）；第二部分是五到九卷，側重於「作文」；第三部分是十到十二卷，主要講古文、詩詞及其他文體的有關知識（涉及讀、選、寫等）。無論從總體上看，還是從作文部分這一局部的篇幅看，作文教學都受到充分的重視。

讀書部分，第一卷側重講「為學」的要旨，以〈學基〉與〈文源〉兩篇對舉，就照顧到讀與寫兩方面的內在聯繫。從讀的角度主張「讀書窮理靜字功夫」，從寫的角度則強調「心正而氣全，氣全文自至也」。緊接著在卷一的《讀書總要》與卷二、卷三中，論及讀書的博、約關係，歸結到須有利於寫，以寫作為處理博、約關係的出發點；論及讀書的記憶與理解的關係時，談到讀書理解得透澈，可使「臨作文時聯絡襯貼未嘗不到筆下也」；論及讀書的有疑與無疑的關係時，點到有疑不得「輕發於言，或妄筆之於書」；論及讀書作文的熟與生的關係時，強調「熟一字為作文第一法也」；論及為學的「計日程功」與「優遊漸積」二法的關係時，指出作文「當由漸以引之……才思亦漸能開發矣」；論及學有「專功深造」與「淺嘗粗入」時，主張「改竄舊文，重作舊題，始能深造」，等等。這類從讀論寫的表述在前三卷中比比皆是，可見，作者並不孤立地論讀書，而是把讀書、作文視若一體，十分注意讀的狀況對寫的影響，所讀是為了有所用。

第五卷是承前啟後之卷，內容大多是重溫一至三卷中的要點，並就其中某些要點作進一步的闡發，大約有溫故知新的意思。該卷最後是「文章惟多做始能精熟」和「文章全藉改竄」二節，這可能視為下文論述作文的總要。

六至九卷論作文是作者全書的重心所在，而第六卷又是這幾卷中最有價值的部分。因為，在卷六中，作者比較充分地揭示了寫作行為的動態過程，體現了作者的作文教學的基本思想。對於寫作過程的研

究，唐彪固然比不上劉勰在《文心雕龍》中表現得那麼周詳、精緻且有文采，但是系統性與實用性卻是他的所長。《文心雕龍》的創作論雖然講到寫作過程，卻難免將寫作過程與文章技法摻合雜陳，並且有點玄妙得難以捉摸。唐彪的論述則與作文訓練的實踐活動較為切近，每一步都著眼於具體的教學情境，學生的實際問題。

　　寫作動態的行為過程是這樣表述的：臨文體認功夫──布格──時文有取用自撰兩端──修辭。其思路是作文時「凡一題到手，不可輕易落筆」，第一步須做的就是「臨文體認」，即分辨題意，確定題旨，並對通篇作初步的多方面的構想。這似乎比我們今天所講的「審題」還要多些。第二步是布格，這與「佈局結構」也不盡相同。它主要是指尋找一種適合於表現內容的形式規範，類似於編訂提綱、擬定思路。「作文之時必須先定格以為佈置之準則」，才有一定的致思方向，而不是得到確認的佈局。「初間定格，至中而變，固亦常事」，這才是對內容安排所進行的構思。給予文章內容以一定的形式觀照，而後再作適當的調整、變化、創新，這是符合運思的實際情況的。文中關於「布格」而又不拘一格的論述是值得稱道的。第三步主要是講取材。他認為寫作內容的選擇，有「取用」與「自撰」兩端，如上文所述，他主張以自撰為主，取用為輔。自撰是為文章起見，取用是為功名起見。作者把「為文章」作為取材的主要要求，這是針對學生「專去翻閱腐爛時文」的時弊，有感而發的；作者主張「既作一題，必宜竭力經營」，而後「遇可用者，不妨借用」，這關於何先何後的論述，也考慮到作文情境的隨機性。第四步是修辭，講的是語言表現的功夫，包括詞語的推敲，篇章的調節，引用典故及行文的風格等，一般也都注意到具體行文中的得失利弊。以上作者的思路，基本上反映了寫作行為的一般規律，體現了寫作思維的某些特點（如「臨文體認」到「布格」實際上表述了思維從「發散」到「聚斂」這一過程）。學生可以對這些步驟逐一體察，按部就班進行訓練。由於作者具有豐富

的教學經驗，因而他的構想勢必對規範學生的寫作行為是有效的。

緊接其後的七、八、九卷也都是講作文。卷七講文章技法；卷八講八股文各種具體題式的不同要求；卷九專論八股文的標準範式，分別講述構成八股文的各個部分：破題、承題、起講、入題、一二股、出題、三四五六股、七八股、過文，束股。為學生提供了一個文章靜態模式。六至九卷論作文，肇始於對寫作行為的動態分析，終結於文章模式的靜態揭示，這已經初步具備當代寫作模式程序教學的基本要素。當然，就其研究對象的侷限性與作者的認識水準而言，均有許多不盡如人意之處，但是，作者立足於對寫的研究，初步建構了作文教學的知識框架，使作文教學在語文教學中佔據了顯著的地位，這不能不說是一個進步。

其後的十至十二卷，論及的是八股文以外諸多文章、文體的有關知識。這裡除了一些「後場體式」（應試文體），有的不屬於科舉之學，用今天的話說即是「超大綱」的。作者討論了與科舉之學關係不甚密切的文體，評作家，談流變，仍然是基於一個目的，即「為文章」起見。在「八股之弊，等於焚書」的現實情形下，開拓學生的視野，提高學生的總體的學識素養。可見，「為文章」計，以寫為綱，是作者貫穿全書的一個基本意圖。

儘管作者把八股文作為作文教學的一個主要內容，但是他所面對的寫作現象，他所揭示的寫作規律，實際上已超出八股文的狹隘天地，他既受到科舉之學的制約，又試圖打破這種制約的努力，也是顯而易見的。

對舉辨析、釋理精微

《讀書作文譜》全書不過七、八萬言，論述的範圍廣，容量大，要寫得簡潔而又有一定的深度是很不容易的。然而唐彪畢竟還是在這

不大的篇幅中給我們留下一些啟迪和思考，我們認為，這主要得力於他的「對舉辨析」的思想方法。

　　《讀書作文譜》的論述（包括輯錄前人的觀點）能著眼於問題的多方面或對立面展開，列舉前人不同的或相反的意見（當然也有相同的意見），或直接揭示事物的內在矛盾，以求通過對相異的或對立的觀點、方面的分析，深化對事物的認識。

　　例如在論及讀書的方法時，作者首先便提出問題：「朱子云讀書之法先要熟讀，熟讀之後又當正看背看左看右看，看得是了，未可便說是，更須反覆玩味。乃吳主教呂蒙讀書與諸葛孔明讀書皆止觀大意，則又何也？」[272]作者然後加以分析，認為這是因為書有「宜熟讀」的與「只宜看而會其大意」的；讀書的人也有年長記性不好的與少壯未仕記性好的這種區別，前者只觀大意，記其理不記其詞，後者既欲精其理又欲習其詞所以要熟讀。在分析這些差異之後，作者說尚須求其同，這「同」，便是指任何人讀書的目的都是相似的，即記取書的綱領，而書的綱領其實只不過數句，記取綱領是讀書的最簡潔的方法；對於「當看之書」（只須瀏覽的書），不論是朱子，還是吳主、孔明，他們的閱讀方法是沒有什麼不同的，這就是只記取綱領。

　　作者就是用這種著眼於問題或矛盾進行條分縷析的方法，提取出了一系列的兩兩相對的關係展開辨析。例如讀書的博與約、記憶與理解、疑與闕疑、教與學、粗與精、熟與生、課程的多與少、計日程功與優遊漸積法、專功深造與淺嘗粗入、學與思、學與問、風氣轉移與文章新舊、多讀與多做、文章的定格與變化、取用與自撰、修辭與達意、模仿與創新，等等。在這所有的矛盾的背後，最基本的矛盾便是讀與寫的矛盾，而如何寫，則始終是作者思考的重心。在讀與寫孰輕孰重這一問題上，作者的認識是十分明確的，他說：「學人只喜多讀

---

272 唐彪：《讀書作文譜》卷2。

文章，不喜多做文章，不知多讀乃藉人之功夫，多做乃切實求己功夫，其益相去遠也。」[273]基於這一認識，作者在分析上述一系列矛盾時，大多能夠較好地體現「為文章」這一指導思想。

由於作者善於圍繞著教學中的問題與前人論述中的矛盾進行思考，因此，他的認識，往往能有的放矢，有一定的深度，對一些問題的看法往往也是辯證的。

唐彪論「讀書作文當闕所疑」時，講到「學者必不能無疑，惟在於有疑而能闕（闕疑即存疑）」，他先對有疑與闕疑，能闕與不闕作了初步的闡述後，在下一節「看書進一層法」中，詳引了朱子的話，將前面的討論深入下去：「讀書有疑者須看到無疑，無疑者須看得有疑，有疑者看到無疑其益猶淺，無疑者看得有疑其學方進。」[274]至此，作者便把闕疑與釋疑，有疑與無疑的相反相成的關係，表述得嚴謹而且辯證。

這種辯證的思維方法，使作者不但能著眼於對立面揭示矛盾，而且能不迷信名家、名篇、名言，對名家、名篇、名言善於作具體分析。

唐彪說：「今人於名人之文概視為錦繡珠璣，謂可不必選擇乃率意誦讀，豈知平常之文讀之能令人手筆低乎？」「文章未有無疵病者，雖以左史文中之聖，而或詳略欠審，或位置失宜，或字句粗率，往往有之。下此者可知矣。學者讀其文，先存成見，但求其美，而不辨其疵，非深造自得者也。惟精加玩索，能辨其美玉微瑕，然後己之所為文，瑕疵亦可免矣。」[275]「凡書有難解處，必是著書者持論原有錯誤，或下字有未妥貼，或承接有不貫串，不可謂古人之言盡無弊也。」[276]此外，作者還將名家之文區別為三等：「大凡一人所著有最

273　唐彪：《讀書作文譜》卷5。

274　唐彪：《讀書作文譜》卷2。

275　唐彪：《讀書作文譜》卷11。

276　唐彪：《讀書作文譜》卷2。

上之文，有其次之文，有又次之文，三者相較而高下大懸殊矣。故選古文者須選最上之文，其次與又次者即可已也。」[277]並對「世之選古文者」的種種弊端提出批評。作者能對名家之文作具體分析，不盲目推崇的膽識是值得欽佩的。

　　在處理教學、師生關係上，作者的認識也同樣是全面、辯證的，深得為學為師之道。他極力鼓勵師生互相駁問切磋：「不特弟子復講時，師宜駁難，即先生講解時，弟子亦宜駁問。先生所講未徹處，弟子不妨以己見證之，或弟子所問先生不能答，先生即宜細思，思不得，當取書考究，學問之相長正在此也。切勿掩飾己短，支離其說，並惡學生辨難。蓋天下事理無窮，聖賢尚有不知，何況後學。不能解者，不妨明白語學生：我於此猶未曾見到。如此則見地高曠，弟子必愈加敬之，不如此，反不為弟子所重矣！」[278]這些有關師生關係的論述與前人的「弟子不必不如師，師不必賢於弟子」[279]的教學民主思想一脈相承，但是，顯然在說理上更加精微明徹。

　　唐彪對許多具體的教學問題的認識，在一定程度克服了唯心主義的思想傾向，與當時學術界所宣導的「經世致用」的觀點有所默契。他的一些具體論述較少神秘主義、先驗論的色彩，更多的倒是從教學實際出發研究問題，注重實用價值，體現了一定的批判精神。當然，不可否認，唐彪的論述還鮮有成熟的哲學思考與精深的理性分析，他基本上還只能算是一個實踐家，而不是一個哲學家或理論家。他只是關心「文章」，注重「作文」，對教育對象，對教學問題有著特殊的敏感。

---

277 唐彪：《讀書作文譜》卷11。
278 唐彪：《讀書作文譜》卷2。
279 韓愈：《師說》。

目中有人、以人為本

　　《讀書作文譜》作為一本教學論著，可以看出作者不但較好地繼承了傳統教學論的精華，而且，他對教學問題的研究，較之於前人更加注重學生的個性心理特點的差異。

　　關於閱讀，他不主張籠統地說多讀博覽，除了把書分為當讀、當熟讀、當看、當再三細看、當備以資查考五等[280]，區別書當精讀、當博覽的內容外，他把更多的注意力放在對學生個體差異的體察與研究上，從學生的實際狀況出發，因人制宜，因材施教。這主要表現在以下幾個方面：

　　（一）資質敏鈍。學生的資質分為三等：上資、中資、下資。按其資質的穎拙分別考慮制訂每日的閱讀課程量，一般以中資為基準計算學業日程。[281]

　　（二）體能強弱。「質弱羸病之人」宜優遊漸積，不得計日程功。[282]

　　（三）年有長幼。「年長而且祿仕……讀書止取記其理不取記其詞」，「觀大意」即可；「少壯未仕者……既欲精其理又欲習其詞」，須「熟讀熟看」。[283]

　　（四）性有勤懶。「學者用心太緊，功夫無節，則疾病生焉。……故父師於子弟懶於讀書者當督責之，勿令嬉遊；其過於讀書者，當阻抑之，勿令窮日繼夜，此因材立教之法也。」[284]

280　唐彪：《讀書作文譜》卷1。
281　唐彪：《讀書作文譜》卷1。
282　唐彪：《讀書作文譜》卷3。
283　唐彪：《讀書作文譜》卷2。
284　唐彪：《讀書作文譜》卷3。

　　（五）勞逸諧調。「十五（歲）以內每日間宜取四、五時讀書，余可聽其散步。少年之人血氣流動，樂於嬉戲，亦須少適其性，大勞苦拘束之，則厭棄之心生矣。」[285]對於三十歲以內與三十歲以外的人均各有所論。

　　以上的區別都注意到學生的能力水準與學習效果的關係，一言以蔽之：「課程量力始能永久。」[286]「量力而行」是唐彪閱讀法的一個基本原則，這「力」包括人的體力、智力及人的秉性上的記憶力、理解力、自制力等等。即根據教學對象的實際情況決定該讀什麼、讀多少、怎麼讀。

　　在學生的「量力而行」，教師的「因材施教」這些方面，唐彪的思考確實比起權威的《朱子讀書法》，或是流傳甚遠的《程氏家塾讀書分年日程》來，均有過之而無不及。

　　在作文教學上，唐彪極為強調多做多改，熟能生巧，強調通過大量的作文實踐，調動學生自己的悟察力，在作中悟，悟中作。這種教學法亦可謂抓住了寫作教學的關鍵。他的有關論述主要有如下幾點：

　　（一）「他評」與「自省」二者比較而言，唐彪更重視學生自己的體認功夫，他更欣賞「疵病不待人指摘，多做自能見之[287]」的作文學習法。

　　（二）認為「是熟一字為作文第一法也」。[288]作文的艱難費力是因為不熟，即實踐不夠，熟了便容易了。他的格言是「讀十篇不如做一篇」。[289]

　　（三）認為一揮而就的「神到之文」少有，好文章大多倒是「精

285　唐彪：《讀書作文譜》卷3。
286　唐彪：《讀書作文譜》卷3。
287　唐彪：《讀書作文譜》卷5。
288　唐彪：《讀書作文譜》卷3。
289　唐彪：《讀書作文譜》卷5。

思細改」出來的。「文章不能一做便佳，須頻改之方入妙耳。」[290]

（四）強調延期修改的必要性。他說：「文章初脫稿時，弊病多不自覺，過數月後始能改竄，其故何也？凡人作文心思一時多不能遍到；過數月後遺漏之義始能見及，故易改也。又當其時執著此意，即不能轉改他意，異時心意盧平，無所執著前日所作，有未是處俱能辨之，所以易改。故欲文之佳者，脫稿時固宜推敲，後此尤不可不修飾潤色也。」[291]

（五）主張人生作文須有數月發憤功夫，而後文章始得大進。「必專一致功連作文一、二月，然後心竅開通，靈明煥發，文機增長，自有不可以常理論者。」[292]

總之，這些論述強調的都是學習主體的寫作實踐活動的重要性，注重的是人本身的作用，對寫作心理、寫作思維均有所思考。這一點在作者對前人有關論述的引用中也能得以證明。例如：「文理在書中，文情在書外。作文者當知就題說書，而不當執書解題也。」[293]「今之後生專會翻閱腐爛時文以為得法，抑知吾有至寶不去尋求，而取他人口吻以為活命之資，真可歎矣。」[294]「士子造詣，必須隨其質之優為者而多造其極，不必捨自己之長而強學他人之所長也。」[295]「讀古文宜自成一家」，「讀諸經書，諸史子，諸古文鎔會變化，做成自家一種手筆，而無摹擬盜襲之跡方稱大家」等等。在最壓抑、窒息人的創造性的「科舉之學」中，對學生的個性、創造性給予大膽的鼓勵，使陳腐的語文教學透出一縷清新的空氣。如果說唐彪的語文教育體現了一定的人本主義思想，大約是恰如其分的。

290　唐彪：《讀書作文譜》卷5。
291　唐彪：《讀書作文譜》卷5。
292　唐彪：《讀書作文譜》卷5。
293　唐彪：《讀書作文譜》卷6。
294　唐彪：《讀書作文譜》卷6。
295　唐彪：《讀書作文譜》卷6。

此外，作者還對學生的學習品質、修養等給予關注。例如主張學習要「虛心體認不可參入偏見」；要不恥下問，要好問、善問；提倡「良師友切磋之法」，「聯會切磋，群相鼓舞」；引王陽明所言「入場之日，切勿得失橫在胸中，令人氣餒志分，大無益也」等等。這些都表明了作者能夠透過教學的表層結構，看到塑造「人品」與「學業致功」的關係。這比前人籠統地談「立心處事」、「理欲義利君子小人」，或具體地說「涵養究索」、「反覆體驗」、「埋頭理會」等，更有其切實明瞭之效。

以上，我們從四個方面探討了《讀書作文譜》在語文教學論建設上的積極意義，這部寫於近三百年前的語文教學論著，自然不會不留下歷史的陰影。繼承性的「集大成」是該書的長處，也是該書的短處，如前所述，它的最大弊病是套著「科舉之學」這面沉重的枷鎖，承襲了宋明理學家的唯心主義的致思傾向。然而，作者「集大成」而不迷信、盲從古人、經典，能「為文章」計，為學生想，著眼於教學實際問題的解決，《讀書作文譜》也就仍不失為一部有價值的語文教學論著。

章學誠：學為實事，文非空言
——「有體必有用」的功用主義語文教育觀

章學誠（1738-1801），字實齋，號少岩，浙江會稽人，是中國十八世紀傑出的史學家、文論家和教育家。他雖是一個進士，但一生沒有做過官，把畢生精力都放在教學、研究和著述上，守著平淡和清貧，為後人留下了一份極其豐厚的文化遺產。他的代表作是《文史通義》和《校讎通義》及《亳州志》、《湖北通志》等大量的地方誌。因他的學術主張不投時人所好，致使許多著述遭散失，他的大量著作都是在他過世後由後人編輯成書的。其著作保留較多的是吳興嘉業堂主

人劉承幹據沈曾植藏本重加修補，於一九二〇年刊刻行世的《章氏遺書》。一九八五年，文物出版社據劉承幹刻本斷句影印，附上王秉恩所著《校記》一卷，北京大學圖書館藏章華紱抄本選錄的〈與孫淵如觀察論學十規〉等十四篇，北京圖書館藏翁同龢舊藏朱氏椒花唫（一ㄅˊ，yín）舫抄本選錄的〈書左墨溪事〉等四篇，書名改為《章學誠遺書》出版，這是迄今章氏著作保存較全的一個版本。章學誠有關語文教育的論述，散見於他的大量書信、劄記、條約等，較為集中的是《文史通義》的文德、文理、質性、點（ㄒ一ㄚˊ，xiá）陋、俗嫌、古文公式、古文十弊等篇，和〈清漳書院留別條訓〉、〈論課蒙學文法〉等文。

　　章學誠在他四十至五十一歲的十一年間，曾擔任過定州定武書院、肥鄉清漳書院、永平敬勝書院、保定蓮池書院和歸德文正書院的主講（院長），雖然他主要精力是放在著述上，但他於教育也非常盡責盡心，從他任職於各書院期間留下的大量的「條約」、「條訓」、「學文法」等文章可以看出他於教育孜孜不倦、嘔心瀝血的精神。正如他的卓爾不群的學術思想一樣，他的語文教育思想也絕不趨時媚俗，而能獨樹一幟，隨處可見其獨立的見解。他極力反對專務舉業、專攻時文的做法，認為寫作的根本在於學問，在於經世致用，由此出發，對宋學家的空談性天和漢學家的繁瑣考據作了尖銳的批判，同時對宋學家重道輕文的傾向給予糾正，較好地處理學問與舉業、古文與時文、閱讀與寫作的關係。在寫作教學法方面，他的〈論課蒙學文法〉一文對此作了相當深入、全面、系統的探討，其認識的科學性和深刻性，均在唐彪的《讀書作文譜》之上。章學誠堪稱中國古代最優秀的語文教育家和語文教育理論家。

有為而言、有得於心

　　在明清兩代的語文教育中，各種文選氾濫成災，編者有崇古的，

有尚今的，學堂中大多急功近利，以講習時文為主；而有識之士則竭
力反對誦讀時文，提倡應讀古文，形成了兩種截然對立的教育思想傾
向。崇古的大多讚賞的是古文內容的載道、明道，和文字上的古樸、
技巧上的高超，對此，章學誠不以為然。他雖然也反對專習時文，認
為這不是由學問而致文章之正途，且因時文規矩太繁，不利於初學者
掌握，但他也並不贊成以古為尊，不認為古文選本就一定可取，取捨
的標準不在文字形式，而是「在乎有為而言與無為而言」。他在〈答
周筤（ㄌㄤˊ，láng）谷論課蒙書〉中曾對他的好友周筤谷所編的
《四書釋理》一書的「意指」評論道：「……然文先之輯，果足嘉惠
幼學。而微窺意指，仍似不脫時文習氣，與俗下所選左國史漢、唐宋
八家，以及七種八集之類，究未相遠。恐童幼習慣，專意詞致文采，
遂以機心成其機事，而難以入道耳。蓋古學俗學之分，不在文字，在
乎有為而言與無為而言。文辭高下，猶其次也。」[296]他認為所謂「有
為之言」，並非都要犀利、華麗，而往往是「利鈍雜陳，華樸互見」，
因為「非此不足盡其學」，而成其立言之功能。「無為之言」則可能更
漂亮，「嫣然以媚於人」，這是「專求文字語言之末者也」。可見，「有
為」的關鍵在於是否有「學」，有學問才可能是好文章，不在於是古
文還是時文，這真是抓住了選文的要害。

　　與此同理，他也十分強調習作者應注重學問的探求，學問是寫作
的根本，必須「有得於心」，才能發為好文章，才不會拘執於文辭。
他說：「凡立言者，必於學問先有所得，否則六經三史，皆時文耳，
況於他乎？學問而至於有得，豈可概之學者，是以利鈍華樸雜陳焉，
而使之文境不拘窒，他日可以為有得之基。」[297]「夫立言亦以學問為

---

296 章學誠：〈答周筤谷論課蒙書〉，見《章學誠遺書》（北京市：文物出版社，1985
　　年），頁87。

297 章學誠：〈再答周筤谷論課蒙書〉，見《章學誠遺書》（北京市：文物出版社，1985
　　年），頁88。

主。」[298]要做學問，便不能零敲碎打地學幾篇古文，而要花大力氣、持之以恆、按部就班地學習、鑽研古代文化經典著作：「世之稍有志者，亦知時文當宗古文，其言似矣。第時文家之所為古文，則是俗下選本，採取《左》《國》《史》《漢》，以及唐宋大家，仍用時文識解，為之圈點批評，使誦習之者，筆力可以略健，氣局可以稍展耳。此則仍是時文中之變境，雖於流俗輩中，可以高出一格，而真得古文之益，則全不在乎此也。蓋善讀古人文者，必求古人之心。」[299]「學者功夫，貴於銖積寸累，涓涓不息，終至江河。……今之學者，疲精勞神於浮薄詩文，計其用力，奚翅十年？畢竟遊談無根，精華易竭。若移無用之力，而為有本之學，則膏沃者光未有不明，本深者葉未有不茂，事半功倍，孰大於此？」[300]要有得於心，便要系統地閱讀經典原著。但他也知道這個要求對於初學者是太難了，對於當時的教學也不太可能做到，為了解決這一矛盾，他在永平敬勝書院任教期間，也曾編了一本古文文選，名叫《文學》（該書不傳），但其性質則與流俗古文選本不同，他在〈文學敘例〉中闡明自己的編輯宗旨：「取先民撰述。於典籍有所發揮，道器有所疏證，華有其文，而實不離學者，刪約百篇，勸誘蒙俗。……而所謂文者，屏去世俗所選秦漢唐宋僅論詞致不求理實之文，而易以討論經史、辨正典章、講求學術之文。諸生誠能棄去墨誦三數百篇猥濫時文之功，而易為熟讀百篇文學之功，則力不加勞，而收效不可以道里計矣。經書文藝得此典贍，而不取給於類編雜纂之散漫也；策對經解得斯識斷，而不取給於策括、墨選之庸猥也。其文則漢人之淳質，六朝之藻繪，唐人之雅麗，宋人之清疏，

---

298 章學誠：〈論文示貽選〉，見《章學誠遺書》（北京市：文物出版社，1985年），頁336。

299 章學誠：〈清漳書院留別條訓〉，見《章學誠遺書》（北京市：文物出版社，1985年），頁674。

300 章學誠：〈清漳書院留別條訓〉，見《章學誠遺書》（北京市：文物出版社，1985年），頁663。

體咸備也。附以評論，引而不發，所以待人之自得也。志舉業者，得其潤色，已足於眾矣。倘因文而思學，因學而求讀古人書，因以進於古人之學，十室之邑，必有忠信，以望興起焉者。夫是以為文學，亦謂姑即文以言學云耳。」他只是把選本當作系統學習古文的導引，希望學生能因此產生追求學術、學問的興趣，其中所言「引而不發，所以待人之自得也」，注重的是對學生思維能力的培養，使之走上探索研究之途。

為此，他還針對當時流行的閱讀方法，將「學問」與「功力」加以區別：「學問文章，古人本一事，後乃分為二途。近人則不解文章，但言學問。而所謂學問者，乃是功力，非學問也。功力之與學問，實相似而不同。記誦名數，搜剔遺逸，排纂門類，考訂異同，途轍多端，實皆學者求知所用之功力爾。即於數者之中，能得其所以然，因而上闚古人精微，下啟後人津逮，其中隱微可獨喻，而難為他人言者，乃學問也。」[301]這裡所講的「功力」，其實指的是考據家之所為，他對這種脫離實際的學風極為反感，認為他們所做的只是在故紙堆中「妄求遍物」而不知「大義」，「學術固期於經世也……得一言而致用，愈於通萬言而無用者矣。」[302]可見，他所謂的學問，指的是發現闡明古代典籍中可以經世致用的東西，一切均須落在實處，「君子苟有志於學，則必求當代典章，以切於人倫日用；必求官司掌故而通於經術精微，則學為實事，而文非空言，所謂有體必有用也」。[303]由此看來，他所說的「學問」，具有很強的現實性和實用性，是自己的心得和思考，是對宋學、漢學的反叛，同時也是對科舉制下的語文

---

301 章學誠：〈又與正甫論文〉，見《章學誠遺書》（北京市：文物出版社，1985年），頁337。

302 章學誠：〈說林〉，《文史通義》，見《章學誠遺書》（北京市：文物出版社，1985年），頁34。

303 章學誠：〈史擇〉，《文史通義》，見《章學誠遺書》（北京市：文物出版社，1985年），頁41。

教育規範的脫離實際、空言義理狀況的否定。

劄錄之功、益進文辭

　　章學誠認為要做學問，一條極為重要的途徑是做劄記，做劄記是訓練思想的好方法。劄記是探索學問的，文章是表達學問的。就是說，做劄記是做文章的準備，文章是劄記的提高。他說：「故為今學者計，劄錄之功，必不可少。……學問之事，則由功力以至於道之梯航也。文章者，隨時表其學問所見之具也；劄記者，讀書練識，以自進於道之所有事也。」[304]這裡將學問和功力、文章、劄記幾者的關係作了清楚的表述。對於習作者來說，做劄記是學問文章的基礎，是「讀書練識，以自進於道」的必由之途，所以，章學誠對此十分注重，不論是對後學、朋友還是對自己的兒子，均強調有加。他在〈家書一〉中對兒子們教誨說：「爾輩於學問文章，未有領略，當使平日此心時體究於義理，則觸境會心，自有妙緒來會。即泛覽觀書，亦自得神解超悟矣。朱子所謂常使義理澆洗其心，即此意也。但劄記之功，必不可少。如不劄記，則無窮妙緒，皆如雨珠入大海矣。或仿祖父日記，而去其人事閑文；或仿我之日草，而不必責成篇章，俱無不可。……今自館課之外，強使習靜，靜中有所見解，即筆於書。不論時學古學，有理無理，逐日務要有所筆記。……今使日逐以所讀之書與文，作何領會，劄而記之，則不致於漫不經心。且其所記，雖甚平常，畢竟要從義理討論一番，則文字亦必易於長進，何憚而不為乎？劄記之功，日逐可以自省，此心如活水泉源，愈汲愈新。置而不用，則如山徑之茅塞矣。」[305]劄記既是對學習的心得體會的記錄。又能促

---

304 章學誠：〈與林秀才〉，見《章學誠遺書》（北京市：文物出版社，1985年），頁89。
305 章學誠：〈家書一〉，見《章學誠遺書》（北京市：文物出版社，1985年），頁92。

使學習時能專心致志、深入領悟，且能提高文字能力，收一舉數得之效。

劄記是從「自學」的角度來要求的，從課業上看，章學誠注重的是「大義」和「古論」。他在清漳書院任院長時，便要求「一月三舉」，就是每個月考查三次，考的是策問四書大義。他認為發策問義，對於增進學問，以至從事舉業均大有裨益：「策問四書對義，本欲諸生貫穿經書，融會傳注，自以意義發揮，更取他書印證，蓋學問之一端也。」[306]「發策問義，非但試覘（覘〔ㄓㄢ，chān〕。觀測）文辭，亦將聞言觀志，商榷學術，指授心裁，俱在於此。所問僅出四書，量非難解，若果按款臚對，則書理明通。從茲由近及遠，以淺入深，六經三史，諸子百家，將與諸生切磋究之，抵於古人之學。縱使材質有限，不能盡期遠大，即此經書大義，稍能串貫，究悉先儒訓詁，會通師儒解義，則執筆而為舉業，亦自胸有定見，不為浮游影響之談。上引材智，下就凡庸，粗細俱函，道無逾此。……願諸生勿憚煩苦，務取完篇。其讀書有得者，固須貫串發揮，盡展懷抱；其不能者，亦須確守傳注，按牘敷陳，不得剿說雷同，互相抄錄，是為厚望。如但有詩文，不作對義者，詩文雖佳，生員不取超等，童生不取上卷，勿謂閱卷之苛刻也。」[307]此外，他也規定學生做「古論」，「夫大義乃通經之源，古論乃讀史之本，事雖淺近，理實遙深。」可見，他是將作「大義」和「古論」，與讀「經」和讀「史」所作的研究對應起來，讀「經」的心得體現為「大義」，讀「史」的體會闡發為「古論」，其目的仍是以「學問」為根本，同時也兼顧舉業。

章學誠與程頤、朱熹等人一樣，都極其看重學問，雖然他們對學

---

306 章學誠：〈清漳書院條約二〉，見《章學誠遺書》（北京市：文物出版社，1985年），頁313。

307 章學誠：〈清漳書院條約一〉，見《章學誠遺書》（北京市：文物出版社，1985年），頁313。

問的性質的理解存在分歧，但都認為學問文章「古人本一事」，有學問才有文章，而他們對「文辭」的理解卻大相逕庭。程頤、朱熹均認為有學問、明道理，便自然會發為好文章，文辭是不學而能的。章學誠對此不以為然，他認為探討學問固然重要，但修習文辭也必不可少，二者雖有輕重本末之分，但不可偏廢。他在與友人的信中，多次勸導他們應注重修習文辭。他在〈與朱少白論文〉中，對學習文辭的必要性作了詳盡的論述：「兒子言邵先生近勸足下學古文辭，足下不肯竟學，意謂文不可學而工，學養優余，文自沛然而至，此說誠然，但足下予今言此，猶未可也。孟子曰：『持其志，毋暴其氣。』著述將以明道，文辭非所急耳，非不用功也。知有輕重本末可矣，不當偏有所務，偏有所廢也。《易》曰：修辭立其誠。誠立何預於辭，而亦要於修此，明不偏廢也。……且足下所謂學者，果何物哉？學於道也。道混沌而難分，故須義理而析之；道恍惚而難憑，須名數以質之；道隱晦而難宣，故須文辭以達之。三者不可有偏廢也。……足下之於義理，不能不加探索之功，名數不能不加考訂之功，獨於文辭，乃謂不須閑習，將俟道德至而發為自然之文，不知閑習文辭，亦學以致道之一事。致之之功不盡，道亦安能遽至乎？……道由粗以致精，足下未涉其粗，豈可躐等而言神化耶？」[308]他把文辭看作是「道」的一個組成部分，把「閑習文辭」視為「學以致道之一事」，這實際上是為寫作訓練作了理論論證。如前所述，他主張要做日札，其目的之一，也在於訓練文字，「益進於文辭」，這針對的是「近日學者，正坐偏學而不知文」的傾向。

　　由上可知，章學誠的語文教育思想，對當時在「學問」和「文辭」這兩個方面存在的錯誤認識，均作了澄清，確立了語文教育以探究學問為主，兼顧修習文辭的基本思想。

---

308 章學誠：〈與朱少白論文〉，見《章學誠遺書》（北京市：文物出版社，1985年），
　　頁335-336。

合之雙美、離之兩傷

　　在科舉制的教育規範下，不論是官學、私學，要想切實貫徹「學問文章」的指導思想均殊為艱難，一般人總是把學問和舉業視為二途，以為做學問、學古文會影響舉業，不如專習時文來得快捷。章學誠儘管看不起時文，但在舉業至上的情勢下，他於教學實踐中也不得不採取折衷與妥協的方法，提出「學問與文章並進，古文與時文參營」的教學原則。

　　當有人對他的教學構想感到困惑，認為語文教育從做學問、學古文，再到學時文，費時太多，對其合理性提出質疑時，他回答說：「古文時文，同一源也。惟是學者向皆分治，故格而不相入耳。若使孺子初學論事之文，以漸而伸可以聯五六百言為一篇矣，（自三五句學起，至此功夫，敏者不過三月，鈍者亦不過半年）即可就四書中，摘其有關《春秋》之時事，命題作論，當與《春秋》論事，無難易也。既而隨方命題，不必有關《春秋》之時事者，而並試之，度亦不難於成篇也。既作四書論矣，即當授以成宏（即成化、弘治）、正嘉（即正德、嘉靖）單題、制義，孺子即可規仿完篇，不必更限之以破承小講也。（自作四書論至此功夫，敏者不過三二月，鈍者亦不過半年）於是漸而慶曆（隆慶、萬曆）機法，漸而啟禎（即天啟、崇禎）才調，漸而國初氣象，漸而近代前輩之精密，與夫窮變通久之次第，（自讀慶曆至此功夫，敏者一年，鈍者亦不過二年）不過三年之功，時文可以出試，而《左傳》之功，亦且貫串博通，十得其五六矣，此固並行而不悖者也。學問與文章並進，古文與時文參營，斯則合之雙美，而離之兩傷者爾。」[309]他的論述能兼顧學問文章、古文時文，使

309　章學誠：〈論課蒙學文法〉，見《章學誠遺書》（北京市：文物出版社，1985年），頁687。

幾者相互促進，同步提高，這在當時自然堪稱理想的教學原則，對今天的應試教育也有借鑒價值。

他的具體構想是學習做四書文字，必讀《春秋左傳》，必讀《易》、《書》、《詩》、《禮》。讀《春秋左傳》，為其知孔子之時事，可以得其所言之依據也。仿傳例為文，做的是古代論事文，「是以事實為秋實，而議論為春華矣。華實並進，功不妄施」。讀《易》、《書》、《詩》、《禮》，「為其稱說三代而上，不可入後世語也。……孺子讀經傳而不知所用，則分類而習其援經證傳之文辭，擴而充之，其文自能出入於經傳矣」。[310] 由於四書文字本於經義，與論同出一源，所不同的是四書文字「蓋代聖賢以立言，所貴設身處地，非如論說之惟我欲言也」，因此，「孺子議論既暢，則使擬為書諫、辭命（類似於公文——筆者）。……因事命題，擬為文辭，則知設身處地而立言。既導時文之先路，而他日亦為學古之資也。」[311] 從這概括性的描述中，可以看出他的確做到將學問文章、古文時文幾者融會貫通、合為一體。

他進而對各種體式的寫作練習，做了詳細的規劃和安排，根據其內在特點和規律，將讀、寫、學、練打成一片，最後總括其要如下：

> 論事之文，疏通致遠，《書》教也。傳贊之文（即論人之文——筆者），抑揚詠歎；辭命之文，長於諷諭，皆《詩》教也。敘例之文，與考訂之文，明體達用，辨名正物，皆《禮》教也。敘事之文，比事屬辭，《春秋》教也。五經之教，於是得其四矣。若夫《易》之為教，〈繫辭〉盡言，類情體撰，其要歸於潔淨精微，說理之文，所從出也。論事以下之文，（即

---

310 章學誠：〈論課蒙學文法〉，見《章學誠遺書》（北京市：文物出版社，1985年），頁683。

311 章學誠：〈論課蒙學文法〉，見《章學誠遺書》（北京市：文物出版社，1985年），頁683。

上所分之六類也）實而可憑，故初學藉以為資。說理之文，虛而難索，故待學問充足，而自以有得於中者，發而為文，乃不入於恍惚也。是知文體雖繁，要不越此六、七類例，其源皆本於六經，而措力莫切於《左傳》，學者其可不盡心乎？

時文之體，雖曰卑下，然其文境無所不包，說理、論事、辭命、記敘、紀傳、考訂，各有得其近似，要皆相題為之，斯為美也。平日既未諳於諸體文字，則遇題之相彷彿者，不通就前輩時文而為摹仿之故事爾。夫取法於上，僅得乎中，今不求謀其本原，而惟求人之近似者以為師，則已不可得其近似矣。[312]

古文既「本於六經」，自然是「學問與文章並進」；時文既「得其近似」於古文，也就勢必要「古文與時文參營」。這一教學原則，在科舉制下，自不失為調和矛盾的一劑良方。

必知文之節候、學之性情

在上述教育思想和教學原則下，章學誠為揭示「學文法」（寫作教學法）規律煞費苦心、慘澹經營，以「善教學者，必知文之節候、學之性情」[313]作為其「學文法」準則，將所習文章的性質和習作者的性情聯繫起來，以求得二者的統一，提高學習效能。其主要觀點有四：

（一）訓課童子，不應從時文入手。原因是：「時文體卑而法密，古文道備而法寬。童幼知識初開，不從寬者入手，而使之略近於道，乃責以密者，而使之從事於卑。無論識趨庸下，即其從入之途，

---

312 章學誠：〈論課蒙學文法〉，見《章學誠遺書》（北京市：文物出版社，1985年），頁686-687。

313 章學誠：〈論課蒙學文法〉，見《章學誠遺書》（北京市：文物出版社，1985年），頁688。

亦已難矣。」[314]由於「時文法密」，所以要分解開來教，「則必使之先
為破題；破題而能屬句矣，乃使演為承題；承題能成語矣，則試學為
起講；後乃領題提比，出題中比，以漸而伸；中比既暢，然後足後比
而使之成篇。夫文之有前後，猶氣之有呼吸，啼笑之有收縱，語言之
有起訖。未聞欲運氣者，學呼多年，而後學吸；為啼笑者，學縱久
之，而後學收；習言語者，學起語幾時，而後學訖語。此則理背勢
逆，不待知者決矣」[315]這種分解式的教學，且與作者所要表達的意
願相衝突，「胸中本無而強作之勢，則如無病之呻，非喜之笑，其為
之也倍難。蒙師本欲從其易者入手，而先使之難，不可解也；胸中或
亦有時而有其意，而強使之截於部位，而不能暢其所欲言，則拘之也
更苦。蒙師必欲迎其悅樂而利導之，而反使之苦，不可解也」[316]有
鑑於此，他主張：

（二）今使孺子屬文，雖僅片言數語，必成其章。這一觀點極具
教育學價值。對宋、明以來經義、八股教學中長期形成的分解式的程
序教學法，給予了大膽的否定，創立了整體式教學法：「屬句為文，
猶備體者為人，嬰孩不滿一尺，而面目手足無一不備，天也。長成至
於十尺九尺。即由是而充積，初非外有所加也。如云魁偉丈夫，其先
止有面目，後乃漸生肩背，最後乃具手足，此不可以欺小兒矣。今使
孺子屬文，雖僅片言數語，必成其章……由小而大，引短而長，使知
語全氣足，三五言不為少，而累千百言不為多也。亦如嬰兒官骸悉
備，充滿而為丈夫，豈若學破承起講者之先有面目，次生肩背，最後

314　章學誠：〈論課蒙學文法〉，見《章學誠遺書》（北京市：文物出版社，1985年），
　　頁682。

315　章學誠：〈論課蒙學文法〉，見《章學誠遺書》（北京市：文物出版社，1985年），
　　頁682。

316　章學誠：〈論課蒙學文法〉，見《章學誠遺書》（北京市：文物出版社，1985年），
　　頁682-683。

乃具手足也哉？」[317]這一認識是符合寫作行為和寫作學習的特殊性的，對習作者形成完整的文章和寫作觀念，養成正確的寫作思維方式和習慣，其作用至關重大。

（三）善為教者，達其天而不益以人，則生才不枉，而學者易於有成也。這涉及的是教學內容和程序的安排，他認為應從易到難，最重要的是要順應學者的天性，順應其性情、心理和才能發展的自然。他說：「初學先為論事，繼則論人，事散出而易見，人統舉而稍難，故從入之途有先後也。……論事之文，疏通知遠，本於《書》教；論人之文，抑揚詠歎，本於《詩》教。孺子學文，但拘一例，則蹊徑無多，易於習成。括調體格時變，使之得趣無窮，則天機鼓舞，而文字之長，有不知其然而然者矣。」[318]「文章以敘事為最難，文章至敘事而能事始盡。而敘事之文，莫備於《左史》。今以史遷之法，而貫左氏之文，神而明之，存乎其人，非盡初學可幾也。」[319]在這由易到難的學習過程中，他關注的是所寫須是「孺子意中之所有」：「《左氏》論事，文短理長，語平指遠，故自三語五語，以至三數百言，皆孺子意中之所有，資於《左氏》而順以導之，故能迎機而無所滯也。其後漸能窺尋首尾，則纂輯人物，而論贊仿焉。稍能充於辭氣，則擬為書諫，而辭命敷焉。又能略具辨裁，則規為書表，而敘例著焉。至於習變化而學為敘事，互同異而習為考訂，則又識遠氣充，積久而至貫通之候也。是皆孺子自有之天倪，豈有強制束縛而困以所本無哉？……為童幼之初，天質未泯，遽強以所本無，而穿鑿以人事，揠苗助長，

---

317 章學誠：〈論課蒙學文法〉，見《章學誠遺書》（北京市：文物出版社，1985年），頁683。

318 章學誠：〈論課蒙學文法〉，見《章學誠遺書》（北京市：文物出版社，1985年），頁683-684。

319 章學誠：〈論課蒙學文法〉，見《章學誠遺書》（北京市：文物出版社，1985年），頁685。

槁固可立而待也。」[320]其寫作訓練的程序科學與否或可商榷，但「達其天而不益以人」這一出發點，無疑的是值得肯定的。

（四）必參之以變化，使之氣機日新。為使習作者的寫作訓練有樂趣，不因單調煩難而生厭倦之心，他認為所要求他們寫的文章內容和體裁應常有變化，應循環往復，「迎其機而善導」：童孺「學識未充，其數易盡，必參之以變化，使之氣機日新。故自論事論人以下，諸體迭變，復又使之環轉無窮，所謂一尺之棰，日取其半，而終身用之不竭也（前章言教以論事，論事既暢而後論人，以至辭命、敘例、紀傳、考訂，莫不皆然。亦就大概而言，其實反覆循環，不時變易，乃易長）。為之而善，懼其易盡，變易其體，所以葆其光（保護他的才能）也；為之不善，懼其厭苦，變易其體，所以養其機（養護他的興趣）也。善教學者，必知文之節候，學之性情，故能使人勤而不苦，得而愈奮，終身憤樂而不能自已也。」[321]

在中國古代語文教育領域，能像章學誠一樣深刻地揭示語文教育規律，對寫作訓練機理、文體內在聯繫、寫作學習心理和教學雙方配合等均有敏銳感悟的人，實屬罕見。

綜上所述，章學誠的語文教育思想的最鮮明的特徵，是建立在對語文教育傳統、現實及親身教育實踐的透澈了解和良好把握的基礎上的批判與革新。幾乎在語文教育所有的重要問題上，他都闡明了自己獨特的充滿智慧的見解。這種獨特性，表現在他在一些主要問題上，與以前學者的有關見解，諸如孔子、荀子、王充、韓愈、程頤、朱熹、顧炎武、唐彪等的，絕不相同；他的智慧，表現在他總能將自己與眾不同的見解說得精闢圓通、無懈可擊。在宏觀認識上，他往往旗

320　章學誠：〈論課蒙學文法〉，見《章學誠遺書》（北京市：文物出版社，1985年），頁687-688。

321　章學誠：〈論課蒙學文法〉，見《章學誠遺書》（北京市：文物出版社，1985年），頁688。

幟鮮明、針鋒相對地闡明自已的觀點。在對具體問題的處理上，他又能採取折衷、包容的方式，妥善地解決矛盾。從對寫作教學論和教學法研究的貢獻而言，章學誠堪稱中國古代的第一人。

曾國藩：不求理法，但求氣昌
——「行氣為文章第一義」的主體性語文教育觀

　　有清一代，以方苞、劉大櫆、姚鼐等為代表的桐城派，堪稱最大的也是最有影響的散文流派。它被視為文章正宗雄踞文壇二百多年，有「天下文章，其出於桐城乎」[322]之說。桐城派在嘉慶、道光年間曾一度從興盛走向衰微。其時，曾國藩（1811-1872），湖南湘鄉人，在自己周圍聚集起一批有名望的桐城派作家，如吳汝綸、張裕釗、薛福成、黎庶昌等，一躍而成為桐城派的「中興聖主」。

　　曾國藩是中國封建社會後期的儒家寫作教育思想的代表人物之一，較之於唐彪、章學誠，由於其主要是一位政治人物，而不是教育家，所以他的寫作教育觀更為超脫一些，不太受制於科舉之學，表現了較強的主體性。研究曾國藩的寫作和寫作教育思想，對於深入探討桐城派寫作理論的沿革與發展是很有必要的。

以氣為主的本體觀

　　桐城派寫作理論，其本體觀是以方苞的「義法」說奠基，「義」即「言有物」，「法」即「言有序」，強調「因文以見道」，實際上繼承的是唐宋以來的「文以載道」的傳統。其稍後的劉大櫆，既認為「作文本以明義理、適世用」，又主張「行文之道，神為主、氣為輔」[323]，

322　見姚鼐：〈劉海峰先生八十壽序〉中引述程魚門、周書昌語。
323　劉大櫆：《論文偶記》。

顯示對寫作主體力量的一定程度的關注。及至姚鼐，提出「義理、考
證、文章」三者相濟說，和「神、理、氣、味」（文之精也），「格、
律、聲、色」（文之粗也）相統一的觀點，看似全面、公允，而實際
上仍未脫出「義法」為本之樊籬。曾國藩儘管祖述姚鼐，對桐城文統
有所繼承，但同時也有所揚棄和發展。他說：「古人之不可及，全在
行氣，如列子之御風，不在義理字句間也」。[324]（本文著重號均為筆
者所加）「行氣為文章第一義」。[325]他把「氣」的作用，提高到其他桐
城派作家從未達到的高度加以認識，把「行氣」置於寫作本體的核心
位置上加以強調。從重「義法」到重「行氣」，這是曾國藩對桐城派
寫作理論所作的一個最為重要的修正。此外，他還主張以「經濟」之
學來救姚鼐的「義理」之弊，認為「義理、詞章、經濟、考據」「四
者缺一不可」。把「經濟」單獨提出來，放到和「義理、考據、詞
章」並列的地位上，強調「經世致用」，這實際上也是對「義法」說
的一種淡化。

　　曾國藩認為只有氣盛才有義法可言。他說：「文家之有氣勢，亦
猶書家有黃山谷、趙松雪輩，凌空而行，不必盡合於理法，但求氣昌
耳，故南宋以後文人好言義理者，氣皆不盛。大抵凡事皆宜以氣為主，
氣能挾理而行，而後雖言理而不厭，否則氣既衰苶，說理雖精，未有
不可厭者。猶之作字者，氣不貫注，雖筆筆有法，不足觀也。」[326]批
評南宋以後「文人好言義理者，氣皆不盛」，以為文家「不必盡合於
理法，但求氣昌耳」，這便是曾國藩寫作本體論的基本觀點。顯然，
曾氏論文並未局守桐城「義法」。

　　那麼，究竟什麼是曾國藩所倡言的「氣」呢？他對「氣」的理
解，遠則可溯源至孟子的「體之充也」，近則可與姚鼐的「文之精

324　曾國藩：〈日記二〉，《曾國藩全集》（長沙市：嶽麓書社，1989年），頁950。

325　鍾叔河選編：《曾國藩教子書》（長沙市：嶽麓書社，1989年），頁71。

326　曾國藩：〈日記二〉，《曾國藩全集》（長沙市：嶽麓書社，1989年），頁1310。

也」相通，但卻更為具體明確。它指作者的天賦、個性、氣質和人格修養等。體現在文章中，便是一種獨特的風格力量或基本格調（即氣勢）：或雄奇、或詼詭、或跌宕、或倔強。有氣則有勢，行氣的關鍵在於取勢，文章氣昌與否，取決於寫作主體力量對篇章整體的統攝力、貫穿力的強弱。可見，曾國藩的「以氣為主」的寫作本體現，是一種體現著強烈的主體意識的本體觀。

　　曾國藩認為，欲作氣勢之文，重在「養氣」。「欲求養氣，不外『自反而縮行慊於心』兩句；欲求行慊於心，不外『清、慎、勤』三字。……『清』字曰名利兩淡，寡欲清心，一介不苟，鬼伏神欽；『慎』字曰戰戰兢兢，死而後已，行有不得，反求諸己；『勤』字曰手眼俱到，心力交瘁，困知勉行，夜以繼日。」[327]「養氣」的根本，則在於「盡心養性，保存天之所以賦予我者」。可見，曾國藩對「養氣」的看法，兼及人格品行修養和個人先天資質的培養這兩方面的內容，帶有一定的主體個性色彩。固然曾國藩對寫作主體的「心」與「性」的強調不無唯心論的成分，但是他的「以氣為主」的本體觀，較之陳腐僵化「義法」說，無疑還是有其積極的一面。

超群離俗的個性觀

　　「以氣為主」的本體觀，同樣體現了對寫作主體的創造才能的肯定。對於作者的寫作個性這一點，在桐城派作家中，曾國藩是強調得比較充分的一個。

　　他說：「凡大家名家之作，必有一種面貌，與他人迥不相同。譬如書家，羲、獻、歐、虞、褚、李、顏、柳，一點一畫，其面貌既截然不同，其神氣亦全無似處。本朝張得天、何義門雖稱書家，而未能

---

327 曾國藩：〈日記二〉，《曾國藩全集》（長沙市：嶽麓書社，1989年），頁802。

盡變古人之貌，故必如劉石庵之貌異神異，乃可推為大家。詩文亦然，若非其貌其神迴絕群倫，不足以當大家之目。渠既迴絕群倫矣，而後人讀之，不能辨識其貌，領取其神，是讀者之見解未到，非作者之咎也。」[328]為文要「貌異神異」、「迴絕群倫」，曾國藩對寫作主體個性的張揚，在桐城派寫作理論的發展上值得加上一筆。桐城文統講求的是以清通質實雅馴之文法來承載程朱的義理，在文章的內容與形式的要求上均存在一定的概念化、模式化的傾向，雖然劉大櫆、姚鼐已經意識到單純以「義法」論文的侷限，但是，在對寫作個性的看法上，曾國藩要比他們更為大膽，他的寫作個性觀，也同樣體現了對「義法」說的離異和淡化。

所謂「貌異神異」、「迴絕群倫」，就主體思維品質而言，「總須用意有超群離俗之想，乃能脫去恒蹊」，即作文要不落俗套，自成一格。這便涉及到摹仿和創新的問題。

曾國藩並不一般地反對摹仿，他說：「作文作詩賦，均宜心有摹仿，而後間架可立，其收效較速，其取徑較便。」摹仿可能出好文章，但最好的文章則是「無所依傍」之文。他認為：「揚子雲作文無一不摹仿前哲。傳稱其仿《論語》而作《法言》，仿《易》而作《玄》，仿〈凡將〉〈急就〉而作〈訓纂〉，仿〈虞箴〉而作〈州箴〉，仿相如而作賦，仿東方朔而作〈解嘲〉。姚惜抱氏又謂其諫不受單於朝仿諫伐韓，〈長楊賦〉仿難蜀父老，是皆然矣。餘獨好其〈酒箴〉無所依傍，蘇子瞻亦好之，當取為子雲諸文之冠。」[329]他讚賞自出機杼、別出心裁之文，自然對剽襲之文十分不屑。他認為在諸子中除了《老子》、《莊子》、《荀子》、《孫子》能自成一家之言外，其餘的都不免於剽襲。而好文章的妙處，就在於能夠變幻無窮，無相襲之調。剽襲前人，便意味著淺薄。文章之道，「大抵得於天授，不盡關於學

---

328 鍾叔河選編：《曾國藩教子書》（長沙市：嶽麓書社，1989年），頁133。

329 曾國藩：〈讀書錄〉，《曾國藩全集》（長沙市：嶽麓書社，1989年），頁144。

術」，揣摩襲仿對於寫作的作用是很有限的，而御風行氣、不拘一格的自然宣洩才是正道。

這進而又涉及到「知文」與「遵法」二者的關係問題。曾國藩認為文章的法則本來就是人創造的，不懂得何以有法的人，與其言法，只能成為死法，言而無益。他說詩文寫作，「或先敘世系，而後銘功德。或先表其能，而後及世系。或有志無詩，或有詩無志。皆韓公創法。後來文家踵之，遂援為金石定例。究之深於文者，乃可與言例。精於例者，仍未必知文也」。[330]我們認為曾國藩這種對「法」的理解是辯證的，較之於一般地說「文無定法，文成法立」要給人以更多的啟示。「法」既然是人「創」的，有什麼理由要拘守於陳法，而不能標新立異呢？不懂得寫作的根本，以為前人所創的「法」便是「金石定例」，這只會作繭自縛。知法而不知文，反而抑制了寫作個性的發揮。可見，要遵法先要知文，知文方可言法。

要知文，須對前人詩文有著獨立的見解：「讀古文古詩，惟當先認其貌，後觀其神，久之自能分別蹊徑。今人指某人學某家，大抵多道聽塗說，扣槃捫燭之類，不足信也。君子貴於自知，不必隨眾口附和也。」[331]這種見解確也說在點子上。對詩文有獨到的理解與判斷，不人云亦云的人，才算是真正「知文」的人；在寫作中才能不受陳見所囿，特立獨行，不拘一格，充分施展自己的寫作才能，發揮自己的寫作個性。

圓適遒簡的表述觀

寫作須「以氣為主」，決定了「行氣為文章第一義」。「以氣為主」的寫作本體觀，決定了以「行氣」為主要行為特徵的寫作表述

---

330 曾國藩：〈讀書錄〉，《曾國藩全集》（長沙市：嶽麓書社，1989年），頁293。
331 鍾叔河選編：《曾國藩教子書》（長沙市：嶽麓書社，1989年），頁133。

觀。文章形式之美，主要是一種氣勢之美。由於作者所「行」之
「氣」不同，表現在文章中的氣勢之美也就各異。

　　關於氣勢之美，曾國藩認為「以氣象光明俊偉為最難而可貴。如
久雨初晴，登高山而望曠野。如樓俯大江，獨坐明窗淨几下，而可以
遠眺。如英雄俠士，褐裘而來，絕無齷齪猥鄙之態。此三者，皆光明
俊偉之象。文中有此氣象者，大抵得於天授，不盡關於學術。自孟
子、韓子而外，惟賈生及陸敬輿、蘇子瞻得此氣象最多。陽明之文，
亦有光明俊偉之象。雖辭旨不甚淵雅，而其軒爽洞達如與曉事人語，
表裡粲然，中邊俱澈，固自不可幾及也。」[332]曾國藩在這裡雖然講的
是文章的氣勢之美的最高境界，但也揭示了「行氣」的一般的美感特
徵——軒爽洞達、表裡粲然、中邊俱澈。

　　行氣的軒爽洞達、表裡粲然、中邊俱澈，集中表現為行文的「圓
適」。曾國藩曾一再囑咐他的兒子作文應在「圓」字上下功夫。他
說：「吾於爾有不放心者二事：一則舉止不甚重厚，二則文氣不甚圓
適。以後舉止留心一『重』字，行文留心一『圓』字，至囑。」[333]
「無論古今何等文人，其下筆造句，總以珠圓玉潤為主。無論古今何
等書家，其落筆結體，亦以珠圓玉潤四字為主。故吾前示爾書，專以
一重字救爾之短，一圓字望爾之成也。世人論文家之語圓而藻麗者，
莫如徐（陵）庾（信），而不知江（淹）鮑（照）則更圓……。至於
馬遷、相如、子雲三人，可謂力趨險奧，不求圓適矣；而細讀之，亦
未始不圓。至於昌黎，其志意直欲陵駕子長、卿、雲三人，戞戞獨
造，力避圓熟矣；而久讀之，實無一字不圓，無一句不圓。」[334]他認
為只要從「圓」字入手，便沒有不可讀的古文，不可通的經史。可
見，曾國藩所謂的「圓適」，是一個普遍性的、宏觀性的寫作美學追

332　曾國藩：〈讀書錄〉，《曾國藩全集》（長沙市：嶽麓書社，1989年），頁367。
333　鍾叔河選編：《曾國藩教子書》（長沙市：嶽麓書社，1989年），頁40-41。
334　鍾叔河選編：《曾國藩教子書》（長沙市：嶽麓書社，1989年），頁40-41。

求，它不但指篇章整體內涵的和諧圓滿，氣勢的貫注整一，也指選材遣詞造句等的恰如其分、協調一致。處於圓心地位的是「氣」（以氣為主），氣質決定美質，氣昌，行文便有圓適感，氣弱，文章則散亂無章。

　　文氣的「圓適」又是和表現的「遒簡」相聯繫的，缺乏準確有力、簡潔明瞭的表述，便沒有文氣的暢達飽滿。在具體行文中，曾國藩往往把文字的「遒簡」與否作為評判文章優劣的一個根本性的要求。他給《韓昌黎集》〈烏氏廟碑銘〉一文下的評語是：「最善取勢。左領君、中郎君、尚書君，三氏同廟。不敘左領、中郎事蹟，專敘尚書，大家之文。所以遒簡也。低手三世各輔敘幾句，便無此勁潔。」[335]他對司馬遷的《史記》所極力稱道處，也在於敘事的簡潔而氣昌。他說：「實事當有數十百案，概不鋪寫，文之所以高潔也。後人為之，當累數萬言不能休矣。」[336]「敘戰功極多，而不傷繁冗。中有邁往之氣，足以舉之也。」[337]「遒簡」主要是對選材的要求，也是對遣詞造句的要求：「矜慎簡練，一字不苟，金石文字之正軌也。」[338]曾國藩的行文須「遒簡」的看法，大多是和「行氣」、「取勢」相提並論的，其基本著眼點均放在選材上，可見，曾國藩的表述觀最為注重的乃是文章內在表現力的傳達。

　　行文的「圓適」和「遒簡」，都只是對文章表述的一般性要求，不同的文體，在表述上自然也還有其特殊的需要。例如，對於奏疏一體，曾國藩就認為：「奏疏總以明顯為要，時文家有典顯淺三字訣。奏疏能備此三字，則盡善矣。典字最難，必熟於前史之事蹟並熟於本朝之掌故，乃可言典。至顯淺二字，則多本於天授。雖有博學多聞之

335　曾國藩：〈讀書錄〉，《曾國藩全集》（長沙市：嶽麓書社，1989年），頁296。

336　曾國藩：〈讀書錄〉，《曾國藩全集》（長沙市：嶽麓書社，1989年），頁89。

337　曾國藩：〈讀書錄〉，《曾國藩全集》（長沙市：嶽麓書社，1989年），頁89。

338　曾國藩：〈讀書錄〉，《曾國藩全集》（長沙市：嶽麓書社，1989年），頁300。

士，而下筆不能顯豁者多矣。淺字與雅字相背，白香山詩務令老嫗皆
解，而細求之，皆雅飭而不失之率。吾嘗謂奏疏能如白詩之淺，則遠
近易於傳播，而君上亦易感動。」[339]由此看來，曾國藩對文體特殊性
方面的考慮，一方面是從表達內容的需要出發，另一方面是從「傳
播」即讀者接受的角度出發。顯然這種認識也是合理的。

　　值得注意的是，曾國藩一般不孤立地談論文章的語言形式技巧，
而是把它放在文章的整體結構功能中加以認識。他說：「情以生文，
文亦足以生情。文以引聲，聲亦足以引文。循環互發，油然不能自
已，庶可漸入佳境。」[340]在桐城派作家中，能像曾國藩那樣整體地思
考寫作表述中諸因素關係的，實在並不多見。

技進乎道的習作觀

　　曾國藩一生手不釋卷，對為文之道深有感受。他沒有當過老師，
但他始終苦心孤詣地教導兒子們讀書作文，對寫作和習作的規律頗有
見解。這種見解概而言之，就是「技進乎道」。

　　曾國藩在讀《韓昌黎集》〈送高閑上人序〉一文的體會中，對寫
作的內在機理作了較為具體的闡述。他說：「事之機括，與心相應。事
不如志，則氣挫。所向如意，則不挫於氣。榮譽得失，不糾纏於心，
此序所謂機應於心不挫於物者，姚氏以為韓公自道作文之旨。余謂機
應於心，熟極之候也。《莊子》〈養生主〉之說也。不挫於物，自慊之
候也。《孟子》〈養氣〉章之說也。不挫於物者，體也，道也，本也。
機應於心者，用也，技也，末也。韓公之於文，技進乎道矣。」[341]這
就是說，要想得心應手、恰如其分地表現事物，有賴於熟練的技藝；

339 曾國藩：〈讀書錄〉，《曾國藩全集》（長沙市：嶽麓書社，1989年），頁327。
340 曾國藩：〈讀書錄〉，《曾國藩全集》（長沙市：嶽麓書社，1989年），頁301。
341 曾國藩：〈讀書錄〉，《曾國藩全集》（長沙市：嶽麓書社，1989年），頁290。

要能準確地把握事物，依靠的是作者的自我修養和認識能力。正確地認識事物，是寫作的首要的、本質的、根本的方面，恰當地表現事物，則是寫作的應用的、技巧的、末節的方面。要寫好文章，應從對一般技能、技巧的掌握，上升到對本質規律的認識。

對於習作者來說，要做到「機應於心」，主要應加強寫作基本功的訓練。關於這一點，曾國藩較為重視文字訓詁，詞藻積累和做材料心得筆記等。他要求兒子：「爾作時文，宜先講詞藻，欲求詞藻富麗，不可不分類抄撮體面話頭。近世文人，如袁簡齋、趙甌北、吳穀人，皆有手抄詞藻小本，此眾人所共知者。……昌黎之記事提要，纂言鉤玄，亦係分類手抄小冊也。」[342]曾國藩把詞彙量的積累，看成習作之首務，這無疑是有見地的。

要「不挫於物」，這須通過「盡心養性」，提高習作者的內在的文化修養水準來達到。曾國藩認為寫作「有氣則有勢，有識則有度，有情則有韻，有趣則有味」，寫作起決定作用的是主體的氣、識、情、趣，而氣、識、情、趣又離不開讀書積理。他說有時有極為真摯的情感要一吐為快，但必須有充分的道理上的積蓄，才能不假思索、左右逢源，所說的道理，足以傳達自己真實純正的情感，既不用苦苦地雕琢字句，也不會有言不盡情的遺憾，這全靠平時「讀書積理」。如果平時醞釀不深，雖然有真摯的情感要傾吐，而由於缺乏必要的文化修養與其相適應，只好臨時去尋思義理，而義理也不是一時間所能獲得的，不得已只能在字句雕飾上下功夫，以巧言取悅於人，這就背離了修辭立誠這一作文的根本。因此，作文時，必須先考慮自己是否有認識上的準備，如果要靠臨時去尋找，倒不如不作，作了也一定是以「巧偽媚人」。

曾國藩雖然對「技進乎道」中的「道」的理解有一定的侷限性，

---

342 鍾叔河選編：《曾國藩教子書》（長沙市：嶽麓書社，1989年），頁27。

但是，他對寫作取決於作者的認知背景，而不是靠即時的感觸和雕飾字句的看法，卻是發人深省的。對於習作者來說，語言基本功訓練是必要的，寫作時的即時性的感覺體驗也是不可缺少的，然而，就主體的寫作準備來看，這些還是不夠的，最為重要的還在於主體的人格修養和學識素養，這才是寫作和習作的帶根本性的方面。曾國藩的「技進乎道」的見解，表明了他已經看到了寫作與寫作學習的基本矛盾所在，看到了寫作與習作中，存在著文勝於質，「詞豐而義寡，梔蠟其外，而塗泥其中」，「頗事佻巧，拋棄詩書，或一挑半剔以為顯，排句疊調以為勁，抑之無實，揚之無聲」[343]的傾向，認識到在文與質的矛盾中，質是矛盾的主要方面；寫作學習，應從技能、技巧的掌握，提高到內在修養和認知背景的建構。

在這種習作觀的指導下，曾國藩認為最適切的訓練文體是「賦」。他在給兒子的信中談到：「爾問時藝可否暫置，抑或他有所學？余惟文章之可以道古，可以適今者，莫如作賦。……爾若學賦，可於每三、八日作一篇，大賦或數千字，小賦或僅數十字，或對或不對，均無不可。此事比之八股文略有意趣，不知爾性與之相近否？」[344]可見，曾國藩之所以建議兒子作賦，是因為賦體可以自由地表情達意，較少受到「義理字句」的約束，比八股文略有意趣，而且「然古來文士，並以賦物為難。蓋藻繪三才，刻畫萬態，而不可剽襲一字，故其難也。」[345]也就是說，賦體寫作，不但有「技」的要求，更有「道」的要求，較有益於習作者對寫作的認識由「技進乎道」，而不像八股文那樣，既要「代聖賢立言」，又須「筆筆有法」。因此，我們認為，曾國藩的習作觀，不論從理論上看，還是從實踐上看，都是較為符合寫作學習規律的。

---

343 曾國藩：〈錢選制藝序〉，《曾文正公雜著》。

344 鍾叔河選編：《曾國藩教子書》（長沙市：嶽麓書社，1989年），頁14-15。

345 曾國藩：〈讀書錄〉，《曾國藩全集》（長沙市：嶽麓書社，1989年），頁300。

　　綜上所述，曾國藩作為桐城派的一個代表人物，其寫作思想實際上和桐城派的基本觀點——「義法」說——並不一致，他的「以氣為主」主體性寫作觀與講求「義理字句」的異己性寫作觀，在價值取向上是對立的。這種對立，其實也可以看作桐城派寫作理論發展的一個必然結果。桐城派要從衰朽走向中興，需要理論上的革新，需要尋找新的理論支撐點，桐城派理論在經過劉大櫆、姚鼐的修補「完善」之後，一直到曾國藩突破「義法」說，方才出現桐城派的中興氣象。

四

中國現當代語文學綜論

清末民初時期語文教育

　　清末民初，指的是從一九〇一年（科舉考試禁用八股程序）至「五四」運動前這一段時間。這是中國語文教育由古典到現代的轉型期。這一時期的語文教育思想開始從為「功名」轉向為「文章」、為「實用」，但傳統的語文教育觀念和方法仍佔主導地位。

　　語文教育為「文章」、為「實用」的思想，在一九〇一年清政府下令禁八股之後，在一些重要的教育法規上開始有了較為明確的體現。

　　一九〇二年八月十五日，清政府頒佈〈欽定學堂章程〉（即「壬寅學制」），一九〇四年一月十三日又頒佈〈奏定學堂章程〉（即「癸卯學制」）、〈奏定學務綱要〉等，其中涉及語文教育的條文，均體現講求文章實用性、應用性的特點。如〈奏定初等小學堂章程〉在「中國文字」科目下規定：「其要義在使識日用常見之字，解日用淺近之文理，以為聽講能領悟、讀書能自解之助，並當使之以俗語敘事，及日用簡短書信，以開他日自己作文之先路，供謀生應世之要需。」[1]〈奏定高等小學堂章程〉在「中國文學」科目下規定：「其要義在使通四民常用之文理，解四民常用之詞句，以備應世達意之用。……即教以作文之法，兼使學作日用淺近文字。」[2]〈奏定中學堂章程〉，要

1　璩鑫圭、唐良炎編：〈學制演變〉，《中國近代教育史資料匯編》（上海市：上海教育出版社，1991年），頁295。

2　璩鑫圭、唐良炎編：〈學制演變〉，《中國近代教育史資料匯編》（上海市：上海教育出版社，1991年），頁310。

求作文「以清真雅正為主：一忌用僻怪字，二忌用澀口句，三忌發狂妄議論，四忌襲用報館陳言，五忌空言敷衍成篇。……其作文之題目，當就各學科所授各項事理及日用必需各項事理出題，各取與各科學貫通發明，既可易於成篇，且能適於實用。」[3]〈奏定學務綱要〉也明確指出：「其中國文學一科，並宜隨時試課論說文字，及教以淺顯書信、記事、文法，以資官私實用。但取理明詞達而止，以能多引經史為貴，不以雕琢藻麗為工，篇幅亦不取繁冗。教法宜由淺入深，由短而長，勿令學生苦其艱難。中小學堂於中國文辭，止貴明通。高等學堂以上於中國文辭，漸求敷暢，然仍以清真雅正為宗，不可過求奇古，尤不可徒尚浮華。」[4]這些都表明，語文教育思想已逐步從徒尚虛言，以謀取功名利祿為目的，轉向以日常文字的應用和實用為目的上來。

　　民國初年的語文教育方針，也同樣注重實用性和應用性。一九一二年十一月二十二日，〈教育部訂定小學校教則及課程表〉第三條規定：「初等小學校首宜正其發音，使知簡單文字之讀法、書法、作法，漸授以日用文章，並使練習語言。高等小學校，首宜依前項教授漸及普通文之讀法、書法、作法，並使練習語言。讀本文章，宜取平易切用可為模範者，其材料就修身、歷史、地理、理科及其他生活必需事項，擇其富有趣味者用之。……國文讀法（疑為「作法」──筆者），宜就讀本及他科目已授事項，或兒童日常聞見與處世所必需者，令記敘之，其行文務求簡易明瞭。」[5]一九一二年十二月〈教育部公佈中學校令施行細則〉第三條中規定：「使作實用簡易之

3　璩鑫圭、唐良炎編：〈學制演變〉，（《中國近代教育史資料匯編》上海市：上海教育出版社，1991年），頁320。

4　璩鑫圭、唐良炎編：〈學制演變〉，《中國近代教育史資料匯編》（上海市：上海教育出版社，1991年），頁494。

5　璩鑫圭、唐良炎編：〈學制演變〉，《中國近代教育史資料匯編》（上海市：上海教育出版社，1991年），頁691。

文……」[6]一九一六年一月八日〈教育部公佈國民學校令施行細則〉，與一九一二年的〈教育部訂定小學校教則及課程表〉中關於「國文讀法」的要求完全一致。可見，清末至民初的這十幾年，語文教育指導思想是一脈相承的。從為「功名」轉向為「實用」，這一轉變無疑具有劃時代的意義。

上述語文教育指導思想，也是當時國文界先進的共識。一九〇九年，沈頤在《教育雜誌》撰文指出：「小學生徒見聞既隘，智識無多，安足與於議論之林？授以布帛粟菽之文字，而不必語以清廟明堂，則真國民教育之旨也。舊日文人，有下筆千言，而不能作記事文與尋常之家信者，奈何以身任教育之人亦甘蹈其覆轍哉。」[7]一九一三年，黃炎培也在《教育雜誌》上談到：「作文力戒以論人論事命題，多令作記事記物記言等體，（記物，置實物於前為題，或令寫實景）尤多作書函（正式書函，便啟，通告書均備）或擬電報（書函兼授各種稱謂及郵政章程。電報兼授電碼翻譯法、電報價目表等。舊時〈宦鄉要則〉，今之〈官商快覽〉，以及坊間印售之日記冊，附載各種，實包有無數適用於應用之好材料）習寫各種契約式。」[8]賈豐臻也在〈今後小學教科之商榷〉一文中發表了類似的看法：「吾嘗聞社會一般人之言曰，今學校學生，國文能作策論，能撰詩詞，而獨於家常信札便條，婚喪喜慶往來頌辭弔辭等，反未能措之裕如，此實吾人所以自處之道矣。國文分讀法、作法、書法三項，讀法除國文教科書外，宜多選讀短篇之記事文，而論說辭章不與焉，此外所當閱看者，如新聞、雜誌、廣告、發票、收據、契紙、借據、書信、郵片、公文、告示等，均當注意作法，亦宜多作短篇記事文，而論說辭章不與

6　璩鑫圭、唐良炎編：〈學制演變〉，《中國近代教育史資料匯編》（上海市：上海教育出版社，1991年），頁669。

7　沈頤：〈論小學校之國文教授〉，載《教育雜誌》第1卷第1期（1909年1月）。

8　黃炎培：〈學校教育採用實用主義之商榷〉，載《教育雜誌》第5卷第7期（1913年10月）。

焉。此外所當作述者，亦如新聞、雜誌、廣告、發票、收據、契紙、借據、書信、郵片、公文、告示等，均等注意。」[9]葉聖陶、王鍾麒則在寫作教育的目的上闡明自己的觀點：「處今日之時勢，小學生所需智識至多。若以悠久之歲月而練習不可限程收效之作文，實非今日所應有之事。宜以最經濟之時間練成其最能切實應用之作文能力。小學作文教授之目的在令學生能以文字直抒情感，了無隔閡；樸實說理，不生謬誤。至於修辭之工，謀篇之巧，初非必要之需求，能之固佳，不能亦不為病。」[10]這裡雖然說的是小學作文教學，但「宜以最經濟之時間練成其最能切實應用之作文能力」，這也是對寫作教育的一個普遍性的要求。把寫作教育目的放在「能以文字直抒情感，了無隔閡；樸實說理，不生謬誤」上，認為「修辭之工，謀篇之巧，初非必要之需求」，這顯然是從為「文章」、為「應用」出發的教學要求。國文界有識之士注重實際應用的語文教育觀，即是對科舉制下為「功名」、非應用的語文教育思想的反撥，也與當時我國教育界的實用主義（實利主義）思潮有關。雖然他們對語文教育目的的認識還較為膚淺，以為能培養學生寫出簡單的應世之文便算是功德圓滿，以為作文只是作應用文，能敷日用便是語文教育的全部。但能認識到這些，在當時已然是巨大的進步。

在清末民初的語文教育實踐中，做實用簡易之文這一指導思想還是得到一定程度的實行，並取得一些成績。例如，上海萬竹小學校所定的「作法」的教程為：第一年「聯字」，第二年「造句、譯俗、助作、記實物」，第三年「記事文（助作）、（自作）練習應用文字」，第四年「同上，議論文（至多不過十之一）」。[11]江蘇省立第一中學的

---

9 賈豐臻：〈今後小學教科之商榷〉，載《教育雜誌》第9卷第1期（1917年1月）。

10 葉聖陶、王鍾麒：〈對於小學作文教授之意見〉，載《新潮》第1卷第1期。

11 〈教育部視記上海萬竹小學校〉，見《中國近代學制史料》（上海市：華東師範大學出版社，1990年），第3輯，上冊，頁214。

「國文」教程（一九一七年六月）為：第一年「講讀，習字，作文」；第二年「講讀，習字，函牘，作文」；第三年「講讀，作文，函牘及各種應用文字」；第四年「講讀，作文，函牘及各種應用文字，文字源流」。[12]上海尚公小學的具體做法是：「平時於國文算術，至為注重，讀法書法之外，凡遇普通應用之文字及貨物之時價，日常之出納，或特別教授，或自行練習，因之時間較多。教材有可直觀者，隨時示以標本模型圖畫，苟遇應行實地觀察事物，則於課餘率領學生出外遊覽，或參觀工廠及公共場所，既歸，令作記事文，不特興味盎然，學業知識之增進，似可神速。」[13]長沙楚怡小學校「初小一二年級作文，教師在黑板上畫一實物，或竟以實物令直觀，發問畢，即令記述之。四年級以上各生，則令每日自寫日記，授寫信則給以信紙信封，令實地練習，注重格式」。[14]可見，這些學校的寫作教學還是較好地貫徹了當時的部頒的語文教育方針，但是此類語文教學也許只佔眾多學校中的一小部分，帶有一定的嘗試性或實驗性。

　　語文教育思想與實踐既開始注重「實用」，實用寫作教材也就應運而生，其中較有代表性的是謝無量編的《實用文章義法》（上、下冊），該書由中華書局一九一六年十二月印刷，一九一七年一月發行，多次再版，至一九二八年已印至七版。

　　該書體現了注重實用文體寫作的時代潮流。承襲的是傳統文章學理論，取例以唐宋以後的古文為主，以古鑒今，古為今用，可謂轉型期寫作教材的範例。

　　編者在「緒論」中首先對美文和實用文加以區別：「吾國自古有美文與實用文之別，其原遠出五經。易有文言，詩通聲樂，是美文

12　〈江蘇省立第一中學周年概況〉，見《中國近代學制史料》（上海市：華東師範大學出版社，1990年），第3輯，上冊，頁399。

13　《私立尚公小學校一覽》（上海市：上海商務印書館，1916年），頁3。

14　蔣維喬：〈湘省教育視察記〉，載《教育雜誌》第8卷第1期（1916年1月）。

也。書禮春秋，皆實用也。美文或主傳遠，故聯音韻，比宮商，以便記誦；或主通情和志，故既協歌誦，又必飾以華藻，博其比喻。實用文則不然，辭達而已。」編者也注意到古今實用文的差異，但他認為其中有共通的道理，通過學習古代實用文，是可以掌握實用文的一般規律：「實用文之體制，隨時有所不同。今日實用之範圍既廣，則文體亦當因之而廣。此編非為目前普通實用文之討究，乃專為唐宋諸家所已有之實用文之討究。其中體格，容有在今日不必盡合實用者，然其遣詞造語，與篇章連綴之法，固亦不必盡異也，故此編不啻一特種考古之國文學，惟實用之理相同，學者苟深求於此，自能瀎發心意，熔鑄筆力，於普通之實用文亦能觀其通而握其要矣。」

關於該教材的體例和意圖，編者說，就唐宋以來諸家之作，論其法度，分為數篇：曰總論，曰文意論，曰文勢論，曰句法與字法論，曰篇法論，曰紀事文論，曰詞賦雜文變體論。中間多採自宋逮明清選家及評論文章者之說，篇中各分子目，以究其變，並列文一二首為式。學者玩索規擬，既得秉為模範，且可即是以推其餘也。——先提綱挈領地闡明作法，再引用範文，並作評述，此為該教材的通式。由於所選皆古代實用文，內容、形式與當時的實用文雖有共通之處，但顯然二者不一致的地方甚多，難免隔靴搔癢之嫌。

教學上應為「文章」、為「實用」之需，教法改革自然也開始受到重視，較為注重教育、教學規律。在一九〇四年的〈奏定學務綱要〉中談到：「教法宜由淺入深，由短而長，勿令學生苦其艱難。」一九一二年的〈教育部訂定小學校教則及課程表〉中也規定：「教授國文，務求意義明瞭，並使默寫短句短文，或就成句改作，俾讀法、書法、作法聯絡一致，以資熟習。」可以看出這些教法上的要求都還較為粗疏，只是隱約透出些許的現代氣息。

而學者們的教法改革的研究，就較感深入具體了，一些見解頗有新意。如庚冰的〈言文教授論〉，從語言和文字二者的關係切入，認

為「語言為文字之母，文字者不過為語言之符號，語言之與文字具此
密切關係，故教授文字莫不由語言入手。今之充教員者大抵以教授文
字為職務，而於語言上應如何注意、如何應用，絕無經驗，且不置研
究。學生文字上進步之濡滯，實由於此。故教授文字當以教授語言為
第一步」，「教授小學生，當於語言與文字間施其作用。蓋小學生雖不
知文字，未嘗不能語言，就其已能之事導之，以習未能之事，此乃教
授法之定例。故小學校中之教授作文，當先教授白話體而後教授文言
體。……吾故謂我國小學校中，藉教授語言為教授文字之導線，可
也；或藉教授語言為教授文字之過渡，亦可也」。[15]由語言引入文字，
即由「說」過渡到「寫」，說、寫結合，這種教法已被現代語文教育
實踐證明是行之有效的一種教法。

　　劉半農則總結自己在北京大學預科所作的應用文教改的經驗，在
〈應用文之教授〉一文中對應用文的教法作了較為全面的論述。他認
為應用文的教法首先當從閱讀入手，「讀」分為「選」和「講」兩個
方面，「選」的方面，有十二條標準，區分什麼樣的文章可選，什麼
樣的文章不可選；「講」的方面，有十條標準，總的原則是給學生以
適當的引導，培養他們自覺性和獨立思考的能力。關於作文的教法，
他認為「這比選講尤為重要。因為研究文學文的，盡可讀了一世書，
自己半個大字不做，尚不失為『博古通今』的『記醜之士』；至於研
究應用文，著手第一步，便抱了『要能作應用文』的目的，故前文所
說的選講兩方面，其實都是個『作』字的預備而已」。[16]這把應用文的
閱讀和寫作二者的關係表達得十分清楚，閱讀應用文目的是為了寫作
應用文，閱讀只是寫作的「預備」的功夫。對寫作訓練的要求，作者
擬定十二個注意事項，要求學生每次作文時取出閱看一遍。這十二條

---

15 庚冰：〈言文教授論〉，載《教育雜誌》第4卷第3期（1912年6月）。
16 劉半農：〈應用文之教授〉，載《新青年》第4卷第1期（1912年4月）。

涉及下筆為文的方方面面，其中尤以第七條「不避俗字俗語，即全用白話亦可；要以記事明暢，說理透澈為習文第一趣旨」，第八條「勿打濫調，勿作無謂之套語，勿故作生硬語；實用文最易明白曉暢，凡古文家，四六家，八股家之惡習，宜一概避去」[17]，既抓住了文體特點，又體現了反八股精神。在當時寫文章仍以古文為主的世風下，提倡「不避俗字俗語，即全用白話亦可」，這體現了時代的潮流；從應用文寫作的實用性出發，針砭「古文家、四六家、八股家」之惡習，也頗感「文學革命」之精神。

葉聖陶、王鍾麒也對作文教授闡明了相當全面、完整的意見，其內容基本上可視為是對「五四」之前新式作文教法探索的一個總結，體現了較強的科學性。其要點為：「小學作文之教授，當以順應自然之趨勢而適合學生之地位為主旨。於讀物則力避艱古，求近口說；於命題則隨順其推理之能力而漸使改進；於作法則不拘程序，務求達意，只須文字與情意相吻合；於批改則但為詞句之修正，不為情意之增損。」[18]這裡談到教學的基本觀念、讀物的選擇、命題、作法、文章的內容與形式的關係和批改方法等。教學的基本觀念是以「順應自然之趨勢而適合學生之地位為主旨」，這既考慮到兒童寫作學習的心理也考慮到學生的實際需要，這種以學生為本位的語文教育思想無疑是正確的。以學生為本位，在選擇讀物上，自然要將「不能學及不及學」的讀物加以摒棄，他們認為古文便屬應加摒棄之列：「古文於現時代小學生扞格頗多」，「令今日之小學生而模仿古人之文，決無是處。」小學的讀物必須選較近於口說之文字：「教者果能隨處留意，於學生之讀物，或自編，或修改，務使十分平易，有類口說，則學生臨文之際，得此模範，但就情意所至，舉筆照錄，不必迻譯，便成文

---

17 劉半農：〈應用文之教授〉，載《新青年》第4卷第1期（1912年4月）。
18 葉聖陶、王鍾麒：〈對於小學作文教授之意見〉，載《新潮》第1卷第1號。

字矣。」[19]關於命題，他們認為「題意所含必學生心所能思。……至於無謂之翻案，空泛之論斷，即學生有作，尚宜亟為矯正；若以之命題，自當切戒。」[20]這顯然是針對八股遺風而發的。作者將自己的意見作了進一步的歸納：「總之，作文命題及讀物選擇，須認定作之者讀之者為學生，即以學生為本位也。教者有思想欲發揮，有情感欲抒寫，未必即可命題，因學者未必有此思想有此情感也。教者心賞某文，玩索有素，未必即可選為教材，因學生讀此文，其所攝受未必同於我也。必學生能作之文而後命題，必學生宜讀之文而後選讀，則得之矣。」[21]這可謂切中教法的根本，寫作教學能從學生的需要與可能出發，許多問題均會迎刃而解。葉聖陶、王鍾麒的寫作教法研究，較為鮮明地體現了這一時期的國文界已經走出「八股文」教學法的「文本」模式訓練規範，還學生以寫作學習主體的位置。

儘管清末民初的語文教育已呈現一些現代的氣象，但由於根深柢固的古典語文教育傳統與八股精神的影響，從總體上看，這一時期的語文教育的狀況並不盡如人意，語文教育大體上還是沿著舊式教法的軌道作慣性滑行。多數學校所重視的仍是策論、詩詞，而不是日常應用之文。其原因主要有以下三個方面：

（一）國文界雖然對舊式語文教育深感不滿，對八股遺風深惡痛絕，但是尚未能對傳統語文教育作系統的反思和批判。當時的學者對八股教學的危害固然有種種激烈的言論，可是多屬一般性的感觸，而未見作客觀、全面的分析研究。簡單的否定，並不能消弭科舉制以來一千多年中逐漸形成的語文教育思想、觀念和方法的影響。

（二）禁八股、廢科舉，導致舊式語文教育規範的崩潰，而為「文章」、為「實用」的新式語文教育規範的建立則須曠之以時日，

---

19 葉聖陶、王鍾麒：〈對於小學作文教授之意見〉，載《新潮》第1卷第1號。

20 葉聖陶、王鍾麒：〈對於小學作文教授之意見〉，載《新潮》第1卷第1號。

21 葉聖陶、王鍾麒：〈對於小學作文教授之意見〉，載《新潮》第1卷第1號。

不可能一蹴而就。這是一個新、舊語文教育範式交替、嬗變的時期，人們對何謂新式（或稱「現代」）語文教育並不了然，國文界先進還只是在從事探索和實驗，成敗是非尚難定論，這就必然造成語文教育上的混亂局面。

（三）多數教師是從舊式教育中培養出來的，深受舊式教育的影響，舊式教法對他們來說自然是輕車熟路。清末的中學國文教師多是舉人，民初執教的大多還是這批老先生，因此，他們基本上仍保持著舊式文人的思想觀念，遵循著舊式教法，與新的教育思想、方法格格不入。

在這種情況下，語文教育實踐自然不可能有全域性的改觀。一般學校中，給學生所選的文章，多是從《古文觀止》、《東萊博議》等書中來。民初的教科書，如許國英編的《中學國文讀本評注》、謝無量編的《國文教本評注》，除了略選經史子書的文章外，多是古文。舊派國文教師所出的文題仍是「梁亡義」、「魯平公將出義」、「秦皇漢武合論」之類。民初教師出的文題也依然如是，以史論為主，陳說次之，書啟雜記又次之，經論通論又次之，經史論題仍沾染科舉時代的習氣。如「齊人伐燕取之義」、「攘羊證義論」、「秦始皇論」、「范增論」等；書啟雜記，尤多文人雅事，如「邀友探梅啟」、「饋友人蘭」、「約聽黃鸝」、「小園補梅記」、「秋夜賞月記」、「踏雪尋梅記」、「種荷記」等，多是超越一般中學生經驗以外的。[22]

在語文教法上仍以模仿為主，還是傳統的「讀、讀、讀，做、做、做」，教師略作提示，沒有多少道理可說，也不講究教學方式、方法和技巧。黃炎培於一九一四年考察內地教育時就曾談到：「不惟教授法無可觀，即其思想亦少嫌陳腐。譬如作文命題，往往是三代秦漢間史論，其所改筆，往往是短篇之東萊博議，而其評語，則習用於

22　參見阮真：〈時代思潮與中學國文教學〉，載《中華教育界》第22卷第1期。

八股文者為多。」[23]葉聖陶也曾談到這方面的情況：「我八九歲的時候（西元1902、西元1903年——筆者）在書房裡『開筆』，教師出的題目是『登高自卑說』；他提示道：『這應當說到為學方面去。』我依他吩咐，寫了八十多字，末了說：『登高尚爾，而況於學乎？』就在『爾』字『乎』字旁邊博得了兩個雙圈。登高自卑本沒有什麼說的，偏要你說；單說登高自卑不行，你一定要說到為學方面去才合式：這就是八股的精神。」[24]蔣仲仁對當時語文教育的情形有十分詳盡的回憶，他在〈學文雜憶〉一文中說：「作文全是仿作，沒有什麼觀察，調查，什麼記一個人，記一件事這些進步的方法。作文全用文言，不准用白話，連標點符號也不用。讀的全是文言嘛，把讀過的文言詞句搬一些來就是作文。……比較多的是寫論說文。這是不是由科舉的策論來的，不得而知。科舉的八股是不寫了，可要寫『四股』，起，承，轉，合。」「學期考試，畢業考試，升學考試，大都出這類題目，『勤能補拙說』，『時窮節乃見說』，『論士先器識而後文藝』，題目出深一點兒新一點兒，那就出『論中學為體，西學為用』，『論拿破崙滑鐵盧之敗』。」[25]由此可見，在寫作教學上，清末民初基本上還是沿襲著八股文教學的那一套，或如葉聖陶所說，繼承了八股的精神。

另據阮真對盧壽籛選輯、崇文書局出版的《全國學校國文成績文庫甲編》一、二、三集中所收的一六七〇道作文題所作的分類統計表明，在民國十年以前，各中等學校作文教學，一仍舊觀，無所變革。他認為總的來看，議論文題佔極大多數；記敘文題題數較議論文題減少一半；陳說文題更少；應用文題，實居末位；而其他七類仿古文之

23 黃炎培：〈考察本國教育筆記〉，轉引自《中國近代學制史料》（上海市：華東師範大學出版社，1990年），頁297。

24 葉聖陶：〈論寫作教學〉，載《國文月刊》第1卷第3期。

25 蔣仲仁：〈學文雜憶〉，見劉國正主編：《我和語文教學》（北京市：人民教育出版社，1984年），頁181-182。

雜體文題合計，則所佔地位亦不弱。可見對記敘陳說應用文題均不重
視。細察題材，則議論多古今得失，經國大事，預備學生畢業後執政
為官者；雜體文題，多摹仿古文；即使記敘應用文題，亦多屬模仿古
文之文人雅事，甚少注意學生之生活需要；而課外文藝題目，則惟模
仿舊文藝之詩詞歌賦及遊戲文章。「概覽各類題目，在在可以發現封
建思想，名教思想，做官思想，以及文雅享樂思想，此其影響直可及
於整個教育，非僅及國文一科。可見當時中學國文教學中，科舉教育
和舊式文人教育之因襲的勢力甚大也。」[26]阮真從作文題目的分析中
得出的看法，與前述情況也是相吻合的。

　　總之，這一時期的語文教育從總體上說，與前一時期相比，除了
不作八股文外，尚無實質上的改變。為「文章」、為「實用」的語文
教育思想，還只是一種教育法規上的要求，還只是少數國文界新派人
物的認識，並未得到人們普遍的認同，舊式語文教育觀念和方法仍佔
統治地位。儘管如此，禁八股、廢科舉、興新學，依然毫無疑義地宣
告了古典語文教育的衰亡；為「文章」、為「實用」的語文教育思想
一經提出，也同樣毫無疑義地標誌著現代語文教育的發軔。時代變
了，歷史在前進，這一時期語文教育中的八股之風，只不過是舊範式
的迴光返照罷了。

「五四」時期及二〇年代語文教育

　　一九一九年的「五四」運動至二〇年代末，是現代語文教育的奠
基期。其標誌是白話文（語體文）在國文教育中獲得合法地位，並逐
漸取得與文言文並重的位置。這一時期佔主導性的語文教育思想是提
倡白話文讀寫，推行「國語教育」，使語文教育得以脫胎換骨地重建。

---

26 阮真：《中學作文題目研究》（上海市：民智書局，1930年），頁313。

現代語文教育的一個根本方面，是寫作載體的變革。

科舉制被廢除，八股策論壽終正寢，並不意味著舊的語文教育規範的徹底完結。如前所述，科舉制廢除後的這十幾年間，語文教育在相當程度上依然沿著舊的軌道作慣性運行，還有一個很重要的原因，就是國文教育在讀寫形式上沒有什麼根本性的變化，大體上讀的是文言文，作的也還是文言文。

然而，實際上，在寫作實踐中，白話文的「幽靈」已經悄悄地在神州大地徘徊，寫作的載體形式正經歷著艱難的蛻變。唐弢在《文章修養》一書中，對白話文的興起作了這樣的敘述：

> 八股文被廢止了，策論接著也宣告結束，被認為古文標率的桐城派，由於嚴復，林紓的從事翻譯，也稍稍改變了以往的面目。梁啟超又把桐城派和公安派融和起來，再加上西洋文學的影響，翻陳出新，做出了一種平易暢達的文言文來，這種文體通順明白，有時還參雜著許多土話、韻語和外國語法，真所謂「筆鋒常帶情感」。當時就把這種文體叫做新文體，以說明它和吳汝綸之流的古文，並不一樣。
>
> 梁啟超的文章在當時非常風行，新文學運動初期的作家，大抵都受過他的影響。不過這種新文體究竟只能在知識份子中間流行，對於大多數民眾，卻還是毫不相干的，所以過了不久，在上海和杭州各地，又有了《白話報》《白話叢書》《白話日報》之類的出現，連後來竭力反對文學革命，醉心於《史記》筆法的林琴南，也寫了白話道情，可見社會好尚，那時候，也已經在此而不在彼了。[27]

---

27 唐弢：《文章修養》（北京市：三聯書店，1983年），頁43-44。

民國六年（1917），胡適在《新青年》上發表〈文學改良芻議〉，將白話文的討論，擺上了議事日程。胡適在文中提出「八不主義」：一曰，須言之有物。二曰，不摹仿古人。三曰，須講求文法。四曰，不作無病之呻吟。五曰，務去爛調套語。六曰，不用典。七曰，不講對仗。八曰，不避俗言俗語。這雖然是向文學方面建議的，卻也可以算是白話文寫作的一般要求。在該文結束處，作者對白話文學作了大力鼓吹：

> 然以今世歷史進化的眼光觀之，則白話文學之為中國文學之正宗，又為將來文學必用之利器，可斷言也（此「斷言」乃自作者言之，贊成此說者今日未必甚多也）。以此之故，吾主張今日作文作詩，宜採用俗語俗字。與其用三千年前之死字（如「於鑠國會，遵晦時休」之類），不如用二十世紀之活字；與其作不能行遠不能普及之秦漢、六朝文字，不如作家喻戶曉之水滸、西遊文字也。

但是胡適的主張，說到底還是一種「改良」，所以有人就認為胡適所特別推崇的，就是《水滸》、《西遊記》、《儒林外史》等幾部書，他主張大家向這幾部書學習，儘量採用施耐庵、吳承恩、曹雪芹、吳敬梓們的白話。可見他是把舊小說裡的白話，當作寫作的基礎工具的。「五四」以來的白話文之所以不能和口語彙成一流，逐漸達到言文一致的階段，胡適他們的這種主張負有一定的責任。

當時真正高張文學革命大旗的，當推陳獨秀。他在一九一七年二月發表的〈文學革命論〉，在反封建的意義上走在了時代的前列。他提出的「三大主義」：曰推倒雕琢的阿諛的貴族文學，建設平易的抒情的國民文學；曰推倒陳腐的鋪張的古典文學，建設新鮮的立誠的寫實文學；曰推倒迂晦的艱澀的山林文學，建設明瞭的通俗的社會文

學。這就不只是停留在舊文學形式的改革上，而是把文學革命當作開發文明、改變國民性和革新政治的利器。一九一七年初發起的這場文學革命，也得到了錢玄同、劉半農等人的回應。錢玄同撰文猛烈抨擊舊文學，斥責那些一味擬古不化的駢文散文為「選學妖孽」、「桐城謬種」，從語言文字的演化說明提倡白話文的必要，主張要「言文一致」。劉半農也發表〈我之文學改良觀〉等文，主張打破對舊文體的迷信，破舊韻造新韻，採用新式標點符號等具體建議。[28]

　　「五四」以前，雖然對白話文寫作的討論和鼓吹已有相當的影響，但總的來說還不成氣候。黎錦熙說：「一九一九年五四運動以前，我們這些知識份子也不是不寫白話文，那只有三種場合：第一是辦通俗白話報；這是教育性的，這顯然是對另一階級說話，要將就他們的語言，其實就是自己的語言，但對自己的階層是決不會『寫話』的。第二是寫作和翻譯白話小說，這是文藝性的，這也顯然是對元明以來傳統的舊白話作品的一種不嚴肅的摹仿。第三是在理論文中偶然流露一些『語錄體』的白話詞兒，這也是唐宋以來一種文化的傳統，但不多見。『五四』以後，風氣突變，不論教育性的書刊、文藝文和理論文，白話文都成了『正宗貨』。又陸續出了大量的白話翻譯品，吸收了許多外來語和歐化的造句法，新的語言形式和新的思想內容是互相隨伴著而來的。」[29]「新的語言形式和新的思想內容是互相隨伴著而來的」這一見解，可謂切中了白話文運動的緣起；真正的「言文一致」，是「五四」反帝反封建的新文化運動對舊文化革命的必然結果。

　　「文學革命」伴隨著一場教育革命，二者息息相關、遙相呼應。在教育革命的旗幟上寫著的是「國語統一」、「言文一致」。其突出的

28 參見唐弢主編：《中國現代文學史簡編》（北京市：人民文學出版社，1985年），頁3-4。
29 黎錦熙：〈今序〉，《新著國語文法》（上海市：上海商務印書館，1951年）。

成就是提倡「國語教育」，改學校國文科為國語科，白話文進入語文教學，並成為語文教學的一種重要形式。

這一場教育革命也同樣步履艱難。

一九一四、一九一五年間，教育部設處編纂國定小學教科書，主編者熊崇煦及陳潤霖、李步青、黎錦熙等，每主張國文宜改為國語，均未引起重視，後來只把第一冊勉強用些言文接近的句子；第二冊將「的」、「麼」、「這」、「那」等字附在課後，以與課文中「之」、「乎」、「此」、「彼」對照，但終於被刪去了。

而此時江蘇蘇州的省立第一師範附屬小學，由俞子夷發起，他用白話文自編教材，油印了教初級小學的低年級生。北洋教育部總長張一麐對此表示讚賞，寫信給蘇州教育界，要他們向一師附小學習，沒有得到回應，但一師附小卻受到了鼓舞，索性連中年級也用白話教材了。

一九一六年，空氣稍稍新鮮，國語研究會即發起鼓吹改國文為國語。在一九一七年的第三屆全國教育會聯合會上，湖南省教育會代表提案稱：「注音字母洵統一字音之方便法，然非從事於語法改良，雖有注音，亦難奏效。……莫如改國民學校之國文科為國語科，將國文程度改淺，國語程度提高，仿語錄及說部書之形式，俾文與語之距離漸相接近，成一種普通國語。」後來聯合會呈部請推行注音字母決議案中，便有了「以為將來小學改國文科為國語科之預備」的文字。

一九一八年，經過國語研究會的國語運動和《新青年》上新文學運動的鼓吹，報紙雜誌上論政談學之文漸多用白話，胡適用白話編寫的《中國哲學史大綱》成為大學教材，小學教育界也聞風而動，北京的孔德學校用注音字母自編國語讀本，江南的一些小學也自編活頁教材。江蘇一師附小除了高小國文外，其他一切科目，凡是用文字教學的，一律改成白話。要求「言文一致」的呼聲日益高漲。葉聖陶、王鍾麒撰文稱：「我國文字之難習，言文之異致實為其主因。方為文之

際，初則搜索材料，編次先後，其所思考固與口說一致；然欲筆之於紙，則須譯為文言。於是手之所寫非即心之所思。其間迻譯之手續殊為辛苦。……欲去此障礙，惟有直書口說，當前固尚難能，而將來終當期其達到。」[30]黎錦熙也發表演講：「國民教育，原是謀教育普及，現在的通俗書報，白話文告，在社會上本已通行。而小學國文一科，尚是因乃舊習。學生在此四年中所學文字，一知半解，雅俗兩傷……方知文體不改，斷難達到應用之目的。」[31]

　　到了一九一九年，國語統一籌備會第一次大會，周作人、胡適、朱希祖、錢玄同、馬裕藻、劉復等提出〈國語統一進行方法〉的議案，稱「統一國語既然要從小學校入手，就應當把小學校所用的各種課本看作傳佈國語的大本營；其中國文一項，尤為重要。如今打算把『國文讀本』改作『國語讀本』，國民學校全用國語，不雜文言；高等小學酌加文言，仍以國語為主體，『國語』科以外，別種科目的課本，也該一致改用國語編輯」。此案通過並呈教育部施行。

　　一九二〇年一月十二日，教育部遂訓令全國各國民學校先將一二年級國文改為語體文：

> 案據全國教育聯合會呈送該會議決〈推行國語以期言文一致案〉，請予採擇施行。又據國語統一籌備會函請將小學國文科改授國語，迅予議行各等因到部。查吾國以文言紛歧，影響所及，學校教育固感受進步遲滯之痛苦，即人事社會亦欠具統一精神之利器，若不急使言文一致，欲圖文化之發展，其道無由。本部年來對於籌備統一國語一事，既積極進行，現在全國教育界輿論趨向，又咸以國民學校國文科宜改授國語為言，體

---

30 葉聖陶、王鍾麒：〈對小學作文教授之意見〉，載《新潮》第1卷第1期。
31 見《教育公報》第6年第1期。

察情形，提倡國語教育，實難再緩。茲定自本年秋季起，凡國
民學校一二年級先改國文為語體文，以期收言文一致之效，合
亟令行該廳局校轉令所屬各校，遵照辦理可也。此令。[32]

此後，教育部令第七號又修正原《國民學校令》第十三條、第十
五條，即將其中的「國文」改為「國語」。一九二〇年一月二十四日
的教育部令第八號，又確定國民學校三、四年級的國語科改學「語體
文」，至此，「初等小學四年間純用語體文，而正其科目名稱為『國
語』，就在民九（1920年）完全定局了」[33]。這實在是中國教育的一個
歷史性的巨變。

隨即，教育部又發了一個通告，即將國民學校國文教科分期作
廢，改為語體文。胡適對此舉評價說：「這個命令是幾十年來第一件
大事。他的影響和結果，我們現在很難預先計算。但我們可以說：這
一道命令，把中國教育的革新，至少提早了二十年。」[34]

商務印書館趕在這個通告之前出版了國民學校用的《新體國語教
科書》八冊，七月間又出了一種《新法國語教科書》，中華書局也於
十二月出版了《新教育國語讀本》。初小改國文為國語，高小以上也
不會不受到影響。同年，商務印書館也出版了第一部中學國語教科書
《白話文範》四冊。中學有了純採用語體文、全用新式標點符號並提
行分段的教科書。

一九二一年三月，教育部訓令各省：凡師範學校及高等師範，均
應酌減國文鐘點，加授國語。到了一九二三年六月，「全國教育會聯

---

32 見《教育雜誌》第12卷第2期。

33 黎錦熙：〈改學校國文科為國語科〉，見《黎錦熙論語文教育》（鄭州市：河南教育
　出版社，1990年），頁18。

34 胡適：〈國語講習所同學錄序〉，轉引自《黎錦熙論語文教育》（鄭州市：河南教育
　出版社，1990年），頁20。

合會」組織的「新學制課程標準起草委員會」刊佈〈中小學各科課程綱要〉，其中關於「國語」的要點為：（一）小學及初中，高中，一律定名為「國語科」。（二）小學讀本，取材以「兒童文學」（包含文學化的實用教材）為主。（三）初中讀本，第一年語體約佔四分之三，第二年四分之二，第三年四分之一。（四）高中「目的」之第三項為「繼續發展語體文的技術」。（五）「略讀書目舉例」，初中首列《西遊記》、《三國志演義》；高中首列《水滸傳》、《儒林外史》、《鏡花緣》。這個綱要雖未經教育部公佈，但教育界一直試行到一九二七年。至此，語文教育初步實現從文言到語體的轉型，至少是在教育方針上已發生根本性的轉變。

　　任何觀念的更新都有一個過程。「國語教育」也並非一下子就為人們所接受，當時的國文界認識並不一致。范善祥在〈教學國語的先決問題〉一文中，對當時國文界的情況作了清楚的說明：

　　　　國語教育一名詞，是近年發生的。我國前此只有所謂國文兩個字。要知道國文是死的東西，國語是活的東西；國文是骨董，國語是現金。現在小學校裡，不用國文，創行國語確是我國文化上一個大進步。但今日社會上，尚有一部分人，做國語運動的障礙物，待我一一述來：其一是保守派，對於國語兩字，絕端不贊同。以為國語是毫無價值的東西；倘然國語教育，普行於社會，那國文即無形消滅，勢必至亡國滅種而後已。其二是急進派，對於國語兩字，也看得半文不值。以為要預備世界大同，非把本國固有的語言文字，一律改造不可。我國的語言文字，毫無存在的價值，所以極不愜意於提倡國語教育。其三是懷疑派，對於國語教育，以為一種時髦流行品，決不能傳之久遠。所以他們袖手旁觀，絕不肯熱心推行；但也不極力反對。他們預計一二年後，國語教育四字，必無形打銷的。第四是改

革派，這派對於國語的內容，抱一種革新的熱忱。他們雖贊成
國語教育，卻不贊成現在通行的國語。以為國語當有標準；現
在的國語，尚沒有正確的立腳點，將來決不能推行到全國的。
而且主張以京音京話的國語內標準。近來正在那裡著書立說，
希望造成一種健全的輿論。以這四派的勢力看來：第一派必漸
歸淘汰。第二派當不能立刻成為事實。第三派是毫無目光的
人；他們實在不明世界進化的公例，所以抱一種懷疑態度。但
不數年後，他們自然會信仰的。第四派似乎最有研究的價值。
但從實際上說，現行的國語，雖不是純粹的京音京話，卻是百
分九十幾相同的。他們的主張就是成立，也沒有什麼大變動的
地方。要之國語兩字，確為大多數教育者所公認，且視為教育
上的利器；而與普及教育，更有密切的關係了。[35]

當時國文界對「國語教育」的態度，由此可知其大略。同時，也可以
看出當時國文界的思想還是相當混亂的。這種狀況造成整個二〇年代
國文教育思想的動盪，教師們各有各的看法，各自為政，莫衷一是。

　　儘管如此，「國語教育」的確立，還是打破古文寫作的一統天
下，使語文教育得以掙脫與八股、策論的千絲萬縷的關係，真正步入
現代語文教育之門。

　　一九二二年十一月二日，教育部公佈新學制，即中小學採取「六
三三」學制，這年的十二月八日，新學制課程標準起草委員會制訂新
學制課程標準綱要草案，於一九二三年正式公佈。[36]這是中國第一個
規定應學習讀、寫語體文的國文科課程綱要。這自然對推動國語教育
有極其重要的作用。在〈小學國語課程綱要〉中明確認定初小「能聽

35　范善祥：〈教學國語的先決問題〉，載《教育雜誌》第13卷第6期。
36　本段引文參見課程教材研究所編：〈教學大綱彙編：語文卷〉，《20世紀中國中小學
　　課程標準》（北京市：人民教育出版社，2001年）。

國語的故事演講，能用國語做簡單的談話」，「能作語體的簡單記敘
文，實用文，（包含書信日記等）而令人了解大意」，高小「能聽國語
的通俗演講，能用國語演講」，「能作語體的實用文，記敘文，說明
文，而令人了解大意」。《初級中學國語課程綱要》中規定第一段落
（教材分三大段落，以便三學年酌量支配）：「作文以語體為主，兼習
文言文」；第二段落：「作文仍以語體為主，兼習文言文」；第三段
落：「作文語體文體並重」。「精讀」部分，三個段落分別為「語體約
佔四分之三」，「語體約佔四分之二」，「語體約佔四分之一」。〈高級中
學公共必修的國語課程綱要〉規定「目的」：「繼續發展語體文的技
術」；「畢業最低限度的標準」：「能自由運用語體文體發表思想」；「作
文」：「應注重內容的實質和文學的技術。精讀名著的報告或研究，可
代作文。」這些規定，自然促進了白話文的教學。

　　據對一九二一年至一九二四年出版的（一）《全國學生文庫》甲
編（中原書局印行）；（二）《全國學校國文成績新文庫》乙編（崇文
書局出版）；（三）《全國中學國文成績文海》（崇文書局印行）；（四）
《全國中學學生新文庫》（世界書局印行）；（五）《全國學校國文成績
新文庫》乙編初二集（中央編譯局出版）；（六）《新時代國文大觀》
乙編一集（世界書局編輯並發行）等書的查閱，「除（一）（二）
（三）書全屬文言文題外，其（四）（五）（六）各書均有白話文
題」。[37]從一九二八年徵集出版的《全國中學國語文成績大觀》（世界
書局出版）所列文題來看，「所輯文章，雖限國語，然題目非限於國
語者。蓋於中學生於文言白話，多自由寫作，在題目上有大部分不能
判別文白也」。[38]就是說，這個時期白話文寫作已從無到有，學生可以
自由選擇用白話或文言寫作。

---

37 阮真：《中學作文題目研究》（上海市：民智書局，1930年），頁107。
38 阮真：《中學作文題目研究》（上海市：民智書局，1930年），頁198。

　　這一時期的國文教材也有很大的改革，為推行國語教育，教科書由「國文」改為「國語」。小學教材以白話文為主，中學教材一般文、白兼收，年級越高，白話文遞減，文言文遞增。但由於當時並未實行全國統一教材，所以教材的編寫也較為自由，有文、白合編為一冊的，也有文、白各編一冊的，以前者為多。文學作品所佔比重較大，中學低年級記敘文比例較高，高年級議論文比例較高，一般不選文字艱深的文言文。例如當時通行的《初級國語讀本》共三冊（新中學教科書，一九二三年中華書局印行，沈星一編，黎錦熙、沈頤校）在「編輯大意」中說：「本書選材，注重下列二要點：（一）內容務求適切於現實的人生，（二）文章務求富有藝術的價值。」「本書內容，以記敘文、抒情文為主，參用議論文，說明文。第一冊都是今人淺顯的作品，以期和小學銜接。第二冊兼採舊說部，使學者略識國語文演進的歷程。第三冊兼採譯作，並略注重於討論問題研究學理之文，使學者益了然於國語文在現今實際上的應用。」其中第一冊所選四十二篇文章，作者二十三人，大多為當時名家，入選的作品大多是較為典範的白話文，以文學作品（小說、散文）為主。較為注意內容健康思想進步的時文，文章大多與當時的現實和人生密切結合。魯迅一九二一年作的《故鄉》，一九二三年便已入選。內容淺顯而富有情趣，冰心一人，入選了七篇作品，這跟她的兒童文學作品較受青少年歡迎有關。從中學國文教科書總體上看，文言文仍佔相當比重。如葉紹鈞等編的《初中國語教科書》，共六冊，課文總數二百六十篇，白話文九十五篇，佔百分之三十六點五，文言文一百六十五篇，佔百分之六十三點五。[39]雖然文、白比例以多少為宜，這一直是國文界爭論不休的一個問題，但是，由於白話文進入中小學讀文教學，這實際上也就意

39 參見陳必祥主編：《中國現代語文教育發展史》（昆明市：雲南教育出版社，1987年），頁56-59。

味著進入寫作教學，且比較而言，白話文在教學中更受學生的關注，因此，只要白話文進入教學，它對學生寫作上的影響也就至關重要。

　　這個時期的讀文教材一般為純粹的選文，不附知識短文，沒有寫作方面的指導和練習，也許正由於此，反而刺激了專門性的寫作教材的出現，其中較受歡迎的有陳望道的《作文法講義》（1921年9月26日至1922年2月13日在《民國日報》副刊「覺悟」連載，1922年3月由民智書局出版單行本），該書是中國現代最早的白話文作文法專著之一；有夏丏尊、劉薰宇合編的《文章作法》，該書是夏丏尊一九一九年在湖南第一師範、一九二二年在春暉中學教國文時編寫的，後在上海立達學園任教，被劉薰宇用作教本，教了一年，改了一年，於一九二六年八月由開明書店出版。這兩部作文法著作出版後均被許多學校作為寫作教材。張九如編的《初中記事文教學本》（商務印書館1927年出版）、《初中寫景文教學本》（商務印書館1928年出版）、《初中論說文教學本》（商務印書館1929年出版）也頗有特色，該書以分體寫作教學為主線，兼顧閱讀（選文作為寫作教學的示例）。此外，還有一些教材和教學參考書，也不無價值，如高語罕的《國文作法》（亞東圖書館1922年出版）、胡懷琛的《作文研究》（商務印書館1925年出版）等。這些寫作教材基本上是以白話文的寫作教學為目的，較為注重寫作的基本知識的傳授和基本能力的培養。這些寫作教材和教學參考書的出現，表明了這一時期的語文教育在教材建設上已初具規模，國文教育界正在努力探索白話文教學的規律。

　　如果說清末民初的語文教育的變革還只是初步的觀念上的嬗變，教育思想從為「功名」開始向為「文章」、為「實用」回歸，現代語文教育曙光初現；而這一時期的「國語教育」的倡導和白話文讀寫的興起，語文教育方才發生根本性的變化，語文教育也才真正具有了現代性。沒有寫作載體的變革，語文教育勢必無法突破傳統語文教育觀念與方法的定勢。如果寫的是文言文，自然不可能不讀文言文，不可

能不做起、承、轉、合那一套，也不可能不被古人的思想、情感所影響，這麼一來，為「文章」、為「實用」的語文教育思想，因為缺乏與其相適應的寫作形式，便只能成為一紙空言，清末民初的語文教育實踐便是證明。而寫作載體的變革，並不只是寫作形式或文字符號的改變，也不只是像當時有人所理解的那樣，白話文無非是將「之乎者也」之類換成「的了嗎呢」；寫作載體的變革，實際上意味著寫作內容的變革，新的寫作載體是與新的寫作材料相適應的。因此，清末民初萌發的為「文章」、為「實用」的語文教育思想，只有在實行「國語教育」與白話文寫作之後，才算找到安身立命之所。

二十世紀三〇年代語文教育

二十世紀三〇年代是現代語文教育的成型期。經過五四時期及二〇年代為「國語教育」和白話文讀寫奠定了基礎，這一時期，現代語文教育規範已大致成型。然而，業已存在的矛盾也暴露得較為尖銳，國文界保守派與革新派對語文教育中的一些重要問題的爭論愈加激烈。主導性的語文教育思想是堅守白話文語文教育陣地，提高白話文教育的質量，反對守舊和復古。

這一時期國文界關注的焦點主要有三個方面：對中學生國文程度的評價；國文教育應以文言文為重還是以白話文為重；如何改善白話文寫作。

國文界對中學生國文程度的認識存在著嚴重分歧。

「五四」運動之前，社會上和教育界對中學生國文程度低落的批評之聲便時有所聞，《教育公報》第六年第一期〈擬請教育部召集國文教授會議，議定國文教法建議案〉中稱：「中等學校國文退化殆為教育界所公認。以本校招考經驗而論，考生文理多不通，甚者至於字體訛誤，國文考卷真可入選者什無一二。根柢既弱，及畢業時程度仍

慮其不夠，數年而後，凡高等師範之畢業生將無有能教國文者，至為可慮。」五四運動以後，在有關討論國文教學的論著中，對國文教學的現狀表示不滿的，更是隨處可見。直言不諱的如王森然：「現在的中學國文教育，糟，是糟透了。」[40]委婉陳詞的如夏丏尊：「無論如何設法，學生的國文成績總不見有顯著的進步。因了語法、作文法等的說明，學生文字在結構上形式上，雖也大概勉強通得過去；但內容總仍是簡單空虛。這原是歷來中學程度學生界普通的現象，不但現在如此。」[41]及至三〇年代。抱怨之聲依然有增無已。這種狀況，終於引發了一場歷時八個月的「中學生國文程度的討論」，而這很大程度上可以說是圍繞著學生作文程度展開討論的。

這場討論是由《中學生》雜誌發起，時間是從一九三四年十一月至一九三五年六月。在《中學生》第四十九號（1934年11月）上，刊出尤墨君的〈你們能寫出什麼〉一文，文章開篇便向「中學生諸君」提出：「你們能寫出些什麼？」文中先列舉題為「夏景」的兩篇浙江省二十一年度第二學期初中畢業會考試卷，請讀者評判能否及格，接著又列舉兩篇去年浙江初中會考試題，一篇題為「勸友用國貨書」，一篇題為「說整潔」，請讀者「細看一遍，看他們對於『服用國貨』及『整潔』究竟寫出些什麼！」之後，「再談一個文題：『衣取蔽寒食取充腹論』。這是今年上海市高中畢業會考試題之一。請問諸君，你們對此試題能寫出些什麼」。隨即，作者一一否定了上述五篇作文，並舉出「看了懂」的一張發票和一張「營造廠立的承攬據」，與前面五篇作文加以參照，認為這發票和承攬據之所以看得懂，「這完全是因紙上有物的緣故」，由此推出「寫文章亦何嘗不是這樣」的道理。最後的結論是：「『寫得好』是學力上技巧上的事，然而亦必從『寫得出』始。我們能寫得出些什麼，實在應該問問自己的，不管是寫詩歌

40 王森然：〈自序〉，《中學國文教學概要》（上海市：上海商務印書館，1929年）。

41 夏丏尊、劉薰宇：〈附錄三〉，《文章作法》（杭州市：浙江文藝出版社，1983年）。

小說或寫抒情文和議論文。」這篇文章，就字面看，是意在糾正中學生作文中存在著的看了不懂、言之無物的情況，提請他們寫文章時應先提醒自己「能寫出些什麼」。

在同期的《中學生》雜誌的「卷頭言」中，刊發了葉聖陶（署名為編者）的〈中學生的國文程度低落嗎？〉一文，文章開門見山地表明了想要把中學生國文程度是否低落的問題徹底擺清楚的意圖。「從前中學生的國文程度怎樣，現在又怎樣？低落的現象是普遍的還是特殊的？其原因又在什麼地方？」他列舉人們對中學生國文程度「行」與「不行」的種種看法，認為之所以有此分歧，是因為對國文科的認識不同所致。說「不行」的人，有兩種情況：一種是「似乎都不很顧到學生的閱讀能力方面而只偏重在寫作能力方面」，而且考察他們的寫作能力又只用「秦皇漢武合論」、「說新生活運動的意義」、模仿〈醉翁亭記〉作「校園記」等題目。另一種是「往往把責任完全推到學生身上，彷彿現今一班青年的腦子生來就異樣，特別不適宜於寫作」。他表明自己的看法：「記者編輯本志，有幸讀到各地中學生投來的文篇，大概所選題目類似課藝式的，往往是陳語濫調，而寫一點親歷的經驗跟實有的感想，雖然不見得怎樣純粹，但一篇裡總有多少部分是出色的，如刊載在《青年論壇》跟《青年文藝》兩欄裡的就是。……從這一點推想開去，前途的光明似乎並不微弱，所以記者不是『不行』『不行』的悲觀論者。」他請「賢明的國文教師」以及中學生諸君「把國文程度低落的歎息認作一個課題，精密地、仔細地加以考核」，請中學生對於國文一科有什麼困難或者希求也提出來共同討論，「然後可以解決低落不低落的問題，然後可以進一步提高中學生諸君的國文程度」。這篇文章雖然沒有明確指出是針對尤墨君的〈你們能寫出些什麼〉，但實際上是把尤文作為討論的「靶子」。

在《中學生》雜誌上第一次刊出「中學生國文程度的討論」的專欄，首先殺進這是非之地的不是「賢明的國文教師」，而是一批中學

生。《中學生》第五十一號（1935年1月）上發表了蘇州女師吳潛英的〈學習國文之經驗〉、江西省立南昌師範王克讓的〈我們拿什麼來寫？——讀了尤墨君先生的「你們能寫出些什麼」以後〉、北平大同中學周渺的〈試卷能作中學生國文程度的標準嗎？——與尤墨君先生商榷〉等八篇中學生的文章。這些文章也表明了兩種不同的看法，「行」與「不行」的意見大致持平。

在這一期《中學生》雜誌中，葉聖陶（署名編者）發表了〈讀了〈中學生國文程度的討論〉〉一文，對討論情況作了評述和概括。他把學生的意見歸納為三點：第一，從這八篇看來，學生對國文科的目標是認識得很清楚的。國文科的目標在養成閱讀能力跟寫作能力，閱讀跟寫作又須切近現代青年的現實生活，有幾位說出了這樣的意思。第二，從這八篇看來，學生並不需要讀那些力所不及的或者沒有這許多閑功夫去讀的文章。第三，從這八篇看來，學生頗相信考試的成績不就是實際的優劣。如果別字連篇，文法不通，那當然是平時太不注意，不能說不劣；然而像尤墨君先生所舉的究竟是特殊的例子，我們不能就說凡是應考的學生都這樣不濟。

第二次「中學生國文程度的討論」是發表在《中學生》第五十四號（1935年4月）上，仍然沒有國文教師參加討論的文章。在這期雜誌上，葉聖陶（署名編者）發表了〈再讀〈中學生國文程度的討論〉〉一文，對六篇參加討論的文章一一作了評論。——此次討論的意見基本上都是不贊成「低落」之說的。

及至《中學生》第五十五號（1935年5月），沉默了半年之久的「賢明的國文教師」終於不再沉默。這期雜誌共載了三篇教師的文章：孟起的〈中學生底國文〉、劬鬐的〈給中學生雜誌記者的一封信〉和王忍的〈也來談談中學生的國文〉。

孟起的文章是此次討論中的較有分量的一篇。他把討論從教學內部推向教學外部，把討論引向深入。他說：「從這八篇文章（指第一

次討論的八篇學生文章）裡，吾找到許多有價值的意見。有一層意思
想在這裡提起的是：大部分的作者著眼於國文教學本門，吾懷疑他們
是不是不知道或忘掉要從社會問題整個體系的立點去理解、處置這一
問題的一層。例如國文教材為什麼要選那些滿紙大道理的經世名文？
為什麼叮叮噹噹的文章要被列入上選？這些哪裡是單純的『見地』、
『好尚』的問題！教育——當然包括國文教學在內——只是一種工
具，一種維繫現實社會的工具。全部的教育的實質和形式都被這種工
具運用的本質的需要所決定。現在的國文教學就是現階段反映的或一
形相。吾們要了解這一點，才知道這問題最切要的解決方法在哪
裡。」「要是中學生國文程度真正低落的話，最大的責任不能不讓那
些始終不問為什麼這樣做的決定中等學校國文教學大計的先生們和國
文教師們負起！」在把問題十分尖銳地提出之後，得出的結論是：
「一言以蔽之，現行的國文教學，是『狹的籠』！」而關在這「狹的
籠」中的學生是如此缺乏「滋養物」。

　　劬髯的文章取一種較為理性的態度：「『行』『不行』的問題：我
固然不贊成一般的『文以載道』的先生們慨然長歎所認定的『不
行』；但同時也不敢附和貴記者（指葉聖陶）樂觀主義所認定的『並
不微弱』。因為我認為文字是應用的一種工具，如果和古色古香的夏
鼎商彝開比例，當然可以不必，但是實際上也要抒情寫景敘事論理能
應用裕如才算及格。試問各地中學生能大多數這樣麼？」

　　王忍的文章則很乾脆地對「低落」論調給予批駁，認為「低落」
論者「只是為了看見中學生作文言文者日少的緣故」，他們所開的增
加國文課本中的文言文分量，減少語體文的分量的藥方，「是糊塗透
底了的！」「大家要想想，現在是什麼日子了，還在拌這種是非，分
這種皂白！這真是『老狗教不會新把戲！』日人不是在『滿洲國』提
倡讀經……嗎？瞻前顧後，就是麻木似我，也覺得脊背上一陣一陣地
涼起來。吾們自己就不想活，難道好意思叫孩子們也不要活！」

　　同期雜誌上葉聖陶（署名編者）的文章〈歡迎國文教師的意見〉，一是對「那些決定國文教學大計的校長同專家想使青年拋開現實生活，而去想古人的思想，過古人的生活」表示憤慨和譴責；二是回答劭騂先生提出的意見：「我們固然沒有什麼真憑實據可以證明一般學生的國文程度並不弱。可是我們接觸好些學校的教師和學生，凡是教師對國文教學的認識比較高明的，教學能力比較強的，學生的國文程度就大致不壞。」這場由葉聖陶發起的「中學生國文程度的討論」，至此接近尾聲。在第五十六號《中學生》上，還發表了兩位教師的文章：顧詩靈的〈中學生國文的我見〉和大岳的〈國文教師眼裡底國文教師〉。顧詩靈的文章主要是抨擊復古，讀古書，從社會條件上為中學生國文程度的狀況找原因；大岳的文章則從孟起所談到的學生困於「狹的籠」，引出國文教師本身也就是「瘦的鳥」的議論，對國文教師的素養和工作條件作了批評，認為「現在最急迫的問題，還是餵餵狹籠以外的『瘦的鳥』。要救救青年，先救救教師！」到這裡這場歷時八個月的討論便告結束。

　　這場「中學生國文程度的討論」，功績主要不是在題內，而是在題外。因為自始至終沒有一位論者證據確鑿地回答了「中學生國文程度」是否低落，是「行」還是「不行」，實際上也不可能得出令人信服的答案。首先，如葉聖陶所說，大家對國文教學目標的認識、對中學生國文程度的評判標準，沒能達成共識，結論自然也就不一樣。其次中學生國文程度也不可比，「今」的中學生白話文言兼作，「昔」的中學生則全作文言文，拿「今」的中學生作的文言文與「昔」的中學生比，自然是「不行」，同樣，拿「今」的中學生作的白話文與「昔」的中學生比，自然是「行」，這「行」與「不行」，都沒有客觀的標準。再者，沒有人對中學生國文程度作必要的調查與統計分析，論者都只是從自己所處的小範圍談感受，這樣的看法也就沒有什麼說服力。

　　但是，討論所涉及的許多問題卻是有價值的。從國文教學內部看，涉及到國文教學的目標，選文標準，文、白比例，讀文、作文的教法等。一些人認為國文教學的目標應包括培養閱讀和寫作這兩種能力，國文程度並不能單看作文，反對增加文言文的分量和「國學」內容，認為現代人只要做通現代文即可；在教法上批評注入式的逐句講書、「微言大義」，批評作文以「文」為佳、以古為佳，出不切實際的空泛之題，作空泛之文，等等。更重要的還注意到教學外部的復古讀經的思潮對國文教學的影響，注意到制訂教育政策的人對教育思想的誤導，注意到各種外部條件對國文教師的制約。學生被關在「狹的籠」中，缺乏「滋養物」，教師是「狹的籠」外同樣缺乏「滋養物」的「瘦的鳥」，二者都是受當時社會環境壓迫的犧牲品。這場討論由淺入深推進到三個層面：先是探討學生的國文程度，從學生一方就事論事找解決的辦法，提出寫文章要言之有物，要有思想、有情感；接著是從教師的教學思想、方法上找原因，批判陳腐的教育觀念和方法；進而探尋其社會根源。能做到這些，此次討論也算是頗有成績了。

　　在這場「中學生國文程度的討論」的同時，一場「語、文論戰」也在緊鑼密鼓地進行。

　　三〇年代中期，在特定的社會背景下，復古讀經思潮死灰復燃，提倡學國學、古文的「國文復興運動」悄然興起，「『中學為體，西學為用』這光緒年間的老把戲，又成為今日施教要政」。葉聖陶曾談到當時情況：「最近上海有人發起什麼存文會，據說是鑒於青年國文程度日益低落，希圖設法挽救的。但是看他們的方案，無非寫文言和讀古書那一套，換句話說，就是使青年離開現實，忘卻自己，而去想古人的念頭，說古人的話語，作古人的文章。」[42]

　　守舊派的代表人物，是擔任教育部課程標準編定委員會委員的汪

42　葉聖陶：〈再讀〈中學生國文程度的討論〉〉，載《中學生》第54號。

懋祖，他的〈禁習文言與強令讀經〉一文，力主中學生讀經書、古書，寫文言文，拉開了這場「語、文論戰」的序幕。他在文章中說「初中能畢讀孟子，高中能讀論語、學庸以及左傳，史記，詩經，國策，莊子，荀子，韓非子等選本，作為正課，而輔之以各家文選，及現代文藝，作為課外讀物。」「大抵白話文長於描寫物態，發抒柔情，文言文便於敘事，說理，議論，應用，而壯烈之節，激昂之氣，尤有資於文言⋯⋯則白話文佳者，要為文藝之一部。而教育目的，決非造就多數文藝作家與欣賞小說文藝者。」「惟初級小學國語教材，自以合於兒童經驗及口語為尚，高級必進行以淺易之文言，若猶以兒童中心為白話童話之護符，猶察秋毫而不見輿薪。」「文言之省便，毋待曉曉，乃必舍輕便之利器，用粗笨之工具，吾不知其何說也。或謂學習文言，當較白話費力，曰然。但略加努力，以後之受用，必且倍蓰。」一言以蔽之，就是文言優於白話，要學寫文言文。

文章發表後，引起許多非議，許多人紛紛撰文反駁汪文的觀點，汪文及論戰的主要文章，後來收在民眾讀物出版社一九三四年九月出版的《文言、白話、大眾話論戰集》中，共計五十五篇，可見這場論爭的聲勢及影響之大。

與汪懋祖針鋒相對，對其觀點批駁最力的是吳研因的〈關小學參用文言與初中畢讀孟子及指斥語體文諸說〉，吳文指出：「時至今日，我們所怕的，不是教育界以外『篤舊之士』的反對聲；倒是號稱教育界名宿的筆尖兒。要是教育界的名宿到現在還逞其筆尖為『篤舊之士』張目，那就夠驚駭了。」他著重就「小學高級參用文言」與「初中畢讀孟子」這兩點批駁如下：「小學不讀文言，已十多年，我們的子女輩，在小學未習文言，也已有在高中或大學畢業，並且立身於社會的了。他們的古書或者讀得少些，至於升學或應用，則實在並未發生障礙，此等事實，誰得否認呢？」「我們以為初中確可選讀孟子的菁華，但是決不可從頭至尾畢讀。孟子上有許多理論，固可供青年修

養之用，但也有許多已不合時代潮流，讀了反足以腐腦，或者好為大言不願努力，以文章論，孟子之文固很流暢，足以增進青年讀作能力，但也有許多簡短瑣屑無甚結構，且不重要的章節。要是不加選擇而畢讀，那也徒費功夫，大背經濟原則。」對汪文的其他論點也都作了逐條的批駁。

　　針對汪懋祖在《申報》（1934年6月21日）上發表的〈中小學文言運動〉一文中所持的文言比白話省力的論點，魯迅先生特撰寫〈此生或彼生〉（見《花邊文學》）一文加以批駁：

　　　「此生或彼生」。

　　　現在寫出這樣五個字來，問問讀者：是什麼意思？

　　　倘使在《申報》上，見過汪懋祖先生的文章，「……例如說『這一個學生或是那一個學生』，文言只須『此生或彼生』即已明瞭，其省力為何如？……」的，那就也許能夠想到，這就是：「『這一個學生或是那一個學生』的意思。」

　　　否則，那回答恐怕就要遲疑。因為這五個字，至少還可以有兩種解釋：一，這一個秀才或是那一個秀才（生員）；二，這一世或是未來的別一世。

　　　文言比起白話來，有時的確字數少，然而那意義也比較的含糊。我們看文言文，往往不但不能增益我們的智識，並且須仗我們已有的智識，給它注解，補足。待到翻成精密的白話之後，這才算是懂得了。如果一逕就用白話，即使多寫了幾個字，但對於讀者，「其省力為何如」？

　　　我就用主張文言的汪懋祖先生所舉的文言的例子，證明了文言的不中用了。

　　對提倡文言文批判最為尖銳的是葉聖陶。他在〈雜談讀書作文和

大眾語文學〉一文中說：「讀一點古書做什麼呢？至多像他們一樣，
自己陷在沒落的退潮裡，同時給前進的船隻一點輕微的阻力罷了。這
是實在的情形，可是他們決不肯相信。他們的生活決定他們的意識，
從他們的意識出發去處理教育上的問題，不能不得出這樣的結論，就
是把古書的內容和形式一古腦兒裝到青年的頭腦裡去。他們以為這樣
做是最合理的，否則就對不起青年。……但是，顯然的，他們沒有理
會到人是常常跟著環境而有改變的，他們沒有理會到人的生活的改變
從來沒有像現今這般的迅速和劇烈，他們更沒有理會到生活有了改
變，而其他應當跟著一同改變的卻停頓著沒有改變，在個人方面是
多麼大的不幸。」[43]這便從社會歷史變革的角度，闡明了復古思潮的
荒謬。

　　這股復古思潮給國文教育帶來了很大的衝擊，各學校應注重四書
五經，中小學要用文言文的教本等意見，已在提倡或實行中，會考或
其他考試所出的作文題目也是古氣盎然，壓縮語體文、增加文言文的
意見仍時有所聞。如一九三五年四月二日，江蘇省教育廳召集了第一
次中學師範教育研究會，到會的除教育廳的職員外，有校長十三人，
專家九人，研究改善現行中等教育，提案中有一條是關於國文科的，
文中說：「今日中學生國文程度甚為低落，而國學常識尤為缺乏，論
者多歸咎於語體文講授太多，此雖非定論，然今日中學國文課本是否
需要部定之語體文分量似為一可研究之問題。」該提案發交「課程教
學組」研究，議決的原則為：「中學國文應增加文言成分，尤應以初
中為基礎。」這意思是中學國文課本要減少語體文分量，初中的國文
教材，文言文要特別加多。

　　據一九三三年頒佈的〈中學國文科課程標準〉的規定，初中是：
語體文與文言文並選，語體文遞減，文言文遞增，各學年分量約為七

---

43 葉聖陶：〈雜談讀書作文和大眾語文學〉，載《申報》「自由談」，1934年6月25日。

與三，六與四，五與五之比例。高中是：應語體文言分授。語體文但
選純文藝及有關學術思想之文字。文言文第一學年以體制為綱。第二
學年以文學源流為綱。第三學年以學術思想為綱。雖沒有明確規定
文、語的比例，但文言文的比重顯然要大於語體文，如再要增加文言
文，那麼語體文的教學也就名存實亡了。汪懋祖就曾主張初中：「一
年級文白比例，約為文六白四，並練習文白互譯，俾作一種過渡。二
年級文八白二，三年級則全授文言。」[44]難怪有人說這是「強迫著學
生們搭上他們的開向帕米爾高原的倒車」。

　　這種復古倒退的行為受到廣大教師的抵制和譴責，論者大多認為
「文」是隨時代、社會「進化」的，是跟現實生活相聯繫的，在這二
十世紀將要進入中期的時代，而要去讀、寫那些已經落在時代背後的
文言，這哪裡是青年生活上所需要的。葉聖陶義正辭嚴地指出：「揭
開天窗說亮話，那些決定國文教學大計的校長同專家想使青年拋開現
實生活，而去想古人的思想，過古人的生活……還有什麼國學常識缺
乏的話，依他們的意思，最好每一個青年化作一部《國學常識辭
典》，誰問他國學常識之類的時候，總能夠回答出來……我們可以在
這裡告訴那些決定國文教學大計的校長同專家：你們如果懷著這樣的
願望，那是無論如何也達不到的。青年生在現代的社會裡，從多方的
體驗和實踐，決不能不想現代人的思想，不過現代人的生活。讀幾篇
文言，甚至讀幾部古書，只能浪費他們寶貴的精神和時間罷了。然而
光是這一層，你們的罪過已經不小了。」[45]

　　這一場「語、文論爭」，實際上是五四以來思想文化領域和教育
領域的反帝反封建及白話文運動的繼續，也是國文教育界新、舊教育
觀念的再一次交鋒，它跟「中學生國文程度的討論」一樣，提高了人

44　汪懋祖：〈與阮樂真先生書〉，見阮真著：《中學國文教學法》（臺北市：正中書局，
　　1936年），〈附錄〉。

45　葉聖陶：〈歡迎國文教師的意見〉，載《中學生》第55號。

們對五四以後國文教育改革的認識，對復古論調給予了回擊，明確了
國文教育應以白話文讀寫為目標，進一步肅清國文教育中的八股遺
風，對提高白話文教學質量起了一定的推動作用。

　　與此同時，人們也開始認識到，要真正堅守白話文的陣地，使國
語教育保持活力，必須改造現行的白話文，使之真正明白如話，成為
人人看得懂、聽得懂的「大眾話」。

　　夏丏尊說：「五四以來的白話文，因為提倡者都是些本來慣寫文
言文的人們，他們都是知識階級，所寫的文字又都是關於思想學術
的，和大眾根本就未曾有過關係，名叫白話文，其實只是把原來的
『之乎者也』換了『的了嗎呢』，硬裝入藍青官話的腔調的東西罷
了。凡事先入為主，白話文創造不久就造成了那麼的一個腔殼，到今
日還停滯在這腔殼裡。當時提倡白話文的人們有一句標語叫『明白如
話』。真的，只是『如話』而已，還不到『就是話』的程度。換句話
說，白話文竟是『不成話』的勞什子。」他認為白話文最大的缺點就
是語彙的貧乏，「寫小說時一不小心，農婦也高喊『革命』，婢女也滿
嘴『戀愛』了。」「『爺娘妻子走相送』，唐人詩中已叫『爺娘』了，
我們現在倒叫起『父親』，『母親』來，這不是怪事嗎？」所以，「要
改進白話文，要使白話文與大眾發生交涉，第一步先要使它成話」。[46]
具體方法是用詞應儘量採取大眾所使用的話語，在可能的範圍內儘量
吸收方言。凡是大眾使用著的話語，不論是方言或是新造詞，都自有
它的特別情味，往往不能用別的近似語來代替。他主張在此後的詞典
裡，應一方面刪除古來的詞語，一方面搜列方言。

　　陶行知對怎樣寫大眾文，也發表了很好的意見。他說要知道怎樣
寫大眾文，先要知道白話文的毛病在哪兒。「白話文，教人聾；讀起

---

46 夏丏尊：〈先使白話文成話〉，〈文心之輯〉，《夏丏尊文集》（杭州市：浙江文藝出版
　　社，1983年），頁588。

來『聽不懂』。」因為它寫的不是大眾的事，語句不合大眾說話的口氣，不但大眾聽不懂，讀書人也很難聽得懂。所以大眾文應該寫大眾需要知道的事並應當照大眾說話的口氣寫。他認為：「寫大眾文的一個好辦法是請我們的耳朵出來指導我們。凡是耳朵聽得懂，高興聽的才把它寫下來：『根據大眾語，來寫大眾文。文章和說話，不能隨便分。一面動筆寫，一面用嘴哼。好聽不好聽，耳朵做先生。』」「工人、農人、車夫、老媽子、小孩子的耳朵都靠得住。你做好一篇文章，讀給他們聽聽，如果他們聽不懂，你要努力的修改，改到他們聽懂了，才算寫成大眾文。……如果小眾高興聽而大眾不高興聽，決不能算為好的大眾文。」[47]

　　葉聖陶的看法與陶行知相似，他主張「語體文要寫得純粹」，以「上口不上口」作為評判的標準。他說：「區別語體和文言固然可以從逐個詞句下手，但是扼要的辦法還在把握住一個標準。這個標準簡單得很，就是『上口不上口』。凡是上口的、語言中間通行這樣說的詞句，都可以寫進語體文，都不至於破壞語體文的純粹。如果是不上口的、語言中間不通行這樣說的詞句，那大概是文言的傳統。只能用在文言中間；或者是文言傳統裡的錯誤的新產品，連文言中間也不適用。」[48]

　　上述見解對白話文寫作和教學都很切當，要成話才算是白話文，成不成話，自然大眾的耳朵才最有評判權。要是寫的讓人聽不懂，這就跟文言文沒有太大的區別了。

　　這一時期雖然新舊兩種國文教學思想仍在尖銳地鬥爭，在一些重要問題的認識上仍存在很大分歧，但時代終歸在前進，國文界的觀念

---

47 陶行知：〈中國大眾教育問題〉，見《陶行知教育文選》（北京市：教育科學出版社，1981年），頁243-244。

48 葉聖陶：〈語體文要寫得純粹〉，見《葉聖陶語文教育論集》（北京市：教育科學出版社，1980年），頁423。

也終歸在變革，「論爭」也使人們澄清了對一些問題的看法，因此，這一時期的國文教育還是有較大的進展，這主要表現在以下幾個方面：

（一）國文教材和輔導書更趨嚴整和多樣。這一時期佔主導地位的是閱讀和寫作合二為一的綜合性教材，較有代表性的有復興初級中學教科書《國文》（六冊）、復興高級中學教科書《國文》（六冊）（商務印書館1933年出版），夏丏尊、葉聖陶合編的初中國文科教學、自修用的《國文百八課》（開明書店1935年出版），朱公振編的《基本國文》與《模範圍文》（世界書局1939年出版）。這幾部教材，都是取選文和寫作（文章）知識穿插編列的體例，有的選文與寫作（文章）知識沒什麼聯繫，有的二者則聯繫得較為緊密，但總的來看均已打破以往課本單列選文的格局。另一類是專門性的寫作教材，較有代表性的有黃潔如的《文法與作文》（開明書店1930年出版），胡懷琛等的《文章作法全集》（世界書局1934年出版），張石樵的《開明實用文講義》（開明書店1935年出版）及陸高誼主編的「作文自學輔導叢書」（全書共六冊，商務印書館1939年出版），這幾本寫作教材旨趣不同，各有特色，涵蓋寫作教學的多方面需求。此外，還有兩本很受歡迎的語文輔導書，一本是夏丏尊、葉聖陶合編的《文心》（開明書店1934年出版），一本是唐弢著的《文章修養》（文化生活出版社1939年出版）。加上前一時期留下的《作文法講義》、《文章作法》等，在寫作教材上的選擇空間就更大了。教材的豐富性、多樣性可謂空前。

（二）對寫作教學已有較為嚴密的規定和要求。除了部頒「中小學國文科課程標準」對寫作教學有較前一時期更為翔實周密的規定外，許多省和學校，通過調查研究，還提出更為具體的教學要求。例如在江蘇省中學師範各科教學研究委員會「國文組報告」中，對「習作方面」提出十條很詳細的要求，內容涉及初中、高中、師範每學期

作文次數，作文於課內、外作法，作文命題注意事項等。[49]再如滬東
中學國文研究會對「作文」也有自己的規定，在第一部分「題範」中
就有三點具體要求：1.需切合實際——徒尚高論，無當要旨，為文人
之通病，是要切實糾正。採取題材，務於可能範圍內，力求切合實
際，以免虛浮之病。2.不可過於廣泛亦不可過於狹隘——鴻文無範，
古人所譏，而枯窘乏味，亦應設法避免。假令命題過於廣泛，勢必一
放難收，漫無羈勒。……過於狹隘，則侷促拘執，發舒為難，枯窘乏
味，使學生望而生畏……3.多出傳記敘事之題少作議論辨難之文——
中小學學生年事甚輕，判斷難期準確，理想不免幼稚。作文範圍，自
當多從實際著手。傳記敘事之題，盡可多出，至於議論辨難之文，略
略試作則可，多作則不可。同時為切合實用起見，正可加入應用之
題，俾此實習。[50]此類規定和要求，自然會對教學起一定的規範和指
導作用，使教學內容和方法趨於嚴謹和統一。

　　（三）寫作教學實踐在總體上有所進展。雖然各地各校的教學情
況不很平衡，也還有一些食古不化的教師，復古思潮對教學有一定的
影響，像「禮義廉恥國之四維」「衣取蔽寒食取充饑」這類文題仍作
為會考或其他考試的作文題，學生「是也論，不是也論；學生不得不
論，於是有話說也論，沒話說也要論，被認為論得好，第一名畢業
生，奴化教育成功萬歲，論不好，不及格，『中學生國文程度低
落！』」[51]這一類情況還有相當的存在，但是從總體上看，寫作教學還
是有所改觀，正在向好的方面發展。據淮師附小採用「問卷法」對蘇
皖兩省小學所作的調查，從搜集來的文題看，絕大部分文題都是較為
切合學生生活實際的，如「我的故鄉」、「風箏比賽記」、「記大掃
除」、「淮陰市街的速寫」、「黃花崗七十二烈士紀念日演講稿」、「勸同

49　〈中學師範各科教學研究總報告〉，載《江蘇教育》第5卷第7期。
50　陳梧順：〈滬東中學國文科研究會提要〉，載《教育季刊》第15卷第4期。
51　漁舟：〈從我學習國文的經過談到中學生的國文程度問題〉，載《中學生》第54號。

胞儲金救國」、「擬運動會的開幕詞」、「約同學比賽拍球的信」、「擬新民區區長就職宣言」等。對一千五百八十六道文題的統計，記敘文佔百分之五十一點三，論說文佔百分之三十七點九，實用文佔百分之八點三，欣賞文佔百分之二點五，與前一時期比較記敘文略有增加，論說類有所減少。中學的作文教學，由於受文言文寫作的干擾，情況可能較小學略差，但整體上的進展還是顯而易見的。

（四）國文教學研究更為細緻化和科學化。這一時期語文教學研究在教材建設上取得突出的成績，教學法研究方面也有較大的收穫。除了在各類教育刊物上發表了大量有關語文教學的文章外，一九三〇年夏丏尊創辦的《中學生》雜誌更是為語文學習和教研提供了一個極好的園地。一九三一年葉聖陶參加了《中學生》的編輯工作，在雜誌上開闢了「寫作雜話」、「文心」、「文章偶談」、「文藝鑒賞」、「文章修改」、「文章病院」等欄目，給予中學生和中、小學國文教師以很大的幫助，深受他們的歡迎。這一時期的語文學論著也相當豐富，比起前一時期，品類更為多樣，品質也有所提高，阮真的《中學國文教學法》是同類著作中出類拔萃的一本，《中學作文題目研究》、《創作的準備》、《文心》、《文章修養》等著作也均給人耳目一新的感覺，所討論的問題不少是前一時期所未涉及的。

以上情況表明，國文教育雖然還存在一些尚待解決的嚴重問題，時時面臨復古勢力的非議和發難，但是，與前一時期比較而言，國文教育在克服困難中穩步發展，白話文教育已成不可逆轉之勢，文言復興的呼聲雖曾鼓噪一時，然而其頹勢已現，文言教育的式微成為定局。至此，中國現代語文教育的基本格局和教學規範大致形成。

二十世紀四〇年代語文教育

二十世紀四〇年代國統區的語文教育處於困頓期。三〇年代後期

直至整個四〇年代，民族災難深重。先是八年抗戰，然後是三年內戰，戰爭頻仍，百業凋敝，民不聊生，教育自然也陷於低谷。這一時期的語文教育思想，基本上是三〇年代的餘音遺響，國文界有識之士仍致力於白話文語文教育的改進，對一些基本問題的思考也有所深化和拓展。礙於時世艱難未能作出大的建樹。

這一時期國文界關注的焦點也主要有三個方面：對中學生國文程度的再認識；中學生要不要學習文言文寫作；「大一國文」的課程性質應如何定位。這些問題的討論表明，國文界有識之士已能更為自信、冷靜地思考現代語文教育發展中存在的矛盾和困難，逐步提高白話文語文教育的品質。

在整個四〇年代，中學生國文程度問題，依然是嚴重困擾國文界的一個首要問題。

一九四二年高考之後，《國文雜誌》第二卷第一期發表了羅根澤的〈搶救國文〉一文，該文從高考國文試卷的成績不好，論到國文該從中學階段搶救。他舉了成績不好的七個例子，這七個應試者犯了同樣的毛病，就是看不懂題目。他提出：（一）請求教育當局減少中學國文教員負擔。（二）請求中學國文教員選講適合學生程度的文章。（三）請求中學學生以相當時間讀作國文。該刊第二卷第三期上，又發表了陳卓如先生的〈從〈搶救國文〉說到國文教學〉，文章說：「我只希望現在從事國文教學的人，『躬自厚而薄責於人』。對於學生程度之劣，只有反省懺悔，努力尋求教學上的缺陷與學生的困難，加以糾正。」某報副刊文章也批評羅文：「要是一定要救的話，我看還是先把那些出題目的先生們救一救的好。」

葉聖陶為這場論爭發表了〈讀羅陳兩位先生的文章〉，他說「在寫作教學上，必須絕對擺脫八股的傳統。……八股的傳統擺脫了，出出來的題目必然改觀；那必然是練習者與應試者『應該有話可說』的題目，雖然由教師與主試者出出來，卻同練習者與應試者自己本來要

說這麼一番話一樣。我還要重說一遍，惟有出這樣的題目，在平時才真是督促練習，在考試時才真能測驗寫作能力。」「在八股的傳統還沒有擺脫的時候，練習者與應試者只有吃虧，這是無可免的悲劇。可是，自己明白落在悲劇中間，總比糊糊塗塗混下去好些；明白了之後，自己加上努力，未嘗不可以打破悲劇的圈套。……不過考不上高考，作不成官，在我看來，都無關緊要。只要在需要寫信的時候寫得成一封明白暢達的信，在需要作報告書的時候寫得成一份清楚確實的報告書，在意見完成的時候寫得成一篇有條有理的論文，在靈感到來的時候寫得成一篇像模像樣的小說，諸如此類，都是寫作練習的實效，自學的成功，這種實效與成功，將終身受用不盡。」[52]

這些，實際上是三〇年代中期的那一場「中學生國文程度的討論」的繼續，只不過這次的討論完全是自發性的。一批極具責任感的國文教師，身處戰亂之中，不失赤子之誠，仍在嘔心瀝血地求解國文教學這道難題。應該承認，葉聖陶是對三、四〇年代國文教學狀況思考最多的幾位學者之一。在三〇年代的那場討論中，他始終認為中學生國文程度「低落」的觀點是一種偏見，到了四〇年代，他不得不接受這樣一個嚴酷的現實：國文教學沒有成績。

葉聖陶在《國文雜誌》發刊詞〈認識國文教學〉一文中說：「如果認真的檢討我國的學校教育，誰都會發現種種不滿意處：訓練不切實，教學不得法，是兩大專案，分開來說，細目多到數不清。在各科教學方面，若問哪一科有特殊優良的成績，似乎一科也指不出來。……而國文教學尤其成問題。他科教學的成績雖然不見得優良，總還有些平常的成績；國文教學的問題卻不在成績優良還是平常，而在成績到底有沒有。……這並不是說現在學生的國文程度低落到不成樣子的地步了，像一些感歎家所想的那樣；而是說現在學生能夠看

---

52 葉聖陶：〈讀羅陳兩位先生的文章〉，見《葉聖陶語文教育論集》（北京市：教育科學出版社，1980年），頁42。

書，能夠作文，都是他們自己在暗中摸索，漸漸達到的；他們沒有從國文課程得到多少幫助，他們的能看能作當然不能算是國文教學的成績。另有一部分學生雖然在學校裡修習了國文課程，可是看書不能了了，作文不能通順；國文教學的目標原在看書能夠了了，作文能夠通順，現在實效和目標不符，當然是國文教學沒有成績。」[53]

　　圍繞「低落」現象，許多論者作了具體分析。其中分析得最為中肯透澈的是朱自清。他說：「所謂『近年來中學生的國文程度低落』，自然意在和前些年的中學生相比。但沒有人指出年代的分界；我們問，中學生的國文程度從什麼時候才低落起來的呢？我想要是拿民八的五四運動作分界，一般人也許會點頭罷？他們覺得，從那時候起，中學校一般的課業訓練比從前鬆弛得多，國文科似乎也不能例外。單就中學生的文言寫作而論，五四運動以來，確有低落的情形，我承認這個。但這種低落有它特殊的原因，和學校裡訓練的寬嚴好像沒有多大關係的。」這「特殊的原因」，他認為是因為五四以前的中學生，入學校之先，大都在家裡或私塾裡「背過些古文，寫作過些窗課——不用說是文言。這些是他們國文的真正底子。到了中學裡，他們之中有少數能寫出通順的文言，大半靠了這點底子……。到了五四以後，這種影響漸漸消失」，所以文言的程度低落，是必然的。「可是低落的只是文言的寫作，白話儘管在這樣的情形之下，還是有長足的進展。前幾年一般人還相信，必須寫得好文言的，才寫得好白話；因為新文學運動前期的作者，大都是半路出家，確是文言白話都會寫的。但這些年青年作者出現了不少，我們從不曾見過他們寫文言；偶然還見過一兩位寫的文言很糟，遠不如他們寫的白話。可見白話須有文言作底子那意念並不是真理。」[54]他還認為，比較而言，現在的中學生比過

---

53 葉聖陶：〈認識國文教學〉，見《國文教學》（上海市：開明書店，1947年），頁65-66。
54 朱自清：〈中學生的國文程度〉，見《國文教學》（上海市：開明書店，1947年），頁122。

去的中學生「說話」的能力增進了，這一是因為新派教師一般演講能
力較強，學生耳濡目染，受到影響；一是因為白話文的流行也對「說
話」幫助不少。朱自清從時代和現實的情況出發，對中學生的國文程
度所作的分析，是較有說服力的。

　　之後的論者，對中學生國文程度的認識，大多與朱自清的看法相
似。例如葉蒼岑說：「現在中學生的國文程度，並不是全部低落，只
是一部分低落了；這一部分是限於文言方面，尤其是古代文言方
面。」[55]《國文月刊》第四十八期「編者的話」中也說：「由科舉改變
為學校，使國文教學的標準與方法，起了一個很大的變化；由文言轉
移到白話，同樣的，也使國文教學的標準與方法，起了一個很大的變
化。在這變化的過程中間，最易使人感到的就是國文程度的低落。我
們現在聽到一般人高喊國文程度低落，恐怕也有一部分是這個關係。
科舉時代有科舉時代的國文教學標準；制度改變了，一般人卻依舊用
舊眼光來衡量新事實，當然覺得不夠標準，當然覺得低落了。由文言
而轉移到白話，也有同樣的情形。所以，我覺得一般人所謂國文程度
低落，恐怕有用了文言眼光，站在文言立場，來批評的關係。」這些
看法，也都認為國文程度低落只限於文言。

　　儘管如此，國文教學效果不佳卻是公認的事實。為了改變這種狀
況，許多論者都在探尋造成這種狀況的原因。

　　孫毓蘋認為，國文教學效果不佳原因是多方面的：第一是大學入
學考試國文試題的不合理；第二是社會風氣的誘惑和學校獎勵的不
當；第三是小學生國語程度的低落；第四是中學課程的繁重；第五是
國文教師的時常更換；第六是國文教材的不合適；第七是國文教學的
不嚴格。其中第一點可能影響最大。他說：「抗戰以前，大學入學考
試的國文試題，範圍相當廣，內容相當深，到了抗戰開始以後，就漸

55　葉蒼岑：〈中學生國文程度低落的分析〉，載《國文雜誌》第3卷第1期。

漸的由廣而狹，由深而淺了，一直演變到現在，許多大學僅剩下一個
簡單的作文題目。因此考生中在中學不注意國文的，只要能夠隨便胡
謅幾句，亂寫兩行，便可以獲得些分數；同時考生中在中學裡愛好國
文的，在一個簡單的作文題中，卻不能獲得很高的成績，因為作文的
評閱是沒有科學標準的，一篇很好的作品也不容易得到九十或一百
分。……如此一來，就造成了一種極不合理的事實，就是：在中學苦
心學習國文的學生，都葬送了自己的前途；不甚重視國文學習的，反
倒都升入了大學。這就無異告訴一般中學生說：『你如果看重自己的
前途，請你趕快放棄國文的學習，國文成績的好壞，與升學是無關
的！』這豈不是笑話麼？」[56]他從國文考試的情況和學生國文學習的
意願上所作的分析，是有一定的道理的。

　　葉聖陶則認為國文教學沒有成績的原因，細說起來當然很多，可
是概括扼要地說，那只是一個，就是對國文教學沒有正確的認識。他
所說的不正確的認識就是一般人以為國文一科，所做的工作包括閱讀
和寫作兩項，正是舊式教育的全部，因此認為國文教學只須繼承從前
的傳統好了，無須另起爐灶。舊式教育是守著古典主義和利祿主義
的，讀古書而不切實際，學古文只重模仿，培養的是「活書櫥」和
「人形鸚鵡」，繼承著這種傳統不能使學生的國文程度普遍地「高
升」，正是當然的結果。因此，他認為達到正確的認識的先決條件，
就是排棄舊式教育的古典主義和利祿主義。把閱讀和寫作看作是生活
上必要的知能；知要真知，能要真能。「站定在語文學和文學的立場
上：這是對於國文教學的正確的認識。從這種認識出發，國文教學就
將完全改觀。」[57]葉聖陶是從批判傳統國文教學的弊病上，分析國文
教學沒有效果的癥結，這種認識自然是比較深刻的。

56　孫毓蘋：〈論中學國文教學〉，載《國文月刊》第64期。

57　葉聖陶：〈認識國文教學〉，見《國文教學》（上海市：開明書店，1947年），頁69。

　　不少人也都提出改進國文教學的方法，但在當時的情況下，一般都只能算是一種「理想」，是難以變為現實的。李廣田的看法就較有代表性。他說：「要使已經低落了的中學國文程度提高起來，我以為必須做到以下兩點：第一，必須改定選擇教材的標準；第二，必須改訂教員學生的工作時間。關於第一點，選擇教材，我以為應當以下三項為原則：一、比較舊的，應當注重新的。二、比較記憶的，或教訓的，應當更注重欣賞的。三、比較應用的，應當更注重創造的。關於第二點，改訂教員學生的工作時間，我以為也應當有兩個原則：一、減少教員改文時間，使教員有自修時間，以符『學不厭則誨不倦』之旨；二、增加學生學習時間，並使『教學做』互相連繫。根據以上這些，我以為最理想的國文教學應當是：一、一個國文教員只擔任一班國文，每班不得超過三十人。二、每週十二小時，每日二小時，每週作文一次，佔二小時。三、除以課內講授、堂上作文為主外，並注重課外工作指導、課內問題討論，並當面批改學生文卷，或先改草稿，後改定稿。」[58]以上看法，除了「應當更注重欣賞的」外，其他各條均雖然合理但卻缺乏可行性。連作者自己也說「這辦法在現在情況中是辦不到的……所以我們儘管如此希望，卻不能不把這希望放在未來」──殊不知這樣的理想，即使在半個多世紀後的「未來」，仍然是可望而不可及的。

　　這一時期國文界較為關注的另一個問題，是中學生要不要學習文言文的寫作。按部頒「課程標準」是要的。一九四〇年「三三制」中學的課程標準，要求高中「除繼續使學生能自由運用語體文外，並養成其用文言文敘事說理表情達意之技能」。一九四一年「六年制」中學的課程標準，也要求中學生「養成用語體文及文言文敘事說理表情達意之技能」。一九四八年的初中課程標準不要求寫作文言文：「培養

58　李廣田：〈中學國文教學的變通辦法〉，載《國文月刊》第48期。

運用國語及語體文表達情意之能力，以切合生活上之應用。」高中則
要求寫作文言文：「熟練應用語體文及明易文言文表達情意，能作切
合生活上最需要應用最廣之文字。」

　　對於文言文寫作，國文界贊成者有之，反對者亦有之。贊成寫作
文言文的，可以浦江清的觀點為代表。他認為「作文可以注重語體
文，但文言文功課也須有習作」。理由是：「第一，教育的目的要顧到
社會上的應用。我們雖把古文或文言比拉丁，但我們所處的時代是早
些歐洲人所處的時代，卻不能像現代的歐洲人讀拉丁的目的只是為了
讀古書和明字源，絕不要顧到應用方面。第二，普通中學的畢業生有
一部分要進大學的文法科。第三，裴根說『寫作使人正確』，我們說
『眼到必須手到』。無論讀哪一種文字，都要做造句，翻譯，作文的
練習，否則所記得的，知道的，不會正確。文言的詞彙比語體文廣，
現在有許多學生犯詞彙貧乏之病，而且許多日常要用的字眼往往忘了
寫法，好比讀英文的人，認識那個字而拼不出來，就是因為少做練習
之故。文言有特殊的文法，句法，虛字用法，文氣和聲調，唯讀不
寫，不會熟悉，也不能體會。……假如一定要廢文言習作，我贊成先
廢英文作文，因為多數人讀外國文不過是以能看書為目的；而本國文
中間的文言一體是在政法界，新聞界，商界，以及不論哪一個機關的
辦公室裡，都要應用的。」[59]

　　不贊成文言寫作的可以葉聖陶、朱自清為代表。葉聖陶的意見較
為委婉，他說：「依理說，假如真能運用語體『敘事說理表情達意』，
已經足夠了，不必再寫文言。對於最具有親切之感的語體假如還不能
運用，就得加工修習，無暇再寫文言。現在『高中國文課程標準』
『目標』項下有『除繼續使學生能自由運用語體之外，並養成其用文
言文敘事說理表情達意之技能』一目，要高中學生寫文言，這是遷就

───────────

59　浦江清：〈論中學國文〉，載《國文月刊》第3期。

現狀的辦法；辦法的訂定又從一個假定出發，那假定就是初中畢業生已經有了相當的運用語體的技能。」「所謂現狀，指現在還有一些文字，如報紙公文和書信，用文言寫作而言。那些文字原沒有不能用語體寫作的道理，但其中一部分現在還用文言寫作，卻是事實。既然有這事實，為中學生將來出而應世起見，就教他們學寫文言。這該是主張教學文言寫作的最正當的理由。若說要學生寫各體的古文，期望他們成為古文家；那是大學國文系都沒有提出的目標，對於高中的文言寫作顯然不適合。」[60]

　　如果說葉聖陶對「遷就現狀的辦法」還只是點到為止的話，朱自清的意見就絲毫不留餘地了：「我覺得中等學校裡現在已經無須教學生學習文言的寫作。在有限的作文時間裡，教學生分出一部分來寫作文言，學生若沒有家庭的國文底子或特殊興趣與努力，到了畢業，是一定不會寫通文言的。不但不能寫通文言，白話寫作，因為不能專力的緣故，也不能得著充分的發展。若省下學習文言寫作的時間與精力，全用在學習白話的寫作上，一般學生在中學畢業的時候，大概可以寫出相當流暢的白話了。拿這種白話寫應用的文件，大概比現時的中學畢業生用他們的破文言寫出的會像樣得多。思路總該清楚些，技術也該比較好些。那時候社會上一般人也許不至於老嚷著『中學生國文程度低落』了。社會上一般人大概只注重應用，文言也行，白話也行，只要流暢就好；這時代的他們，似乎已經沒有『非文言不可』的成見了。過去他們拿應用的文言作批評的標準，只因為應用的文件多是文言寫的；若是白話寫的應用文件多了，他們的標準自然會跟著改變的。」[61]

　　對中學生學習文言寫作，國文界不少人持否定的態度。儘管如此，取消文言寫作的呼聲，並沒有得到教育當局的認可。這也是三、

---

60 葉聖陶：〈論中學國文課程的改訂〉，載《中等教育季刊》第2卷第1期。
61 朱自清：〈中學生的國文程度〉，載《國文月刊》創刊號。

四〇年代學生國文程度始終沒有得到提升的重要原因之一：語體文尚未寫通，再加上學寫文言文，其結果只能是兩敗俱傷。

不管人們承認與否，寫作程度總是衡量國文程度的一個最重要的最直接的標準。三、四〇年代這一場曠日持久的對中學生國文程度的討論，雖然關係到國文教學的全域，但其聚焦點不是在閱讀上，而是在寫作上，這是無可諱言的事實。儘管一些發起者多次有意識地要把討論引到「閱讀與寫作並重」這一途徑上去，可是，最有分量的證言仍然還是寫作。實際上大多數論者的中心論題也是寫作。因此，這一場筆墨官司，也可以看作是語文教育現代化進程中對語文教育思想、觀念和方法的檢討和審視，對語文教育規範的探索和建構。

由於中學生的國文程度低落，這種危機自然便轉嫁給高校。為了「補課」，從一九三八年開始，大學一年級普遍添設國文課程，稱為「大一國文」或「大學國文」。後來高校開設的「大學語文」、「文選與習作」及「寫作」等課程，皆源於此。也就是說，今天高校的語文教育，最初是由「補課」性質的「大一國文」課發展而來的。

「大一國文」既為「補課性質」，所以葉聖陶認為「大學生讀了一年的國文，如果夠得上高中的標準，這就是不『差』了」。即用高中國文課程標準的第一項「目標」中所示的四條標準，作為衡量的尺度，達到這四條標準，即為合格：「要『使學生能』的，學生能了，要『養成』的『技能』，養成了，要『培養』的『能力』，培養好了；這就教師方面說，是教學達到了『目標』。就學生方面說，『能』了，被『養成』了，被『培養』好了，便是夠上了高中的標準。大學裡要考核學生的國文程度，惟有依據這個高中的標準。」[62]

但是，葉聖陶的「補課」說並未得到普遍的認同，國文界同仁的看法也不盡一致。朱光潛認為「大學國文不是中國學術思想，也還不

---

62 葉聖陶：〈關於大學一年級國文〉，見《國文教學》（上海市：開明書店，1947年），頁83。

能算是中國文學，它主要的是一種語文訓練」。[63]這種看法代表了大部分人對大一國文的意見。朱自清則認為「大學國文不但是一種語文訓練，而且是一種文化訓練。朱先生（指朱光潛）希望大學生的寫作能夠辭明理達，文從字順；『文從字順』是語文訓練的事，『辭明理達』，便是文化訓練的事。這似乎只將朱先生所謂語文訓練分成兩方面看，並無大不同處。但從此引申，我們的見解就頗為差異。所謂文化訓練就是使學生對於物，對於我，對於今，對於古，更能明達，也就是朱先生所謂『深一層』的『立本』。這自然不是國文一科目的責任，但國文也該分擔起這個責任。──別的科目凡用到國文的，其實也該分擔起語文訓練的責任。──不過在一年的國文教材裡，物、我、今、古，兼容並包，一定駁雜而瑣碎，失去訓練的作用。要訓練有效，必得有所側重；或重今，或重古，都有道理。重今以現代文化為主，全選語體文，必要時也可選一些所謂『新文言』（例如朱先生所提到的大公報社評）。翻譯的語體文或新文言，明確而流利的，也該選，而且該佔大部分。重古以古典為主，所謂歷代文學的代表作」[64]。朱自清的意見側重於文化素養的提高，並不以高中的課程標準為依據。

　　部頒的大學國文選目的「編訂要旨」偏重於閱讀，只從了解、欣賞、修養三方面說，不提「發表」方面，即不注重選文對寫作的「示範」作用。教育部召集的大一國文編選會對於大學國文教育目的中卻有關於「寫作」的議決案：「在發表方面，能作通順而無不合文法之文字。」就是說官方與半官方的意見也不一致。部頒的「編訂要旨」重古，側重選周秦兩漢的文章，「編委會」的決議案因要照顧到發表方面，就不得不重今。

　　朱自清認為，不論重古還是重今，都有其困難。重今的選本，可

---

63 朱自清：〈論大學國文選目〉，見《國文教學》（上海市：開明書店，1947年），頁113。

64 朱自清：〈論大學國文選目〉，見《國文教學》（上海市：開明書店，1947年），頁113-114。

以將文化訓練和語文訓練完全合為一事，這是最合理想的辦法，也是最能引起學生興趣的辦法。可是辦不到。一則和現行的中學國文教材衝突，二則和現行大學國文教材也衝突。重古的選本有久長的傳統，自然順手順眼。但不能達成「示範」的任務。周秦文也罷，漢魏六朝文也罷，唐宋明清文也罷，都和現行的新文言相差太遠。而一般人所期望於大學生的，至多只是能夠寫作新文言，那些古典既不易學，學會了也還不是應用的新文言，自然便少有人去學了。就是梁啟超的文體，也已和新文言隔了一層，他的「常識文範」早已不是「文範」了。因此，他主張青年人連新文言也不必學，只消寫通了語體文就成。

　　儘管如此，各校的大一國文的選本還是重古的為多，一般不怎麼選語體文。像西南聯大、燕京大學等校，在大一國文教材中選收語體文都很少。雖然語體文很受學生歡迎，但是重今的觀念一時還很難被注重古典主義文化訓練的人們所接受，因此，從普遍性上來看，重古重讀，是大一國文的主流。寫作訓練是較被忽視的。以至到了四〇年代末，清華大學中文系在著手改革大一國文課程的時候，才意識到有加強作文教學的必要。他們認為：「在目前一般同學的語文程度低落的情況下，作文教學在語文教學中是應該佔有特別重要的位置的。過去各級學校的國文課程，形式上雖包括讀本和作文兩方面，而實際重點卻放在讀本上，作文成了附屬的東西；同學在讀本裡所得的只是空泛的知識，對於實際寫作很少有幫助。」[65]這便指出了大學國文乃至各級國文普遍存在的重讀輕寫的情況。

　　這一時期國統區的語文教育，總的來說是處於困頓的境地。由於戰爭的關係，許多學校受到了破壞，有的倒閉，有的內遷。師資嚴重短缺。許多小學教師就由小學畢業生來充任，師範學校的畢業生大多數做了中學教師。而抗戰以來，為培養應急人才，全國各類專科以上

65　朱德熙：〈序〉，《作文指導》（上海市：開明書店，1951年）。

學校數目大增，又使原有的許多好的中學國文教師升級當了大學教師，以至各級學校的國文教師水準大為下降，加之抗戰時期，物價高漲，教師待遇微薄，窮得無法維持最低標準的生活，教師只好多上課、多兼課，教師有限的精力，只能勉強敷衍教學。在動盪不安的生活條件下，要國文教師靜下心來研究教學，這自然是很困難的。這一時期也有一些有關語文教學的著述，雖然這些著述，也有一些很優秀的，但較之前一時期，整體研究水準未見有明顯的提高。

在國統區*語文教育處於低潮的情況下，始於三〇年代後期的、共產黨領導下的陝甘寧邊區的教育文化事業，卻從無到有，有了較大的發展。它雖然沒有國統區那麼「正規」，但「土」也「土」出了個樣兒。立足於實際應用的陝甘寧邊區的語文教育，生機勃發、頗有成效。這是五〇年代以後的中國新教育的源頭，也是當代語文教育值得重視的「傳統」之一。

邊區的學制，一般是初小三年，高小兩年，中學三年。無論是中學、小學，國文（國語）課程均是最受重視的一門課程，在各科教學課時中占了最大的比重。例如一九四六年十月一日頒佈的〈陝甘寧邊區中等學校的方針、學制與課程〉，在「方針」中規定「不論現任區、鄉級幹部的提高或未來幹部的培養，均以文化教育為主，文化教育又以國文為中心，提高學生閱讀和寫作能力」。[66]中學班的課程，暫規定為國文、數學、政治、史地、衛生、自然、藝術、體育等八項，加上第二學年的選修課共九項。第一學年每週共二十五課時，國文為七課時；第二學年每週二十三課時，國文為六課時；第三學年每週為二十一課時，國文為五課時。明確指出：「國文為各種課程中的最重

---

* 編按：指國共內戰時期之「國民政府統治區」。下文不另附註說明。

66 〈陝甘寧邊區中等學校的方針、學制與課程〉，見《陝甘寧邊區教育資料》（北京市：教育科學出版社，1981年），中等教育部分（上），頁235。

要者，其學習時間占全部學習時間的三分之一。」[67]小學的國語科在各科中所占的比重就更大了，低年級的國語科，甚至占了總課時的一半以上。一九三八年編寫的《國語教學法》稱「小學教科，主要的是國語」，「在小學校的全部課程裡面教學國語占時間最多，教學方法也比較繁難」，「作法是教學國語的一個主要工作，它在讀、寫、作三者中具有著更重大的作用」。[68]可見，在邊區教育中，國文（國語）是備受重視時，而在國文（國語）教育中，寫作教育又佔有特別重要的地位，寫作教育可以算是邊區教育的重中之重。

　　陝甘寧邊區的教育，處於艱苦的戰爭環境，主要是以培養各級幹部為目的，所以十分重視教育的實用性和實效性。邊區中等學校方針指出：「各科教育內容和方法，必須從邊區需要和學生現有程度出發，繼續克服教育中殘存的教條主義和主觀主義偏向……」〈邊區文教大會關於邊區教育方針的決議草案〉（1944年11月1日）也指出：「在教育方法上，必須把握和貫徹『聯繫實際』的基本原則，因為只有從事物和實踐的過程，才能使學生更真切和深刻的理解所學的東西。此外，講『故事』的方式也值得提倡。對於『溜口歌』，不重講解，不會應用等老一套的教育法，則必須予以糾正。」[69]在這種指導思想下，寫作作為實用性最強的教學內容，自然也非常注重教學的實際效果。

　　劉澤如在文章中曾講到邊區教育的「寫作指導的原則」為：「第一、掌握寫作的正確方向：用大眾的語言，寫實際日常生活中的材料。反對『文人雅士』的殘餘思想。第二、教學與寫作相結合：甲、

67 〈陝甘寧邊區中等學校的方針、學制與課程〉，見《陝甘寧邊區教育資料》（北京市：教育科學出版社，1981年），中等教育部分（上），頁235。

68 《國語教學法》，見《陝甘寧邊區教育資料》（北京市：教育科學出版社，1981年），小學教育部分（下），頁11。

69 《小學教育的方針》，見《陝甘寧邊區教育資料》（北京市：教育科學出版社，1981年），小學教育部分（上），頁196。

從學生的寫作中發現存在著什麼困難，來規定應當教的東西。乙、從教的東西中，聯繫學生寫作，進行指導。第三、分別對象、分清階段，順應學生寫作的發展規律，逐步提高。第四、鼓勵寫作興趣，提倡多讀、多寫、多商量。」[70]〈初級中學課程教材講授提綱〉規定：「國文教學的基本要求：在『學用一致』的精神下，使學生掌握住大眾語文讀、寫、說的基本規律與主要用途。」「關於國文知識問題：語文知識不限於文法與修辭的狹小圈子，而應包括從觀察、研究、分析、整理，一直到寫出的全部活動範圍。」「寫作指導應包括怎樣從生活中發現問題，選取材料和怎樣使用語文表達出來。寫作應服從語言、思想與生活，應該用現實的語言寫實際的事物和自己的認識。寫作活動應與實際生活、所讀課文聯繫起來。」[71]由此可見，邊區的語文教育是以實際需要和實際情況為出發點，注重「學用一致」、寫作與生活統一，和學生寫作學習的具體困難。這與國統區國文界關於是否要進行文言文寫作訓練的爭論，顯然關注點大相逕庭。邊區國文界以應需為目的的教學思想與古典主義、利祿主義的傳統教育思想是有著根本上的區別的。

　　邊區語文教育的一個顯著特點，就是需要寫什麼，就學寫什麼；學生學寫中有什麼困難，就著手解決什麼困難。這是形勢和環境的必然要求。客觀地說，這個標準是比較低的，但在當時情況下，能做到這些已經是很不容易了。為了實現這些目標，邊區的國文教師確實也表現了非凡的智慧，創造了許多行之有效的寫作速成教法，形成了能體現自身特點的、有別於國統區的一套寫作教學規範，這是難能可貴的。

---

70 劉澤如：《陝甘寧邊區的普通教育》，見《陝甘寧邊區教育資料》（北京市：教育科學出版社，1981年），中等教育部分（上），頁204。

71 劉澤如：《初級中學課程教材講授提綱》，見《陝甘寧邊區教育資料》（北京市：教育科學出版社，1981年），中等教育部分（上），頁329。

　　邊區的語文教育由於是初創，且不太受到傳統教法的影響，所以在教學方法、方式上較為自由，能夠較好地發揮教師的主觀能動性，許多學校的教法富有創造性。帶有一定的教學實驗的性質，顯得很有生機和活力。在寫作教學研究方面也頗有成果，發表於《邊區教育通訊》、《邊區中等教育資料》、《新華日報》、《解放日報》等刊物上的有關文章，不下數十篇。

　　在國統區語文教育困頓凋敝的情勢下，共產黨領導下的陝甘寧邊區的語文教育卻得到初步的發展。

　　總的來說，這一時期白話文語文教育已經牢固地確立了其主導性地位，國文界討論的不是白話文與文言文孰優孰劣，應以白話文寫作為重還是以文言文寫作為重，而是還要不要文言文寫作訓練，如何提高學生白話文寫作能力。在邊區語文教育中，連要不要進行文言文寫作學習這樣的問題，也顯然根本就無須討論，一切從實際需要出發的語文教育思想，學以致用的語文教育目的，樸實無華卻功效顯著。邊區語文教育思想，似乎與清末民初所提倡的實用性、應用性的要求不無相似之處，而二者的教育實踐與方法之所以不同，其原因大約是因為邊區的語文教育更為貼近生活的實際和民眾的需求。

二十世紀五〇年代到「文革」語文教育

　　二十世紀五〇年代至「文革」結束（1976）這二十多年，中國語文教育陷於種種困窘之中，非但沒有發展，在總體上是一種倒退。

　　「五四」以後語文學界的探索，給語文教學的發展打下了基礎；社會主義的教育體制也無疑的在許多方面顯示出舊教育不能比擬的優越性。但是，語文學科建設由於受到各種內外因素的影響，情況是不能令人滿意的。

　　先是照搬前蘇聯進行語言、文學分科。這一「改革」從一九五一

年就開始醞釀，一九五四年編寫教材、教學大綱，計畫從一九五五年
秋季試行，一九五九年全面鋪開，結果到一九五八年便因行不通而夭
折了。時任教育部副部長的葉聖陶，特為「分科」教學發表了〈關於
語言文學分科的問題〉[72]的專文統一認識，該文較集中地反映了五〇
年代主流語文教育觀。他說：「語言教育的一個主要任務是讓學生認
識語言現象，掌握語言規律，學會正確地熟練地運用語言這個工具，
讓他們能夠在參加各種鬥爭的時候，參加各種共同工作的時候，正確
地表達自己的思想，正確地理解別人的語言，因而能夠正確地執行任
務，做好工作。……語言教育的另一個主要任務是發展學生的思維能
力。」「文學跟語言不同。文學是真實地具體地反映社會現實的藝
術，如毛主席說的，是『團結人民、教育人民、打擊敵人、消滅敵人
的有力的武器』，文學以藝術力量感染讀者，使讀者從生動的藝術形
象認識社會生活和階級鬥爭，在潛移默化之間提高他的思想，深化他
的感情，培養他的正確的審美觀點。文學教育的主要任務是讓學生領
會文學作品，從而受到社會主義思想教育。」他將語文課分科教學的
任務歸納為：

　　漢語課的教學任務如下：
　　（一）使學生掌握有關語音、文字、詞彙、語法、句讀、修辭
和篇章結構的基本知識。培養他們的通過語言掌握內容的理解
力，訓練他們的正確地使用語言的能力，發展他們的思維能力
和認識能力。
　　（二）培養學生的馬克思列寧主義語言學觀點。培養他們的對
祖國語言的熱愛。
　　文學課的教學任務如下：

72　葉聖陶：〈關於語言文學分科的問題〉，載《人民教育》1955年第8期。

（一）使學生學習民間文學、古典文學、現代文學和外國文學（以蘇聯文學為主）的優秀作品，領會這些作品的思想內容和藝術特點，同時使他們學習必要的能夠接受的文學理論和文學史的基本知識。培養他們的閱讀、理解、欣賞文學作品的能力，發展他們的想像能力和認識能力，豐富他們的詞彙，訓練他們的實際地掌握語言的能力，使他們能夠把自己的思想感情明確地說出來或者寫下來。

（二）通過文學作品的講授，使學生深刻地了解人類生活，樹立社會主義政治方向，培養辯證唯物主義世界觀的基礎，養成共產主義道德。著重培養他們的愛國主義精神，共產主義勞動態度，群眾觀點，集體主義精神，自覺地遵守紀律的精神，愛護公共財產和堅韌、勇敢、謙虛、誠實、儉樸等等品德，和熱愛祖國語言文學的感情。同時，養成他們的正確的審美觀點，使他們對複雜的社會生活有明確的是非善惡觀念，強烈的愛憎情緒。[73]

　　作為教育部副部長的葉聖陶，這一時期對於語文的認識代表了主流的語文教育觀。其中不無鮮明的時代特點。例如，把學習語言的主要任務限止在「參加各種鬥爭」、「參加各種共同工作」的需要，把學習「文學」的重要任務視為「社會主義思想教育」的需要，這些其實都不是他一貫的、本真的語文教育觀，而且許多方面恰恰是與他的語文教育的基本理念相對立的。這表明了，在特殊的政治背景下，以葉聖陶為代表的語文界在語文學科教育領域的自主意識已大為削弱，對他們所一直拒斥的「重道輕文」教育觀，違心地作出妥協。但是，不可否認，葉聖陶還是盡其所能地去把握語文教育的工具性和人文性的

---

73 葉聖陶：〈關於語言文學分科的問題〉，載《人民教育》1955年第8期。

特點，努力處理好語文課和政治性的關係，不放棄語文本身的特點和要求，重視漢語和文學知識、能力的教學，這是難能可貴的。

漢語、文學分科教學也暴露出了一些認識上的偏頗，如漢語教學中過多語言知識的傳授，嚴重背離了語文的實踐性要求，開知識本位之先聲；文學教學，不重視實用文，把應用文排除出教學範圍。此外，只要「文學」、「語言」，卻丟掉「寫作」，等等。這些，不能歸咎於葉聖陶，主要是照搬前蘇聯的俄語教學經驗的結果。

在語文教學中「文」與「道」的關係沒能解決好，必然進退維谷。雖然偶爾也強調一下語文教學的「工具性」特徵，但從總體來看，對「道」的強調是居於主導地位的。「政治內容第一、藝術形式第二」的文藝批評的標準，被生硬地搬進語文教學。重視政治性、思想性，主張語文教學要反映階級鬥爭、生產鬥爭，忽視學科本身的特點，以至這一時期社會生活、政治生活中的一些不正常的現象便直接影響到語文教學。

例如，「大躍進」時期，語文教學也跟著「放衛星」。「上海市一所中學語文教研組總結道：『在閱讀和寫作教學進行了三周（義務勞動時間除外）的時候，我們已教了九篇教材，作文十次以上。』南京市『有幾個學校的學生創作指標達到幾萬篇，如市立師範，在一個月左右時間裡，學生就完成了四千多篇創作』。」[74]這種形式化的做法，竟被看作是教改的成果。這種現象在當時是較為普遍。

六〇年代初，隨著中共中央在政治上作了一些政策性的反思和調整，語文教育也出現了一段短暫的復蘇。一九六三年五月，教育部頒行了〈全日制中學語文教學大綱（草案）〉，它對一九四九年後語文教學中存在的重道輕文的傾向有所認識和糾正，明確提出了語文學科的

---

74 陳必祥主編：《中國現代語文教育發展史》（昆明市：雲南教育出版社，1987年），
　　頁246-247。

性質「是學好各門知識和從事各種工作的基本工具」。將中學語文教學的目的確定為：「教學生能夠正確地理解和運用祖國的語言文字，使他們具有現代語文的閱讀能力和寫作能力，具有初步閱讀文言文的能力。」「大綱」強調了語文「雙基」訓練，把語文教育的目的放在培養學生語文能力上，教師在教學上也就有了進行教改的空間，教改活動重新活躍起來。這是解放後語文教育生態環境較好的一個時段。在教材中增加了實用文的比例，增加了課文後的一些有關寫作的「知識短文」，安排了寫作訓練，等等。這種改革前景自然是令人鼓舞的。但是好景不長，一九六五年以後「左」的思潮的干擾，接著是十年動亂，這一改革未等見到成效便夭折了。

　　一九六五年一月十五日至九月二十七日，《文匯報》上對上海第二女中學生習作〈茉莉花〉和〈當我升上初三的時候〉進行的大討論，又把語文教育拉回到「政治標準第一」、「興無滅資」的「泛政治化」的軌道上去。這一場討論，是語文教育走向「極端政治化」的前奏。一九六五年一月十五日《文匯報》頭版頭條發表了〈如何培養和評價學生的作文？——上海市第二女中教師對學生兩篇作文的評價發生分歧，學校領導現正組織全體教師各抒己見熱烈地進行討論〉一文，「編者按」說：「上海市第二女子中學教師們對該校一個學生兩篇作文的評價，有不同的看法，引起了熱烈的討論。教師應當如何指導和評價學生的作文，在當前教學工作中是一個還沒有解決的問題。現在把第二女中的討論情況加以報導，並且刊載〈茉莉花〉和〈當我升上初三的時候〉兩篇作文，請大家來評一評，這兩篇作文究竟哪一篇比較好，為什麼好？哪一篇比較不好，為什麼不好？這兩篇作文引起的問題，例如，教師應當如何指導和評價學生的作文？是什麼原因使教師在指導和評價學生的作文問題上發生了分歧？教師應當用什麼思想感情去指導學生的作文？等等。這些問題都是很值得進一步探討的。我們希望廣大讀者聯繫思想，聯繫實際，各抒己見，踴躍參加這

個討論。」[75]該校教師的不同觀點如下：

　　在討論中，教師們對〈茉莉花〉這篇作文有著三種不同的看
　　法。一種意見認為，這是一篇很好的文章。有的教師說：文章
　　中寫的保護花、養花、搶救花，寫得有感情，特別是鄭重其事
　　的對待友誼，讀了印象深刻。有的教師說：這篇作文寫作技巧
　　不落俗套，引人入勝，可見學生的基本功相當熟練，是一篇少
　　見的作文。有的教師還說：對學生的作文不能苛求，他們沒有
　　專門學過文藝理論，不能用我們通常講的政治標準第一和藝術
　　標準第二來衡量。第二種意見認為，這篇作文有一定的缺點，
　　思想性較差，但文字技巧很好，是用相當成熟的筆墨寫出來
　　的，仍然不失為一篇好作文。第三種意見認為，這是一篇不好
　　的文章。有的教師說：這篇作文思想內容是不健康的，情調不
　　好，像這樣思想性差的文章，即使有一點文字技巧，也是沒什
　　麼可取的，因為文字總是為一定的內容服務的。
　　對〈當我升上初三的時候〉這篇作文，教師們也有三種不同的
　　意見。一種意見認為這篇作文沒有寫出學生升到初三時複雜曲
　　折的心理變化，想法太簡單，寫法太單調；對作文中寫的「翻
　　開報紙，就可以看到許多新消息」「我這樣一個勞動人民的子
　　弟」等句子，則感到思想空洞，沒有表達出孩子的天真情態，
　　不像〈茉莉花〉那樣讓人讀了產生親切的感情，強烈的字眼太
　　多，使人讀了無法接受。另一種意見認為這篇作文思想內容
　　好，思想感情健康，可是文字的結構不如〈茉莉花〉那樣好。
　　第三種意見認為這是一篇好的作文，主題好，內容好，表達也
　　好。他們說：這篇作文革命感情充沛，語言不囉嗦，富有感染

75 本報訊：〈如何指導和評價學生的作文？〉，載《文匯報》，1965年1月15日。

力，結構層次也很清楚，用詞也通順，在敘述報紙的引導、姐姐的同學的影響、家庭的教育等段落的描寫上都流露出真摯的感情，觀點鮮明，是一篇好文章。

這場討論的用意很清楚，顯然就是要使教師們的認識統一到「政治標準第一」上來。其間報紙上發表的許多文章都突出地強調寫作教學與「階級鬥爭」的聯繫，認為「生活情趣」也要有階級性，像〈茉莉花〉這類文章決不是無產階級的生活情趣等。討論到一九六五年九月二十七日告一段落。在這天的《文匯報》上，整版發表了題為〈作文教學必須不斷改革〉的上海著名中學語文教師的觀點。「編者按」說：

> 本報從一月十五日開始的〈如何指導和評價學生的作文？〉的討論，得到了廣大讀者、特別是廣大語文教師的熱情支持。來稿來信共達八千多件。在這裡，我們向積極來稿來信參加討論的同志表示感謝。
>
> 這次討論涉及的問題有：評價學生作文的標準，作文的題材，所謂作文的「真實感情」，作文教學與教師的思想感情的關係，等等。這些問題歸納起來主要是：一、如何在作文教學中堅持政治掛帥；二、如何在作文教學中學習運用唯物辯證法；三、作文教學與教師革命化勞動化有什麼關係。
>
> 前些時候，本報邀請了上海市部分中學的語文教師，就上述問題進行了座談。現在將座談記錄整理發表，作為這次討論的結束。
>
> 作文是運用語言文字表達思想感情的綜合訓練。學生通過作文，既進一步學習字、詞、句、篇等語言文字的基本知識，再學習如何運用語言文字去表達無產階級的思想觀點。在任何一

篇作文中，思想內容與語言文字是不可分割的。它們是對立統一著的兩個方面。政治是統帥，是靈魂，必須貫串在整個作文教學的始終；同時，正確的政治思想必須通過語言文字表達出來。因此，在作文教學中，我們既不能忽視作文的思想性，也不能無視字、詞、句、篇等語言文字基本功的訓練；既不能把作文課上成文學創作課，也不能把作文課上成政治課。應該在無產階級政治掛帥的前提下，使政治落實到作文教學的各個環節，有目的地進行識字寫字、用詞造句等基本技能訓練，培養和提高學生的語言文字表達能力，使學生正確、熟練地掌握與運用祖國的語言文字，為社會主義革命和社會主義建設服務。目前，廣大語文教師正在積極改革作文教學，在正確處理思想內容與語言文字等關係方面，作了許多工作，取得了不少成績。作文教學的實踐總是不斷發展的。人們對於作文教學的認識也總是不斷發展的。我們希望廣大語文教師不斷實踐，不斷總結經驗，勇於創造，做到有所發現，有所前進。我們更希望學校的領導同志和教師們一起，努力實現思想革命化、工作革命化，不斷改革作文教學，為進一步貫徹黨的教育方針而努力。

該文發表的教師觀點主要如下：

(一) 作文教學要政治掛帥

作文課不是文學創作課。作文教學是要讓學生掌握語言文字這個工具，更好地為無產階級政治服務，為工農兵服務，為階級鬥爭、生產鬥爭和科學實驗三大革命運動服務。作文教學要突出政治，就是啟發學生在作文過程中學習運用階級鬥爭的觀點和階級分析的方法，用語言文字來正確表達無產階級的思想感情。作文教學要從學生的實際出發，密切聯繫火熱的鬥爭，用毛澤東思想武裝學生的頭腦，教育學生用一分為二的觀點分析周圍的事物。

（二）在作文教學中學習運用唯物辯證法

作文課不能上成創作課，也不能上成政治課，應該用對立統一的觀點來認識這個問題。在作文指導中，思想內容和語言文字這對矛盾是客觀存在的。教師既要突出政治，又要正確看待語言文字的作用。應在政治掛帥的前提下，辯證地處理兩者的關係。作文指導也要做到少而精、啟發式，反對多而雜、滿堂灌。這就要求教師破除形而上學和繁瑣哲學，學習運用唯物辯證法。

（三）作文教學與教師革命化、勞動化的關係

努力學習毛澤東著作，與工農結合，改造思想，改進教學。堅持自覺革命，培養無產階級思想感情。教師要積極參加革命實踐，與學生同勞動、同鬥爭。

由這些可以看出當時政治生活中「左」的思想也對語文教師和寫作教學的影響。這種指導思想對寫作教學的干擾、破壞也就不難想見了。這一時期極「左」政治的強力干預，干擾並阻滯了語文教育的發展，且給語文教育留下了諸多後遺症。

十年「文革」期間的語文教育，一言以蔽之：語文教育沒語文。先是「停課鬧革命」，復課後，語文課曾改為「政文課」，語文教育完全淪為極「左」政治的附庸。大搞「開門辦學」，「工農兵佔領上層建築」。讀的是「毛澤東著作」和反映「三大革命鬥爭」的文章，寫的是「大批判」、「小評論」文章，和「三史」（廠史、村史、家史）等。語文教育緊跟「文革」風向轉，「批走資派」、「鬥私批修」、「批林批孔」、「反擊『右傾翻案風』」等，全成了語文教育的內容。「資產階級知識份子」、「威風」掃地，文盲、半文盲登上了講臺，「白卷英雄」被捧為典型，跟老師對著幹的「反潮流小將」大受表揚，語文教育品質就可想而知了。教師連人身、人格的尊嚴都沒有了，如何談得

上語文教育思想上的民主和自由、教育實踐上的改革和發展呢？

　　從五○年代初期的語文教材看，是清一色的文選。一直到一九五六年秋季，語文科分為「漢語」、「文學」兩科進行教學試驗，有漢語、文學教材，唯獨沒有寫作教材。當有人問及文學成了獨立的一科，學生專門讀文學作品，怎麼會寫一般的散文（指實用文）呢？葉聖陶的回答是：「要讓學生學會寫一般的散文，主要的事情是訓練學生使他們能把自己的正確的意思，用明白確切的語言表達出來。……這些培養和訓練，光就寫作方面說，是根本的，又是共同的，寫書信，寫日記，寫報告，寫總結，全離不開這些。而這些培養和訓練，在語言和文學兩科裡完全可以做到。」「讀了文學作品，就能夠學會寫一般的散文（指非文學文體──筆者），而且比僅僅讀一些一般的散文學得更好。」[76]儘管他後來也意識到「……應該有作文的教材和固定的教學時間，也應該有作文的教學方法」，但是，他還是認為「作文不是一個獨立的學科」。上述情況就涉及到了以下幾個問題：寫作是不是一個學科？讀了「漢語」和「文學」是不是便會寫作？讀了文學作品是否就會寫好「一般的散文」，而且比僅僅讀一些「一般的散文」學得更好？作文教學的重點是文學創作還是實用寫作？等等。這表明：我們原以為已經比較清楚的許多問題，又出現了混亂與反復。這當然主要是受到了時勢的擠迫所致。

　　如果僅僅是個人存在這樣一些問題原本也無大的妨礙，但是，解放後採取的是全國統編教材，這就使某些不是很有科學性的教學思想，變成了權威性的教學思想。廣大語文教師即便有不同看法，也只能被動地接受，而難以有所作為。語文學科外部受到「左」的思想的強制，內部又是部頒語文教材的一統天下，語文教學與研究也便失去了「立誠」的條件，它的萎縮和困頓就是不可避免的了。

76　葉聖陶：〈關於語言文學分科的問題〉，《人民教育》1955年第8期。

　　當然，這一時期也曾經進行了一些卓有成效的教學改革試驗，這一點也同樣是不可忽視的。例如讓小學生提早開始寫作訓練的構想，「小組交流集體訂正」的寫作教學法等，尤其值得注意的是，北京景山學校「以作文為中心」組織語文教學的試驗。他們認為在語文教學讀、寫這一對矛盾中，寫是矛盾的主要方面，是起主導作用的因素，以寫作來帶動閱讀能收到事半功倍的效果，這種看法是有其合理性的，遺憾的是這在當時沒能得到重視、推廣。中學寫作教學無所適從，中學生寫作能力低，這種危機自然轉嫁到高等院校；同時，高校的「大學國文」課自身矛盾演化的結果，也導致了對培養學生寫作能力的重視。因此，這一時期的高校作文教學在諸般困窘中還是有一些緩慢的進展。

　　這三十年間語文教育領域，學術著述寥寥無幾。唯張志公一九六二年出版的《傳統語文教育初探》（在「文革」後，經過「改動幅度相當大」的修訂，更名為《傳統語文教育教材論——暨蒙學書目和書影》，於一九九二年仍由上海教育出版社出版）最值得一讀。該書開闢了中國語文教育史研究方向，為現代語文教育提供了歷史參照。就其內容和研究方法來說，注重在實證基礎上的分析，爬梳考辨，言而有據，體現了嚴謹而嚴肅的求知精神。

　　在二十世紀五、六○年代，高校陸續出版了一些寫作教材，在一定程度上彌補了中學語文教材的單一化和寫作知識的缺失。其中以一九五一年出版的朱德熙著《作文指導》最為著名。朱德熙在該書「序」中明確指出了作文教學的重要性：「我們認為在目前一般同學的語文程度低落的情況下，作文教學在語文教學中是應該佔有特別重要的位置的。」他主張應改變以往重「讀本」輕「作文」的狀況，要「系統地向同學說明寫作上的一些具體問題」，才能有助於提高他們的寫作能力。

　　該書的編寫原則有三：一是作文教材應當切合同學的實際需要，

說明同學解決寫作中的具體困難。二是寫作教材應與一般的語法書有所區別。同學寫作中存在的問題是多方面的，語法問題只是其中的一部分。三是讀本中所選的文章都是正面的範例，水準比較高，同學不容易直接從中吸取寫作方法，如果在寫作教材中選用同學作文中常犯的錯誤例子，從反面來說明寫作方法，效果一定會好些。這三條原則的核心精神便是教材要有針對性，要解決學生的實際問題。這是抓住了寫作教學的癥結的。

該書作為一九四九年後最早出版的作文教材，雖在高校未被普遍採用，但在社會上產生了廣泛的影響。它在寫作教學史上的地位是值得肯定的。但由於是初創，它存在的問題也是明顯的。最主要的是該書側重於從語言學的角度講辭章知識，忽略了對寫作行為過程的研究。該書分為主題、結構、表現、詞彙、句子、標點等六章，基本上講的是文章構成法。這種致思傾向，大約便是後來高校寫作教材靜態地、孤立地講辭章或寫作知識的淵源所在。

較有影響的還有華東師範大學肖東所著的《作文講話》、復旦大學中文系語文寫作教研組編著的《寫作基礎知識》和北京大學中文系漢語教研室編著的《現代漢語》中、下冊（全書的第五、六章）等。《作文講話》的體例，與朱德熙的《作文指導》較為相似，語言學知識的分量較重，可視為《作文指導》一書的姐妹篇。但該書在正文「六講」（文章的主題；文章的結構；怎樣用詞；造句要遵守一定的規則；正字；怎樣修辭）以外所附加的「怎樣指導作文」部分，還是有新意的，在一定程度上注意到「師範」性特點。《寫作基礎知識》一書，也是側重講文章知識的。從整體上看，作者的認識是有所進展的。該書雖然還沒有完全從語言學中擺脫出來，但已經可以看出講的是文章，而不是漢語了。該書還附有記敘文、論說文和應用文等三種文體的寫作知識，這種安排也是較為符合作文教學的需要的。該書的缺點是從論述到取例，均帶有過為濃烈的政治色彩，把寫作教材類同

於政治教材，當然，在當時的歷史條件下，這是不應苛責的。北大《現代漢語》中的有關部分，內容包括「修辭」和「作品分析」。該書對科學論文、政論、科學普及論文、應用文等十一類文體，各舉出一篇例文作串講式的分析，這可能對提高學生的閱讀能力有所幫助，對他們的寫作實踐則並無太大的指導作用。

　　這是一個語文教育的困頓期。語文教改舉步維艱，充滿了挫折與困惑。語文教學在「左」的思想和語言知識教學的夾縫中苟延殘喘。唯一可以告慰的是，語文高考以考查作文為主，考中文專業的加試古文閱讀，竟沒有考語基，也全無當今語文高考哪些繁瑣的無效、低效試題。——這是葉聖陶們在那無所作為的時代作出的最大貢獻。

二十世紀八〇年代至今語文教育

　　「文革」後經過了撥亂反正，實際上到了一九七九、一九八〇年教育才逐漸走上正軌。共產黨十一屆三中全會以後，不斷清除「左」的影響，實行「改革、開放」的政策，給語文學科帶來了深刻變化。在短短的數年內，由開始是自發的，迅速形成了有組織的振興語文學科的熱潮。一個充滿希望的歷史時期到來了。

　　一九八七年，張志公等人在《中國語文》第一期發表了〈語文教育需要大大提高效率〉一文，對語文教學中包括寫作教學在內的諸多方面的科學化問題進行探討，把語文教學的科學性和加強語文教學科研作為教改的方向提了出來。一九七九年，一九八〇年，全國中學語文教學研究會和全國語文教學法研究會相繼成立。〈全日制十年制學校中學語文教學大綱（試行草案）〉，在一九八〇年的第二版中，把「提高學生語文水準」放到了主要位置，並強調了作文教學的重要性：「作文教學是語文教學的一個重要組成部分，學生語文學習得怎樣，作文可以作為衡量的重要尺度，應十分重視。」此後，中學語文

教學刊物激增，各地的語文教改試驗也紛紛開展起來。

　　這一時期中學語文教改十分活躍，這顯然也和教材編寫、高考命題在有限範圍內的鬆動有關。一些「民辦」教材已允許在全國辦試驗班，與統編教材競爭。上海、北京等地，高考已可自行命題（二〇〇四年又擴大為十一個省市自行命題）。這就為教師發揮教改積極性創造了條件。中學語文教學出現了記敘、說明、議論為序的「以讀帶寫」體系；以作文為中心的讀、寫結合體系；寫作能力分解訓練體系；「觀察──分析──表達」三級訓練體系；語言和思維訓練體系；寫作基本訓練分格教學體系；實用寫作訓練體系。此外，還有一些體系正在嘗試中。

　　這些訓練體系，影響較大的除了部編教材「以記敘、說明、議論為序的『以讀帶寫』體系」外，是劉朏朏、高原創立的「觀察──分析──表達」三級訓練體系。「這種體系認為作文能力包括認識生活與反映生活兩個因素。認識生活需要有觀察能力，反映生活需要有表達能力。主張採用寫觀察日記的方式來培養學生的觀察能力。……在觀察的基礎上，還要幫助學生學會分析、掌握正確的分析事物的方法，這是訓練的第二階段，在這個基礎上再進行第三階段表達能力的訓練。」[77]該體系編寫出初中、高中配套教材，在全國三千個試驗班進行對比試驗，教學效果比普通班有明顯提高。

　　其他訓練體系也各有其長處，創立者們從不同角度認識語文教學。有的主張語文教學的主要任務是培養寫作能力，所以寫作教學應放在語文教學的首位；有的認為寫作訓練的根本，是學生基本能力的提高；有的強調寫作訓練的中心環節是語言與思維；有的注重寫作的一些基本內容與格式的訓練；有的則關心寫作訓練的實用功能。由此可見，這一時期的寫作教改，比三、四〇年代的思路更為開闊，更重

77　葉蒼岑主編：《中學語文教學通論》（北京市：北京教育出版社，1984年），頁399。

視知識與實踐的結合，向訓練的科學化逼近了一步。但是，我們也不能不看到這些教材也還存在著一個共同的缺陷，這就是理論層次還沒上去，在各種關係的處理上也還有值得推敲之處。當然，一個體系的完善是需要時間的。

這一時期政治上的撥亂反正、改革開放，語文教育得以擺脫外部干擾，關注學科本體的建構。這三十多年的學科建設，先是由外（政經環境的撥亂反正與改革開放）到內地引起了語文教育觀念和方法的多元化思考和實驗，在一定程度上提高了研究的科學化、現代化水準；繼而因「應試」教育的不斷升級，考試的「標準化」、「改革」，及其導向下的日趨統一的教學思想、模式、方法，又由內到外地變成了「政府行為」，壓抑了語文教育的健康發展。從前期的教改的多元化，又回歸到了「應試」的一元化；從倡導科學化開端，到偽科學告終。「五四」之後逐步形成的「以閱讀為本位」的「吸收實用」型教育規範，變得更加僵化，高分低能的現象極為普遍。

隨著來自外部的政治上「左」的思想影響的消除，教育機制本身的矛盾開始上升為主要矛盾。統得過死的教材、教學參考書和高考等，嚴重制約著寫作教改的進一步深化和有價值的語文教改成果的推廣，以致一些生氣勃勃的、卓有成效的教改探索和實驗，得分不得勢，無法形成氣候，陷入不斷萎縮、自生自滅的窘境。

二十世紀八〇年代後期開始的語文「標準化」測評的「改革」，給潛滋暗長的語文應試教育「赤潮」推波助瀾，對業已處境艱難的自發性的教改實驗，無異於雪上加霜。不可否認，語文「標準化」考試的初衷，是為了測評的科學化，然而，在對中文教育特性缺乏最基本的體認的情況下，盲目引進，草率轉型，就必然走向科學的反面，成了偽科學。

從總體上說，由於這一時期仍然沿襲著「應需」——「應試」性本體論，與「閱讀本位」、「吸收實用」型教學範式，教學實踐沒能得

到根本的改觀。即便是二○○一年課改之後，狀況並無實質性改變，以致學生語文程度沒能得以改善，由於應試教育愈演愈烈，造成學生語文水準每況愈下，與學生對語文學科不滿的加劇。

自一九九○年代中期以來，以下幾件大事對語文教育產生了重要影響：

（一）《北京文學》一九九七年第十一期推出了三篇針砭語文教育的文章，拉開了新時期語文教育撥亂反正的序幕，引起了全國性的巨大反響。之後，王麗編《中國語文教育憂思錄》（北京市：教育科學出版社，1998年）和孔慶東等編《審視中學語文教育》（汕頭市：汕頭大學出版社，1999年），為新一輪語文教育改革起了推動作用。

（二）一九九八年十二月，北京大學、復旦大學等七所著名高校和《萌芽》雜誌社，以「新思維、新表達、真體驗」為宗旨，聯合發起「新概念作文大賽」，極大地衝擊了應試語文教育，激發了學生的寫作興趣和熱情，提高了學生的寫作水準，對語文教育和高考改革發揮了重要作用。

（三）二○○一年六月教育部頒佈的〈基礎教育課程改革綱要（試行）〉，提出了「實行國家基本要求指導下的教材多樣化政策」，形成了人教版、蘇教版、語文版等多套語文教材的新格局。這些教材雖然還處於實驗之中，也存在著各種問題，但無疑的這是一種體制上的重大革新，為語文課改打下良好基礎。

（四）二○○○年，華東師範大學首先開始招收語文課程與教學論專業博士研究生，這標誌著語文教育高層次人才培養的開始。之後，湖南師範大學、北京師範大學、山東師範大學、上海師範大學、福建師範大學、浙江大學、西南大學、南京師範大學等，也相繼招收語文教育方面的博士研究生。與此同時，大批各高校培養的語文課程與教學論碩士與語文教育碩士在中小學任教，極大地改善了師資結構。

（五）二〇〇一年七月教育部頒佈的〈全日制義務教育語文課程標準〉（實驗稿），在語文教育觀念上有了重大超越，提出了「三維目標」和培養「全面語文素養」教育理念，這標誌著語文教育在觀念上開始從訓練「能力」到培育「素養」的轉型。

（六）二〇〇四年二月全國統一高考解禁，在一些自行命題的省市，「標準化」試題在萎縮，「寫作」的權重在逐漸加大，日益顯示出了寫作的重要性，向語文教學發出了加強寫作教學的信號，推動了語文教改，出現了語文教研和課改實驗的熱潮。

（七）二〇一一年，〈義務教育語文課程標準〉修訂版出爐，在「課程性質」首句，增加了「語文課程是一門學習語言文字運用的綜合性、實踐性課程」的界定，一般解讀為是對「表現本位」、「寫作本位」的轉向。

（八）二〇一二年，教育部普通高中課程標準調研組在全國十多個省市的調查表明，學生對語文學科的評價，在所有十七個學科中排名倒數第一。這在相當程度上表明了語文課改的失效。

（九）二〇一三年十月二十一日，北京市教委宣佈說：「二〇一六年將實施新的高考方案，其要點是調整考試內容、試卷結構、考試科目的分值。……把中考和高考的英語分值降至一百分，語文由一百五十分增至一百八十分……」，這將對各省市產生重大影響，提高母語教育地位是大勢所趨。

這一時期在語文教育認知上的進展，大約有以下幾個層次：

（一）能力本位：從語言到言語

能力本位是作為對知識本位的超越提出的。王尚文先生說：「『知識中心說』『自三四十年代提出以來直至當今，已經形成了一個相當完整的體系，深入人心，根深柢固，成為語文教學的理論支柱，從而

也成了深化語文教改的主要障礙。」[78]因此，新時期的語文教改是從倡導「能力中心」開始的，實現教學重心從「語言」向「言語」轉向。

王尚文先生、李海林先生等在理論建構上功不可沒。二位學者的語感和言語教學研究，就是致力於為能力本位奠定理論基礎的。王尚文先生的《語感論》，李海林先生的《言語教學論》，都堪稱語文學力著。二位學者前呼後應，是「能力本位論」實力派代表人物。

縱觀一九八〇至二〇〇〇年的語文教學大綱，出現頻率最高的是「工具」、「語文能力」、「語文訓練」、「嚴格訓練」等。一九九六年全日制普通高級中學語文教學大綱注重能力和訓練的觀念不變，只是更加強調「訓練」，體現了「以訓練為主線」的教學思想。

(二) 素養本位：從言語到語文素養

在語文教學的實踐層面，關注能力的培養，進行適當的訓練，這是必要的。但是，如果這種認知是經驗主義視界的產物，是從「知識無用論」出發，倒退著回到盲目「試誤」，這是需要認真審視的。

二〇〇一年頒佈的全日制義務教育〈語文課程標準〉，在語文教育基本理念上的一個最大的超越，是提出了「語文素養」這個概念。

在〈語文課程標準〉的第一部分「前言」的「一、課程性質與地位」中說：「語文課程應致力於學生語文素養的形成與發展。語文素養是學生學好其他課程的基礎，也是學生全面發展和終生發展的基礎。」「全面提高語文素養」的提法，已成為〈語文課程標準〉的基本教育思想，是貫穿課程標準的核心概念。

儘管課程標準沒有對這種改革作具體的闡釋，但是我們還是不難看出這一變革的意義。這表明了語文界已經意識到了狹隘化地理解語文教育的「言語」性，將言語簡單地看作是實踐的、語用的、能力上

---

78 王尚文：《語感論》（上海市：上海教育出版社，2000年），頁347-348。

的問題，以為語文教育就是文字訓練，這是錯誤的。應在「素質教育」與「建構主義」的背景下，在更加廣泛的意義上理解語文教育的目標和途徑。

（三）存在本位：從語文素養到引領詩意的言語人生

「素養本位」也並非無懈可擊：「語文素養」功在「全面」，弊也在「全面」。它是一種集大成的「面面俱到」，沒有找到核心命題，也沒有找到理論的切入點。在學科定位上，採取的仍是「工具性與人文性統一」的折衷主義、二元論命題。

二○○四年，潘新和的《語文：表現與存在》提出了「言語生命」這個核心理念，闡明了言語生命動力學語文教育本體論。認為語文教育從表層看，是培養「言語表現性和創造性」，從深層看，是培育人的「存在性的言語生命意識」。指出了語文與人、人生、人類的關係，開始進入到人類學、生命動力學層面進行思考：人是寫作的動物，言語能力的發展，是基於人的言語基因、潛能，是一種生命衝動，是言語生命（不是言語能力）的自成長、自生長、自發展。語文素養，是人的言語生命意識的覺醒、言語生命潛能的發揮和張揚；語文教學，就是對人的言語生命潛能的發現和喚醒。語文教學應是介於有為與無為、明晰與混沌之間。對於人的語文上的發展來說，規訓的意義是很有限的，順應和引領的意義大於壓抑與規訓的意義。以培育言語生命成長為切入點的語文教育，首先是養護言語生命天性和健全的言語人格，順應內在的言語表現欲、發表欲、創造欲、自我實現欲，培植追求超越功利的言語人生、詩意人生的理想、信仰等；其次是促成人的言語潛能、稟賦、個性的發揮，包括豐富的知、情、意，敏銳的文體感、語境感、語感，獨特深邃的言語感受力、觀察力、洞察力、思考力、想像力、創造力、表達力等。在這裡，人的言語生命意識的培育始終是第一位的。該書修訂版把語文課程目的定位為為培育「寫

作者」、「立言者」奠基。

　　以上三個層次語文教育觀念的提升，體現了這一時期語文教育指導思想的發展進程。

　　這個時期是語文教育研究的豐收期，主要論著有：陳必祥主編《中國現代語文教育發展史》（昆明市：雲南教育出版社，1987年）。顧黃初、李杏保《二十世紀前期中國語文教育論集》（成都市：四川教育出版社，1991年）。馬正平《寫的智慧》（重慶市：西南師範大學出版社，1995年）。潘新和《中國現代寫作教育史》（福州市：福建人民出版社，1997年）。曹明海《文學解讀學導論》（北京市：人民文學出版社，1997年）。朱紹禹主編《中學語文教材概觀》（北京市：人民教育出版社，1997年）。李杏保、顧黃初《中國現代語文教育史》（成都市：四川教育出版社，1997年）。蔣成瑀《讀解學引論》（上海市：上海文藝出版社，1998年）。潘新和《中國寫作教育思想論綱》（北京市：人民教育出版社，1998年）。柳士鎮、洪宗禮主編《漢語文教材評介》（南京市：江蘇教育出版社，2000年）。王尚文《語感論》（上海市：上海教育出版社，2000年）。張隆華、曾仲珊《中國古代語文教育史》（成都市：四川教育出版社，2000年）。顧黃初、李杏保《二十世紀後期中國語文教育論集》（成都市：四川教育出版社，2000年）。區培民《語文教師課堂行為系統論析》（上海市：華東師範大學出版社，2001年）。鄭國民《從文言文教學到白話文教學——我國近現代語文教育的變革歷程》（北京市：北京師範大學出版社，2000年）。李維鼎《語文言意論》（上海市：上海教育出版社，2000年）。潘新和主編《高等師範寫作三能教程》（北京市：人民教育出版社，2000年）。王正《現代寫作理論宏觀審視》（北京市：中國文聯出版社，2001年）。韓雪屏《語文教育的心理學原理》（上海市：上海教育出版社，2001年）。孫紹振《文學創作論》（福州市：海峽文藝出版社，2001年版）。陳果安《現代寫作學引論》（長沙市：中南大學出版

社，2002年）。于成鯤、謝錫金、岑紹基《學校實用文闡釋》（香港：香港大學出版社，2002年）。倪文錦、歐陽汝穎主編《語文教育展望》（上海市：華東師範大學出版社，2002年）。王榮生《語文科課程論基礎》（上海市：上海教育出版社，2003年）。賴瑞雲《混沌閱讀》（福州市：福建教育出版社，2003年）。李白堅、丁迪蒙主編《大學題型寫作訓練規程》（上海市：上海大學出版社，2004年）。潘新和《語文：表現和存在》（上卷）（下卷）（福州市：福建人民出版社，2004年）。謝錫金、祁永華、岑紹基主編《漢語文教學網絡建構研究及課堂應用》（廣州市：廣東高等教育出版社，2003年）。岑紹基《作文量表互改研究與實踐》（香港：香港教育圖書出版公司，2005年）。謝錫金、林偉業、林裕康、羅嘉怡《兒童閱讀能力進展——香港與國際比較》（香港：香港大學出版社，2005年）。周慶元《語文教育研究概論》（長沙市：湖南人民出版社，2005年）。潘新和主編《新課程語文教學論》（北京市：人民教育出版社，2005年）。孫紹振《文學性演講錄》（桂林市：廣西師範大學出版社，2006年）。孫紹振《名作細讀》（上海市：上海教育出版社，2006年）。李海林《言語教學論》（上海市：上海教育出版社，2006年）。孫紹振《孫紹振如是解讀作品》（福州市：福建教育出版社，2007年）。洪宗禮、柳士鎮、倪文錦主編《母語教材研究》（南京市：鳳凰出版傳媒集團、江蘇教育出版社，2007年）。劉正偉《國際語文課程與教學比較》（杭州市：浙江大學出版社，2008年）。張心科《清末民國兒童文學教育發展史論》（北京市：北京師範大學出版社，2011年）。韓雪屏《語文課程知識初論》（南京市：江蘇教育出版社，2011年）。潘新和《語文：回望與沉思——走近大師》（福州市：福建人民出版社，2008年）。潘新和《語文高考：反思與重構》（福州市：福建人民出版社，2009年）。潘新和《語文：審視與前瞻——走進名家》（福州市：福建人民出版社，2009年）。潘新和《存在與變革：穿越時空的語文學》（濟南市：山東

教育出版社，2012年）。孫紹振《月迷津渡——古典詩詞個案微觀分析》（上海市：上海教育出版社，2012年）。孫紹振《審美閱讀十五講》（北京市：北京大學出版社，2013年）。劉中黎《中國二十世紀日札寫作教育研究》（北京市：中國社會科學出版社，2013年）。張心科《語文課程論稿》（福州市：福建教育出版社，2014年）。潘新和《語文：人的確證》（上海市：上海三聯書店，2014年）。潘新和《語文：我寫故我在》（福州市：海峽文藝出版社，2014年）。潘新和《「表現——存在論」語文學視界》（北京市：人民出版社，2014年）。還有不少高水平論著，無法一一列舉。

　　如果說「五四」時代的先驅者們主要還是通過批判傳統來把握現實，那麼，這一時期的語文教育界則已經逐漸從「應需論」、「閱讀本位」的迷惘中走了出來，帶著時代的自豪感與自信心，通過對語文教育現實困局的思考，努力去把握人的言語生命發展的未來。

五

中國現當代語文學專論

梁啟超：能予人規矩，不能使人巧
——「研究文章構造之原則」的新文本主義語文教育觀

　　梁啟超（1873-1929）是中國現代語文學研究的奠基人之一。他與陳望道、黎錦熙、葉聖陶、夏丏尊等人，共同為批判語文教學中的八股遺風、建立科學的語文學作出了各自的卓越貢獻。梁啟超在一九二二年所著的中國現代第一部《中學以上作文教學法》（一九二五年由中華書局正式出版），在中國語文教學史上佔有一席重要的地位。在二〇年代，梁啟超的作文教學論在語文教育界就產生了相當廣泛的影響。

　　梁啟超的寫作教育觀，較為注重文本，注重文體的區分和文體的特點，注重「研究文章構造之原則」。他的作文教學法，對各類教學基本型文體的辨析較為精詳，把「結構成一篇妥當文章的規矩」作為主要教學目標，進而提出「養成學生整理思想的習慣」這一首要的教學要求。他的寫作研究，雖然不無傳統文章學的「平面」、「靜態」之嫌，但他的重規矩，反對「去規矩而言巧」；重應用之文，輕非應用之文；重思維能力，輕文字技術；重真實，反對虛偽和矯揉雕飾等觀點，又超越了傳統文章學規範。由於他的寫作教育觀源於對舊寫作教育的批判性反思和對新寫作教育的建設性的探索，體現了鮮明的時代性，因而我們稱之為新文本主義寫作教育觀。

　　就數量上看，也許梁啟超有關寫作教學的著述並不算多，但是，

他的教學思想對中國現代寫作教學的影響卻是不容忽視的。事實上，
在許多方面，寫作教學至今還未能突破其規範。

所講的只是規矩的教學觀

中國傳統的寫作教學，歷來是認為「文無定法」，唯有「神而明
之」，帶著濃郁的唯心主義、神秘化的色彩。因而在教學中，如魯迅
所說，走的是一條「暗胡同」：「並不傳授什麼《馬氏文通》,《文章作
法》之流，一天到晚，只是讀，做，讀，做；做得不好，又讀，又
做。他（先生）卻決不說壞處在那（哪）裡，作文要怎樣。」[1]這道
出了傳統作文教法的大概。也就是說，傳統寫作教學是並不怎麼重視
對寫作規律的傳授，而是靠模仿與試誤去體會為文之奧妙。這恰恰是
一種非教學的觀念。針對這種現象，梁啟超在確定作文教法的原則時
指出：「所能教人的只有規矩。」[2]「如何才能做成一篇文章，這是規
矩範圍內事，規矩是可以教可以學的。」這種看法表明梁啟超已經從
「不可知論」的暗胡同中走了出來，意識到作文教學的實質是寫作
「規矩」的傳授，而不應該「聽天由命」。

這樣，他的強調規矩之重要時，便面臨著一個新的矛盾，即如何
處理「規矩」與「巧」的關係。在這個問題上，傳統寫作教學走的是
兩個極端，不是不講規矩，讓學生自己去摸索；就是所講的陳義過
高，流於玄妙，使學生望而生畏，混淆了作文的一般規律與文章技巧
的界限，以技巧上的要求取代作文的一般規律，這就超出作文教學力
所能及的範圍。梁啟超說：「文章好不好，以及能感人與否，在乎修
辭。不過修辭是要有天才，教員只能教學生做文章，不能教學生做好

1　魯迅：〈做古文和做好人的秘訣〉，見《魯迅論創作》（上海市：上海文藝出版社，
　　1983年），頁632。

2　梁啟超：《中學以上作文教學法》（北京市：中華書局，1936年），頁3。

文章。孟子說得好『大匠能予人以規矩，不能使人巧』。世間懂規矩而不能巧者有之，萬萬沒有離規矩而能巧者。」[3]「現在教中文的最大底毛病便是不言規矩而專言巧。從前先生改文只顧改詞句不好的地方，這是去規矩而言巧，所以中國舊法教文，沒有什麼效果。」[4]顯然，梁啟超的意思是認為「去規矩而言巧」是一種本末倒置。那麼，他所講的規矩究竟是什麼呢？他說：「切勿誤認我所講的與什麼文章軌範什麼桐城義法同類，那種講法都是於規矩外求巧，他所講的規矩，多半不能認為正當規矩，我所要講的，只是極平實簡易，而經過一番分析，有途徑可循的規矩。換句話說，就是怎樣的結構成一篇妥當文章的規矩。」[5]

　　凡是結構成一篇妥當文章所必需的，便算是「正當規矩」，凡是做好文章所必需的，則是「於規矩外求巧」。這一區別，為寫作理論知識合理地進入教學領域鋪平了道路。梁啟超把教學目標限定在「做文章」，而不是「做好文章」。因為，他認為「巧拙關乎天才，不是可以教得出來的」，所以，在寫作教學中，「所講只是規矩，間有涉及巧的方面，不過作為附帶」。我們認為，這種看法是基於對寫作能力發展與寫作學習規律的認識之上的。寫作教學必須能對學生的寫作實踐起指導作用，但這作用又是有限的，不是萬能的，只有合理地確定有限的教學目標，才能使學生的發展具備無限的可能性，即「令學者對於作文技術得有規矩準繩以為上達之基礎」。這樣，梁啟超便在傳統寫作教學的兩個極端（不講規矩與求巧）之間，找到一個適當的教學空間，把學生的資質上的個別差異，統一在一個合理的教學目標之中。

3　梁啟超：《中學以上作文教學法》（北京市：中華書局，1936年），頁3。
4　梁啟超：《中學以上作文教學法》（北京市：中華書局，1936年），頁3。
5　梁啟超：〈作文教學法〉，《飲冰室合集》（北京市：中華書局，1936年），專集，第15冊，第70卷，頁3。

至於如何給學生以規矩準繩，梁啟超在這一點上的高明之處，在於既不依靠先驗的「神而明之」，也不依靠經驗的「理所當然」，而是「主意在根據科學方法研究文章構造之原則」。給學生以規矩準繩而又根據科學方法，把對寫作規律的揭示，建立在「科學性」這一堅實的地基上，這才是梁啟超的寫作教育觀的價值所在，也是他的教育觀區別於傳統的根本所在。

以應用文為最要的文體觀

明清以來的寫作教學教的是脫離實際的八股策論，中國知識界崇尚詩、文的傳統，又造成寫作教學中注重雕飾的傾向。究竟作文教學應以何種文體為主，這是擺在語文教育界面前的一個受到普遍關心的現實問題。

梁啟超認為：「文章可大別為三種：一、記載之文；二、論辨之文；三、情感之文。一篇之中，雖然有時或兼兩種或三種，但總有所偏重。我們勉強如此分類，當無大差。作文教學法本來三種都應教都應學，但第三種情感之文，美術性含得格外多，算是專門文學家所當有事，中學學生以會作應用之文為最要，這一種不必人人皆學。」[6]

這是梁啟超對教學文體的第一個層次上的區別，把三大類文體劃分為應用之文（記載之文與論辨之文）和非應用之文（情感之文），主張中學生學習寫作主要是學會作應用之文。我們認為這一是取其實用性，應用文為現代人工作、學習所急需；二是取其可教性，情感之文是專門文學家所當有事，需要一定的文學素養，不是人人所必需，也不是人人所能為。當然，梁啟超也不是絕對排斥情感之文，排斥純

6　梁啟超：〈作文教學法〉，見《飲冰室合集》（北京市：中華書局，1936年），專集，第15冊，第70卷，頁2。

文學的創作，他強調的只是寫作教學的重點，使寫作教學的目的與培養人才的需要保持一致。這一區別看似一般，但對整個的現代寫作教學框架的建立，卻是至關重要的。

　　梁啟超在強調應用之文的重要性的同時，對應用之文本身還作了第二個層次的區別。他說：「論事文和記事文孰為重要，學起來孰難孰易，這些問題，各人有各人的看法，姑且不細討論，但現在學校中作文一科，所作者大率偏重論事文，我以為是很不對的，因為這種教法，在文章上不見得容易進步，而在學術上德性上先已生出無數惡影響來。」[7]

　　在應用之文中，梁啟超針砭了偏重論事文的時弊，他對當時學校「專教論事文」大不以為然，認為這「全是中了八股策論的餘毒」。他的這種看法是與他的反科舉、反八股的政治上的變法主張一脈相承的。他說：「在作文課內養成這種種惡習慣，焉能不說是教育界膏肓之病。宋明以來，士大夫放言高論，空疏無真，拘墟執拗，叫囂乖張，釀成國家社會種種弊害，大半由八股策論製造出來，久已人人公認了，現在依然是換湯不換藥，凡有活動能力的人都從學校出，凡在學校裡總經過十幾年這種獎勵……養成不健全的性格，他入到社會做事，不知不覺一一映現在一切行為上來，國家和社會之敗壞，未始不由於此。」[8]「這種考試法，行了一千幾百年，不知坑陷了幾多人，不幸現在的學校，頑的依然是那一套，雖形式稍變，而精神仍絲毫無別，不過把四書語句的題目改成時髦學說的題目。」[9]他認為如此作論事文之弊有六：獎勵剿說，獎勵空疏與剽滑，獎勵輕率，獎勵刻薄

7　梁啟超：〈為什麼要注重敘事文字〉，見《飲冰室合集》（北京市：中華書局，1936年），專集，第15冊，第43卷，頁81。

8　梁啟超：〈為什麼要注重敘事文字〉，見《飲冰室合集》（北京市：中華書局，1936年），專集，第15冊，第43卷，頁84。

9　梁啟超：〈為什麼要注重敘事文字〉，見《飲冰室合集》（北京市：中華書局，1936年），專集，第15冊，第43卷，頁82。

及不負責任，獎勵偏見，獎勵虛偽。

由於專做論事文有上述種種弊病，所以，梁啟超認為學校所教的最重要的莫如敘事文。因為敘事文不能憑空構造，會養成注重實際的習慣；須費力去搜羅資料，可以磨練追求事物的智慧並養成耐煩性；它須靠自己組織成篇，能學會對客觀事物的分析綜合，掌握組織的技巧；通過了解事物的真相及其因果利弊，可得著治事的智慧，等等。由此可見，梁啟超的教學文體觀，在很大程度上注意到作文對人的智慧、心理、品性等的塑造，並以此作為教學內容設置的重要依據。如果說「文如其人」說，中國古已有之，而「文能造人」說，大約可算是梁啟超的創作。從人的發展的角度出發，考慮作文教學的內容設置，這在二〇年代的語文教育界堪稱領風氣之先；不論就寫作學還是就教育學來看，其價值都是不容忽視的。

梁啟超對敘事文教學的重視，對論事文教學的批評，主要是針對八股遺風而發的，而不是對論事文體的否定。他說：「我並不說論事文不該學做，論事文可以磨練理解力，判斷力，如何能絕對排斥，但我以為不要專做，不要濫做，不要速做。等到學生對於某一項義理某一件事情某一個人物確有他自己的見解——見解對不對倒不必管——勃鬱於中，不能不寫出來，偶然自發的做一兩篇，那麼，便得有做論事文的益處而無其流弊了。」[10]「我主張一學年有兩學期，一學期教記述文，一學期教論辯文。由簡單而複雜。記述文先靜後動，論辯文先說喻、宣導，而後對辯。論小事的在先，論大事的在後。使學生知道理法，可以事半功倍。」[11]可見，梁啟超反對的只是那種無視學生思維發展的狀況，盲目地專做、濫做、速做論事文的教學方法，提倡循序漸進、注重教學的實際功效的學習，科學、合理地安排教學內容。

10　梁啟超：〈為什麼要注重敘事文字〉，見《飲冰室合集》（北京市：中華書局，1936年），專集，第15冊，第43卷，頁84。

11　梁啟超：《中學以上作文教學法》（北京市：中華書局，1925年），頁44。

　　當然，在中學階段，敘事文教學與論事文教學的比例、課程的安排等問題，還可作進一步的研究。但是，我們認為梁啟超的貢獻，並不只是在於對教學文體與教學結構所作的探索，而是在於他把這種探索置於一個較前遠為廣闊的背景上，把作文教學與人的發展與塑造聯繫起來，發現了作文教學對於教育培養人才的特殊意義。

重思維、輕修辭的訓練觀

　　對學生基本寫作技能的培養，傳統寫作教學重視語言基本功訓練遠甚於思想邏輯性的訓練。這主要是因為受到根深柢固的「載道」說的影響。文章既然是「代聖賢立言」，是「從道中流出」，所以學生文章有無自己的思想內容，就變得不是那麼重要。這樣便導致作文教學重心的偏離，把語言技巧的訓練，置於教學的中心地位。這就是葉聖陶所謂的「鸚鵡學舌，文字遊戲」式的作文訓練。

　　關於學生寫作技能的培養，梁啟超則認為「最要是養成學生整理思想的習慣」。這一看法，與他的只重視「規矩」不重「巧」，作文教學就是教「怎樣的結構成一篇妥當文章的規矩」等認識是一致的。要結構成一篇妥當文章自然關鍵在於整理思想。而要結構成一篇妥當文章的根本原因則在於「文章的作用在於把自己的思想傳達給別人」。換言之，就是作文的要害在於思想或思路。

　　什麼是文章的思想？梁啟超解釋說：思想有兩種要素，一是指有內容。這可以從反面說，學生心中本沒有要說的話，便是無內容的，是空的，是不能算數的。二是有系統。思想不會單獨發生，做一篇文的時候，心中必定有許多思想，若是沒有系統寫出來，還算是無思想。好文章是拿幾種思想有條理的排列起來。散亂的思想不能算思想。他認為「有思想」即「言之有物，言之有序」，「有物便是內容，

有序便是系統」。[12]可見梁啟超「思想」這一概念是有其特定的內涵的，是指經過合理組織起來的文章內容。

　　梁啟超以文章的作用（把自己的思想傳達給別人）作為學生作文技能訓練的標準，從而就把教學過程中「教」與「學」雙方的活動，在「有思想」這一個基本點上統一起來。

　　從「學」的一方看，須學會如何組織思想，構造文章。梁啟超說：「我們拿著一個題目，材料也有了，該說話的範圍也定了，但對於所有材料，往往就苦於無法駕馭，有時材料越發多越發弄得狼狽，鬧到說得一部分來丟了一部分，把原有的意思都走了，又或意思格格不達，寫在紙上的和懷在心中的完全兩樣。想醫第一種病，最緊要是把思想理出個系統來，然後將材料分層次令他配搭得宜。想醫第二種病，最緊要是提清主從關係，常常顧著主眼所在，一切話都擁護這主眼，立於輔助說明的地位，這又是作文最重要的規矩。」[13]從某種意義上說，梁啟超的作文教學法，就是文章的組織構造法。他把思維能力的培養看作作文的第一等大事，主張讓學生練整理思想的功夫。為此，他認為一方面須讓學生自己將事實搜集齊全，然後組織成篇，做到令人一目了然，而且感覺敘述之美。由此「磨出縝密的腦筋，又可以學成一種組織的技能」。另一方面須由教師提供散亂的材料，讓學生自己去合攏。他說這是訓練整理思想的最切實可行的方法。此外，他還十分重視「分類法」的運用和訓練，因為，「分類法」是記載條理紛繁之事物，欲令眉目清楚的最好的方法。雖然「分類本來是一件極難的事……但要想學生心思縝密非叫他們做這層功夫不可。」我們認為，梁啟超對「磨出縝密的腦筋」的重視程度，似乎更甚於「學成一種組織的技能」，這也正是他的睿智不俗之處。的確，寫作訓練關

12　梁啟超：《中學以上作文教學法》（北京市：中華書局，1936年），頁2。

13　梁啟超：〈作文教學法〉，見《飲冰室合集》（北京市：中華書局，1936年），專集，第15冊，第43卷，頁5。

鍵在於提高學生的思維能力。

　　從「教」的一方看，須重視對學生思維能力的培養，以教學生如何整理思想為首務。梁啟超說在每學期開始時先要教學生以作文理法，「先教學生以整理思想的主要條件，使他知道看文如何看，做文如何做，等講到一類文章的時候，便特別詳細說明這一類文章的理法。」[14]「教員不是拿所得的結果教人，最要緊的是拿怎樣得著結果的方法教人。」[15]也就是說，教師一方面要說明寫作思維的特點，另一方面要揭示教師自身形成思想的思維過程。這樣，學生便可以從兩方面受益，促進思維能力的發展。這種看法無疑是相當精闢的。

　　作文教學離不開評改文章，梁啟超在這一問題上的看法也體現了對思維的偏重。他說：「評改宜專就理法講，詞句修飾偶一為之。改文時應注意他的思想清不清，組織對不對，字句不妥當不大要緊（因為這是末節）。偶然有一二次令學生注意修辭，未嘗不可，然教人作文當以結構為主。」[16]

　　顯然，梁啟超的「重思維，輕修辭」的作文評改法也是對傳統教法的一個修正。在作文技能上，組織思想與語言修辭二者孰為輕重，我們認為梁啟超的看法比起當時的陳望道、葉聖陶等人更有特點。陳、葉等人的看法基本上還是傳統的，是取一種二者並重的態度。當然，就一篇文章而言，這兩方面都是需要的，但是，若是從理論或教學的角度看，還是有明確輕重、主次的必要，這關係到如何把握思想內容與語言技巧這一矛盾。而梁啟超視思想內容的組織構造為根本，語言修辭為末節的看法是值得重視的。他的看法與後來朱光潛的看法恰巧不謀而合。朱光潛認為：「語言的實質就是情感思想的實質，語

14　梁啟超：《作文入門》（北京市：教育科學出版社，2007年），頁41-42。

15　梁啟超：《作文入門》（北京市：教育科學出版社，2007年），頁42。

16　梁啟超：《作文入門》（北京市：教育科學出版社，2007年），頁49-50。

言的形式也就是情感思想的形式。」[17]「就我自己的經驗說，我作文常修改，每次修改，都發現話沒有說清楚時，原因都在思想混亂。把思想條理弄清楚了，話自然會清楚。」[18]朱光潛的這個意見，大約可作為梁啟超注重思想條理化教法的注腳。

在所有的作文能力訓練環節中，梁先生把整理思想、組織構造文章、培養思維能力視為中心環節，我們認為，這實際上開寫作教學「以思維為中心」之先河。

求「真」求「達」的表述觀

梁啟超對學生作文的要求，總的來說是比較實在的。他說：「最要牢記者仍不外我從前說的求真求達兩句話。事蹟要真，寫出來還要逼真，務要完全達出自己所想講的。」[19]「真」是對內容而言，「達」是指形式上的要求。「求真求達」既是對學生作文的要求，也可看作是梁啟超的寫作美學觀。

所謂「真」，它包括兩個方面的內容：一是指事實的確鑿無誤，二是指人的真情實感。前者強調的是客觀性，後者著眼於主觀性。關於第一種意義上的「真」，梁啟超說：「要客觀的忠實。記載文既以敘述客觀的為目的，若所記的虛偽或偽舛（ㄔㄨㄢˇ，chuǎn）或闕漏，便是與目的相反，所以對於材料之收集要求其備，鑒別要求其真，觀察要求其普遍而精密。尤要者，萬不可用主觀的情感夾雜其中，將客觀事實任意加減輕重」。他認為能不能做到對事實、讀者負嚴正責

---

17 朱光潛：〈詩論〉，見《朱光潛美學文集》（上海市：上海文藝出版社，1982年），第
　　2卷，頁86。

18 朱光潛：〈詩論〉，見《朱光潛美學文集》（上海市：上海文藝出版社，1982年），第
　　2卷，頁88。

19 梁啟超：〈作文教學法〉，見《飲冰室合集》（北京市：中華書局，1936年），專集，
　　第15冊，第70卷，頁35。

任，事關「文德」，而把「文德」的基礎立得鞏固，十分重要。[20]第二種意義上的「真」是指「要絕無一點矯揉雕飾，把作者的實感，赤裸裸地全盤表現」，這種作品要是「完全脫離摹仿的套調，不是能和別人共有」的。[21]

梁啟超關於作文「求真」的見解，不但批判了當時的八股文風，而且，對作文教學至今仍有現實意義。我們今天的作文教學，從某種意義上說，是常常在鼓勵說假話，又有多少教師對培養學生的「文德」給予充分的注意呢？

內容的「真」只是一個前提條件，問題還在於要逼真地寫出來，並且使人看得明白。這便是「達」，其實也就是作文的目的所在。梁啟超「達」的標準，一是指要說的照原樣說出。關於這一點，他強調的仍然主要是組織構造的問題。學生未能將要說的照原樣說出，是苦於無法駕馭材料，只要能把思想理出個系統，將材料分清主從關係，便能較好地將要說的說出。二是指所說的令讀者完全了解。說了而讓人不明白，原因在於故弄玄虛，或缺乏邏輯學的修養等。他說：「我不主張文章作得古奧，總要辭達，所謂『辭達而已矣』，達之外不再加多，不再求深。」「為什麼要做文章？為的是作給人看，若不能感動人，其價值也就減少了。」[22]

由此可見，梁啟超不但把表達的問題看作是思維的問題，而且把文章是否達意，放到讀者的接受狀況中去檢驗，用今天的話說，就是注意到「傳者」與「受眾」的矛盾。在「照原樣說出」與「令讀者完全了解」二者之間，更為強調後者，我們認為，這樣對「達意」的理

---

20 梁啟超：〈作文教學法〉，見《飲冰室合集》（北京市：中華書局，1936年），專集，第15冊，第70卷，頁6-7。

21 梁啟超：〈陶淵明〉，見《飲冰室合集》（北京市：中華書局，1936年），專集，第22冊，第96卷，頁1。

22 梁啟超：〈中國歷史研究法〉（補編），見《飲冰室合集》（北京市：中華書局，1936年），專集，第23冊，第99卷，頁27。

解是較為全面、深刻的。對學生強調讀者意識，在教學中確實是十分必要的。

梁啟超「求真求達」的要求，比起傳統作文教學求「通」來看，更具明確性與針對性。「通」是個非常含糊的概念，而「真」與「達」的內涵就相對地清楚了。同時，梁啟超所說的「真」與「達」也都有不同於前人之處，且都是有感而發，與葉聖陶關於好文章須「誠實與精密」的見解有異曲同工之妙。

綜上所述，我們認為，梁啟超的寫作教育觀的一個鮮明的特色在於它的科學性。儘管他必然也存在著認識上的侷限，例如對「巧」的理解，在今天看來，「巧」未必就不能作為一個教學目標；他在論述中的取例基本上還是文言，等等。但由於他對科學性的追求，無疑地使他的研究成為中國現代寫作學研究的一個重要組成部分。當我們對寫作教育作歷史的回顧時，梁啟超的寫作教育觀理應得到更多的關注。

陳望道：提綱挈領，條分縷析，平允公正
——建構「有組織」的作文法的結構主義寫作教育觀

陳望道（1890-1977）是中國現代享有崇高聲譽的學者和語文教育家，他不但在語文改革、文學理論、美學、語言學、文法學、修辭學等研究領域頗有建樹，而且在寫作學和作文教學研究方面也有不少創見。他在一九二二年出版的《作文法講義》一書，堪稱中國現代寫作學研究的奠基之作。他的寫作教育觀，為寫作學科走出傳統，躋身現代學科之林以積極的推動。他的作文法研究，對二〇年代以後的作文教學有著廣泛的影響，對我們今天的作文教改也仍有相當的參考價值。

陳望道的作文法研究，體現了很強的創學科、創體系意識。他試圖對文章技術所在的全領域作科學的抽象，探尋其最基本的規律和原

則，從而建立起作文法的概念體系。他的作文法的特點是認知性的，
而不是實踐性的。他的作文法研究，體現了他在理論思維上的非凡功
力。他注重對研究目的的限制，從宏觀上去把握客體對象，步步為
營、層層推進。他對作文法的闡釋，比起同類研究，更具理論的明晰
性。他側重於對作文法作知性分析，揭示其內在結構，對紛繁的寫作
現象進行概括和提煉，通過嚴密的演繹和準確的描述，以期使習作者
建立起必要的寫作認知背景，在實踐中收以簡馭繁、轉換生成之效。
因此，他的寫作教育觀，當可稱為結構主義寫作教育觀。

　　由於《作文法講義》一書較集中地體現了陳望道的作文教學觀，
所以，本文的探討以該書內容作為主要立論依據，以期能對陳望道的
作文教學觀有較準確的把握。

提綱挈領地建構體系

　　以八股文教學為主要內容的傳統寫作教學體系，隨著科舉制的廢
除而迅速崩潰。然而，由於尚未建立起新的寫作教學體系，寫作教學
依然無法擺脫八股精神的影響。因此，「五四」以後，重建寫作學科
的任務已迫在眉睫。陳望道在二〇年代初的作文法研究，便是建立現
代寫作教學體系的一個嘗試。

　　陳望道跟當時的一批有識之士，如梁啟超、夏丏尊、葉聖陶等人
一樣，對作文教學的研究都是始於對傳統的批判性反思。陳望道說：
「我頗感到我們中國以前種種關於作文的見解，有些應該修正，有些
應該增加，有些向來不很注意的，從此應該注重。我又希求從來對於
作法只是零碎掇拾的慣習，從此變成要有組織的風尚。」為此，他在
《作文法講義》〈序言〉中開宗明義地指出：「這一冊書……在我編時
注意所及的範圍內，一切都想提綱挈領地說；一切都想條分縷析地
說；一切都想平允公正地說。」這既是陳望道作文法研究的指導思
想，又是他的寫作教育觀的總概括、總說明。

　　我們認為，陳望道在這裡提出的「我又希求從來對於作法只是零碎掇拾的慣習，從此變成要有組織的風尚」和「一切都想提綱擎領地說」的看法，實際上表明他要重新創構科學的作文法體系的設想。

　　陳望道的作文法新體系由三個子系統構成：文章構造、文章體制和文章美質。

　　文章構造，包括段、句、詞等三個成分。

　　文章體制，包括記載文、記敘文、解釋文、論辯文和誘導文等五種文式。

　　文章美質，包括明晰、遒勁和流暢等三個特點。

　　這一作文法體系，是對作文法研究對象和基本內容的宏觀概括，確實做到了提綱挈領、綱舉目張。文章構造部分，揭示的是文章的一般構成形態，可使學生獲得初步的文章形式觀念；文章體制部分，闡明的是文章的各種表現規律，可使學生形成較為明晰的文章體式觀念；文章美質部分，討論的是文章的表意功能，有助於學生形成一定的文章傳達觀念。

　　陳望道認為，以上三個部分，「是文章技術所在的全領域；無論什麼作文法，被底項目決不會在此範圍以外，所有的差異不過是詳略的不同或意見的歧異罷了。」這種高屋建瓴的統攝和簡化，是陳望道作文法體系建構的一個特點，也是他的作文教學觀區別於傳統作文教學觀的根本所在。

　　中國傳統的作文法研究，偏重於對文章形式作感性分析，現象描述有餘，綜合概括不足，即所謂「零碎掇拾」，缺乏宏觀意識。教師津津樂道於平仄韻律、對仗排偶、用事煉字，以致「推敲」的典故，成為千古不衰的美談。這是一種「只見樹木，不見森林」的作文法。而陳望道所希求的「有組織」的作文法，則注重於文章本質特徵的總體把握、作文法宏觀體系的建構和作文基本觀念的確立。這才真正體現了作文法作為一種普遍性法則的要求。

　　要對「文章技術所在的全領域」「提綱挈領地說」，這需要對繁雜的作文現象進行全面的概括和提純。陳望道的作文法體系表明，他確實得理論思維之宏旨，做到了認識的深刻性和表述的簡潔性的統一。他的作文法體系以文章構造法、體式法、傳達法為綱，以三個構造成分、五種表現體式、三種傳達特質為目，構成一個嚴謹的作文法基本概念演繹系統。誠如他自己所言，無論什麼作文法，概莫能外。這種以簡馭繁的精粹性，既是科學抽象所要求的，也是作文教學所必需的。

　　我們知道，作文教學不同於其他知識性科目，它對於學生的幫助，有很大的侷限性，這決定了作文教學不可能也不必要面面俱到。它「所能教人的只有規矩」，[23] 即最基本的作文規律，以使學生得其精要，有法可依。因而，「一切都想提綱挈領地說」的指導思想，也是符合作文教學的功用性特徵的。至於學生「入格」而後的「出格」，得其規矩而後求「巧」，這些都是作文教學所鞭長莫及的。

　　當然，這種提綱挈領的簡化，絕不意味著認識的貧乏。陳望道確信他的作文法體系，將涵蓋「文章技術所在的全領域」，「將告訴青年們作文上各個重要的問題，又將告訴青年們這些問題底地位和這些問題基本的解決法」，這裡他毫無矯飾地對自己把握客體對象的能力、對自己作文法研究的價值表現出充分的信心，這是完全可以理解的。因為，在他的作文法體系中所涉及的各個重要的問題，都是經過對作文現象和作文教學實踐的高度概括、抽取出來的最基本的問題。由此構成的基本概念演繹系統，具有本質上的豐富性和具，體性，在教學中可收舉一反三、觸類旁通之效。學生懂得選詞、造句、分段，便會構造一切文章；掌握五種表現體式，便可應用於各種寫作情境；具有明晰、遒勁、流暢的語言功力，便能實現所有的有效的傳達。可見，陳望道的作文法體系的簡潔性和以往那種「零碎掇拾」、捉襟見肘的認識上的貧乏，有著本質上的區別。

23　梁啟超：《中學以上作文教學法》，（北京市：中華書局，1925年），頁3。

相形之下，我們今天的作文教學體系，恰恰缺乏這種宏觀上的統攝性和簡潔性，甚至許多大學生對於作文的一些最基本的規律和方法，還茫然無知。法不在多，而在精，有所不為才能有所為，這些道理誰都懂，但做起來卻不容易。

條分縷析地闡釋概念

中國傳統的作文教學，一向崇尚「多讀多寫」，文章妙處「只可」意會，不可言傳」，認為「唯勤讀書而多為之，自工」。強調從讀、寫中「悟入」。這種根深柢固的寫作教學觀，嚴重妨礙了對寫作規律的探索，使寫作教學實踐蒙上了一層神秘化的陰影。時至今日，語文教育界還有相當部分的人，只會對學生說「讀書破萬卷，下筆如有神」、「熟讀唐詩三百首，不會吟詩也會吟」之類，或者乾脆認為「文章應該怎樣寫是說不清楚，講不出來的」。停留在這樣一種認識水準上，畫地為牢，以其昏昏，使人昭昭，作文教學的悲哀，莫大於此。

而陳望道早在二○年代初就「一切都想條分縷析地說」，而且，確實條分縷析地說了。說得怎樣，這是另一回事，單就這種科學求實的態度，就值得稱道。

如果說陳望道「一切都想提綱挈領地說」，追求的是作文法體系的總體建構及其宏觀效應，那麼，他的「一切都想條分縷析地說」，則是希冀於對作文法基本概念系統闡釋的明晰性、透澈性，希冀於微觀的深入。這主要表現在三個方面。

其一，對作文規律作多層次的累積式的揭示。

在陳望道的作文法體系的最高層次上，是對作文法宏觀框架的總括式的說明。闡明作文法研究對象是「文章底構造體制和美質」這三大類問題。揭示這三大類問題的基本內涵及其在總體框架中的地位。在每一類問題之下，均還有二個層次以上的具體闡釋，指出這些問題

基本的解決法，把認識逐步引向細緻和深入，力求建立一個具有宏觀上的明晰性與微觀上的透澈性二者相統一的作文法體系。

其二，注意到各層次內部區分的嚴謹和包舉。

例如，在分段的方法這一層次上，陳望道把它區別為五種。

（一）以空間底位置為標準　如記一個學校，先寫彼底東面，隨寫彼底南面，隨寫彼底西面，隨寫彼底北面，我們便不妨使這些各成一段。

（二）以時間底順序為標準　如記日記，第一日的記事，第二日的記事，第三日的記事，都可各成一段。

（三）以邏輯底順序為標準　如論中國最宜灌輸俄國近代文學，如果先論俄國近代文學怎樣，次論中國國情怎樣，隨後再論中國最宜灌輸俄國近代文學，這便可以各成一段。

（四）以事件底綱目為標準　如先說總綱，後說分目，或先說分目，後說總綱時，可以使綱與目各成一段。

（五）以說話底人物為標準　如甲乙對話，甲底話一段，乙底話又是一段。

總之，行文無異走路，都須在轉彎抹角處所分析為段。不轉彎不須分，一轉彎便須分。

這五種分段方法，大體上包括了一切的分段類型，各條之間的標準是明確的，區別是清楚的，有分述，有總述，看了能懂，懂了能用。

其三，注重通過相關內容的互相參照比較加以鑒別。

這種參照比較既涉及到作文法內部成分，也涉及到作文法外部成分。例如在「文章底體制」部分，陳望道對五種體式特徵的闡釋，大抵都圍繞著旨趣、條件、寫作技能等方面，循序漸進地加以比較區別。先講記載文，引入作文法外部成分「繪畫」與「雕刻」的有關特點，作為認識的「參照系」；接著講記敘文，就把剛說過的記載文，作為它的認知基礎，分析「記敘文與記載文底糅雜和轉變」；然由此

可知，陳望道的「一切都想條分縷析地說」的希求，實際上還不只是為了使作文法基本概念系統精密化，而且，也是出於對學生和教學實際需要、對作文法實踐性特徵的考慮。為此，他在闡明作文法則的同時，還著眼於教學中的問題狀況，作有針對性的、有重點的說明。

在《作文法講義》中，凡是作者分析闡釋得較細緻、具體之處，往往就是作文教學和學生寫作實踐中較為重要，或可能發生問題、感到困惑之處。例如，文章構造的選詞、造句、分段這三個方面，作者對「選詞」的解說最為詳盡，由於詞是文章構造的最基本的單位，因而，選詞自然也是作文教學中的一個關鍵問題。文章的體制部分涉及的五種體式，作者闡釋的重點是記敘文、解釋文和論辯文，這也是因為它們在諸體式中更具重要性。此外，對於這種新的文體分類法，因其迥別於傳統分類法，所以作者對此設專節詳加說明，使師生能懂得這一新構想在教學上的功用及其價值。

我們認為，陳望道的這一將作文法闡釋和教學中的問題狀況相結合的思想方法，是有著重要的教育學意義的。在目前的作文教學中，存在著兩種值得注意的傾向，一種是脫離學生的實際，泛而不切地講一般的作文知識；另一種是從感性經驗出發，對學生的作文訓練作感想式的、隨意性的指導，缺乏必要的理論上的闡述和規範。這兩種傾向也表現在教材建設中，知識類教材「目中無人」，置師生的教學行為，教學難點、疑點於不顧；訓練類教材，對作文基本規律的揭示則顯得稚拙無能。因此，如何把作文法的探索和具體教學情境的研究有機地統一起來，這將是我們當前作文教改中亟待解決的一個重要問題。

平允公正地揭示原理

陳望道是中國語文教育界中主張語文教學必須走現代化、科學化之路的宣導者之一。他在談到大學文學系改革時曾經指出：「在中國

文學系貫徹『現代化』一個原則……可依靠現代的需要，重新檢討一切課目的內容和分量，看是否適於養成現代的人才。在中國文學系貫徹『科學化』一個原則，也許極其困難，但也非常需要。我國舊式的文學教學可說有三大特點：一是藝術的，即不大講步驟；二是天才的，即不希望人人有成的；三是終生的，即不預備短時間收效，也無法在短時間收效的。如要改進這等舊狀，使受學的時間縮短，又能普遍有成，必得貫徹『科學化』一個原則。研究，力求科學的；基本訓練，也力求科學的。」陳望道的「一切都想平允公正地說」的希求，實際上便是他欲使作文和作文教學研究貫徹現代化、科學化原則的一個具體表現。因為要「平允公正」，勢必就要科學合理，體現現代意識和現代的認識水準。

陳望道的這種努力可以從三個方面來看。

（一）建立科學的作文法基本概念系統

我們知道，一個學科成熟與否，取決於它的基本理論研究的水平。而要在基本理論研究上取得進展，必得在科學的方法論指導下，確定符合該學科特殊規定的研究範疇，通過對研究對象的全面的、客觀的分析和概括，形成一個具有內在自治性的基本概念演繹系統。中國傳統的寫作教學之所以一直依附於閱讀教學，未能成為一門獨立的學科，其癥結就是在於忽視了對學科基本理論的建設，對作文和作文教學的認識，始終徘徊於經驗的、直觀的層次上。而陳望道的作文法研究表明，他已經有了走出迷津的自覺。

從《作文法講義》一書中，我們可以看出，陳望道首先做的就是為作文法研究確定一個基本範疇。該書第一章「導言」部分和第二章的「文章底構造體制和美質」部分，就是對他的研究範疇的總的說明。在「導言」部分，他把「文章的目的論」排除出作文法研究範圍之外，確認作文法討論對象是「文章的方法論」。這就從本質上為作

文法的研究方向作了規定，即作文法是一門行為科學，其研究內容是
文章技術和寫作行為。從「文章的方法論」這一研究方向出發，進而
推衍出三大類問題：關於文章構造上各部分的問題；關於文章體制上
各類文式的問題；關於文章色彩上各種美質的問題，建立起作文法研
究的基本範疇。用陳望道的話來說，就是這三大類問題覆蓋了「文章
技術所在的全領域」。陳望道就是在這個基本範疇裡建構起體現自己
的獨立構思的作文法基本概念演繹系統。這一基本概念演繹系統的理
論背景，是現代語言學、文法學、修辭學、文體學、教育學、接受美
學等學科的研究成果。在這新的認知背景下，陳望道有了在其注意所
及的範圍內，去「平允公正」地解決作文上各個重要問題的可能。由
此建立起的作文法體系所體現出的新的寫作和寫作教學觀念，給寫作
學科帶來了深刻的變革，如果我們不是站在寫作教育史的高度來認
識，是難以作出正確的評判的。

（二）創立作文教學基本型文體分類法

　　中國傳統作文教學的文體分類，如陳望道所說，存在著兩方面的
問題。一是存在著「階級的（如分別奏議與詔令為兩類）與淩雜的
（如序跋依據文章排印的處所分，奏議與詔令又依據作者與讀者的關
係分）」毛病，未能形成合理的文章修辭界限與練習程序。二是將一
般意義上的文章作品的文體分類，混同於作文法上的分類，缺乏教學
意識，這將不利於學生認識文章的各種表現特徵，培養他們作文的基
本能力。鑒此，陳望道一改傳統的「文章作品上的分類法」為「作文
法上的分類法」（即作文教學基本型文體分類法），他斷言：「我們這
一種文體分類法，是我們懷抱確信的新方法。」這種新的文體分類
法，不但包含了一切文章作品的基本作法，而且也體現了作文訓練與
能力培養的由淺入深、由易到難的內在銜接性。「先練習記載文、次
練習記敘文、又次練習解釋文、論辯文和誘導文」，這裡，在前的文

體，為在後的文體奠定了認識基礎，而在後的文體，由於包含了在前的文體的某些要素，因而，它在教學過程中，又反過來加深了學生對在前的文體的認識。可見，陳望道的作文教學基本型文體分類法，是充分考慮到作文教學的規律的，其構想是科學的、合理的。它糾正了傳統作文法文體分類的非教學傾向，使得文體分類和作文訓練的內在規律有機地統一起來，導致寫作教學文體觀念的改變。而這種文體觀念，能為寫作教育界所接受並達成共識，其認識是否「平允公正」也就不言而喻了。

（三）在一定程度上注意到作文法的動態特徵

傳統作文法研究，一般側重於對文章作靜態的、平面的分析。如講文章的構成，便是討論文章的形式技巧。而陳望道講文章的構成，則是由選詞、而造句、而分段，體現了篇章整體的累積過程和學生謀篇能力的生成轉化過程。傳統的文體寫作教學，不是從靜態的文章賞析入手，就是講一些一般的文體知識，而對作文法的要義，即作文該如何作，卻不太重視。陳望道雖然也還不能完全擺脫文體教學的靜態分析的模式，但是，他已經開始注意到去揭示文體寫作的行為程序。如在記敘文部分，他談到要先確定記敘文的旨趣，再搜集切合記敘旨趣的事實，然後選定記敘的中心事實，進而明確記敘的停留點，流動的次序和緩急等。論辯文寫作，則要先確定論題，進行論題判斷，展開闡明論旨的論證，再展開論辯本文的證明，這要搜集證明責任內應有的證據，考慮有關的論證法式，證明完了，再作出結論。這類表述，更為學生提供了一個可以依循的寫作行為的動態程序。

用以指導學生寫作實踐的作文法，不能不對寫作行為過程作動態描述。因為，作文法的研究，其目的就是為了培養習作者的寫作實踐性技能，習作者除了需要一定的理論知識外，更需要的是具有理論內涵的「操作規程」和「動作要領」。離開了對寫作行為過程的動態描

述，一般性地講文章知識，無論說得如何透澈、正確，畢竟還是與學生的寫作實踐隔了一層。所以，注重作文法的可依循性、可操作性，是科學的作文法體系的一個基本要求。在這一點上，自然陳望道還只是淺嘗輒止，比起夏丏尊立足於「實踐」的作文法，他做得仍嫌不夠。

　　寫作學科的現代化、科學化，這是改善寫作學科狀況的必由之路，是「五四」以後語文教育界的一代開拓者的共同追求，對此，我們必須給予充分理解和重視。

　　陳望道寫作教育觀的精髓，在於以現代科學研究的新觀念和新方法，大膽地革故鼎新，汲取相關學科的學術成果，拓展寫作學科的理論視野，將作文法研究和寫作教學研究，有機地結合起來。他的貢獻在於更新了寫作教學觀念和認知的背景，建立起區別於傳統的作文法體系，開現代寫作學研究之先聲。陳望道的作文法研究及其寫作教育觀之所以能獨樹一幟，這是因為他在現代哲學和社會科學領域有著廣博的學識、深厚的修養和多方面的理論探索的興趣，使他能以開闊的眼界和思路審視傳統的作文法研究，建構現代的作文法體系。因此，陳望道的作文法研究及其寫作教育觀所給予我們的啟示，絕不只是在於寫作教育方面。更為重要的是，它使我們意識到，寫作教改的關鍵是寫作教育界自身理論素養的提高，認知結構的改善，研究觀念、思想方法和思維方式的更新。舍此，寫作教改是不可能有本質上的進展和突破的。

黎錦熙：先學注音字母，深究國語文法
——追求時代「新潮」的現代主義語文教育觀

　　黎錦熙（1890-1978），字劭西，是現代語文教育史上的一位成績卓著的風雲人物。在近七十年的教學生涯中，他出版四十餘部的著

作，發表二百多篇論文，其中大部分是關於語文和語文教育研究方面的。他二十六歲即應聘擔任教育部教科書編纂員、編審員及文科主任之職，積極投身於以「國語統一」、「言文一致」為目標的「國語運動」，為推廣普通話、中文拼音、文字改革等，作了許多開創性的工作。有人認為他在當時那些名人中，「單就國語運動說，要算是用力最專，著書最多，活動範圍最大，影響人比較多，工作比較持續，成就最卓越的了」。[24]早在一九一五年，他就大力宣導將國文科改為國語科，為語體文教學爭取合法地位。一九二四年，應國語教學之需，他出版了中國現代第一部語體文法書——《新著國語文法》，和第一部國語教學法書——《新著國語教學法》（二書均由商務印書館出版），為國語教學奠定了基礎。同年，他還在《教育雜誌》上發表了〈國語的「作文」教學法〉長篇文章，這也是最早對國語的作文教學法作較為系統精詳地論述的專文。

在語文教育界，黎錦熙無疑是最具現代意識的、努力追求時代「新潮」的改革家之一。他是中國現代國語語文教育的宣導者和奠基者。他的國語語文教育觀富有建設性和挑戰性。他的「寫作重於講讀」的觀點，與胡適的「用看書代替講讀」的觀點，可謂殊途同歸，都是反對低效的「講讀」教學；作為一個語言學家，他的有關寫作的見解，表現了對語言、文法的特殊關注；他的國語作文教學法的研究，不但彌補了梁啟超的研究的不足，對小學作文教學作了深入的探討，而且在具體的構想上，更具可操作性。不論在國語教育的基礎理論還是在應用理論方面，黎錦熙無疑均是最為傑出的。研究現代語文教育，他的著述，特別讓人感受到中國新語文教育開創者篳路藍縷、以啟山林的那份執著和艱辛。

---

24 梁容若：〈黎錦熙先生與國語運動〉，見《黎錦熙論語文教育》（鄭州市：河南教育出版社，1990年），頁334。

　　黎錦熙對語文教學的見解，體現了獨特、敏銳的洞察力和理解力，體現了教育改革家的眼光和氣魄。但是，不可思議的是，他的那些極有見地的觀點，如今大都已鮮為人知。當筆者進入中國現代語文教育史研究領域，在為前輩學者豐富的學識和想像力嘆服的同時，也深切地感受到這種驚人的智慧浪費的悲哀。黎錦熙便是這一領域中最不該遺忘而被遺忘的學者之一。今天從事語文教改的老師們，不知道梁啟超、胡適等人的貢獻也許還情有可原，而不知道曾為現代語文教改衝鋒陷陣七十載的驍將黎錦熙，這就不能不說是一樁莫大的憾事！

寫作重於講讀的國語文原則

　　從民國初年開始，到四〇年代末的這幾十年間，國文教學品質一直不盡如人意，國文界批評和改革之聲沸沸揚揚、不絕於耳。黎錦熙在〈各級學校作文教學改革案〉一文中認為：「各級學校本國語文科，其水準頗有江河日下之勢，原因全在教學方法的陳陳相因，不憑經驗以謀改革」，為此，他提出「教學上的三原則」：（一）寫作重於講讀；（二）改錯先於求美；（三）日札優於作文。[25]這改革「三原則」，可謂綱舉目張、切中要害。

　　「三原則」的第一條，是就寫作與講讀教學二者在課程結構中的重要性而言，這是一條「大原則」；第二、三條均是講寫作教學的，第二條講的是寫作教學和批評的標準，第三條講的是寫作練習的方法，這是兩條「小原則」。「三原則」實為語文教學和寫作教學中的三對矛盾，其中第一對矛盾是根本，是前提，只有確定了寫作與講讀教學在整個語文教學結構中的位置，才有寫作教學的課程、教材、教法可言。

25　黎錦熙：〈各級學校作文教學改革案〉，載《國文月刊》第52期。

　　關於「寫作重於講讀」，黎錦熙說：「這本來是一般人都承認的，只因各級學校的國文教員，大多數因為負擔太重，時間不夠，對於學生作文的批改和指導，實在太輕忽了，所以特提出來，作為第一原則。」[26]就是說，寫作與講讀教學二者孰為輕重，這應是不成問題的，只因教員負擔過重，而使「寫作重於講讀」變為事實上的「講讀重於寫作」。這種錯位，不只是教學內容表面上的比重失衡，實際上導致對整個語文教學認識的質變，語文教學的目的、要求、標準、教材、教法等，幾乎所有的方面均隨之發生偏離。

　　「寫作重於講讀」這一命題，我以為包含著兩個層面的意思‧一是寫作能力的培養比閱讀能力的培養更為重要，寫作能力對閱讀能力的包容性，大於閱讀能力對寫作能力的包容性；一是寫作教學在整個語文教學本體結構中的重要性大於閱讀教學，語文教學的矛盾的主要方面是寫作教學。語文教學以誰為「中心」？是以寫作教學的需要來組織閱讀教學，還是以閱讀教學的需要來組織寫作教學，簡言之，是「以讀帶寫」、「讀寫結合」，還是「以寫促讀」、「為寫擇讀」？這的確是一個帶根本性的問題。

　　寫作與講讀教學，二者不是相互排斥，而是相互依存。黎錦熙在強調寫作教學的重要性的同時，也談到「作文仍以講讀為基礎，講讀教學若不改革，習作必受其影響」[27]，這是從二者的聯繫上來確立教學的著眼點。寫作不能離開講讀，講讀應促進寫作。就文章講文章，不是講讀教學的全部目的，要就文章講寫作，真正發揮出「基礎」的積極作用。

　　被黎錦熙稱為「一般人都承認」的「寫作重於講讀」這一命題，時隔半個世紀，現實的情況是大部分語文教師都不承認。大部分語文

26　黎錦熙：〈各級學校作文教學改革案〉，載《國文月刊》第52期。
27　黎錦熙：〈各級學校作文教學改革案〉，載《國文月刊》第52期。

教師承認的是葉聖陶說的「閱讀的基本訓練不行，寫作能力是不會提高的。……實際上寫作基於閱讀。老師教得好，學生讀得好，才寫得好。」[28]這是否意味著觀念上的進步，只要從學生上講讀課時的那份無奈中便可得出正確的結論。

在「寫作重於講讀」這個大原則下，黎錦熙認為「注重寫作，並非單單地要學生作文的次數加多；教員的批改和指導，也須把握一個原則：（二）改錯先於求美。」[29]這抓住的是寫作教學的關鍵。他說：「一般改訂作文，多屬憑虛望氣。對於四百號的『語文』基本工具，師生都還運用未熟，秕繆百出，乃但憑霎時間的主觀私見，一味做八百號『文藝』上的籠統批評。『通』『不通』的問題還沒解決，就淨說些『美』『不美』的鬼話。今矯此弊，故以改錯當先，求美居後。」[30]這涉及的是如何確定作文教學、訓練的目標，和批改作文的標準問題，主要是如何處理求「通」與求「美」的矛盾。

從寫作教學來看，首先要解決的是正確地運用「語文」，而不是指導學生從事「文藝」創作，培養作家。對於中、小學生來說，能正確地表情達意，寫出沒有文法錯誤的通順的文字，就算是達到了教學目的。至於寫得美不美，有無文學性，那就不是教學上的一般性的需要。關於這一點，客觀地說，至今語文界在理論上已達成共識，但是在教學實踐上卻未必都能這樣做。教師津津樂道的仍是文采、藝術手法等，對學生文字的基本功訓練缺乏扎扎實實的評改、研究的功夫。對作文的評改，大體上還停留在黎錦熙所批評的「瀏覽淺嘗，空談無補」的狀況，求「通」與求「美」的矛盾尚未得到根本的解決。

第三條原則「日札優於作文」，實際上是「掌握『語文』基本工

28　葉聖陶：〈閱讀是寫作的基礎〉，見《葉聖陶語文教育論集》（北京市：教育科學出版社，1980年），頁491。

29　黎錦熙：〈各級學校作文教學改革案〉，載《國文月刊》第52期。

30　黎錦熙：〈各級學校作文教學改革案〉，載《國文月刊》第52期。

具」這一思路的延伸。黎錦熙說：「日記札記，有內容，重資源，比之堂上限時作文，偏重語文形式之正確無誤者，當然益處更多，效用較大。日記札記，包括實際服務時寫的報告、記錄等，並包括堂下的擬題寫作等，都應當是積極地有目標、有用處，不像堂上作文僅是消極地備考核、供改訂而已。」[31]他認為「日札優於作文」具體表現在兩個方面：「一為實現『教導合一』。一般國文教師還不能與學生共同生活時，從每個學生每日生活的自白與課業心得的自述中，可以得到領導工作上較為切實的參考資料，更便於個別領導。一為專科以上之『論文準備』。讀書積理，早定方針，從日札上即可作點滴的搜集和長期的浸潤，免致像過去臨到畢業才張皇抓題，胡亂抄襲，大學的畢業論文，竟成為徒備形式、無關課業的廢物，毛病就出在平日缺少具有固定方式與軌道的指導。課業、泛覽、生活與論文各不相聯繫，惟有日札才可使一元化。」[32]凡有教學經驗的教師對此大約均有同感，但是，同樣奇怪的是，大家在教學中實行的卻是「作文優於日札」的原則，似乎堂上「作文」才算正經作業，而堂下「日札」則可有可無，日札與作文的關係始終沒有處理好。

　　所謂「日札」，黎錦熙這一概念包含的範圍很廣，包括了幾乎所有課外的寫作形式，這類寫作，學生有較大的自主性，題材和體裁均不受限制，學生能寫出自己感興趣的東西，並發揮出自己寫作的優勢。大部分學生的這類課外自由寫作，都比課內限時、命題、甚至命意的「遵命」作文要寫得好。既然文章從根本上說，主要是個人的創造性的精神產品，而不是大批量生產的規格化產品，為什麼在教學中非要削足適履、壓抑學生的寫作個性呢？當然，這並不是說可以不要課內作文，既為教學，就不能完全聽憑學生自由行事，也就有必要按照一定的教學目的、要求，對學生作適當的限制和指導。而問題的關

31 黎錦熙：〈各級學校作文教學改革案〉，載《國文月刊》第52期。
32 黎錦熙：〈各級學校作文教學改革案〉，載《國文月刊》第52期。

鍵並不在於此，而是在於如何理好自由作文和遵命作文的關係，在於
如何遵從寫作這一精神活動的特殊規律，最大限度地促進學生寫作才
能的發展。對此，黎錦熙的使課業、泛覽、生活、論文一體化的語文
教育觀，是很有啟示性的。

言文一致、國語統一的作文原則

「改學校國文科為國語科」，這是中國現代語文教育的一個重大
變革。黎錦熙在《新著國語教學法》中闡明了之所以這樣做的兩條理
由：「（一）要使文字和語言一致。文字以語言為背景才是真正確切的
符號，才能作普通實用的工具，才能成為有生命有活氣的藝術。
（二）要使全國的語言統一。第（一）件果然辦到了；若是國語不統
一，那文字不也就跟著它不統一──分裂了嗎？」[33]據此，他提出作
文的兩個原則：「一個是作文必須以語言為背景，一個是作文的背景
要用統一的標準語；換句話說，一個就是言文一致，一個就是國語統
一。」[34]他進而將國語的作文教學法的根本問題，概括為兩點：
「（一）兒童先學注音字母──要以『音字』濟漢字之窮，便須先以
『音字』代漢字之用，然後作文教學，才能免除種種無謂的障礙，以
求深合教學的原理，而儘量運用教學上的新方法。（二）教師深究國
語文法──要使作文教學的指導、矯正、批評、測驗等都有一定的標
準與把握，便須隨時將文法精確而徹底的研究。若只講求那些枝節上
的方法，終於無濟而徒勞。」[35]「兒童先學注音字母」，作文才能以語
言為背景；「教師深究國語文法」，作文教學才能以統一的標準語為背

33　黎錦熙：〈國語教學之目的〉，見《黎錦熙論語文教育》（鄭州市：河南教育出版
　　社，1990年），頁26-27。
34　黎錦熙：〈國語的「作文」教學法〉，載《教育雜誌》第16卷第1號。
35　黎錦熙：〈國語的「作文」教學法〉，載《教育雜誌》第16卷第1號。

景。這兩點，對處於轉型期的作文教學來說，具有劃時代的意義。

　　由此出發，黎錦熙對小學六年的國語作文教學作了全面規劃。他認為小學的初年級（第一學年）關鍵是要建設一個練習運用注音字母的課程，讀本的第一、二冊全用注音字母拼寫確定的「音字」編成，已熟的兒歌、謎語和校名、教室名牌、學校地段、課程表、學校佈告、家庭通知簿等，也一律用注音字母，通過閱讀掌握注音字母，作為作文的基礎。正式的作文，是實行設計令兒童用紙片自行標記教室等處的物名人名等，以練習單詞的寫法；教師的命令先用口說，次即令兒童用聽寫法筆記其簡短的語句；一切容易遺忘的事件，都隨時指導兒童作簡單的記錄，使親自獲得文字「持久」的好處；設計令兒童書寫一切用文字代語言之條幅標幟、通信、報告等簡單的語句，使共同獲得文字「行遠」的好處。第二學年以後，讀法和作文，為應付社會事實上不得已的需要起見，只好暫以「漢字的增多與熟練」為一個教學的目標。好在「音字」已經熟練了，作文時，記得漢字，就用漢字；忘了漢字的寫法，馬上就可以代以「音字」，同時學習運用標點符號。第三、四兩學年主要有兩項任務，一是通信、條告、記錄的設計，二是實用文、說明文的作法研究、練習。這就開始涉及國語文法，主要是指教師要有國語文法的修養。教學中應注意兩點，一是「真切」，就是運用設計法從實際上引起作文的動機，或計畫、或報告、或通知、或記錄，藉這些機會教學作文，自然都有目的，都有興趣，能真切地發表，而不是對著淩空而來的題目繳出一篇膚廓塞責的東西了。二是「迅速」，因為兒童作文太慢，完全是寫字耽擱了功夫，將作文時敏活的靈機完全打斷。所以初期作文，白字連篇，是當然的事實，萬不可視為「厲禁」，通行的俗體減筆字是應該提倡的；行書是早該練習的。高級小學的作文也有兩個要點，一是實用文、記敘文、說明文、議論文的作法研究、練習、設計，應先辯明這四種文體練習的歷程和要求。二是四種文體的要點和所謂「練習、設計」的

方法，關鍵仍舊是「國語文法」。[36]

　　關於「國語文法」方面的要求，黎錦熙還作了專門的說明。他認為在《課程綱要》（第五學年）上要加一句「注重國語文法」。因為第五學年以後的作文教學，正是要叫兒童們「自己明白自己的錯誤」的時期，所以文法上必要的術語和方法，應該就這作文的機會，隨意說明。無論在第五學年以前或以後，第一要在學校裡「培養一種極好的語言風氣」，就是造成「統一的標準語的環境」。因為這種「無需指導的經驗，是國語科自然的教材，也就是文法之真切的背景。」在第五學年以前，文法上的術語和方式，固然不要向兒童提出，可是教師自己必須作一番徹底的研究。因為從初年級起，文法這樣東西，在說話作文的教學上，就是教師暗中指導兒童走向正路的明燈。

　　黎錦熙的國語作文教學的構想，至少有幾點仍值得我們重視：（一）初年級兒童應從「音字」寫作入手，再過渡到漢字寫作，這可以解除兒童在寫作學習上的許多障礙。（二）應著眼於學習、生活的實際，引起學生作文的動機，使其有目的、有興趣，能寫得真切。（三）初期作文，不應過分注意兒童書寫的正確和「厲禁」寫白字，以至干擾兒童的文思。（四）要在學校中「培養一種極好的語言風氣」，造成統一的標準語（普通話）的環境，這是國語科自然的教材、文法真切的背景。（五）「文法」在說話作文教學中，是教師必須掌握的武器，不懂「文法」便處於盲目的境地。這幾點，有的實際上已成為今天作文教學的規範，如（一）、（二）點；有的則是應做卻做得很不夠的，如（四）、（五）點；也有可資商榷的，如（三）點（在低年級是否要厲禁白字，需要通過實驗來驗證）。總之，黎錦熙的國語作文教學法的構想，為現代國語作文教學奠定了基石，建立了一個較為科學的新形態，不論在當時還是現在，都不失其價值。

36　黎錦熙：〈國語的「作文」教學法〉，載《教育雜誌》第16卷第1號。

以國語文法為關鍵的作法觀

　　從寫作教學的本體來看，黎錦熙最為關注的是「文法」，學生寫作需要「文法」的指引，教師寫作教學需要「文法」的素養。他說：「究竟什麼是『文法』呢？怎樣去『研究』呢？一個最大的關鍵，就是『國語文法』，就是教師要有國語文法的『素養』。」[37]「一說到作文的教學法，便須先完成一個根本的條件，就是『教師要能夠徹底了解國語文法』。文法並不是教小學生的，乃是教師教作文時的指針和尺度。怎樣出題，怎樣指導，怎樣評改，這些似乎都是作文教學上的重要問題，其實說來說去，都是些空話；只要教師真正懂了文法，『神而明之』，自然能夠發生許多巧妙而有效果的方法出來。所以教師從初年級起，便要在教學文法之前，自己努力對於讀本的文法，作一番基本的、實用的研究，這就是『作文指導』的預備功夫。」[38]這種看法應當說是有其科學性的，對寫作教學走出文藝上的籠統批評，與抽象的「通」或「不通」、「好」或「不好」的迷津，「文法批評」不失為一條路徑。儘管他在某種程度上誇大了「文法」的功能。

　　與「文法批評」相配套，他制訂了「作文批改及指導辦法」：一、批改中小學及專科以上學生作文，都應採用一定的符號，先讓學生自行修改。二、使用批改符號……務求簡明。三、教員於眉端或篇末仍可隨意加評語，並可於句讀斷處隨意加圈點表示嘉賞。但文中應改之處都不可遽改。四、標明符號後，發還學生自改……限期改畢複繳，然後核正記分，發還指導，解答問題。五、每作文一次，由各班教員於下次作文前制布全班「四種錯誤表」如下：（一）字體錯誤表。（二）文法錯誤表。（三）事實錯誤表。（四）思維錯誤表。六、

---

37 黎錦熙：〈國語的「作文」教學法〉，載《教育雜誌》第16卷第1號。
38 黎錦熙：〈國語的「作文」教學法〉，載《教育雜誌》第16卷第1號。

前條「四種錯誤表」，應於每次作文批改後，即將材料分別登記，以資匯製；可令學生於「發還指導」時間內，各將所作篇中「錯誤」和「訂正」，並必須的原文「實例」，分別照錄於小紙片。每個錯誤為一行，每種符號為一紙，當堂交齊。教員即加整理，匯製成「四種錯誤表」，於下次作文前布知。七、相同之錯誤，於表中「錯誤」字句之右上角，用「二、三……」等小字記出人數，用「2、3……」等小碼記出次數，以憑統計。八、每人之錯誤，須按名分項逐次登記，惟相同之錯誤至兩次以上者，須注意予以遞重之警懲。九、每學期末，總匯各次的「四種錯誤表」及各生的「錯誤登記冊」，製成各種登記表，並可加以評斷，提出改進方案，師生集體發表為論文或專著。[39]黎錦熙認為這種批改指導實際方案主要有兩個方面的意義，一是使學生反省自改，如此方能「不貳過」；一是制布四種錯誤表，如此即是「師生合作」。教師可根據這種來自實際的好材料，細心分析，統計研究，藉以長養自身的學識，因為學生作文簿中的錯誤，實在是頭等的研究材料。「故師之勤勤懇懇，終宵摩挲學生作文簿，實是『為己』之學；生之一改再核，三檢四登，徹底自省求進，亦大呈獻其『為人』之效。」[40]

　　上述辦法，果能實行，其優點自不待言，只是工作量較大，做起來有一定的困難。黎錦熙也曾說到西南聯大推行此法，「認真實施，一學期後，漸難支持，其原因就在教員的負擔太重，比較擔任二年級以上的分系功課多費數倍的時間」。[41]這問題不是出在「文法批評」的觀念和評改的思路上，而是在於具體方法較感繁瑣，師生沒有這麼多的時間來完成這項工作。要是能對評改的程序作一些簡化，勢必會提

---

39 黎錦熙：《新國文教學法》（北京市：北京師範大學出版部，1951年，再版），頁50-54。

40 黎錦熙：《新國文教學法》（北京市：北京師範大學出版部，1951年，再版），頁58。

41 黎錦熙：〈大學國文統籌與救濟〉，載《高等教育季刊》第2卷第3期。

高寫作教學的效能。在寫作教學中如何進行適當的「文法批評」，如何採用學生對自己的作文「反省自改」，師生合作制訂「四種錯誤表」等方法，仍是當今寫作教改值得研究的課題。

注重聯絡、設計的新潮教法觀

寫作教學是語文教學課程結構中的一部分，它與其他部分相互依存、相互促進。黎錦熙不但注意到寫作教學內部與外部的各種矛盾，而且也注意到它們相互統一、相互聯繫的一面。他的寫作教學結構是一個開放式的系統，他提倡相關教學內容的整體聯絡，對此，他從三個方面作了專門的討論。

第一是「非作文的作文」。他說：「初年級的兒童，當未能提筆為文時，應特注重『話法』，以為作文的基礎。話法就是『語言練習』，也稱『口語綴法』。……在高年級的話法教學中，有兩件事和作文有關係：一、講演　用故事或常識做材料。二、辯論　用正式集會的形式：揀定一個題目，正面反面，都有理由的，分全級為兩組，各主一說，互相辯駁，由公正員評判勝負。這兩件事，本身就是一種『口語綴法』的練習，而且事前的預備、事後的記敘，都是作文的最好的機會和材料。——這可說是話法的作文。」[42]講演和辯論，不但小學生可作，對中學生、大學生而言，也都是一種極好的口語和寫作訓練。而演講和辯論又是一種青少年非常喜愛的群體活動，對這兩個項目的興趣，自然會遷移到對與其相關的寫作上去。這樣的「非作文的作文」，也許比煞有介事的正式作文，效果更佳。

第二是「作文的藝術化」。黎錦熙說：「小學自由作文，大都以記敘文為多；記敘文的要素在於真實而深切的描寫。這好比藝術科的圖

---

42 黎錦熙：〈國語的「作文」教學法〉，載《教育雜誌》第16卷第2期。

畫教育：不但描形、施色、投影，必先有詳密的觀察認識，是和寫生畫一樣的歷程；並且藝術上的寫生與作文時的寫生，簡直可互相參用，化為一物。……拿圖畫來補助作文之所不足，或就圖畫加以敘說，以引起作文的思致，都是初年級所能辦得到的；就此法引而申之，便是作文的藝術化。」[43]「拿圖畫來補助作文之所不足，或就圖畫加以敘說」，這些都是中、小學生很樂意做的事情。作文能觸發繪畫的興致，繪畫反過來也能引起作文的思致。「作文的藝術化」對誘發寫作動機和欲望很有助益，大部分學生都很喜歡為自己的作文配插圖，因而把寫作這個「苦差」變成賞心樂事，其認真程度往往超過老師所期待的。

　　第三是「作文與讀法教學聯絡之點」。黎錦熙認為低年級兒童最愛的是「故事」，所以讀法教材以故事為多；利用這點，以為作文出題的標準，可以培植並助長他們自由創作的心能。（六種具體方法從略）對於高年級學生，他認為這些學生的心理，漸漸地趨向於現實界，愛討論他們環境中所有的或新發生的「事實」和「問題」；利用這點就國語科或他科討論、研究一個問題的結果，便命題作文；等到批評發還之後，即選讀關於本問題的名著，使可比較自己的文章，知道缺點在哪裡。這就將讀法與作文相聯絡，使二者都顯得生動活潑起來。

　　以上三個方面也不是相互分離的，可以隨機地將它們組織在一起。黎錦熙在《新著國語教學法》中所推行的「設計教學法」，就是根據這種各學程、各學科的開放式聯絡的觀點，將有關內容構造成一個有機的整體。他說：「隨時隨地利用兒童生活中的種種事實，連結他們的種種經驗和環境，作一種普遍而流動的教材；按著他們身心發展的過程（大約可比照人類學中初民進化的過程），施一種輔導自

43　黎錦熙：〈國語的「作文」教學法〉，載《教育雜誌》第16卷第2期。

動、共同創作的教學法。不但讀法、語法、寫法、作法要打成一片，就是國語和其他科目也要打成一片。讀本（一部分）乃是教師和兒童們共同的作品。」[44]他介紹的教法的實例，是以一個偶發事件（一個學生捉了一隻麻雀）開始的，通過教師的借題發探，引導學生參與進來，很自然地生發出一系列相關的討論和行動，內容涉及國語科的語法、作法（說和寫）、讀法、書法，並涉及自然科、體育科、社會科、算術科、藝術科、音樂科和「校園工作」等幾乎所有的科目。黎錦熙說：「這段教材，連續的用了三天，經過十幾個時間，關涉全部的科目。授課和工作聯成了一氣，知識和行為打成了一片。他們的『揭示』和『碑文』兩種作品，便可作讀本應用文材料。教師再把這次經過的事實，整理、修飾，簡單地記載出來，便成了讀本中間一兩課真切的記事文章。——這種經驗，可創造他們自己的環境；這種記載，可保存他們自己的經驗；而這種文章，又成了他們的環境的一部分。」[45]他認為這種教法才是教學的上品。上品的教學，不侷限於一種設計法，更不專從偶發事件引起動機。如說故事、童話，如讀詩歌等，有時要從一定的實物、圖畫等觀察，或徑從讀本文字上運用起，不拘泥。

　　這種開放的、隨機應變式的教法，對學生自然有極大的吸引力，且能收到良好的教學效果。只是教學難度較大，不是所有的教師都能做到。但是，就其教學觀念而言，無疑是很「新潮」的，值得在實踐中進行嘗試。哪怕還不能做到全方位的開放，哪怕還不能將教學組織設計得十分完美，只要不再把寫作教學孤立看待，只要能有意識地、儘量地將寫作教學與語文科或其他科目的相關內容打成一片，就一定

44　黎錦熙：〈國語教材和教學法的新潮〉，見《黎錦熙論語文教育》（鄭州市：河南教育出版社，1990年），頁49-50。

45　黎錦熙：〈國語教材和教學法的新潮〉，見《黎錦熙論語文教育》（鄭州市：河南教育出版社，1990年），頁53。

會收到事半功倍的效果。

黎錦熙是那一時代最為關注基礎教育研究、對語文教育貢獻最大的幾位著名學者之一。他在青年時代就已成為頗有名氣的語言學家和教授，以他的學識和才華，完全可以在學術理論研究上作出更大的成就。但是，他卻毫無怨言地、全身心地投入到語文教育的基礎建設上，以其大學者的遠見卓識，為中國現代語文教育的科學化，作了大量的、極有成效的工作。在語文教學方面，他的見解，不論是宏觀的還是微觀的，都體現了很強的時代氣息，抓住了語文教學的規律和趨向。他的語文教育觀，展示了新視野和新建構，給人以迥然不同於傳統語文教育觀念的全新的感受。在現代著名語文學家中，如果說葉聖陶是最「傳統」的，黎錦熙大約堪稱為最「新潮」的。今天回過頭去看，現在的語文教學所著眼的問題，大多還在黎錦熙當年所思考探討過的範圍之內，我們仍然可以從他的見解中獲得觀念上的或方法上的啟迪。當代語文教育研究，呼喚著黎錦熙式的大學者！

胡適：發表是吸收的利器，用活語言做活教法
——不拘成見的理想主義語文教育觀

胡適（1891-1962），在那一時代的語文教育論者中，堪稱「大學教授派」的代表人物。胡適沒有當過中學語文教師，對中學語文教學存在一定的疏離，這從弊處看，如同有人所說，他的觀點不太符合實際，不太具有可行性；從利處看，也正由於這種疏離，使他對中學語文教育中存在的問題看得更為真切，議論也更加大膽、自由。胡適的語文教育觀，可以說是較為「出格」和「超前」的，然而其合理性和深刻性也是顯而易見的。他的理想主義的語文教育觀，給安於在傳統軌道上作慣性滑行的語文教育界以巨大的震撼，引起軒然大波。他的新觀念和構想之所以在當時不能被人們理解和接受，一方面固然是因

為剛從舊教育中過來的語文教師的保守心態在作祟；另一方面，也是更為主要的方面，是語文教師的教育素養根本無法適應胡適的新教法。他的富有想像力的、前瞻性的構想，即便在今天，對於多數語文教師來說，依然是可望而不可及的。但願胡適在半個世紀之前的注重培養學生語文素質的教改構想，在不久的將來能成為現實。

　　胡適在一九二〇年發表的〈中學國文的教授〉和一九二二年發表的〈再論中學的國文教學〉兩篇文章，對語文教學的改革闡述了自己系統的看法，集中體現了他的語文教育觀。他在一些有關文化教育方面的文章中，也多次論及中學語文教學，其基本見解與這兩篇專論是一致的。

看書代替講讀的超量閱讀法

　　傳統閱讀教學基本上是以「講讀」、「串講」為主要教學方法，今天雖然在一定程度上注意了「啟發式」教學，但只要教師對課文講解的「大包大攬」的狀況沒有改變，閱讀教學就不可能有實質上的改變。千篇一律的「講讀」、「串講」，嚴重抑止學生學習的主動性與積極性，這是有目共睹的事實。胡適認為這主要是由於教師過分低估了學生的自學能力，未能有效地挖掘學生的學習潛力。

　　胡適說：「現在學制的大弊就是把學生求智識的能力，看得太低了。現在各級學堂的課程，都是為下下的低能兒定的，所以沒有成績。現在要談學制革命，第一步就該推翻這種為下下的低能兒定的課程學科。」[46]他所說的把學生求智識的能力看得太低，歸納起來說，主要表現在兩個方面，一是閱讀教學所選的文章量少。二是不論難易文章一律採用「講讀」的教學方法。

---

46 胡適：〈中學國文的教授〉，見《胡適文存》（上海市：亞東圖書館，1921年），第1卷，頁316。

　　胡適認為單靠教學中細嚼慢嚥少量的選文，是不可能造就文字明白通暢的人的。他說：「據我們的觀察和研究所得，可以斷定許多文字明白通暢的人，都不是在講堂上聽教師講幾篇唐宋八家的殘篇古文而得的成績；實在是他們平時或課堂上偷看小說而來的結果。」[47]他自己學會做文章，也是因為「自小就愛看小說，看史書，看雜書」的緣故。可見，要提高教學效果，就必須增加閱讀量。

　　為此，胡適分別擬出國語文（白話文）與古文的教材內容，這裡我們權且列出國語文教材的設想，其閱讀量之大，只此便可見一斑：

　　一、看小說。看二十部以上，五十部以下的白話小說。例如《水
　　　　滸》《紅樓夢》……此外有好的短篇白話小說，也可以選
　　　　讀。

　　二、白話的戲劇……

　　三、長篇的議論文與學術文。[48]

　　他為青年開具的「最低限度的國學書目」，竟是一百八十八部著作，總卷數達萬卷以上，真可謂洋洋大觀。

　　從這樣龐大的教材和閱讀書目中，我們可以看出，胡適在閱讀方面的指導思想是「博取」。

　　關於閱讀必須「博取」，胡適有一極精闢的見解：「讀一書而已則不足以知一書。多讀書然後可以專讀一書。」[49]這也就是說，讀書的效應，實際上是一種綜合效應。對所讀之書，「知」之多少，取決於讀者的閱讀背景。他舉例說：「譬如讀《詩經》……你若先讀過社會學，人類學，你懂得更多了；你若先讀過文字學，古音韻學，你懂得

47　胡適：〈再論中學的國文教學〉，見《胡適文存二集》（上海市：亞東圖書館，1924
　　年），第4卷，頁247。

48　胡適：〈中學國文的教授〉，見《胡適文集》（北京市：北京大學出版社，1998年），
　　第2卷，頁154-155。

49　胡適：〈讀書〉，見《胡適文存三集》（上海市：亞東圖書館，1930年），第2卷，頁
　　231。

更多了；你若讀過考古學，比較宗教學，你懂得更多了。」[50]當然，這些關於讀的見解，並不是專門針對中學生的，我們引用它，只是為了給胡適的閱讀教學觀起一點詮釋的作用。

古人雖然也講「多讀」，但還沒有誰能像胡適那樣去研究閱讀的機理，講出「多讀」的所以然來，更沒有人敢於把它付諸教學實踐。而一旦把它付諸教學實踐，它對整個閱讀教學的影響便超出這一變革本身。

閱讀量成十倍地增長，傳統的「講讀」法便不再能擔起組織教學的重責，新的教學法必然應運而生。充分挖掘學生「自學」的潛力，是胡適教學法新構想的出發點。

胡適明確提出「用『看書』代替『講讀』」[51]的主張。他認為經過兩級小學七年（當時的學制）的閱讀訓練後的中學生，是完全能夠勝任自學的。因此，在課堂上「沒有逐篇逐句講解的必要，只有質疑問難，大家討論兩件事可做」[52]，「只有討論，不用講解，注入式的教授，自不容於當代的新潮流。」[53]胡適的這一看法，將學生的學習，從被動灌輸，變為主動參與，還其學習主體的位置。其中不無現代西方教學論的影子。

把學生擺在教學的最重要的位置上，這對教師的作用同樣也要重新加以確認。在新的教學關係中，對教師的主導作用的要求不是低了，而是更高了。教師必須對學生作原則性的引導，在討論中隨時加

---

50 胡適：〈讀書〉，見《胡適文存三集》（上海市：亞東圖書館，1930年），第2卷，頁231-232。

51 胡適：〈中學國文的教授〉，見《胡適文集》（北京市：北京大學出版社，1998年），第2卷，頁159。

52 胡適：〈中學國文的教授〉，見《胡適文集》（北京市：北京大學出版社，1998年），第3卷，頁605。

53 胡適：〈中學國文的教授〉，見《胡適文集》（北京市：北京大學出版社，1998年），第3卷，頁603。

入一些參考資料，作必要的提示，指出學生的某些錯誤或與論題不相干的內容，為學生釋疑解難，等等。這種教法，顯然比按部就班的「講讀」、「串講」要困難得多。這實際上也預示著在新的教學結構中，教師的學識素養與組織教學的能力，都將受到嚴峻的挑戰。

胡適的上述看法，就細節而言，也許並非無可挑剔，但是，他的閱讀教學觀念的合理性又是顯而易見的。閱讀量的加大，勢必開闊學生的視野，提高他們的學養，充實他們的積蓄，這自然對寫作上的發展也有極大的好處。

讀美文、好文、全文的趣味學習法

語文教學耗時多、效率低，這是一個老大難問題。要真正提高教學效率，需要做的事情很多，但其關鍵還在於學生自身能否保持持久的學習熱情，在於他們對教學內容的興趣程度。胡適語文教學觀中對學習主體的重視，也體現在激發學生學習興趣這一點上。

從閱讀教學看，胡適說：以往「古文的選本都是零碎的，沒頭沒腦的，不成系統的，沒有趣味的，因此讀古文選本是最沒有趣味的事。因為沒有趣味，所以沒有成效。」[54]這就一針見血地指出教學內容的「沒有趣味」是教學「沒有成效」的癥結所在。

那麼，何以使學生感到有趣味呢？胡適主要注意到兩個方面：一是要以美文、好文為教材；二是所選文章須可解、易懂、完整。

在國語文中，這兩個方面兼備的，以小說為多。所以，胡適多次肯定小說的功效。在他所列的教材中，小說所占的比例之大是驚人的。既然沒有哪一個學生會拒絕看小說，何不因勢利導，讓學生在快樂的精神享受中獲得學業上的益處呢？

---

54 胡適：〈中學國文的教授〉，見《胡適文存》（上海市：亞東圖書館，1921年），第1卷，頁316。

　　對教材的挑選，胡適採取十分嚴肅、慎重的態度。他認為應選那些「用氣力做的文章」，不可挑那些「一時遊戲的作品」。他批評有些教科書把「日報上的黨國要人的演說筆記」選作教材，這些缺乏細心考究的文章，勢必削弱學生的學習興趣，並造成不良的影響。

　　對於古文，他認為教材中所選的古經傳，不應是艱澀難懂的，必須限於那些公認為可解的部分。許多入選古文連王國維那樣的一流學者都感到費解，作為教材是不妥當的，是讓學生浪費時間去猜古謎。所選的應該是古人的好文章，是代表一個時代的好文學。他說：「使青年學子知道古經傳裡也有悱惻哀豔的美文，這是引導青年讀古經最有效的法門。」[55]

　　不論是國語文還是古文，是小說還是經傳，胡適都極強調完整性。因為從某種意義上說，完整也便意味著優美與易解。他說：「與其讀王安石的〈讀孟嘗君傳〉，不如看《史記》的『四公子列傳』；與其讀蘇軾的〈范增論〉，不如看《史記》的〈項羽本紀〉；與其讀林琴南的古文讀本，不如看他譯的一本《茶花女》。」[56]完整地「看書」，也在於更能得其好處。

　　此外，胡適的關於教學法改革的一些見解，也是以激發學生學習的興趣為標準的。如讓學生互相質疑問難，讓學生通過閱讀來掌握文法與論理（邏輯），避免枯燥、抽象的講解，選取所讀戲劇的精彩部分由學生扮演戲裡的角色，等等。這些方法，無疑地將受到學生的歡迎。

　　再從作文教學的一面看，胡適認為作文「最好是令學生自己出題目」，教師命題的首要條件便是「要能引起學生的興味」。他對學生作文的內容與形式並不加以限制，他說：「學生平日做的筆記，雜誌文

55　胡適：〈讀經評議〉，載《新中華》第5卷第9期。
56　胡適：〈中學國文的教授〉，見《胡適文集》（北京市：北京大學出版社，1998年），第2卷，頁159。

章，長篇通信，都可以代替課藝。教員應該極力鼓勵學生寫長信，作有系統的筆記，自由發表意見。這些著作往往比敷衍的課藝高無數倍；往往有許多學生平日不能做一百字的『漢武帝論』，卻能做幾千字的白話通信。這種事實應該使做教員的人起一點自責的覺悟！」[57] 順乎自然，讓學生寫自己平時最喜歡寫的東西，學生當然會樂於去搜集材料，調動自己的經驗學識。學生如果把作文真正看作是一種需要，而不是痛苦，那麼，他們的文章的長進，難道還值得懷疑嗎？

「興趣」是學習的最重要的內驅力，按理說，這已經不能算是新鮮的發現。但奇怪的是，就是這麼一個盡人皆知的道理，竟未能在語文教學實踐中得到充分的實行。沒有人懷疑「文選」這傳統的閱讀教材形式，提出可用《紅樓夢》等長篇巨著取而代之；以前的許多語文教育家，都未能跳出學生作文由教師命題的樊籬，他們原本就沒想到學生作文竟可以由他們自己命題，他們平日興至之作都可以代替正規的作文訓練。胡適提出了，想到了，所以他是值得欽佩的。

現在，語文教改仍然徘徊不前，其中一個重要的原因便是我們老是被籠罩在傳統教法的陰影之下，做些修殘補闕的功夫，而缺乏對傳統教法的某些方面作根本性否定的膽識，這便註定要為語文教學的低效率曠日持久地哀歎下去！

以作文、演說為首要的教授法

在語文教學中，閱讀與寫作究竟是什麼關係，這個問題一直困擾著語文教學界。長期以來，寫作處於閱讀的附庸地位，這似乎已成「定勢」，將寫作從閱讀中獨立出來的嘗試，大多以失敗告終。

---

57 胡適：〈中學國文的教授〉，見《胡適文存》（上海市：亞東圖書館，1921年），第1卷，頁322。

　　傳統的「以閱讀為本位」的語文教學觀，是由封建教育的目的所決定的。封建教育的指導思想是原道、徵聖、宗經，所以學生必得以讀聖賢之書為首務。儘管時代已發生根本的變易，但是，在語文教育界，不論過去還是現在，「以閱讀為本位」的觀念卻還是根深柢固的。

　　而胡適卻把「人人能用國語自由發表思想——作文，演說——都能明白曉暢，沒有文法上的錯誤」[58]列為中學語文教學三條理想標準中的第一條，也是國語教學唯一的一條標準（其他兩條均是針對古文教學而言），這種提法，從反傳統這一點上看，確有其不同尋常之處。

　　在胡適的有關語文教學的論述中，他一般不強調培養學生的閱讀能力，卻多次將作文能力作為衡量語文水準的標準，在這點上，與葉聖陶注重學生閱讀程度的觀點，形成鮮明的對比。例如，他在談到小學語文教學時說：「國語代替文言以後，若不能於七年之內，使高小畢業生能做通順的國語文，那便是國語教育的大失敗。」[59]可見，胡適的讀寫觀已經超越傳統的「重讀輕寫」、「以讀帶寫」的範圍，由「重讀」轉向「重寫」。這種把作文、演說能力的提高，作為語文教學的主要目標的看法，我們稱之為「以表現為本位」的語文教育觀。

　　胡適對讀寫關係的看法是基於以下兩個方面的認識的：一、他把「讀」看作是「吸收」，把「寫」看作是「發表」，「發表」不僅是為了交流思想，而且，「發表是吸收的利器」[60]；二、「寫作」是一種實用性的技能，但寫作訓練，又是一種重要的思維訓練，是使學生思想系統化、嚴密化的一個有效途徑，即「手到是心到的法門」。[61]

58　胡適：〈再論中學的國文教學〉，見《胡適文存二集》（上海市：亞東圖書館，1924年），第3卷，頁246。

59　胡適：〈中學國文的教授〉，見《胡適文存》（上海市：亞東圖書館，1921年），第1卷，頁316。

60　胡適：〈讀書〉，見《胡適教育論著選》（北京市：人民教育出版社，1994年），頁212。

61　胡適：〈讀書〉，見《胡適教育論著選》（北京市：人民教育出版社，1994年），頁212。

　　胡適認為古人所說的讀書三到「眼到、口到、心到」是不夠的，須有「四到」：眼到、口到、心到、手到。「手到才有所得。」他說：「發表是吸收智識和思想的絕妙方法。吸收進來的智識思想，無論是看書來的，或是聽講來的，都只是模糊零碎，都算不得我們自己的東西。自己必須做一番手腳，或做提要，或做說明，或做討論，自己重新組織過，申敘過，用自己的語言記述過──那種智識思想方可算是你自己的了。」[62]

　　這看來只是增加了兩個字，但實際上將整個讀寫觀顛倒過來了。以往人們大多只講「讀書破萬卷，下筆如有神」，「熟讀唐詩三百首，不會吟詩也會吟」，「大意主乎學問以明理，則自然發為好文章。詩亦然」[63]，即強調「讀」對「寫」的決定作用。很少有人注意到「寫」對「讀」也同樣是不可或缺的。「發表是吸收的利器」，大約可以說是胡適的發明（胡適所說的發表，不完全是古人的「不動筆墨不看書」那種意義上的「手動」，也包括寫出可供交流的文章來）。

　　胡適的「寫」能促「讀」的見解，除了含有須「邊讀邊寫」的意思外，也指寫作水準的提高，有助於閱讀能力的發展。這種認識也反映在他的教學構想中。他認為學生在「國語文到了明白通順的程度，然後再去學習古文，所謂『事半功倍』，自然是容易得多」。[64]

　　胡適對「寫」的重視，還出於對培養人的思維能力的考慮。他說：「我們相信，文字的記錄，可以說明思想學問：可以使思想漸成條理，可以使智識循序漸進。例如我們幾個人在江濱閒談《商書》〈盤庚〉的文法，我們都讀過『盤庚』，都可以加入討論。但說過就

---

62 胡適：〈讀書〉，見《胡適文存三集》（上海市：亞東圖書館，1930年），第2卷，頁229。

63 《朱子語類》〈論文上〉。

64 胡適：〈中學國文的教授〉，見《胡適文集》（北京市：北京大學出版社，1998年），第3卷，頁602。

算了，不會有什麼好結果。假使有一位朋友把我們的討論記載出來，加上編次，再翻開原文，細細參證，作成一篇〈『盤庚』的文法的研究〉，——這麼一來，這位朋友不但把自己研究這個問題的結果變成有條理的思想，並且使我們曾參加討論的人都可以拿他的文字做底本，再繼續討論下去。」[65]他認為，由於一切感想，一切書籍的泛覽，一切聰敏的心得，都像天上浮雲江中流水，瞬息之間便成為陳跡。所以，「勤筆」可以「助我思想」。

至此，我們便不難理解胡適為什麼把「能作國語文」作為中學語文教學的首要標準了。我們認為，胡適的讀寫觀與作文教學觀都體現了較強的現代意識，他把寫作不僅看作是為了交流思想，而且把它看作是增長知識、開發智力的有效途徑，是人進行學習的一種基本素養；他的這種認識，顯然已經超出傳統的對寫作的狹隘理解，更為接近今天西方教育界所倡導的「學習通過寫作」的大寫作觀。

用活的語言作活的教授法

語言文字作為一種交際工具、符號系統，它的本質就是應用的；語文這門課既然培養的是學生運用語言文字的能力，它必然也就有很強的實踐性與應用性。在語文教學法研究中，胡適時語文教學的實踐性與應用性給予了較多的關注。

胡適說：「用演說，辯論，作國語的實用教授法。國語文既是一種活的文字，就應當用活的語言作活的教授法。演說，辯論……都是活的教授法，都能幫助國語教學的。」[66]胡適主張用「活的語言作活

65 胡適：〈吳淞月刊發刊詞〉，見《胡適文存三集》（上海市：亞東圖書館，1930年），第2卷，頁975-976。

66 胡適：〈再論中學的國文教學〉，見《胡適文存二集》（上海市：亞東圖書館，1924年），第4卷，頁250。

的教授法」，切中傳統語文教學僵化呆板、脫離實際之積弊，將「學」與「用」歸於一途。這種思路，對於我們今天的語文教改，也仍然是具有誘惑力的。

胡適提出對中學生在中學前兩年教完國語文，到了三、四年，則以演說、辯論課取代它。這一方面是因為「演說和辯論都是國語與國語文的實習」，另一方面也是為了達到思維訓練的目的。他說：「凡能演說能辯論的人，沒有不會做國語文的。做文章的第一個條件只是思想有條理有層次。演說辯論最能說明學生養成有條理系統的思想能力。」[67]可見，胡適所構想的演說、辯論課，是中學語文課程結構中最集中地體現了語文教學本質要求的一門課。它一方面與學生的日常生活銜接，體現了語文教學的應用性特徵；另一方面與語文知識、能力銜接，體現了語文教學的實踐性特徵。這兩個方面，又具體表現在胡適對演說、辯論的「擇題」與「方法」的構想上。

關於擇題，他說；「演說題須避太抽象太籠統的題目。如『宗教』，如『愛國』，如『社會改造』等題，最能養成誇大的心理，籠統的思想。從前小學堂國文題如『富國強兵策』等等，就是犯了這個毛病。中學生演說應該選『肥皂何以能去污垢？』『松柏何以能冬青？』『本村紳士某某人賣選舉票的可恥』一類的具體題目。」[68]

與同時代的其他的語文教育家不同，他們大多只是對一些八股式的舊題目大加鞭撻，而胡適則不僅針對教學的「時尚」，指出那些看似很崇高深奧的題目的不合理之處，而且還不避「淺俗」，列舉了一些他認為適宜於教學的題目。從這些題目可以看出，它們與中學生的現實生活密切相關，完全以應用、實用為出發點，因此，我們認為，

---

67 胡適：〈中學國文的教授〉，見《胡適文存》（上海市：亞東圖書館，1921年），第1卷，頁312。

68 胡適：〈中學國文的教授〉，見《胡適文存》（上海市：亞東圖書館，1921年），第1卷，頁312。

胡適源於生活實際的「活的教授法」，是具有不容忽視的教育學價值的。

關於教學方法，他重在思維訓練，重在知識的組織與運用。就拿辯論教學來說，胡適主張把學生分成二、三人一組，「選定主張或反對的方面後，每組自己去搜集材料，商量分配的方法，發言的先後」。「辯論分兩步。第一步是『立論』，每組的組員按預定的次序發言。第二步是『駁論』，每組反駁對手的理由。預備辯論時，每組須計算反對黨大概要提出什麼理由來，須先預備反駁的材料。這種預備有兩大益處：（1）可以養成敏捷精細的思想能力，（2）可以養成智識上的互助精神。」[69]在辯論時，師生則作好準備，把可批評的論點記錄下來，在下次課堂上提出討論。

胡適的這一教學設想，顯然對學生思維的啟動，對提高他們思維的批判性、靈活性與全面性等，都是有益的。這種訓練形式，既能促進學生學知識、用知識，又能使他們得到學習的樂趣。自然，也有助於提高學生議論文的寫作能力。

多年來，我們苦於中學生議論能力差，原因之一就是教師只讓學生唱「獨角戲」，說自家理。這就使學生往往執一面之詞以為全面，視一己之言以為至理。講道理時，既沒有想到目的是要說服他人，也沒有考慮到如何對付他人的駁難，這樣，所寫的文章，往往從思路到材料都是「死」的。要改變這種狀況，我們是否也可一試胡適的「活的教授法」呢？

迄今為止的語文教學，始終存在著重知識、理論，輕實際能力的培養，「學」與「用」脫節的傾向。實踐與應用的環節亟待加強。胡適的「用活的語言作活的教授法」的構想，對「死讀書，讀死書」的沉痾是否有療救之效，我們不敢妄言，但語文教育界如果對不會寫書

---

69 胡適：〈中學國文的教授〉，見《胡適文存》（上海市：亞東圖書館，1921年），第1卷，頁312-313。

信、便條的高中畢業生熟視無睹，那確實是很可悲哀的！

　　綜上所述，我們認為，胡適語文教學觀的積極意義是不可否認的。長期以來，他的許多教學觀念與具體構想，不被語文教學界所理解、接受，除了政治原因外，也由於他的認識具有一定的超前性。他的以「看書」代替「講讀」的教學方法，加大閱讀量、注重討論法、以培養作文能力為首要標準、以表現為本位等觀點，不能不令習慣於照本宣科、以「傳道授業解惑」為己任的教師們感到困惑；他的生動活潑的教學方式，用活的語言作活的教授法的設想，對當時教師的組織教學能力與專業水準期待過高，非他們力所能及。然而，我們也不能不看到，胡適一方面對傳統語文教學的消極面作大膽的否定，另一方面則向著現代與未來作富有想像力的構想，他的語文教育觀具有本質的深刻性。

　　當年的胡適，不是一個語文教育家，因而，他較少承受因襲的重負，能較為客觀、冷靜地審視傳統語文教育的得失利弊。正如他在〈中學國文的教授〉一文開頭所說：「『內行』的教育家，因為專做這一項事業，眼光總注射在他的『本行』，跳不出習慣法的範圍。他們籌畫的改革，總不免被成見拘束住了，很不容易有根本的改革。門外旁觀的人，因為思想比較自由些，也許有時還能供給一點新鮮的意見，意外的參考材料。」中國語文教學改革，除了靠大批的語文教育家外，也許確實也需要一批像胡適這樣的有眼光的「門外漢」！

魯迅：內容的充實，技巧的上達
——「思想性」「文學性」統一的語文教育觀

　　魯迅（1881-1936），在中國現代的大學者、大作家中，是最看不起「文章作法」、「小說教程」之類的書的一位，然而，他又是最熱心指教青年學習寫作的一個。他不屑的只是那些不切實際的高頭講章式

的「寫作理論」，而所注重的是給青年們的寫作實踐以現實的、具體的指導和幫助。作為一個具有高度的社會責任感的敏銳的現實主義作家，魯迅的語文教育觀也同樣體現了嚴肅求實的精神和深邃的洞察力，極大地豐富了中國現代語文教育理論寶庫，值得我們認真地發掘和繼承。

　　毛澤東先生說：「魯迅是中國文化革命的主將，他不但是偉大的文學家，而且是偉大的思想家和偉大的革命家。」[70]魯迅的這些「偉大」，在他的寫作和寫作教育觀中也得到充分的體現，他對中國傳統「作文」觀和「做人」觀弊端的針砭，可謂入木三分，其見解的深刻機敏，自是無人可望其項背。由於魯迅集作家、學者、教師三種身分於一體，這就使他的語文教育觀，比作家多一份理性，比學者多一份直感，比教師多一份體悟。他以極其深厚廣博的學養、無與倫比的智慧，燭照寫作和寫作教育，不論是對宏觀性的基本問題的揭示，還是對微觀性的具體方法的指導，均能絲絲入扣、鞭辟入裡、遊刃有餘。他的語文教育觀，在今天仍閃耀著真理的光輝。

思想、文學修養並重的主體觀

　　魯迅是從舊教育中過來的，對傳統語文教育的痼疾，看得分明。他說：「中國的作文和做人，都要古已有之，但不可直鈔整篇，而須東拉西扯，補綴得看不出縫，這才算是上上大吉。所以做了一大通，還是等於沒有做，而批評者則謂之好文章或好人。」[71]封建時代教育出來的人，有些文字是「通」了，立意也是清楚的，之所以「做了一

---

70 毛澤東：〈新民主主義論〉，見《毛澤東選集》（北京市：人民出版社，1992年），第2卷，頁696。

71 魯迅：〈做古文和做好人的秘訣〉，《二心集》，見《魯迅全集》（北京市：人民文學出版社，1981年），第4卷，頁272。

通，仍舊等於一張白紙」，是由於所作乃「代聖賢立言」，並無自己的見解和充實的內容，這就造成一代又一代沒有獨立言語人格的文人。

魯迅對中國國民的劣根性——阿Q式的精神勝利法的批判，也反映在他對中國文人為作文而作文、不敢正視社會人生的「怯弱，懶惰，而又巧滑」的性格的抨擊上。他說：「中國的文人，對於人生，——至少是對於社會現象，向來就多沒有正視的勇氣。我們的聖賢，本來早已教人們『非禮勿視』的了；而這『禮』又非常之嚴，不但『正視』，連『平視』『斜視』也不許。」[72]於是，他們「萬事閉眼睛，聊以自欺，而且欺人，那方法是：瞞和騙。」[73]他認為要療救這一痼疾，作者唯有「取下假面，真誠地，深入地，大膽地看取人生並且寫出他的血和肉來」。[74]

基於對封建語文教育的批判，魯迅的語文教育觀極為強調思想與文學修養的並重，講求「階級性」與「文學性」二者的統一。所謂思想修養，主要就是如何做人，做什麼樣的人的問題。他說：「我以為根本的問題是在作者可是一個『革命人』，倘是的，則無論寫的是什麼事件，用的是什麼材料，即都是『革命文學』。從噴泉裡出來的都是水，從血管裡出來的都是血。」[75]「如果是戰鬥的無產者，只要所寫的是可以成為藝術品的東西，那就無論他所描寫的是什麼事情，所使用的是什麼材料，對於現代以及將來一定是有貢獻的意義的。」[76]

---

72 魯迅：〈論睜了眼看〉，《墳》，見《魯迅全集》（北京市：人民文學出版社，1981年），第4卷，頁237。

73 魯迅：〈論睜了眼看〉，《墳》，見《魯迅全集》（北京市：人民文學出版社，1981年），第4卷，頁238。

74 魯迅：〈論睜了眼看〉，《墳》，見《魯迅全集》（北京市：人民文學出版社，1981年），第4卷，頁241。

75 魯迅：〈革命文學〉，《而已集》，見《魯迅全集》（北京市：人民文學出版社，1981年），第3卷，頁544。

76 魯迅：〈關於小說題材的通信〉，《二心集》，見《魯迅全集》（北京市：人民文學出版社，1981年），第4卷，頁367。

這便從本質上揭示了「做人」與「作文」的關係。指出習作者確立正確的人生觀、加強自我改造和提高的重要性。

在這個前提下，魯迅也十分重視文學寫作所應遵循的規律，認為文學要真正發揮其作用，並不是靠提口號，發空論，而要學會運用文學的特性：「當先求內容的充實和技巧的上達，不必忙於掛招牌。『稻香村』『陸稿薦』，已經不能打動人心了，『皇太后鞋店』的顧客，我看見也並不比『皇后鞋店』裡的多。一說『技巧』，革命文學家是又要討厭的。但我以為一切文藝固是宣傳，而一切宣傳卻並非全是文藝。這正如一切花皆有色（我將白也算作色），而凡顏色未必都是花。革命之所以於口號，標語，佈告，電報，教科書……之外，要用文藝者，就因為它是文藝。」[77]魯迅認為這文學的特性，首先指的便是內容的充實和技巧的上達。

魯迅指出對無產階級文學的「內容」的理解不應狹隘化，而是應「廣泛到包括描寫現在中國各種生活和鬥爭的意識的一切文學。……懂得這一點，則作家觀察生活，處理材料，就如理絲有緒；作者可以自由地去寫工人，農民，學生，強盜，娼妓，窮人，闊佬，什麼材料都可以……」。[78]關於「技巧」，魯迅雖然反對「為藝術而藝術」，但卻是極力提倡藝術的學徒須通過實踐，去採取有益的舊形式，探求必要的新形式，努力將傳統的精華，溶化於新作品中，「恰如吃用牛羊，棄其蹄毛，留其精粹，以滋養及發達新的生體」。[79]魯迅對具體的寫作技巧，如怎樣取材、立意、想像、謀篇，怎樣寫人、狀物等，也多有討論和傳授。

---

77 魯迅：〈文藝與革命〉，《三閒集》，見《魯迅全集》（北京市：人民文學出版社，1981年），第4卷，頁84。

78 魯迅：〈論現在我們的文學運動〉，《且介亭雜文末篇》，見《魯迅全集》（北京市：人民文學出版社，1981年），第6卷，頁591。

79 魯迅：〈論「舊形式的採用」〉，《且介亭雜文》，見《魯迅全集》（北京市：人民文學出版社，1981年），第6卷，頁23。

　　以魯迅思想和文學修養二者並重的觀點審視當今的語文教育，我們不難發現我們所追求的目標，不仍是魯迅所針砭過的私塾先生們的一求「有書有筆，不蔓不枝」的「通」，二求立意清楚（什麼意見，倒在其次）的「達」嗎？教師們專心致志於各種的「能力」訓練，卻把塑造健康的言語人格、培養正確的寫作觀念這一基本任務給淡忘了，把「思想性」庸俗化為「立意要高」，用提口號、發空論的方法，取代寫作的表現特性（文學性），所求的不是「做人」和「作文」的統一，而是二者的分裂，以為「作文」便是「作」（作假、編造）出來的，可以任意拔高，可以無中生有，與人格品性、人生閱歷並無太大的關係，其結果只能是兩敗俱傷，既失去「做人」的起碼的「真誠」，又失去「作文」應有的「真實」。

對文本作比較鑒別的學習觀

　　從科舉時代一直到「五四」以後，如何從讀中學寫始終是人們關注的一個問題。傳統的寫作教學基本上是「模仿──試誤」的反覆遞進。魯迅對此曾作這樣的描述：「從前教我們作文的先生，並不傳授什麼《馬氏文通》，《文章作法》之流，一天到晚，只是讀，做，讀，做；做得不好，又讀，又做。他卻決不說壞處在那（哪）裡，作文要怎樣。一條暗胡同，一任你自己去摸索，走得通與否，大家聽天由命。」[80]從讀中學、寫中悟，對於天資較高的學生來說，自然也不失為一種寫作學習的途徑。但這種方法，主要還是與科舉考試相適應的，八股策論的考試，不讀經典，不揣摩時文便寫不出合式的文章。而在「廢科舉」以後，寫作教學也還因循著模仿經典、古文學寫作的老路，這就使「五四」以後的語文教育仍然八股陰魂不散。

---

80 魯迅：〈做古文和做好人的秘訣〉，《二心集》，見《魯迅全集》（北京市：人民文學出版社，1981年），第4卷，頁270。

　　對此，魯迅一不贊同「非『讀破幾百卷書者（「書」指「古書」——筆者注）』即做不出好白話文」的見解；二對讀古文「選本」的傳統頗不以為然。他說：「凡有讀過一點古書的人都有這一種老手段：新起的思想，就是『異端』、必須殲滅的，」待到殲滅不了，便轉而去考訂出「無論什麼，在我們的『古』裡竟無不包涵了」。就是說，接受了古書的影響，將妨礙人們對新思想作出公允的評判，「便是文章，也未必獨有萬古不磨的典則」，泥古不化，無非是想顯擺自己，以圖「不朽」。魯迅對讀古書的作用也並不一概因為「菲薄古書者，惟讀過古書者最有力，……正如要說明吸雅片的弊害，大概惟吸過雅片者最為深知，最為痛切一般。但即使『束髮小生』，也何至於說，要做戒絕雅片的文章，也得先吸盡幾百兩雅片才好呢」。[81]至於讀古文「選本」，他說讀者「自以為是由此得了古人文筆的精華的，殊不知卻被選者縮小了眼界」。因為選本實際上是借古人的文章，寓選者自己的意見，所以「讀者雖讀古人書，卻得了選者之意，意見也就逐漸和選者接近，終於『就範』了」。[82]魯迅對這種讀書法的不滿，主要是因為它抑止了讀者的思想、縮小了視野，被古人、他人牽了鼻子走而不自知。

　　其實，魯迅所批判的只是傳統讀書習作法專事模仿因襲的弊端，而不是主張不讀書可以寫出好文章，實際上，他自己就不但通今，而且博古，只是在對讀古文與讀今文的擇取上，更注重讀今文罷了，因為多讀今文，可與古文參照比較，不至受舊思想的拘束。他在談到寫小說的經驗時，提到最多的是讀外國的書，即外國的作品、文學史和文學批評。在讀什麼書這一點上，魯迅是提倡「古今中外法」的，即

81　魯迅：〈古書與白話〉，《華蓋集續編》，見《魯迅全集》（北京市：人民文學出版社，1981年），第3卷，頁214。

82　魯迅：〈選本〉，《集外集》，見《魯迅全集》（北京市：人民文學出版社，1981年），第7卷，頁137。

讀各種各樣的書，從多方面汲取，打破片面性，形成開放式的認知結構，通過分析、批判和鑒別，提高認識能力和寫作能力。

閱讀對寫作的作用，無非是兩個方面：一是豐富作者的學養和寫作素材，二是獲得文體形式和寫作方法上的借鑒。以上主要是針對前者而言，從文體形式和寫作方法上的借鑒這方面看，魯迅主張不但要「多看大作家的作品」，還要看「那同一作品的未定稿本」：「凡是已有定評的大作家，他的作品，全部說明著『應該怎樣寫』。只是讀者很不容易看出，也就不能領悟。因為在學習者一方面，是必須知道了『不應該那麼寫』，這才會明白原來『應該這麼寫』的。」[83]「應該那麼寫」，必須從大作家們的已完成了的作品中去領會，「不應該那麼寫」，最好是從同一作品的未定稿本去學習，此外，「新聞上的記事，拙劣的小說，那事件，是也有可以寫成一部文藝作品的，不過那記事，那小說，卻並非文藝——這就是『不應該這樣寫』的標本」。[84]可見，從讀中學寫，除了廣泛閱覽外，具體還包括大作家的「成品」和「半成品」，「文藝」和「非文藝」這些不同形式的讀物。魯迅認為讀這些「半成品」，正如惠列賽耶夫所說：「在這裡，簡直好像藝術家在對我們用實物教授。恰如他指著每一行，直接對我們這樣說——『你看——哪，這是應該刪去的。這要縮短，這要改作，因為不自然了。在這裡，還得加些渲染，使形象更加顯豁些。』」對此，魯迅慨歎道：「這確是極有益處的學習法，而我們中國卻偏偏缺少這樣的教材。」[85]

將「不應該那麼寫」與「應該這麼寫」二者作參照比較，它們的

83　魯迅：〈不應該那麼寫〉，《且介亭雜文二集》，見《魯迅全集》（北京市：人民文學出版社，1981年），第6卷，頁312。

84　魯迅：〈不應該那麼寫〉，《且介亭雜文二集》，見《魯迅全集》（北京市：人民文學出版社，1981年），第6卷，頁313。

85　魯迅：〈不應該那麼寫〉，《且介亭雜文二集》，見《魯迅全集》（北京市：人民文學出版社，1981年），第6卷，頁312。

區別不只是表面上的優劣，而是寫作行為、寫作思維水平和表現目的、形式上的差異。通過對寫作的「半成品」和「成品」的比較，可以領悟寫作思維從成熟到不成熟的過程，揭示寫作行為的奧秘；通過對「非文藝」與「文藝」作品的比較，可以領悟不同文體的寫作在表現目的和特徵上的異同，形成清晰的文體形式感。這兩方面都是提高習作者的寫作悟性和能力極其必需的。因此，在語文教材和教學建設中，魯迅的閱讀觀所提倡的開放式的博覽、從「不應該那麼寫」中去品悟「應該這麼寫」的參照鑒別式學習法，是值得重視的。這一方法果能實行，也許是語文教改的一大突破。

先寫能寫的再圖變革的實踐觀

　　閱讀終歸不能代替寫作，習作者要提高寫作能力，離不開對寫作本體的研究和寫作實踐活動。在進行寫作的時候，習作者往往首先面對的是「寫什麼」這個問題。

　　每一時代都有著那個時代被認為「有意義」的寫作主題和題材，而這些主題和題材，如果超出習作者有限的認識水平和生活範圍，強不知以為知，寫不出來勉強去寫，那勢必要走向反面。儘管魯迅對作家作品的內容中所體現的時代感和思想性極為關注，但他對習作者並不苛求，而是從他們的實際情況出發，示之以切實可行的逐步提高的路徑。魯迅在文學青年就自己的寫作應採取什麼題材求教於他時說：「現在能寫什麼，就寫什麼，不必趨時，自然更不必硬造一個突變式的革命英雄，自稱『革命文學』；但也不可苟安於這一點，沒有改革，以致沉沒了自己——也就是消滅了對於時代的助力和貢獻。」[86]

---

86 魯迅：〈關於小說題材的通信〉，《二心集》，見《魯迅全集》（北京市：人民文學出版社，1981年），第5卷，頁369。

　　這實際上對習作者「寫什麼」這個問題，作了一個階段性的描述：首先是「各就自己現在能寫的題材，動手來寫」，不應趨時，不應「硬造」；然後再圖變革、圖發展、探求寫作的新路。顯然，習作者立足於自己對生活的認識、理解和感受，寫自己所熟知的事物，這是在寫作上從幼稚走向成熟的必由之路。因為「作者寫出創作來，對於其中的事情，雖然不必親歷過，最好是經歷過。……天才們無論怎樣說大話，歸根結蒂，還是不能憑空創造」。[87]魯迅多次闡明「寫不出來的時候不硬寫」，「做不出的時候，我決不硬做」的看法，便是基於這種認識之上的。寫不出，便意味著對所要寫的不熟悉或認識較淺陋，硬寫，必然是胡編濫造，這對己對人均無好處。

　　習作者「現在能寫什麼，就寫什麼」，這對於形成良好的寫作習慣至關重要。要是急功近利，想作出大的成績一舉成名，那是一入手便誤入了歧途，要改正也就很難了。「『文學家』倘不用事實來證明他已經改變了他的誇大，裝腔，撒謊……的老脾氣，則即使對天立誓，說是從此要十分正經，否則天誅地滅，也還是徒勞的。」[88]

　　當然，習作者也不能「苟安」於現狀，看到什麼，想到什麼，就寫什麼，而應該不斷思考探求，不斷完善提高自己的認識能力和寫作水平。魯迅一方面建議文學青年寫自己能寫的題材，同時又告誡他們：「不過選材要嚴，開掘要深，不可將一點瑣屑的沒有意思的事故，便填成一篇，以創作豐富自樂。」[89]他提出「選材要嚴，開掘要深」的主張，這就從能寫什麼寫什麼這個較低的要求上提高了一步。魯迅認為「即使『熟悉』，卻未必就是『正確』」，因此，一個嚴肅的

87　魯迅：〈葉紫作《豐收》序〉，《且介亭雜文二集》，見《魯迅全集》（北京市：人民文學出版社，1981年），第6卷，頁219。

88　魯迅：〈文學上的折扣〉，《偽自由書》，見《魯迅全集》（北京市：人民文學出版社，1981年），第5卷，頁57。

89　魯迅：〈關於小說題材的通信〉，《二心集》，見《魯迅全集》（北京市：人民文學出版社，1981年），第5卷，頁368。

作者，對自己熟悉的材料，尚需嚴格篩選，努力開掘。就是說，不是只要「能寫的」寫什麼都成，還得在寫得「正確」上下功夫。所寫的東西既「熟悉」，又寫得「正確」，這才是習作者追求的理想目標。從現在能寫的題材入手來寫，以實現寫得「正確」的理想目標，關鍵在於「抱著對於時代有所助力和貢獻的意志」，「逐漸克服自己的生活和意識」，提高自我修養，探尋材料的意義和表現的方式，這自然不是短時間內所能奏效的。習作者不可能脫離自身思想和生活的實際，一蹴而就成為一個「革命文學家」，而要立足於現實狀況，從所能寫的動手寫，一步一個腳印地向理想的目標前進。

以此觀照我們的語文教育，教師們往往從小學生習作開始，便把理想的目標當作現實的目標，超越學生思想和生活的實際，讓他們去寫並不熟悉的也不感興趣的趨時應景的「成人文」，泯滅稚拙，推崇「深度」和技巧，對寫作上的各種要求力圖一步到位，不太考慮習作者寫作思維和心理發展的不同階段的特點，這樣，也許表面上看來學生的文章是「正確」了、「合格」了，但由於他們所寫的是他們「不能寫」的而勉強去寫，這就必然消蝕了他們的寫作樂趣，敗壞了他們的寫作心態，阻斷了他們在寫作上自然的發展。

要使大家能懂愛看的表述觀

從寫作的內容看，魯迅主張須就能寫的動手寫，選材要嚴，開掘要深，從語言表達形式看又應如何呢？魯迅說傳統的做古文的秘訣是「一要蒙朧，二要難懂」，「就是要使讀者三步一拜，這才能夠達到一點目的的妙法。」他認為「做白話文也沒有什麼大兩樣，因為它也可以夾些僻字，加上朦朧或難懂，來施展那變戲法的障眼的手巾的」。[90]

---

90 魯迅：〈作文秘訣〉，《南腔北調集》，見《魯迅全集》（北京市：人民文學出版社，1981年），第4卷，頁614。

他嚴肅而又不失幽默地批評當時的一些脫離大眾需要的作者：「文藝本應該並非只有少數的優秀者才能夠鑒賞，而是只有少數的先天的低能兒所不能鑒賞的東西。」「倘若說，作品愈高，知音愈少。那麼，推論起來，誰也不懂的東西，就是世界上的絕作了。」[91]「據說文學愈高超，懂得的人就愈少。高超之極，那普遍性和永久性便只彙集於作者一個人。然而文學家卻又悲哀起來，說是吐血了，這真是沒有法子想。」[92]這就把傳統與現實中的貴族化的寫作傾向，批判得入木三分。針對這種傾向，魯迅明確表達了自己的觀點：「……所以在現下的教育不平等的社會裡，仍當有種種難易不同的文藝，以應各種程度的讀者之需。不過應該多有為大眾設想的作家，竭力來作淺顯易解的作品，使大家能懂，愛看，以擠掉一些陳腐的勞什子。」[93]「為了大眾，力求易懂，也正是前進的藝術家正確的努力。」[94]儘管現在的教育有了長足的發展，但我們仍應承認人民大眾的文化水平是不高的，堅持為人民大眾服務仍是我們寫作的目標，因此，魯迅所說的「應該多有為大眾設想的作家，竭力來作淺顯易解的作品，使大家能懂，愛看」這些話，並沒有過時。

何以能使大家能懂，愛看呢？魯迅認為「和障眼法反一調」的是「白描」的手法：「有真意，去粉飾，少做作，勿賣弄而已。」[95]他在〈我怎麼做起小說來〉一文中，談及自己的創作經驗時，對此作了較

91　魯迅：〈文藝的大眾化〉，《集外集拾遺》，見《魯迅全集》（北京市：人民文學出版社，1981年），第7卷，頁349。

92　魯迅：〈看書瑣記（二）〉，《花邊文學》，見《魯迅全集》（北京市：人民文學出版社，1981年），第5卷，頁534。

93　魯迅：〈文藝的大眾化〉，《集外集拾遺》，見《魯迅全集》（北京市：人民文學出版社，1981年），第7卷，頁349。

94　魯迅：〈論「舊形式的採用」〉，《且介亭雜文》見《魯迅全集》（北京市：人民文學出版社，1981年），第6卷，頁24。

95　魯迅：〈作文秘訣〉，《南腔北調集》，見《魯迅全集》（北京市：人民文學出版社，1981年），第4卷，頁614。

詳細的說明:「我力避行文的嘮叨,只要覺得夠將意思傳給別人了,就寧可什麼陪襯拖帶也沒有。中國舊戲上,沒有背景,新年賣給孩子看的花紙上,只有主要的幾個人(但現在的花紙卻多有背景了),我深信對於我的目的,這方法是適宜的,所以我不去描寫風月,對話也決不說到一大篇。」[96]「倘要明白,我以為第一是在作者先把似識非識的字放棄,從活人的嘴上,採取有生命的詞彙,搬到紙上來,也就是學學孩子,只說些自己的確能懂的話。」[97]「不生造除自己之外,誰也不懂的形容詞之類」。[98]可見,魯迅對「能懂,愛看」的文學的基本要求是精練和平易。這並不意味越淺、越俗,就越好,他認為「恐怕也只能到唱本那樣」,否則就不是文學了。

　　魯迅一方面反對「為藝術而藝術」的貴族化傾向,另一方面也反對「標語口號」式的非藝術傾向。他主張語言表達應取「做」與「不做」之間。他說:「太『做』,便不但『生澀』,有時簡直是『格格不吐』了,比早經古人『做』得圓熟了的舊東西還要壞。」「太做不行,但不做,卻又不行。用一段大樹和四枝小樹做一隻凳,在現在,未免太毛糙,總得刨光它一下才好。但如全體雕花,中間挖空,卻又坐不來,也不成其為凳子了。高爾基說,大眾語是毛胚,加了工的是文學。我想,這該是很中肯的指示了。」[99]這種看法無疑是辯證的。習作者往往存在兩種狀況,一是為了顯示自己的才華,故意把文章「做」得晦澀艱深;二是對寫作取馬虎敷衍的態度,文不加點,信筆揮灑。這兩種狀況顯然都不符合寫作的語言表達要求,都不可能使大

96　魯迅:〈我怎麼做起小說來〉,《南腔北調集》,見《魯迅全集》(北京市:人民文學出版社,1981年),第4卷,頁512。

97　魯迅:〈人生識字糊塗始〉,《且介亭雜文二集》,見《魯迅全集》(北京市:人民文學出版社,1981年),第6卷,頁296-297。

98　魯迅:〈答北斗雜誌社問〉,《二心集》,見《魯迅全集》(北京市:人民文學出版社,1981年),第4卷,頁364。

99　魯迅:〈做文章〉,《花邊文學》,見《魯迅全集》(北京市:人民文學出版社,1981年),第5卷,頁528-529。

家能懂，愛看。前者寫出來的東西，讀者既不好懂，也不愛看；後者寫出的讀者也許能懂，但也同樣不愛看。

因此，習作者動筆為文之初，便要心存讀者，為大眾著想，力戒誰也看不懂唯有自己能欣賞的「奇文」，或雖能看懂而語言粗糙乏味的「俗文」，寓豐富於精練，融生動於平易，養成良好的語言習慣，使文章能為讀者喜聞樂見。反觀當今的寫作界，不少作品不是追求平易暢達，仍是追求朦朧難懂，包括一些學生的習作在內，也是寫得甚至讓大學文藝學的教授也悲歎看不懂，該是輪到教授們要吐血了。

魯迅的寫作教育思想深刻而又辯證，他往往從剖析、批判傳統與現實的寫作現象的消極面入手，揭示寫作和寫作教育的本質和要害。他既注重「做人」的思想內涵，又注重「作文」的「文學」內涵，闡明了寫作主體修養的雙重任務；他既主張寫作學習要從「應該這麼寫」中學，又強調還得從「不應該那麼寫」中學，將寫作的成品與半成品、文學與非文學聯繫起來，探尋寫作和寫作教學的規律和方法；對習作者的寫作既要求從「能寫」的題材入手，又要求寫得「正確」，「選材要嚴，開掘要深」，兼顧到寫作學習初始階段的可能性與發展提高階段的必要性，注意到習作者寫作智慧的發育狀況；他既把寫作的表達要求定位在須使大家「能懂愛看」，又把它限制在一定程度的通俗性範圍內，指出了在「做」與「不做」之間這個修辭原則。魯迅留給我們的這些寶貴思想財富，無疑地仍將給改革開放、市場經濟條件下的寫作實踐活動，給今天的寫作素質教育以深刻的啟迪。

阮真：察學生學力時間，顧學生興趣需要
——「立論最重邏輯」、講求科研實證性的語文
　　教育觀

阮真（1896-1972），又名阮樂真。他是二十世紀三〇年代中學語

文教育研究成果最為豐碩、最具批判精神和科學態度的一位傑出的語文教育家，是中國現代語文教育研究的開拓者。

阮真畢業於東南大學，學習期間除了研究本行中國文學外，頗注意選習英文及教育學的功課。如他自己所言：「真雖為專習文科之人，而幼受兩重師範教育，復專習教育科一年。故以言頭腦，則半文學而半科學也。而教學十六年中，自小學起，經初高中師範國專大學各級程度。故以經歷言，則如百戰老卒，行伍出身也。」這份學歷和經歷，為阮真的研究打下了堅實的基礎，也決定了他的研究的特色。從而使他能較一般的語文教育家更為注重研究的科學方法。

從某種意義上說，語文教育研究到了阮真這兒，才有了嚴格的科學性。阮真把感悟式的語文教育研究，提升到現代教育科學研究的層次，因而，可以認為阮真在中國語文教育研究的方法上，是劃了一個時代。阮真的語文教育觀，既注意到學生將來謀生應世發展之需，又注意到他們學習的實際程度，且能從時代及世界教育的宏觀視野上加以觀照，這就使他的立論的基礎較為堅實，觀點較為中肯，思路較為嚴謹，這些也給了他自己以充分的自信。他對中學語文教育的研究是全方位的，涉及到語文教育領域的幾乎所有的方面，而且在各方面均有專門性、系統性的專著問世。單就這一點來說，其貢獻也就可以稱得上是空前的了。

阮真曾任廣西省教育廳《教育叢刊》編輯，一九二九年到廣州中山大學任教，並任職於該校教育學研究所，在莊澤宣先生指導下，從事中學國文教學問題的專門研究。在不到十年的時間裡，共出版七部中學國文教學研究專著：《中學國文教學之問題》、《中學國文教學研究》、《中學作文教學研究》、《中學國文各學程教學研究》、《中學國文校外閱讀研究》、《中學作文題目研究》和《中學國文教學法》，還發表論文二十餘篇，近三十萬字。阮真以其不信權威、唯信真理的執著個性，在三〇年代國文教育論壇異軍突起，縱橫馳騁，銳不可擋。使

人不但為他的科學求實的精神所感佩，而且更為其認定目標、不屈不撓的人格力量所折服。

不信權威、唯信真理的理論品格

　　比起那些活躍在國文界的大學者們，沒有留過洋的阮真深感人微言輕、知音難覓的苦惱。他說：「今日中學國文教學，如集群醫以治疑難重症，教育部猶病家主人，重視英國皇家醫生、柏林醫學博士，而有資格最低、行醫最久、診斷最細、處方最慎之無名醫師如真者，投其方而不見信於人，在門外竊歎焉。」儘管如此，只要他認定是對的，就要據理力爭，一辯是非。這使他的著作，體現了很強的論爭性和批判性。這是在同時代的論者中表現得最為突出的。

　　這方面一個很典型的事例是阮真與汪典存之間的論爭。汪典存是當時教育界的元老，又是阮真寫作《中學國文教學法》一書的推薦者與校閱者，但由於阮真與汪典存在關於初中教材文言與白話分量比例上看法相左，阮真特地在《中學國文教學法》一書後面加上〈附跋〉，對此問題詳加論辯。他在〈附跋〉中說：「茲編屬稿初竣，蒙汪典存先生為之校閱，並為指正缺失，改補錯脫數處，深致感謝。惟汪先生於課程標準主張，與作者原意頗有出入。作者於初中二、三年級文語教材分量標準，已賒采其意，少有修改。惟於初中一年級教材，汪先生主張文六語四，而作者仍主張全教語體文。」「惟汪先生以為今日高中學生所以不能作通文言文，病在初中時無切實之教學，故特重於初中之教學文言文。而作者則以為病在小學不能學通語體文，而初中文語兼教，夾雜不清。故至初中畢業，文語兩不通順。高中又復提高標準甚遠，乃至教學全無成績。故默察今日教育政策，教學環境，學生程度，認為初中畢業生，苟使文語夾雜，兩皆不通，則不如先集中精力，學通語體文，以達其最低限度之工具應用目的。」他在

〈阮真與汪典存先生論中學國文教學書〉中，把自己的這種特立不群的學術個性作了直言不諱的闡述：「……而真於主張，則毫無自是之成見，亦絕無意氣存於其間。學者主張固有幽沒於一時而光顯於後世者。故真之主張從不搖旗吶喊，依附大師，亦不率而發言，貽誤後學。」能做到這一點，實屬難能可貴。

他對許多問題都能以批判的眼光加以審視，直率地表明自己獨立的見解。例如，他對教育部規定的課程標準和教材大綱也多有批評，他在《中學國文教學法》〈自序〉中說：「作者之所以未編教科書者，實有二因：一則作者極端反對教部規定之課程標準和教材大綱，與當世之士，不敢苟同，欲遏流挽瀾而不欲推波助瀾也……」在談到教學情況時，他批評說：「今日中學國文之病，在課內則有教而無學，是教者行其遠而學者足不履其地也；在課外則有學而無教，是教育不示以途徑而令學者自由之也；以此教學，安得不敗乎？」在講到課外閱讀時，他批評說：「時人倡言課外閱讀，其意誠善。然按諸實際，教者示以經史子集而學者多讀下等小說閒書也；教者開書數千百卷，而學者一書不讀也。是何也？教者徒知廣開書目，而不察學生之學力時間一也；徒執己意而不顧學生興趣需要二也；空言閱讀而不詳為計畫指導督責三也。」在講到作文練習法時，他對梁啟超、胡適的見解表示不以為然。他說：「民八以前，舊式國文教師教中學生的作文，都是課內練習的。民八以後，有些名人主張作文在課外練習。如梁啟超先生在《中學以上作文教學法》第五十一頁上說：『每一篇要讓他充分的預備，使他在堂下做。看題目難易，限他一星期或兩星期交卷。』胡適先生在〈中學國文之教授〉篇中也說：『作文都概拿下堂去做。』因此，有好多教師也主張作文當在課外練習了。我以為作文各樣練習的性質不同，課內或課外的練習，應視練習的性質而酌定。例如帶文藝性質的文章，或者必須觀察實際事物或參考書籍的文章，關在教室內是做不好的。有些演說的稿子，筆記的練習，也要課外去

做，易於搜集材料。但是，如短篇快作練習，應用文字練習，聽寫練習，翻譯練習，重寫練習，都該限定時間在課內做好的。而且教初中學生應多做課內練習；教高中高年級生，課外練習或可多些。因為初中學生在課外多誤時間，未必能做出好文章，而且他們的作文，還是重在文法作法的練習，根本不用多做長文章，所以也無須在課外做一二個星期。」諸如此類的批評論爭，在阮真的論著中比比皆是，堪稱其研究的一大特色。這也使他的觀點特別地引人注目，展示了別具一格的思想魅力和藐視權威的富有挑戰性的理論品格。

雖然阮真對自己的研究頗有自信，但是他也不得不對自己的「冒犯」，經常地表示一些歉疚，以獲得人們的理解。他說：「作者（指稱他自己）立論最重邏輯。條分縷析，頗有系統。凡所言者，最切實際。自謂所貢獻於今日之中學國文教學者，不無精到之見地與實際之指示。雖嘗博覽各家之說，而不肯貿貿然採取之。故恒有嚴格之批判。為真理之探求，而不免獲罪於師友與世學者，此則當表其歉忱者也。」而最能理解他的，則當推他的導師，中山大學教育學研究所主任莊澤宣。莊澤宣在《中學國文校外閱讀》一書的「介紹」中說：「我覺得以阮先生的學識來做這種研究，在現在中國是已經不可多得的了。不過他的研究既是一種逢山開路、逢水造橋的工作，當然也有許多極不妥、極粗糙的地方。我還相信，凡是這類實際教學問題的研究，必須要有豐富教學經驗的人來做，才不至於空論。阮先生有了將近十年的教學經驗，他對於國文教學所定的標準，有的或者似乎覺得太低，但是如果我們足踏實地地去考察一下一般教學的情況和學生的程度，覺得他的話比之好高鶩遠徒托空言的要切實得多。至於他因為要想得到他的觀點，不得不把別人的主張過於批評，這也是要請大家原諒的。」不論阮真的研究是否有「許多極不妥、極粗糙的地方」，也不論他是否「把別人的主張過於批評」，他對中學語文教學的全方位的研究，則確確實實是一種「逢山開路、逢水造橋」的開創性的工

作，他的勇氣和革新精神，無疑地給國文界帶來了一股清新的空氣。

廣徵資料、審辯精密的研究方法

　　實際上，確如阮真自己所言，「而真於主張，毫無自是之成見，亦絕無意氣存乎其間」，從不輕率論斷。他的治學態度和方法都是非常嚴謹的。他十分注重調查研究，注重對資料的搜集、分析、統計和整理。可以肯定地說，在自覺運用教育科學研究方法於語文教學研究這一點上，同時代的國文界是無人可與阮真相提並論的。

　　為了了解國文界的研究現狀，阮真曾搜集了民國八年以後，散見於雜誌或專書的有關資料不下百篇，對六十餘位作者的長的數萬字、短的千字的著述，作了總計十六萬字的內容提要。他研究中學國文教學的目的，「曾費兩個月時光，搜集國內學者教師所發表的意見，和全國教育會教育部課程標準委員會所擬的目的共二十種，為分析統計的研究，並參考一九一七年美國全國英文聯合委員會的報告，分別擬定。」在進行中學作文題目研究時，他「初擬計畫，欲搜集國內各級中學之實際作文題三萬，發出調查表二百七十餘份（每份可錄百題），惜乎填寫寄來者，僅十三校，只得一千○九十五題。合各書局歷年徵集之全國中學作文成績十一部，錄得五千○四十五題，共計僅有六千一百四十題。」由此可看出他在佔有資料方面所作的努力。

　　他對中學作文題目的專題研究，較為集中地體現了他的研究方法上的特點。他首先制訂了研究目的：一、從國內各中等學校歷年實際作文題目中選取比較優良的題目，按年級程度分類排列，以供各校作文教學之取材；並可在各類選取題目的程度判別統計結果中，察見各類題目在各年級教學上所佔的比例數量。二、根據各期題目分等鑒別之結果，加以批評，可以察見各期中學作文教學思潮及方式，以供研究中學國文教學之一部分參考資料。三、根據各期文題鑒別統計之結

果，為比較的研究，可以察見各期中學作文教學之進步狀況，以供中國教育史家及中學國文教學研究專家之一部分具體的教學歷史研究資料。然後他將研究方法分為四個步驟：第一步，搜集材料。用兩種方法：一、搜集各書局歷年選輯之全國中學生作文成績，錄出題目。二、分發調查表，寄住粵桂閩浙皖贛各省教廳數十份，托其代發代收，並以私函寄往各所知學校，調查收集。第二步，分等鑒別。搜集題目，劃分三期，先為分等鑒別批評及統計研究……。第三步判別程度。將選取甲乙二等題目，判別其適合何年級之程度，再按年級程度，分類編次，並將各類題目在各年級所占量數作成統計。第四步，比較研究。根據各期作文題分類統計結果，比較各類題目所佔百分比，以察見各期中學作文教學之變革；根據各期作文題鑒別數。此外，他還制訂了三條的研究標準：（甲）分類標準；（乙）分等鑒別標準；（丙）判別程度標準。即確定各個題目的文體類別，對各書中原來的分類法作一統一的整理歸併；再確定每一類文體內部各文題的等級標準，將各類文體的所有文題分為四等（甲等、乙等、丙等、丁等）；進而判別哪些文題適合於哪些年級，制定各年級文題程度標準。在上述目的、步驟、標準的指引下，阮真將所有的文題劃分為三個時期（民國十年前、民國十年至十三年、民國十四年至十八年）進行整理和鑒別，對題目的程度作判別統計，最後對各期情況作綜合的比較研究，得出結論。

可見，阮真的研究是經過精密的思考和準備的，在方法上是很注重科學性的：從搜集第一手資料入手，盡可能做到全面地佔有資料，注意調查的覆蓋面和數量，注意分類的嚴謹，注意量的統計和質的判斷的精確，力圖通過多層次的分析和綜合，產生科學的論斷。

阮真對研究方法科學性的追求，到了近乎苛刻的地步。對他人對自己，都是如此。他在批評王森然的研究的缺失時說：「王著《中學國文教學概要》，都十餘萬言。長在兼收並蓄，搜集宏富。而其短在

不為邏輯之分類與問題的剖析，仍無系統可尋。而於科學的研究，王氏似猶未注意及之。惟其實地經驗，則間有可資研究者耳。」他認為自己的《中學作文教學研究》、《中學國文校外閱讀研究》、《中學國文各學程教學研究》、《中學讀文教學研究》等著作，雖然是對中學國文教學作分門別類的研究與系統的論述，中間對現行教學之批判與教學實際問題之討論，最為詳盡，但是，這些還只能算是科學研究的整理預備功夫，而不能算是嚴密的科學研究。在他的著作中，已採取科學方法進行研究的，惟有「讀文教材之分析」、「作文程度之批判統計」與「作文題目之鑒別」（已著成《中學作文題目研究》）。此外如「國文教學目的之分析統計研究」，「國文教學基本問題研究之提示」，則是「稍稍近於科學研究者」。這些都表明阮真的研究標準是很高的，對他人嚴，對自己也嚴。這跟他曾經受過教育學方面的訓練有關。

力避空論、崇實致用的教育思想

在研究方法上，他與那些「大師」們有一個很大的不同，這就是在對中學國文教學問題的研究是以什麼為出發點，是以小學程度為出發點還是以大學程度為出發點。他說：「……而真於中學國文教學之觀點，則與大學教授派之觀點不同，何則？真之研究中學國文教學，以小學程度為最低出發點，順行而上；非以大學程度為最高出發點，逆行而下者也。」這的確是國文教學研究中的一個值得重視的問題，「順行而上」與「逆行而下」，兩種不同的思路，必將產生兩種不同的結論。「順行而上」，將更多地注意到中學生的現實狀況，由此制訂出的教學目的、標準、程度、方法等，可能較為符合學生實際；「逆行而下」，將更多地注意到大學生的學業程度，這就可能對中學生產生過高的期望，提出的要求容易脫離中學生實際，因為中學生未必都能發展到大學生的程度，而且是「國學專科學校」的程度。相形

之下，自然阮真的研究方法是較為可取的。但如果能將這兩種方法結合起來，也許效果更好。因為「順行而上」的方法，主要考慮的是學生的可能性，「逆行而下」的方法，主要考慮的是學生的必要性，在看到可能性的同時，也不能忽略必要性，否則，也是一種認識上的片面。

　　實際上阮真的研究還是能考慮到中學生語文程度的必要性的，並非一味地「順行而上」。他不僅注意到中學生的實際程度，而且注意到初中生和高中生畢業之後走向社會或升入大學的種種需要。例如他十分注重應用文的教學，這就是從他們將來的實際需要出發來考慮的。他說：「我何以把應用文特別重視呢？一則因為社會各種職業界的人以及學生父兄，都知道應用文的需要特別大，而現在中學畢業生對此特別欠缺。二則現在的中學國文教學，還有大部分的文人教育的因襲的勢力。」「……然而小學畢業不能寫請假條子，初中畢業不能寫普通書札文件，高中畢業還不能自辦公牘，似乎也太說不過去。初中畢業生，出校就業的，在社交上，職業上，處處應用普通應用文；高中畢業生，做了區鄉鎮長，工商界職員或普通公務人員的，何能自請秘書文牘？所以在學生的需要上講，卻是非常重大，比任何文藝或文章更重大。」為了適應學生的種種需要，阮真在應用文的分類上頗費斟酌。他說：「在應用文的材料上，還有一件需注意的事。就是因為應用文的範圍太廣，所以各人編輯應用文，各有出入。有的注重這幾部分，忽略了那幾部分；有的又注重那幾部分，忽略了這幾部分。這中間參差複雜的出入很大，我認為要全部包括，是不可能的。所以我在拙著《中學國文各學程教學研究》中，把應用文分為三種：一種是普通應用文；一種是公牘應用文；一種是職業應用文。即此三種分教，亦尚不能包括。因為辦教育的，尚須另編師範應用文，辦司法的，尚須另編司法應用文；而還有一種應用文藝，在慶弔祝輓用的，又須另編。而為大學文科生專門研究的，尚可編一種古代應用文選。

因為應用文須分別來教，所以我主張，在初中教普通應用文，在高中教公牘應用文，這是視學生需要的緩急而分的。」上述對應用文的看法和區分，便較好地體現了中學生程度的可能性與必要性的統一。

正因為他做到這一點，所以他的見解給人的感覺是很實在，很有實際針對性，能切中教學中存在的弊病和難點，沒有紙上談兵、泛而不切的空論。例如他在談到作文批分標準時，便是從存在的問題切入，認為現在一般教師，對於學生作文的批文是難定標準的，甚至完全沒有標準，把六十以下至零分的一律批六十分，一學期平均下來，作文是個個及格，以至學生對國文學習不努力。為了改變這種狀況，他為初中、高中六個年級分別制訂了「作文批分標準表」，表中精確地體現了文章中六個方面要素所佔分數的百分比。這六個方面，初中為思想清晰、語法通順、文意切題、詞語精當、段落分明、標點清楚；高中為思想清晰、文法通順、論理正確、見解切合、結構謹嚴、修辭雅潔。每一年級的批分標準，在各項中所佔的分數比例均不相同，根據各年級的作文教學要求和學生寫作能力的發展水準加以確定。如果學生某一方面的能力有所提高或大致具備，該方面所佔的分數比例就下降，或完全取消；在某一方面教學要求提高了，其所佔分數比例也就上升。例如高中生在「思想清晰」、「文法通順」這兩方面已具備一定的能力，所以這兩方面所佔的分數比例便逐年下降。而在教學要求上，「結構謹嚴」、「修辭雅潔」這兩方面的標準提高了，所佔的分數比例也就相應地逐年提高。阮真所擬的這個分項「作文批分標準表」，可以稱為作文分項批分的創始，比今天的高考作文分項批分標準還要精密，量化的程度更高，更有可操作性。當然，這種分項批分的方法和他所制訂的分數比例是否科學，還可商榷，但在救作文隨意批分之弊病這一點上，當不失為一種可供一試的方法。

再如關於作文的「擬題」，這也是語文教師的一項經常性的傷腦筋的工作，嚴格說來，有相當部分的國文教師還不能勝任這項工作，

而所擬文題的優劣，又直接關係到作文訓練的成效。因此，阮真對此也作了極其認真的探討，提出的看法也很有參考價值。他說：「古往今來，許多文章的題目，何止千百萬計？這是取之不盡，用之不竭的。那麼擬題的問題又何必再來討論？但是，我們要達到教學的目的，替學生擬題，是要有計畫的，所以決不能毫不思索地隨意寫一個；替學生擬題，是要斟酌時地環境和學生的程度的，所以決不能抄襲模仿；替學生擬題，是要根據學生的學識經驗與生活需要的，所以決不能根據教師的學識經驗。那麼作文的擬題，確是極困難的問題了。」他將「擬題」工作分為四項，分別提出具體要求。這四項是：擬題的預備，擬題的方法；題面的修辭；題目的限制。其中許多看法，仍有現實意義。如他談到「擬題的方法」時說：我們為學生擬題，要給學生一些良好的刺激，引起他們作文的動機和興趣，使他們有話要說，不能不說；有文要做，不能不做，那麼我們的題目在教學上可算發生了功效。⋯⋯擬題的方法，除了利用學生個人的實際需要事項而外，就不能不用設計。所謂設計，就是從各方面假設一些環境或問題，使學生在這些環境或問題中感到作文的需要。他還為擬題提示了五種可利用的機會：一、利用學生的實際需要事項；二、利用讀物；三、利用定期刊物；四、利用校內服務事項；五、利用社會服務事項。他認為這些方法，「總說一句，就是要生活化，實際化。有實際生活需要的機會，我們固然要利用；沒有實際生活需要的機會，我們也要假設環境，造成機會，去做問題設計。」作文的題目能做到生活化，實際化，使學生感到作文是生活的需要，自然會受到學生的歡迎，他們自然會喜歡寫作，會努力把它寫好。做到了這一點，可以說是寫作教學成功了一半。只要是有一定的教學經驗的教師，對阮真的觀點和教法，都很容易產生共鳴，並樂於接受。阮真的研究，不但有很強的批判性和科學性，更為重要的是，它對教學實際有很強的針對性和適應性。

　　在「五四」以後的語文教育論壇上，阮真所做的工作堪稱典範。
他的成就，一方面歸功於他的「半文學而半科學」的頭腦，另一方面
也歸功於他長期的教學經歷。他既不迷信權威，也不主觀自是，從中
學生實際出發，遵循教育科學的研究方法，對幾乎所有國文教育中的
問題作分門別類的最基礎的研究，不憚繁瑣，條分縷析，由點及面，
集腋成裘，形成自己對語文教育的系統化的認識。阮真的貢獻，不僅
在於他的研究成果，而且在於他的研究方法。他的研究方法，對缺乏
科學頭腦的廣大語文教學研究者來說，有著極為重要的啟示。長期以
來，語文教育界習慣於經驗式、直覺式的研究，習慣於從某些「大
師」的言論中尋章摘句，把「大師」的思想奉為金科玉律，滿足於去
證明「大師」的觀點的正確性，既缺乏批判的武器，更缺乏武器的批
判，研究方法的革新已成為當務之急。當今語文教育界不復有黎錦
熙、陳望道、葉聖陶式的大學者，這固然是一個大遺憾，而不復有阮
真式的研究者，則可謂是一個更大的遺憾！——即便阮真的研究只留
給我們方法上的啟示，也已經使我們受用無窮了。

夏丏尊：不能只靠規矩，還要努力鍛煉
——知、行合一的實踐主義語文教育觀

　　夏丏尊（1886-1946）是中國現代著名的語文教育家，他曾長期
擔任中學國文教師，其深厚的學識與高尚的人品為學生所景仰。從二
十世紀二〇年代末開始，他擔任開明書店編輯所所長並主持《中學
生》雜誌編務，編書著文，成為當時青年公認的良師益友。夏丏尊語
文教育方面著述頗豐，主要有《文章作法》（與劉薰宇合著）、《文藝
論ABC》，與葉聖陶合著的《文心》、《閱讀與寫作》、《文章講話》，與
葉聖陶等合編的《開明函授學校講義》、《開明國文講義》、《國文百八
課》、《初中國文教本》等，以及大量的論文。他的有關語文教育的論

著和見解，對中國現代語文教育的創立有著積極的意義。《文章作法》一書堪稱現代寫作教學訓練教材的奠基之作。《文心》一書，曾被日本《新中國事典》贊為「在國語教育史上劃了一個時代」的著作。由於他對傳統和現代的語文教育思想有著廣泛的了解和深入的思考，且熟悉中學語文教學的實際情況，這使他的著述能融理論性與實踐性於一爐，體現了精要、務實的特點。

此前的中國寫作教材，基本上只有兩大類：文選類和知識類。固然封建時代也有一些經義、八股文寫作教學的模式程序性的教材，但由於基本上還只是為學生提供文章的規範和要求，並無較強的可操作性，因而還只能稱為準訓練類教材。而夏丏尊、劉薰宇的《文章作法》的問世，標誌著中國寫作教材類型的突破，自此有了較為典範的訓練類教材。同時它也結束了只有知性作文法研究的歷史，把作文法知識直接體現在對寫作實踐訓練的指導上，創造了「知、行合一」的作文法訓練體系。夏丏尊的語文教育觀，對寫作訓練的研究是較為深入充分的，也是特別重視寫作訓練的，他對寫作理論與實踐的關係的認識，對訓練的目標與要求的確定，方式與程序的構想等，看法均有獨到之處，所以，我們稱他的語文教育觀為實踐主義語文教育觀。

法則加練習的應用作法觀

在那一時代的寫作學家中，夏丏尊可以算作「訓練派」的代表人物。他既清楚地知道寫作理論對於寫作學習的重要性，也清醒地看到在寫作教學中理論與實踐統一的必要性。他在《文章作法》的「緒言」中，深刻而辯證地闡明寫作理論與實踐的關係：「技術要達到巧妙的地步，不能只靠規矩，非自己努力鍛煉不可。學游泳的人不是唯讀幾本書就能成，學木工的人不是只聽別人講幾次便會；作文也是如

此，單知道作文法也不能就作得出好文章。」[100]在肯定技能習得的實踐性特徵的同時，他也明確地指出理論對實踐的作用和侷限，他說：「漁父的兒子雖然善於游泳，但比之有正當知識，再經過練習的專門家，究竟相差很遠。而跟著漁父的兒子去學游泳，比之於跟著專門家去練習也不同，後者總比前者來得正確快速。法則對於技術是必要而不充足的條件，真正憑著練習成功的，必是暗合於法則而不自知的。法則沒用而有用，就在這一點，作文法的真價值，也就在這一點。」[101]「法則沒用而有用」，這可謂一語中的。說它沒用，是因為它不能代替寫作實踐訓練；說它有用，是因為它能提高寫作實踐訓練的效能。因此，法則加練習，是寫作技能習得的最佳途徑。

夏丏尊認為，傳統寫作教學未必沒有法則，問題在於那些法則與寫作訓練二者之間存在著隔膜。他說古代雖然有幾部論到作文法的書，如劉勰的《文心雕龍》和唐彪的《讀書作文譜》之類以及其他的零碎論文，不是依然脫不了「神而明之」的根本思想，陳義過高，流於玄妙，就是不合時宜。就是說，傳統寫作教學理論，在指導思想上仍傾向於「文無定法」，倚重於「多讀、多作、多商量」的感性體悟。那麼何謂切當的「作文法」呢？夏丏尊對此有獨到的見解。他認為文章本是為了傳達自己的意思或情感而作的，所以只是一種工具。當有意思或情感，沒有用文字發表出來，就只能保藏在自己的心裡，別人無從得知。單有文字而無意思或情感，不過是文字的排列，也不能使人得到點什麼。意思或情感是文章的內容，文字的結構是文章的形式。內容是否充實，這關係作者的經驗、知力、修養。至於形式的美醜，那便是一種技術。嚴格地說，這兩方面雖是同樣地沒有成法可依賴，但後者畢竟有些基本方法可以遵照，作文法就是講明這些方法

---

100 夏丏尊、劉薰宇：《文章作法》（杭州市：浙江文藝出版社，1983年），頁1-2。
101 夏丏尊、劉薰宇：《文章作法》（杭州市：浙江文藝出版社，1983年），頁2。

的。在這裡，他把「作文法」限定在語言形式表現技術的範圍內，而把作者的經驗、知力、修養排除在外，這固然是狹義的界定，但也不無道理。這可以從三個方面看：一、所謂作文法，實際上是於無法之中求有法，比較而言，「形式法」易得，「內容法」難求；二、作者的經驗、知力、修養主要屬「詩」外功夫，而非「教」內功夫；三、寫作的特殊性，主要表現在載體特徵——語言文字的運用上，載體特徵在一定程度上也包含客體特徵。

夏丏尊對寫作理論與實踐的關係的分析，和對「作文法」的界定，目的在於建立一個符合寫作學習規律並與教學情境相適應的「知行合一」的作文法教學體系。其最顯著的特點在於「可教性」和「可操作性」，由教材的「知行合一」，求得教學的「教練一體」。在《文章作法》問世之前，陳望道已作《作文法講義》一書（一九二二年開明書店出版），這是中國現代作文法的奠基之作，其功不可沒，但於教學，它有一個明顯的不同，就是側重於「知」而忽略於「行」，夏丏尊「知行合一」的「作文法」體系顯然前進了一步，較好地體現了「作文法」的實踐性特徵。為區別於陳望道的「認知」作法觀，我們稱夏丏尊的作法觀為「應用」作法觀。

從《文章作法》看，夏丏尊十分注重法則的「有用」性，在建構「知行合一」的寫作訓練新體例上煞費苦心。該書首先把「作文法」的基本要求精要地概括為兩點：一、真實，二、明確。「真實」，即要表現作者在特定情境中的實感；「明確」，即所表現的要使讀者易於了解。這兩點確是一切文字表現的通則。然後再根據各體文的內在邏輯關係作分體述說，大體上是以對寫作行為程序的描述為「經」，以對寫作技術的知性特徵的說明為「緯」，以便於學生理解和掌握寫作技能為目的，構成一個由易到難、循序漸進的認知——作業系統，基本上做到法則說明、實例分析、練習設置三者渾然一體，使學生有法可依，有例可想，有文可作，看了能懂，懂了好練，練了有效。

　　在科學的系統結構中，「作文法」屬於第三個層次，即「應用技術」的層次（三個層次依次為：基礎理論、應用理論、應用技術），而「應用技術」的基本特徵就是實用性和可操作性，因而，夏丏尊力避空言法則，抓住作文法的「應用」和「訓練」的特性，正可謂得其要領。

以讀者為本位的寫作目的觀

　　寫作是一種應用技能，寫作訓練的目的也在於應用。「應用」，從根本上說，就是應用於作者與讀者的溝通交流，應用於特定的讀者對象，因此，對於習作者來說，培養他們的讀者意識至關重要。而在寫作教學中貫穿著對讀者意識的培養，正是夏丏尊語文教育觀的另一個顯著特點。

　　他在有關著述中多次指出寫作應顧慮到讀者。他說：「所謂好文章，就是達意表情，使讀者讀了以後能明瞭作者的本意，感到作者的心情的文章。」[102]「所謂好的文字就是使讀者容易領略、感動，樂於閱讀的文字。諸君當執筆為文的時候，第一，不要忘記有讀者；第二，須努力以求適合讀者的心情，要使讀者在你的文字中得到興趣或快悅，不要使讀者得著厭倦。」[103]他將注重讀者的接受狀況，視為作文之根本：「古今能文的人，他們對文章法訣各有各的說法，一個說這樣，一個說那樣，但是千言萬語，都不外乎以讀者為對象，務使讀者不覺苦痛厭倦而得趣味快樂。所謂要有秩序，要明暢，要有力等等，無非都是想適應讀者的心情。因為離了讀者，就可不必有文章

---

102 夏丏尊：《文章作法》（杭州市：浙江文藝出版社，1983年），頁3。
103 夏丏尊：〈關於國文的學習〉，見《夏丏尊論語文教育》（鄭州市：河南教育出版社，1987年），頁48。

的。」[104]夏丏尊立下的一條最基本的法則，就是「為讀者而作」。

　　由此出發，他認為寫作首先須考慮：一、讀者的性質，二、作者與讀者的關係，三、寫作這文的動機等等。文字的好與壞，第一步雖當注意於造句用詞，求其明瞭；第二步還須進而求全體的適當。對人適當，對時適當，對地適當，對目的適當。一不適當，就有毛病。這「明瞭」、「適當」，自然都是針對讀者而言。

　　為求得適當，在執筆為文的時候，又可進一步探求六個問題：一、為什麼要做這文？二、在這文中所要述的是什麼？三、誰在做這文？四、在什麼地方做這文？五、在什麼時候做這文？六、怎樣做這文？[105]學生須對這六項逐一加以審究，適當的文字，也就是合乎這六項答案的文字。「為什麼要做這文」，即審究作文的目的，以確定文章應給讀者的是實用價值還是審美感受；「在這文中要述的是什麼」，即審究文章的中心思想，排除蕪雜，使讀者明瞭；「誰在做這文」，審究的是作者的地位問題，以明確自己應以何種資格向讀者說話；「在什麼地方做這文」，審究的是作文的應用環境，以判定向讀者所說的話是否適應特定的場合；「在什麼時候做這文」，審究的是作文的時代觀念，以避免對讀者說出不合時宜的話；「怎樣做這文」，審究的是作文的方法，以確定如何表現易為讀者所接受。學生作文時依照這裡面各項檢查起來，都沒有毛病，那就是好文字，至少不會成壞文字。我們寫文章自然不可能篇篇作如此瑣細的功夫，但這對於習作者讀者意識的養成，卻不失為簡便易行的好辦法。在現代語文教育家中，注重培養學生讀者意識的不乏其人，但能對此作周詳的思考與策劃，卻並不多見。

104　夏丏尊：〈作文的基本態度〉，《文章作法》（杭州市：浙江文藝出版社，1983年），
　　　附錄一，頁95。

105　夏丏尊：〈作文的基本態度〉，《文章作法》（杭州市：浙江文藝出版社，1983年），
　　　附錄一，頁96。

　　夏丏尊對讀者意識的強調也體現在他的文體觀中。在《開明國文講義》的「文話」中，他對四體文作如下界說：「我們自己覺知了一個或多數的人或物，更想叫別人知道。……倘若那人或物不在別人眼前，我們就得用語言或文字來告訴別人。為著這種需要寫成的文字叫做『記述文』。」[106]「我們自己知道了一些事情，更想叫別人知道，為著這種需要寫成的文字叫做『敘述文』。」[107]「除開這些，我們還有別種實際上的需要，不得不說話或作文。譬如有人問你：『大家說帝國主義應該打倒，到底帝國主義四個字包含些什麼意義呢？』你就得把帝國主義是什麼詳細地解說給他聽。為著這種需要寫成的文字叫做『解說文』。」[108]「我們需要說話或作文的處所還多著呢。譬如日本對我國多方逼迫，你以為非對他們宣戰不可，就得發表你的必須宣戰的主張；如果有人說宣戰是不可能的，你又得駁斥他的不能宣戰的謬誤。為著這種需要寫成的文字叫做『議論文』。」[109]這種從傳達與接受雙方的需要的角度來闡明文體特徵的文體觀，改變了以往單純按文章的表現功能進行分類的方法，既易為習作者理解，也有助於他們形成正確的寫作觀念。

　　夏丏尊非但於寫作態度、文體界定上強調為讀者著想，注意到作者與讀者的關係，在其他有關寫作的表述中，對此也時有提及，使學生時時感到讀者的存在，以養成「目中有人」的自覺。

　　在夏丏尊看來，以讀者對象為出發點求得文字的適當，這還只是

---

106 夏丏尊、葉聖陶、宋雲彬、陳望道合編：《開明國文講義》（上海市：開明函授學校出版，開明書店印行，1937年，再版），第1冊，頁7。

107 夏丏尊、葉聖陶、宋雲彬、陳望道合編：《開明國文講義》（上海市：開明函授學校出版，開明書店印行，1937年，再版），第1冊，頁30。

108 夏丏尊、葉聖陶、宋雲彬、陳望道合編：《開明國文講義》（上海市：開明函授學校出版，開明書店印行，1937年，再版），第1冊，頁55。

109 夏丏尊、葉聖陶、宋雲彬、陳望道合編：《開明國文講義》（上海市：開明函授學校出版，開明書店印行，1937年，再版），第1冊，頁56。

第一步的「極粗淺的功夫而已」,「進一步的,真的文字學習,須從為人著手,『文如其人』,文字畢竟是一種人格的表現,冷刻的文字,不是浮熱的性質的人所能模效的,要作細密的文字,先須具備細密的性格。……我願諸君於學得了文字的法則以後,暫且拋了文字,多去讀書,多去體驗,努力於自己的修養,勿僅僅拘執了文字,在文字上用淺薄的功夫。」[110]這就理清了寫作上加強作者的自我修養與培養讀者意識的關係。是否能為讀者著想作出適當的文字,歸根結底取決於作者的「為人」,欲形之於外,須求之於內;在「文如其人」這一點上,他的認識還是執著於傳統的寫作主體觀。

寫應用文、小品文的練習文體觀

對寫作教學不論有多麼高明的見解,終究都要落實在練上。最要緊的是練,最讓人傷腦筋的也是練。夏丏尊一方面主張要練而有法,另一方面又對此取較為自然放鬆的態度。

就學生習作的範圍來看,他的看法是應包括一切的文字傳達交流活動,不應作繭自縛,人為地狹隘化。他說:胡適認為作文「最好是令學生自己出題目」,教師命題的首要條件便是「要能引起學生的興味」。他對學生作文的內容與形式並不加以限制,他說:「學生平日做的筆記,雜誌文章,長篇通信,都可以代替課藝。教員應該極力鼓勵學生寫長信,作有系統的筆記,自由發表意見。這些著作往往比敷衍的課藝高無數倍;往往有許多學生平日不能做一百字的『漢武帝論』,卻能做幾千字的白話通信。這種事實應該使做教員的人起一點自責的覺悟!」[111]

---

110 夏丏尊:〈國語國文的學習〉,見《夏丏尊論語文教育》(鄭州市:河南教育出版社,1987年),頁50。

111 胡適:〈中學國文的教授〉,見《胡適文存》(上海市:亞東圖書館,1921年),第1卷,頁322。

　　他批評把作文的天地圈定在課內、圈定在煞有介事的「作文章」，把日常應用之作排除在外，而認為作文應包括一切的文字應用，包括課內的正式訓練和課外的日常寫作。這種認識應是全面、中肯的。

　　著眼於一切應用文字寫作的需要，夏丏尊主張寫作訓練的最好方式是寫小品文。因為這較易於打破學生對寫作的畏難心理。他說：「作文也不是一樁特殊的事情，作文正同說話一樣，是被包在生活裡的一個項目。你若把作文看作特殊的事情，又想從不知什麼地方去尋取作文的材料，那就只好永久擱筆了。你若已經有了這樣的癖性，想要糾正過來，養成容易作文的習慣，最好從試作小品文入手。」[112]就是說，小品文寫作能把學生從「命題作文」和尋找「專供作文的材料」中解放出來，獲得寫作上的放鬆感。

　　夏丏尊所說的小品文，是指「外形的長短」而言，二、三百字乃至千字以內的短文皆屬小品文之列。他認為記敘文、敘事文、說明文、議論文等是從文章內容的性質上分的，長文和小品文的區別則在於外形。因此，小品文的內容性質全然自由，可以敘事，可以議論，可以抒情，可以寫景，不受任何限制。[113]小品文就是內容無所不可的短文。學生可以把每天的見聞，每天的思想、感情形之於筆墨，或者作日記，或者同家屬、朋友通信，或者就是作筆記，那些材料並不一定連貫，就分開來寫，一句話也行，數十字也行，純任自然，意盡而止。這樣，學生見到的作文的材料「俯拾皆是」，只有須選擇刪棄，決不會「踏破鐵鞋無覓處」，且更將見到作文就是生活，決非生活的點綴。這一認識無疑深具啟示性。它既使學生解除了對作文的畏懼，感到作文原來是如此輕鬆、自由的事情，可以不拘內容和形式，又從

112　夏丏尊：〈開明國文講義〉，見《夏丏尊論語文教育》（鄭州市：河南教育出版社，1987年），頁159。
113　夏丏尊：《文章作法》（杭州市：浙江文藝出版社，1983年），頁68。

生活的內涵上揭示了寫作的本質，使學生意識到「作文就是生活」，作文是人生的一個組成部分，從而嚴肅地負起生活的使命，從心理上、思想上建立起寫作的信心。

從學生寫作能力的培養上看，小品文的寫作練習有一舉數得的好處：其一是由於小品文可以視為長文的分解，因此可為作長篇文字的準備；其二是由於小品文對於細小簡單的材料要有所說、有所寫，必然觀察到、思考到、感覺到精微的地方去，所以可增進觀察力、思考力和感受力。其三是小品文所述對象細小簡單，必須揀扼要、精練的方式表達出來，這可使文字簡練。其四是小品文以日常生活為材料，篇幅短小，成篇又較易像個樣兒，唯其像個樣兒，就不憚繼續習作，以期再嘗成功的喜悅，故可養成作文的興味。由此看來，小品文練習大體上可滿足寫作練習的一切要求，從內容到形式，從能力到心理，無所不至。尤其是養成作文的興味這一點最為重要，因為它是習作者取得寫作上成功的一個必要條件，習作者只有嘗到寫作的樂趣才能再接再厲，樂此不疲。

此外，夏丏尊還認為小品文練習對寫作心智的開發與發展有極大的幫助。他說讀者如發心習作小品文，隨時留心自己的所見所聞，隨時留心自己的思想、情感。平時對於那些，以為決非作文材料，輕輕放過了；卻想尋另外的材料，於是歎息著喊「沒有」。現在一留心，就會覺得這也是，那也是，一支筆差不多來不及寫。但是，如果可能的話，最好儘量寫下來。反正是習作，寫的即使是無謂的東西也無妨。從這裡，你會不知不覺地長進。起初對於許多材料無從選擇，後來漸漸知道哪一宗材料值得寫，哪一宗材料可以毫不顧惜地放過；起初覺得見、聞、思、感是一事，提筆作文又是一事，後來漸漸覺得兩方接近，幾乎完全一致了，這就是說怎樣見、聞、思、感就怎樣寫。

這樣，作文對於你便有了真實的用處。[114]這些看似平淡無奇，卻揭示了寫作學習的奧妙：我對於物從不留心到留心，再到無須留心；物與我從疏遠到貼近，再到融為一體。習作者在無拘無束的「塗鴉」中長進，不知不覺地達成物與我的自然和諧的境界。

著眼於文字形式的國文教學觀

從「作文法」看，夏丏尊把注意力主要放在表現上；從整個「國文」學習看，他仍然認為著眼點應放在文字形式上。他對「作文法」的見解，是以他對「國文」學習目的的認識為背景的。他說：「我主張學習國文該著眼在文字的形式方面。就是說，諸君學習國文的時候，該在文字的形式方面去努力。」[115]他的這種觀點，在語文教育界獨樹一幟，有一定的代表性。

他認為「國文」科是語言文字的學科，除了文法修辭等部分以外，並無固定的內容。「只要是白紙上寫有黑字的東西，當作文字來閱讀來玩味的時候，什麼都是國文科的材料。國文科的學習工作，不在內容上去深究探討，倒在從文字的形式上去獲得理解和發表的能力。凡是文字，都是作者的表現。不管所表現的是一樁事情，一種道理，一件東西或一片情感，總之逃不了是表現。我們學習國文所當注重的，並不是事情、道理、東西或情感的本身，應該是各種表現方式和法則。」[116]這裡，他所言及的顯然是語文學科的特殊性，具體說是兩點：一是「國文」科的內容是難以跟其他學科的內容嚴格區別開

---

114 夏丏尊：〈開明國文講義〉，見《夏丏尊論語文教育》（鄭州市：河南教育出版社，1987年），頁160-161。

115 夏丏尊：〈學習國文的著眼點〉，見《夏丏尊論語文教育》（鄭州市：河南教育出版社，1987年），頁81。

116 夏丏尊：〈學習國文的著眼點〉，〈文心之輯〉，《夏丏尊文集》（杭州市：浙江文藝出版社，1993年），頁579-580。

來，例如〈項羽本記〉是歷史科的材料，但也可以作為「國文」科學習的材料；一是「國文」科所憑藉的材料，內容篇篇不同，難有一定之規，而形式上卻有相同的地方。就整篇文字說，有所謂章法段落結構等法則，就每一句說，有所謂句子的構成及彼此結合的方式，就每句中的詞說，也有各種的方法和習慣。此外，文字的體裁，也有共通的樣式，例如，書信有書信的樣式、章程有章程的樣式，記事文有記事文的樣式，論說文有論說文的樣式。這兩點，前者是從「國文」科的外部求其特殊性，後者則是從國文科的內部去求其特殊性。

　　當然，這也並不等於「國文」科或寫作教學可以完全無視對文章內容的學習，夏丏尊認為，「凡是文字語言，本身都附帶有內容，文字語言本來就是為了要表現某種內容才發生的，世間決不會有毫無內容的文字語言。不過在國文科里，我們所要學習的是文字語言上的種種格式和方法，至於文字語言所含的內容，倒並不是十分重要的東西。我們自己寫作的時候，原也需要內容，這內容要自己從生活上得來……我們的目的是要從古人或別人的文字裡學會了記敘的方法，來隨便敘述自己所要敘述的事物……」[117]這種看法也許不無可商榷之處，因為文章的形式是內容的形式，要離開內容學習形式實際上是難以做到的，同時，學習文章的內容，也不是不可以給我們從生活中獲取寫作材料以借鑒。但是，從「國文」科的性質特點上來把握學習的任務，對它的特殊性加以強調，也還是有其合理性的。

　　夏丏尊重文字形式學習的觀點，另一方面也出於對學生實際學習情況的考慮。他認為許多學生中學畢業文字還寫不通，原因就在於學習國文未得要領。「文字的所以不通，並不是缺乏內容，十之八九毛病在文字的形式上。這顯然是一向不曾在文字的形式上留意的緣故。他們每日在國文教室裡對了國文教科書或油印的選文，只知道聽老師講典故，講作者的故事，典故是講不完的，故事是聽不完的，一篇一

---

117 夏丏尊：〈學習國文的著眼點〉，載《中學生》第68期。

篇的作品也是讀不完的。學習國文，目的就在學得用文字來表現的方法，他們只著眼於別人所表現著的內容本身，不去留心表現的文字形式，結果當然是勞而無功的。」[118]因此，他覺得關鍵是要把注意力放在文字形式的學習上來，這主要包括詞的、句子的和表現方法的三個方面，詞的意思情味辨別清楚了，句子的樣式和句子與句子的關係弄明白了，表現的方法技巧熟練掌握了，就不但在理解上可以省卻力氣，而且在發表上也可以得到許多便利。

在文字形式的學習上，夏丏尊主張要發揮個性和創造力，反對模仿和剿襲。他說：「文章是發表自己的意思和情感，所以不能將別人的文章借來冒充；剿襲的不好是大家都承認的，古來早已有人說過，不必再講。至於模仿，古來卻有不以為非的。什麼桐城派陽湖派的古文呀，漢魏的駢文呀，西昆體的詩呀……越學得像越好。其實文章原無所謂派別，隨著時代而變遷，也無所謂一定的格式。僅僅像得哪一家，哪一篇，決不能當作好的標準。從另一方面說，文章是表現自己的，各人有各人的天分，有各人的創造力；隨人腳跟，結果必定抑滅了自己的個性；所作的文章就不能完全自由表示自己的意思和情感，也就不真實不明確了。」[119]夏丏尊對模仿的否定是相當徹底的。是鼓勵創造還是提倡模仿，這是寫作教學中的一個至關重要的問題，值得至今仍熱衷於模仿式寫作訓練的老師們深思。

夏丏尊與葉聖陶，二人在語文教育觀上有許多共識，因而他們在研究和寫作上曾有過親密的合作。如果說他們有什麼不同，那就是，葉聖陶的觀點中傳統的、經驗的成分更濃郁些，而夏丏尊的觀點則外來的影響更顯著些。作為一個語文教育家，夏丏尊對語文學科的工具性和寫作教學的實踐性特徵有著深刻的領悟，考慮問題能處處從教學和學生的實際情況出發，反對蒙昧主義的「神而明之」和泛而不切的

---

118 夏丏尊：〈學習國文的著眼點〉，載《中學生》第68期。
119 夏丏尊、劉薰宇：《文章作法》（杭州市：浙江文藝出版社，1983年），頁4。

玄虛化傾向，以科學求實的精神，建立「知行合一」的作文法教練體系，為寫作教學的理論與實踐相結合開闢了一條新路。夏丏尊是「五四」以後崛起的語文教育家中較為深厚機敏而又穩健務實的一位。

朱自清：要有切近的目標，要有假想的讀者
——從實踐體認教學機理的語文教育觀

朱自清（1898-1948）是中國現代著名的文學家，也是一位頗有成就的語文教育家。

朱自清「是個盡職的勝任的國文教師和文學教師」。[120]他先是在浙江省好幾所中學當教師，也曾在吳淞中國公學中學部教過書，後來在清華大學任教授二十餘年，教的是文學。他有大量的作品和論著問世，「他作文，作詩，編書，都極其用心，下筆不怎麼快，有點兒矜持。非自以為心安理得的意見，決不亂寫。」[121]他出版了多部的散文集、詩集和文學論著，在國文教學研究方面，有與葉聖陶合著的論文集《國文教學》，與葉聖陶合編的《精讀指導舉隅》、《略讀指導舉隅》，與葉聖陶、呂叔湘合編的《開明高級國文讀本》、《開明文言讀本》（未編完就逝世了）等，也算是成績不菲了。

朱自清的語文教育觀特別注重寫作教學的實用性和實效性，處處以寫作實際的要求作為寫作教學的目標和依據，而不是只作純理論的推演。因此，他的觀點總是非常實在，能切中寫作教學中不符合寫作實踐的觀念和做法，尤其是對說和寫二者特殊性的辨析，對創作和實用寫作的區分，對寫作訓練中切近的目標和假想的讀者的強調等，所

---

120 葉聖陶：〈朱佩弦先生（代序）〉，見《朱自清論語文教育》（鄭州市：河南教育出版社，1985年）。

121 葉聖陶：〈朱佩弦先生（代序）〉，見《朱自清論語文教育》（鄭州市：河南教育出版社，1985年）。

作的思考都非常深入和細緻，有很強的實用價值。這對於糾正當今寫作教學中的「應試」教育傾向，改變寫作教學和寫作實踐要求相脫離的現象，均有很強的啟示意義。

重誦讀朗讀、輕寫話的學習觀

朱自清在他的著述中多次明確指出：「寫的白話不等於說話，寫的白話文更不等於說話。寫和說到底是兩回事。」[122]「說的白話和寫的白話絕不是一致的；它們該各有各的標準。」[123]他認為許多青年學生以為白話文是跟說話差不多一致，照著心裡說的話寫下來就是白話文，這是一種誤解。

朱自清這一觀點的依據，歸攏起來說，大致有以下幾點：

一、心裡說的話等於獨自言語。但這種「獨自言語」跟平常說話不同。不但不出聲音，而且因為沒有聽者，沒有種種自覺的和不自覺的限制，容易跑野馬。在平常談話或演說的時候，還免不了跑野馬，獨自思想時自然更會如此。說話是從思想到語言，寫作是從思想到文字。[124]

二、說的白話有聲調姿勢表情襯托著，字句只占了一半。寫的白話全靠字句，字句自然也有聲調，可並不和說話的聲調完全一樣，它是專從字句的安排與組織裡生出來的。字句的組織必得在文義之外，傳達出相當於說話時的聲調姿勢表情來，才合於寫作的目的。[125]

122　朱自清：〈論誦讀〉，見《朱自清論語文教育》（鄭州市：河南教育出版社，1985年），頁114。

123　朱自清：〈中學生的國文程度〉，見《國文教學》（上海市：開明書店，1947年），頁128。

124　朱自清：〈寫作雜談〉，見《國文教學》（上海市：開明書店，1947年），頁183。

125　朱自清：〈中學生的國文程度〉，見《國文教學》（上海市：開明書店，1947年），頁128。

　　三、文章有種種書面表達的特殊程序。例如寫信，這最接近於說話的書信，也必須將種種不同的口氣標準化，將「面談」時的一些聲調姿勢表情等等標準化。因為「寫信」究竟不是「面談」，所以得這麼辦；那些程序有的並不出於「面談」，而是寫信寫出來的。各色各樣的程序，不是要筆頭，不是掉花槍，都是實際需要逼出來的。[126]

　　四、說話往往遵從於個別人的語言習慣，寫作則必須用大眾化的語言。過分依照自己的那「紛歧的個別的語言」，而不知道顧到「統一的文字」，沒有「統一的文字」的意念，只讓自己的語言支配著，寫出來的文章就可能自己讀自己聽很順，別人讀別人聽就不順了。[127]

　　以上幾點又可歸結為一點：口頭表達與書面表達是各有其特殊性的。

　　因此，作文教學固然應該注意到說與寫的共同性，但更要著眼於二者的特殊性，說與寫在本質上是有差別的。說與寫都是一種表達方式，但是說話的表情達意不完全靠音頻訊號，它在相當程度上還借助於說話人所處的特定的環境，與說話人的各種輔助性的表情、姿勢、動作等，聽眾感受到的是一種綜合效應。而作文的表情達意，則純粹依靠作者所提供的文字符號；作者的一切信息都只有通過文字符號這個唯一的傳媒，輸送給讀者。同時，說與寫二者各有其長期「說」出來的與「寫」出來的約定俗成的程序。就如一個學生春遊回來，將自己的所見所聞告訴家人，與正兒八經地寫一篇遊記是不一樣的，跟寫一篇新聞也不可能一樣。可見，說與寫是不能混為一談的。

　　當然，也並不排除將「寫話」作為一種作文練習方式的可能性。由於說與寫畢竟還是有相通之處，當小學生還不明白作文是怎麼一回

---

126 朱自清：〈如面談〉，見《語文影及其他》（北京市：文聯出版公司，1985年），頁28。

127 朱自清：〈誦讀教學〉，見《朱自清論語文教育》（鄭州市：河南教育出版社，1985年），頁105。

事時，為了促使他們的口語表達能力轉化為書面表達能力，以「寫話」作為兩種能力的過渡與銜接，也許還是有其合理性的。但如果把說與寫等同起來，把「寫話」作為一種普遍的作文學習規律，那就勢必掩蓋了說與寫的差異性，不利於學生形成正確的寫作觀念。

　　因此，朱自清是不主張寫話的，主張直接從「誦讀」、「朗讀」（而不是一般的閱讀、默讀）中去掌握書面表達的規律。他說：「大概學寫主要得靠誦讀，文言白話都是如此；單靠說話學不成文言也學不好白話。」[128]他認為只有通過大量地誦讀別人的文字，才能形成「統一的文字」的意念。

　　朱自清所說的朗讀包括兩種內容：一是平常多讀各家各派的文字，「用宣讀文件的聲調」，從而獲得那「統一的文字」的調子或語脈（或叫文脈），並學會如何潤飾字句。這其實就是通過認真揣摩規範的文章，以形成書面語的語感和文體形式感；二是將自己寫成的文章或改過的文章「再三朗讀」，大概目的是對所寫的文字進行檢驗，看它是否符合文章程序要求，以便進一步修改。朱自清認為，如果學生從小學時代起就訓練這種正確的朗讀，必將促進他們對寫作特徵的認識，作文也將容易進步。[129]朱自清的這種「以讀促寫」觀與傳統的「以讀帶寫」觀有本質的區別，與葉聖陶的「閱讀是寫作的基礎」的讀寫觀也並不相同。然而，其合理性也是顯而易見的。

注重廣義散文和文字技能的練習觀

　　說與寫不同，寫與寫也有差異。朱自清認為創作與寫作的性質是不同的。創作只針對文學作品而言，寫作則針對一切文體，其中更大

128　朱自清：〈論誦讀〉，見《朱自清論語文教育》（鄭州市：河南教育出版社，1985年），頁115。

129　朱自清：〈寫作雜談〉，見《國文教學》（上海市：開明書店，1947年），頁185。

量的是非文學的應用性文體。

　　朱自清提出這個問題是有針對性的。他針對的是「五四」以後，新文學初創，寫作的青年似乎都想在文學上試一試，把創作當作唯一的出路。他們不管自己才力如何，寫詩，寫散文，寫小說、戲劇，而將論學論政的雜文列在第二等，將應用文不列等。這種把創作當寫作的作法，導致多數學生白費力氣，其結果是非但創作不成，且鬧得連普通的白話文也寫不好。朱自清認為這實際上是一種「沒有忍耐而求近功」的苟且的心理在作祟。總想創作，最容易浮誇、失望，這對學生的寫作心理將造成不良的影響。

　　數十年後的今天，這種情形依然沒有得到根本的改觀。中學生喜歡寫沾點文學味的文章，討厭說明文、議論文和一般的應用文，大學生對報告、總結、評論、論文等的興趣，遠不如對小說、散文、詩歌等的興趣濃厚。而對於大多數學生來說，顯然他們最需要、最可能得到發展提高的並不是創作能力，而是實用性寫作的能力。這關係到我們的寫作教學目的，與整個語文教學如何對學生的學習作合理的引導這一至關重要的大問題。

　　朱自清認為，如果僅僅是使自己的寫作受些文學的影響，帶些文學的趣味，這是很好的，但不是必要的，「不帶或少帶情感的筆鋒只要用得經濟，有條理，也可以完成寫作的大部分的使命」[130]。朱自清作為一個與文學終身結緣的作家，能對寫作教學作如是觀，這對廣大的熱愛文學寫作教學的教師，應當是有警醒力的。

　　那麼，寫作教學應從何處著手呢？朱自清主張「初學寫作，似乎該從廣義的散文下手。先把話寫清楚了，寫通順了，再注重表情，注重文藝性的發展。這樣基礎穩固些。否則容易浮滑，不切實」[131]。這

---

130 朱自清：〈論教本與寫作〉，見《朱自清論語文教育》（鄭州市：河南教育出版社，1985年），頁20。

131 朱自清：〈答「文藝知識」編者問〉，見《朱自清論語文教育》（鄭州市：河南教育出版社，1985年），頁171。

強調的是語言基本功的訓練。為寫作計，首要的任務是要過好文字關。朱自清提供給青年寫作者的經驗之一是：「不放鬆文字，注意到每一詞句，我覺得無論大小，都該從這裡入手。控制文字是一種愉快，也是一種本領。……為一般寫作者打算，還是不放鬆文字的好。現在寫作的青年似乎不大在乎文字。無論他們的理由怎樣好聽，吃虧的恐怕還是他們自己，不是別人。」[132]朱自清主張從廣義的散文入手，目的是為了擺脫那種「沒有忍耐而求近功」的偏頗的創作心態，使學生意識到即便是要搞創作，關鍵的問題也仍然是要先把「話寫清楚了，寫通順了」。這也是很不容易的。朱自清從長期的教學實踐中感覺到學生最大的毛病是思路不清，這種毛病在敘述文（包括描寫文）和抒情文裡不太明顯，在說明文和議論文裡就容易看出。因此，朱自清在主張作文教學從廣義的散文入手的同時，也強調「高中與大一的學生應該多練習這兩體文字」，這主要是訓練學生思路，朱自清稱之為文脈。具體的訓練要從小的範圍著手，從切近的熟悉的小題目下手，揀與實際生活有密切關係的問題練習寫，像關於學校中的伙食問題等。這些小題目只要抓住要點，清清楚楚地寫出來，就是有條理的文章。可見，朱自清對於寫作教學，最關注的是學生的基本能力的培養，這基本能力，一個是文字，一個是思維。此二者是作文的根本。有了這兩種能力才有發展可言。

朱自清還強調要學習報刊文體、新聞寫作。這主要是從應用的角度對寫作教學提出的要求。因為報刊文體最具實用性，且方興未艾，有廣泛的應用前景。他認為報刊文體簡潔扼要，易於掌握，其「寫作價值決不在文藝的寫作之下」。當然，這並不是說要大家都去當記者，而是為那些迷戀於創作的學生指出一條更易成功之路，為他們的

---

132 朱自清：〈寫作雜談〉，見《朱自清全集》（南京市：江蘇教育出版社，1988年），
　　第2卷，頁108。

作文訓練提供一個切近可行的目標，也讓他們意識到寫作除了創作之外，還有廣大的用武之地。

以報刊文字為切近目標的動機論

當過多年的國文教師，朱自清感到教授國文有三大困難，其一便是「無論是讀是作，學生不容易感到實際的需要。……不感到實際需要，讀和作都只是為人，都只是奉行功令；自然免不了敷衍，遊戲」[133]。這可謂一語中的，說出了讀寫教學效率不高的癥結所在。

作文教學費時多，效率低，其中一個很重要的原因便是學生缺乏明確的學習動機，對寫作訓練毫無興趣。處於被動或強制性學習狀態的學生，是自然不可能學好寫作的。朱自清認為，要解決這一問題，重要的是必須使學生意識到他們的作文訓練是「有所為的」，而不是徒勞的。因此，寫作教學要為學生確定一個他們可望而且可及的目標。

這個目標不能太寬泛。朱自清說，把寫作訓練看作「基本的訓練，是生活技術的訓練──說是做人的訓練也無不可」，但是，像這類「廣泛的目標是不能引起學生的注意的」；一般的課程標準，如「養成用語體文及語言（初中）以及文言文（高中）敘事，說理，表情，達意之技能」，這也還是太寬泛。不如科舉時代作文是為了作官，或一些學生把作文訓練看作為了將來的「創作」這一類的目標來得實在。[134]當然，這些目標是否正確又當別論。學生只有獲得切近的學習寫作的目標，才會有學習的熱情，才能樂此不疲，才談得上學習的主動性與積極性，才能不畏挫折，持久地、愉快地寫下去，一直到實現自己的目標為止。

133　朱自清：〈序〉，《文心》，見《朱自清論語文教育》（鄭州市：河南教育出版社，1985年），頁6。

134　朱自清：〈論教本與寫作〉，見《國文教學》（上海市：開明書店，1947年），頁147。

　　那麼，究竟寫作教學應以什麼作為切近的目標呢？朱自清提議應
以報紙上和一般雜誌上的文字作為切近的目標，特別是報紙上的文
字。這報紙上的文字，「不但指報紙本身的新聞和評論，並包括報紙
上登載的一切文件──連廣告在內」。報紙上的文字作為寫作訓練的
切近的目標有三種好處：「第一，切用，而且有發展；第二，應用的
文字差不多各體都有；第三，容易意識到各種文字的各種讀者。」[135]
也就是說，報刊文體不論對於學生的寫作基本功的訓練，還是對於將
來的實際應用，都是有益的。朱自清提議以報刊文體作為中學生作文
訓練的目標，一個重要原因還在於報刊上的文章一般要求不是太高，
大多數學生通過努力是能夠達到的。而且，「從事於新聞或評論的寫
作，或起草應用的文件登在報紙或雜誌上，也是一種驕傲，值得誇耀
並不在創作以下。」[136]它跟從事創作一樣，也可以激起學生的興趣，
教他們覺得寫作是有所為的而努力做去。朱自清的這一見解肯定了寫
作教學應該為多數人將來的發展服務；寫作教學應該激發學生的寫作
興趣。朱自清能從學生的寫作動機、學習的內驅力出發研究問題，是
很有見地的。因為，一個人要在寫作上獲得成就，功夫不只是在課內
的訓練，主要在課外的自主努力。寫作學習比起其他一些科目的學
習，更需要成功的激勵，這樣，確定一個學生通過努力可以達到的目
標就非常重要。

　　朱自清對學生學習心理的重視，對教學的主體、寫作的主體的關
切，集中體現了他以學生應世之實用為目的的語文教育觀。在這一教
育觀指導下，他對一些具體的教學方式的設想，也是從如何有利於學
生的自由發展、調動他們的學習積極性這些方面來考慮的。

　　他對作文的命題、作文的完成方式等問題的看法，便不難使人得
出這一結論。朱自清說：「作文宜在課內，抑宜在課外？宜由教師出

---

135 朱自清：〈論教本與寫作〉，見《國文教學》（上海市：開明書店，1947年），頁150。
136 朱自清：〈論教本與寫作〉，見《國文教學》（上海市：開明書店，1947年），頁150。

題，抑宜由學生擬題？我認為這是自由與干涉的問題，我是主張：自由的。我的經驗，出題命學生做，在教室內學生作文，都足以束縛學生的思想力，使他不能發展。這種方法只可偶一用之，使學生也經驗經驗限題限時的情境，俾將來遇這種情境時，也可適應。平常則以用自由的方式為宜。」[137]訓練方式的自由，是使學生能夠達到「切近的目標」的一個必要條件。教師干涉過多必然會壓抑學生的寫作熱情與創造力，學生動輒得咎，再「切近的目標」也將被視為畏途。因此，如何從教學方式上給學生提供更多的自由表現的空間，如何處理好「自由」與「干涉」這一對矛盾，仍然是今後作文教改的一個重要的研究課題。

習作要有假想的讀者的受體觀

學生對作文訓練缺乏熱情的另一個重要原因，是作文訓練背離了以一定讀者為交流對象的寫作的一般規律。每次作文練習，往往都只有一個使他們感到懼怕的實際讀者——老師。學生的作文訓練，基本上是在沒有什麼寫作衝動與發表欲望的情形下勉強應付的，也就談不上形成較強的讀者意識和文體感。儘管寫作教學設置的終極目標是多麼切近，但是，如果學生的每次作文練習都缺乏必要的交流對象，都變成一種可笑的自言自語，他們所要實現的終極目標，也就必然要變得十分渺茫。

因此，只有把作文練習置於正常的以傳達為目的的寫作情境中，學生才能意識到寫作果然是有所為的。朱自清強調的學生寫作練習要有假想的讀者，便是基於這一認識之上的。

朱自清說：學生寫文章「知道寫了是要給教師讀的；實際也許只

---

137 朱自清：〈中等學校國文教學的幾個問題〉，載《教育雜誌》第19卷第7號。

有教師讀，或再加上一些同學和自己的父兄。但如果每回寫作真都是為了這幾個人，那麼寫作確是沒有多大趣味。學生中大約不少真會這樣想，於是乎不免敷衍塞責、潦草塞責的弊病，可是學生寫作的實際的讀者雖然常只是這幾個人，假想的讀者卻可以很多。」[138]所以，他認為，寫作教學應主要以假想的讀者為對象，這些假想的讀者除了父兄、教師、親近的朋友或同學外，還有全體同學、全體中學生、一般青年人、本地人士、各社團、政府、政府領袖、一般社會，等等。總之，學生作文練習，盡可以假定以任何人為交流對象，而且必須以各類人為讀者對象。

朱自清的這一看法的核心內容是：「寫作練習是為了應用，其實就是為了應用於這種種假想的讀者。寫作練習可以沒有教師，可不能沒有假想的讀者。」[139]這應該說是抓住了作文練習的本質要求。既然實際的寫作活動有真實的讀者，教學情境中的作文練習也就要有假想的讀者，只有這樣，學生的作文練習才能與未來的應用接軌。

然而，文章是為了讀者而存在、而體現出其價值這一簡單的道理，在寫作教學中往往被師生們忽略，因此，增強寫作教學中的讀者意識，對教、學雙方都是非常必要的。

在作文練習中，缺乏讀者意識也必然會削弱教學效果。朱自清認為，學生「不意識到假想的讀者，往往不去辨別各種體裁，只馬馬虎虎寫下去。等到實際應用，自然便不合式。」[140]而且，「只知道一種假想的讀者而不知道此外的種種，還是不能有辨別力。」[141]可見，在訓練中明確規定假想的讀者，其直接功用又是為了提高對各體文章特

138　朱自清：〈論教本與寫作〉，見《國文教學》（上海市：開明書店，1947年），頁148。
139　朱自清：〈論教本與寫作〉，見《國文教學》（上海市：開明書店，1947年），頁149。
140　朱自清：〈論教本與寫作〉，見《國文教學》（上海市：開明書店，1947年），頁149。
141　朱自清：〈論教本與寫作〉，見《國文教學》（上海市：開明書店，1947年），頁149-150。

點的辨別力，即形成文體形式感。而寫作主體的文體形式感的優劣，則在相當程度上決定了他們寫作品質的優劣。

　　要提高學生對文章體裁特點的辨別力，培養學生敏銳的文體形式感，朱自清還是主張要以報紙上的文字作為寫作學習的範文，「因為報紙上登載著各方面的文件、對象或寬或窄，各有不同，口氣和體裁也不一樣，學生常常比較著看，便容易見出讀者和文字的關係是很大的，他們寫作時也便漸漸會留心他們的假想的讀者」。[142]學生文體辨別力的提高確實有賴於經常的比較、鑒別，而報紙提供了這種便利。同時，報紙欄目多，讀者對象多，讀者面寬，認真閱讀、揣摩，也有利於提高學生的讀者意識。

　　朱自清還特別提及報紙上所缺少的書信文體，認為應把它補充在教材裡。他在〈如面談〉一文裡，詳細地討論了書信的寫法特點，十分完備地闡述了書信的程序及書信的讀者對象對表現內容的制約。書信這一文體之所以被許多有見識的語文教育家所重視，這大約也在於書信比其他文體有更確切的讀者對象，有明確的傳達目的，是有所為而作的。因此，書信的寫作，在教學的假定性的情境中，更具逼真性，更易誘使學生進入角色。從這個意義上說，書信當是作文練習的一個好體裁。

　　一個作家、學者型的教師，能傾心於教學，潛心研究教學，這在今天的語文教育界實屬罕見。朱自清這樣做了，我們從中見到他人格的高尚！他以自身豐富的寫作經驗與學者的敏銳，重視寫作教學，這使他對許多問題的認識顯得較為深刻。儘管由於他本質上仍是個作家，不是個理論家，因而他的語文教育觀在理論闡述上比起純學者型的朱光潛似顯得不夠充分，但是，較之於葉聖陶，他就毫不遜色了，在他遠不如葉聖陶豐富的語文教育論著中，不乏新鮮機敏的感覺和嚴謹得體的論述，這從他上述中肯的觀點中便可見一斑。

---

142 朱自清：〈論教本與寫作〉，見《國文教學》（上海市：開明書店，1947年），頁150。

　　綜觀他的語文教育論著，我們認為，他的見解基本上是符合語文學習規律與教學的實際情況的，與寫作教學中存在的一些具體問題貼得很近，因此，他的設想很實在，很實用，既有參考價值，又有實踐價值。熱心於作文教改的老師們何不一試呢？

朱光潛：養成純正的趣味，克服心理的懶怠
──注重主體人格、趣味建構的人本主義語文教育觀

　　中國現代著名學者朱光潛（1897-1986），半個多世紀來，在美學、文學等方面著作甚豐，堪稱文藝論壇鉅子。在語文教育研究上，如果說朱自清主要體現的是作家加教師的特質，朱光潛體現的則主要是學者加教師的特質，尤其是體現了作為一個大學者的非凡氣度和深厚學養。他對寫作的見解，不拘於文本的字句篇章，既能入乎其內，又能出乎其外，對寫作現象作高屋建瓴的把握和淋漓盡致的闡示，真可謂得心應手、左右逢源、揮灑自如。他特別注重習作者的內在修養，注重寫作主體健全的人格心理品質的建構，注重純正的寫作審美趣味和良好的寫作行為習慣的養成，其見解具有很高的文化品位和內涵，讀其論著，能使人真正領略到何謂「學問文章」。朱光潛的語文教育觀的顯著特點是對寫作的「人」本身的關注，對人的全面寫作素養的關注，在這一點上，他的有關論述超過這一時代的其他論者，因而，他的語文教育觀堪稱人本主義語文教育觀。

　　早在二、三〇年代，朱光潛就以一個平輩人的身分與青年人談文論藝，其精闢的說理，樸實的文風，如春風甘霖，使讀者為之傾倒。在文學、寫作研究方面，他深知文學之奧秘及為文之甘苦，力避「高頭講章」式的指導，「努力做到『切實』二字」，既給讀者以理論上的薰陶，又使他們在「印證經驗」的思考中受益，這就是他的論著所獨具的魅力。

「四境」與「四體」漸進的發展觀

　　由於寫作學習，「從初學到成家，中間須經過若干步驟，學者必須循序漸進，不可一蹴而就」，因此，寫作發展的程序問題，始終是寫作學界普遍關注的一個問題。朱光潛把寫作發展的程序劃分為四種境界：疵境、穩境、醇境、化境。[143]

　　他認為習作者最初便處於「疵境」，其特點是「駁雜不穩」。雖偶有好處，但就總體看去，毛病很多。通過學習，便能達到「穩境」，寫出來的文章平正工穩，合乎規模法度，卻不精彩，沒有什麼獨創。再經過「薈萃各家各體的長處，造成自家所特有的風格」，就進入「醇境」，特色是凝練典雅，極人工之能事。任何人只要肯下功夫，都可以達到這種境界。寫作的最高境界是「化境」，其標誌是成熟的藝術修養與成熟的胸襟修養融成一片，不但可以見出純熟的功力，還可以表現高超的人格。而這就不是一般人所能企及的了。

　　朱光潛把這四境區別為可借規模法度作導引的「疵境」、「穩境」（進而亦可擴展至醇境），和有時失其約束作用的「化境」這兩種情況。他說：「一個人到了較高的藝術境界，關於藝術的原理法則無用說也無可說；有可說而且需要說的是在『疵境』與『穩境』。從前古文家有奉『義法』為金科玉律的，也有攻擊『義法』論調的。在我個人看，拿『義法』來繩『化境』的文字，固近於癡人說夢；如果以為學文藝始終可以不講『義法』，就未免更誤事。」[144]這實際上指出了一般人寫作學習的最高目標是「醇境」，而要達到「醇境」往往是畢

143　朱光潛：〈精進的程序〉，《談文學》，見《朱光潛美學文集》（上海市：上海文藝出版社，1982年），第2卷，頁364。

144　朱光潛：〈精進的程序〉，《談文學》，見《朱光潛美學文集》（上海市：上海文藝出版社，1982年），第2卷，頁364-365。

生的事，所以，寫作教學的目標，大約只能放在「有可說而且需要說」的「穩境」上，不論是要達到「穩境」還是「醇境」，均需經過規模法度（義法）的學習。

朱光潛說：「由『疵境』到『穩境』那一個階段最需要下功夫學規模法度，小心謹慎地把字用得恰當，把句造得通順，把層次安排得妥貼……」[145]他把規模法度分為「抽象」的和「具體」的兩種。抽象的規模法度是文法、邏輯、「義法」等，具體的規模法度即模範作品的命意、用字、造句和佈局等。他認為抽象的原則和理論本身並沒有多大功用，而對具體實例的揣摩則尤為重要。這基本上是一個揣摩依仿、修疵救失的過程，目的在於養成純正的寫作手法。

「穩境」還只是平庸的境界。進入「穩境」後，不應被定型束縛住，不求變化，而應力求去打破定型，「由穩境重新嘗試另一風格。如果太熟。無妨學生硬；如果太平易，無妨學艱深；如果太偏於陰柔，無妨學陽剛。在這樣變化已成風格時，我們很可能回到另一種『疵境』，再由這種『疵境』進到『熟境』，如此輾轉下去，境界才能逐漸擴大，技巧才能逐漸成熟，所謂『醇境』大半都須經過這種『精鋼百煉』的功夫才能達到」。[146]

至於「化境」，則還要在人品學問方面另下一番更重要的功夫。雖然「醇境」和「化境」的修養均難以通過教學手段得以實現，但我們認為，無論教師還是學生，顯然都有了解寫作發展全程的必要。因為這對教師的教學內容、方法的總體把握，或是對學生學習進程的自我規劃都不無裨益。

以上四個境界的劃分只是對寫作水平的一般發展而言。對具體文

145　朱光潛：〈精進的程序〉，《談文學》，見《朱光潛美學文集》（上海市：上海文藝出版社，1982年），第2卷，頁365。

146　朱光潛：〈精進的程序〉，《談文學》，見《朱光潛美學文集》（上海市：上海文藝出版社，1982年），第2卷，頁367。

章類別的學習，也還有其特殊的程序。朱光潛認為，宇宙間一切現象都可以納到情、理、事、態這四大範疇裡。情指喜怒哀樂之類主觀的感動，理是思想在事物中所推求出來的條理秩序，事包含一切人物的動作，態指人物的形狀。寫作的材料就不外這四種，所以文章通常可分為言情、說理、敘事、繪態（亦稱狀物或描寫）四大類。四大類文章的寫作有難易之分，這也就有了學習安排上的先後順序。

朱光潛認為初學者首先不宜於說理，因為說理文需要豐富的學識和謹嚴的思考，這恰是青年人通常所缺乏的。他們沒有說理文所必具的條件而勉強做說理文，勢必襲陳腐的濫調，發空洞的議論，且抑止了他們想像力的發展。

其次，他以為入手就寫言情詩文也是不妥當的。其一是因為情感迷離恍惚，不易捉摸。言情必借敘事繪態，如果未有這種準備，言情便只會變成抽象地說悲說喜。其二是因為情感自身也需陶冶熔煉。人生經驗愈豐富，事理觀察愈深刻，情感才愈深沉，愈易融化於具體的情境。

這樣，「剩下來的只有敘事繪態兩種。事與態都是擺在眼前的，極具體而有客觀性，比較容易捉摸，好比習畫寫生，模特兒擺在面前，看著它一筆一筆地模擬，如有一筆不像，還可以隨看隨改。緊抓住實事實物，決不至墮入空洞膚泛的惡習。」[147]而敘事與繪態之中還是敘事最要緊。敘事就是繪動態，能繪動態就能繪靜態，敘事繪態二者也往往密不可分。這兩種文做好了，其他各體文自可迎刃而解。「因為嚴格地說，情與理還是心理方面的動作，還是可以認成『事』，還是有它們的『態』，所不同者它們比較偏於主觀，不如一般外在事態那樣容易著筆。在對外在事態下過一番功夫，然後再以所得的嫻熟的

147　朱光潛：〈寫作練習〉，《談文學》，見《朱光潛美學文集》（上海市：上海文藝出版
　　社，1982年），第2卷，頁282。

手腕去應付內在的事態（即情理），那就沒有多大困難了。」[148]

　　由此來看，我們的作文教學，雖然在各體文的訓練上也有先後難易的安排，但似乎仍感操之過急。從小學開始就已經接觸到抒情文、議論文，這就使學生容易走入空疏俗濫的路上去。到頭來，在表現「外在事態」上沒能打下堅實的基礎，在表現「內在事態」上又養成了言不由衷、剽襲造作的不良習慣。

養成高尚純正的趣味的人格觀

　　寫作學習既是主體全面寫作素養的循序漸進的蓄積，那麼，對於主體發展帶來根本性的要求又是什麼呢？朱光潛說「文學的修養可以說就是趣味的修養」，「文學教育第一件要事是養成高尚純正的趣味」[149]。

　　他認為一個人在創作和閱讀中所表現的趣味，大半由「資稟性情、身世經歷和傳統習尚」這三個因素所決定。這三個因素的影響有好有壞，也不必完全擺脫。我們應該做的功夫是根據固有的資稟性情而加以磨礪陶冶，擴充身世經歷而加以細心的體驗，接收多方面的傳統習尚而求截長取短，融會貫通。純恃天賦的趣味不足為憑，純恃環境影響造成的趣味也不足為憑，純正的、可憑的趣味必定是學問修養的結果。而這種學問修養的高尚純正與否，又主要表現在閱讀鑒賞力與寫作主體人格品質這兩個方面。閱讀鑒賞力的高尚純正，主要指對作品能作優秀的評判，具有辨別作品好醜妍媸的敏感。

　　寫作主體人格品質的高尚純正，其核心內容是「真誠」。這也可以從兩個方面看。一是從表現方面看，作者必須有不得已要宣洩的思

---

148 朱光潛：〈寫作練習〉，《談文學》，見《朱光潛美學文集》（上海市：上海文藝出版社，1982年），第2卷，頁282。

149 朱光潛：〈文學上的低級趣味（下）：關於作者的態度〉，《談文學》，見《朱光潛美學文集》（上海市：上海文藝出版社，1982年），第2卷，頁275。

想感情，如無絕對的必要，最好守緘默；勉強找話說，動機就不純正，源頭就不充實，態度就不誠懇，作品也就不會有大的價值。二是從傳達方面看，作者肯以深心的秘蘊交付給讀者，就顯得他對讀者有極深的同情。如果作者內心上並無這種同情，只是要博取一點版稅或是虛名，不惜採取很不光明的手段，逢迎讀者，欺騙讀者，那也就決說不上文藝。

這種人格品質的真誠，也表現在朱光潛對寫作練習的要求上，他對寫作練習提出的一條「最重要的原則」便是「有話必說，無話不說，說須心口如一，不能說謊。……如果是存心說謊，那麼入手就走錯了路，他愈寫就愈入迷，離文學愈遠。許多人在文學上不能有成就，大半都誤在入手就養成說謊的習慣。」[150]

對寫作學習來說，重要的還不只是說明什麼是高尚純正的趣味，而是如何養成這種趣味。從閱讀著眼，朱光潛認為「唯一的辦法是多多玩味第一流文藝傑作，在這些作品中把第一眼看去是平淡無奇的東西玩味出隱藏的妙蘊來，然後拿『通俗』的作品作比較，自然會見出優劣」。[151]除了要讀好作品外，還要讀得廣。因為讀書的功用在於儲知蓄理、擴充眼界、改變氣質。讀的範圍愈廣，知識愈豐富，審辨愈精當，胸襟也愈開闊。

從寫著眼，所要做的就更多了。首先是要多觀察體驗。朱光潛認為實地的觀察體驗，對於文藝創作或比讀書還更重要。觀察體驗一則可以增長閱歷，一則可得自然界、社會人生的瑰奇壯麗之氣與幽深雲渺之趣，這必使習作者在養成純正趣味上受益。

其次是對寫作應取嚴肅認真的態度，「每個作者必須是自己的嚴

150　朱光潛：〈寫作練習〉，《談文學》，見《朱光潛美學文集》（上海市：上海文藝出版社，1982年），第2卷，頁277-278。

151　朱光潛：〈文學上的低級趣味（下）：關於作者的態度〉，《談文學》，見《朱光潛美學文集》（上海市：上海文藝出版社，1982年），第2卷，頁275。

正的批評者，他在命意佈局遣詞造句上都須辨析錙銖，審慎抉擇，不肯有一絲一毫含糊敷衍。他的風格就是他的人格，而造成他的特殊風格的就是他的特殊趣味。一個作家的趣味在他的修改鍛煉的功夫上最容易見出。」[152]

　　此外，自然還要落在寫作練習上。對此，朱光潛主張遇見新鮮有趣的事物，隨時記錄摹寫，並反覆修改，務求其像而後已。以養成愛好精確的習慣和藝術家看事物的眼光。更具體地說，「在初寫時，必須謹守著知道清楚的，和易於著筆的這兩種材料的範圍。我這兩層分開來說，其實最重要的條件還是知得清楚，知得不清楚就不易於著筆」。[153]由於一般人對於自己日常生活知得比較清楚，所以記日記是初學寫作的最好的方法。一番家常的談話，一個新來的客，街頭一陣喧嚷，花木風雲的一種新變化，讀書看報得到的一陣感想，聽來的一件故事，總之，一切動靜所生的印象，都可以供你細心描繪，成為好文章。「以知道清楚的」和「易於著筆的」作為寫作練習的範圍，就是為了使學生養成不肯說謊的習慣，為奠定寫作上高尚純正的趣味打下堅實的基礎。

　　當然，要養成高尚純正的趣味不是單靠寫作教學就能做到的，而須習作者付出終身不懈的努力。但是，對初學者從一開始就提出這種要求，以培養健康的寫作趣味和良好的寫作心理、習慣，卻又是極為重要的。因為一旦趣味不正，習慣不良，要改變就很困難。誠如朱光潛所說：作文如寫字，養成純正的手法不易，丟開惡劣的手法更難。……到發現自己所走的路不對時，已悔之太晚。由此反省，深感我們的教學在學生趣味的養成上頗多疏忽，學生在寫作方面「說真話

---

152 朱光潛：〈文學的趣味〉，《談文學》，見《朱光潛美學文集》（上海市：上海文藝出版社，1982年），第2卷，頁254-255。

153 朱光潛：〈寫作練習〉，《談文學》，見《朱光潛美學文集》（上海市：上海文藝出版社，1982年），第2卷，頁279。

進來（入學），說假話出去（畢業）」的現象已成通病。教師如果真正是為學生「計長遠」，就不能對此熟視無睹。在倡導實行素質教育的今天，朱光潛的寫作人格觀有著重要的現實意義。因為良好的寫作人格，是所有寫作素質中最基本的素質。沒有意識到這一點，我們必將重蹈八股文教育之覆轍。

克服心理的懶怠的「苦思」觀

寫作趣味不正，推究習作者心理方面的原因，主要是疏於思考、苟且敷衍。

朱光潛認為寫作的問題主要是思想（思維）而不是技巧。因為，一件作品如果有毛病，無論是在命意佈局或是在造句用字，仔細窮究，病源都在思想。思想不清楚的人做出來的文章決不會清楚。而思想的毛病除了精神失常以外，都起於懶惰，遇著應該斟酌時不仔細斟酌，只圖模糊敷衍，囫圇吞棗混將過去。所以，他指出：「練習寫作第一件要事就是克服這種心理的懶怠，隨時徹底認真，一字不苟，肯朝深處想，肯向難處做。如果他養成了這種謹嚴的思想習慣，始終不懈，他決不會做不出好的文章。」[154]為此，他提倡「苦思」，反對一味地模仿，流於俗濫。

他談到寫作時人們常常會思路蔽塞，這時，不應輕易放棄，而要知難而進，「苦思也有苦思的收穫」。思路太暢時，我們信筆直書，少控制，常易流於浮滑，而經過苦思，則可得三種好處：一是能拔繭抽絲，鞭辟入裡，處處從深一層著想，才能沉著委婉。二是儘管當時也許無所得，但是在潛意識中它的工作仍在醞釀，到成熟時，可「一旦豁然貫通」。三是難關可以打通，且經過這種訓練，手腕便逐漸嫺

---

154 朱光潛：〈作文與運思〉，《談文學》，見《朱光潛美學文集》（上海市：上海文藝出版社，1982年），第2卷，頁288。

熟，思路便不易落平凡，縱遇極難駕馭的情境也可以手揮目送，行所無事。而這種經過艱苦經營所寫出的平易暢適的文章，往往要比入手便平易暢適的文章更耐人尋味，更能達到寫作的勝境。可見，苦思便意味著創造。

　　苦思的反面，是模仿因襲。朱光潛說有些原來很新鮮的東西，經許多人一模仿，就成為一種濫調了。他相信一個人應有一個人的獨到之處，專去模仿別人的一種獨到的風格，這在學童時代做練習，固無不可，如果把它當作一種正經事業做，則大可不必。然而這種因襲模仿在中國寫作界是有傳統的，揚雄生在漢朝，偏要學周朝，韓愈生在唐朝，偏要學漢朝人說話，這就必為世人所詬病。寫作是人的至性的流露，效仿他人只會變成無個性的浮腔濫調，這就跟東施效顰一樣，「西施有心病捧心而顰，自是一種美風姿；東施無心病而捧心效顰，適足見其醜拙」[155]。

　　當然，寫作心理的懶惰不僅表現在尋思上，也表現在尋言上。在朱光潛看來，尋思與尋言不是兩回事，而是一回事。尋思習慣於模仿因襲，其言也就勢必俗濫不堪。「美人都是『柳腰桃面』，『王嬙、西施』；才子都是『學富五車，才高八斗』；談風景必是『春花秋月』，敘離別不離『柳岸灞橋』」[156]等等。這種情況要完全避免也很難做到，因為人皆有惰性，習慣於走熟路，「熟路抵抗力最低，引誘性最大，一人走過，人人就都跟著走，愈走也就愈平滑俗濫，沒有一點新奇的意味。」[157]針對這種情況，朱光潛讚賞韓愈所說的「惟陳言之務去」，把這看作是一句最緊要的教訓。因為你不肯用俗濫的語言，自

155　朱光潛：〈論小品文〉，《孟實文鈔》（北京市：良友復興圖書印刷公司，1940年），頁203-204。

156　朱光潛：〈咬文嚼字〉，《談文學》，見《朱光潛美學文集》（上海市：上海文藝出版社，1982年），第2卷，頁299-300。

157　朱光潛：〈咬文嚼字〉，《談文學》，見《朱光潛美學文集》（上海市：上海文藝出版社，1982年），第2卷，頁299。

然也就不肯用俗濫的思想感情，你遇事就會朝深一層去想，你的文章也就真正是「作」出來的，不至落於下乘。

朱光潛認為思想與語言流於俗濫，這就是近代文藝心理學家們所說的「套板反應」（stockresponse）。一個人的心理習慣如果老是傾向「套板反應」，他就根本與文藝無緣，因為就作者說，「套板反應」和創造的動機是仇敵；就讀者說，它引不起新鮮而真切的情趣。[158]這種「套板反應」危害既大，且難以抗拒，以至古今中外的作家能從這個陷阱中爬出來的並不多見。但是，這並不意味著習作者可以不作任何擺脫的努力，相反，寫作既然是創造，就不能不去克服心理的怠惰，走出「套板反應」的陷阱。

朱光潛把克服心理的懶怠看作是練習寫作的第一件要事，把「套板反應」稱為創造的動機的仇敵，這就對寫作教學從另一個側面提出了問題。寫作教學一方面須模仿，須講求規模法度。而另一方面，也許是更重要的方面，則要求創造、突破、推陳出新。由此來看，我們的作文教學亦步亦趨於閱讀教學，把閱讀看作吸收，把寫作看作傾吐，這無形中往往導致對學生「套板反應」的強化，似有重新檢討的必要。

注重本行之外下功夫的修養觀

古人有「功夫在詩外」之說，意思就是寫作所需的修養應是多方面，不應侷限於「寫」的狹小範圍內。這當是極有見地的。習作者在寫作上的種種弊病，顯然都跟寫作修養的偏頗欠缺有關。朱光潛的寫作學習觀把這種見解發揮得淋漓盡致。

朱光潛認為寫作的修養應包括人品的、學識經驗的和文學本身的三個方面。關於人品的修養，朱光潛既看到了人品與文品二者似無必

---

158 朱光潛：〈咬文嚼字〉，《談文學》，見《朱光潛美學文集》（上海市：上海文藝出版社，1982年），第2卷，頁300。

然的關係的一面，又看到二者相關的一面，對文品表現人品給予充分的肯定。因為文藝上要取得真正偉大的成就，作者必須有道德的修養，有不同於他人的真摯的性情和高遠的胸襟。

學識經驗的修養就是指對一般人生世相豐富而又正確的蓄積。這有兩個途徑：讀書和實地觀察體驗。對於文藝創作來說，後者比前者更為重要。

文學本身的修養首先是認識語言文字，其次是須有運用語言文字的技巧。這看似容易，因為一般人日常都在運用語言文字，而實際上卻是極難的事。[159]

從朱光潛對這三個方面修養的具體闡述來看，我們認為有兩點值得注意。其一是無論哪一方面的修養，他都要求打下極寬極厚的基礎，強調在寫作之外下功夫；其二是他把閱讀的修養只看成是寫作諸修養中較次要的一種。

朱光潛對第一點的論述是十分充分的。他說：「文藝像歷史、哲學兩種學問一樣，有如金字塔，要鋪下一個很寬廣笨重的基礎，才可以逐漸砌成一個尖頂出來。如果入手就想造成一個尖頂，結果只有倒塌。」[160]在近代，一個文人不但要博習本國古典，還要涉獵近代各科學，否則見解難免偏蔽。他以自己研究文學的實例來說明寫作主體建構的廣闊性。他說文學並不是一條直路通天邊，由你埋頭一直向前走就可以走到極境的。研究文學也要繞許多彎路，也要做許多枯燥辛苦的工作。學了英文還要學法文，學了法文還要學德文、希臘文、義大利文、印度文等等；時代的背景常把你拉到歷史、哲學和宗教的範圍裡去；文藝原理又逼你去問津於圖畫、音樂、美學、心理學等等學

159　朱光潛：〈資稟與修養〉，《談文學》，見《朱光潛美學文集》（上海市：上海文藝出版社，1982年），第2卷，頁251。

160　朱光潛：〈我與文學〉，《藝術雜談》（西安市：安徽人民出版社，1981年），頁277-278。

問。他從許多哲人和詩人方面借得一副眼睛看世界。有時能學屈原、杜甫的執著，有時能學莊周、列禦寇的倘佯淩盧，莎士比亞教會他在悲痛中見出莊嚴，莫里哀教會他在乖訛醜陋中見出雋妙，陶潛和華茲華司引他到自然的勝境，近代小說家引他到人心的曲徑幽室。因此，他能感傷也能冷靜，能認真也能超脫，能應俗隨時，也能潛藏非塵世的丘壑。他就是這樣通過廣泛地涉獵眾多的領域，來再造一個文學的自我。

　　他把「本行之外下功夫」，看作是一切藝術家主體建構的一條通則。他說：「藝術家往往在藝術範圍之外下功夫，在別種藝術之中玩索得一種意象，讓它沉在潛意識裡去醞釀一番，然後再用他的本行藝術的媒介把它翻譯出來。……各門藝術的意象都可觸類旁通。書畫家可以從劍的飛舞或鵝掌的撥動之中得到一種特殊的筋肉感覺來助筆力，可以得到一種特殊的胸襟來增進書畫的神韻和氣勢。推廣一點說，凡是藝術家都不宜只在本行小範圍之內用功夫，須處處留心玩索，才有深厚的修養。」[161]

　　即便是「本行之內的功夫」，也遠比我們理解的要寬泛得多。朱光潛認為就文學本身的修養來看，也不只是一般的懂得運用語言文字，而是必須懂得字的形聲義、字的組織以及音義與組織對於讀者所生的影響。這要包含語文學、邏輯學、文法、美學和心理學各科知識。

　　再看第二點，朱光潛多次談到寫作學習並非只靠閱讀、模仿。他說：「作詩是否要多讀書？『學』的範圍甚廣，我們可以從人情世故物理中學，可以從自己寫作的辛苦中學，也可以從書本中學，讀書只是學的一個節目，一個不可少的而卻也不是最重要的節目。許多新詩人的毛病在不求玩味生活經驗，不肯耐辛苦去自己摸索路徑，而只看報章雜誌上的一些新詩，揣摩他們，模仿他們。……學來學去，始終

---

161 朱光潛：〈「讀書破萬卷，下筆如有神」〉，《藝術雜談》（西安市：安徽人民出版社，1981年），頁55-56。

沒有學到一個自己的本色行當。」[162]這種看法可謂切中現今作文教學的要害。在語文教育界,「閱讀是寫作的基礎」(實際上是唯一的基礎)這種指導思想根深柢固,一旦寫作教學獨立於閱讀教學之外,在許多教師的心目中便被視為「大逆不道」。這種「基礎」觀科學與否我們將另作討論,單就其對寫作修養的狹隘化理解這一方面看,顯然就值得懷疑。當然,寫作教學跟一般的寫作學習還是有區別的,學生的年齡、精力等條件與教學情境的限制,使我們不可能「面面俱到」,但是,問題的關鍵是如何認識寫作的基礎,如果我們在對什麼是寫作的基礎的認識上,出現觀念性的偏差,我們將把學生引入歧途。

綜上所述,我們認為朱光潛的語文教育觀的基本點,是立足於言語主體全面寫作素養的提高。他不是把寫作簡單地看作是語言的掌握與應用,而是把它看作人自為主宰的、既表現情感思想,也滋養思想情感的,思想、情感、語言、文字幾者密不可分的創作活動。這樣,他便能置寫作學習於一個全方位的開放的系統中加以認識。如果語文教育界能像朱光潛那樣,從基本理論研究做起,把語文教育研究放在對寫作本體研究的基礎之上,放在以「人」的全面發展和綜合素養的提高上來認識語文教育的問題,也許我們的進展會較為踏實穩健。

葉聖陶:本於內心的鬱積,發乎情性的自然
——重學、重讀、求誠的主體性語文教育觀

葉聖陶(1896-1988)是中國傑出的語文教育家,他的語文教育思想博大精深,給當代語文教育以巨大的影響。他的語文教育思想,在中國當代語文教育中,是佔主導性地位的思想,其作用主要是積極

---

162 朱光潛:〈給一位寫新詩的青年朋友〉,《藝術雜談》(西安市:安徽人民出版社,1981年),頁68。

的。但是，長期以來，由於歷史、現實和教師個人等錯綜複雜的原因，人們在對葉聖陶的語文教育思想的理解和領會上，產生了種種的誤解和偏差，也由於葉聖陶本身對語文教育的認識，存在著某些侷限，這些偏頗的理解和侷限，同樣都極其「權威」地影響著語文教育。為了更好地繼承和發展葉聖陶的語文教育思想，推動語文教改，有必要結合語文教育的現狀和問題，對他的一些基本觀點加以梳理和澄清，使其科學精神得到真正的弘揚，使語文教育走出誤區。

葉聖陶的語文教育觀也十分注重言語主體的建構，但他與朱光潛不同。朱光潛注重的是言語主體基本素養的整體性的、全方位的建構，其中首要的是養成高尚純正的文學趣味；而葉聖陶強調的則是言語主體文德修養的提高，其核心內容是「求誠」。這一觀點的真理性是顯而易見的，但其繼承性多於創新性也是不言而喻的。他說，「作文命題及讀物選擇，須認定作之者讀之者為學生，即以學生為本位也。」這種以學生為本位的觀點，就比傳統的因材施教觀前進了一步，聯繫與其相關的論點，如「教是為了不教」，「課內作文練習，固將求其應需……」，寫作的知識「須令學生自求得之」等這些方面就比傳統的認識更加豐富，創新性多於繼承性。在語文教育中，如能真正做到以學生為本位，許多問題也就迎刃而解了。但就其具體內涵而言，也尚待作進一步討論。又如「閱讀是寫作的基礎」這個葉聖陶最要的觀點之一，是對傳統的繼承，又對它作了強調和突顯，其正確性大有商榷的餘地。寫作的基礎無疑的當是客體對象、社會生活實踐，是作者對生活的感知和體驗，是作者通過各種途徑所掌握的寫作素材，而不可能只是閱讀。由此可見，對葉聖陶的觀點進行深入地探討和辨正是十分必要的。由於他的許多觀點，業以成為眾多語文教師的集體無意識，因此，這種探討和辨正就顯得愈加重要。

以「求誠」為核心的文德觀

　　葉聖陶很注重言語主體的文德修養。他的主體論的核心是「求誠」。早在一九二四年發表的《作文論》中，就將「我們作文，要寫出誠實的、自己的話」，作為他的作文論的首要的、也是最基本的觀點提出來。他認為，從寫作本體的價值取向上來看，寫作不但應「寫出自己的東西」，而且「要求所寫的必須是美好的」，具體地說，就是：「假若有所表白，這當是有關於人間事情的，則必須合於事理的真際，切乎生活的實況；假若有所感興，這當是不傾吐不舒快的，則必須本於內心的鬱積，發乎情性的自然。這種要求可以稱為『求誠』。」[163]他在對種種不誠實的現象作了分析之後，進一步把「作文上的求誠」界定為「從原材料講，要是真實的、深厚的，不說那些不可徵驗、浮游無著的話；從寫作講，要是誠懇的、嚴肅的，不取那些油滑、輕薄、卑鄙的態度。」[164]這實際上把「求誠」分為「外求」和「內求」兩個方面，「外求」即對客體對象的真切把握，「內求」即對主體的嚴格自律，所求皆是對「作文」、「文德」而言，而不是指一般意義上的「做人」、「修德」。這一點，我們還可以從葉聖陶談及如何「求誠」中得以清楚地看出。他認為「求誠」的關鍵在於「生活充實」，「生活充實的涵義，應是閱歷得廣，明白得多，有發現的能力，有推斷的方法，情性豐厚，興趣饒富，內外合一，即知即行，等等」[165]，接著，他將此歸納為：「要使生活向著求充實的路，有兩個致力的目標，就

163　葉聖陶：《作文論》，見劉國正主編：《葉聖陶教育文集》（北京市：人民教育出版社，1994年），第3卷，頁299。

164　葉聖陶：《作文論》，見劉國正主編：《葉聖陶教育文集》（北京市：人民教育出版社，1994年），第3卷，頁300。

165　葉聖陶：《作文論》，見劉國正主編：《葉聖陶教育文集》（北京市：人民教育出版社，1994年），第3卷，頁300。

是訓練思想與培養情感。」[166]從生活、從經驗出發，訓練思想培養情感，做到內外同致，知行合一，做到真情實感，便能「寫出誠實的話」來，這裡說的「求誠」的途徑和目標，仍是圍繞著「作文」、「文德」而言。

他在〈論寫作教學〉一文中，從教學的角度，進一步闡明對「求誠」的看法：「寫作所以同衣食一樣，成為生活上不可缺少的一個項目原在表白內心，與他人相感通。如果將無作有，強不知以為知，徒然說一番花言巧語，實際上卻沒有表白內心的什麼：寫作到此地步，便與生活脫離關係，又何必去學習它？訓練學生寫作，必須注重於傾吐他們的積蓄，無非要他們生活上終身受用的意思。同時，這便是『修辭立誠』的基礎。」[167]就是說，寫作教學必須為學生創造「立誠」的條件，讓他們有積蓄可傾吐，才不致弄虛作假、言不由衷，與生活脫離關係。這強調的依然是在「作文」、「文德」的範圍之內。

葉聖陶並非置一般性的思想品德教育於不顧，而是認為要求得人的全面素養的提高，這是語文課所無法勝任的。他說：「至於求作文之更好，則在政治之提高，思想方法之有進，社會實踐之深入，固非寫作一課之事。」[168]「道德必須求其能夠見諸踐履，意識必須求其能夠化為行動。……國文誠然是這方面的有關學科，卻不是獨當其任的唯一學科。」[169]可見，葉聖陶不是無視一般性的「做人」的教育，他是從語文教育的特殊性出發，把一般性的「做人」教育和以「求誠」為核心的文德教育，有意識地區別開來。

---

166 葉聖陶：《作文論》，見劉國正主編：《葉聖陶教育文集》（北京市：人民教育出版社，1994年），第3卷，頁301。

167 葉聖陶：〈論寫作教學〉，見《國文教學》（上海市：開明書店，1947年），頁28-29。

168 葉聖陶：〈語文教育書簡〉，見《葉聖陶語文教育論集》（北京市：教育科學出版社，1980年），頁739。

169 葉聖陶：〈國文教學的兩個基本觀念〉，見《葉聖陶論語文教育》（北京市：教育科學出版社，1980年），頁54。

　　對於葉聖陶的這一區別，語文教育界許多同志缺乏認識。只看到
葉聖陶主張「作文與做人的統一」，卻不去深究他的主體論的核心內
涵在於「求誠」。這在語文教育實踐中就形成兩種偏差：一是泛泛而
論「修德」、「做人」、「為人」、「人品」的重要，把政治思想、道德品
質教育，統統看作是語文教育的任務，即所謂「要做好文先做好
人」；一是片面強調寫作的「思想性」，倡導趨迎時勢、牽強附會、胡
編濫造、任意拔高。前者大多還只是停留在「理論」上，後者則已經
在語文教育實踐中氾濫成災。片面強調文章「立意要高」、「主題要
深」，而不顧學生的真情實感，這實際上是「求偽」而不是「求誠」，
這就完全背離了葉聖陶的主體觀的基本精神。此外，也許還有第三種
偏差，這就是把「求誠」簡單理解為寫「真人真事」，把創造性的想
像和虛構完全排斥出寫作教學，把生活中親身經歷和見聞，作為寫作
的唯一的材料，從而嚴重抑止了學生的創造性和想像力的發展。

否定應試強調應需的目的觀

　　與「求誠」這一言語主體觀緊密聯繫著的，是「應需」這一語文
教育目的觀。從某種意義上說，「應需」則「誠」，「應試」則「偽」。

　　葉聖陶認為語文教育不應以「應試」為目標，而應以「應需」為
首務，這一見解可謂切中語文教育的要害。語文教育中的諸多利弊皆
與此有關。

　　葉聖陶極為反對為了應試而脫離學生生活實際的寫作訓練，認為
寫作是人的一種生活能力，不是一種外在的要求，須應生活之需，切
生活之用。他說：「儘量運用語言文字並不是生活上一種奢侈的要
求，實在是現代公民所必須具有的一種生活的能力。」[170]這是一個極

---

170 葉聖陶：〈略談學習國文〉，見《葉聖陶論語文教育》（鄭州市：河南教育出版社，
　　1986年），頁92。

具現代意識的語文教育觀念，葉聖陶語文教育目的論就是建立在這一認識之上。他說：「學生為什麼要練習作文，對這個問題，老師必須有正確的認識。練習作文是為了一輩子學習的需要，工作的需要，生活的需要，並不是為了應付升學考試，也不是為了當專業作家。如果說考試，人在一生中不知道要遇到多少次的作文考試，寫信，寫通知，寫計畫，寫總結，寫報告，等等，全是作文考試。如果升學考試通過了，寫封信卻辭不達意，按實說，這個人的作文考試還沒有及格。從廣義的考試來看，升學考試的次數極其少，一生中不過幾回，而別種考試卻天天碰到，並且成績的好壞，不但關係自己，還跟別人有關，甚至關係到整個社會。」[171]這就闡明了以應需為練習作文目的的重要性。同時，他還指出以此為目的，只要學習得法，是不會妨礙應試的：「我以為現在學習不宜存有為考試而學作文的想頭。只要平時學得紮實，作得認真，臨到考試總不會差到哪裡。」[172]這種看法不無道理，可惜我們許多老師看不到這一點，總是被「應試」捆住了手腳。

　　基於上述認識，葉聖陶主張不論課內外作文均應立足於「應需」：「惟練似宜通乎課內課外……課外應需而作文，固用也，而亦練也。學生能明乎此，則隨時隨處認真，不以課內作文為特殊事項，進步殆可較快。復次，課內作文最好令作應需之文，易言之，即令敘非敘不可之事物，令發非吐不可之議論。課內練習，固將求其應需，非欲其徒然弄筆也。」[173]他將寫作練習和應需二者統一起來，這一觀點對脫離實際應用的寫作練習，對把寫作教學變成純學業的要求，變成

---

171 葉聖陶：〈序〉，《中學作文指導實例》，見《葉聖陶論語文教育》（鄭州市：河南教育出版社，1986年），頁207。

172 葉聖陶：〈大力研究語文教學，儘快改進語文教學〉，見《葉聖陶語文教育論集》（北京市：教育科學出版社，1980年），頁154。

173 葉聖陶：《語文教育書簡》，見《葉聖陶語文教育論集》（北京市：教育科學出版社，1980年），頁738。

應試的「敲門磚」這種狀況，是很有現實針對性的。

　　以應需為目標，葉聖陶十分注重「非文學的文字」、「普通文字」的教學。他說：「其實國文所包的範圍很寬廣，文學只是其中一個較小的範圍。文學之外，同樣被包在國文的大範圍裡頭的，還有非文學的文字，就是普通文字。這包括書信，宣言，報告書，說明書等等的應用文，以及平正地寫狀一件東西載錄一件事情的記敘文，條暢地闡明一個原理發揮一個意見的論說文。中學生要應付生活，閱讀與寫作的訓練，就不能不在文學之外，同時以這種普通文為對象。」[174]要做好「普通文字」，他認為要把生活和作文結合起來，多多練習，作自己要做的題目，久而久之，就會覺得作文是生活的一部分，是一種發展與享受，而無所謂練習，因為這和文章產生的自然程序完全一致了。他覺得將生活和作文結合起來的一個好辦法是寫日記，日記的材料是個人每天的見聞、行為以及感想，包括起來說，就是整個生活，通過寫日記，寫作就跟生活發生了最密切的聯繫。[175]

　　為了使語文教育擺脫八股精神的影響，使之與學生的生活、學習的需要相溝通，葉聖陶建議教師們：「平心靜氣地問問自己：一、平時對於學生的訓練是不是適應他們當前所有的積蓄，不但不阻遏他們，並且多方誘導他們，使他們儘量拿出來？二、平時出給學生作的題目是不是切近他們的生活，藉以培植『立誠』的基礎？三、學生對於作文的反映是不是認為非常自然的不做不快的事，而不認為教師硬要他們去做的無謂之舉？」[176]這「三問」，的確很有必要，可以起到檢驗寫作教學究竟是以「應試」還是以「應需」為目的的作用。在這

---

174 葉聖陶：〈對於國文教學的兩個基本觀念〉，見《國文教學》（上海市：開明書店，1947年），頁7-8。

175 葉聖陶：〈日記與寫作能力〉，見《葉聖陶論語文教育》（鄭州市：河南教育出版社，1986年），頁49-50。

176 葉聖陶：〈論寫作教學〉，見《葉聖陶論語文教育》（鄭州市：河南教育出版社，1986年），頁68。

裡，葉聖陶把應需性寫作訓練與培養「立誠」的基礎二者聯繫起來，使語文教育的目的與寫作主體的要求相統一。「應需」與「求誠」的統一，是葉聖陶語文教育思想的精髓。

值得注意的是，當代語文教育從觀念到實踐基本上還是以「應試」為旨歸，應試作文指導書滿天飛，如何應試，幾乎是每個畢業班教師都要教學生幾手「絕招」，真可謂「八股」陰魂不散。這一點，在葉聖陶們口誅筆伐「八股」精神半個多世紀之後的今天，彌足深思！

引導學生自悟自求的教學觀

葉聖陶語文教學論的一個基本觀點是「自悟」。在語文教學中，他不贊成「授知」，主張「親知」，注重的是教、學雙方的認知實踐。

他對「讀」而「知」持否定的態度。他說：「看看文章作法之類只是『知』的事情，雖然不一定有什麼害處，但是無益於寫作的『行』是顯然的。」[177]「現在有好一些作文法一類的書……，這些書大半從現成文章裡歸納出一些法則來……，所以作文法一類書……對於增強我們寫文章的腕力只有間接的幫助。所以光看看這一類書未必就能把文章寫好。如果臨到作文而去翻查這些書，那更是毫無實益的傻事。」[178]

他對「講」而「知」也同樣持否定的態度，強調「自悟」。他說：「寫作知識短文不列在單元末尾，甚好。寫作系技能，不宜視作知識，宜於實踐中練習，自悟其理法，不能空講知識。或以為多講知

---

177 葉聖陶：〈寫作漫談〉見《葉聖陶集》（南京市：江蘇教育出版社，1990年），第9卷，頁266。

178 葉聖陶：〈怎樣寫作〉，見《葉聖陶語文教育論集》（北京市：教育科學出版社，1980年），頁416。

識即有裨於寫作能力之長進，殊為不切實際之想。」[179]「來書謂在一年級系統的集中的結合學生作文例子講寫作基礎知識，此言我大體贊同。……『講』字我不甚贊同，而以為須令學生自求得之。」[180]讓學生「自悟其理法」、「自求得之」，就是說，教師不能直接將寫作知識傳授給學生，只能引導幫助學生自己通過閱讀去獲得寫作知識：「國文教本中排列著一篇篇的文章……要使學生試著去揣摩它們，意念要怎樣地結構和表達，才正確而精密，揣摩不出的，由教師給予幫助；從這裡，學生得到了寫作的知識。」[181]

　　這種注重個體感悟的思想，也表現在對教師的要求上，他非常注重教師的練筆，稱之為「教師下水」。他說：「『下水』是從游泳方面借過來的。教游泳當然要講一些游泳的道理，但是教的人熟諳水性，跳下水去游幾陣給學的人看，對學的人好處更多。語文老師教學生作文，要是老師自己經常動動筆，或者作跟學生相同的題目，或者另外寫些什麼，就能更有效地幫助學生，加快學生的進步。」[182]關於「教師下水」問題，他多次和中學語文教師交換看法，力陳己見，指明語文教師通過親身的寫作實踐獲得的體會，對學生的寫作最有幫助。他說：「老師深知作文的甘苦，無論取材佈局，遣詞造句，知其然又知其所以然，而且非常熟練，具有敏感，幾乎不假思索，而自然能左右逢源。這樣的時候，隨時給學生引導一下，指點幾句，全是最有益的

179　葉聖陶：〈語文教育書簡〉，見《葉聖陶語文教育論集》（北京市：教育科學出版社，1980年），頁726。

180　葉聖陶：〈語文教育書簡〉，見《葉聖陶語文教育論集》（北京市：教育科學出版社，1980年），頁739。

181　葉聖陶：〈略談學習國文〉，見《葉聖陶論語文教育》（鄭州市：河南教育出版社，1986年），頁93。

182　葉聖陶：〈教師下水〉，見《葉聖陶論語文教育》（鄭州市：河南教育出版社，1986年），頁146。

啟發，最切用的經驗。」[183]他把教師的寫作經驗與教學效果等量齊觀：「凡是有關作文的事，老師實踐越多，經驗越豐富，給學生的幫助就越大。」[184]從而對「親知」的重要性給予強調。

葉聖陶認為「寫作係技能，不宜視作知識，宜於實踐中練習」，這是對的；但他說「看看文章作法之類只是『知』的事情，雖然不一定有害處，但是無益於寫作的『行』是顯然的」，這種輕「知」重「行」的看法則是可以商榷的。問題在於是不是「真知」，如果是「真知」怎麼會無益於「行」呢？寫作的「知」，能夠「自悟」自然不錯，但如果認為一定要「自悟」，這不論對教師還是對學生來說，都是不現實的。學生不可能個個都能「自悟」，教師也未必就能夠啟發所有的學生「自悟」，這豈不是把學生拒於寫作理論指導的大門之外？應當承認在寫作教學中，引導學生自悟自求寫作規律是十分必要的，但這和理論知識的傳授並不矛盾。在這一點上，夏丏尊「法則加練習」的觀點似乎更為可取。

寫生為主、臨摹為輔的訓練觀

必須注意的是，葉聖陶儘管極為重視閱讀對寫作的作用，但是，他重視閱讀，主要著眼於從中體悟寫作的規律和方法，而並不讚賞通過閱讀加以摹仿。他的寫作學習觀的基本精神是創造。

他用習畫的臨摹和寫生這兩種方法來比喻習作：「學寫文章也有臨摹的方法，熟讀若干篇範文，然後動手試作，這是臨摹。在準備動手的時候，翻看一些範文作參考，也是臨摹。另外一個辦法是不管讀

---

183 葉聖陶：〈教師下水〉，見《葉聖陶論語文教育》（鄭州市：河南教育出版社，1986年），頁146。

184 葉聖陶：〈教師下水〉，見《葉聖陶論語文教育》（鄭州市：河南教育出版社，1986年），頁146。

過什麼文章，直接寫出自己的所見所聞所感所思。所見怎麼樣就怎麼樣寫，所聞怎麼樣就怎麼樣寫，其餘類推。這是寫生的辦法。」[185]他雖然不是絕對不贊成臨摹，可是他認為採用寫生的辦法更有益處，「至少應該做到寫生為主，臨摹為輔」[186]，因為，臨摹的東西，是名家眼中之物，不是臨摹的人的眼中之物，名家可能有著不透澈的地方，可能有表現得不夠的地方，臨摹的人只好跟著他，沒法寫得更好。寫生就不一樣了，物象擺在面前，作者可以眼看腦想手動，樣樣都直接。開始的時候也許成績不如臨摹，但久而久之，功夫用多了，眼光逐漸提高，手腕逐漸熟練，達到得心應手的地步，對任何物象都能描繪自如，而慣於臨摹的人就做不到這一點。簡而言之，就是說臨摹訓練的是模仿力，寫生訓練的是創造力。

　　他還進一步指出臨摹的弊端：「學寫文章從臨摹的方法入手，搞得不好，可能跟一個人的整個生活脫離，在觀念上和實踐上都成了為寫作而學習寫作。還有，在實踐上容易引導到陳詞濫調的路子，阻礙自己的獨立思考和創意鑄語。通常說的公式化的毛病，一部分就是從臨摹來的。」[187]這就深刻地揭示臨摹的方法對習作者可能帶來的消極影響，其嚴重性是不容忽視的。針對人們對閱讀作用的偏頗理解，他說：「閱讀的文章並不是寫作材料的倉庫，尤其不是寫作方法的程序。在寫作的時候，愈不把閱讀的文章放在心上愈好。」[188]「遇到任何題目，不管能說不能說，要說不要說，只要運用胸中所記得的一些

185　葉聖陶：〈臨摹與寫生〉，見《葉聖陶論語文教育》（鄭州市：河南教育出版社，1986年），頁134。

186　葉聖陶：〈臨摹與寫生〉，見《葉聖陶論語文教育》（鄭州市：河南教育出版社，1986年），頁134。

187　葉聖陶：〈臨摹與寫生〉，見《葉聖陶論語文教育》（鄭州市：河南教育出版社，1986年），頁136。

188　葉聖陶：《論寫作教學》，見《葉聖陶教育文集》（北京市：人民教育出版社，1994年），第3卷，頁377。

程序而決定形式，不根據內容而決定形式：這正是道地的八股精神。」[189]葉聖陶一方面強調閱讀教學的重要，把閱讀作為寫作的基礎，另一方面又提醒大家「在寫作的時候，愈不把閱讀的文章放在心上愈好」，就是說既要能入乎其內，又要能出乎其外，既要從閱讀中取法，又不要為某種程序所囿，要從固定的程序中超越出來。

　　基於這一看法，葉聖陶很注意將「借鑒」和「榜樣」或「範例」這些提法加以區別。他說：「如果死死咬定，一切要以人家的表達方法為榜樣或是範例，很可能走上形式主義的道路，結果人家的表達方法是學像了，卻不能恰當地表達出自己的思想感情。以人家的表達方法為借鑒就不然。借鑒就是自己處於主動的地位，活用人家的方法而不為人家的方法所拘。為了恰當地表達思想感情的需要，利用人家的方法不妨斟酌損益，取長去短，還可以創立自己的方法。」[190]的確，在寫作學習中，習作者處於主動地位這是至關重要的，只有處於主動的地位，才能有選擇地吸收別人的長處，並有所突破和發展，真正發揮自己的寫作才能和個性。

　　在寫作教學中，是立足於摹仿還是立足於創新，這是一個觀念性的問題。當前，寫作教學的程序化、學生作文的雷同化傾向，已經到了十分嚴重的地步。高考作文中表現出的學生想像力、創造力低下的狀況，令人震驚。寫作教學方法由摹仿性、求同性向創新性、求異性轉型，確立學生寫作學習的主動地位，應是當務之急。

---

189 葉聖陶：《論寫作教學》，見《葉聖陶論語文教育》（鄭州市：河南教育出版社，1986年），頁69。

190 葉聖陶：〈〈評，讀和寫〉，兼論讀和寫的關係〉，見《葉聖陶論語文教育》（鄭州市：河南教育出版社，1986年），頁164。

先求它「通」又望它「好」的測評觀

　　對學生作文程度應作何要求，葉聖陶關於作文「通」和「好」的見解，對今天作文教學仍有參考價值。

　　關於「通」，他是這樣說的：「一篇文章怎樣才算得『通』？『詞』使用得適合，『篇章』組織得調順，便是『通』。反過來，『詞』使用得乖謬，『篇章』組織得錯亂，便是『不通』。」「怎樣叫作適合呢。我們內面所想的是這樣一件東西，所感的是這樣一種情況，而所用的『詞』剛好代表這樣一件東西，這樣一種情況，讓別人看了不致感到兩歧的意義，這就叫適合。……怎樣叫作調順呢？內面的意思情感是渾凝的，有如球，在同一瞬間可以感知整個的含蘊；而語言文字是聯續的，有如線，須一貫而下，方能表達全體的內容。作文同說話一樣，是將線表球的功夫，能夠經營到通體妥帖，讓別人看了便感知我們內面的意思情感，這就叫作調順。」[191]他認為：「這裡說的『通』與『不通』，專就文字而言，是假定內面的思想情感沒有什麼毛病了的。其實思想情感方面的毛病尤其要避免。」[192]可見，這個「通」的標準，雖然表面上似乎說的是文字形式，實際上也包容了「內面的意思情感」，而思想情感方面的毛病則是「尤其要避免」的。

　　葉聖陶認為，寫作不但要求「通」，還要求「好」。他繼〈「通」與「不通」〉之後，又寫了〈「好」與「不好」〉，指出「前此所說的『通』，只是作文最低度的條件。文而『不通』，猶如一件沒製造完成的東西，拿不出去的。『通』了，這其間又可以分作兩路：一是僅僅

---

191 葉聖陶：〈「通」與「不通」〉，見《葉聖陶語文教育論集》（北京市：教育科學出版社，1980版），頁399-400。

192 葉聖陶：〈「通」與「不通」〉，見《葉聖陶語文教育論集》（北京市：教育科學出版社，1980年），頁403。

『通』而已，這像一件平常的東西，雖沒毛病，卻不出色；一是『通』而且『好』，這才像一件精美的物品，能引起觀賞者的感興，並給製作者以創造的喜悅。認真不肯苟且的人，寫一篇文章必求它『通』，又望它能『好』，是極自然的心理。」[193]他的「好」的標準是指「誠實」和「精密」。「誠實」，是就作者的態度和文章的內容來講的：『『誠實』是『有什麼說什麼』，或者是『內面怎樣想怎樣感，筆下便怎樣寫』。」[194]「精密」，主要是從表達方面說的：「文字裡要有由寫作者深至地發見出的、親切地感受到的意思情感，而寫出時又能不漏失它們的本真，這才當得起『精密』二字，同時這便是『好』的文章。」[195]「要求『誠實』地觀察外物，『精密』地表達情意」，有「誠實」，才有「精密」可言，即「誠於中而形於外」的意思。

　　葉聖陶對「通」與「好」這兩個層次寫作程度的理解，是以他對語言形式與思想內容二者的關係的認識為基礎的，不論是「通」，還是「好」，他都是以語言形式與思想內容二者相統一的觀點來制訂標準的。他雖然十分重視寫作中的語言問題，但是，他從來不把語言和思想割裂開，孤立地看待語言問題，而是認為二者是不可分的。他說：「要是我的語言雜亂無章，人家決不會承認我的思想有條有理，因為語言雜亂無章正就是思想雜亂無章。要是我的語言含糊蒙朧，人家決不會承認我的思想清楚明確，因為語言含糊蒙朧正就是思想含糊蒙朧……」[196]這是從語言看思想。再從思想看語言：「思想不能空無

193　葉聖陶：《寫作雜話》，見劉國正主編：《葉聖陶教育文集》（北京市：人民教育出版社，1994年），第3卷，頁339。

194　葉聖陶：《寫作雜話》，見劉國正主編：《葉聖陶教育文集》（北京市：人民教育出版社，1994年），第3卷，頁340。

195　葉聖陶：《寫作雜話》，見劉國正主編：《葉聖陶教育文集》（北京市：人民教育出版社，1994年），第3卷，頁342。

196　葉聖陶：《語言和語言教育》，見《葉聖陶語文教育論集》（北京市：教育科學出版社，1980年），頁638。

依傍，思想依傍語言。思想是腦子裡在說話——說那不出聲的話，如果說出來，就是語言，如果寫出來，就是文字。蒙朧的思想是零零碎碎不成片斷的語言，清晰的思想是有條有理組織完密的語言。……說他說得好寫得好，不如說他想得好尤其貼切。」[197]基於這種認識，葉聖陶對寫作程度所確定的標準，注意到語言形式與思想內容兩個方面不可分，並認為二者之中尤其要避免「思想情感方面的毛病」，這對於建立科學的寫作測評標準至關重要。

語文教育界在對學生寫作水準的測評標準上，與葉聖陶的上述認識完全相左。長期以來，高考作文的評分標準被分解為內容、語言、篇章三項，其中「語言」項又是權重最大的項目，明確規定要達到一、二類卷的基準分，必須「具備語言項和另一項條件」，要獲得一、二類卷的最高分，必須是「語言項突出的」、「語言項較好的」。這就等於說內容、語言、篇章不是「一樣」，而是可以截然分立的「三樣」，可以有「語言」很好，而「內容」、「篇章」不好的文章，反之，也可以有「內容」、「篇章」很好，而「語言」不好的文章。在這「三樣」中，最重要的不是「內容」（主題和材料）怎樣，而是「語言」怎樣。在這一評分標準的導向作用下，許多教師便把寫作程度的標準放在「文從字順」上，把葉聖陶的求「通」的觀點，曲解為過「語言關」，把寫作沒有錯別字和語病，文句通順，作為寫作教學的理想目標，「以語言訓練為中心」的教學體系應運而生。這就把寫作這一創造性的精神活動和情感思想的藝術化過程，變為一種簡單的文字符號的「編碼」技能，把寫作訓練變成文字訓練，這不能不說是語文教學科學化進程中的一個嚴重的迷失。

從二十世紀二〇年代開始，葉聖陶的語文教育觀就已經產生較大的影響。一九四九年後，他的語文教育觀更是獨領風騷。葉聖陶語文

---

197 葉聖陶：〈談文章的修改〉，見《葉聖陶語文教育論集》（北京市：教育科學出版社，1980年），頁448-449。

教育思想的精髓，如「立誠」，生活是寫作的源頭，以「應需」性寫作為目標，語言與思想不可分，提倡「教師下水」，注重語文素養、習慣的培養，強調創造力的訓練等，無疑使語文教育界受益非淺。但由於當代語文教育仍以「應試」為目標，其基本精神仍擺脫不了「八股」之窠臼，這就使人們往往從實用的、功利的目的出發，對葉聖陶的觀點作片面的理解和引申，其結果是貌合神離，相去甚遠。與這種各取所需的作法殊途同歸的是盲目迷信，將葉聖陶的語文教育思想奉為圭臬，不作分析地全盤接受，視其為理論禁區。這些，顯然都不是真正科學的態度，勢必將阻礙對語文教育規律的探索和寫作教改進程。

葉聖陶的語文教育思想，與任何偉大的思想一樣，都有其侷限。他對「作文法」的鄙薄，輕理論、重自悟的經驗主義傾向，以閱讀為本位，重讀輕寫的讀寫觀等，導致對寫作教學本體認識的疏忽。他認為寫作靠的是「自悟」，寫作的基礎是閱讀，並斷言「作文不是一個獨立的學科」[198]，這便意味著寫作教育只能處於「寄人籬下」、無足輕重的地位。在這一認識的影響下，「以讀帶寫」規範長期佔據語文教壇，寫作教學在某種程度上仍重蹈「神而明之」、「聽天由命」的老路，寫作和語文教育的宏觀研究被忽視，造成了語文教育理論的貧瘠和實踐的困窘。

二十一世紀的語文教育，需要我們本著為歷史負責的態度，對在過去的大半個世紀中，占主導地位的葉聖陶語文教育觀，加以認真的反思、總結、揚棄和發展。語文素養教育，呼喚著語文教育理論的革故鼎新，呼喚著語文教育思想和實踐的科學化、多元化。我們期待著一個語文教育科研之花異彩紛呈、爭奇鬥豔的明天。

---

198 葉聖陶：〈改進語文教學，提高語文教學的品質〉，轉引自《語文學習》1979年第4期。

張志公：觀今宜鑒古，無古不成今
——古為今用的歷史主義語文教育觀

　　張志公先生（1918-1997），河北省南皮縣人。一九一八年十一月生於北京。學外語出身。一九三七年中學畢業，就讀於中央大學外語系，攻讀英語、法語和外國文學，一九四〇年輟學，後轉入金陵大學外語系，一九四五年畢業，留校任教。一九四六年起，自學俄語，並研究語言學和漢語。在輟學與在大學期間，先後在金陵中學、華西中學等中學任教。一九四八年應聘到海南大學（一說為河南大學）外語系任副教授，代理系主任。在金陵大學、海南大學講授英語、歐美名著選讀和語言學概論等課程，並開始致力於古代漢語和現代漢語的研究。一九五〇年初，轉赴香港華僑大學任教，講授翻譯學。一九五〇年十月，回到北京，在出版總署領導的、公私合營的開明書店任編輯，分管外語、漢語和翻譯書稿的編輯工作。次年，負責編輯新創刊的《語文學習》月刊。一九五三年，開明書店與共青團中央領導的青年出版社合併為中國青年出版社，張志公先生任第四編報室（語文編輯室）主任，除繼續主編《語文學習》外，仍主持語文、外文書籍的編輯工作。在此期間，當時的中國科學院哲學社會科學學部（現在的中國社會科學院前身）語言研究所羅常培所長，擬商調志公先生到語言所工作，並已開始到語言所上班。一九五四年，中國教育部確定中學語文科實行漢語和文學分科教學，委託呂叔湘先生和張志公先生主持編寫漢語教材，為此，人民教育出版社設立了漢語編輯室，把張志公先生從中國青年出版社調來擔任主任，《語文學習》雜誌也改由人民教育出版社編輯出版，張志公先生繼續任主編。[199] 從此，他的事業

199　參見田曉琳：〈張志公先生的學術生涯和學術成就〉，見《中國教師網》，2004年10月19日。

基本上就定位在語文教材的編寫和語文教育及其相關研究上。他探求面很廣，幾乎涉及和語言相關的所有領域。

張志公先生的《傳統語文教育初探》（上海市：上海教育出版社，1962年），修訂後改名為《傳統語文教育教材論——暨蒙學書目和書影》（上海市：上海教育出版社，1992年），是開啟其語文教育觀的鑰匙，他的其他語文學著述，大多有傳統語文教育研究的影子。

語文學科已有三千多年歷史，張先生曾談到，此前這方面所做的工作，只有中華書局收集並展覽過五、六十種童蒙讀物，胡懷琛曾經寫過一本《蒙書考》，開列了大約一百種所見所知的蒙書，輯錄了幾十條有關的資料：這些，篳路藍縷之功不可沒，不過收集考察的範圍都還不大，分析研究更付闕如。因此，張先生堪稱對其作系統考察研究的第一人。《傳統語文教育初探》為語文學科教育史研究開闢了道路，奠定了基礎。這是張先生一生做的最值得驕傲的事。也許連他自己也不曾料到，這本薄薄的小書是他所有著作中最有分量的，他的生命價值竟是由它決定的。我們堅信，隨著時光的推移，無數語文學著作被淹沒，而這本小書仍會擺放在語文學者的案頭。這是一座繞不過去的學術界碑。

觀今宜鑒古，無古不成今。他給語文界昭示了一個道理：不了解、研究傳統語文教育，就不懂得當今的語文教育，就沒資格談論、研究語文教育。

傳統語文教育資料紛繁，從哪裡入手是個問題，張先生的研究選擇了從教材入手。他認為研究歷史上的語文教育，求之於教材往往比求之於史傳記載的章程、條例更可靠可信一些。教材是實際使用的，而其餘則往往是作出來的文章，說得頭頭是道，但與實際不見得相符……古今中外，語文教材對社會的發展變化最為敏感。它反映產生它的社會背景，包括文化傳統、風土習俗等等，反映當時社會主導的思想意識，以及教育觀點、教育政策，可以說語文教材是語文教育、

思想教育、知識教育的綜合性教育讀物。語文教材充分體現本國母語的特點，使得思想教育、知識教育以及語文教育便於為兒童、少年所接受。語文教材又受母語特點的制約，如果使用教材得法，語文教材又會起到規範語言，純化語言，促進語言發展的作用。所以研究教材的意義很大，收穫會是多方面的。本書可以說是以研究教材為主要線索編寫的。

　　本文擬將張先生相關認知梳理為三個層次，一窺傳統語文教育得失利弊，探求啟示，並對其作一反思。

第一層次：傳統語文教育的三個階段

　　張志公先生清晰地勾勒出傳統語文教育的三個階段（在第一階段之後，另加一個「過渡性階段」，這個階段有的獨立進行，有的與上下階段交錯進行，不作為獨立的階段）：

　　第一階段：初期識字教育和寫字訓練。很突出的一個作法是在兒童入學前後用比較短的一段時間（一年上下）集中地教兒童認識一批字──兩千左右。

　　過渡性階段：識字教育與思想教育、知識教育相結合。在集中識字和開展認真的讀寫訓練之間加上一個過渡性的階段──繼續進行識字教育，鞏固前階段所識的字，進一步再多識些字，比如說識到三千多個，與此同時，結合著進行思想教育與知識教育。

　　第二階段：初步的讀寫訓練：大致在兒童入學後第三個年頭（有的還早些），進入以讀寫基礎訓練為主的第二階段。這個階段一般作法是：開始教學生讀《四書》、《五經》；配合讀經，教學生閱讀簡短的散文故事和淺易的詩歌，教學生學對對子，有的還教給學生一點極淺近的文字、音韻的知識。

　　第三階段：進一步的讀寫訓練。閱讀訓練和作文訓練是這個階段

中語文教育密切不可分割的兩個方面。

他認為，古代的教學制度不是很明確，語文教育的每個步驟，用的時間可長可短，各個步驟也可能是互相交錯，而不是逐一銜接。這三階段說，是根據所掌握的資料概括出來的一般的情況，是大體能反映出傳統語文教育的基本面貌的。

筆者以為，從這三階段可獲如下宏觀上的啟示與反思：

一、傳統語文教育涵蓋了整個科舉教育的基本內容。可以認為，中國古代科舉教育主要內容就是國文，較為單純，所以，可以全力以赴，在較短的學習時間內取得較高的學習效率。不像「新學」興起後，科目龐雜，學生精力分散，數敗俱傷。若想語文好，就得適度「偏科」。其他學科人才的培養，也要適度偏科。

今天的時代不可能有全才、通才。大師、名家，多數是「偏才」。再也別做全民學英語那樣的蠢事了。

二、傳統國文課程涵蓋了國學基本內容。從蒙學識字階段就開始學習大量的道德、歷史、文化、社會等知識，讀經、讀史、讀詩詞，是必修課。事實證明，經歷過「舊學」教育，國學基礎好，語文功底就好。語文學科的潰敗就是從廢止「讀經科」開始的，一九四九年後文言文的大幅削弱，更是雪上加霜。若想語文好，就得大量讀經、讀史、讀詩詞。要大幅增加文言文選文的比重。

三、寫作是傳統語文教育乃至整個科舉教育的終極目標。三個階段的教學內容主要由閱讀、寫作教學來呈現、吸收、轉化的。在閱讀與寫作二者中，寫作是學習的終極目的。學生經過蒙學館、中館、大館的學習，最終目的就是寫好八股、策論、試帖詩等，以應付科舉。所讀的一切，都是為了寫，這個目標是十分明確的。撇去科舉教育、應試體式的腐朽、僵化不論，將教學目標設定在寫作上，無疑是科學的。這就是讀以致寫、學以致用。若想語文好，惟有學習通過寫作、指向寫作。

現今學生經過十二年基礎教育，花費了那麼多的課時，學得又苦又累，卻絕大多數聽、說、讀、寫不過關。高中以至大學，甚至研究生畢業，還寫不出像樣的文章，這一困境發人深思。以上三點是否可助其脫困？

第二層次：三個階段的經驗和問題

張志公先生對上述三個階段的經驗與問題，作了較全面的歸納與思考，這是他的重大建樹，給我們許多啟示。但時過境遷，其觀點也不無值得檢討、反思之處。

一　第一階段

三項經驗：一是「集中識字」。二是「當分者分──認和講，認和寫」。三是「使用整齊韻語」。

這種初級階段的識字、寫字、理解分別進行的傳統教法，對張先生後來的「分進合擊」的教學觀的影響是顯而易見的。

筆者最看重的是啟蒙教材「使用整齊韻語」。今天小學中低年級語文教材也應該多採用整齊韻語或詩詞，使學生在從一開始就親密接觸到漢語的聲韻美，並長期浸淫其中，有助於形成良好的語感與言語審美追求。今天不一定都要讀「三字經」、「百家姓」、「千字文」，但可以借鑒三字經的編法，將識字教學與基本的歷史、文化、社會、風俗等知識的傳授，融為一體；多讀「千家詩」之類淺易、上口的詩詞。

張先生總結的「問題和教訓」：

一是「集中識字還不是最理想的辦法」。一上學就得枯燥、無興趣、無積極性一陣子，這對早期教育決不是有利的。

二是「要面向兒童」。「三百千」在古代蒙書中已經算是平易可讀的，然而，……一句話，且不說所講的內容、道理對不對，統統是以

成年學者的主觀願望欺侮小孩子的。

張先生是以孩子的接受為本位思考問題，這可以理解。但孩子的閱讀是否都要符合其年齡特點，都要有興趣，讀得懂，似乎未必。現今掀起的「讀經」、「讀古詩詞」、「讀三百千」等的熱潮，就是表達了孩子早期閱讀可以不求甚解的觀念。張先生說這些讀物是「以成年學者的主觀願望欺侮小孩子」，這就言重了。即便從內容、道理看，這些讀物精蕪並存，大量的是中性的道德、歷史、文化、社會知識，要做具體分析，不宜一概否定。

二　第二階段

張先生這裡談到的兩個問題是值得重視的。

一是讀詩的問題。

我們以為，張先生倡導傳統讀詩的方法，十分必要。閱讀詩歌，不但是語文教學內容重要組成部分，也是語感技能獲得的一個重要途徑。古人讀詩，主要是一種啟蒙階段的思想、知識教育，隨著年齡的增長，就讓位於散文的閱讀。在今天，「詩教」恐怕就不必侷限於啟蒙階段，應該貫穿於語文學習的全程，詩歌的分量要加大，重要的是要對其價值作重新定位，當視作文學趣味、情感、素養的教育，文字基本修養的培育，也是「詩意人生」教育。

一是從「屬對」訓練引發的思考。

張先生提出語文教學中存在著一個教不教語法修辭等知識的問題。這是個困擾張先生一生，雖努力求解，最終也沒能處理好的問題。這個矛盾主要體現為是知識本位還是實踐本位思考。張先生試圖擺脫而終究沒能擺脫知識本位思考，準確的說，是語言學知識本位思考。所以，他給自己留下了一個遺憾，也給我們留下了一個未解的課題。

張先生非常關注傳統語文教學的「屬對」（即對對子）訓練，這

確實是一種可以借鑒的重要的語言練習方式。屬對——對對子，對於基礎語感的培養，對漢語的對偶、音韻、節奏等的感受，對文字、詞彙、語法、修辭、邏輯的感性體驗，有著其他語言練習方式不可替代的作用——培養基礎語感、詩詞語感，通過大量的讀詩、屬對，可以打下堅實的基礎。屬對，實際上就是傳統的文字基本功練習的主要方式。有了它，語言學知識就變得不是那麼重要了。相信張先生對此心知肚明，只是難以掙脫作為語言學家的思維定勢。

我們認為，讀詩以修內，屬對以賦形，可達成內外同致、意到筆隨之效。

三　第三階段

張先生對「閱讀訓練」從三個方面分析：

一是「教材——古文選注評點本，自學讀物」

他總結的經驗：為了培養學生具備基本的讀寫能力，至少要教他們熟讀二百來篇古文，因為只要具備了基本的能力，學生就可以自己去廣泛涉獵，不需要由老師一句一篇地來講了。

就選文的標準和範圍說，都重視歷來有定評的、膾炙人口的名文。就注釋評點體例說，有的非常詳細，從字的讀音、意義，到典故、事實，句段的聯繫照應，文章的結構層次，遣詞造句的要點，有的還通解全篇大意，總論全篇的內容和寫法，個別的更附有讀後感之類的材料。輔助教材——詩賦選本和涉獵用書。

筆者以為，其中尤值得關注的有兩點。

（一）課內大量閱讀古文經典名篇，延伸到課外閱讀的詩賦選本和涉獵用書。豐厚的學養集聚，對於學好語文必不可少。我們今天的語文教材，也應以詩賦、古文為主，白話文、時文應大幅削減，學生可自由涉獵。

（二）教材可適當增加注釋、評點，以便學生自學。教材要言不繁地指出思想內容與表達上的關鍵、要點，教師儘量少講，不過多分析發揮，讓學生自己去體會。讓學生在自學教材基礎上質疑問難。

二是「閱讀訓練的原則和要求──『文』『道』不可偏廢」

當代語文教育提倡「文、道統一，文、道兼顧」，大約就是拜張先生傳統語文教育研究之所賜。這是張先生始終堅持的一個教育觀念，也是語文界極為推崇的。筆者認為，「道」是封建教育和八股文寫作「代聖賢立言」的要求，實際上，以往論者對「道」究竟是指「道德」、「義理」還是指「主題」、「內容」，都還是模糊不清、飄忽不定。這樣來提倡「文、道統一」，顯然有點不夠嚴謹。

尤其值得注意的是，以往實際上是重「道」輕「文」，「道」就是指「政治掛帥」，導致語文教育政治化。這導致了語文教育的變質，學生為文的「假、大、空」，這是有過深刻教訓的。

由於「文、道統一」的「道」，有著較濃郁的政治色彩，從語文學角度出發，是否可適當淡化，側重講「文、意統一」。「意」，相對「中性」，所指也較明確，即文章的主題。因而更妥帖。

三是「閱讀訓練的方法──要求熟讀，精思，博覽」

我們以為，這種閱讀訓練方法，在今天基本上只剩下「熟讀」──死記硬背，「精思」和「博覽」蕩然無存。傳統閱讀注重的是「精讀」，不注重「泛讀」、「略讀」（「博覽」講的是閱讀的內容和風格體裁要寬，是對閱讀面說的，和「泛讀」「略讀」講的是閱讀方法不同）。這一傳統，被葉聖陶、張志公先生等繼承，葉老強調閱讀「求甚解」，就是強調「精讀」。其實，「泛讀」、「略讀」也很重要，尤其在資訊化社會，對付海量的資訊，不能不具備快速瀏覽的閱讀能力，必須「不求甚解」。要從時代需要出發，使「精讀」與「泛讀」各得其所。

「寫作訓練」從四個方面分析：

一是「一般寫作訓練的原則——『詞』『意』並重」

就是作文應該以「意」為主，以「義理」為根本。好的「意」，正確的「義理」，必須用恰當的「詞」，好的「辭章」表達出來。筆者以為，過分強調「義理」，也會造成「立意要高」、任意拔高主題的傾向。在兒童初學寫作時，不宜過分追求「詞、意並重」，喜歡寫，寫得「有意思」就好，不一定強調「有意義」，更不能以成人思維來認定學生文章「意」的高低。

二是「作文訓練的步驟——先『放』後『收』」

張先生能注意到「放」，是值得肯定的，但「先放後收」是科舉教育下的體認，最終是「收」到八股文規範上來。這是不符合寫作學習規律的。張先生沒有意識到，首先提出「放膽文」、「小心文」概念的謝枋得的《文章軌範》，並不是落在「收」上，而是落在「放」與「收」的統一上，重心是「放」不是「收」，注重張揚言語個性，這才真正符合寫作規律。

從寫作素養教育來看，首要的是讓學生能夠放膽為文、率性為文，因此，「放」始終是主旋律；「收」是一種學習進程中自然發生的自我否定、自我超越，是教學中的因勢利導。寫作最終的目標不是「收」而是「放」：超越定格為文，寫出言語個性。

三是「作文訓練的方法——多作多改」

「多作多改」很重要，尤其是「多改」，「改」的益處也許比「作」還大，而「改」在今天是比較被疏忽的。教師如能在「改」字上下功夫，將事半功倍。除了注重「多作多改」，還應強調「多讀」、「多商量」（討論、交流）。歐陽修說的「三多」較全面：多讀、多作

（含多改）、多商量。最好還要加上一條：多思考。

四是「從模式到程序化——八股文」

　　張先生認為從指導學生作文看有兩點可以研究：第一，「模式」是需要的，「程序化」是應當反對的，這兩個概念要加以區別。第二，先學局部，後學整體，先學勾出輪廓，後學發揮充實。

　　張先生敢於從歷來被批判、否定的八股文教學中，發掘其有現實意義的方法，這是實事求是的態度。但必須指出，這種「模式化」訓練也未必可取。「定法為文」是應試情境下的產物。可借此認識文章篇章結構，培養初步的體式感，但不宜作為普遍性的方法搬用到寫作教學中。

　　八股文寫作有統一的模式，而其他體式寫作並沒有統一模式。如以往建立在「三要素」（形式邏輯）基礎上的議論文「論證」模式，便不符合論辨寫作的辯證說理（反駁、證偽、具體分析）多樣化需求。教學生單一的「三要素」的「論證」模式，對理性思維與論辨寫作的誤導是災難性的。

第三層次：對經驗和問題的再思考

　　以下討論的內容，來源於張先生的〈關於改革語文課、語文教材、語文教學的一些初步設想〉（《課程·教材·教法》1984年第6期，1985年第1、3、5期連載，在《傳統語文教育教材論》中作為「附錄」）。[200] 該文是張先生對《傳統語文教育初探》中一些觀點的自我反思，將原來的認知簡化、提煉為兩件事、三點經驗、三點問題、四點弊端。

200　張志公：《傳統語文教育教材論》（上海市：上海教育出版社，1992年），頁146。

一　兩件事

一是花大力氣對付漢字，一是花大力氣對付文章。張先生對其極力肯定。

筆者以為，對付漢字，是手段；對付文章，即對付寫作，是目的。「對付漢字」，在電腦普及後變得相對容易，可先認後習（學寫字）、邊認邊寫（寫作）、邊寫邊認，邊讀邊認，邊認邊讀，邊讀邊寫邊認等。「對付文章」更須關注，「以寫為本」（為寫擇讀、為寫而讀、讀以致寫）是傳統語文教育的第一秘訣，最值得借鑒與思考。

張先生對如何正確處理讀、寫矛盾，對現今「以讀為本」的教材和「為讀而讀」的教法的弊端，尚缺乏思考。語文教育應回歸到「以寫為本」的正道上來，才有活路。

二　三點經驗

一是建立了成套的、行之有效的漢字教學體系。一是建立了成套的文章之學的教學體系。一是建立了以大量的讀、寫實踐為主的語文教學法體系。

在此，有些傳統語文教育的成功經驗，張先生尚未觸及，或雖觸及了但沒能正確地運用。

例如，張先生未關注到傳統語文學習最重要的方法：日札寫作。日札包括日記、札記、札錄、評點等。古人說「不動筆墨不看書」。札錄，就是韓愈說的「提要鉤玄」，這是古代學子、學者讀書、治學的基本方式。章學誠說「故為今學者計，札錄之功，必不可少。……札記者，讀書練識，以自進於道之所有事也。」[201]可見其重要。

再如，古人的「屬對」訓練，張先生觸及了，也很重視，然而並

---

201 章學誠：〈與林秀才〉，見《章學誠遺書》（北京市：文物出版社，1985年），頁89。

沒有很好地應用到今天教學中，卻走進了語言學知識、特別是語法知識教學的死胡同裡去。思慮再三後，他以「辭章學」，即「文章之學」，替代語言學，仍沒有摸準門徑。

其實，古人的「文章之學」並不是唯一值得繼承的理論，最應看重的當是以《文心雕龍》為代表的側重於寫作運思、創造過程的「寫作學」理論。

此外，語文教學原則「為寫擇讀、讀以致寫」，張先生毫無涉及。

三　三點問題

首先是語文教學的性質和目的──語文教學是科舉考試的附庸，目的在於使受教育者獲得參加科舉考試的能力。這樣的性質和目的決定了教學內容──識字加讀古文加作古文（一般古文和八股文）。這樣的性質和目的，這樣的內容，決定了學語文的主要手段──記誦和摹仿。

張先生對此基本否定，其實這在今天仍有合理之處。

第一，批評古代語文教學作為科舉考試的附庸是沒有道理的，是把錯了脈。為「應試」不是問題的本質，關鍵在應的是什麼試。如果考的是語文素養，便無可厚非。科舉考試，考的是八股文、策論、試帖詩等多篇作文，可以反映一個人較為全面的語文素養，因而是可取的。今天語文高考考的那些亂七八糟的題目，多是「偽語文」、「偽能力」，便不可取。

第二，識字加讀古文加作古文，更沒得說。古人不讀古文作古文，讓他們讀什麼作什麼？今天，多讀古文也是必須的。中國文化以文言文為載體有三千多年歷史，白話文才有一百年，中國人不讀古文不是數典忘祖嗎？要寫好白話文，也需要一定的文言文功底。哪一個白話文大師，沒有厚實的文言文基礎？

第三，「記誦與摹仿」不是問題，而是很好的經驗。死記硬背、

機械模仿確實不好，只要善於引導，使之與思考、創造相結合，這兩個方法都是語文學習不可或缺的，應繼承與弘揚。

四　四點弊端

（一）脫離語言實際。語文教學只管書面上的訓練──識字，寫字，讀書，作文章，完全拋棄了口頭上的訓練──聽話的能力和說話的能力。

聽、說能力的培養，確實前人做得不夠，應加強。

（二）脫離運用實際。語文教學只管讀、寫，而讀的、寫的都與日常生活和工作中實際運用的東西無關。忽視致用的傳統，影響很壞，貽害極大。

張先生的這個觀念很有代表性，亟待釐清。強調致用，自然沒錯，但不能淪為實用主義、功利主義。試想，四書五經、文言、古代詩詞，如何能「都與日常生活與工作中實際運用的東西」有關？而這些「非實用」的，恰是語文素養的命根子。這就是韓愈說的養「根」加「膏」：「根之茂者其實遂，膏之沃者其光曄。」[202]

（三）忽視文學教育。學塾、蒙館多少教小孩子念點短詩，為的是易於上口，背誦，開講四書、五經之後，不再把詩列為教學內容。詞曲小說更不要說，不僅不教，甚至禁讀。

張先生的這個意見同樣似是而非。他的「文學」的概念是西方的，狹義的。而中國傳統的「文學」是廣義的。先秦指的是文化經典，後世的讀經，繼承的就是這一傳統。魏晉南北朝指的是文質兼美之文，就是蕭統在《文選》〈序〉中設定的選文標準：事出於沉思，義歸乎翰藻；綜輯詞采，錯比文華。這種傳統的大文學觀，以「美

---

202 韓愈：〈答李翊書〉，見童第德選注：《韓愈文選》（北京市：人民文學出版社，1980年），頁27。

文」消弭了文學文與實用文的鴻溝，推崇讀經典與文質兼美之文，是很值得今天選文與教學時認真思考。——至於說先讀詩，後讀經，這有個從易到難的安排問題。不讀詞曲小說，是因為古人認為詞曲小說不是正宗、高雅的文學，有其合理性，可領會其精神。

（四）不重視知識教育。中國本來有起源很早的、很發達的文字、訓詁之學，稍後有聲韻之學。然而在基礎教育中並不教文字、訓詁、聲韻的知識。教字，教文章，也不運用這些知識。

張先生站在現代語言學家的立場，不能理解古代語文學家與文字、訓詁、音韻學家的苦心、機心。古人有相當豐富的語言學知識，但不教這些知識，教的是對培養語感最有效的「屬對」，這就是他們高明之處。張先生曾因為中學教語法，學生既難以掌握，且對寫作實踐無效，而費盡心機、吃盡苦頭，然而，卻始終未覺悟其道理，反而責怪古人不重視語言學知識教育，竊以為頗不可思議。

張志公先生從三千多年的語文教育中提取出的經驗和問題，雖然還比較粗淺，但由於是第一個涉足者，所做的是前無古人的事，能自浩如煙海的史料中，梳理出個大致清楚的面貌，已經算是很不容易的事了。其中不少的經驗，經過張先生的宣揚，逐漸為大家所熟知，有的在語文教育實踐中已經被付諸實行。比如，集中識字，讀詩，屬對，文、道並重，熟讀、精思、博覽，涵泳體味，多作多改，先放後收，等等，今天我們已經耳熟能詳、習以為常，這是應該對張先生所付出的辛勞懷有感激之心的。

無庸諱言，今天我們對母語——漢語教育的規律的認識還是比較淺陋。當我們在進行新一輪課改的時候，所借助的基本上都是西方教育學和語言教育、語言學的觀念和方法，所使用的語文學概念，很少是民族化的，更沒有形成對民族化的母語教學的科學的認知，沒能夠較為精細準確地總結出漢語教育自身的特點，和行之有效的方式方法，並對其作出理論的闡釋，以至傳統語文教育的精髓沒有得到發揚

光大。這無疑是語文教育界的恥辱，也是我們今天深切緬懷張先生業績的一個原因。

王富仁：超越肉體的自我，任何表達都合理
——打破舊藩籬、自成一家言的語文教育觀

　　王富仁（1941～），山東省高唐縣人，教授、博士生導師，中國現代文學研究會會長。他一九七六年畢業於山東大學外文系，一九八一年十月，碩士畢業於西北大學中文系，一九八四年十月，博士畢業於北京師範大學中文系。是新中國培養的第一個文學博士。他博士畢業後在北師大任教，二○○三年六月至今在汕頭大學任教。

　　王富仁主要從事中國現代文學研究，魯迅研究。他的碩士學位論文《魯迅前期小說與俄羅斯文學》就引起了文學界的關注。一九八四年的博士學位論文《中國反對封建思想革命的一面鏡子〈吶喊〉〈彷徨〉綜論》，成為新時期魯迅研究的一個標誌性成果。他的《中國魯迅研究的歷史與現狀》《中國文化的守夜人——魯迅》等書的出版，使之成為中國魯迅研究界的重要人物。他在二十世紀八○年代中期提出「回到人間魯迅」的主張，改變了中國魯學研究的方法和路線，推動了方興未艾的理性主義啟蒙運動。他是魯學研究領域的權威。被譽為中國文學界的一大旗幟，魯學研究國內第一號學者。

　　他的語文研究文章涉及面較廣，思考總是別出心裁，一般總能說出一些人們意料之外的觀點，讓你愕然。所以，我稱之為「另類解讀」。舉個例子說吧，關於這次中小學語文課改的緣起，人們一般總是較多地歸咎於語文教育的內部的原因，例如教學觀念的錯誤，教材的陳舊，政治性話語的介入，語文高考的荒謬，教學方法對學生言語個性的壓抑，等等，然而，王富仁卻另闢蹊徑，從外部的社會形態的演變中去尋找「歷史依據」。

　　王富仁不是從概念、觀念出發進行演繹，他更看重的是對教育現象作出自己的歸納。他注重的是對歷史的整體的分析與觀照，不是純粹作邏輯的推理與局部的孤立的判斷。因此，他能越過經驗的層面，把握住教育的矛盾與走向。這樣，他就超越了過去與當下，抽象論證了教育演變的規律，從而照亮了未來。

　　他的歸納和思考往往是原創的，是自命名的。比如上面他談到的「五四」以後存在著的三種的教育模式：國家主義教育模式、社會化的教育模式和政治主義的教育模式。這大約是哪一本教科書上都沒有的，而這種原創的命名，有可能不是十分嚴謹，但是鮮活靈動的，是對事物的第一手的抽象，因而是十分可貴的。細想想，這三種模式及其矛盾，的確不論是哪一個時代都以不同的形態存在著的，是此消彼長著的，雖然他的命名也許不無可商榷之處，但語文教育教學改革還真如他所說，是這幾種模式矛盾鬥爭的結果。

　　在語文教育領域，他沒有絲毫思想的累贅，對語文學科長期層積的思考成果、思想糾紛所知甚少，他基本不管不顧語文教育的傳統觀念，想自己的問題，建構自己的思想邏輯和概念系統。所以他的見解往往就與常規的思路格格不入，往往就能別開生面。這樣做，從好處說，能超越陳見、標新立異，有時歪打正著，歪打歪著，使人耳目一新；從缺點說，他掌握的語文學科學術資源遠遠不足以提供產生卓越的觀點所必需的積澱，這就難免捉襟見肘、入不敷出，在證據的豐腴說理的圓融上稍遜一籌。他的思維方式有點像先秦的名家，總是我行我素地說出自己驚世駭俗的觀點，你還不得不承認他「持之有故、言之成理」，跟著他的思路走，結果往往繞到他的邏輯鏈條裡出不來。

　　王富仁對語文學科有著他人不可替代的貢獻。他站在教育時空的峰脊上，冷眼洞察紛紜瑣碎的教育世相，揚棄陳說陋見，解蔽脫困，說出了語文界想都不可能想到的觀點，把一潭死水般自給自足、自矜自喜的語文界思想搞亂，讓我們感受到了傳統堤壩上的驚濤拍岸、電

閃雷鳴，這就是王富仁的價值。在某些問題或某些局部，也許他不無
疏失，他不可能什麼都懂，他的觀點也常有瑕疵，但這些都不重要，
因為他說的總有些讓人驚奇的發現，總有些合理之處。也許你不能一
下子接受他的觀點，甚至還有點隔膜或排斥，但你一定會接納他的睿
智與深刻，意識到研究視界的天高地厚。

從歷史視角界定「大語文」和「小語文」[203]

　　王富仁認為語文教育認識上的頗多分歧，根本原因是由於對「語
文」這個概念認識不清造成的。為此，他對「大語文」與「小語文」
作了界定與澄清，指出今天在討論中小學語文教學問題時，這兩種不
同的語文概念發生了各種不同形式的混淆。導致了在一系列問題上的
認識的錯位。他梳理概念，用的主要是歷史分析的方法。

　　他認為中國古代的教育，實質上就是「語文教育」，但是，這個
語文的概念，實際上是個「大語文」概念。它包括了當時幾乎所有用
文字進行表述的東西。我們現在所說的文學、語言學、文藝學、哲
學、政治學、倫理學、道德學、宗教學、社會學、民俗學、歷史學、
地理學乃至經濟學、生物學、天文學、物理學等等方面的知識都是通
過語文學習進行傳授的，它的任務是為當時的社會培養一切非直接從
事體力勞動的人才。由於當時自然科學、社會科學的不發達，其主體
內容則是文學和倫理學、道德學，但作為一個概念，卻是一個「大語
文」的概念。所謂「大語文」，實際上是一個民族文字語言的總匯，
它體現的是一個民族文化的全體，而不是它的一部分。這個概念，到
了中國近現代教育中，發生了很大的變化。中國現代教育體制是在西

---

203 本部分沒有另外注明的引文均請參閱王富仁：〈「大語文」與「小語文」〉，見《語文
　　教學與文學》（廣州市：廣東教育出版社，2006年）。

方教育體制的影響下發生變化的，西方近現代教育的根本特徵是各文化門類分工的細密化。自然科學和社會科學逐漸從中國固有的「大語文」教育中分化出去，並且它們自身也分裂成了各個不同的學科。我們現在這個「語文」的概念，實際上已經不是原來的那種「大語文」的概念，而是在排除了幾乎所有知識性內容之後的一個「小語文」的概念。它是一個民族語言總匯中的一部分，而不是它的全體，它體現的也不再是一個民族文化的全部，而是它的一種表現形態。在中國古代的教育中，學生從入學起學的實際就是語文課，直到考上進士，學的仍然只是語文課。但在我們的現代教育中，從小學起，「語文」就是與「數學」、「音體美」並列的三大課程之一，到了中學，它則成了與外語、數學、理化、政史、音體等諸多課程幾乎相並列的一門課程。

　　他所做的這一區分，是為了解決現實中語文教學改革論爭的視角問題，他認為：我們在討論中小學語文教學及其改革的時候，必須面對這個「小語文」的概念，而不能用中國古代那種「大語文」的概念看待和思考當前的中小學語文教學及其改革的問題。而現實的情況是，我們討論中小學語文教學及其改革的時候卻用的大都是「大語文」的概念。

　　這主要表現為，人們往往是從現實社會的語文實踐看待問題的，是在整個社會的語文實踐中直接獲得對中學語文教學的觀感的，並且往往是以中國古代語文教育為參照系的。這樣，就自覺不自覺地回到「大語文」概念上去了。實際上，當我們不是從中小學語文教學實踐的角度、而是從一般的社會語言實踐狀況的角度考慮問題的時候，我們考察的已經不僅僅是中小學的語文教學，而是包括社會教育在內的全部教育，是中國現實社會的文化。實際是用過去的「大語文」看待並要求我們現在的「小語文」。在中國古代，詩文幾乎是中國書面文化的唯一的載體，它從一開始就是培養超於普通社會群眾的文學家的，語文的教學占了它的教學的幾乎全部的教學時間，而現在的中國

文化卻是通過自然科學、社會科學、文學藝術、哲學這所有語言載體共同承載的。

　　他作「大語文」與「小語文」的區分，作上述的分析，主要是想澄清，或提出以下四個問題：

　　一、弄清楚人們對當今語文教育水準的評價的真實性。因為這是引發這一場課改的焦點。

　　他得出的結論是：要比，也得用「大語文」與「大語文」相比。假若嚴格用「大語文」的觀念將古代中國和現代中國相比，不論我們現代的教育還存在著多少問題，但中國社會文化、社會語言的整體水準還是大大提高了，而不是降低了。而不能用中國古代的「大語文」同中國現代的「小語文」進行比較。這樣，我們才能分清中國古代教育與中國現代教育的差別，實事求是地看到進步，看到發展，以發展的姿態認真地、切實地思考中小學語文教學改革的問題。

　　應該承認，按照他所作的概念分析，將現代中國與古代中國相比，用「大語文」與「大語文」相比，做出的「中國社會文化、社會語言的整體水平還是大大提高了，而不是降低了」的估計是有道理的。他所說的不能用中國古代的「大語文」與中國現代的「小語文」相比也是有道理的。他給語文界吃了一顆定心丸，這無疑的將極大地增強人們對現代語文教育的信心。我們不能不承認這個論斷是十分獨特的。

　　但是，順著王先生比較的思路，我們不禁有這樣的疑問：如果將「五四」以後、「文革」以前的「小語文」教育，與「文革」以後的「小語文」教育品質進行比較，或者用當今的中國大陸的「小語文」教育與臺灣地區的「小語文」教育進行比較，現今中國大陸學生的語文水準是怎樣的呢？是提高了還是降低了呢？這種比較在邏輯上大約是沒有問題的，然而，結論恐怕是不容樂觀的：我們今天學生的語文水準比起「文革」前，比起臺灣，恐怕至少是不高的。王富仁的要害

是單將「大語文」與「大語文」進行比較，就得出了現今語文水平提高了的結論，卻忘了將「小語文」與「小語文」相比。

我以為比較的結果不應是掩蓋問題，而是要發現問題。如果我們只是滿足於「整體水平」的「大大提高」——事實並非如此，那我們中小學語文教學改革的「意願」將會大大降低。我們就難以看到教育現實中存在的錯綜複雜的問題。那麼，上個世紀末的那一場語文論爭就變得毫無意義，本世紀初的課改也變得不是十分必要和迫切。

事實上，我們只要憑教師的直覺也能做出「今不如昔」的判斷。但是與其憑直覺做出判斷，我還是寧願相信王先生的推理，因為他的思路讓我們開竅，因為有時經驗也會蒙蔽自己的大腦，他使我們認識到原來還可以這樣考慮問題，還可以推出與我們所有人相反的結論。儘管他在推理上有所疏失。

二、站在反對「大語文」和復古的立場，王先生批評說：有的私立學校以改革為名，又叫學生從《三字經》、《百家姓》念起，又叫學生背誦《論語》、《孟子》，並用這些中國古代教育的教材完全取代了現代語文教材。我認為，這是死路一條，走不得的。這一觀點，在讀古書之風興起的今天，也是與主流觀點背道而馳的。

他在另一篇文章中還講到：當前中小學語文教學改革的最大危險是復古主義。必須牢固地建立起這樣一種觀念：我們現代中華民族的語言是白話文，而不是文言文。它不但是我們現代中國人進行思想感情交流的方式，而且是我們現代中國人的基本思維方式。學習文言文是為了增強我們現代白話文的表現力，而不再是我們的直接目的。我們當前中小學教學改革中存在的最主要的問題是我們還沒有找到教授白話文的有效方式，而不是減少了文言文在中小學語文教學中的比重。當前部分新編教材企圖用大大增加文言詩文比重的方式迴避這個矛盾，我認為是極不明智的。如此發展下去，將來還會有新的反動，

甚至會導致對這一次中小學語文教學改革的否定。[204]

　　這從王先生堅持「小語文」的立場看自然是對的。這些似乎超出了「小語文」——廣義的「文學」的範圍。他說不應用「古代教育的教材完全取代了現代語文教材」，這也是沒有異議的，但是，我以為叫學生背誦《論語》、《孟子》等古書，卻不能簡單地加以否定。這些書應當可以劃入廣義的文學範圍之中。沒有經典的薰陶，沒有必要的學養，如何有讀寫能力的提高？如果要嚴格地按照「小語文」劃界，那相當部分的經典將被排除出語文學習的內容之外，——遺憾的是，王先生自始至終沒有對什麼叫做「廣義的文學」作出明確的界定。

　　我知道我跟王先生的立場是不同的，所以得出的結論也就不同。王先生的出發點是「小語文」和「情感的培養」，所以，這些古代教育的教材無法取代現代語文教材。而我的出發點是促成言語生命的成長，培養基本的「語文素養」，其中也包括培養情感，所以某些古代教材是可以古為今用的，不是「取代」，只是選擇性地使用。

　　反對復古這部分言辭，是王先生的文字中最激烈的言辭。這大約和它作為一個中國現當代文學學者的視界和情緒有關。中國現代文學是在反封建主義的思潮中誕生的，白話文學是在反復古的呼聲中成長壯大的，魯迅先生就是一個極力反對讀古書的人，不知這一背景對王先生是否有影響。其實，只要不是用文言文「取代」白話文，大可不必視其為洪水猛獸，多讀文言文只有好處沒有壞處，只要我們並不是存心教學生倒退回到封建時代，叫他們作文言文，「代聖賢立言」。這方面，臺灣的教育可資借鑒。他們的學生在中學讀了《基本國學概論》之後，言語品位就和我們的學生大不一樣，這是有目共睹的事實。

　　三、他將「小語文」定位在「情感的培養」上，這是王先生最深

---

204 王富仁：〈我對當前中小學語文教學改革的幾點意見〉，見《語文教學與文學》（廣州市：廣東教育出版社，2006年），頁89。

刻的發現，也是最有意思的觀點。在〈「大語文」與「小語文」〉這篇文章中，這個觀點是最重要的。以往還從來沒有人將「語文」和「情感的培養」直接劃上等號，也沒有人敢將言語能力的培養排除出語文課程之外，因此，這個假說是十分新鮮有趣的。尤其對存在審美教育缺失的語文教育不無裨益。

他說：自然科學、社會科學各門課程的語言都有一個共同的特點，就是它們都主要是知識性、科學性、邏輯性的。它們都可以包括在「科學」這個大概念之中。這些學科的增設，反映著人類科學文化的發展，反映著人類生活的科學化，同時也反映著人類理性思維能力的提高。但是，人類需要理性，需要理性的語言，但只有理性，只有理性思維的能力，只有理性的語言行不行呢？也是不行的！必須看到，理性是在主體與客體嚴格區別的意義上建立起來的，是主體對客體的有距離的觀照或思考，人類需要有這種能力，但假若僅僅有這種能力，人與周圍的世界就建立不起情感的聯繫來了。理性的啟迪是重要的，情感的培養也是重要的。如上所述，中國現代教育與中國古代教育的差別就是自然科學、社會科學等「科學」類的課程被大量地充實到了中國現代的教育之中，這樣，就把情感培養的任務主要落在了「語文」這門課程中，情感培養的內容理應在現在的「小語文」課程中得到進一步的加強。但事實恰恰相反，當我們仍然以「大語文」的觀念理解現代中小學語文教學的時候，不但沒有隨著「科學」課程的增多加強中小學語文教學的情感培養的比重，反而與整個中小學教育一樣，逐步強化了知識性、科學性和邏輯性的教學內容，從而大大削弱了中小學語文教學的情感培養的內容。假若說當前中小學語文教學中還存在著誤區，這才是一個最大的誤區。

他對「小語文」觀念做了明確的界定：假若說「大語文」觀念是在人類的整體的語言觀念的基礎上被界定的，是包括人的整體素質的培養，和人的各種不同的語言形式的掌握和運用，那麼，「小語文」

則是在現代中小學語文教學和其他課程的區別中進行界定的，它的主要任務是人的情感素質的培養和直觀的、直感的、情感的、審美的語言的掌握和運用。

毫無疑問，這是一個會引起語文界普遍不滿的界定，卻也是我最為稱道的界定。因為，它的殺傷力最大。這與整個現代語文教育傳統觀念是相抵觸的。

這種牴觸主要在以下兩個方面：

（一）重文學與重應用的衝突。所謂「情感素質的培養和直觀的、直感的、情感的、審美的語言的掌握和運用」，這基本上可以劃歸「文學教育」的範疇。把語文教育限定在「文學教育」的範疇，是受到葉聖陶為代表的現代語文教育家的反對的。在這一點上，他與主流觀念存在著根本的分歧。葉聖陶注重的是實用，而不是審美：「其實國文所包的範圍很寬廣，文學只是其中一個較小的範圍。文學之外，同樣被包在國文的大範圍裡頭的，還有非文學的文字，就是普通文字。這包括書信，宣言，報告書，說明書等等的應用文，以及平正地寫狀一件東西載錄一件事情的記敘文，條暢地闡明一個原理發揮一個意見的論說文。中學生要應付生活，閱讀與寫作的訓練，就不能不在文學之外，同時以這種普通文為對象。」[205]「課內作文最好令作應需之文，易言之，即令敘非敘不可之事物，令發非吐不可之議論。課內練習，固將求其應需，非欲其徒然弄筆也。」[206]梁啟超也認為：「文章可大別為三種：一、記載之文；二、論辨之文；三、情感之文。一篇之中，雖然有時或兼兩種或三種，但總有所偏重。我們勉強如此分類，當無大差。作文教學法本來三種都應教都應學，但第三種情感之文，美術性含得格外多，算是專門文學家所當有事，中學學生

---

205 葉聖陶：〈對於國文教學的兩個基本觀念〉，見《國文教學》（上海市：開明書店，1947年），頁7-8。

206 葉聖陶：〈語文教育書簡〉，見《國文教學》（上海市：開明書店，1947年），頁738。

以會作應用之文為最要，這一種不必人人皆學。」[207]阮真也談到：
「我何以把應用文特別重視呢？一則因為社會各種職業界的人以及學
生父兄，都知道應用文的需要特別大，而現在中學畢業生對此特別欠
缺。二則現在的中學國文教學，還有大部分的文人教育的因襲的勢
力。」[208]「……然而小學畢業不能寫請假條子，初中畢業不能寫普通
書札文件，高中畢業還不能自辦公牘，似乎也太說不過去。初中畢業
生，出校就業的，在社交上，職業上，處處應用普通應用文；高中畢
業生，做了區鄉鎮長，工商界職員或普通分務人員的，何能自請秘書
文牘？所以在學生的需要上講，卻是非常重大，比任何文藝或文章更
重大。」[209]在文學教育與實用、應用教育的矛盾中，現代語文教育家
普遍傾向於實用、應用教育，也可以這麼說，現代語文教育就是要努
力扭轉以往教學和學生興趣中偏向文學的傾向的。所以，幾乎在這些
代表人物的論著中都談到了實用文、應用文的重要。主流教育觀念認
為文學不是人人所必須，而應用文是人人都要會的，語文教育目的是
「應需」「應付生活」「為人生」的。

　　（二）重情感培養與重聽說讀寫能力培養的衝突。這實際上體現
的是審美性與工具性的矛盾。現代語文教育家都認同語文的「工具
性」特徵，所以，他們都把「聽說讀寫」能力的培養視為語文教育的
基本目的，並特別著重閱讀與寫作。葉聖陶說：「學習國文，事項只
有兩種，閱讀與寫作。」[210]「國文教學自有它獨當其任的任，那就是
閱讀與寫作的訓練。」[211]葉聖陶說的是語文教學的特殊性就是閱讀與

---

207 梁啟超：〈作文教學法〉，見《飲冰室合集》（北京市：中華書局，1936年），專集，
　　第15冊，第70卷，頁2。
208 阮真：《中學國文教學法》（上海市：正中書局，1936年），頁134。
209 阮真：《中學國文教學法》（上海市：正中書局，1936年），頁136。
210 葉聖陶：〈國文隨談〉，見劉國正主編：《葉聖陶教育文集》（北京市：人民教育出
　　版社，1994年），第3卷，頁71。
211 葉聖陶：〈國文教學的兩個基本觀念〉，見劉國正主編：《葉聖陶教育文集》（北京
　　市：人民教育出版社，1994年），第3卷，頁52。

寫作，而王富仁則認為語文教學的特殊性是情感培養，二者認識上的差距是相當大的。

　　問題是是否語文教學可以不教應用文，不教讀寫？或者說不把這些視為語文教學的主要內容。王富仁的回答是：只要我們從「小語文」的觀念出發，我們就會看到，不同文體的寫作知識和寫作能力實際並不都是在中小學語文教學的課堂上學到的，中學語文教學到底對一篇政治學論文、哲學論文、社會學論文的寫作起到沒有起到作用，起到了多大作用，我們都是很難說的。寫作這種能力，不像編筐子一樣，別人告訴你怎樣寫就會怎樣寫了。寫作是從實際的閱讀中來的，是從自己的思想或感情的表達欲望中來的，中學各門課程的學習同時也是各種不同文體形式的學習。學了哲學，就有了表達自己某些哲學見解的寫作能力，讀得多了，寫得多了，寫作哲學論文的能力也就具備了。它實際是不用在語文課上教給學生如何寫哲學論文的。也就是說，各種不同的學科同時也在培養著學生寫作不同學科的文章的能力，而只有直觀的、直感的、情感的、審美的表達方式是需要在語文課上進行學習的。語文課上學習的文章應該是廣義的文學作品。寫作說明文、論說文、應用文能力的提高應該是在其他課程或實際生活中學習的。學了動物學知識，學生才知道應該主要從哪些方面觀察、了解動物的生活，才能更具體細緻地觀察和了解一種動物，也才能寫出有關這種動物的說明文。僅僅依靠語文課教給學生怎樣視察，怎樣寫說明文是不夠的；學了社會學知識，學生才會更敏感地發現社會上存在的這樣或那樣的問題，才會寫有關社會問題的論說文，僅僅依靠語文課上學上幾篇論說文，僅僅依靠語文老師告訴學生什麼是論說文、怎樣寫論說文是不行的。我在語文課上從來沒有學過怎樣寫請假條、借條、收條，但我仍然會寫這些應用文。請假條是在我請假的時候班主任老師教給我的，借條是在我借東西的時候學會的，收條是在別人還我東西的時候學會的。甚至日記、書信都不是在語文課上語文老師

教給我的。生活過程自然會教給學生很多應用文的寫法。把所有這些內容都弄到語文課上去學，就把語文課弄成一個大雜燴了，由我們民族的文學家創作出來的真正美的語言、精華的語言反而學得很少很少，學生感受語言、接受語言、創造語言的能力怎能得到切實地提高？

　　這回答是否有道理呢？語文教學是否可以不教基本的讀寫呢？這些能力的培養可以由其他學科和實際生活來承擔嗎？語文教學是否可以只培養情感、只教文學作品？這些觀點都是很有膽識的，王富仁將寫作學習排除出語文教學的觀點確實是一個很有想像力、誘惑力的思路，這樣，語文教學就單純多了、輕鬆多了。我也非常贊成將應用文刪除，多次表明過這樣的觀點，主要是出於應用文敗壞學生學習興致，而且在掌握了基本的文字技能後，應用文的寫作學習是可以無師自通的考慮。但我不贊成語文教學可以不教寫作，由其他學科來承擔寫作教學的任務，也不贊成語文教學只培養情感。

　　其他學科雖然也可以培養讀寫能力，但是這不是它們主要的課程定位。僅僅教學生一些說明文知識自然是不夠，但是僅僅靠生物課上了解的一些動物知識要寫作一篇關於動物的說明文也是不夠的，生物教師也沒有義務為學生講解說明文知識，說明文知識還是需要一個學科來承擔，這個學科自然就是語文，需要語文教師專門來講如何讀寫。這就說明了一點，各學科有其特殊性，但是也有相關性、交叉性、重合性，它們是互補的，也是共生的、合作的。語文課程是不能包辦一切的讀寫教學的任務，但是它卻應該承擔基本的讀寫教學的任務，讀寫能力的提高與發展，是需要人的全方位的學養、素養的支撐，當然離不開各學科知識的輔助，但其他學科是不會承擔基本的讀寫教學任務的。語文學科是母語教育學科，不是情感教育學科，或文學教育學科，語言文字應用的教學自然責無旁貸。

　　純粹培養情感是審美教育，屬於美育範疇，那就不可能是語文課程的全部使命。王先生認為其他學科主要培養的是理性認識能力，唯

有語文學科培養直觀的、直感的、情感的、審美的語言的掌握與運用，培養情感，其實也未必，不但音樂美術能培養情感，音樂美術教學在培養情感的功能上與文學存在著極大的重合性，音樂美術的表現與情感的聯繫，一點不亞於文學，就連思想品德、歷史、地理等課程，也包含著情感教育的意涵，既然這些課程也有情感教育的功能，是否我們也可以說語文教育就不必培養情感了呢？顯然不能。這個道理和其他學科也有讀寫教學功能，而語文學科依然要培養基本的讀寫能力一樣。

王先生講其他學科課程目的是理性教育，語文學科是情感教育、文學教育，應是直觀的、直感的、情感的、審美的，這從自身的邏輯上說似乎是對的，但這只是一種假說性、主觀性的界定。是先將其他學科定性為理性——知識教育、語文學科定性為情感——文學教育的一種「二元對立」認定，而不是從「其他學科」和語文學科——母語教育學科本身實際出發的認定。前面我們已經說到其他學科未必都是理性教育為主。母語教育是本民族的語言文字的教育，任何民族的語言文字的教育，都只能說有感性的、情感的內容，但不全是，也有理性的、知識的內容，語言文字本身就是抽象的符號，即便是漢語的象形文字，也不完全是感性的，而大多是不可感的，帶有象徵意味的，更不要說文字中所包含的種種引申義、隱喻義。符號本質上都是抽象的。語言文字的運用更是如此，需要形象思維，也需要邏輯思維，需要邏輯思維、理性思維的地方也許比需要直觀思維、形象思維的地方還要多。在現實言語實踐中，實用文體比文學文體的讀寫要多得多。人是理性的動物、分類的動物，這也表明了理性、知性思維是人的共性化特徵。不論你將語文定位為什麼，在教學中給予學生一些語文知識都是必要的，比如一些語法、修辭知識，一些基本的文體、寫作知識——顯然其他學科不可能負起傳授這些知識的責任。我們不能僅僅為了不使語文成為「大雜燴」，為了使語文教學內容變得單純，而把

語文課程中的理性思維、邏輯思維，和知識性內容等一概剔除出去。

　　我以為可以將情感——文學教育作為語文教育的一個主要方面，而不能將其作為語文教育的全部內容。王先生所說的直觀的、直感的、情感的、審美的教育，是以往語文教育比較薄弱的，因而是亟待加強的。這是教育的美育、人文教育的一個有機組成部分。而語文的最主要的任務還是言語教育，加進人文內涵後可以稱為言語生命或言語人生教育，言語表現，聽說讀寫，是其中繞不過去的重要內容，透過言語表現去感悟言語與自身、與他人、與社會、與世界的關係，是它的深層的意義。而情感——文學教育，是言語生命、言語人生教育的一個重要組成部分，因為言語生命、言語人生是有情感的，是需要美與美感的，它是言語生命、言語人生教育之下的一個二級目標。語文課程如果要將基本的聽說讀寫——言語表現教學剔除出去，除非它不叫語文課程。「語文」二字，就意味著說、寫——言語表現。當然你也可以說不叫「語文」，叫「中文」（就和英文、德文、日文……一樣），但還是走不出個「文」字，說的還是「文字」、「文章」——言語表現，它與「情感的培養」仍然不是在一個層次上。

　　王富仁的誤區，一是受到作為文學教師的思維定勢的影響，不自覺地以文學代替語文，以為情感、文學教育就是一切，就是語文教育，就跟語言學者以語言學知識教育代替語文教育一樣，是以偏概全。二是他對其他學科作「理性」定位的錯誤，導致了對區別於其他學科的「小語文」作「情感」定位的錯誤，如前所述，其他學科未必都是理性教育為主。三是忽略了教育系統結構的層次性，將「人的教育」「美育」層面上的情感培養的目的，當作了「語文教育」層面上的基本目的。四是對「小語文」的定位關注了課程定位的特殊性，希望找到語文課程有別於其他課程的特點時，卻忽視了課程性質的交叉性、統一性。

　　四、他指出工具論與人文論的爭論是在「大語文」觀念下的爭

論。他要為語文教育最大的矛盾解套。

　　他說：當我們區分了「大語文」與「小語文」這兩個不同的語文觀念之後，我們就會看到，迄今為止我們圍繞著中小學語文教學所展開的幾乎所有爭論，都是在「大語文」的觀念的基礎上展開的，因而所有這些爭論都沒有使我們在中小學語文教學的實踐問題上找到相互理解的管道。

　　他著重梳理了工具論與人文論的爭論：在這個「大語文」的觀念中，人文學派和工具學派的矛盾是不可能從根本上消除的，二者的起伏反映的不是中學語文教學實踐的矛盾，而是成人社會根本思想觀念的矛盾。重視社會倫理道德、重視社會思想觀念革新的學者重視中小學語文教學的人文性，重視寫作能力提高的學者重視中小學語文教學的工具性。但假若我們從「小語文」的觀念出發，這兩個學派實際上是沒有矛盾的。……我們親近的不是一個抽象的語言整體，而是人類、民族語言中那些美的語言。在這時，「語言」已經沒有一個統一的本質，而是具有了它的二重性。我們既不能說語言是一種工具，也不能說語言不是一種工具，而是一個非常複雜言語的整體。我們讓學生親近的、接受的，是那些真誠的、真實的、真心誠意的，對自然、對人、對社會、對民族、對人類富有同情心的語言，而厭惡、拒絕那些粗俗的、猥褻的、下流的、殘暴的、卑劣的、虛偽的、欺騙的語言。不難看到，在這裡，語言的學習同時也是人文素質的培養，人文素質的培養也無法離開語言的學習。

　　一切似乎都是順理成章，他說的不能用中國古代那種「大語文」的概念看待和思考當前的中小學語文教學及其改革的問題，——假設存在「大語文」概念的話，這麼說是對的。

　　順著他的思路這麼說是沒錯的，他的觀點錯在前提——其實根本就不存在如他所說的「大語文」。沒有「大語文」，自然也就沒有「小語文」。沒有「大語文」與「小語文」的區別，上面所說的各個方面

的道理也就統統坍塌了。

是否存在王先生所說的中國古代的「大語文」概念呢？我以為未必存在。他說：「中國古代的教育，實質上就是『語文教育』，但是，這個語文的概念，實際上是個『大語文』概念。它包括了當時幾乎所有用文字進行表述的東西。……所謂『大語文』，實際上是一個民族文字語言的總匯，它體現的是一個民族文化的全體，而不是它的一部分。」

中國古代的教育，就是「語文教育」嗎？顯然不是。在中國夏、商、西周的教育，一般認為是「六藝」：禮、樂、射、御、書、數。那時自然沒有「語文」學科的名稱，但是有「語文」教育的內容，這內容是包含在「六藝」中的「樂」教之中的，「樂」教包括「樂德之教」、「樂語之教」和「樂舞之教」，「語文」教育的內容是包括在「樂語之教」中：

> 樂語之教包括「興、道、諷、誦、言、語」諸項，皆由大司樂負責向國子傳授。所謂興，鄭玄注曰：「以善物喻善事」。孔穎達認為「以惡物喻惡事」也是興。看來興是指比喻。「道，讀曰導，導者言古以剴今也。」是指借古證今進行啟發引導。興和道，是有關閱讀和寫作知識的教育。讀書背文謂之「諷」。歌詠吟誦，配樂賦詩等皆為「誦」，即「春誦夏弦」的內容。諷與誦主要講的是詩歌教學。至於言和語，鄭玄認為「發端」的言辭為言，答述的言辭為語。《說文》和《毛詩注》都以為言指「直言」。《說文》更明確指出：「直言曰論，答難曰語」。看來言和語是兩類文體，言語之教近乎今天的作文教學。[212]

---

212 毛禮銳、沈灌群主編：《中國教育通史》（濟南市：山東教育出版社，1985年），第1卷，頁103。

　　可見，中國古代的語文教育不是「大語文」，如果禮、樂、射、御、書、數算是「一級學科」的話，語文的主要內容連「一級學科」都不是，屬於「一級學科」「樂」之下的「二級學科」，是與其他「二級學科」並列的「小語文」。

　　王先生認為，「我們現在所說的文學、語言學、文藝學、哲學、政治學、倫理學、道德學、宗教學、社會學、民俗學、歷史學、地理學乃至經濟學、生物學、天文學、物理學等等方面的知識都是通過語文學習進行傳授的」，這大約是基於古代蒙學教材中涉及到了上述內容而產生的誤解，把蒙學教材誤作語文教材。我以為「蒙學」教材不能算是「語文」教材，所謂的蒙學，即啟蒙教學，啟蒙的意思就是：使初學的人得到基本的、入門的知識。這知識自然不限於語文知識。這是一種普遍的教化，就是基礎教育，當然要包括各科的內容。

　　我們前面說的是官學教育，那麼私學教育又是如何呢？在孔夫子那裡，除了繼承了前代的「六藝」教學外，還有他自己的「四教」：「子以四教：文、行、忠、信。」[213]其中「文」，包含著語文。對於他的特長生還設置了「四科」：德行、言語、政事、文學。[214]其中「言語」可以歸入語文，「文學」指的是文獻的學習，包含了語文中的「經典」閱讀。可見，恐怕不能說中國古代所有的知識都是通過語文學習進行傳授。——這其實和現在的語文教學沒有太大的差別，今天的語文教材中的那些課文，不是也包含著一些其他學科的內容嗎？也有自然科學和社會科學類的一些文章，這是否也應該稱為「大語文」？

　　王先生的劃分標準是古代凡是用「文字進行表述的東西」就是「語文」，且不說這一標準有沒有問題，即便按照這個標準，他的結論也是不能成立的。就說「六藝」吧，其中的「射、御」是學習軍事

213　《論語》〈述而〉。

214　《論語》〈先進〉。

技能的，肯定不能算在「大語文」之中。「禮、樂」有不少實踐性的內容，「禮」中的各種禮儀，「樂」中的「樂舞之教」，都不是純粹的語言形式，「書、數」是「習字」和學「數學」，恐怕也很難歸入用「文字進行表述的東西」。

　　前面提到王先生說的：「在中國古代，詩文幾乎是中國書面文化的唯一的載體，它從一開始就是培養超於普通社會群眾的文學家的」，這個觀點也是需要斟酌的。他認為中國古代的教育目標是培養文學家，其實不然，雖然教的是詩文——四書五經，但我國古代教育主要還是培養從政人才的，不論官學還是私學都是如此。所以不存在古代教育就是「語文教育」——「大語文」的狀況。

　　但是，王先生的「小語文」的觀點的內涵實質我是十分贊成的。他將語文學科和其他學科劃清界限這很有必要。他說：「自然科學各個學科也是各種不同的語言形式，社會科學的各個學科也是各種不同的語言形式，在現代教育中，這些語言形式的掌握和運用已經不主要是中小學語文教育的任務，而是其他課程的任務。」這樣，就避免了語文學科邊界的失範，避免了「工具論」造成的語文學科包打天下的弊端：以為只要跟語言的使用有關係的，統統都要收歸「語文教育目標」的名下。這會造成語文內涵的無限制膨脹。

　　這種觀念和近年十分流行的「語文學習的外延和生活的外延相等」的觀念有關，和似是而非的語文「生活化」的觀念有關。如果說語文學習和生活的外延相等，那就不需要語文課程與語文教學，大家只要在生活中學習語文就可以了。我們之所以設置了語文課程，就是為了區別於從生活中學習語文。語文——言語也不等於生活，它源於生活，但是高於生活，它更需要憑藉的是比生活更廣闊的人的心靈。與其說把語文學習擴張到漫無邊際的生活，不如把語文學習收縮到人的心靈與生命，收縮到言語表現。王先生所說的「情感的培養」，就是豐富心靈、表現自我的一項很重要的內容。

　　有了這種「小語文」觀念，我們就會守住我們自己的疆域，就不會產生高考中所遇到的檢測閱讀「自科文」與「社科文」能力的爭議，這些專業化的學科知識的閱讀、掌握不是語文學科所承擔得了的。這樣，師生就可以從這些標準化選擇題中解放出來。就可以名正言順地將這些「偽語文」、「偽能力」掃地出門。

讀書是超越肉體的自我的一種方式

　　為什麼閱讀？這是語文教育也是人生的一個重要問題，王富仁是這樣說的：讀書為了什麼，我說不很清楚，僅就我能夠感到的，我認為，像父親和我這樣一些生在偏僻的農村的孩子，只有通過書，才與周圍一個更廣大的世界、與周圍更多的人、與我們的民族、與我們的人類、與人類的歷史、與人類的未來在精神上聯繫在一起。……「讀書」，是人類超越肉體的自我、超越於自己的時代、超越於自己的物質生活環境的一種方式。[215]

　　這是一種終極拷問。我以為，在語文課程中，教給學生的第一課就是為什麼要學語文課程，為什麼要學習語言文字，為什麼要閱讀，為什麼要寫作，為什麼要讀文學作品，等等。在整個語文教育、語文學習過程中，這些問題原本應該是師生交流、探討的一個永恆的主題。如果不知道為什麼要學習語文，如何能夠學好語文呢？遺憾的是，教學大綱、語文教材從來沒有告訴我們這些問題，甚至連老師都沒有考慮過這些問題，更不用說和學生共同探究這些問題。——這種在本體思考上的懵懂與貧乏，導致了學習動力上的嚴重迷失。

　　在對語文教育本體的思考上，王富仁還揭示了語文教育的目的是情感的培養，情感屬於審美範疇，從閱讀來說，自然主要讀的是文學

---

215 王富仁：〈「每一顆未知的心都是遠方」——我是怎樣讀書的〉，見《語文教學與文學》（廣州市：廣東教育出版社，2006年），頁100-101。

作品：到了中學，就應該以文學為主。青少年的特點是感受豐富，是在不斷地感受中形成對世界的看法。而文學作品是訴諸於人的感情的。我們現在課本裡非文學類的課文太多，說明性的課文太多。……我覺得中學時代是文學閱讀的時代。[216]這一觀點是很對青少年的胃口，然而，也是和傳統認知背道而馳的。從葉聖陶編撰教材開始，中國就逐漸形成重視實用文的教材編寫指導思想。

王先生主張中學生讀文學作品，這是跟他「情感的培養」的目的一致的。王先生認為這是語文教育有別於其他學科的知識性、理性定位的特殊性。但我以為「情感的培養」也未必就是語文學科所獨有的。而且，這一目的似乎顯得較為偏狹。如果說，語文教育的特殊性必須是與其他學科的知識性、理性定位相錯位的話，那麼人文薰陶、思想磨練、學養積澱等，這些教育內容又是專屬於哪一個學科的呢？如果無所專屬的話，是否所有學科就可以都不管呢？顯然，它們未必專屬於語文，但是語文教育，包括文學教育，也勢必需要承擔一定責任，這些方面是一個人的成長的基本的素養。恐怕我們不能說，語文教育只管「情感的培養」，除此之外沒有別的目的。從文學閱讀的功能看，勢必不止於「情感的培養」，對人、人生、世界、自然、歷史等的認識，不能不說也是其主要功能吧。

具體到選什麼樣的文章給學生讀，他說：「我還覺得中學課本中陰柔的、溫良恭儉讓的文章太多，充滿陽剛之氣的、能激發人的生命活力的、向生活挑戰與命運抗爭的文章很少。青少年原本是有旺盛的生命力的，他們對這類文章更容易接受，也更能從中獲得感受世界、認識世界以及認識自我的能力。中國知識份子往往太疲弱，一遇到現實生活中的困難就手足無措，缺乏創造力，我認為與此有很大關

---

216 王富仁：〈只有真實的表達，才有健康的人格〉，見《語文教學與文學》（廣州市：
　　廣東教育出版社，2006年），頁84。

係。」[217]——這自然是他自己的體會，他從中國知識份子的性格塑造出發，認為應該增加陽剛的作品，來改造國民性。對於人的成長來說，陰柔和陽剛的，各種不同風格的作品，自然都是需要的。其實，以往教材中這類陽剛的作品還是不少的，只是類型比較單一，選的大多是寫革命先烈、領袖人物的事蹟的作品。

關於課外閱讀，王先生要澄清一種誤解：實際上，這個課外，既是語文課的課外，也是所有課的課外。不論哪一類書，只要你願意看，就可以去看。——我以為這一見解對於學生閱讀興趣的培養、視野的拓展是很有益處的。課外閱讀不能侷限於語文一科的內容，不能所讀的內容過於單一，對於一個人言語素養的提高來說，保持閱讀興趣和擴展閱讀面是很重要的。

他還認為「交叉閱讀」是一種好方法：讀自己感興趣的書，就不能別人讀什麼自己也讀什麼。……這種交叉，對我們是很有好處的。有交叉才有交流。你讀了《李白詩選》，我讀了《蘇軾詩選》，你說說李白的詩，我說說蘇軾的詩。你背幾句李白的詩句，我背幾句蘇軾的詩句，這樣，雖然各讀了一個人的詩選，但了解到的卻不是一個人的詩。全班四五十個同學這樣一穿插，我們的知識很快就豐富起來。[218]這是一種值得提倡的高效益的讀書法，如果一個班級經常進行讀書心得的交流，對於學生閱讀視野的開闊，知識學養的豐富，精神胸襟的廣大，勢必大有裨益。

中國現代語文教育在讀書觀上是「求甚解」的。追求讀「深」、讀「透」，是語文界的共識。葉聖陶說：「『不求甚解』不是方法，反

---

217 王富仁：〈只有真實的表達，才有健康的人格〉，見《語文教學與文學》（廣州市：廣東教育出版社，2006年），頁86。

218 王富仁：〈讀什麼？怎麼讀？〉，見《語文教學與文學》（廣州市：廣東教育出版社，2006年），頁110。

過來，『求甚解』便是方法。」[219]而王先生是主張「好讀書，不求甚解」的，這個觀點也是和傳統觀點相悖的：「『好讀書，不求甚解』才是一種正常的讀書方式，接受方式。」「而對於我們的學生，就更應該堅持這樣的原則。凡是學生在閱讀中感覺不到樂趣而只感到困難的書籍或文章，我們絕對不要逼著他們去看、去讀，特別是在語文教材中，不論多麼好的文章，只要這個年齡階段的學生讀不出趣味來，原則上就不應選到這個年級的教材裡。我認為，在語文教學的任務中，第一個也是最重要的一個任務就是培養學生的讀書趣味。」[220]王先生對「好讀書，不求甚解」作了自己的詮釋。認為「好讀書」，維持閱讀的興趣是第一位的，千萬不能破壞學生讀書的興趣。需要去求「解」的書，讀來就沒有輕鬆感、愉悅感，讀書的趣味就會蕩然無存，就不應該要求他們去讀。如果一個人一生都是一個好讀書的人，就能得到最充分的發展。

反對以「思想健康」作為評價指標

有人問王富仁：您覺得當前語文教育中最大的問題是什麼？他回答說：我認為從根本上說，還是一個教育觀念的問題。就是我們的語文課要教給學生什麼？我認為語文首先是要教給學生說話寫作的能力，即運用語言與外界交流的能力。如果從這樣一個意義上來理解語文，語文就必須教給他怎樣把自己的思想、感受、情緒等等，借助於語言這個載體來傳達給對方。但我們現在的語文課不是這樣，是大人

219　葉聖陶：〈國文隨談〉，見劉國正主編：《葉聖陶教育文集》（北京市：人民教育出版社，1994年），第3卷，頁72、73。

220　王富仁：〈談「好讀書，不求甚解」〉，見《語文教學與文學》（廣州市：廣東教育出版社，2006年），頁97。

教小孩說話；我教你說什麼話，你就說什麼話。[221]

這段話有兩層意思很重要：

第一，他指出了語文課首先要教給學生的是說話寫作的能力。他把「說話寫作」作為語文教學的首務。任何事物都不是一成不變的，讀寫觀也是可以改變的。我以為，說「閱讀是寫作的基礎」，強調的是閱讀對寫作的重要作用；說「寫作是閱讀的目的」，強調的就是寫作對閱讀的重要作用。二者的指向是截然相反的，也表明了二者是互補的，它們之間的作用不是單向的，而是雙向互動的。——這不是玩文字遊戲，而是對一種根深柢固的觀念的顛覆，是認知的深化：不能只講閱讀對寫作的作用，不講寫作對閱讀的作用。

第二，現在的語文課是大人教小孩說話：我教你說什麼話，你就說什麼話。

——這是他的主旨，是對政治主義教育的批判，是對整個語文教育的思想基礎的否定。

王先生把教給學生說話寫作的能力，把說話寫作要傳達「自己」的思想情感，把當前「我教你說什麼話，你就說什麼話」的弊端，看作語文教育中最大的問題提出來，是很深刻的。

王先生反對虛偽，鼓勵真誠，把真誠視為人的最重要的道德標準，並將其上升到人格培養的高度來認識：「假如一個人在表達的時候，想說什麼就說什麼，這才真正能培養出健全的人格。」就是說，讓學生敞開心扉、暢所欲言這是最重要的。他將真誠的言說與「健全的人格」劃上等號，足見他對真誠的重視，足見寫作、語文教育在人格造就上的巨大作用。「立言」就是「立人」。

進一步的問題是怎樣才能使學生敢說真話，敢說自己的話呢？王先生看法是要拿掉「思想健康」這個緊箍咒，這個觀點就又有點另類

---

221 王富仁：〈只有真實的表達，才有健康的人格〉，見《語文教學與文學》（廣州市：廣東教育出版社，2006年），頁83。

了。他說:「對於一個孩子來說,第一,他是無所謂『思想』的;第二,任何表達都是合理的,是不伴隨功利目的的。所以不存在什麼『健康』『不健康』的問題。這種提法實際上是幼稚的,不合理的,而且會起一種誤導作用——就是誤導虛偽,使得孩子從小學會迎合別人,不會依照自己真實的感情來說話。這樣的語文教育就會加強中國人總體的虛偽程度。反過來說,假如一個人在表達的時候,想說什麼就說什麼,這才真正能培養出健全的人格。對於兒童,乃至對於成人,誠實是最重要的道德標準。而且只有在誠實表達的基礎之上,才會使別人正確地理解自己,從而使自己與外部世界達成一種和諧和溝通。實際上,一個人在青少年時期犯的一些錯誤,隨著自己生活經驗的增加,會逐步得到糾正的,這些並不可怕。可怕的是不說真心話,不誠實。人虛偽了,就什麼缺點錯誤也不易改正了。」[222]

　　「思想健康」的作文評價標準,是以往「教學大綱」的經典表述,似乎大家公認是正確的,已經成為教師的集體無意識了。但是,王先生把它放在是培養「誠實」還是「虛偽」的中國人這個目的上來認識,認為孩子是無所謂「思想」的,而且也不存在「健康」、「不健康」的問題,讓我們意識到這個司空見慣的觀念的幼稚和愚蠢,指出以此作為作文評價標準將會誤導虛偽,指出這「會加強中國人總體的虛偽程度」,他從學生作文,推及到全體中國人,這個觀點具有振聾發聵之效。

　　當然,這並不是說對青少年作文中的思想認識上問題可以聽之任之,他們也是需要引領的。只是在方式方法上要恰當,稍有不慎,就會挫傷他們的寫作積極性,損害他們的寫作信念。

222　王富仁:〈只有真實的表達,才有健康的人格〉,見《語文教學與文學》(廣州市:廣東教育出版社,2006年),頁86。

兒童的世界在兒童遊戲和兒童文學中

　　王富仁的〈呼喚兒童文學〉是他的《語文教學與文學》中寫得最好的一篇文章。他在文章中對兒童、兒童文學、教育等問題的分析是入木三分的，很有見解。

　　他說：「……我所設想的，是一種兒童本位的教育，希望中小學的語文教學能夠嚴格限制在兒童自身充滿興趣的範圍，把兒童在自然的心境中感到陌生的成年人的語言排斥在語文教學的內容之外，使兒童不致對語文教學產生厭倦的情緒，從而永遠保持住對我們民族語言的新奇感覺和喜愛的心情，永遠在求知的樂趣中獲得運用和創造民族語言的能力。直至現在，我仍認為，這種想法不是沒有任何道理的，但這裡忽略的卻是有關教育的整體認識的問題。第一、教育永遠是一個完整的過程，而作為一個完整教育過程的學校教育，它永遠不是也不可能是以兒童為目的的。它首先考慮的是現實社會的存在和發展，是一代代的兒童成長為什麼樣的成年人的問題。……第二、現代的學校教育，是一種集體性的教育，是把不同的兒童編入同一個年級、同一個班級進行集體教學的形式。僅就趣味而言，他們彼此之間的差別是很大的，不僅男女兒童之間有天然的生理的和心理的差別，就是同性兒童，由於家庭、環境、身體、習慣、知識範圍等各種條件的不同，也會有彼此趣味的差異。趣味都是個體的，教學活動永遠不可能照顧到每一個學生的趣味……『因材施教』在這種集體性的教育中永遠只是一個努力的目標，而不可能得到完全的實現。」[223]

　　他的設想的起點與我們的較為相似，我們基本上都無保留地接受了「興趣是最好的老師」這個觀念，認為語文教育不能使學生喪失了

---

223 王富仁：〈呼喚兒童文學〉，見《語文教學與文學》（廣州市：廣東教育出版社，2006年），頁132-134。

接受的興趣。他的進一步的思考使我們也開始質疑這些觀點的缺陷。他的命題是「學校教育註定有其強制性」。[224]他提出的兩個理由都相當驚人而且很有說服力。

　　首先他指出教育永遠不是也不可能是以兒童為目的的。這對於今天的多數人起碼在直覺上是難以接受的。因為，長期以來，我們所遵循的教育觀就是「以學生為主體」、「以學生的學習為目的」的。

　　他的第二條理由是指向「因材施教」的，理由也同樣充分。這就意味著「因材施教」和「興趣是最好的老師」等教育觀念，在很大程度上成為一種虛幻的教育理想。

　　王先生以下的話聽起來更加刺耳：「教師的責任感主要是一種社會的責任感，而不是對一個個具體的兒童的責任感，越是負責的教師越要考慮現實社會對一個社會成員的要求，越是要用這樣一個標準培養自己的學生，這使他不能完全遷就兒童的趣味，而是要把兒童的趣味納入到自己預定的教學過程當中來，並且約束那些不符合這種教學過程的兒童趣味。對於兒童，這就是紀律的要求。學校教育永遠是建立在紀律的基礎之上的，它的自由是在紀律之上的自由。自由不是學校教育的基礎。」[225]——關於教師的「責任感」和學生「自由」的觀點，有他的道理。可就是和現有的觀念有點格格不入。什麼是教師的責任感？他主要是對社會負責，而不是對具體的某一個兒童負責，所以他不能遷就兒童的趣味。而我們以往總是提倡為學生負責，總是覺得遷就學生的趣味是好的。什麼是學生的自由？這是被紀律約束的自由，自由不是學校教育的基礎。而我們過去總是將維護學生的自由視為正確，原來學校教育不自由才是對的。

224　王富仁：〈呼喚兒童文學〉，見《語文教學與文學》（廣州市：廣東教育出版社，2006年），頁134。

225　王富仁：〈呼喚兒童文學〉，見《語文教學與文學》（廣州市：廣東教育出版社，2006年），頁134。

　　王先生對教育的「強制性」進行檢討的目的，是要闡明在這種成人標準的強制性下兒童失去了自己的世界和樂趣，而這個世界對於他們又是如此重要。一個人如果沒有自己童年的世界會造成什麼樣的情況呢？他說：「只要一個少年兒童沒有僅僅屬於自己的世界，僅僅屬於自己的心靈感知方式，它就沒有任何抵禦被成人文化過早異化的能力。他或者毫無分辨能力地接受所有成年人的教導，造成創造力的過早枯萎和生命活力的過早消失，或者產生逆反心理，盲目地拒絕任何成年人的教導。前者屬於魯迅所說的羔羊型，後者屬於魯迅所說的流氓型。」[226]這種後果是聳人聽聞的，如果我們的學生將來都成了這兩類人，那實在是很可怕的。

　　而兒童的世界在哪裡呢？在兒童遊戲和兒童文學中。他認為：「假若要問我們現當代兒童的世界與成人的世界有多麼遙遠的距離，我可以明確地回答說：從我們的幼兒世界到我們的成人世界有幾千年乃至幾十萬年的距離。因為人類文化已經經過了幾十萬年的歷史的發展。……一個兒童幾乎無法找到完全屬於自己的世界，兒童的夢想在我們的現實世界上幾乎沒有形成的土壤。真正能夠成為它的土壤的幾乎只剩下了兒童遊戲和兒童文學。只有在兒童文學裡，兒童才有可能在自己的心靈中展開一個世界，一個在其中感到趣味、感到自由、感到如魚得水般的身心愉悅的世界。」[227]他指出了現當代兒童世界與成人世界的嚴重分離，以及兒童世界瀕臨消亡的事實。二者之間的遙遠的距離是我們以往所沒有意識到的，這一現象因他的描述而使我們感到觸目驚心。

　　然而，兒童文學也有不同的目的指向，王先生是反對「教育主

226　王富仁：〈呼喚兒童文學〉，見《語文教學與文學》（廣州市：廣東教育出版社，2006年），頁136。

227　王富仁：〈呼喚兒童文學〉，見《語文教學與文學》（廣州市：廣東教育出版社，2006年），頁137-138。

義」的兒童文學的，他說：「……我更傾向於童心主義。我認為迄今為止的兒童文學還更多地倚重教育主義，……兒童文學必須以兒童心理為基礎，為前提，是這樣一種心理的自由的、自然的遊弋，它展開的是自己，是自己有趣味的審美感覺，是兒童願意沉溺於其中的一個世界。」[228] 這種區分是必要的，如果兒童文學是「教育主義」的，那就失去了兒童文學的獨特的價值，因為，它跟現存的成人主義的教育沒有區別，它沒能為兒童展開一個他們自己的世界，不以兒童的心理為基礎，兒童是難以接受的，對他們的成長是沒有什麼助益的。

錢理群：為精神打底，立言以立人
——為心靈建構的人文主義語文教育觀

　　錢理群（1939—），浙江杭州人。北京大學中文系教授，博士生導師。主要研究領域：現代文學。他的著作舉其重要的有《心靈的探尋》、《走進當代的魯迅》、《魯迅學術文化隨筆》、《周作人傳》、《周作人論》、《讀解周作人》、《中國現代文學三十年》（合著）、《繪圖本中國文學史》（合著）、《豐富的痛苦——堂吉訶德和哈姆雷特的東移》、《大小舞臺之間——曹禺戲劇新論》、《精神的煉獄——中國現代文學從「五四」到抗戰的歷程》、《二十世紀中國文學三人談》（合著）、《反觀與重構：文學史的研究與寫作》、《1948：天地玄黃》、《壓在心上的墳》、《世紀末的沉思》、《拒絕遺忘》等。他的研究重點是魯迅和周作人，魯迅是重中之重。

　　錢理群先生從二十世紀九〇年代後期開始介入語文教育改革以來，就一直給予語文課改以深刻的影響，同時在語文教育實踐上，也

---

228 王富仁：〈呼喚兒童文學〉，見《語文教學與文學》（廣州市：廣東教育出版社，2006年），頁138-139。

進行了大量深入的探索。他出版的語文教育著作有《名作重讀》、《語文教育門外談》、《對話語文》（和孫紹振合著），《我的教師夢》一書也有所涉及，還有發表在各報刊上的大量文章。在近年語文教育改革大討論中，他成為語文界關注的一個中心。他耐心地與許多中學語文教師和學生通信，堪稱良師益友。他論及的問題是多方面的，特別注重的是語文教育人文精神的重建、啟蒙，和魯迅思想的承傳。

　　錢先生是一個理想主義者，他的語文教育理念是帶有一定的超前性的，但是也同樣是具有現實的可行性的。如他自己所言：「我不想否認自己是一個理想主義者，我對於教育，對於中學語文教育的許多設想都帶有理想的色彩，我並不奢望我的理想能完全變成現實，我知道，那需要一定的條件，要有一個過程。但我又相信，有一個較高的，不完全具有現實性的目標，與沒有這樣的目標，是不一樣的。而且，我認為我的某些設想，也還是有一定的現實實現的可能性的。」[229]的確如此，有沒有這樣目標是大不一樣的，哪怕這些目標純屬理想，也比只有蒙昧的現實要好。教育原本就是一種理想的追求，沒有理想，也就沒有真正的教育。我們今天的教育就是太現實了，只有現實而沒有理想的教育，一切都是為了眼前的功利和實用，這樣的教育是沒有未來的。錢先生接續起了「五四」以後人文學者參與語文教育改革的傳統。

將「立言以立人」作為終極目標

　　錢先生善於從宏觀上看問題。——這可能也讓一些習慣於眼睛盯在實用上的人感到不以為然，長期以來語文界不少人思考問題有一種「眼睛向下」的習慣，往往只見樹木不見森林，避重就輕，輕描淡

---

229 錢理群：《語文教育門外談》（桂林市：廣西師範大學出版社，2003年），頁39。

寫，卻指責別人「不切實際」，「不實事求是」。錢先生認為二十世紀末出現的問題不僅僅是中小學的問題，也不僅僅是大學的問題，而是整個教育的問題。其根本的問題就是教育的精神價值的失落。

錢先生嚴肅地指出：我們這些年所貫徹的教育，就是被攔腰砍斷的教育，是片面的、殘缺的、喪失終極目標的教育。而這種教育從根本上還沒有擺脫傳統的專制教育的影子。我們今天回顧這段歷史，有助於認清我們當前教育中所面臨的問題，包括我們現在所批評的應試教育。實際上，應試教育的本質就是實利性教育，就是急功近利，不注重對人的終極關懷的培養。具體到中學語文教育，他提出了中學文學教育的基本任務就是喚起人對未知世界的一種嚮往。這是人的一種本能。我們文學教育就應該喚起人的這樣一種想像力，一種探索的熱情，或者說是一種浪漫主義精神。他在這裡批評的專制教育和實利教育，的確是這幾十年教育的積弊。所謂的專制教育，就是政治第一的教育，一言堂的思想灌輸的教育，這培養的是狹隘的國家主義者；實利教育，就是只注重科學教育、知識教育，忽視人文的教育。這樣的教育，自然是只顧眼前利益沒有終極關懷和人類視野的教育。這樣的教育自然是很危險的，因為它只能培養唯利是圖、鼠目寸光的利己主義者。他為中學文學教育確立的任務是喚起人對未知世界的一種嚮往，是想像力和探索的熱情、浪漫主義精神，這是一種深邃博大的情懷，是一種超現實的理想的追求。有了這樣的情懷和理想，人就不會變得猥瑣和淺薄。

他多次談到了人文關懷的問題，實際上說的就是終極關懷。「所謂人文關懷，就是要關心人之為人的精神問題，注重自我與他人的精神的發展。具體地說，就是要思考、探索『人生目的、人活著是為了什麼』，思考『人與人、人與社會、人與自然、人與宇宙世界之間應建立起怎樣的合理健全的關係』這樣一些根本性的問題，進而建立起自己的精神信念，以至信仰，從而為自己一輩子的『安身立命』奠定

一個堅實的基礎。同時也要不斷地開拓自己的精神的自由空間，陶冶自己的性情，鑄煉自己的人格，在發展個人愛好、興趣中充實與發展個性，提高精神境界，開掘與發展自己的想像力、審美力、思維能力與創造力。」[230]中國人是缺乏終極關懷的傳統的，賢哲們一般考慮的是倫理性、生存性問題，而不怎麼考慮存在性問題。錢先生則要求我們的教育要引導學生關心人之為人的精神問題，思考、探索人生目的、人活著是為了什麼，以及思考人與外部的種種關係，並進而建立起理想和信仰。這是一種對人類的大悲憫，直擊當今教育的軟肋。這其實是一個不言自明的道理，一點不深奧。而承擔著全世界最大教育的重任，卻不明白教育何以為教育，這不能不說是一個極大的悲哀。

　　他說，我們可以借用魯迅當年的說法，把今天的教育改革所要建立的指導思想，概括為「以『立人』為中心」的教育觀。「立人」，是他的教育觀的總綱。抓住了這一點，綱舉目張，一切便迎刃而解。

　　「立人」的思想，是魯迅思想的核心，也是錢先生十分看重、反覆強調的。「立人」的基礎，是還人以原屬於人的精神獨立與自由。

　　因此，他提出了教育「往哪裡去」的問題。把矛頭指向了語文高考：（試題）我讀了，非常吃力，首先是弄懂題目的要求就費了極大的勁，有的至今也沒有弄得太清楚。這兩大部分、六大項、三十五小題、十大頁，據說有一萬五千字的標準化的考題，形成一種無法抗拒的力，要把我的思維強行納入某一種固定的、不可置疑的、剛性的模式中，進而控制我的心靈。我感到生命的窒息，陷入了莫名的恐懼與痛苦之中。

　　錢先生批評這種應試就是魯迅先生提到的一種「率領羊群，悉依它的進止」的「山羊」。他以為，久在其中的人們，有的不幸也成為了這樣的「帶頭羊」。這是更需要警惕的。因為，這些人往往成為當

---

230 錢理群：《語文教育門外談》（桂林市：廣西師範大學出版社，2003年），頁65。

今教育改革、高考改革的絆腳石。錢先生對標準化試題的批判，可以說是迄今為止的批判中最尖銳、深刻的。他是從培養什麼樣的人的高度來認識的：一無思想、二無個人創造力、情感力與想像力，不過是能幹的奴隸與有用的工具。他將此上升到教育「危機」的高度來認識。

　　他明確指出語文教育中「立人」的特點和途徑，闡明了立言與立人的關係：「通過立言以立人，則是語文教育的基本目的與任務。在我們看來，語言不只是交際與思維的工具，更是人的生存空間、生存條件與存在方式。語文活動就是人的生命運動。離開人，言無從依附；離開言，人難以自立。人類文明的精神成果，都積澱在語言文字之中。人們通過語文活動，吸收了前人創造的文明結晶，使自己成為有文化教養的人。同時，語言通過交流而存在，在交流中學會使用語言，從而使自己成為社會的人。」[231]——「立言」是語文教育的特殊性，「立人」是教育的普遍性。抓住「立言」以「立人」這一點很重要，不理解語文教育是通過「立言」來「立人」的，語文課就可能變成政治課，思想品德教育課。就是說，在語文教育中是不能空談「立人」的，是不能脫離「立言」談「立人」的，反之亦然，也不能脫離「立人」談「立言」。所謂「立言」，就是「言語表現」。所謂「立人」，就是培養具有健全言語人格的人。這個目標應當是堅定不移的。語文教育是在言語活動與言語交流中實現從自然人到社會人、物質人到精神人的蛻變的。

　　具體到中學語文教育實踐，錢先生認為要在打好兩個底子——終生學習的底子和精神的底子。在為終身學習打底的同時，也伴隨著精神奠基：要讓學生感受語言文字的美，感受體驗人的精神的美，追求理想與和諧，賦予生命以最基本的亮色，以光明面來抗拒日後外部與內部的黑暗，這的確至關重要，比學會一些知識與技能重要百倍。我

---

231 錢理群：《語文教育門外談》（桂林市：廣西師範大學出版社，2003年），頁277。

們在批判語文課變成政治課、思想品德課時，不要把關於「立人」的教育也一道拋棄掉。這一教育固然不是語文課所能獨立承當的，卻是語文課所必須承擔的。沒有這些精神的底子，生命的亮色，沒有愛、美、理想與信念，我們的閱讀與寫作便營養不良，我們的文字便沒有風骨氣韻，站立不起來。

在終身學習和精神發展這兩個方面，錢先生更注重的是精神發展。他說，「中小學時期就是人的幼年時期。如果他有一個理想和信念，儘管他長大後會看到生活並不像他想像的那麼美，他會因此而分裂，會痛苦和懷疑，但他絕對不會陷入虛無主義，因為他有一個『精神的底子』。他會在痛苦的思考和懷疑以後，從原來那種幼稚的、不自覺的和諧，過渡到更高的自覺的和諧，最終成為一個成熟的人。……而且，這就像一年四季一樣，是不能顛倒的。春天是一個夢幻，他必須沉湎在夢幻裡，儘管春天會過去。而我們現在顛倒了，讓孩子過早地感受冬天的肅殺。所以我不贊成給孩子灌輸太多的實際的東西，而應該鼓勵他去夢想、空想。所以我覺得我們的語文教育應該給孩子以夢，給孩子一個『精神的底子』。這也是一個語文教師的責任。」——確實，今天的孩子沒有夢，有的只是實際受用，是物質享受，很少有「不切實際」的空想、幻想、夢想。生活愈舒適、優裕，思想愈趨於實用、功利，文學的「虛無縹緲」的可望不可即的境界和對人類、世界的終極關懷離他們愈遠，心靈也愈空虛、荒蕪。他們是十分需要精神上的引領的，他們所缺少的就是「浪漫主義和理想主義」的情懷。錢先生所要給予他們的「夢」，就是一個「浪漫主義和理想主義」的詩意的夢——一個人類不斷地丟失又不斷地拾起的永遠的夢。我以為，這實際上就是「詩意人生」的教育，儘管我的「詩意人生」教育的內涵也許要更為豐富，它包含了一切超功利、超現實的美德和情操，是一種彼岸關懷、終極關懷，但是，能讓「浪漫主義和理想主義」在孩子的腦子裡扎下根，讓孩子們除了物質利害外，還有

精神上的念想和牽掛，也可謂教育賦予人的一種德性了。

「立人論」，是錢先生語文教育觀最有分量的部分。他的憂思不是在教育的表層，而是抵達了根本。教育家、語文教育家談論「做人」，大多是在「思想道德品質」的層面，主要是在政治、道德的層面，而他是在人生哲學、終極價值的層面，揭示了人何以為人，為人生確立「精神砥柱」。

主體性的自由閱讀和寫作

錢先生上述「立人」的思想，在教學層面是和「主體性」建構的思想緊密相連的。很久以來，我們的教學在「教師為主導」的觀念指引下，雖然也主張「學生為主體」，實際上是光顧了「主導」，冷落了「主體」，「主體性」名存實亡。這個問題的嚴重性沒有引起必要的關注。長此以往，學生在教學活動中，只是成為任憑教師支配的木偶。而錢先生則把「主體性」的培養看作是「人文教育的一個核心」。

現在教學中的主要問題不是教師主體性太弱，而是太強，壓抑了學生的主體性，所以，我以為需要得到鼓勵的應當是學生的主體性。在這一點上錢先生是抓住了矛盾的主要方面的。他說：「我想提出一個概念，叫做『主體性的自由閱讀和寫作』，這應該是我們的閱讀教學、寫作教學所要達到的一個理想境界。閱讀和寫作的最終目的是增強學生的主體性，開拓他們的精神自由空間。學生應該是閱讀與寫作的主體，要鼓勵學生對所閱讀的課文有自己的見解，通過閱讀提高自己的能力，創造性地運用課文中的知識，而不是讓別人的『馬』踐踏自己的頭腦，成為一只堆積知識的書櫥。學生的寫作也同樣應該是充分自主與自由的，說發自內心的真話，說自己的話，而不是看別人（老師、家長、考官）的臉色說話，按規定的模式寫作。無論是閱讀還是寫作，都要促進學生的個性的健全發展，而不是壓抑、扭曲學生

的個性。這其實也是人文教育的一個核心。」在他的言論中，不論是閱讀還是寫作，都貫穿著對主體性、個性的張揚，充分體現了「學生本位」的思想。

「主體性」的核心就是「個性」。他認為，閱讀活動實際上是通過與作者的對話達到對作者與自我的雙重發展，最終達到知識的傳遞與精神的昇華，使自己內在的生命本質獲得一種更高層次的新的形式。——閱讀，從根本上說，就是這樣一種生命運動。他把讀寫教學看作是促進學生個性健全發展的途徑，是提升精神與生命本質的方式，是一種生命運動。這是對目前的反生命、反個性、摧殘言語生命的教學的反撥。究竟是助成了言語生命的成長，還是壓抑了言語生命的成長，這是檢驗教學品質的試金石。

他把這種生命運動，詮釋為「生命的靈性」的體現，認為語言的趣味，是和「生命的靈性」互為表裡的：真正的文學大師筆下的語言，是具有生命的靈性的，它有聲、有色、有味、有情感、有厚度、力度與質感，是應該細心地去體會、沉吟、把玩，並從中感受到一種語言的趣味的。而言說的背後是人的心靈世界。——他的這種感悟本身，就是一種生命靈性的感悟。所謂「生命的靈性」，我的理解就是它是「活生生」的，不是僵死的；是生命「獨特性」的體現，不是「共性」的體現。我們往往把語言的趣味、語感等，簡單地看作是一種表達的技術、技巧，似乎是可以「操作」的，而沒有洞澈它背後的生動鮮活的不可重複的生命意蘊。而錢先生則由表及裡地揭示出了這是「生命的靈性」，使我們懂得應該珍惜言語生命本真的言說，透過語言現象窺視作者的心靈世界的奧秘，也呈現自我的心靈世界的奧秘。他批評了把學生注意力引向知識條文的死記硬背的做法，要求把教學重心放在對語言美的靈性感悟上，這是切中語文教學的要害的。他告訴我們，文字是有生命的，是鮮活靈動的，需要用生命的靈性去體會。對語言的感悟，不是作機械的理解，要投入的是讀者的全部生

命，是生命中最珍貴的靈性。——這樣理解語言的趣味和語感，就不會陷入工具論的窠臼。

不論在「主體性」培養上，還是在生命的靈性感悟上，都離不開人的「情感」，因此，他特別看重「情感」的培育。他說，大綱規定的「健全人格」，目前包括「道德、思維、文化、審美」四個方面，這都很好，是否還可加上「情感」與「意志」方面的要求，「情感」恐怕是尤為重要的，這也是語文教育不同於其他學科的重要特點。「真正理想的文學教育，課堂應該是一個情感的共振場——這樣的情感共振，有時是激昂亢奮的，更多的是一種情感的沉潛狀態，教師與學生在共同閱讀、鑒賞過程中，達到了精神的愉悅和生命的昇華。」——強調人格培養中的情感的重要，關注語文教育中師生的情感共振、精神愉悅和生命昇華，將語文教育和人格建構緊密聯繫在一起。情感是審美的基礎，情感教育，也就是審美教育。只有情感真摯、豐富，才有自由、生動的內心體驗，才能夠達成通過「立言」而「立人」的目標。

在靈性教育中，培養言語想像力至關重要。錢先生注重的是「基本想像」：人類與各民族都有一些基本想像。它積澱在古老的神話傳說，以及在本民族幾乎家喻戶曉並在世界各國廣泛傳播的童話中。前者有中國的精衛填海、夸父追日、后羿射日，希臘神話中的普羅米修士盜火等，各民族自己的「創世」想像，如中國神話中的盤古開天闢地、女媧補天、鯀禹治水等，西方有《聖經》裡的〈創世紀〉；後者有安徒生的《海的女兒》、《醜小鴨》，高爾基的《燃燒的心》等。我們稱之為基本想像，是因為在這些想像裡，積澱了各民族以至人類的基本精神傳統，同時它們本身也成為後世的種種想像的一個原型與源泉。我以為「基本想像」這個概念很好，這是一個人想像力形成的基礎，是想像力創生的母體。在閱讀活動中，應使負載著基本想像的讀物成為學生最初的精神食糧。在這方面，以往重視和研究都很不夠，

這些讀物，其實也就是各民族經典作品中的一部分，應成為每一個人
的精神基質。

　　他認為對於中學生進行基本想像的培育，應該包括兩個方面，一
是將作為民族與人類精神積澱下來的基本想像的傳遞，另一方面是對
學生自身基本想像（對物質、生命基本元素的想像，對基本圖形的想
像，對時空的想像，等等）的開發。他說：這樣的基本想像的培育，
對於處於成長階段的青少年宇宙觀、世界觀的形成，生命意識的培
育，想像力的開發與表達能力的訓練，都有著重要的意義，而且我們
或許可以從這裡找到中學文科教育與理科教育的契合點。我們還作了
一個嘗試：如何通過閱讀，喚起學生進行「虛構的想像性寫作」的欲
望。——他的想像力「傳遞」與「開發」二者並重的構想，在我看
來，可以作為語文教育的「主線」。我不止一次說過：教育是什麼，
簡而言之，就是培養想像力。在智慧層面，沒有什麼比想像力更重要
的了。想像力是人的核心競爭力。一個人不論具備怎樣的才華，其中
都離不開想像力。才華的大小，是和想像力成正比的。讀書讀得再
多，寫作寫得再多，沒有想像力，也是枉然。

　　在教學方法上，錢先生重視「對話」。人格和主體性的培育，主
要是通過「對話」來實現。

　　由上述可知，錢先生對學生主體性的認識是比較充分的，涉及面
是比較廣的。注意到了精神自由、生命的靈性、情感培育、基本想像
力、多元對話等，他的理解對我們是很有啟發的。其中首要的是「精
神自由」：主體性的自由閱讀和寫作。就是不受他人的拘束，讀出自
我，寫出自我。是一種自主、自由的言說，真實的個性化的言說。這
是言語生命存在的要義，是張揚言語主體性的證明。語文課改培養學
生的言語主體性是一個根本性的任務。學生言語主體性水平在很大程
度上決定了語文素養教育的水準。

應該較多地選講經典名作

　　閱讀「讀什麼」的問題，總是語文教育的重要話題。錢先生仍然站在「立人」、精神發展的立場上來認識這一問題的，不厭其煩地強調閱讀經典的重要：「我主張在中學語文教學（特別是高中階段）中應該較多地選講經典名作，因為那都是人類與民族文明的結晶；讓青年學生通過閱讀，與思想、文學、科學大師們進行心靈的對話，就可以使他們從人生的開始，就站在大師們的肩膀上，有一個精神上的高起點，這對他們的終身學習與精神發展幾乎會起著決定性的作用。……世界上每一個國家總是以本民族的經典作家來教育後代，比如莎士比亞，普希金、托爾斯泰，雨果……都是英國人、俄國人、法國人……從小就耳熟能詳，家喻戶曉的；我們也應該通過中小學教育與其他手段，讓屈原、陶淵明、杜甫、曹雪芹、魯迅……這樣的民族文化的精英的精神遺產代代相傳。」他談論經典閱讀，是在世界和人類的大視野下，強調民族文化的承傳和學生的精神建構。經典名作是人類文化的結晶，在閱讀教學中堅持閱讀內容的高品位，這既有助於為學生打下「精神的底子」，也有助於他們領略語言之美。

　　我以為這段話大約有這麼幾層意思：一、達成終極目標的最佳方法就是讀經典。二、要閱讀本民族的經典作家及其作品。三、選文要有世界的、人類的、多元的、開放的眼光。

　　他對經典作品的學習形成了如下看法：在我們中國，有哪些屬於精神原創性的、源泉性的作家呢？和一些朋友討論下來，有一個初步的想法，應該在高中開四門選修課：第一門課是《莊子》和《論語》的選讀，因為，《莊子》和《論語》是代表中國源頭性的東西——道家和儒家，相對來說，《論語》的思想和文字對於中學生來說是比較容易接受的；第二門課應該開唐詩選讀，因為中華民族的青春時期、

成熟時期，健康向上的、極其豐富極其全面的一種精神是體現在唐詩上的，唐詩是處於青春期的文學，它與處於青春期的中學生的生命直接相連，中學生理解唐詩是最容易的，但不能像《唐詩三百首》那麼編；第三門課是《紅樓夢》選讀，因為《紅樓夢》是我們民族百科全書式的著作，是個總結性的文學作品；第四個就是魯迅，魯迅開拓了新的現代文化。這四個代表時期的作家作品都是我們民族文化的最高峰，都與青少年的心靈相連接。[232]這是很有見地的。中國的經典作品太多了，在中學階段如何取捨是個問題。中學生不可能讀得太多，只能少而精，錢先生的這一設想是基本達到了少而精的要求了。最值得我們重視的，是他將經典閱讀提升到「人類特有的神聖權利」的高度加以強調。雖然他是引述他人的話，但也表明了他的態度。如果老師們能以此引導學生，這就是價值觀的引領，是屬於動力層面的；如果我們的學生能將經典閱讀視為自己的權利話，是否會為了捍衛自身的權利而閱讀呢？這足以與「速食讀物」的誘惑力相抗衡嗎？經典閱讀必須是一種自覺的行為，像今天這樣純粹靠高考來迫使學生閱讀終非良策。

　　錢先生也注意到了流行的「速食讀物」、網路文化的作用，他不是一概地否定，所否定的只是過多地停留在這種「社會文化的平均水準」上。在強調閱讀經典的同時，他注意二者兼容並蓄：「如果孩子的精神營養只限於或過分依賴於社會文化的平均水平，那他的精神發展是有可能趨於平庸化的。正是在這裡顯示了學校教育的不可替代的作用與價值。按照我的理解，學校教育主要任務之一就是引導學生閱讀經典──人類與民族精神文明的精華正凝聚於其中，閱讀經典可以使學生從一開始就佔據了精神的制高點，這對他們的終生學習與精神發展的意義絕不可低估，而且可以與流行的『速食讀物』的閱讀形成

---

232 錢理群、孫紹振：《對話語文》（福州市：福建人民出版社，2005年），頁219。

一種張力，這對學生的健全發展也是絕對必要的。」[233]「我體會最能體現讀書這一本質的，無疑是經典的閱讀；而強調這是『人類特有的神聖權利』，就把閱讀（特別是經典閱讀）的意義提到『人權』的高度，這本身也是意義重大的。當然，經典的形成與確立是要有一定的過程的，強調經典閱讀並不排斥吸收當下的新的文化成果，二者是相輔相成的。」[234]

　　錢先生對經典與時尚的認識是辯證的。在當今社會要完全戒絕學生對時尚讀物的閱讀是不可能的，也是不明智的，我們所能做到的就是引導經典的閱讀，提升學生的精神品位，使他們在接受「速食讀物」時不至於迷失方向，可以在傳統與現代的交融中保持心靈的自由和豐富。在實際閱讀中，在這兩種力量的角力中，經典閱讀可以勝出嗎？

　　教育最終總是要落實在具體的能力上。「我們即提出了這樣的設想：『按照基本的生命、精神命題要「反覆感知，逐漸加深」的原則，對初中階段所涉及的幾個基本母題，高中階段要進行綜合的更為理性（或者感性與理性相結合）的思考。』」「在學生閱讀能力的考查上，我們也提出了全面的要求：考慮到學生長遠的多方面發展的需要，我們設想，應突出四種能力的考查。一是對科學技術、理論文章的閱讀能力，能夠把握其基本論點與論據，寫出準確而簡明的內容提要；二是對文學作品的閱讀能力，重點是對文學語言、篇章結構的感悟與分析能力；三是閱讀淺顯文言文的能力；四是獨立查找資料，運用工具書的能力。在以上基本能力的基礎上，我們設想，還應該考察學生對自己的閱讀材料作出獨立判斷與評價的能力，進行置疑、提出不同意見的逆向思維能力，由此（正在閱讀的書）及彼（已讀過的其他著述，或自己的生活經驗等）的聯想力，以及創造性地綜合運用閱

---

233 錢理群：《語文教育門外談》（桂林市：廣西師範大學出版社，2003年），頁89。

234 錢理群：《語文教育門外談》（桂林市：廣西師範大學出版社，2003年），頁393。

讀中獲得的知識、資訊能力。」

　　在這四種之上的是：評價、置疑、提出不同意見的逆向思維能力，聯想力，創造性地綜合運用知識、資訊能力，才是最重要的。也是前四種閱讀能力的目的所在。實際上說的是言語表現力和創造力，就是閱讀指向了表現，這才是閱讀的終極目的。這與我的「表現——存在論閱讀觀」是一致的。閱讀如果不能指向表現與創造，等於白讀，就是造就葉聖陶等前輩所批評的「兩腳書櫥」、「人形鸚鵡」，培養的是書呆子。因此，在四種能力之上的，才是閱讀的「真能力」。

學生能夠與魯迅進行心靈對話

　　在經典閱讀中，錢先生特別強調不要忘了現代文化傳統，不要忘了魯迅：引導青年學生從年輕時候起讀一點魯迅的作品，對他們的成長，以至新文化的傳遞都是有重大的意義的。……而魯迅，正是五四所開創的中國現代文化傳統的最主要的代表（當然不是唯一的），即使是他的批評者也不能否認他是二十世紀中國最重要的文學家，他的思想與文學是一份無法迴避的世紀精神遺產。順便說一句，在語文教育改革的討論中，很多朋友都強調繼承民族文化傳統的重要性，這當然很有必要；但有的論者往往將民族文化傳統侷限為古代文化，而有意無意地忽視（甚至否定）了現代文化傳統，這就不免有些偏頗。事實上，作為現代中國人，我們（包括學生在內），主要使用的是現代白話文，中學語文教學也是以學習與運用現代白話文為主的，魯迅這樣的現代白話文大師的作品，在中學語文教學中佔據重要位置是順理成章的。[235]——以往講到經典時，人們主要關注的是古代的經典，而忽視了現代的經典，現代經典中，對魯迅作品的閱讀，師生往往心存

---

235 錢理群：《語文教育門外談》（桂林市：廣西師範大學出版社，2003年），頁145-146。

畏懼，如何讀魯迅確實是一大難題，如果能真正解決這一難題，當是對語文教育的一大貢獻。

　　對讀魯迅的問題，錢先生不但在理論層面進行論述，而且在實踐層面進行探索。「……我始終堅信這一點：魯迅是活在現實中國的，每一個願意並正在思考問題，並且具有中學（與中學以上）文化程度的青年，都是願意並且能夠與魯迅進行心靈的對話與交流的。這也是中學語文中魯迅作品教學能夠為學生接受，並取得好的效果的前提性條件。」[236]錢先生也許是過於樂觀了，當今忙著應試的中學生是否「願意並正在思考問題」、「願意並且能夠與魯迅進行心靈的對話與交流」，這一點是頗可懷疑的。可以肯定，這樣的學生不是多數。但願我的估計不如錢先生準確。但無疑的，他的願望是良好的。

　　他還考慮到選文的標準：……作為中學的魯迅作品教學，也還有一個實際操作的問題。比如，應該選哪些魯迅作品就是值得認真研究的。……在我看來，中學語文教材中的魯迅作品的選文應該考慮兩個方面，一是要能體現魯迅思想、文學的精髓，一是要有可接受性，注意中學生的年齡特性。──關於「可接受性」的看法和王富仁先生是一致的。如果按照這兩條標準來選也蠻難的，因為這兩條往往是相牴觸的。能體現魯迅思想、文學的精髓，很可能「可接受性」較弱，要做到二者的統一不太容易。我以為，第一條標準是必須的，只要是能體現魯迅思想、文學的精髓的，「可接受性」弱些也無妨。經典閱讀都存在類似的問題，可以先讀下來再說，能懂多少是多少。否則，可讀的就很少了。《論語》、《莊子》如果以「可接受性」來衡量的話，也是難以入選的。

　　他認為魯迅作品的閱讀，應該處理好幾個關係：

　　首先是魯迅與青年（學生）的關係。他認為魯迅十分厭惡「導

---

236 錢理群：《語文教育門外談》（桂林市：廣西師範大學出版社，2003年），頁148。

師」的，他自己也絕不做。從根本上說路是自己走的，應該自己尋找、自己創造。他說：「魯迅的思想與文學對成長中的中學生無疑是十分重要的精神養料，但卻不能代替年輕人自己的創造。因此，因引導學生以『獨立不依他』的態度對待魯迅，把他看作朋友，和他進行自由、平等的心靈的交流與對話，或贊同，或反駁，都應受到鼓勵；要引導學生尊重魯迅的意見、經驗與傳統，在魯迅的啟示下，認真地思考，真正把魯迅的思想、文學化作自己的血肉，但絕不盲目地以魯迅之是為是，以魯迅之非為非，一切都要經過自己的獨立思考，即使是在有著如此強大的思想力量與人格力量的魯迅面前，也要保持自己的人格獨立與思想選擇的自由。我想，這正是魯迅期待於後人的，我們的魯迅作品教學如果最終促進了學生個體精神的獨立與自由發展，就從根本上達到了目的。」[237]——他強調的是一要尊重，二不盲從。

他自己就是很尊重魯迅的。雖然他很崇拜魯迅，但是他深知魯迅的為人，知道魯迅是不願意作為青年人的導師的，是希望他們能獨立思考與創造，讀魯迅，不是以魯迅的是非為是非，而是學習他獨立不羈的人格與思想。這就是魯迅精神。錢先生要我們學習這種精神，的確是抓住了根本。當然最重要的是，在教學中怎樣讓學生領會魯迅精神，使學生也能擁有獨立思考的能力與獨立的精神人格。

其次，要處理好老師的講解和包括教學參考資料在內的各種各樣的權威的或非權威的闡釋在魯迅作品教學中的地位。他說：「應該肯定，由於魯迅作品閱讀與理解上的一定難度，老師的講解是必要的，也有必要參考有關的闡釋；但同時又必須明確，這都不是目的本身，而是一種幫助學生理解，減少閱讀障礙的手段。魯迅作品閱讀的根本任務是要引導學生自己去閱讀魯迅的原作，與魯迅直接進行心靈的對話與交流，教師的講解只是一座橋樑，只要學生認真地讀魯迅的作

---

237 錢理群：《語文教育門外談》（桂林市：廣西師範大學出版社，2003年），頁149。

品，並且有了自己的感悟與體會，自己的看法與評價，我們的任務就完成了，老師怎麼講的，教學參考書上是怎麼分析的，都不重要了，甚至是應該忘記了的，這就是『過河拆橋』。」——這實質上說的也是培養獨立的人格與思想。魯迅作品的教學是橋樑，目的是引導學生能自己去讀魯迅。課堂上讀的只是幾篇文章，讀懂幾篇文章，就是都背下來是沒有多大意義的，關鍵是要能喚起學生的閱讀興趣，喜歡魯迅作品，能舉一反三，自己去讀原作，與魯迅作品進行對話與交流，這樣，收穫就大得多了。

「過河拆橋」法，不但是讀魯迅的方法，也是讀其他經典作品的方法。試想我們在課堂讀《詩經》、《論語》、《孟子》、《莊子》、《三國演義》、《紅樓夢》……不都是要先從片段、節選的閱讀中，了解讀法，引發興趣，從而去讀原著、全書，自己去與作品、作者對話、溝通嗎？因此，語文老師明白這個道理，就是明白了如何通過課內誘導，往課外拓展、延伸，如何打通課內與課外。如果能做到這一點，語文教育就活起來了。

第三，魯迅作品的閱讀和理解不是一次性完成的。他說：「其實我們每個人在學習魯迅作品時，都會有這樣的經驗：最初閱讀時，很多地方都讀不懂——不僅是文字不懂，更是由於魯迅作品包含了他自己的許多深刻的生命體驗，讀者如果沒有類似的體驗，是很難進入他的作品的。但隨著自己人生閱歷的增長與內心體驗的豐富，多讀幾遍，就會多懂一些。對魯迅逐漸理解了，過去讀不懂的，回過頭來重讀，就會懂了；但也還有不懂的，就得繼續不斷地讀。魯迅作品巨大的吸引力就在於越讀越想讀，常讀而常新。既然魯迅的大部分作品（特別是選作課文的重點作品）都是要不斷地讀，甚至讀一輩子的，那麼，我們在中學裡，講這些魯迅作品，就沒有必要、也沒有可能都

讓學生一次性讀懂，完全理解。」[238]這就告訴我們魯迅作品的教學不
一定要一次性讀懂，既然不要全懂，教起來就不犯難，就解除了教師
的畏難情緒。要使學生明白魯迅的書是可以讀一輩子的，經典作品的
好處就在於耐讀，可以常讀常新，百讀不厭，可以讀一生。

　　上面三點都是很專業的指導。都是錢先生從自己長期讀、教魯迅
作品的經驗中總結出來的，因此，對我們特別有參考價值。針對讀魯
迅的爭議和魯迅作品教學中存在的困難，他不但堅持認為魯迅是我們
民族現代文化傳統的重要組成，讀魯迅的作品對學生的成長意義重
大，而且身體力行，為如何讀、教魯迅作品指示了路徑，對如何教好
魯迅作品有很高的啟示意義。

　　在這一場語文革命中，錢理群先生領風氣之先，在歷史與現實的
交會點上，擔起承先啟後的重任，以思想家的氣度和勇毅，篳路藍
縷，披荊斬棘，高瞻遠矚，擎著「立言」以「立人」之火炬，義無反
顧地前行。他是這一場語文革命無可爭議的精神領袖。

　　錢理群先生堪稱當代語文教育的精神啟蒙者和新秩序的建設者。
他為語文教育的現狀、學生的成長、民族的未來，懷有深切的憂慮，
進行了深入的思考。他為語文教育文化的重建，尤其是「立人」教育
觀的弘揚和「對話」文化心理的建構，為學生主體性的培育，為語文
教師和學生走出應試教育的思想困境，為了使文化經典和魯迅的精神
遺產發揚廣大，不遺餘力、殫精竭慮。儘管他的介入，受到了語文界
守舊派的排斥，但是他仍然執著地參與，義無反顧、癡心不改；他賦
予了語文教師和語文教育對學生精神奠基的責任，他自己首先承擔起
了這份責任，做出了獨特的貢獻和犧牲。他的存在，給語文課改以強
大的精神動力。

---

238 參見錢理群：《語文教育門外談》（桂林市：廣西師範大學出版社，2003年），頁
　　148-150。

孫紹振：想像豐富，心靈豐富，語言豐富
——注重心靈建構與文本微觀分析的語文教育觀

　　孫紹振（1936—），祖籍福建長樂。一九六〇年畢業於北京大學中文系，在北大中文系工作一年後調華僑大學，「文革」下放，一九七三年調福建師範大學。現任福建師範大學文學院教授，博士生導師。主要研究領域：美學、文藝學、現當代文學、幽默學、寫作學、閱讀學、口才學——多方面的才具，為當代學者所罕見；博聞強記、才華橫溢、機智雄辯，令學界同仁折服。有報刊贊曰：奇才！

　　二十世紀九〇年代中期開始，他以學者、智者之博大深厚，義無反顧地投入到教育和語文教育改革之中，參與論戰。他發表的〈炮轟全國統一高考體制〉、〈質疑英語四級全國統考體制〉、〈高考語文試卷批判〉等數十篇文章，出版的語文教育著作《直諫中學語文教學》、《名作細讀》、《孫紹振如是解讀文本》、《月迷津渡——古典詩詞微觀分析個案研究》、《孫紹振論高考語文與作文之道》、《批判與探尋：文本中心的突圍和建構》、《中國現當代詩歌名作欣賞》、《孫紹振論高考語文與作文之道》、《對話語文》（合著）、《解讀語文》（合著）、《名家六十講》（合著），策劃參編的《作文大革命——頂級作家教作文》（VCD＋書組合），掀起了一波接一波的教改巨浪。

　　他從一開始就意識到，光從宏觀理論上批判是不解決問題的。一個理論家，如果一味以破壞、炮轟為滿足，而不知正面建設，缺乏把哲學美學的方法和觀念轉化為操作性程序的能耐，充其量只是跛足的理論家。於是，他編教材，寫教參，寫教學參考書，甚至還親自到中學開課，給中學教師示範。他現擔任教育部實驗教材初中《語文》（北京師範大學出版社版）主編，正埋頭編一部讓全中國的孩子都喜歡學的語文教材。他是當之無愧的主編。他把對語文教育的不滿，變

成了投身於教育改革的動力。他主編的教材中的每一篇課文，都是他經過反覆比較篩選出來的，每一道思考與練習題都凝聚著他的智慧和心血，他為六冊教材中的每一篇課文寫「主編導讀」。目前這部教材已在全國發行，被認為是最具競爭力的語文教材。為了使教師們使用好這套教材，他不辭辛勞，奔波於甘肅、山東、山西、河南……進行教學培訓，傾聽實驗區教師們的反映，以便修訂教材，使之更加完善。他給中學生講〈背影〉、〈荷塘月色〉、〈別了，司徒雷登〉……撥雲見日、天花亂墜，聽講者如坐春風，不知肉味。

　　他認識到，不論在中學還是在大學課堂上，經典文本的微觀解讀都是難點，也是弱點。多數語文教師所做的就是蒙混，把人家已知的當作未知，視其未知如不存在，反覆在文本以外打游擊，將人所共知的、現成的、無須理解力的、沒有生命的知識反覆嘮叨，甚至人為地製造難點，自我迷惑，愚弄學生。這樣的教師白白辜負了自己的生命。而一些大學教授習慣於感歎中學教師如何的不濟，其實這並不表明他們有多高明，恰恰相反，說明他們缺乏羞恥之心，中學教師不是你們教出來的嗎。許多學者可以在宏觀上將文學理論、文學史講得頭頭是道，但是，有多少人能夠進入文本的內部結構，揭示深層的、話語的、藝術的奧秘呢？基於這樣現狀，他不但兼容並蓄當代各家解讀理論，而且提出了具有較強操作性的「還原」和「比較」的方法，將其運用於文本解讀實踐，以期讓語文教師得以從中取法。他立下宏願，要把名作細讀接著寫下去，把名作都分析個遍，讓老師和學生們都學會分析文本。

　　在這場語文革命中，他當得起「嘔心瀝血」這四個字。其用心之苦、著力之專、火力之猛、貢獻之大，學界鮮有匹敵者。他做的事情很多，有時候很辛苦，可他從不說累，壓力再大也從不愁眉苦臉，他覺得自己做的事情很有意義，很有意思，所以很開心。他是一個仁義、盡責、曠達之人。

塑造人的心靈是第一位的

　　孫紹振認為，人就是情感的動物，情感和理性是一對矛盾，純粹理性的人，是沒有的。情感是天生的，而理性則是後天培養起來的，正是因為這樣，我們從小學開始就對孩子說，不要任性。理性教育的過程很漫長，從小學、中學到大學。過度的理性教育使人變得片面，片面發展的人，就是光有理性沒有感情的，而全面發展就應該使人在感覺、情感和意志三個層次上都得到發展。

　　改革不僅是改課本，而是改變觀念、思維和方法。通過語言的駕馭來塑造人的心靈是第一位的。[239]關鍵是有了想像的豐富，心靈的豐富，才有語言的豐富；反過來，也可以說，有了語言的豐富，才有心靈的豐富和想像的豐富。[240]

　　心靈豐富和自由，是他的語文教育「關鍵字」。在一切的語文教育行為中，他都貫穿著對學生進行精神培育的熱忱，力求使學生「在感覺、情感和意志三個層次上都得到發展」，反對片面的工具理性，倡導審美、想像等情感活動，把「塑造人的心靈」放在首位。

　　在內心的豐富上，他尤其重視感覺和情感的培育：「人的思想是離不開感覺和情感的。感覺，特別是比較獨特的、個性化的感覺和情感，往往埋藏在潛意識中，一般情況下，人是感覺不到自己深層的、內在的感覺的，不加喚醒，就會被遺忘。審美教育，就是從『審感』和『審情』開始的。作為人，全面發展的人，要讓感知、情感和意志得到全面發展，就不能讓生命的任何一種感覺流失到潛意識的忘川之中。從審美意義上講，不僅是『我思故我在』，而且是『我感故美在，我不感故美不在』。藝術的功能之一，就是把時時刻刻在流失的

239　孫紹振：《直諫中學語文教學》（廣州市：南方日報出版社，2003年），頁70。
240　孫紹振：《直諫中學語文教學》（廣州市：南方日報出版社，2003年），頁61。

感覺喚醒，從而把感情喚醒。只有把全部屬於人的感覺都喚醒了，使之復活在文字語言中，人才能從實用的（亦即片面的）功利中解放出來，成為全面發展的、完整的人。」[241]

注重情感豐富和心靈自由，說到底，就是尊重人性、生命性和發展性，這是言語活動的根本。他強調的是人的精神的全面發展，不是一般地講語文素養或語文能力的全面發展，這是深刻而又獨到的。語文教育自然是為了「立人」，但是，需要回答語文應該「立」的是人的什麼。他要讓全中國的孩子都是有感覺、感情的人，有審美想像力，能自由地思想，用自己的聲音言說。他的思考很具體、實在。沒有停留在抽象層面做泛泛之論，而是落在語文、審美教育的實處，告訴我們如何「審感」和「審情」，他的《名作細讀》，都是告訴師生們如何從實用的、功利的感知中解放出來，獲得審美、審醜和審智的心靈自由的。把這種心智、心靈的建構和發展視作比言語實踐「技能」更重要，因為這是根本。

從語文教育前瞻的意義上說，孫紹振對人的精神發育、心靈自由，審美想像力、感受力等的關注，是反應試教育的，是抓住了素養教育的要害的。

作文是綜合素質最主要的表現

早在一九九八年，孫紹振的一篇〈炮轟全國統一高考體制〉，風靡全國。對高考體制、語文標準化試題的痛快淋漓的轟炸，使孫紹振這個名字，引起了國人的矚目和敬重。這篇文章大約是當年轉載率最高的一篇──一直轉載到了國外的華文刊物。

與人民、國家、民族休戚與共，使他走進公共知識份子的行列，

---

241 孫紹振：《名作細讀》（上海市：上海教育出版社，2006年），頁92-93。

自覺承載起教育改革的重大責任。他不是為個人發言，而是代表了普天下父母和學生，對統一高考體制導致的應試教育、冥頑不化的語文高考命題者，刁、難、偏、怪的「語文試題」，說出了國人高考改革的心聲：

> ……這不是對於未來的幻想，而是重提起過去的歷史。我們如果有魄力付諸實施，除了危及教育部考試中心的一些先生們的烏紗，承擔起為他們分流尋找出路以外，我想不但不會對任何人有什麼損害，而且對於後代則無疑是功德無量。

長期以來，語文教育與人的精神發展背道而馳，使他對高考語文的僵化、奸詐、愚昧、偏執，深感憤怒和憂慮。他是對標準化考試抨擊最激烈、反駁最有力的一個。

他說：一百五十分的高考考卷只有六十分是作文的，三分之一多一點。實際上作文表現人的心理，表現小孩的青少年的內心世界，我覺得這是綜合素質的最主要的表現。……前面好多標準化的客觀題，有錯別字的成語排列組合。你作文寫出來，錯別字有就有，沒有就沒有，單獨搞個錯別字幹什麼！自我作踐、自我折磨，把學生的寶貴的時間和精力、非常寶貴的青春年華花到沒用的地方去。[242]

他認為當今語文高考不但坑害學生，而且坑害老師，「高考考卷不但是一份考卷，而且是一根指揮棒。考試的猜謎性質迅速滲透到教學的每一個環節中去。這樣，堂而皇之的語文課就充滿了一本正經的鑽牛角尖、傷天害理的文字遊戲。在等而下之的各種東施效顰的習題集的洪水衝擊之下，語文教育就逐漸變成了應付惡作劇的黑色幽默。這不但貽誤了青年，而且使教師的頭腦僵化、智力退化。兩代人的才

---

242 孫紹振、葉衛平總策劃：《作文大革命》（福州市：福建文藝音像出版社，2004年），頁5。

智就在這荒謬絕倫的考試中無形地銷蝕著。」[243]

　　他之所以如此憤怒，稱其為「傷天害理」，在他的一系列文章中，又是「炮轟」、「質疑」，又是「批判」、「直諫」的，是因為這種坑害，是對人的、生命的輕蔑，直接傷及文化的昌明，國家、民族發展的根基。

　　寫作和寫作教學，是孫紹振最為關注的方面。在語文能力中，他最看重的是寫作能力。他多次呼籲：高考的作文分數的比例要提高：這是很關鍵的一點。大家都不重視，反正六十分，三十六分及格，一般的學生也不會考不及格。所以高考體制不改，作文體系的分數跟知識體系的分數之間的比例不改，這對中學語文教學特別是作文教學就很不利，而且是致命的。所以我希望有朝一日，作文的分數提高到一百分、一百二十分都可以。……如果按我的意思，一百二十分，作文寫完了其他東西都可以解決了。語感解決了，心靈開放了，語言更豐富了，那其他東西就比較好解決。如果你素質不行，比如說你沒有語感，那問題就大了。

　　這種考試還影響了一些人的興趣，作文一沒有興趣，語文更沒興趣了；課內沒興趣，課外更沒興趣，整個就是應付考試，這是一個極大的問題。[244]他認為將寫作作為語文能力的首要指標，這就回到了人的心靈和語感建構上來，一切問題都將迎刃而解。

　　孫紹振先生總是能在紛紜複雜的現象中，迅速地發現問題的癥結：語文的問題在寫作。關鍵是要大幅度提高高考寫作的分數。抓住寫作，就抓住了語文教學的要害。寫作能力是語文綜合素質的最主要的體現，但是在現行語文課程和高考制度下，卻不受重視，而那些摧殘生命的標準化試題和主觀題客觀化的試題，卻大行其道，這種嚴重背離語文特點的應試教育，是到了非改不可的時候了。

---

243 孫紹振：〈廢除全國統一高考體制〉，載《藝術‧生活》1998年第6期。

244 孫紹振、葉衛平總策劃：《作文大革命》（福州市：福建文藝音像出版社，2004年），頁11-12。

　　孫紹振認為，在理論上對所謂「貼近生活」的觀念加以澄清，是提高學生寫作水平的關鍵。「貼近生活」的觀念，在語文教學中根深柢固，其負面影響是因偏狹的理解導致了主體感覺鈍化：「客觀」的生活、雷同化的表達，壅塞了「主觀」的個性體驗。所謂的「貼近生活」，實際上就是要求「貼近」共性的、成人社會認同的「生活」，取消個性和自我的「生活」。

　　他針鋒相對地提出了「貼近自我」的觀點。

　　他說，關於作文有許多的理論，但是，這些理論，大多數比較空洞，缺乏可操作性。有一種理論要求學生「貼近生活」，這從理論上來說，似乎很符合唯物主義哲學。但是，可惜是機械的。首先，生活，是什麼呢？每天上課下課，和父母的言談，同學之間的各種嬉笑，還有假日旅遊等等，這一切的一切，有誰比中學生更貼近呢？為什麼一寫出來就變得很沒有意思，弄不好還成為末流的流水帳呢？這種理論之所以無用，是因為它有個重大的缺陷。所謂生活並不是你所見所聞的一切現象，而是被你的心靈所同化了的，成為自己心靈的一部分，和一些最精彩的體驗聯繫在一起的東西。光是講「貼近生活」，就可能是一種誤解：以為生活是客觀的，跟人的心靈有關無關是無所謂的，作文就是像照相機的鏡頭一樣去貼近它。這樣做的結果，就算沒有歪曲，大家寫出來也都是一樣的。這恰恰是作文的大忌。作文是精神獨創的結晶，沒有自己的、不同於其他任何人的、獨特的體驗，就沒有生命。

　　從這個意義上來說，與其說貼近生活，還不如說貼近自我。或者說得保險一點，貼近生活，離不開貼近自我。當然也可以說，要真正貼近生活，必須貼近自我，貼近自己感受最深的一點。生活中有許多東西是不可缺少的，但是在作文中，卻是沒有必要的，只有自己私有的、獨享的、他人所沒有的東西，才是值得你去寫一寫，去挖一挖的。[245]

---

245 孫紹振：《直諫中學語文教學》（廣州市：南方日報出版社，2003年），頁43。

　　學生有了個人的生活經驗和內心體驗，寫作就不愁無話可說，文章也就有了個性。

這個世界有無限解釋的可能性

　　孫紹振曾經無數次地指出，要「貼近自我」，這就需要和「生活」中的「現成話語」作鬥爭，將學生從話語蒙蔽中解放出來。寫作，要打破現成的話語，不僅要找到自己，還要找到自己的話語。

　　「惟陳言之務去」的口號，在今天應試寫作固若金湯的圍城中，似乎顯得有些疲軟、力不從心；而孫紹振的與「現成話語」作鬥爭，講提煉過的、有深度、有個性的真話，則不失為一柄突圍的長矛，一副診治陳言、假言的良方。

　　他說，一個人陷在現成話裡，他就沒什麼好寫的。如果他內心比較豐富，他的情感、感覺、知覺、認知有獨到之處，並且有相應的語言表達出來，就很好寫了。比如說我們寫個遊記，說到杭州去玩，一講到遊記現成的東西馬上就來了，「美麗的河山啊，祖國的大好河山啊」，你說這樣寫對不對？也沒錯。我看過一本《中學生優秀作文選》，文章是選自全國各地的，但是一本書下來全部是美好的河山、動人的風景，興奮的情緒諸如此類，整本看下去都一樣，你不用看第二篇，再看就疲倦了，沒有個性，但文字都過得去，不是很差，優秀作文嘛，我翻了一本以後一句也記不得。[246]

　　從小學到中學，作文教學都有一種不約而同的做法在妨礙中學生貼近自我。本來一個孩子是很天真的，在日常生活中他們比成年人更易於自然地、自由地表達自我，他們沒有必要偽裝，也沒有成年人那

---

246 孫紹振、葉衛平總策劃：《作文大革命》（福州市：福建文藝音像出版社，2004年），
　　頁16。

麼厚的「人格面具」，講話待人都是一片天真，這幾乎不用訓練，完全是天生的、自發的。可是一到作文裡卻不是這樣，能夠把自己的天真爛漫自然地表現出來的孩子，成了不可多得的珍品，大多數孩子不知怎麼搞的，一到寫作文就遠離自我，變得少年老成起來。

他指出：我們就是要讓學生講自己的話，不是講別人、大人準備好的話，包括李白、杜甫、蘇東坡現成的話都沒有用，它只能啟發你，它只能夠表現李白的個性，它只能夠表現蘇東坡的個性。而你，要找到自己的個性，自己的語言，這當然要求很高，要有些天分，我們不要求每個人都做到這樣，但是作為老師，作為課本的編撰者，包括作文的閱讀者、評論者要有這個眼光。但是可悲的是，有相當一部分老師缺乏誘導學生的心靈、解放思想的能力，他還是現成的觀念，那絕對沒有東西可寫的，因為他沒用自己的眼睛去看，沒用自己的心靈去體會，這樣就寫不好作文。其實這是很簡單的啟蒙，你要真正找到自己的感覺，這個就是我們的理論、實踐。[247]

其實人心不同，各如其面，每個人的感覺都有不一樣的成分，由感覺觸發、調動起來的回憶、想像、經驗和思想只有那些不一樣的才是寶貴的。要把相同的感覺說出來，很容易，因為流行的、權威的、現成的語言，可要把獨特的感覺用自己的話說出來，就要從現成的流行的語言中突圍出來，那可不是很容易的。這難在兩個方面，第一，是觀念上的，以為越是用熟了的越保險；其實這很可能是用自己舌頭唱別人的歌。第二，越是用熟了的越是有一種自動化的力量，不用動什麼腦筋，就冒出來了。要把作文寫好，就要想盡辦法把不動腦筋就冒出來的那些現成話排除掉，努力把自己特有的感受找出來。[248]

真正的內心豐富，同時又是獨特的，同樣的事情，感受越是不一

---

247 孫紹振、葉衛平總策劃：《作文大革命》（福州市：福建文藝音像出版社，2004年），頁17。

248 孫紹振：《直諫中學語文教學》（廣州市：南方日報出版社，2003年），頁43-44。

樣，就越有東西寫。巴金提出的「說真話」，其實是很膚淺的。真
話，不是現成的，好像擺在盤子裡，你一拿就出來的。它需要從現成
的套話裡解放出來，還要提煉，一提煉，就和原始的意味不一樣了，
但是這並不是假話。第二，真話即使挺好，如果沒有什麼深度，大白
話，寫到文章裡，也是叫人討厭的。真話也是有品位之分的。只有那
些獨特的、個性鮮明的，才是精彩的。[249]

這就進入到了寫作教學改革的操作層面：

首先要區分什麼是現成的話語，什麼是自己的話語。現成話是讓
人「疲倦」的，要把現成話排除掉。他反對一般地講觀察，而主張講
感受，因為觀察往往是客觀的、趨同的，而感受是主觀的、自我的。

其次，在自己的話語中還要進一步區分什麼是膚淺的真話——大
白話，什麼是特有的感受、個性化的語言。獨特的話，還不同於「真
話」，不應寫那些「真」的大白話，要寫那些經過提煉的、有深度、
有個性的「真」話。

回到自我，回到天真和真誠，回到真實的感受和體驗，便有了言
語個性。寫作教育，就是要讓生命的「金薔薇」漫山遍野地瘋長，去
競相開放，去爭奇鬥豔。

孫紹振對來自別人的讚美也許已經麻木，但是他很在乎語文教師
對他上課的肯定。給孩子們上課，是他最感快樂的事；中學老師稱
讚他不但有理論，而且「能教」，是他最感自豪、開心的事。孫紹振
親自教學生如何講自己的話，講經過提煉的、有深度、有個性的
「真」話。

曹文軒教授評論說：「他讓孩子們回到一個具體的材料上來，然
後啟發他們來理解這個材料的涵義和掌握處理這個材料的方式。他身
體力行地試著給孩子們演繹，於無聲處告訴了孩子們一個道理：這個

---

249 孫紹振：《直諫中學語文教學》（廣州市：南方日報出版社，2003年），頁60。

世界是有無限解釋的可能性的。」[250]的確，學生們變得聰明起來，他們說的都是自己的話，與別人不一樣的話。他讓學生擁有了點石成金的那個「手指」。

把學生的想像領到美的天地

　　孫紹振先生是一個文藝評論家——不是當今時興的「表揚家」，而是真正意義的「批評家」。只要讀一讀他的《挑剔文壇》，就可以感受到他凌厲深刻的評論風格、無畏不羈的言語人格。他把自己對閱讀的理解，帶進了閱讀教學。他以為，閱讀首先要解決的不是解讀文本，而是人的追求、態度和境界。

　　他在《談讀書的三種姿勢》中，說到讀書的姿勢大致有三種。第一種是躺著讀，這是陶淵明所標榜的好讀書不求甚解而自己並不一定實行的辦法。要真正提高閱讀水平，就得採取另一種姿勢，就是要坐著讀，古人講的「正襟危坐」，不但是一種姿勢，而且是一種心境、態度，一種目的。坐著讀的關鍵是開放心靈，讓它像海綿一樣吸收書中全盤的精義。古人說的虛懷若谷，大致可以形容這種心靈狀態。這種讀書的方法雖然很好，但還不是最好。你要主動地用你自己的體驗和智慧去檢驗它，或者用馬克思的術語說，「批判」它的時候，你就用不著虛懷若谷了，你也不用把書上的每一句話都當作天條，在追求真理的時候，任何的自卑感都是多餘的。他最欣賞的、大力倡導的是第三種「站著讀」。

　　這與其說是「讀法」的指引，不如說是言語人格的陶鑄。單是「站起來」這三個字，便勝卻「幾步法」、「幾式法」無數！語文閱讀

---

250 曹文軒：〈寫作的意義〉，見孫紹振、葉衛平總策劃：《作文大革命》（福州市：福建文藝音像出版社，2004年），〈序〉。

教學，從來只教學生的「躺」著或「坐」著「拜受」，以為書本上說的都是真理，照單全收，惟有「深刻理解」的份兒，到頭來必定成為沒腦子的「書蠹」、「書奴」；而「站」著讀，意味著「你和權威平等了，你在真理面前站起來了」，意味著你是一個有尊嚴、有勇氣、有思想的人，這該多麼好啊！

這難道不是教育的真正目的？閱讀教學不教學生成為一個有尊嚴、有勇氣、有思想的人，還教什麼呢？如果人一輩子只是「躺」著或「坐」著讀，讀得再多何益？注重言語人格引領，這是孫氏閱讀觀與傳統閱讀觀的最本質的不同。

孫紹振深知：閱讀教學以「人格」為先，不是說可以忽視「讀法」。他對閱讀教學千篇一律的時代背景、作者簡介、中心思想、段落大意、藝術特色……教法深惡痛絕，在狠批痛貶之餘，他也為閱讀教學的重建殫精竭慮。他把目標鎖定在觀念和方法兩方面。他以為首先是觀念：

過去我們的語言教學只有一種觀念，也就是認識論，社會反映論的觀念，這種觀念當然不能說是完全錯的，但是，我們的理解有偏頗，那就是比較機械。實際上是機械反映論、狹隘工具論。

去掉它的機械性，把文本作為一種認識對象，應該還是有深入發揮的餘地的。但是，要真正對話，而且要讓學生思想活躍起來，光有一種價值觀念顯然是不夠的。語文課程標準提出的是多元對話。如果光有一種價值觀念，想像的天地還是比較狹隘的。需要提供另外一種價值觀念，那就是審美價值觀念。

只有單一的價值觀——認識價值觀，而且還是機械反映論、狹隘工具論價值觀，學生的精神發育是殘廢的。一個精神殘廢的人，是只有勞績而不得「安居」之人。一花一世界，一沙一天國。語言是文化，是精神之家園，閱讀是人認識、把握存在的窗子，閱讀教學要播下理性和情感的種子，要讓學生學會完整地把握對象的方式，尤其是

懂得欣賞美，欣賞世界。孫紹振要鍛造一把金鑰匙，破解文本奧秘的金鑰匙，分送給每一個語文教師和學生。

在方法的重建上，孫紹振勃發的創造力再次得到了驗證——「比較還原法」——一種文本解讀和培養言語創造力的方法應運而生：

不是憑藉現成的資料，而是依靠抽象能力把構成藝術形象的原生狀態想像出來，找出其間的差異，作為分析的起點，這種方法叫做「還原法」；「還原」往往須和「比較」相輔相成。在「比較」中「還原」，在「還原」中「比較」。故稱比較還原法。孫紹振的語文教學研究的一個特色是注重「可操作性」。他認為一種教學理論，如果不能進入到教學實踐具體的行為層面，這種教學理論就是無效的。值得注意的是，他的「可操作性」，主要指的是一種可以活用的思維方式、對話方式，他的目的既在於深刻地解讀，更在於發現和創造，而不是機械的程序或步驟，與以往那些不費腦子按部就班的「幾步法」、「幾遍法」、「幾式法」有著本質的不同。

在文藝學研究和文藝評論上，孫紹振堪稱微觀分析巨匠，他的作品「細讀」能力無與倫比。他在自己的閱讀經驗基礎上，借鑒了傳統的和某些西方文本分析理論，並加以揚棄和整合，總結出的孫氏細讀法——比較還原法，不僅形成了系統的理論，而且已然在教學實踐中運用。

他不憚於將自己的理論放到中學語文教學中檢驗，他曾多次親自給福州、廈門等地的中學生授課，都取得了眾口一詞的好評。他認為宏觀的哲學修養自然不容易獲得，但是畢竟還能以刻苦的進修來彌補。但是，微觀的分析能力帶著一定的原創性，它是一種能力，而不純粹屬於知識範疇。正是因為這樣，經典文本的微觀分析不但是中學語文教學，而且是文學研究的薄弱環節。

美國的新批評學派曾經把文本的微觀分析，當作文學研究的中心，提出了一系列的方法，但是，太過著重於修辭，缺乏一種總體的

把握的氣魄。根據長期在中文系一年級進行微觀分析訓練的經驗，總結出提出問題的操作性方法，大致可以分為兩個方面。

第一，對於個別的作品，主要是從藝術形象還原，抓住還原出來的原生感性現象與經過藝術加工的文本之間的矛盾，提出問題。

第二，避免孤立地分析問題，盡可能把文本放在可比較的語境中，有比較才有鑒別，才能提出問題。孤立地面對文本，由於缺乏可比性，無從分析。

最初級的可比性來自現成的可比性，也就是同類比較——目的是同中求異。對於沒有現成可比性的文本，就要提高其與不同類的文本可比性，將沒有現成可比性的文本提高層次，就有了可比性，這就是異中求同，然後再進一步同中求異。在這種可比性的基礎上進行分析，是更高層次的分析。

落實到文本研究中，具體化為以下操作步驟：

一、想像出作品省略了的和淡化了的；

二、不同藝術形式的不同規範的比較；

三、藝術感覺的還原和比較；

四、情感邏輯的還原和比較；

五、審美價值的還原和實用價值和認識價值的比較；

六、不同歷史條件的還原和比較；

七、不同流派的還原和比較；

八、不同風格的還原和比較。

從根本上說，還原和比較僅僅是發現矛盾，提出問題，提出了問題以後，還有一系列的任務。但是提出問題的方法如果真正解決了，就不難層層深入地、反覆地提出問題，分析也就不難逐步深化，思維就不難作螺旋式的上升了。

從字面上來說，他認為他所強調的是具體分析經典文本的方法，實際上，也是研究一切問題的方法，也包括分析口語與書面語言，以

及作文的方法。[251]

孫紹振的「比較還原法」是集各家之長，加以去粗取精、融會貫通而形成的一家之言。這裡有黑格爾的辯證法、同異法，康德的審美判斷和審美分析法，俄國形式主義追求文學性的陌生法，歐美新批評的細讀法，胡塞爾的現象學美學的還原法、懸置法，解構批評的互文法，讀者反應批評的「易美」與「難美」區分法，精神分析批評的動力法，等等。孫紹振舉重若輕，提出了「現成可比性」和「（創作）過程還原法」這一對教育學觀念，將其融於一爐，發展出自己的由表及裡、由淺入深的解讀模式和分析路徑，使這些理論更加貼近文本解讀的「技術操作」層面，具有很強的應用性。

三種語彙意味著三種感染力

對語文界來說，比寫作和閱讀教學更沒有辦法的，是「口語交際」教學。不少老師甚至誤以為「口語交際」就是教講普通話。綜觀現在流通的各套語文實驗教材，「口語交際」部分的設計都是全書最薄弱、最粗糙的。由於長期的忽視，造成研究的嚴重缺失；理論的貧乏，使教材內容空洞到了幾乎無話可說的地步。

許多教材只佈置一些活動，讓學生隨便說去，而根本不知道口語表達的機理，口語理論是一窮二白。有的在講到口語的時候，用了很原始、粗糙的方法，滿足於將口語孤立地考察，結果所講的大抵不過是一些感想，根本經不起推敲。

作為一個演說家、幽默家，在各種聚會中，孫紹振先生的演講總是作為「精神大餐」，令與會者「大飽耳福」。他曾在中央電視臺作過「幽默漫談」系列講座，收視率極高，整整二十集，不少人次次不

---

251 孫紹振：〈自序〉，《直諫中學語文教學》（廣州市：南方日報出版社，2003年）。

落。他的「幽默學」著作，一版再版，洛陽紙貴。凡是聽過孫紹振演說的，對「趨之若鶩」的場面都不會感到陌生。

深知「口語」表達奧妙的他，認為研究口語交際，最根本的是要弄清它是相對於什麼而言的，要把它的對立面找出來，才能揭示它的深層的矛盾，而不是表層的現象。一切事物正是在和它的對立面的鬥爭中，才顯示出它的深刻的內在的特徵的，正如男女只有在相愛，軍隊只有與對手在打仗的時候，才能把平時潛在的性質暴露出來。

口語是相對於書面語言、文言而言的。這是研究的出發點。

它和書面語言、文言有相同的功能，又有不同的功能，研究的重點是它們不同的功能，它們的矛盾，而不應該僅僅是它們的共同點，很可惜的是，許多中學課本，在這一點上，一開始就糊塗了。把二者之間互相衝突又互相滲透的功能告訴給青少年，啟發他們領悟中國語言的奧妙，熱愛中國語言，甚至對於他們學習外國語都有促進作用。

不管什麼樣的語言，從其詞彙構成來看，都大致有三套詞彙體系，第一，口語（包括方言），第二，書面語，在書面語中，第三，比較特別的一類是古典的詞語。

在修辭學上有所謂同義詞的說法，其實絕對的同義詞是不存在的，有時，所指是同樣的，用不同的類型的詞彙來表述，在詞義就產生了有時是微妙的，有時是顯著的差異。比如，留聲機，在北京話叫做「話匣子」，但是，當我們說，你是一個留聲機，和你是一個話匣子，其意義是絕對不同的。同樣，熱得不得了，和其熱無比，在沒有特殊上下文，沒有具體語境的時候，意義是一樣的。但是在具體語境中，讓一個文盲鸚鵡學舌地去說「其熱無比」，而讓一個一個老夫子去說，「熱得不得了」，其趣味和意味是大相逕庭的。

中學語文教學不但要讓青少年學會詞語的常規用法，而且還要教會他們非常規用法。

為此，首先要從根本弄清三套詞語之間的關係。事實上，三種語

彙，意味著三種交際方式，包含著三種價值觀念和情感態度，三種感
染力量：文言的古雅和高貴，書面語的正規和嚴密，口語的潑辣通俗
趣味。[252]

　　著眼於三種語彙的特點，它們的運用語境、表現力的差異，以此
作為研究「口語交際」的邏輯起點，這在方法上，從一開始就站在了
一個制高點上。

　　「口語交際」教學，如果連什麼是「口語」都還弄不清楚，還能
指望教學有什麼效果？

　　如果有人說學習「口語交際」不一定要從「口語」中學，可以從
「書面語」中學，甚至可以從最簡單、最常見、最普通、最一般的語
言現象中學，你是否會感到有點不可思議？

　　孫紹振告訴我們，口語，也可以從文本分析中學習。──這又是
他的獨創。

　　他為我們提供了一個從「書面語」──文本中學習「口語交際」
的精彩案例。從這個案例中，不但可以學習到口語如何與書面語巧妙
地熔於一爐，它還教我們，語文的學習也是「條條道路通羅馬」，在
最普通的語言現象中，都可以發現語言的奧秘。

　　他認為要研究口語交際，有兩個途徑：

　　第一，學習系統的理論，目前語用學方興未艾，有許多學術著作
可以參考，但是，要注意，過分關注系統的理論，往往陷入理論的概
念體系中去而不能自拔。正是因為這樣，我覺得這種方法一定要與第
二種方法結合起來：

　　那就是從品味日常用語和作品的閱讀中進行有心的分析。許多看
來奧妙的道理，神秘的規律，其實並不複雜，越是深刻的規律，常常
越是平凡，它往往就包含在最簡單、最常見、最普通、最一般的語言

252　孫紹振：《直諫中學語文教學》（廣州市：南方日報出版社，2003年），頁259-260。

現象之中。

孫紹振的「口語交際」研究也同樣精彩，有他自己的特點，不是就口語講口語，而是在口語和書面語的差異和統一中、矛盾和轉化中，研究口語。他以纖細綿密的語感神經的觸角，探伸到言語鮮活溫熱的表現肌體中，感應到了言語最精妙、靈動的韻味，並把它清晰地展示給師生看。

孫紹振將自己原創性的口語交際理論，轉換為可以讓學生理解的教學內容，也讓人耳目一新。他認為要學好「口語交際」，起碼要明白兩點：

第一，口語詞彙與書面語詞彙的根本區別，在語義上和功能上的不同。

第二，二者在一定條件下的轉化，也就是活用，產生特殊的風格和修辭效果。

要讓學生明白在漢語裡，同一個指稱，並不是只有一個詞語，而是至少有兩個，甚至多個詞語。兩種詞語往往被認為是「同義詞」，但是其情感色彩是不一樣的。重要的不是「屁股」和「臀部」（幽默語言可以說「金臀高聳」）、「老婆」和「太太」（還有：拙荊、賤內、內掌櫃的、內當家的），所指是相同的，而在交際功能和情感色彩上是極不相同、不可混淆的。要盡可能地讓中學生從口語和書面兩個範疇中去領會、活用兩類詞語的色彩。讓中學生的心靈在漢語的兩類詞語體系中接受真正的文化薰陶。

孫紹振，一個辯才無礙、機智幽默的演說家，用自己的口語智慧、經驗和探究，為語文教學又疏浚了一條淤塞的航道，讓孩子們飽覽風光無限的口語之美，讓學生對「口語交際」著迷，他們的能說會道一定是可以期待的。

誠如北京大學教授曹文軒所言，「孫紹振先生……作為這場驚天動地的語文革命的核心人物，對中國的語文教育與作文教育，他的深

思熟慮是常人所難以達到的。他既有宏觀性的把握，又有微觀性的探
究；他發表的關於寫作的言論，一般都在道與術之間；他對中國語文
教育與作文教育的弊端，有著很確切的診斷，對其背後的原因也有很
確切的揭示。不僅如此，他還有許多良方與行之有效的具體對策，有
一套治療寫作痼疾和重新回到健康寫作的路線與章法。那些不免有些
操作主義的寫作途徑，也許最容易形成新的寫作實踐。……這裡既有
術，又有道，並且是大道：民主與自由乃是先驗與天性，貫穿於天地
萬物。」[253]這無疑是對孫紹振語文教育探索的最為精闢的概括。

曹文軒：塑造民族性格，培養氣質性情
──母語價值、寫作視角的語文教育觀

　　曹文軒（1954－），生於江蘇鹽城。中國作家協會全國委員會委
員，北京作協副主席，北京大學教授、博士生導師。主要研究領域：
當代文學。語文教育改革上的主要貢獻，在文學教育和寫作教學改革
方面有十分精闢的見解，對青少年、「低齡化」寫作做切實的指導，
曾擔任多種青少年寫作徵文的評委。

　　主要文學作品集有《憂鬱的田園》、《紅葫蘆》、《薔薇谷》、《大
水》、《追隨永恆》、《三角地》等。長篇小說有《山羊不吃天堂草》、
《草房子》、《紅瓦》、《根鳥》、《細米》、《天瓢》等。主要學術性著作
有《中國八〇年代文學現象研究》、《第二世界──對文學藝術的哲學
解釋》、《二十世紀末中國文學現象研究》、《面對微妙》、《小說門》等。
二〇〇三年作家出版社出版《曹文軒文集》（九卷）。可見著作之宏富。

　　曹先生對中小學語文教學與作文教學有深度介入。他曾主編有著
廣泛影響的《新語文讀本》、主編人教版高中語文必修課教材一冊和

253　曹文軒：《寫作的意義》，見孫紹振、葉衛平總策劃：《作文大革命》（福州市：福
　　建文藝音像出版社，2004年），〈序〉。

選修課教材一冊，還曾主編配合新課標的叢書多套，其中有由北京大學與江蘇文藝出版社聯合出版的「語文課程標準課外讀物導讀叢書」（五十冊）、由北京大學出版社出版的《新人文讀本》（十二冊）、由北京出版社出版的《每週閱讀計畫》（十二冊）等。

　　由於他有大量的優秀的文學作品和學術論著問世，所以他對語文、文學教育，對寫作和寫作學習的理解和指導特別到位，有自己獨到的體驗。他對文學和人的關係，文學對人性和詩性培養的重要意義，寫作對於人的精神發展的意義，低齡化寫作狀況、存在的偏向的思考，及寫作學習所需修養、學養和技術練習的要求等的見解，對中學文學和寫作教育都有著深刻的啟示。

語文教育塑造未來民族性格

　　語文教育、文學教育的意義、價值，是每一個涉足此間的人都要思考、回答的問題。

　　曹文軒先生是在這方面思考的比較深入的一個，他為語文教育指明了三大目標：「多年前我在談到兒童文學的時候，曾經闡明了一個觀點，就是說兒童文學作家是未來民族性格的塑造者，這個觀點也可以挪用到語文教育方面。語文教育的長遠目標首先要求我們的教育者肩負起塑造未來民族性格的責任；其次，語文教育肩負著民族文化薪火傳承的重任；第三，語文教育承擔著母語規範化的責任。」[254]

　　他的第一目標：「塑造未來民族性格」，這是深具前瞻性的。這也是為一般論者所忽略的。所謂「民族性格」，這是一個十分寬泛的概念，也是一個「集合」概念。我以為這指的當是中華民族的一切優良的秉性，是基於歷史感與當代性之上的。所謂「未來」，就不是指

---

254 〈曹文軒的語文教育觀〉，轉貼自：鳳凰語文。見宜興小學語文網（http://www.yxedu. net）。

「當下」的，也不是「一生一世」的，而是永久的，世世代代的。能從語文教育的今天想到這麼久遠、隆盛的功效，關切那不可知的未來，關切「民族性格」的鍛鑄，這種博大的憂慮令人感動與震撼。

第二目標：民族文化薪火傳承。這在語文教育中就是知識的傳授、學養的積澱。這自然是很重要的。沒有民族文化的涵養與蘊蓄，就不可能有良好的氣質修養，也不可能有高水平的言說。語文教育不是文化教育，但是，語文教育必須兼容文化教育。民族文化是言語的精魂，構成了言語的內容。學生的文字輕浮空洞，就是民族文化承傳缺陷所致。

第三個目標是「母語規範化」。我的理解就是基本的母語能力與習慣的養成，他強調「規範化」，這大約指的就是基本的母語應用能力：聽、說、讀、寫——達到一定的程度與標準。而語文的標準是最難設定的。由於它的靈活性與主觀性，這使「規範」變得困難，難以操作。這涉及到評價，即各級的考試與考察。這也是語文高考屢受質疑的原因所在。

作為一個作家和文學研究的學者，曹先生必定會接觸到文學教育話題。他說：我曾對文學下過一個定義：文學的意義在於為人類提供良好的人性基礎。文學首先給了人類道義感，文學從一開始，就是以道義為宗旨的。在人類的整個文明進程中，文學在說明人類建立道義感方面，是有巨大功勞的。另外，文學有一個任何意識形態都不具備的特殊功能，這就是對人類情感的作用。我們一般只注意到思想對人類歷史進程的作用，而很少會想到情感在人類歷史進程中的作用。其實，情感的作用絕不亞於思想的作用。情感生活是人類生活的最基本的部分。還有，就是文學對情調的培養。今日之人類與昔日之人類相比，其區別在於今日之人類有了一種叫做「情調」的東西。而在情調養成中間，文學是有極大功勞的。人類有情調，使人類超越了一般動物，而成為高貴的動物。人類一有了情調，這個物質的生物的世界從

此似乎變了，變得有說不盡的或不可言傳的妙處。文學似乎比其他任何精神形式都更有力量幫助人類養成情調。「寒波澹澹起，白鳥悠悠下。」「閑上山來看野水，忽於水底見青山。」文學能用最簡練的文字，在一剎那間，將情調因素輸入人的血液與靈魂。情調改變了人性，使人性在質上獲得了極大的提高。這一切，就是我對梁啟超之言的理解。人類日後是無法拋棄文學的，除非人類一定要作踐自己。[255]

　　這段話首先總括地說明文學的目的是「為人類提供良好的人性基礎」。顯然他是試圖要將「人性」與「動物性」區別開來。他就「人性基礎」講了三層意思：道義感、情感、情調。

　　總之，曹先生的語文教育的育人觀，是對純粹的言語技能訓練觀的一個反撥，使我們不但認識到言語人格培養的重要，而且更意識到這是關係到一個民族未來發展的大事。由此也可以看出，我們以往所尊奉的「訓練萬能」觀、「訓練主線」觀和語文「工具」觀等，是亟需調整的。語文作為「工具」，絕不是我們的全部的目標，也絕不是我們最重要的目標。言說，就是人——人類對自我的確證。究竟確證了怎樣的自我，這是我們不能不費心思考的。沒有什麼比迷失了前進方向更讓人憂心，沒有什麼比斷送了民族的未來更加不幸。——語文、寫作教育就有著如此巨大的功能。看不到這一點，等於貶低了語文教育，也等於貶低了人自身。

寫作培養優雅的氣質和性情

　　曹文軒先生的優勢主要在於創作方面，所以他特別懂得寫作的重要和寫作的作用，懂得寫作能帶給人什麼。他告訴我們寫作有什麼好處：「文字活動，其實是在尋找一種更加完美的看待世界、認識世

---

255 曹文軒：〈文學是最高尚的嗜好〉，載《北京青年報》，2003年1月9日。

界、分析世界並描述世界的方式。一個人能否使用文字，直接關係到他的世界觀品質。不僅如此，文字活動還會說明人創造新的世界。文字已是一個獨立的王國，它的功能早已不是當初只用來描述已有的世界了。它的高度自由，已經使他具有了創造新世界的神奇魔力。比如說我們已經離不開的文學，其實，它十有八九是依靠文字來虛構的，而這些無法還原為事實的文字卻使我們獲得了巨大的精神享受。一個會寫作的人，意味著他擁有一個更加廣闊也更加豐富的世界。」[256]這裡包含著三層意思。

首先是「文字活動……直接關係到他的世界觀質量」。就是說，寫作，通過對這個世界的思考與描述，將提升人的思維的品質，使之對世界的認識更加完滿。一個人生活在這個世界，他的生存質量與他的世界觀質量是有著極大的相關性的，而寫作對世界觀質量的昇華，意味著生存質量、生命質量的昇華。還有什麼比寫作帶給人的更多、更重要呢？

當然這是就其作用的普遍性說的。其他的工作也許也有認識功能，比如繪畫、音樂、雕塑、建築……也會提升人的思維品質與世界觀質量，但是對於人類來說，總沒有寫作那麼廣泛地作用於人的思維。寫作，是一種客體對象的語詞化。在這個主體化與語詞化的過程中，在尋求最佳表達的過程中，精緻廣遍地觸摸到事物的本體和特性，促成了對客體認識的深化。

寫作是一個開發、提升人的智力的良好途徑。這對於處於成長中的青少年來說，是十分重要和必要的。寫作活動是由觀察、感受、想像、構思、謀篇、表述等一系列心理活動構成的，因此，寫作就是對這些心理活動的一種磨練，這就是言語智慧的產生、生成方式。所

256　〈曹文軒的語文教育觀〉，轉貼自：鳳凰語文。見宜興小學語文網（http://www.yxedu. net）。

以，善於寫作的人一定是聰明的、深邃的，具有理解力、洞察力和創造力的。

其次，「文字……具有了創造新世界的神奇魔力。」從某種意義上說，人類的進化與文明就是寫作的成果。沒有寫作，就沒有人的高品質的理性思維，高品質的理性思維，促成了人的腦機能的進化，促成了智力、智慧的發展，使人更有能力去認識、描述以至創造世界。另一方面，人借助寫作創造的精神產品，便是人類文明的體現。每一項重要的寫作成品，一切高水平的世界觀，都將積澱成人類的思想財富。從這個意義上說，是寫作成全、造就了個體的人自身和人類，也改變了人類所生存的世界。在人類的成長、發展進程中，沒有什麼比寫作的作用更普遍、更偉大。

我以為文字創造世界可以從兩種意義上理解。一種是指文學的虛構與想像，作家所創造的審美的世界，即所謂第二自然。另一種是指借助文字進行的符號思維，具有認識、改變、創造世界的功能，指的是社會科學家與自然科學家的精神生產活動，將重新構建世界圖景。曹先生意思應該可以涵蓋這兩種意義上的創造世界，但主要說的是第一種意義：文學的創造功能。我以為在語文教育中給學生講清楚這兩種創造都是十分必要的。這將在動力層面為學生注入了學習、運用文字的強大力量，使他們懂得了文字活動的重大意義（在以往的語文教學中，文字活動只是為了應付考試，這一動機雖然也有效，但只是一種來自外部的壓力，是一種比較低級的需要，久而久之會使學生厭倦），從而激發起從事寫作的強烈意願。

第三，「一個會寫作的人，意味著他擁有一個更加廣闊也更加豐富的世界。」這對於一個學習寫作的人也是很有誘惑力的。所謂「更加廣闊也更加豐富的世界」，毫無疑問，這主要指的是精神世界。在我們的教育中，我們著眼點總是在「物質世界」上，較少關注「精神世界」。而對於人的生命來說，這兩個「世界」都是很重要的，精神

世界比物質世界更具終極意義。只擁有物質世界的人，還是一個「自然人」，還沒有真正從動物界分離出來。只有擁有了精神世界，有了精神追求與創造，才成其為「社會人」，才真正成其為「人」。

他說：「我在許多場合發表過這樣的看法：一個人能寫一手好文章，這是一個人的美德。不要以為寫文章只是這個社會的一部分人的專利。工、農、商、學、兵，當官的、為民的，都應當能寫一手好文章。它是一種有教養的標誌。一種人生的優雅之舉，一種做人應有的風範。政治家也好，科學家也好，商人也好，通過文字活動，他對這個世界會有更具條理也更具系統的看法。拋去內容不論，文字活動這一形式本身就是有益的，它能營造靜的氣氛，幫你祛除浮躁。在培養氣質、性情方面，我以為任何一種方式，都難以與文字活動相媲美。文章之事，既然與一族一國的文明相關，當然也就與一個人的文明相關。」[257]

不應過早追求老成與深刻

曹先生一方面對寫作的功用給予充分的肯定，另一方面也指出了少年寫作中存在的諸多問題。他對少年寫作實踐是很關心的，因為這也直接關係到少年作者人性人格的養成。作為著名作家，他對青少年的寫作曾給予了充分、熱誠的肯定、扶助和關切，但是也注意糾正他們存在的問題，尤其是片面追求老成、深刻和急功近利的心態，為了使他們寫作上能得到平順健康的發展。

他在郭敬明的《幻城》的序言中說：「這些年看了太多的少年文字。其中十有八九都是一種玩世不恭的腔調。面對人世，冷嘲熱諷，

---

257 曹文軒：〈他們的寫作是否又進入了另樣的圈套〉，載《中國青年報》，2002年3月19日。

都不正經說話，尖刻乃至刻薄，一副看破紅塵不想再在這個世界上活下去的清冷模樣。真不知這個世界究竟在哪裡傷害了他，也不知他的內心之灰色到底是否真的來自於他的生活經驗和生命體驗？但就是那樣的姿態——一擺千年的姿態。純真不再，溫馨不再，美感不再，崇高不再，莊重不再，雅致不再，真誠不再，陽光也不再，剩下的只有一片陰霾與心灰意懶，讀到《幻城》，終於有了一種安慰。作品用的是一種高貴、鄭重的腔調，絕無半點油腔滑調。我想這個世界總得有點嚴肅的氛圍。如果大人孩子一個個都操痞子的腔調說話，且不分場合，總不是一件多麼值得慶幸的事情。一個人成為痞子，還不大要緊，要是一個民族也成為痞子——痞子民族，那就很值得憂慮了。」[258]

　　這自然也是出於對學生的人格成長與文字格調的關注，他對少年作者的文字中表現出的玩世不恭感到深切的憂慮。人品與文品，始終是一個問題。這個問題在教學與考試中已有所反映，在早慧的少年作者那兒，這一問題可能表現得尤其尖銳。曹先生所感受到的：純真不再，溫馨不再，美感不再，崇高不再，莊重不再，雅致不再，真誠不再，陽光也不再，剩下的只有一片陰霾與心灰意懶……，這說出了我們共同的憂慮。孩子們為什麼變得這麼的「成熟」，成熟、老練、消極、油滑得過了頭，失去了童真和清純。一方面他們的文字裡難覓崇高、莊重、雅致與真誠；另一方面，則充斥著假話、空話、套話。這是很可怕的事。曹先生以作家的敏銳，意識到「痞子腔調」對人品的傷害，特別是上升到對一個民族的傷害的層次加以認識，為我們敲響了警鐘。

　　這就超越了一般人的見識。不只是糾正文風問題，他實際上是提出了一個在語文教育中對早慧少年的思想引領問題，也是一個對全體學生的成長具有普遍性的問題。在才智競爭愈來愈激烈的今天的中國

258　〈序一〉，《郭敬明作品集》（瀋陽市：春風文藝出版社，2003年），頁4-5。

社會，教育的超前與過度，成人化的功利性極強的教育，勢必造成少年心理的逆反，造成了大批的「少年老成」的小大人。這些早慧少年的言語技能都是很嫻熟的，也是很有才氣的。然而，他們也顯得過分自負、自矜、目空一切。他們在言語中體現出的「痞子腔調」，如果未能及時指出，沒有往「高貴、鄭重」上引導，他們是無望真正成才的，他們是不可能成長為人類的精英的。崇高，永遠是人類前進的航標。文品也即人品，因此，語文、寫作教育，歸根結底是人的教育，是健全的言語人格的養護與建構。

他還對少年作品中的「深刻」提出批評：「深刻的確給了你很多，但也同樣讓你失去很多。如此年少就這般飽經風霜，你不覺得自己很虧嗎？」好的東西絕不僅有深刻這樣一個標準。即便如魯迅這樣深刻的文豪，也還有〈社戲〉、〈從百草園到三味書屋〉這樣充滿童趣的文章流傳於世。[259]

這指出了不應超越年齡的界限，寫不適合於自身心理和思維特點的內容。應該多寫一些反映童心童趣的作品。這提出了青少年寫作題材的問題，即寫什麼的問題。

曹先生對寫作態度也有所要求，他說：少年作家不等於未來的作家，中學生只能定位在少年寫作上。我很難想像對於一個少年作家來說，一個月或幾個月就寫出一部長篇小說。要麼是模仿，要麼是重複，因為他根本就沒有這麼多的生活閱歷。……我們應該把寫作看成嚴肅的事，不能急功近利。[260]

---

259 參見劉海娟、程曦：〈那麼年少就成了憤青，你不覺得自己很虧嗎〉，載《中國青年報》，2002年5月28日。

260 劉萬永，黃連星：〈大作家告誡小作者：不要太受榜樣影響〉，載《中國青年報》，2004年1月1日。

批評寫作教學「沒有生活」觀

　　在寫作教學的層面，也有不少問題引起曹文軒先生的思考。「沒東西可寫」這一問題總是困擾著師生，以往總是將其歸咎為「沒有生活」。對此，曹先生不以為然：「許多老師，也包括家長認為，孩子的作文寫不好，是因為沒有生活！因為沒有生活，所以孩子寫不好作文。他認為，這種觀點是錯誤的。不要總懷疑自己沒生活，因為生活無處不在，人一睜開眼睛就是生活。」[261]

　　他分析道：「沒有生活」只是將生活等級化，從文學是否值得表現來評判。生活是平等的，不分三、六、九等的，工人、農民和知識份子的生活都是生活，大學教授和撿垃圾的，他們的生活都是值得關注的生活。這才是民主的真正意義。孩子、大人都不要總懷疑自己沒有生活。

　　但是為什麼孩子總覺得沒什麼好寫的呢？實際上並不是沒什麼好寫的，只是他們「覺得」沒什麼好寫的。這種責任可能也不在孩子。因為大人總是在圈定，應該寫的是什麼？什麼是不該寫的東西？北京有個區，在孩子升中考前設計了三百個複習用的作文題目，他（指曹先生）仔細看看題目，其中孩子們能理解、有可能寫得出東西來的最多也就三、四個。就算是這三、四個題目，也是不容易寫的。比如〈我愛我的學校〉。這個題目就必須假設孩子真的愛自己的學校，假如有的孩子就是不喜歡自己的學校呢，有的孩子比如剛剛從別的學校轉學過來呢？難道一個學生就非得喜歡自己的學校嗎？如果不喜歡的話，他就只好胡編了。

261　〈曹文軒談閱讀、寫作與成長〉，見（http://forums.baoan.net.cn/viewthread.php?tid=1252）。

　　許多作文題目都在逼迫孩子遠離自己的生活，用一個預先設定好的思想，去編各種謊話，空洞的故事。比如寫《我與我的老師》，很多孩子就會寫，天下雨了，他想起老師還在教室裡批改作業呢，所以一定要從家裡拿傘去送給老師。很多孩子都這麼寫，好像送傘給老師是一件很偉大的事情，不管是否真的發生過。他們之所以這麼寫，通常是因為有的課文裡有類似的東西。[262]

　　我想，「沒有生活」，這是語文界的一個根深柢固的普遍的誤解，其實是一個假象。人怎麼可能沒有生活呢？只要人還活著，就生活著。人缺少什麼也不會缺少生活。人雖然生活在不同的空間，生活的內容不同，但是不存在誰有生活誰沒有生活的問題。之所以存在「沒有生活」的誤解，主要是因為學生作文往往言之無物，內容蒼白乾瘦，使人以為這是「沒有生活」所致。曹先生則認為原因是人們將生活「等級化」所致。是以「是否值得表現」來判斷是否有生活。他就指出了不論是誰的生活都是生活，其中都有值得表現的東西。因此，問題不在於有沒有生活，而在於是否能夠發現有價值的生活。

　　由「生活是平等的」觀點出發，曹先生還指出了不論是大學教授還是撿垃圾的，他們的生活都是值得關注的，他認為這涉及到「民主」的真正意義。這就將「沒有生活」的問題看做是一個事關「民主」與否的重大問題。——認為普通人的生活不算生活，是不平等、不民主的觀念在作祟，這種認識對於寫作主體有「思想解放」的意味。他呼籲孩子、大人都不要總懷疑自己沒有生活，只要相信自己是有生活的，就一定能寫出有生活的文章，

　　他認為可以寫有意義和有意思的東西：「由於受片面強調人文思想的影響，在選編課本的時候編者很可能更多考慮人文色彩很強的、

262　〈曹文軒談閱讀、寫作與成長〉，見（http://forums.baoan.net.cn/viewthread.php?tid=1252）。

思想方面深刻的文本，而那些以說事為主，思想意義不夠深刻的就容易被忽略，這是不合適的。選文既要側重有意義的東西，同時也要適當地關注有意思的東西。不可否認，有意義的文章可以告訴你一個積極的思想、一個深刻的道理，可是，『有意思』可能屬於智慧的範疇，智慧也是非常重要的。」²⁶³

讚賞「大幻想」和寫作智慧

想像，是曹先生講得最多的一個話題。他說：「從想像力這個角度來講，文學是值得尊重的，天馬行空的想像，一個不存在的世界在想像中有聲有色地出現了，在若干年後會真的出現。所以，人們親近文學，因此，在保護想像力，文學不僅僅屬於文學家，應屬於全人類。我經常想到一個成語：無中生有。天空有太陽，有月亮，要發揮我們的想像力創造第二世界，才有如此燦爛輝煌的文明。我讓孩子們體會一下無中生有是怎麼回事，我在如皋讓孩子們體會『如何無中生有』？有一條大河叫鴿子河，因為有許多鴿子。我就編了一個大王書的故事，這個年輕的孩子叫茫，帶領他的軍隊來到鴿子河畔，但無法過河。有次，一隻老鷹在追殺小鴿子，小鴿子勉強飛著，年輕的茫救了小鴿子。第二天，鴿子河的上空出現了怪異的情景，成千上萬的鴿子分成純粹的黑色與白色兩部分，年輕的王明白了：鴿子在告訴他什麼？是在告訴他敵軍如何佈陣。於是組織強渡鴿子河，果然沒有遇到強烈的反抗，當即將登陸時，援軍來到了，箭如雨般飛來，於是我們看到了令人驚異的一幕，成千上萬的鴿子迎著箭飛去，茫順利過河。第二天，這支軍隊沒有馬上離開，而是留在原地埋葬鴿子，鴿子墳上

263　〈曹文軒的語文教育觀〉，轉貼自：鳳凰語文。見宜興小學語文網（http://www.yxedu. net）。

蓋滿了鮮花，然後他們奔赴前線。小孩子聽得專心。我聽到了孩子們的兩種聲音：這個故事可能發生？不可能發生？曹老師站在不可能發生一面，但為什麼你們都相信了？感動了？為什麼呢？我這樣說：因為你是人，不是豬。我們不僅需要第一世界，而且需要第二世界。豬是不需要第二世界的。想像力現在已衰敗了，我們不要以為一年年的教育是有助於想像力的，應該是一年年退化了。有個老頭坐在沙發上，他是個禿頭，大家都笑，只有四歲的男孩說：爺爺的頭像初升的太陽。世界小，文學大。通過想像，創造的是一個無邊無際的世界。」[264]

「許多年後，你們中間也有像我一樣成為作家的，還會記得二〇〇五年十月的一個下午，北京大學的曹文軒教授送給我四個字，使我成為了一個作家，這四個字就是一句成語『無中生有』。」曹文軒說，你們許多人都看過《哈裡‧波特》，書中的許多情節在生活中可能發生嗎？不可能，那它不是無中生有嗎？接著他舉了自己的小說《根鳥》為例，根鳥的故事是虛構的，不可能發生的，但是小朋友們都喜歡看。不僅要寫已經發生的事，也要寫沒有發生或不可能發生的事，即能「無中生有」。無中生有就是在寫作時要開動腦筋，發揮想像力。[265]

曹先生認為：「不僅要寫已經發生的事，也要寫沒有發生或不可能發生的事」，「因為你是人，不是豬。我們不僅需要第一世界，而且需要第二世界。豬是不需要第二世界的。」「人需要第二世界」，他從人與動物的區分的角度認識想像的重要，這是說到了要害。這也給我們的想像教育以啟示。這意味著想像不就是一種寫作的技能，也不單純是一種創造的能力，而是人類的一種特性，是人類的具有象徵性的

264　〈兒童文學家曹文軒在省蘇教版小學語文教材會上做學術講座〉，見泰州市海陵區教育網。

265　黃曉慧：〈老教授欲寫中國《哈裡‧波特》〉，2005年10月31日。（http://www.zj60.com/web/NewsInfo.asp?KindID=MT_00002_100011927&ID=MT_B0001_100017114）

智慧。不是因為我們要創造，所以要想像；而是因為我們是人，所以要想像。因為我們能想像，能創造第二世界，所以我們感到自豪。而如果我們失去了想像力，我們就失去了在大地之上安身立命的理由，就淪為動物。如果我們、我們的學生能夠站在這樣的高度認識想像的意義，我們的寫作、語文教育就會是另一番景象。

　　曹文軒在為郭敬明的《幻城》寫的序中說：「作品屬於純粹的虛構。對虛空的虛構，其實比對現實的摹寫更難。相對於虛構的能力，我以為摹寫的能力只是一個基本的能力，而虛構才是更高一層的能力，而且是區別文學是否進入風光境界的能力。中國文學的可檢討之處，就正在於若干年來停滯於摹寫，而無法將文字引入虛構。中國本有『紅樓』與『西遊』兩大小說傳統，但到後世，既未能接通『紅樓』之血脈，也未能將『西遊』之精神承接下來。摹寫是浮皮潦草的，而虛構之能力基本衰竭。結果使中國小說幾十年如一日地平庸，賴在地上打滾，少有飛翔的快意與美感。在如此情景中讀《幻城》，自然是一種喜悅與安慰。《幻城》來自於幻想。而這種幻想是輕靈的，浪漫的，狂放不羈的，是那種被我稱之為『大幻想』的幻想。它的場景與故事不在地上，而是在天上。作品的構思，更像是一種天馬行空的遨遊。天穹蒼茫，思維的精靈在無極世界遊走，所到之處，風光無限。由作者率領，我們之所見，絕非人間之所見。一切物象，一切場景，都是大地以外的，是煙裡的，是霧裡的，是夢裡的。這種幻想，只能來自一顆沒有遮擋、沒有範式、沒有猶疑的自由心靈。這顆心靈還在晶瑩通亮的童話狀態。一部《幻城》讓我們看到了幻想的美妙價值：空空如也，但幻想之光輻照於此，眼見著空白裡出來了物象與生命，佛光點化之處，盡是大地上無法生存的奇花異草和各種各樣的魅力無窮的生靈。經驗以外的時空，竟然被文字牢牢地固定在了我們的眼前。而我們寧可信其有卻不信其無。於是我們發達了、富有

了。我們不僅擁有一個駁雜紛呈的現實的世界，而且還擁有一個用心靈創造出來的五光十色的天上的世界。」[266]

閱讀要進入寫作狀態

雖然曹先生的重心是寫作，然而也離不開閱讀。閱讀與寫作是語文教育的最重要的兩翼，究竟怎麼看待二者的關係，如何閱讀才是有效的，這些問題自然會進入他的視野。

他說：「語文課本或者說語文教學必須與作文教學相銜接。過去語文是語文，作文是作文，被當成兩回事。然而我覺得語文教學很重要的一個功能是培養學生的寫作能力，這個功能是不能改變的。語文基礎知識課和作文課應是一個有機的整體，不要機械地分開。」「我認為作文課是語文課的延伸，是語文課的後續階段。教師把一個單元講完後就要沿著這個單元，或者說沿著這個單元的每一篇課文進入一種寫作狀態，從教學的實際操作來講，就是要把寫作看成語文基礎知識學習的一個繼續，或者說是它的一個後續階段。」[267]

首先，他是針對語文教學脫離寫作教學說的。他所謂的「語文教學」，大約指的就是語文基礎知識與閱讀教學。他不滿於語文基礎知識、閱讀教學與寫作教學被當作「兩回事」，而認為二者是一個整體。特別指出培養寫作能力是語文教學的一個重要的功能，表明了對寫作的重視。他把作文課看做是語文課的延伸，最為關鍵的是他要求教師要「把一個單元講完後就要沿著這個單元，或者說沿著這個單元的每一篇課文進入一種寫作狀態」，這是相當精闢的見解。這和我的「寫作本位」語文教育觀不謀而合。

---

266 郭敬明：〈序一〉，《郭敬明作品集》（瀋陽市：春風文藝出版社，2003年），頁3-4。

267 〈曹文軒的語文教育觀〉，轉貼自：鳳凰語文。見宜興小學語文網（http://www.yxedu.net）。

　　關於語文閱讀課要教什麼，曹先生認為是「寫作本位」的。他說：語言應用問題、文章作法問題——技巧方面的、修辭方面的，都是語文所要講授的，這是語文課非常重要的層面。現在語文課實質上不怎麼講這些，主要講人文，這是一個非常大的誤區。語文課本所選的文章除了要具備人文性外，在文法上更應有可說道之處，否則就不宜選到語文課本裡面。在讓學生理解文章的思想內容的同時，也要讓他們知道文章修辭上的妙處。比如說美國的民權名著《我的夢想》裡描述的那個夢想就非常漂亮，讀者閱讀的時候會覺得有一種強大的衝擊力。我曾問教材編者：「你們知道這個衝擊力是從哪裡來的嗎？是來自文章表達的思想嗎？不過別忘了，深刻的思想是建立在多種語言手法的恰當運用上的，例如文章中使用的排比句就是形成巨大衝擊力的原因之一。」[268]

　　提到現在中小學生所讀的書，曹文軒老師坦言「很為孩子們感到憂慮！」由於幾年來深入中小學校，曹老師更深刻地認識到了孩子們讀書的誤區。那些「搞笑」的書，只能讓孩子哈哈一笑，對他們的寫作能力、閱讀能力沒有任何幫助。這些書就是沒有「文脈」的書。曹文軒認為：老師們不要看到學生捧著書就感到欣慰，要看看學生手頭上的書有沒有「文脈」！現在很多孩子錯把「搞笑」當「幽默」，錯把形式上的「天馬行空」當成真正的「想像力」，老師應該正確地引導孩子們。[269]

　　他說：有一次，我到一個學校，送給他們一個詞：文脈。結果走到所有的學校，我都把它當成最好的禮物，送給孩子們。小時候，我在爸爸書櫃裡找一些書看，如魯迅的書，《紅樓夢》等，後來就沉迷了。成了寫作文最好的學生，有次作文寫了三大本。我覺得魯迅的精

268　〈曹文軒的語文教育觀〉，轉貼自：鳳凰語文。見宜興小學語文網（http://www.yxedu.net）。

269　〈曹文軒教授談孩子讀書和寫作〉，自《中華語文網》中搜集整理。

神境界品質甚至口吻，都自然流淌到我作文本上。當時我不懂，今天我明白了：這就是文脈。魯迅的書讓我明白：天下的書分兩種，一種有文脈，一種沒有文脈。地有地脈，人有人脈，文有文脈。沒有文脈的書看得最多也沒用。什麼是文脈，如果你看書時，不時會有驚訝，很想把它抄在筆記本上，那這就是文脈。我非常在意一個詞，就叫流淌。它們永遠在一種苦澀的寫作之中。反之，就不是，可扔到垃圾桶去。[270]

曹先生提到了「文脈」這個問題，講的是「讀什麼」和閱讀的繼承問題。他不贊成孩子們讀一些「搞笑」的書，認為這些書對於提高他們的語文能力是無效的。這是很有針對性的。現在的「童書」，對於孩子的成長大多沒有什麼好處。這些「速食」讀物充斥著書店和孩子的書櫃，佔據了他們的讀書時間。這種影響不是馬上可以看得出來的。而等到看出來時就太遲了。至於要讀什麼樣的書，他認為要讀有「文脈」的書，讀「精神境界品質甚至口吻，都自然流淌到我作文本上」的書，讀「不時會有驚訝，很想把它抄在筆記本上」的書。「孩子不能僅僅讀兒童文學作品，孩子應該讀一切孩子可以讀的作品。」他提到了魯迅的書和《紅樓夢》，也就是說孩子不限於讀「童書」，要讀經典，讀一切最好的文字。教師需要對學生的閱讀加以引導，而不能放任自流。要使學生有限的閱讀時間發揮出最大的效能。

曹文軒的優勢是以一個學者型作家兼作家型學者的獨特視角，觀察、思考語文教育的問題。他的精神意義在於對低齡寫作的關注與垂愛，他給予他們正確的引導。他的價值還在於為高校學者蹚出了一條走向民間之路。

作為一個學者型作家、作家型的學者，曹文軒先生有著特殊的精神氣質和智慧結構，基於這種優勢，所以他特別了解文學教育對人性

270　〈兒童文學家曹文軒在省蘇教版小學語文教材會上做學術講座〉，見泰州市海陵區教育網。

的意義，了解語文、寫作與人的發展的關係，將其放在首要的位置上加以強調。對寫作學習智慧和非智慧因素的作用，對寫作學習規律，對成長中的偏差，等等，有著自己的獨特的思考與發現，這對語文教育如何引領文學少年健康成才，有著重要的指導意義。他對文學和寫作教育的理解，在一般的作家之上。在語文教育研究中，學者型作家的參與是不可或缺的。

附錄一

先做「教育史家」，再做「教育學家」
──走進學科教育史，直面往聖前賢

　　過去我曾無數次想過：許多老師（包括教研員）幾乎從不曾接觸過學科教育史，他們既不知道過往兩三千年的同行是怎麼教書的，也不知道往聖前賢思考過什麼問題，做出過什麼努力與貢獻──甚至連一百年內的也不知道，怎麼就敢在講臺上毫不心虛地誨人不倦，就敢在文章中理直氣壯地頤指氣使，就能目空一切，自我感覺良好？難道就不怕誤人子弟、貽笑大方？

　　每逢聽課、翻閱雜誌時，我常常替他們的無知汗顏。因為我也是教師，他們不怕丟臉我還怕丟臉。然而，這似乎有點杞人憂天，皇上不急太監急。事情就是如此荒謬，恰應了那句名言：無知者無畏。一切彷彿都順理成章，都是那樣「正常」：課照上、文照發。久而久之，我也就見怪不怪、麻木不仁了。──真要那麼較真的話，豈不是要學校關門、雜誌社倒閉？那就有礙「維穩」大局了。

　　進一步想，這責任也不完全在教師。他們之中有我的學生，我也難辭其咎。其實，造成他們的認知侷限有許多原因，指責他們是不公平的。

　　我們的高等師範教育從來就沒有開設過學科教育史的課程。今天師範教育的課程設置是極不完善的，只是在綜合性大學的課程結構中外加進幾門課程，如教育心理學、學科教學論等。其他的基礎課、專業課的教材、教學內容、教學方法等，幾乎沒有任何「師範教育」的

特點。擔任這些課程教學的教師，從不聯繫中學教學實踐，彷彿不知道他們是在培養未來的教師。這種「目無教育」的教育，最典型的就是「學科教育史」課程的闕如。如師範院校中文教育專業有中國文學史、外國文學史課程，竟然沒有「語文學科教育史」課程。師範院校各個學科大約都是如此。這就使培養出來的老師，嚴重缺乏學科教育史意識。

更難於理喻的是，學科教學法教師也普遍缺乏學科教育史素養。師範院校直接培養學生教育能力的課程的教師，尚且自身缺乏學科教育史素養，自然就不可能培養學生的「學科教育史」意識。一九四九年後，一直到上世紀九〇年代，在師範院校擔任教學法課程教學的教師，多數是來自中學的資深教師。他們雖有豐富的教學經驗，但毋庸諱言，他們的教育教學理論素養嚴重不足，更遑論學科教育史素養。九〇年代以後，雖然學科課程與教學論專業研究生教育開始興盛，師範院校開始有了「科班出身」的教學法教師。他們的理論素養雖然比前輩們有較大的提升，但是，由於他們在接受研究生教育階段未必都開設了學科教育史課程，他們的導師自身對該課程的重要性大多認識不足，且他們畢業後所擔任的師範專科、本科教育工作也沒有設置學科教育史課程，這些都影響到他們在該領域進修與研究的意願。上述師資素養的原因，造成了長期忽略學科教育史教育的現狀。

此外，中小學教師的封閉式的「經驗型」教學傳統的世代相傳，也導致了教師缺乏理論自覺的心理。由於教師相互間的交流、切磋的欠缺，與教育理論進修、教育教學研究的貧弱，多數教師一輩子都是憑一己的經驗教學。在應試教育的語境下，居然也成就了許多的「特級教師」、「名師」。這種「井蛙」現象的陳陳相因，使一代一代的教師囿於自身的三尺講臺，自給自足、自以為是、自得其樂。

也許還有理論界的「不小心」的誤導。例如某大牌教育家曾說過：「一個教師寫一輩子教案不一定成為名師，如果一個教師寫三年

的反思，有可能成為名師。」——試想，在封閉式的語境中，作為無源之水、無本之木的「反思」，又能「反思」出什麼有價值的思想？對於教師的成長有何益處？當然，這裡說的是「有可能成為名師」，也就是說這是一種或然性，不是必然性。這句話的潛臺詞是：要是成不了「名師」別找我，我說的是「可能」，不是「一定」。但我還是希望該教育家能把話說得更明白些，免得許多粗心的、急切期盼成為「名師」的教師——其實就已經有不少這樣的教師，為著這種「可能」——實際上的「不可能」，埋頭寫了多年的「反思」，以至枉費心機，到頭來竹籃打水一場空。這豈不是比竇娥還冤？

不禁想起《莊子》〈秋水〉中的那則耳熟能詳的寓言：「望洋興嘆」。難道我們甘做「『聞道百，以為莫己若』者」、「少仲尼之聞而輕伯夷之義者」？難道我們不該有「河伯」的覺悟——「今我睹子之難窮也，吾非至於子之門則殆矣，吾長見笑於大方之家。」？

一己之經驗是「河」，學科教育史是「洋」。「河」如果不能匯入「洋」之中，它便只有一個結局：乾涸。從這個意義上說，任何畫地為牢、孤芳自賞的理由似乎又都不是理由了。不了解學科教育史，不了解往聖前賢，不曾向他們請益、與他們對話，豈不等於褫奪了自己的發言權、話語權？這對於以傳道、授業、解惑為業的教師來說，不就等於自殺嗎？

學科教育史是本學科成員——教師的永恆的家園。千百年來，無數同行的智慧都積聚在這裡，經過歲月的淘洗，益發顯出其價值。在教育史上，能揚名至今的人物，其智商都超乎常人，其教育思想，都有深遠的啟示意義。在學科教育領域中的多數問題，前人已實踐過、思考過，已有無數的經驗積累與規律性的認知、逼真性的觀點。這是今人難以超越的思想成果與精神存在。儘管它就跟源遠流長的人類家族的基因與血緣一樣，不論你是否承認，它都在相當程度上對你發揮著潛在的影響，甚至左右著你的行為。但是，對其作有意識地主動了

解、思考，與只是無意識地被動接受，效果是大不相同的。是否具有學科教育史意識，對於教師的專業化成長的作用是迥然相異的。

思想成果、精神血脈的承傳，需要後世「家族成員」的識別、認同與改良、優化，只有在有意識地識別、認同的基礎上，才有可能做自覺的改良與優化。學科、學術領域的識別與認同，彷彿是認祖歸宗，需要拜見歷代祖先，了解家族譜系、先人業績，才可望續寫輝煌、光宗耀祖。這便是人類天生的一種家園感、歸屬感、成就感。——思想、精神承傳比起血緣承傳，其重要性有過之而無不及。

對於人類來說，家族的血緣承傳，對於生命繁衍有一定的作用，但並非不可或缺。因為，個別種姓的存亡，對人類整體的影響微乎其微。其實，個人有沒有「後」一點不重要，可謂多你一個不多，少你一個不少。人類這個物種從來就不是以量取勝，而是以質取勝、以智取勝。以質取勝、以智取勝，主要就體現在思想、精神的承傳上。思想、精神承傳，從來就不是個體生命的行為，而是人類整體的事業。

這個人類整體的事業，是以學科知識跨時空、層累式結構呈現的。只有進入到這個結構之中，為某個學科、專業領域學術共同體所接納，成為學術共同體的成員，才能發揮個體的效能。要為學術共同體所接納，必須具備與其他成員溝通、對話的資格，其中最基本的條件就是對該學科、專業領域知識進程、進展的了解。對學科、專業領域學術歷史進程、進展的把握，是該成員日後登堂入室、登峰造極的准入證。——一個教師，或一個學科教育學者，只有獲得學科教育史知識的滋養，才可望成為該學術共同體的一員——「家園」中的「自己人」。否則，你「無畏」地說出的每一句話，都會遭遇「無知」的尷尬。你所作出的任何努力，也許都會遭到「家族成員」的拒斥。

一個教師如果缺乏基本的學科教育史知識，只憑一己的經驗教書、思考，即便他教了一輩子書，著作等身，即便他也僥倖掛上了高級教師、特級教師的頭銜，到頭來他也許還是一個無「家」可歸的

「流浪漢」、「門外漢」。他做的可能都是無用之功。他的一切教育經驗與思考，都難以積澱到學科教育史這部皇皇巨著中。因為他始終是外在於學科教育思想、精神的潮流。如果不知道前人做了什麼，又如何能超越前人？如果不能超越前人，對於學科教育史——人類在該領域的認知進程又有什麼意義呢？要有所繼承，才能有所創新。這是最基本的道理。

中國著名哲學家馮友蘭在完成了自己的《中國哲學史》一書之後，談到了他的研究進程時，將做一個「哲學史家」和「純哲學家」的工作加以嚴格區別：

> 我在這部著作裡利用了漢學家研究古代哲學家著作的成果，同時應用邏輯分析方法弄清楚這些哲學家的觀念。從歷史家的觀點看，應用這種方法有其限度，因為古代哲學家的觀念，其原有形式，不可能像現代解釋者所表述的那樣清楚。哲學史的作用是告訴我們，哲學家的字句，這些人自己在過去實際上是意指什麼，而不是我們現在認為應當意指什麼。在《中國哲學史》中，我儘量使邏輯分析方法的應用保持在適當限度裡。……我不願只做一個哲學史家。所以寫完了《中國哲學史》以後，我立即準備做新的工作。（這個新的工作，指的是他後來寫的闡明自己哲學觀念的一系列哲學論著——「貞元六書」：《新理學》《新事論》《新原人》《新知言》《新世訓》《新原道》等——筆者）[1]

他這裡所謂的「哲學史家」的工作，指的就是對歷代哲學家哲學思想的研究，先要搜集、考訂相關的資料，弄清楚前人的貢獻，歷代哲學

1　馮友蘭：《中國哲學簡史》（北京市：北京大學出版社，1996年），頁296。

思想發展、沿革的脈絡；在這個基礎上，他才開始了「純哲學家」的工作，就是他所說的「新的工作」——自己的哲學理論創造。他將這兩個階段的工作，通俗地稱為「照著說」和「接著說」。必須先有「照著說」，才可望做到「接著說」。

這種治學方法並不是馮友蘭先生的發明，源頭可以追溯到孔子。孔子不但是中國私學教育的祖師爺，也是中國古代的「文化史家」。是他開創了「向後看」——「照著說」的學術傳統。他說：「周監於二代，郁郁乎文哉！吾從周。」（《論語》〈八佾〉）他對夏、商、周的文化都有精深的了解，才能作出「吾從周」的理性判斷。他一輩子做的主要工作就是整理古籍、弘揚中華文明的工作。他稱這一方法為「述而不作」：「述而不作，信而好古，竊比於我老彭。」（《論語》〈述而〉）朱熹注曰：「『述』，傳舊而已；『作』，則創始也。故『作』非聖人不能，而『述』則賢者可及，……孔子，刪詩書、定禮樂，贊周易，修春秋，皆傳先王之舊，而未嘗有所『作』也。故其自言如此蓋不惟不敢當『作』者之聖，而亦不敢顯然自附於古之賢人。蓋其德愈盛而心愈下，不自知其詞之謙也。然當是時，作者略備，夫子蓋集群聖之大成而折中之，其事雖『述』，而功則備於『作』矣。此又不可不知也。」[2]——朱熹的評價是恰當的。沒有「述」何來「作」呢？「述」得好，能「刪詩書、定禮樂，贊周易，修春秋」，能「集群聖之大成而折中之」，「作」便也在其中了。這「述」——學舊、理舊、思舊、傳舊的工作，學界稱之為「述學」。這是作為一個「××史家」的基礎工作。孔子說的「述」與「作」，就是馮友蘭先生的「照著說」與「接著說」。

在學界，沒有可以不「述」而能「作」，或不「照著說」而能「接著說」的。就是說，每一個研究者，都必須在做本學科的「××

2　宋元人注：《四書五經》（北京市：中國書店，1985年），上冊，頁27。

史家」之後，才可能成為該學科的「××學家」。才獲得真正的發言權。一個學者型教師，要對學科教育史有基本的了解與研究，要先做「教育史家」，再做「教育學家」。這是無可逾越的鐵律。否則，一定只能成為空頭「教育學家」、偽「教育專家」。——如今這樣的偽專家太多了。

作為教師的「照著說」，當然可以讀些「××學科教育史」之類的書，但是，請注意，這是別人「照著說」的成果，是作者對學科教育史的資料搜集、整理、歸納、研究，反映的是作者個人的認知水準。也可以說是作者對學科教育史的「誤讀」。這對我們有啟發，能從中獲得一些教育史知識，但也可能會縮小了我們的眼界，甚至遮蔽、誤導了我們的認知。而且，我們所能看到的往往只是「一鱗半爪」，而無法一窺全貌。因此，讀是可以讀，但只能作為一個「參照系」，切不可侷限於此。最好的辦法是讀些歷代有代表性的教育原著，作第一手的梳理與探究：走進學科教育史，直面往聖前賢。與他們有思想的碰撞、深度的對話，才可能獲得自己的「初感」，真正從中受益，形成自己的「照著說」的成果。

限於條件，在學科教育史研究領域，我們不可能面面俱到。就拿語文教育來說，已有三千多年歷史，語文教育史資料汗牛充棟、浩如煙海，無論是誰都難以窮盡，都只能量力而行。我們可以先把重點放在現代語文教育史研究上，讀讀梁啟超、黎錦熙、陳望道、胡適、朱光潛、朱自清、阮真、夏丏尊、葉聖陶、張志公、呂叔湘……。有餘力再進入到古代語文教育史，讀讀孔子、老莊、墨家、荀子、韓非子、王充、劉勰、顏之推、韓愈、蘇軾、朱熹、謝枋得、真德秀、吳訥、章學誠、唐彪、曾國藩……如果我們讀現代還是力所不能及，也可以先讀葉聖陶的著作，以此作為重心，讀透之後，再讀夏丏尊、朱自清……逐步擴大閱讀範圍、思想的境界。請不要忘了，每讀務必「提要鉤玄」——「照著說」噢。讀而不「述」等於白讀。

　　前人的書是讀不完的，所以，在學者的一生中，「述學」的功夫，是沒有終結的。不可能等到「述」完之後再「作」。「述」到了一定程度，有了基本的學科教育史背景之後，便可以「述」中有「作」、邊「述」邊「作」。這是一個水漲船高、水到渠成的過程，也是一個艱辛、漫長的過程。

　　如果你想當一個學者型教師，卻想偷懶，註定會受到世人的恥笑，勢必一事無成——借用美國心理學家馬斯洛的話便是：你一生都會很不幸！

附錄二

承傳與超越：整合的原創[1]

——治學摭議

　　不知不覺出的書也有一大摞了，自忖讀者要讀全很難。也許單是《語文：表現與存在》，就令人望而卻步。朋友與出版社也屢屢慫恿我出簡編本，考慮再三，還是作罷。覺得將一百二十四萬字簡化、壓縮成二十或三十萬字，實在才力不濟，不知如何下手。也由於這部書讀者還比較認可，認為讀得進去，在理論著作中算是賣得好的，已三次重印了——既然這麼多讀者能接受，也就失去了「簡編」的動力。目前已應福建人民出版社要求，修訂再版。合同已簽，恐怕再版字數還要增加不少。

　　儘管如此，讓讀者較方便地了解我的研究的想法，還是不時給我以無形的壓力，讓讀者讀得這麼辛苦，總覺得虧欠了讀者似的。感謝人民出版社與我所供職的福建師範大學文學院，給我提供了一個機會，於是，就有了這本涵蓋面較廣、內容較精要的書問世，讀者得以較輕鬆地探悉我的研究輪廓。

　　基於提供一把進入我的研究領域之門鑰匙的想法，本書更多考慮到面上的代表性，但限於篇幅，還是難以面面俱到。尤其是在語文科研方法論方面，我對這個領域頗有興致，時有心得，敝帚自珍，卻沒法涉及，甚是遺憾。雖說本書的內容潛藏著我的研究觀，在一定程度上彌補了這一缺憾。然而，要從中仔細體悟畢竟不易，於是想在此談

1　本文是本人《「表現——存在論」語文學視界》（北京市：人民出版社，2014年）的「代自序」。個別地方有改動。

點治學感想，以省卻讀者費心勞神之累，並懇請方家指教。

　　不知是否可以這樣認為：學者研究素養當以學養為基礎，學養包括兩大部分：專業學養與外圍學養。專業學養又可以分為兩部分：專業表層學養與專業深層學養。

　　專業表層學養，主要以當下學術共同體公認的專業知識為基礎。包括高等學校各層級專業教育教科書、參考書中所提供的知識，研究者自己獲取的盡可能多的普通專業基本知識，新近不斷產生的學科前沿研究成果。專業表層學養的獲取雖有深淺、廣狹之分，相對來說，要達到及格線還是不難的；一般而言，它也是比較受重視的，因此無需贅言。如果其中有什麼需要提醒的話，那就是要跟蹤學科新進展，了解學科科研的制高點。

　　我最想與讀者分享的是獲取專業深層學養的心得。因為這是被當今眾多學者忽略以至無視的。深層學養也可以稱為內核學養，主要指的是對本專業史料的搜集、掌握與研究。如果表層知識主要是告訴我們「然」，而深層——內核知識則是揭示其「所以然」。內核知識讓我們明白學科思想形成、積累的過程、途徑與方法，獲得良好、深刻的「師承」；它告訴我們這個領域中如何發現問題、生產知識，如何否定與超越，從而了解其發展的進程與規律。從這個意義上說，也許深層學養比表層學養更為重要。要獲取深層學養也更難。它簡直是個無底洞，學者須傾其畢生之功方能奏效，這也許就是多數學者望而卻步的原因。真正的學術研究，最不可或缺的恰恰就是這更為重要、更難獲取的內核學養。

　　內核學養獲取須注重其系統性、全面性。內核學養的建構，主要是以學科（或領域、方面）「史」的脈絡來呈現的，要有一種整體觀。不能隨意涉獵，胡亂攝取，而應是有目的、有步驟的目標明確的定向積累與研究。因為，只有通過縱向的系統的梳理、探究，才能發現其內在關係，及其承繼、演變、發展的規律，才能從微觀到宏觀、

宏觀到微觀形成較為正確、嚴謹的認知。如此建構起來的認知背景，才是有意義的。任何重要的遺漏或缺失，都會影響到認知的逼真性，從而削弱其價值。這也就是獲取內核學養困難之所在。

這種打通古今、追根溯源的研究方法不是我的發明。就是司馬遷說的：「欲以究天人之際，通古今之變，成一家之言。」[2]是否可以這樣理解：「究天人之際、通古今之變」，才能「成一家之言」。劉勰說的：「原始以表末（追溯起源，闡明流變），釋名以章義（解釋名稱的來由），選文以定篇（舉出代表作為例），敷理以舉統（陳述寫作的法則，提出它基本的特徵）。」[3]是否可以這樣理解：其中「原始以表末」是一切之本，沒有它，便不可能「釋名以章義，選文以定篇，敷理以舉統」。源流與因果關係的探究，是研究者最需注重的。

所謂研究的學理性，在很大程度上就是靠內核學養承載的。內核學養構成一個人的學科「史識」，基本的眼界、眼光，學術研究中的思想、思維的縱深。這好比是戰爭中後方、後勤基地的給養、彈藥、醫療等保障，往往決定其勝負。學術研究無異於思想的戰爭，拚的是學術資源的佔有、掌握量，資源、學養保障在相當程度上決定了思想力。生產思想的最充沛、浩瀚的資源、學養，來自於學科史。學科史認知，給予你最基本的宏觀性、戰略性的視野與眼光，給你的研究以廣度與深度。

可以說，我的一切著述成果均直接或間接地得益於語文教育史研究。我深切感受到，如果沒有十多年潛心於古今寫作、語文教育家著作的梳理與鑽研，以及後來仍不間斷地在古今語文教育史中反覆游弋、耕作，向大師、名家請益，與他們交流、對話，由點及面，再由面及線地反思、歸納，進而抽象出語文——寫作、閱讀教育的規律，

2　司馬遷：《史記》〈太史公自序〉。

3　劉勰：《文心雕龍》〈序志〉。

便沒能形成基本的「史識」——最重要的學科認知的基礎、前提，不可能有左右逢源、遊刃有餘的創獲。缺乏「史識」的研究，勢必淺陋，是沒有前途的。想做成真學問，絕無可能。讀者從本書第二、三章語文教育史論中，可一窺我「史識」形成的些許足跡。

由史入手，述而不作，這是任何一個研究者的必由之路。這就是古人說的「治學先治史」，馮友蘭先生說的，先「照著說」，再「接著說」。「照著說」是「承傳」，「接著說」是「超越」。我以為，不先「照著說」，便要「接著說」，或想要兩步合成一步走，一步登天，那是癡心妄想。當今學者研究中的諸多問題，都與「走捷徑」有關。「照著說」，是進入學科之門繞不過去的鐵門檻。不入門，如何登堂入室？最大的可能性是摸錯門、走錯路。學術研究離不開學科史中的興滅繼絕、救亡拯失，沒有回望、發掘、揚棄，談何創新、發展、進步？沒有「承前」，如何「啟後」？「照著說」是「接著說」的保障，是白手起家的創業，研究起步的「第一桶金」。要獲得「第一桶金」，自然要付出巨大的辛勞與智慧，但從長遠看，不論付出多大代價都是值得的，是一本萬利的買賣。

所謂的「照著說」，不是隨便讀點他人寫的學科「史」就行，他人寫的「史」是他人「照著說」的成果，只能了解一個大概，充其量作為「敲門磚」（它可以給你提供一個研究「索引」，「路線圖」），或作為你「照著說」的參照系。其負面影響也是不可忽視的——你可能讓作者給「蒙」了，一不小心就會陷到泥沼裡去。你看到的只是他人反映事物的「鏡像」，而未必是本體的「真相」，它會剝奪你自己的初感、發現，造成實體性物件的虛無。因此，這種「先入之見」是要不得的。

「照著說」，必須靠自己對史料作第一手梳理。而且，必須形諸文字。不能走馬觀花、淺嘗輒止。應是讀、思（悟）、寫一體。就是古人說的：不動筆墨不看書。胡適先生說得好，「手」不到，「心」是

不會到的。是否「手」到，讀書效果大相徑庭。也許不一定每個人都要寫「史」，但務必對史料有較為全面、系統、深入的了解，深思熟慮過。提要鉤玄、積銖累寸的札錄之功，不可或缺。——竊以為寫不寫「史」，還是有質的區別。因為，不寫「史」，儘管可能你「手」到，「心」也到了，可史料與思考還是散亂的。如一堆散錢，缺乏錢串子穿起來。寫「史」，迫使你一定要將「散錢」穿在「錢串子」裡。將史料穿起來，才可望形成完整、深刻的「史識」，「史識」就是這根「錢串子」。不寫「史」，就很難形成對史料的整體、宏觀的認知。

　　寫「史」最好的方法是：從微觀入手，寫出系列論文，然後由微觀而拓展到中觀、宏觀，形成初步的「史識」，再反過來，由宏觀的視角審視中觀、微觀……這是一個反覆琢磨、探究的過程。最後，在諸多單篇論文的基礎上，修改、融會、整合、構造成體系性的學科史專著。這與由資料直接組織成學科史專著，或隨便找點零散的資料作為自己觀點的論據，在認知方法、水平上是大相逕庭的。由搜集來的資料直接寫成學科史書稿，固然省事，但由於它難以形成高水平的「史識」，便不可能產生好的學科史專著。

　　時下不乏速成的學科史專著，這類「急就章」一般由主編牽頭，找一大班人，每人寫一節，甚至幾人合寫一節，幾個月、半年就成書了。這樣的寫作是不可能具有「史識」的，支離破碎、七拼八湊的學科「史」，只是資料的雜亂堆砌，缺少宏觀性「史識」這個「錢串子」，是沒價值的散「史」、亂「史」，這類「大拼盤」、「大雜燴」學科史著作實在不足觀，不能算是真正意義上的「照著說」。「照著說」須在「史識」的觀照下，反過來說，「照著說」也促成了良好「史識」的形成。

　　良好「史識」的形成不可能一步到位。它是一個漫長的思考、反思，自我否定、逐漸昇華的過程。什麼也代替不了親力親為的資料搜集與深入鑽研。就跟不能讓別人代替你吃飯一樣。即便自己吃，也要

一口一口吃，要細嚼慢嚥。唯此，才能消化、吸收好，形成真正的「史識」。高境界的「史識」，靠的是水滴石穿、集腋成裘的反芻性、反思性的累積。它是漸進性的，要不斷拓展、糾錯、深化，由漸悟而頓悟，往往須付出終身的努力。只有經歷了漫長的過程，吃的「桑葉」才能變成「絲」。「史識」的深淺，拚的不單是史料的佔有量，還有曠日持久的苦思冥想。沒有經歷這一長期、艱苦的思想孕育過程，一切便是膚淺，都是徒勞。

「史識」還不是學科「見識」——「眼光」的全部。學科「見識」包含對專業知識的掌握、理解、消化。獲取專業表層學養之重要自不待言，只要想做學問，都不會對眼前的學科前沿不關注，因此，這無須特別強調。尤值得注重的是「外圍學養」，即所謂「詩外功夫」，這是較容易被忽略的。有了「詩內功夫」與相應的「詩外功夫」，才算具備了較為均衡、全面的學養，才有較為開闊的視野與敏銳的眼光。

理想的學養狀態當是「三通」：古今貫通、內外貫通、中外貫通。以有涯之短暫人生，泛舟於無涯之學海，確實有望洋興嘆之感慨與悲戚，雖然明知這是可望不可即的境界，但也要窮一己之心智，勉力而為。

在今天的許多人看來，「外圍學養」可有可無，是錦上添花的事。有點專業學養就不錯了。其實不然，具備了基本的專業學養之後，對於研究品質、境界來說，「外圍學養」便成為決定性因素，決定了一個人學術發展空間、前途、後勁。「外圍學養」可謂多多益善。專業外的知識是無底洞，就我個人經驗來說，其中最不可或缺的是哲學、認識論、方法論。尤其是「科學學」——科學研究哲學。對於語文教育研究來說，還要加上教育史、教育學、心理學、教育心理學等學養。外圍學養欠缺，「眼界」便拘執於一隅，難以高屋建瓴、鞭辟入裡，便無望超越前賢。

　　具備基本的專業學養是研究起步所必須，它表明研究者初步擁有了該學科的發言權，僅此而已。要想將學問做大做強，外圍學養十分重要。不少人不乏本學科、專業的基本學養，就是因為外圍學養的欠缺，知識結構單一或偏狹，功虧一簣，難有大格局、大境界。在勉強「照著說」之後，便難以為繼、無所作為，或沒有大作為。在具備了本學科的基本專業學養之後，「外圍學養」就成了決定性因素。外圍學養決定了是否可以高水平地「接著說」，能否真正卓有建樹。

　　須注意的是，有些人興趣十分廣泛，屬於「雜家」，似乎外圍學養不錯，見異思遷，雜學旁搜，但專業學養、主要是內核學養不足，懂而不精，淺嘗輒止，那也是做不成正經學問的。形成的「見識」，新則新矣，即所謂「野狐禪」，不足觀也。隨心所欲、信口開河，說得頭頭是道、天花亂墜，但不得要領，誤入歧途——「聰明人」往往患這類浮躁病，也是跨學科學者普遍存在的危險與盲點。

　　當今不少外學科的學者介入語文課改，十分可喜，但也堪憂。我也曾經是其中的一員，我是從寫作學跨入到語文學研究的，因此，對如何擺正心態，進行艱難地轉行、入行頗有感喟。語文課改需要重量級的學者的參與，「當局者迷，旁觀者清」，非語文學科的大學者加盟語文教育研究，無疑是語文教育之幸。但不論是多大的學者，都有一個學術身分轉換的問題。要在某一個專業領域發言，就必須成為該專業的專家，需要必備的專業學養，尤其是專業內核學養。否則，很可能是幫倒忙。在學科分際日益精密化的今天，仍有在社會生活諸多領域發聲的公共知識份子，但永遠不會有精通諸多專業的公共學者。文藝復興時代「通才」式的大師已不復存在。而今，觸類旁通、無師自通，只能在極其有限意義上說。超出一定的界限，高估自己的才智，以為有了本學科的學術聲望，便有了在他學科信口開河的資本，夜郎自大，頤指氣使，到頭來不但自取其辱，敗壞了自己的名聲，也會對該學科造成嚴重誤導與傷害。「知之為知之，不知為不知，是知也」，

跨學科學者應該自律、自重、自警。——在學術界這應是常識，相信絕大多數學者是不會犯這類低級錯誤的，絕不敢在陌生的或一知半解的領域輕率妄言。

　　磨刀不誤砍柴工，一般來說，在「照著說」上有多大的投入，內外學養有多大的積累，往往就會有多大的產出。綜合學養積累到一定的時候，「接著說」就是水到渠成的事了。如果說我的有些著作還有一點可讀性的話，我以為就是得益於長期的基礎性研究工作。我的「表現——存在本體論」的提出，就是基於專業學養與外圍學養的交互作用。我在《語文：表現與存在》一書的「自序」中講到我的「方法論」：

　　　　多年來，我與語文界的朋友們一道致力於破解我國現代語文教
　　　　育成效不彰之謎，如果說我的做法有什麼不同，這主要是在四
　　　　點上：一是我較為注重對語文教育歷史資源的掌握，注重從搜
　　　　集來的第一手的資料中形成認識，從語文教育史背景上來探討
　　　　語文教育現象，既不人云亦云也不孤立地就事論事，希望對語
　　　　文現象的研究有一份歷史感；二是儘量擴展認知結構，力求在
　　　　當代學術視野下觀察語文教育現象，尤其注重提高哲學和科學
　　　　學素養，將自己的思考置於一個多元化的認知網路中比較參
　　　　照，以求有新的發現；三是以探究和批判現代語文教育的主流
　　　　範式、即它的核心綱領為突破口，因為這與一切語文教育現象
　　　　之間存在著直接的最本質的關聯，是牽一髮動全身的要害，抓
　　　　住要害一切就迎刃而解了；四是在新的認知背景和時代背景
　　　　下，進行語文教育理論範式的重構，和理論話語的更新，試圖
　　　　建構言語生命動力學語文教育概念系統，以帶動整個語文教育
　　　　實踐的深刻變革。這四條可以視為本書的方法論。

　　這是對我的研究方法的最簡括的說明。這裡的第一、第二點，說的就是專業學養與外圍學養的相輔相成。所謂的「歷史感」，強調的就是內核學養。此前，我寫了《中國現代寫作教育史》、《中國寫作教育思想論綱》這兩部史論性著作，發表了數十篇語文教育史論文，初步完成了由寫作學研究向語文學研究的蛻變，為「接著說」奠定了基礎。

　　我也談到了《語文：表現與存在》所借助的具體的「外圍學養」：

　　　　馬克思主義的創始人，精神分析學家，存在主義、生命意志論、語言論哲學家，生命美學家，人本主義和建構主義心理學家，教育人類學家等，不約而同的對人的生命意識和行為「動機」表現出了強烈的興趣和關注，他們的理論成果，為建構指向言語表現和存在的生命動力學語文教育學，提供了豐厚的思想資源。使我得以集眾說之長，不拘一格地融會貫通。
　　　　在這一尋覓中較多的留住我的目光的是人類學（語言人類學、文化人類學、教育人類學），人本主義心理學（動機心理學、人格心理學、精神分析學），存在主義哲學（語言論哲學、生命哲學、生命美學、現象學美學、哲學闡釋學）等——這可以看作是我的言語生命動力學語文教育理論的三大來源。

可以這樣認為，沒有這些外圍學養的協同作用，基本上沒有「接著說」的可能，就不會有《語文：表現與存在》的寫作。因為，沒有來自多學科的交叉視角，沒有各種理論的相互碰撞，就看不出現有認知上的問題，沒法產生新思維，難以超越以往的研究。這種在內外綜合學養基礎上的創新，叫作「整合的原創」。創新，從某種意義上說，就是一種集思廣益，是一種「集」他人之思想以成就自我的超越。子

曰：「述而不作，信而好古，竊比於我老彭。」[4]「述而不作」，是真實之論，也是自謙之詞。朱熹：「孔子刪詩書、定禮樂，贊周易，修春秋，皆傳先王之舊，而未嘗有所『作』也。……夫子蓋集群聖之大成而折中之，其事雖『述』，而功則備於『作』矣。」[5]孔子創立的儒家學說，就是「集群聖之大成」的「整合的原創」。靠狹隘的理論視野，或靠對某種單一理論進行演繹，要想獲得高質量的創新性成果，是不可能的。要想超越「巨人」，要站在「巨人」的肩膀上；不是站在某個或某些「巨人」的肩膀上，而是要站在該領域諸多「巨人」的肩膀上。這是「借力」，也是思想的「接力」。學者須以前賢為墊腳石，也將成為後學的墊腳石。

在理論創新的過程中，毫無疑問，不能一味地從理論到理論，長期的實踐經驗與對其揣摩思考也至關重要。「紙上得來終覺淺，絕知此事要躬行」。具備了厚實的內外學養，有了相關的理論積累，還是離不開實踐這塊「試金石」，因為任何理論都要與實踐結合，接受實踐的檢驗。實踐經驗是繞不過去的「現實因」。就我的研究領域來說，除了得益於本專業理論知識，尤其是對語文教育史的不斷的反思，還得益於我教過小學、中學語文，最重要的是，我有三十年的寫作與寫作教學實踐，以及對其長期的思考與研究，它使我較明白何謂寫作與寫作教學——這恰恰是當今語文界嚴重缺乏的，也可以說是我的另一優質資源。我是從一個寫作教師、學者，有意識地往語文學靠攏、擴張，揚長補短，經過多年的專業學養的重新集聚與整合，逐漸自塑成語文學者的。

我的寫作學優勢恰是語文界的劣勢。多年的寫作教育實踐，使我對寫作對於人的意義與價值，對寫作的重要性與寫作教學規律的認

4　《論語》〈述而〉。

5　宋元人注：《四書五經》（北京市：中國書店，1985年），（上），頁27。

識，比一般的語文教師、學者也許會更加深刻些。我更加明白寫作與人的素養及發展的關係，如何處理好聽、說、讀、寫的矛盾，寫作在語文教育中應佔有什麼位置。我十分清楚寫作是語文的終極能力，寫作能力是語文素養、人的綜合素養的集中呈現。然而，不論是在語文教育本體上，還是在教材、教法上，都表明了語文界對寫作的研究與認知極其欠缺。教材中，寫作處於閱讀的附庸地位，在教學中是可有可無的，絕大部分教師不知道怎麼教寫作。語文課等於閱讀課，教語文等於教課文。閱讀教學基本上等於語文教育的全部。在這種現實環境下，教師的主要精力都放在教閱讀，即便教寫作，也是為了應試。因此，語文老師大多視寫作教學為畏途，能不教就不教，也教不了。絕大多數公開課、觀摩課都是閱讀課，絕大多數「名師」都是教閱讀教出來的。寫作教學成了語文教育的死角、盲區，教師又如何對寫作與寫作教學有深刻的體認？

　　語文學者也一樣，一講到寫作，基本上是水中月、霧中花，存在嚴重的隔膜，說的大多是「外行話」。這一點從「語文課程標準」與語文教材中就可以看出。缺乏長期的寫作教學經驗與相關學養，對其沒有深入、系統的研究，如何能編制出科學的課程標準與教材呢？課標（2011版）「總目標」中的「寫作」部分居然這麼表述：「能具體明確、文從字順地表達自己的見聞、體驗和想法。能根據需要，運用常見的表達方式寫作，發展書面語言運用能力。」──豈不是見「技」不見「道」，見「文」不見「人」？最新的二〇一三年人教修訂版七上《語文》教材，將「寫作」作為與「閱讀」並列的一部分，以為如此便表明對「寫作」的重視。殊不知，要由「閱讀本位」向「寫作（表現與存在）本位」轉向，才是治本之舉。其六個單元：從生活中學習寫作；說真話　抒真情；文從字順；突出中心；條理清楚；發揮聯想和想像──對寫作的認知極其陳舊、隨意，且不成系統。缺乏對寫作教育及其實踐長期、深入的思考，要想研究語文教育，變革其實

踐，必定不得其門而入。因為語文教育的核心與龍頭是寫作。不懂得寫作，便不懂得語文。

正是得益於長期的語文、寫作教育實踐經驗，內外學養的積累，與不斷地反思、探究，才有了「言語生命動力學表現——存在論語文學」假說的提出。這一理論假說，其核心概念是「言語生命」，即「言語」是人的生命特性，言說欲、言語表現欲是人的原欲、本能，言語上的自我實現，是人的生命存在價值的生物學基礎，是人的最原始、本真的言語創造動力源。它決定了人是什麼，人會成就什麼，決定了人的生命、生存、精神的品質。一個人明白了這一人之為人的根本，有了對言語意義、價值的了悟，語文學習上的一切問題將迎刃而解，人生也將隨之發生重大改變。這便是在哲學、人類學、社會學、語言學、心理學、語文學……研究基礎上「整合的原創」。

對語文、寫作教育長期、深入的思考，並「整合」了內外多學科的優質思想資源，因此，「言語生命」這一核心概念，就有了較為豐富的內涵，將涵蓋、輻射、滲透到人的言語素養智力與非智力因素、寫作上發展與自我實現的方方面面。以「言語生命」動力培育為「綱」，喚醒、激發、培育恒定性的言語表現、創造的內驅力，指向、彰顯人的生命存在的意義與價值，整個語文教育教學系統便「綱舉目張」。為學生「存在」的「言語生命」奠基，為言語人生、詩意人生奠基，為成就「立言者」奠基，這就是語文教育的人文性、人文關懷。學生一旦有了對言語與生命、人生、社會、世界的關係較為深入的領悟，懂得言語是人的本性、原欲；人本質上應當是言語人、精神人、創造人；語文教育目的是使人之為人，使人更像人；寫作是人的自我確證、自我實現……語文教學、寫作素養培育、言語創造，就不再是外在、被動的要求，而是他們內在、自覺的需要與追求，語文學習與寫作實踐便有了不竭的動力與活力。

　　學問、思想需要長期的蘊蓄、涵養。因此，大多數學者應是大器晚成——如果他不是天才的話。學問、思想與人格修煉均無法速成，是慢慢「熬」出來、「釀」出來的。「熬」得愈久愈精透，「釀」得愈久愈醇厚。時間，是學問、思想的計量器。未必絕對精確、對等，但必不可少。長期的治學閱歷、思想歷練、人格陶冶太重要了。數十年如一日地流連、徘徊於學科內部與外部、歷史與現實、理論與實踐之中，不斷地自我否定、否定之否定……由此形成內外同致、知行合一的「整合的原創」，認知才有深刻性與概括力；從具體到抽象再還原到具體，從實踐上升到理論再返回到實踐，經過反覆的驗證、檢討、打磨與昇華，形成的認知，才有普適性與生命力。

　　學術人生往往是一個利弊互現的兩難選擇。有的人在「成名要趁早」的動機蠱惑下，或在現今科研體制的利益驅動的動因裏挾下，以百米衝刺的速度往前衝，確實早出成果、多出成果，但難免逼仄、淺陋，違背了學問、思想積累的自然進程，破壞了言語生命成才的節律。過猶不及，早成的往往是「小器」，催熟的果實難免青澀、畸變。「殺敵一千，自損八百」，過度付出，急功近利，焦慮抑鬱，也會使生命早衰、早逝。自然，過於弛惰、懶散，以為來日方長，坐待厚積薄發、瓜熟蒂落，恐也無望修成正果。

　　惟明瞭治學之道，不偏不倚，順應人的本心、本性，勤勉而不焦躁，逍遙而不放縱，養氣立本，悠遊漸積，不求立竿見影，速見成效，卻寧靜致遠，根深葉茂。

　　歸根結柢，學者不論活多長，學問做得多大、多好，其人生總是帶著悲劇色彩的。或者說，學問越大越悲劇：滿腹經綸，終歸一抔黃土。學者學術才智的巔峰，恰是生命衰老、消亡之時。「冉冉年華吾自老，水滿汀洲，何處尋芳草？」學者總是在學識最豐厚、思想最醇美的時候，留下未能盡興揮灑的遺憾謝世的——有追求，才有遺憾，也許人生正因遺憾而美麗吧。

　　一點治學感悟，值此本書出版之際，一併奉獻給讀者。淺薄之論，不足為訓。

附錄三

無望其速成，無誘於勢利[1]

──中國古代寫作教學方法舉要

　　中國古代寫作教育正統觀念是人本主義、人文主義的，將人格、精神涵養放在首位，追求的是道德、學問之文，而非單純的辭章之文。或者說是追求義理、考據、經濟、辭章四者的統一。把握這一根本至關重要。唯此，才有實踐操作層面的方法可言。

一　仁義之人，其言藹如

　　立足於人的言語精神養育，是古代寫作教育價值觀的基本取向。

　　位居唐宋八大家之首，被譽為「文起八代之衰、道濟天下之溺」的韓愈，便是重言語精神涵養的傑出代表。後世凡論及寫作，幾乎言必稱韓愈，可見其影響之大。其〈答李翊書〉，堪稱寫作教育經典之作。這是一封給誠心求教如何學習寫作的年輕人李翊的回信，既是對古代「立言者」成才經驗的總結，也是向其傳授自己畢生寫作學習的心得，集中體現了儒家寫作教育文化──讀過這篇短文，就知道古之「立言者」是如何煉出來的。

　　他說：「將蘄至於古之立言者，則無望其速成，無誘於勢利，養其根而俟其實，加其膏而希其光。根之茂者其實遂，膏之沃者其光曄。仁義之人，其言藹如也。」[2]──想要達到古代「立言」之人的

1　與潘葦杭合作。

2　韓愈：〈答李翊書〉。見童第德選注《韓愈文選》（北京市：人民文學出版社，1980年），頁27。

境界，不要希望它能很快實現，不要被眼前的勢利所誘惑。要培養樹木的根才能結出碩果，給燈加足了油才能放出耀眼的光芒。根長得茂盛，果實才能如期成熟，油加足了燈光才會明亮。成為仁義之人，文辭便平和親切。

　　這說的是作者必備的思想境界：不得急功近利，不為功名利祿，要從培育根本入手。用以「養」根「加」膏的，就是歷代經典作品。以此滋養身心：修德、養氣、明理、悟道，自能寫出好文章。這是一個長期浸淫、水漲船高的過程。──「無望其速成，無誘於勢利」最為重要，這是學習態度與價值觀取向。指導思想正確，才有定力，才能沉下心來修己、治學，才可望成為「仁義之人」，成為真正的「立言者」。

　　他在講述自己讀中漸悟、文才成長的經歷後，總結道：「氣，水也；言，浮物也。水大而物之浮者大小畢浮。氣之與言猶是也，氣盛則言之短長與聲之高下者皆宜。」這「氣盛言宜」說，上承孔子「有德者必有言，有言者不必有德」[3]，孟子「我知言，我善養吾浩然之氣」[4]，曹丕「文以氣為主」[5]；下啟朱熹「不必著意學如此文章，但須明理。理精後，文字自典實」[6]，「道者文之根本，文者道之枝葉。惟其根本於道，所以發之於文皆道也。三代聖賢文章，皆從此心寫出，文便是道」[7]，曾國藩「不必盡合於理法，但求氣昌耳」，「行氣為文章第一義」[8]──重德、重氣、重道、重理的價值觀，構成了傳

3　《論語》〈憲問〉，見宋元人注：《四書五經》（北京市：中國書店，1985年），（上），「論語集注」，頁58。

4　《孟子》〈公孫丑上〉，見宋元人注：《四書五經》（北京市：中國書店，1985年），（上），「孟子集注」，頁110。

5　曹丕：〈論文〉，《典論》，見劉錫慶主編《中國寫作理論輯評》（呼和浩特市：內蒙古教育出版社，1992年），古代部分，頁49。

6　朱熹：《朱子語類》卷139。（應元書院本）。

7　朱熹：《朱子語類》卷139。（應元書院本）。

8　鐘叔河選編：《曾國藩教子書》（長沙市：嶽麓書社，1986年），頁71。

統寫作教育基本觀念，是一以貫之的主流、主線。

　　這一注重立言之根本的儒家正統寫作教育價值觀，與科舉制下重文輕人、重技輕道的價值觀，相互衝撞，勢不兩立。兩相比較，高下、優劣立判。

　　在教學實踐層面，清代桐城派代表人物姚鼐，較好地把握了這一價值觀，辯證地揭示了其教學規律與方法：「凡文之體類十三，而所以為文者八，曰：神、理、氣、味、格、律、聲、色。神、理、氣、味者，文之精也；格、律、聲、色者，文之粗也。然苟舍其粗，則精者亦胡以寓焉？學者之於古文，必始而遇其粗，中而遇其精，終則御其精者而遺其粗者。」[9]他重視「文之精」（精神內涵），也不忽略「文之粗」（表現形式），但其終極目的仍在於把握「文之精」——由「粗」悟「精」，御「精」遺「粗」，就是其可操作的教學方法。

　　重在人的言語精神、情意的涵養與內化，是古代寫作教育的精髓，這是繼承傳統首先要釐清的。應以此作為寫作情感、態度、價值觀教育的基本內容與方法。須知：速成的寫作教學寫的定是應試、辭章之文，是偽寫作教學；真寫作當是「無誘於勢利」，從深厚的蓄積中滋養、流淌出來的。

二　札錄之功，必不可少

　　在這一價值觀指導下，古代應用得最普遍的寫作學習方法是「札錄」法，就是寫讀書筆記。讀書筆記的好處，就是將領悟「文之精」與「文之粗」融為一體。通過對經典作品的揣摩體悟，札錄評點，修煉言語心性人格，超越功利境界；格物致知，厚積薄發，自然便會流溢出卓越的詩文。

9　姚鼐：《古文辭類纂》（北京市：中國書店，1986年），「古文辭類纂序目」，頁26。

　　對這一寫作學法，韓愈亦有所描述。他在〈進學解〉中說：「口不絕吟於六藝之文，手不停披於百家之編。記事者必提其要，纂言者必鉤其玄；貪多務得，細大不捐，焚膏油以繼晷，恒兀兀以窮年。」[10]這是韓愈對其言語人生的「夫子自道」。「提要鉤玄」，不是為了練筆為文，而是為了悟道、明理。閱讀六藝之文、百家之編，將自己的點滴心得體會一一記錄下來，夜以繼日，經年累月——寫出道德、學問之文，便是水到渠成的事了。

　　中國歷代著名學者都是靠札錄起家的。他們認為寫作無須刻意訓練，宋儒程頤甚至極端地認為：「古之學者，修德而已，有德者言可不學而能，此必然之理也。」[11]因為，要修德，就要不斷地讀書、體察、領悟、札錄，如此，一旦成就了高尚的德行修養，自然有德者必有言，有道者必有文——為寫作而練習寫作，那是捨本逐末，本末倒置。

　　因此，古代學者都十分注重讀書筆記，認為這是修德進業、讀書練識的不二法門。如清代大學者、史學家章學誠說：「故為今學者計，劄錄之功，必不可少。……學問之事，則由功力以至於道之梯航也。文章者，隨時表其學問所見之具也；劄記者，讀書練識，以自進於道之所有事也。」[12]（「劄」即「札」）由於劄記是達成學問文章的基礎，是「讀書練識，以自進於道」之「所有事」，因此，不論是對後學、朋友，還是對兒子，他均反覆勸導。在〈家書一〉中，他對兒子教誨說：「不論時學古學，有理無理，逐日務要有所筆記。……今使日逐以所讀之書與文，作何領會，劄而記之，則不致於漫不經心。

10　韓愈：〈進學解〉，見童第德選注：《韓愈文選》（北京市：人民文學出版社，1980年），頁128。

11　《朱子校昌黎先生集傳》〈新書本傳〉，見《韓昌黎全集》（北京市：中國書店，1991年），頁536。

12　章學誠：〈與林秀才〉，見《章學誠遺書》（北京市：文物出版社，1985年），頁89。

且其所記，雖甚平常，畢竟要從義理討論一番，則文字亦必易於長進，何憚而不為乎？劄記之功，日逐可以自省，此心如活水泉源，愈汲愈新。置而不用，則如山徑之茅塞矣。」[13]他將「札錄」的機理與方法，開釋得一清二楚，令人不由得不信從。

　　養成「札錄」之習慣，寫作可無須教，這是學界的共識。梁啟超說：「讀書莫要於筆記……無筆記則必不經心，不經心則雖讀猶不讀而已。」[14]胡適說：「發表是吸收的利器……手到是心到的法門。」[15]黎錦熙說：「日札優於作文」，「課業、泛覽、生活與論文各不相聯繫，惟有日札才可使一元化。」[16]葉聖陶說：「能不能養成寫筆記的習慣呢？……這樣的習慣假如能夠養成，命題作文的方法似乎就可以廢止……」[17]還有什麼教學方法，能得到大師們如此廣泛的認同與宣導呢？

　　寫作教學第一要培養的習慣就是寫讀書筆記。讀書筆記從表層看，是閱讀與寫作的中介，是由讀到寫的橋樑；從深層看，是經由文化的浸染、薰陶，涵養、滋潤了有道、有識之人，孕育、成就了道德、學問文章的創造。

三　初要膽大，終要心小

　　從寫作教育心理層面，揭示寫作教學方法的，南宋謝枋得堪稱祖

13　章學誠：〈家書一〉，見《章學誠遺書》（北京市：文物出版社，1985年），頁92。

14　梁啟超：〈讀書分月課程〉，見《梁啟超書話》（杭州市：浙江人民出版社，1998年），頁184

15　胡適：〈讀書〉，見《胡適教育論著選》（北京市：人民教育出版社，1994年），頁212。

16　黎錦熙：〈各級學校作文教學改革案〉，見張鴻苓、李桐華編《黎錦熙論語文教育》（鄭州市：河南教育出版社，1990年），頁203。

17　葉聖陶：〈大力研究語文教學　盡快改進語文教學〉，載《中國語文》1978年第2期。

師爺。

　　謝枋得將文章區分為「放膽文」、「小心文」，該認知從此便成了寫作教學方法的「鐵律」。所謂「放膽文」，指的是率性、個性之文；「小心文」，指的是嚴謹、規範之文。學生學習寫作先讓其受使氣任性之文薰陶，感受作者的真性靈，才能無拘無束，縱筆為文。待到學生熱愛寫作時，再引導他們體認文章須精思妙構、小心為文，最終達成寫作共性與個性的統一。

　　謝枋得編《文章軌範》七卷，選文均為唐宋名家名篇，共六十九篇，其中韓愈作品三十一篇，占了近一半。全書分兩大類：放膽文（二卷），小心文（五卷）。「放膽文」提示：

> 凡學文，初要膽大，終要心小，由粗入細，由俗入雅，由繁入簡，由豪蕩入純粹。此集皆粗枝大葉之文，本於禮義，老於世事，合於人情。初學熟之，開廣其胸襟，發舒其志氣，但見文之易，不見文之難，必能放言高論，筆端不窘束矣。（卷一）

> 辯難攻擊之文，雖屬聲色，雖露鋒芒，然氣力雄健，光焰長遠，讀之令人意強而神爽，初學熟此，必雄於文，千萬人場屋中，有司亦當刮目。（卷二）[18]

「凡學文，初要膽大，終要心小，由粗入細，由俗入雅，由繁入簡，由豪蕩入純粹」，我以為這不是專對「放膽文」而言，是對寫作教學方法作宏觀規劃，是寫作教學總的規律與原則，全書總綱。

　　這一總綱言簡意賅。寥寥數語，就將寫作教法全面、深刻地概括出來，涵蓋了寫作學習心理、程序、方法、內容等方面。

18　參見謝枋得：《文章軌範》（鄭州市：中州古籍出版社，1991年）。

　　卷二從卷一的「但見文之易，不見文之難」的心理自由，上升到「令人意強而神爽」的精神自信，進一步給習作者率性、縱情為文以激勵，為學好寫作奠定雄健的心理基礎。

　　在此基礎上再予以規範、昇華。「小心文」提示：

　　　　議論精明而斷制，文勢圓活而婉曲，有抑揚，有頓挫，有擒縱。場屋程文論，當用此樣文法。先暗記侯王兩集，下筆無滯礙，便當讀此。（卷三）

　　　　此集文章占得道理強，以清明正大之心，發英華果銳之氣，筆勢無敵，光焰燭天。學者熟之，作經義，作策，必擅大名於天下。（卷四）

　　　　此篇皆謹嚴簡潔之文。場屋中日晷有限，巧遲者不如拙速，論策結尾略用此法度，主司亦必以異人待之。（卷五）

　　　　此集才學識三高。議論關世教，古之立言不朽者如是夫。葉水心言：文章不足關世教，雖工無益。人能熟此集，學進、識進而才亦進矣。（卷六）

　　　　韓文公蘇東坡之文，皆自莊子覺悟，此可與莊子並驅爭先。（卷七）[19]

可以看出，卷三、卷四「由粗入細」：寫作技法技巧的學習；立意取勢、思想邏輯思路的學習。卷五「由繁入簡」：文思敏捷、行文簡潔

19　參見謝枋得：《文章軌範》（鄭州市：中州古籍出版社，1991年）。

的習染。卷六「由俗入雅」:「才學識」綜合實力的陶冶。卷七「由豪蕩入純粹」:由「入格」、「出格」到「創格」,對寫作個性加以體認與彰顯。

從全書看,卷一、卷二是「放」,卷三、卷四、卷五是「收」,卷六、卷七仍是「放」。固然將卷六、卷七歸入「小心文」,卻突破其約束,或者說是昇華了「小心文」。卷六要求「才學識」全面提高,卷七所示韓文、蘇文,可與莊文並驅爭先,就是要求張揚個人風格。謝枋得是要讓學子知道,寫作的「收」,目的是為了更好的「放」,終極目的是要追求「無技巧」、「超規範」的道德、學問之文,具有創造性、想像力的個性之文。要是不知「入格」是為了「出格」、「創格」,如此教學是不到位的。顯然,卷六、卷七的「放」,是為了修復、超越科舉寫作的模式化、共性化。

謝枋得可謂在宏觀上給寫作教學「立法」之第一人。從此,寫作教學有章可循、有法可依。吃透其「放——收——放」的精神,才知道寫作教材序列該怎麼編制,教法該怎麼調試。

四　學詩讀詩,學文讀文

文字技能學習,古人也重視模仿。如朱熹說:「前輩作文者,古人有名文字皆類比作一篇,故後有所作時左右逢原。」[20]模擬主要從三方面入手:體式(文體感)、結構(篇章感)、表達(語感)。

先看「體式」的模仿,即培養「文體感」。

耳熟能詳的有宋代魏慶之在《詩人玉屑》中說「學詩須是熟看古人詩」,清代孫洙在《唐詩三百首》〈序〉中說「熟讀唐詩三百首,不會吟詩也會吟」,薛雪在《一瓢詩話》中提到的「學詩讀詩,學文讀

20　朱熹:《朱子語類》卷139(應元書院本)。

文，此古今一定之法」等。這種立足於文體感培養的相關言論很多。如曾國藩說：「爾欲作五古七古，須熟讀五古七古各數十篇。先之以高聲朗誦，以昌其氣；繼之以密詠恬吟，以玩其味。二者並進，使古人之聲調，拂拂然若與我之喉舌相習，則下筆為詩時，必有句調湊赴腕下。」[21]「高聲朗誦」──昌其氣，「密詠恬吟」──玩其味，這說的就是文體感培養方法。一切寫作體式感培養，均可依此類推。

其次是「結構」的模仿，即培養「篇章感」。

文章結構的經典圖式是「起、承、轉、合」、「鳳頭、豬肚、豹尾」等，幾乎適用於各種文體。學詩學文都要對其有所體悟。如《紅樓夢》四十八回，黛玉教香菱做詩：「……不過是起承轉合，當中承轉是兩副對子，平聲對仄聲，虛的對實的，實的對虛的，若是果有了奇句，連平仄虛實不對都使得的。」曾國藩教誨兒子紀澤：「不特寫字宜摹仿古人間架，即作文亦宜摹仿古人間架。……即韓、歐、曾、蘇諸巨公之文，亦皆有所摹擬，以成體段。爾以後作文作詩賦，均宜心有摹仿，而後間架可立，其收效較速，其取徑較便。」[22]這些都是教人從「間架」模仿中體會文章形式特點，學會謀篇佈局。

在科舉寫作教學中，明、清八股文教學就是基於結構的分解模仿訓練，一般在蒙學階段先學習八股的破題、承題；到了中館，再繼續學習起講、入手、起股、中股、後股、束股等，就學會了全篇八股文寫作；及至大館，則從整體上對八股文寫作作進一步提高。這是一個先分後合、由粗到精的訓練程序。在整個過程中，都離不開對相關範文的研讀、模仿。

再就是「文字」的模仿，即培養「語感」。

常用方法是「對對子」，古人稱為「屬對」。張志公先生說：「在宋代，屬對已經是同句讀、聲律相提並論的一種基礎課程。它的目的

21　曾國藩：〈家書一〉，《曾國藩全集》（長沙市：嶽麓書社，1985年），頁418。

22　曾國藩：〈家書一〉，《曾國藩全集》（長沙市：嶽麓書社，1985年），頁468-469。

已經不再是專為學作近體詩，而是作為語文基礎訓練的一種手段了。」[23]「屬對是一種實際的語音、語彙和語法訓練，同時包含修辭訓練和邏輯訓練的因素。可以說，是一種綜合的語文基礎訓練。」[24]其具體方法是從一字對、二字對、三字對、四字對發展到多字對，在這個過程中，體悟詞的虛與實、死與活，詞類、結構、句式、語法、邏輯、修辭等。歷代優秀詩詞，就是「對對子」模仿的絕好材料。古代蒙學教材大都是韻文，也為學生「對對子」提供了大量的資源。學習「對對子」，對文字表達能力的提高來說，沒有比這更有效的方法了。從文字技術上說，會「對對子」，就會寫詩，會寫詩，難道不會寫散文？

八股文教學可謂以上寫作技能教學之集大成，頗有可資借鑒之處：

在蒙學時，除讀書外，或課對偶，由二字而三四字，五七字；其學為八股，則先為破題兩句，漸為承題三四句。課對偶為將來試帖之預備，破題承題則為八股之前奏曲也。年稍長，則入中館。「五經」未畢者，或仍繼續讀經。而對偶詩文則漸進。對偶或為詠物聯，或為撐句，為夾聯。……至其學為八股文，則以蒙學時已能破承題，則連續學去。[25]

自然也有反模仿的觀點，主要是從追求寫作的創新、個性而言，但「模仿」無疑是寫作入門的必由之路，應佔有一席重要地位。

以上就古代寫作教學思想、方法舉其犖犖大端，如得以揚棄、昇華，當今語文之課程、教材、教法均將大為改觀。

23　張志公：《傳統語文教育教材論──暨蒙學書目和書影》（上海市：上海教育出版社，1992年），頁97。

24　張志公：《傳統語文教育教材論──暨蒙學書目和書影》（上海市：上海教育出版社，1992年），頁97。

25　盧湘父：〈萬木草堂憶舊〉，見沈雲龍主編《近代中國史料叢刊續編》（臺北市：文海出版社有限公司，1983年），第66輯，第651冊，頁60-61。

後記

　　這是我在臺灣出版的第一本書。從我的十餘部專著中選哪一本，頗費躊躇。

　　我的首選是《語文：表現與存在》（上卷、下卷）。該書二〇〇四年在大陸出版後，十年間不脛而走、廣為人知。不少是讀者相互贈書而推廣開的。

　　該書一百二十四萬字，每套一百一十五元人民幣，書價不菲，但三次重印均已售罄。目前正在修訂中，預計二〇一六年可買到修訂版。這是我最重要的書，深受大陸同行喜愛，我自然希望能在臺灣出版，讓臺灣國文界同仁也能讀到。

　　遺憾的是，因叢書出版受到篇幅上限制，《語文：表現與存在》字數太多，只好割愛。於是，就有了這本《中國語文學史論》。

　　這也是我的一項極重要的研究。沒有常年在語文教育史的田園中犁來犁去、精耕細作，就不會結出《語文：表現與存在》這顆飽滿的果實，也不會有後續有分量的研究成果。

　　不論是語文教師還是研究者，學科教育史素養都是不可或缺的。語文教育史料、史識，是教學、教研必備的學養，是基本學養中最重要的部分，可稱為「內核學養」。因為她是千百年來先賢智慧的結晶，經過時間檢驗與自然淘汰後，成為學科共同體成員的集體記憶，是進行學術對話與學理探究的前提。缺乏學科教育史背景，便不可能對當下的教學、教研有真知灼見──不知道該領域曾經的思想積澱，不了解前人的思考與實踐，想要真正勝任教學、教研，並有所發現與

超越，那是癡人說夢。

　　掌握史料，反思歷史，凝聚史識，是每一個專業人士必修的功課。在學科史領域付出的努力，必將獲得穩定、持久的回報。要先投入，才有回報；要大投入，才有高回報。這是常識，然而對急功近利、心浮氣躁的人無疑是巨大考驗。許多人明知這是「績優股」，面對必須的投資——逾越難以攀躍的史料、史論之崖壁，選擇了繞道而行，必致終生碌碌無為。

　　對於不畏艱辛、有志跨越的年輕朋友來說，敬奉給諸位的這本《中國語文學史論》，或可作為學科史入門之初階。

　　尚須敬請讀者諒解的是，因筆者對臺灣現代語文教育所知甚少，未有專門、深入的研究，在本書中只好暫付闕如。

潘新和

於閩江之濱寓所

二〇一四年六月三日

作者簡介

潘新和

　　福建師範大學文學院教授，博士生導師，文學閱讀與語文教育博士點學科帶頭人。原中國寫作學會副會長。現國際漢語應用寫作學會副會長，福建省寫作學會會長等。發表論文二○○餘篇。出版學術著作、教材十多部。首創「言語生命動力學表現——存在論」語文學。代表作《語文：表現與存在》風靡語文界。獲教育部高等學校科學研究優秀成果獎、教育部全國教育科學優秀成果獎、福建省政府社科優秀成果獎等獎勵。在大、中、小學，教研機構，省市圖書館等，作講座三○○多場。

本書簡介

　　這是一部國文教師從事本專業教學、研究的重要參考書。本書對中國從先秦到當代的國文教育作了系統梳理與探究。包含綜合性的國文教育思想、讀寫觀念、說寫觀念、教材體例、教學方法的「原始以表末」的檢討，各歷史時代、時期國文教育理論與實踐的擇要述評，各時代、時期代表人物的國文教育思想的深入探討。通過對國文教育發展歷程的基本了解，洞悉其思想、實踐之輪廓，豐富對國文教育宏觀的歷史認知，在思考、研究其利弊得失基礎上，形成學科基本感覺、認知，可望承先啟後，繼往開來。

福建師範大學文學院百年學術論叢・第二輯　1702B10

中國語文學史論

作　　者　潘新和

總 策 畫　鄭家建　李建華

發 行 人　林慶彰

總 經 理　梁錦興

總 編 輯　張晏瑞

編 輯 所　萬卷樓圖書股份有限公司

　　　　　臺北市羅斯福路二段 41 號 6 樓之 3

　　　　　電話　(02)23216565

　　　　　傳真　(02)23218698

發　　行　萬卷樓圖書股份有限公司

　　　　　臺北市羅斯福路二段 41 號 6 樓之 3

　　　　　電話　(02)23216565

　　　　　傳真　(02)23218698

　　　　　電郵　SERVICE@WANJUAN.COM.TW

香港經銷　香港聯合書刊物流有限公司

　　　　　電話　(852)21502100

　　　　　傳真　(852)23560735

ISBN 978-986-478-194-2

2019 年 12 月再版二刷

2018 年 9 月再版一刷

2015 年 12 月初版

定價：新臺幣 820 元

如何購買本書：

1. 轉帳購書，請透過以下帳戶

合作金庫銀行 古亭分行

戶名：萬卷樓圖書股份有限公司

帳號：0877717092596

2. 網路購書，請透過萬卷樓網站

網址 WWW.WANJUAN.COM.TW

大量購書，請直接聯繫我們，將有專人為

您服務。客服：(02)23216565 分機 610

如有缺頁、破損或裝訂錯誤，請寄回更換

國家圖書館出版品預行編目資料

中國語文學史論 /潘新和著.

-- 再版. -- 臺北市 ：萬卷樓, 2018.09

面 ；公分. -- （福建師範大學文學院百年學術

論叢・第二輯・第 10 冊）

ISBN 978-986-478-194-2（平裝）

1.漢語教學　2.教育史　3.中國

820.8　　　　　　　　　　　　　107014282